# Мария СЕМЁНОВА
# Константин КУЛЬЧИЦКИЙ

# ЗАКАЗ

Санкт–Петербург
Издательство «Азбука»

Москва
ООО «Фирма "Издательство АСТ"»

1999

УДК 882
ББК 84 Р7
С30

**Оформление Ильи Кучмы**

**Семёнова М., Кульчицкий К.**

С30   Заказ: Роман. — СПб.: "Азбука", М.: ООО "Фирма "Издательство АСТ", 1999. — 560 с.

ISBN 5-7584-0759-3 (Азбука)
ISBN 5-237-04410-7 (ООО «Фирма «Изд-во АСТ»)

В южном городе Сайске похищен призовой скакун — без преувеличения, национальное достояние России. Кажется, кого сейчас в нашей стране волнует судьба украденной лошади?.. Но бьет тревогу жокей Сережа Путятин, вырастивший коня, и цепь личных связей приводит к тому, что следователь, занявшийся этим делом, выходит на секретную службу «Эгида-плюс», а неугомонный жокей знакомится с киллером по прозвищу Скунс

**Авторы сердечно благодарят
Татьяну Георгиевну Алхазову,**

**а также своих шведских друзей:
Йона Бекмана,
Фредрика фон Крюзеншерну,
Анну Эдин,
Сёрена Хольма,
Бритт-Мари Норелиус,
Хокана Норелиуса
и многих других
за дружеские консультации
и бескорыстную помощь!**

# Глава первая
## ЗОЛОТОЗУБАЯ УЛЫБКА ФОРТУНЫ

Кто проводит жизнь с лошадьми, тот привык вставать рано. Серёжа Путятин проснулся, как всегда, без будильника — с первым лучом. Спустил босые ноги с дивана и подошёл к окошку, смотревшему в сад. Потом отодвинул шпингалет и уселся на подоконник, с наслаждением вдыхая густой утренний воздух.

Кроны яблонь казались чёрными на розовеющем небе. А за ними, далеко-далеко, за широким языком степи, горели рассветным огнём высокие зубцы гор. Они парили, не касаясь земли, и были миражом, сказкой, вознесённой в волшебную высоту. Сергей долго смотрел на них, почти не чувствуя холода, забытого улетевшей за далекие горы ночью и всё ещё висевшего в утреннем воздухе.

Было слышно, как в саду падали яблоки.

Днём краски поблёкнут и горы превратятся в облачную гряду, застывшую над горизонтом.

К подобным рассветам Серёжа так и не привык — до сих пор душа замирала, готовясь приветствовать чудо. Он не раз приезжал в Сайск и всякий раз останавливался у Петра Ивановича, тренера здешнего скакового отделения «Свободы». И всегда, просыпаясь у него в доме на следующее утро, испытывал примерно одно и то же.

Дома, в Михайловской, тоже отовсюду видны были горы. И со скаковой дорожки, и над мальвами в мамином палисаднике. Ближе и реальней, чем здесь. Там надо всем царствовал величавый пик Белой горы, на который Серёжина бабушка, пока была жива, иногда

7

украдкой крестилась. Белая первой встречала рассвет, зажигая на ледяных склонах алое пламя. В полдень мимо неё порою ползли тучи, но снеговая шапка победно сияла в разрывах. А когда солнце садилось, Белая ещё долго пылала в густеющих сумерках, и перистые облака над вершиной казались драгоценной короной...

В детстве Серёжа мечтал оседлать крылатого коня и поскакать-полететь на нём через степь к священной вершине, в беспредельное синее небо... Ему и теперь иногда ещё снились похожие сны, но полёты на чудесном коне всё теснее переплетались со скачками, происходившими наяву. Так, что и не отделить одно от другого. А может, это у земных коней вдруг начали вырастать крылья?..

Словно отвечая его мыслям, из-за домика, со стороны ипподромовских конюшен, донеслось заливистое, звонкое ржание. Сергей вздрогнул, соскочил с подоконника обратно в комнату и стал одеваться.

— Сообщаем изменения в программе сегодняшних испытаний... — Усиленный мощной аппаратурой голос судьи-информатора поплыл над сразу притихшими трибунами ипподрома. — В третьей скачке...

Со стороны могло показаться, будто неожиданный порыв ветерка прошёлся по листве леса, застывшего в полуденном зное. Пестрая людская масса — все десять тысяч зрителей, находившихся в этот день на ипподроме, — принялись листать свои программки. Судья-информатор перечислял изменения, и эмоции повсеместно выплёскивались наружу. Ропот неудовольствия сменялся бурными проявлениями радости. Некоторые объявления сопровождались злобным свистом и даже нецензурными выкриками. Трибуны пульсировали, как огромный живой организм.

— ...В седьмой скачке вместо жокея первой категории Анисимова на коне по кличке «Заказ», номер двенадцатый, скачет мастер-жокей международной категории Сергей Путятин...

После этого объявления по трибунам прошел лёгкий гул.

— Слышь, Вовка... — Очкастый пенсионер с программкой и ручкой в руках — явный завсегдатай и игрок из тех, кого называют «тотошниками», — легонько толкнул локтем стоявшего рядом не менее пожилого приятеля. — Вовка, ты посмотри, что творят!.. Престижность скачки повысить хотят!.. Пятигорского жокея на пустышку сажают!.. Слышь? Организаторы хреновы... Мудрят всё...

Сосед с пониманием кивнул головой, чиркая ручкой в программке. Засохшая ручка писать никак не хотела.

— Ты слышь, чего говорю? — снова обратился к нему очкастый. — Думают, если международник на коня влез, все так прямо в кассы и ломанулись на него ставить. А вот накося, выкуси!.. — Характерный жест был более чем красноречив. — Не верю я ему, Путятину этому. Хлюст пятигорский. Гастролёр. А может, его из Пятигорска вообще за пьянку погнали? Почём я знаю? Вот он сюда к нам и перебрался, на периферию. Да только мы, «пскопские», тоже не лыком шиты. Тут на лошадей ставят, а не на жокеев. Лично у меня лишних денег нет на такие эксперименты!

— Ну прямо, — рассеянно возразил седовласый Вовка.

— А ты мои деньги считал?!.

— Да сдались они мне, Сёма, деньги твои, — засмеялся Вовка. — Я про то, что лошадь — ещё не всё. Жокей — он ого-го сколько значит... Ты вот молодой, небось не помнишь Дербента?..

— Дербент, Дербент! — рассердился очкастый Сёма. — А я тебе говорю, Заказ как пустышкой был, так пустышкой и останется. Четыре раза в сезоне скакал! И хоть бы раз в тройку вошёл!.. Не-е, тут явно — деньги на ветер!.. Ты, конечно, как знаешь, а я даже и исправлять его не буду!..

Серёжа Путятин сидел на корточках в деннике и бинтовал передние ноги гнедого[1] Заказа.

---

[1] Специфические слова и выражения поясняются в Словаре, помещённом в конце книги.

Подходила к концу четвёртая скачка... Трибуны неистовствовали. Это было слышно даже из конюшни, из денника, где возился жокей.

«Ну вот, скоро и нам на круг, — привычно накладывая витки мягкого трикотажа, думал Сергей. — Ишь, ревут!.. Значит, кони из последнего поворота вышли...»

Заказ был дисциплинированным конём и стоял смирно, понимая, что жокей занят важной работой. Однако врождённое любопытство брало своё, и к тому же они с Сергеем давно знали друг друга — время от времени жеребец пытался заигрывать с человеком. Он изворачивал шею, выгибая её крутым бубликом, и лукаво прихватывал губами Серёжины волосы, пока те не стали топорщиться смешным ёжиком на макушке.

— Кузя, прекрати, — незло отмахивался Сергей. Обе руки у него были заняты, и он мог только втягивать голову в плечи. — Отстань! Ну, кому говорят... Щекотно!.. Отстань, антихрист!..

Заказ оставил в покое его волосы и ради разнообразия начал исследовать ухо.

Из коридора послышались шаркающие шаги: мимо открытого денника неторопливо шёл дед с метлой. В конюшне было чисто, так что дед больше для вида разгонял по сторонам случайные соринки, непонятно как оказавшиеся на полу.

— Чё дверь-то открыта? — озадаченно спросил он, остановившись. — Кто тут? Ты что ли, Серёга?..

— Я, Егорыч. Бинтуюсь, — отозвался жокей.

Дед вернулся к деннику и заглянул внутрь через решётку.

— А чё сам? — удивился он. — Нешто на конюшне забинтовать коня уже некому? Твоё дело — скакать... А наше — коней тебе к скачке готовить... Конюхов, что ли, мало?..

— Да ладно, Егорыч, — засмеялся Сергей. — Сам сделаю, руки не отвалятся. — И пояснил: — Мне ведь это приятно даже. Я вот этого Кузю... — Он ласково щёлкнул по любопытному носу, тянувшемуся к его уху. — Мамкой я ему был, между прочим. У нас, в «Свободе». Веришь? С соски его маленького выпоил! Мать-то при родах... А потом, Егорыч, я вот что скажу — сам как сделаешь, так и поскачешь. Так уж меня научили. Тем паче сегодня. Скачка-то не простая — Дерби! Тут мелочей не бывает!

Конюх одобрительно покивал головой. Окинул ещё раз Заказа критическим взглядом... и вдруг высказался:

— Ох, паря, ну тощ он у тебя!.. Прям Кощей!.. Не, ребята, вы хоть сто раз жокеи, а чего-то в конях всё же не так понимаете. То ли дело дед мой говаривал, царство ему небесное, — не гони коня кнутом, гони овсом! Ну сам глянь, куда ему такому скакать!.. Все рёбра наружу!.. Вона, вымахал жеребчина — а силы откуда, ежели сытости нет?..

Жеребец вправду был не из мелких. Сто шестьдесят семь в холке — взрослому мужчине до глаз. Крупный в кости и притом длинноногий — как говорят конники, «рычагастый». Однако рёбра действительно можно было пересчитать, потому что гнедая шелковистая шкура обтягивала кости и мышцы туго и сухо, без лишней мякоти и подавно без жира.

— Егорыч, — Серёжа поднял голову и улыбнулся, уворачиваясь от лошадиного языка, — а про «ипподромную кондицию» ты когда-нибудь слышал?

— Кондиция, кондиция... кормить надо, вот и будет кондиция. Я, когда в армии служил... в кавалерии, в обозе, после войны сразу... Привели нам трофейных коней. Першеронами называются. Не доводилось?..

Сережа покончил с одной ногой Заказа, перебрался к другой и снова улыбнулся, понимая, о чём сейчас пойдет речь.

— Только на картинках, Егорыч.

Дед Серёжкину улыбку воспринял по-своему.

— Вот где кондиция была! — продолжал он упоённо. — Как сейчас помню, серые в яблоках, аж лоснятся!.. Копыта что сковородки!.. Зада пополам

11

разваливаются — силища распирает!.. Грудь — от царь-пушки ядро, никаких рук не хватит... А уж как запряжёшь!.. Как щас помню, однажды...

— Егорыч, дорогой, погоди. — Мастер-жокей наконец выпрямился, оказавшись «антихристу» пониже холки. Он был одет в белые бриджи и сапоги, но вместо яркого камзола — не в нём же под конём ползать — натянул простую спортивную майку. Похлопал Заказа по шее и вышел из денника. — Ты уж извини, после расскажешь. А то мне в весовую пора... Сейчас ребята со скачки вернутся, ты им передай — я седло взял. Пусть Заказа голым в паддок ведут...

— Серёж!.. Ты не сомневайся... Всё в точности передам...

Жокей в последний раз, уже через решётку, окинул взглядом могучего жеребца и уже повернулся на выход, когда вдруг говорливый Егорыч ещё пуще разоткровенничался:

— Я твоего Заказа, если хочешь знать, всех больше люблю. Другие, вон Гайдук тот же, это ж не конь, это ж чисто аллигатор какой-то. В денник не войти! А Миранда? Вовсе шило в заднице... Ты к ней со щёткой, а она задом хлестать... А твой... как ты его... Кузя? Вежливый всегда, ласковый... Одно слово, люблю... Честно, балую помаленьку, когда не видит никто... овеца лишнюю баночку-другую... Гарца по-вашему...

— Не гарца, Егорыч, а гарнца, — не в силах сдержаться, улыбнулся Серёжа. Словоохотливый пенсионер был взят на ипподромную конюшню недавно. Парня, ходившего за его нынешними лошадьми, самым подлым образом лягнула пакостница Миранда, — пришлось подыскать бедолаге временную замену. Егорыч особой квалификацией не блистал и в бутылку заглядывал чаще, чем полагалось бы, но лошадей любил искренне и сил на них не жалел.

— Ладно, Егорыч, выиграет Заказ — с него причитается. За любовь твою. Понял, Кузьма? — Сергей ещё раз потрепал коня по шее, отряхнул с бриджей опилки и, понимая, что за разговорами может опоздать в весовую, сунул старику недоуздок:

— Привяжешь его пока? Побежал я...

И вправду бегом убежал по проходу — невысокий, лёгонький, в чём душа. Дед проводил его глазами, прислонил к стенке метлу и зашел в открытый денник.

Жеребец встретил его коротким, гортанным, низким гоготком и нетерпеливо сунул нос ему в руки. Заказ признал человека, часто угощавшего его то сухарём, то морковкой. Егорыч вынул из кармана кусочек сахара и протянул коню, искренне жалея, что Серёжа велел привязать Заказа на недоуздок. По правилам ипподрома это значило, что лошадь «собрана» для скачки и её больше нельзя не то что поить или кормить, — вообще руками лучше не трогать.

— Эх, не пришлось мне сегодня тебя овсецом лишку побаловать, — выразил Егорыч коню своё сожаление. — Голодным, бедненький, побежишь... Ну да ты не горюй — вот проскачешь, тогда уж и покормлю. От души покормлю, голубок...

Заказ тянулся к его рукам, выпрашивая новый кусочек, но Егорыч лишь со вздохом почесал ему за ушами:

— Слыхал, Кузя, что тебе Серёжа сказал? Уж ты расстарайся сегодня. Чего доброго, сам меня угостишь...

— Представляем участников седьмой скачки. Разыгрывается Большой Всероссийский приз для лошадей трёх лет!..

Эта скачка была основным событием дня. А пожалуй, что и всего скакового сезона. Приз, который любители скачек во всём мире именуют не иначе как Дерби, официально определял лучшую лошадь ипподрома. Волнение на трибунах достигло предела. Не успевшие сделать ставки мчались в кассовый зал, стараясь успеть до звонка. Остальные, разбившись на кучки, вовсю обсуждали участников главного приза сезона...

Динамики грянули оглушительным маршем, и кони, шагавшие друг за другом по скаковой дорожке перед трибунами, отреагировали каждый по-своему. Караковый жеребец, шедший на четыре номера впереди Заказа, внезапно бросился вперёд и, с трудом сдерживаемый жокеем, заплясал, откидывая зад то вправо, то влево. Шарахнулись и многие другие. Затанцевала, загарцевала лошадь, шедшая прямо перед Заказом. Дай ей волю, ринулась бы галопом, но жокей вовремя поймал её поводом, и галопировать пришлось на месте, а поскольку ничего удобного для себя в этом лошадь не обнаружила, то вскоре перестала нервно плясать и пошла дальше коротенькой семенящей рысцой.

Сергей на всякий случай мгновенно подобрал повод... Однако решительных действий не потребовалось — Заказ шагал совершенно невозмутимо, как будто всё происходившее кругом его не касалось.

— Под номером первым...

Сергей отпустил повод, давая возможность жеребцу вольно подышать перед скачкой. Заказ вытянул шею, сам сохраняя дистанцию с танцующей перед ним лошадью, даже не пытаясь подыграть или «сколить».

— ...Под номером третьим скачет прошлогодний победитель Большого Всероссийского приза жеребец Алтай, конного завода «Восход», под управлением мастера-жокея Харитонова, камзол и нашлемник — жёлтые...

Трибуны взорвались аплодисментами.

— Что же ты хочешь. — Тот же пенсионер-завсегдатай поправил очки и слегка подтолкнул локотком своего приятеля Вовку. — Он и сегодня выиграет. Внук Газомёта, правнук самого Анилина! Кому ещё, как не ему!..

Седовласый Вовка опять с пониманием кивнул, но тут же заметил:

— А мне восьмой нравится. Смотри, каким идёт гоголем! Эвон, играет... И так... И этак...

— Не, этот сгорит — горяч больно! До старта перепсихует, а на дистанции и бежать будет нечем. Не, он не боец!..

На такое категоричное заявление сразу зашикали стоявшие рядом тотошники:

— Как это не боец?.. В этом сезоне три скачки выиграл!

— И ещё в двух вторым пришёл...

— Это же Полоцк! Не признал, батя? Он так всегда перед стартом себя ведёт.

— Да у него на три таких скачки запала хватит! А ты — перепсихует...

По-прежнему громко играла музыка. Представление участников шло своим чередом. А комментатор вещал и вещал, покрывая все голоса:

— ...Пятым стартует Сургуч, Онуфриевского конного завода, мастер-жокей Чугуев, камзол синий, рукава белые, нашлемник белый с синими звездами. Шестым...

«Что-то ты, Кузьма, уж больно спокоен, — озабоченно думал Сергей. — Хоть попрыгал бы для порядка!.. Ты вообще у меня здоров ли, приятель? Может, мы с дядей Петей что проморгали?..»

Он наклонился с седла и ещё раз бегло осмотрел грудь, ноги, бока жеребца... Нет, Заказ уверенно ставил копыта, обутые в лёгкие скаковые подковы... дышал ровно, размеренно... И Сергей, вспомнив, что на них глядит весь ипподром, похлопал коня по шее и выпрямился.

Неожиданная и вроде бы ничем не заслуженная ласка заставила Заказа удивлённо повернуть голову — что это, мол, на тебя такое нашло?.. Неодобрительный взгляд коня совсем не понравился всаднику. Но тревожней было другое — Сергей неожиданно осознал, что попросту не может истолковать для себя поведение и состояние лошади. А значит — даже худо-бедно предвидеть, как она поведёт себя дальше. «Ну, приехали», — пронеслось в голове...

Если бы Заказ, как другие, прыгал, брыкался и ходил на ушах, держа всадника в напряжении, — всё было бы понятно и просто. Но такая задумчивость?.. Было ощущение, что конь попросту забыл про жокея, а тот очень некстати напомнил ему о себе. Ни дать ни взять он, сидящий в седле, отрывал жеребца от важного дела, на котором тот старался сосредоточиться. Как будто не Сергей вёл Заказа на скачку, а наоборот — он, Заказ, собирался заняться чем-то ужасно ответственным... а мастеру-жокею международной категории при сём отводилась роль бесплатного приложения!

Вот тут Сергей занервничал уже по-настоящему.

— ...Под номером девять выступает жеребец Игелик, Малокарачаевского конного завода, под седлом жокея первой категории Умерова... С десятой позиции стартует...

Четырнадцать лошадей в скачке! Четырнадцать лучших скакунов ипподрома...

Двенадцатая стартовая позиция — далеко не лучшее место. Сергей это отчетливо понимал. Между ним и бровкой будет одиннадцать соперников, и каждый сделает всё, чтобы занять её первым. А какие соперники — один к одному!.. Но ничего не поделаешь. Жребий есть жребий...

Честно говоря, Сергею было не привыкать и к неудобному месту на старте, и к поражениям, и к победам. Не новичок. Не первый год на дорожке. Другое дело сегодня. Заказу давался шанс наконец оправдать те большие надежды, которые на него возлагались, и потому-то состояние коня внушало лёгкую панику. Уж чего-чего Путятин ожидал, но только не этого!..

Четыре дня тому назад, когда Сергей, только приехав, делал на Заказе контрольные галопы, ему показалось, что конь в великолепном порядке. Мах идеальный, дыхание чистое, высылается с лёгкостью... А время! Пётр Иванович, стоявший с секундомером у четвертого столба, только взялся за козырёк кепочки, прятавшей от солнца глаза.

«Ну, Серёга, — хитро прищурился тренер, когда к нему подъехал разгорячённый Сергей. — Если он и в воскресенье так заладит, то вам с ним сам чёрт не брат. Он сегодняшним пейсом, пожалуй, и у Анилина бы выиграл. Я-то уж знаю...»

И хотя внешне Пётр Иванович оставался очень спокоен, вот в этом *я-то уж знаю...* Серёжа почувствовал скрытый душевный трепет. Старый тренер наконец-то огранил настоящий бриллиант. И не верил себе, боясь обмануться и одновременно любуясь первыми драгоценными бликами, возникающими под рукой.

И вот оно — воскресенье. Приехали...

— Под номером двенадцатым стартует Заказ, выращенный в зерносовхозе «Свобода»...

Одетый в сине-бело-красный шёлковый камзол и такой же нашлемник — свои традиционные цвета, — Путятин чуть приподнялся над седлом и традиционным кивком приветствовал публику.

Зрители отреагировали по-разному. Кто-то зааплодировал (скорее жокею-«международнику», чем коню), а кто-то вполне откровенно освистывал обоих.

— Куда собрался, колхозник? — долетело с трибуны.

— Эй, жокей, откуда клячу выпряг? Из брички? Послышался хохот.

— А хомут где? В телеге оставил?..

На Сергея реплики зрителей впечатления не произвели. Не новичок, не такого навидался-наслушался. Он неотступно думал о лошади. Куда подевался весёлый, шаловливый Кузька, игравший в деннике с его волосами?.. Заказа как подменили. Сергея несло на себе угрюмое, лениво ступающее, необъяснимо самостоятельное животное.

И куда, интересно, оно в итоге его принесёт?..

На трибунах очкастый тотошник Сёма торжественно чокнулся пластмассовым стаканчиком со своим другом:

— Ну что, Вовчик! С праздничком? За Дерби!.. По-нашему, «по-гусарски»! — и, сильно оттопырив мизинец, поднял руку со стаканчиком, так что локоть оказался вровень с плечом.

Играла музыка, светило солнце, трепетали на ветру флаги, и вообще всё на ипподроме создавало праздничное настроение.

— Давай! — Он шумно выдохнул в сторону. — Первую — за правую переднюю! Чтоб не хромала!..

Закусил малосольным огурчиком разлитую из-под полы чекушку и тут же распечатал следующую:

— ...А вторую — за левую переднюю... Да жуй ты быстрей, сейчас скачка начнется, а у нас ещё зада «не подкованы»...

В это время напротив них оказался Заказ.

— Нет, ты посмотри! — возмутился Сёма. — Какой это скакун? Телок, как есть телок, а туда же! Куда ему в такой компании... Только пыль хлебать!

Вовка прожевал свой бутерброд и наконец подал голос:

— Знаешь, брат, что ты ни говори, а Путятин — жокей классный. Просто так на клячу не сядет. Ты как хочешь, а я всё же рискнул... Взял ведь на Заказа билетик... Десятка — не деньги, а если?..

— Ну и дурак, — решительно плюнул его приятель и вновь наполнил стаканчики. — Ты кой годик на ипподром-то ходишь? Лет двадцать поди? А когда выучишься хоть чему?.. Лучше пива бы на этот чирик купил. Ладно, что с тобой делать, стакан подставляй, голова гороховая...

Представление участников закончилось, жокеи и лошади оказались на несколько минут предоставлены сами себе. Серёжа подобрал повод и, невольно затаив дыхание, попытался двинуть коня галопом.

К его радостному удивлению, Кузя поднялся необычайно легко и сразу встал на свой замечательный широкий мах. Ну, дела!..

Дорожку уже перегородила стартовая машина — этакий страшный решётчатый динозавр с полутора десятками боксов, снабжённых воротцами с обеих сторон. На специальную площадку, куда были выведены рычаги управления, поднялся стартёр.

К жокеям, шагавшим за старт-машиной, стали выходить помощники — конюхи, тренера... Стартёр дал короткую команду, и лошадей начали заводить в боксы.

Сергей увидел Петра Ивановича, шедшего с бровки, и подъехал к нему.

Старый тренер на старт Дерби вышел одетым по полной жокейской форме. В камзоле, бриджах и сапогах. Всё начищенное, выглаженное, свежее. Старая закалка. Верность традициям, которые так быстро утрачивает молодёжь. И плевать ему, что ипподром не столичный. Дерби для тренера — самый большой праздник в году. Дороже любого Нового года, дня рождения, Рождества или Пасхи...

Пётр Иванович взял Заказа за повод и коротко спросил у Сергея:

— Ну как?

— Не пойму ничего, дядя Петя, — пожаловался тот. — Вроде в порядке, да какой-то... — Он попытался найти слово, отчаялся и докончил: — ...чужой. Не узнаю я его. Злой, замкнутый... На шагу — вялый. А на галопе вроде нормальный. Просто не знаю...

Пётр Иванович окинул Заказа взглядом, в точности как сам Сергей пару минут назад.

— Повнимательнее на нём, Сережа, — сказал он наконец. — И помни, что я говорил, — после второй четверти будь наготове... Ну ладно, пошли в бокс!

Сергей молча кивнул.

Пётр Иванович за повод повёл коня к открытым задним воротцам стартовой машины, туда, где красовалась цифра двенадцать. Заказ шёл покорно и отрешённо, снова погрузившись в какие-то одному ему ведомые размышления.

Восьмой номер — Полоцк — вырывался из рук, вставал на свечки, яростно бил задом. Ни дать ни взять в старт-машине его ждало самое страшное, что только в лошадиной жизни может случиться.

Алтай зашёл в бокс спокойно, зато потом чуть не вывалился оттуда обратно, без предупреждения осадив назад от заводившего его конюха. Спасибо помощникам — вовремя подоспели, изо всех сил налегли плечами на задние створки бокса, кое-как затолкали расхулиганившегося жеребца внутрь. Наконец щёлкнул затвор, и Алтай, поплясав ещё немного, смирился. Он хорошо знал, что такое старт, и решил оставить игрушки.

Полоцк по-прежнему бушевал...

Пётр Иванович подвёл Заказа к боксу, направил его голову в открытые створки и отпустил повод, пропуская коня. Жеребец послушно зашёл и даже не вздрогнул, когда дверцы сзади сомкнулись.

— Ну, с Богом, ребята! — напоследок крикнул им тренер. Повернулся и быстро пошёл с дорожки.

И никто не слышал, как Пётр Иванович пробормотал на ходу:

— Сам понять не могу, что с ним творится...

Серёжа похлопал коня по шее:

— Просыпайся, Кузьмич!

Заказ резко и неожиданно мотнул головой: «Отстань!»

— Вот чёрт, — нервно усмехнулся Серёжа. — Только что вправду был как телок, а теперь...

Через четыре бокса от них наконец-то победили Полоцка. Но и оказавшись в решётчатой железной коробке, он продолжал безобразничать: то подсаживался на зад, стараясь приподняться на свечку, то начинал осаживать, напирая на заднюю дверь, и всё время плясал, возбуждённо перебирая ногами.

Серёжа поправил ремешок шлема, опустил на глаза очки и покосился на Полоцка, бушующего в стартовом боксе слева от него.

Гнедой жеребец под ним замер как изваяние.

«Заказ у нас товарищ непредсказуемый, — звучало в ушах у жокея предупреждение тренера. — Сам знаешь — не ладит в этом сезоне, хотя по всему должен бы... Встаёт, сукин сын!.. Со старта улетает нормально, а как вторую четверть проходит, так давай тормозить...

Будто весь интерес к скачке у него пропадает. Аниси-мов даже в хлысте после второй ехать пробовал, так Заказ на хлыст вообще закинулся... Вторая для него — просто камень преткновения какой-то. Ты там во время скачки сам смотри. Почувствуешь, тяжело ему — не насилуй... Готов будь...»

Сергей разобрал повод, взял его покороче и наклонился к шее коня. Шёлк жокейского камзола приятно холодил спину, палимую безжалостными лучами сайского солнца. Сережа чуть шевельнулся в седле и переложил хлыст «по-боевому» — хлыстовищем вверх. На всякий случай.

Рука стартёра медленно легла на рычаг пуска...

— Товсь!!!

«Наверное, придется с хлыста стартовать...» — смутно пронеслась в сознании последняя мысль. А потом произошло НЕЧТО.

Сергею показалось, будто им выстрелили из катапульты — такая неведомая и непреодолимая сила вышвырнула его из бокса вместе с конём. Рефлекторное, не улавливаемое сознанием движение тотчас подняло его на стременах... Мельком глянув по сторонам, он увидел, что скачет один. Впереди и с боков не было никого.

Заказ стремительно набирал скорость, унося его к ближайшему повороту. Неужели фальстарт?..

Всяко бывает — и в механизме что-то ломается, и кони, бывает, грудью створки выносят... Всех вырвавшихся возвращают назад... а виновника отправляют стартовать по новой вовсе из-за машины...

Сергей чуть не начал осаживать разошедшегося Заказа, но наплывающий сзади топот копыт заставил его обернуться.

Слева, по третьей позиции, мощно нёсся Алтай. Чуть сзади, стараясь «захватить» лидера, деловито наращивал скорость пятый номер — Сургуч. Следом шёл Полоцк...

...И только тогда Серёжиного слуха достиг протяжный стон колокола. Тот, как обычно, заговорил, когда лошади унеслись метров на шестьдесят.

«Слава те, Господи! — пронеслось в голове. — Ну, Кузька...»

Конь то ли уловил движение рычага, то ли услышал поскрипывание механизма, освобождавшего створки. И сам, без команды жокея, вылетел наружу ракетой. Чуть не оставив своего всадника висеть в воздухе внутри открытого бокса...

— Дан старт седьмой скачке — Большому Всероссийскому призу для лошадей трёх лет!.. — вещал из динамиков невозмутимый информаторский голос.

Первые сто метров Сергей направлял коня строго по прямой. Потом ушёл с двенадцатого номера к бровке. Если бы не его послестартовые сомнения, они с Заказом могли бы сразу выбиться в лидеры. А так — оказались прямо за хвостом идущего чуть полем Сургуча. Слева на бровке, энергично толкаясь, летел рыжий Полоцк... Серёжа чуть скосил на него глаза. Под огненно-золотой шкурой узлами вздувались упругие мышцы... Вот это мощь! Вот это азарт у коня!

Пёстрая вереница всадников втягивалась в вираж первого поворота...

— Первые сто метров пройдены за... — объявил судья-информатор.

Время расслышать Сергею не удалось, но он и так понимал, что скачка приняла на удивление резво. Благодаря Заказу, конечно. *Со старта улетает нормально...*

В поворот лошади вошли дружной гурьбой.

— Скачку ведёт Алтай, — неслось им вслед из динамиков. — Ему голову проигрывает Сургуч. Чуть сзади Полоцк и Заказ...

Трибуны ревели, свистели, стонали. Кто-то орал фальцетом, сумев перекричать десятитысячную толпу:

— Сургучик, миленький! Да-ва-а-а-й!!!

За поворотом Алтай начал вновь прибавлять, пытаясь ещё взвинтить темп. Судя по всему, Харитонов хотел сразу набрать какую следует фору и выиграть скачку, ведя её «с места до места». Вряд ли это входило в их с Алтаем первоначальные планы — и конь, и жокей были очень уж опытными бойцами. Но слишком спутал все карты, «раздёрнул» скачку Заказ с его бешеным спуртом. И Алтая не отпустили. Сургуч цепко прилип к лидеру, да и Полоцк тут же бросился следом...

Жокеи слегка раскачивали коней поводьями, высоко поднявшись на стременах. Каждое движение человеческих тел высылало скакунов в очередной мощный толчок...

Выход из первого поворота — зрелище не менее драматическое, чем финиш. Кони летуче стелились над песчаной дорожкой. Стартовая «уравниловка» сменилась яростной битвой за лидерство. Впереди — длинная прямая ипподромной дорожки. Есть где разобраться между собой, есть где показать, на что же в действительности способны всадник и лошадь...

Заказ, как могло показаться неискушённому глазу, совсем не прибавил. Но Сергей вдруг почувствовал, как изменился его галоп. Он стал реже, а в толчках мускулистого крупа басовой струной зазвучала долгожданная свободная мощь. Заказ превратился в крылатую гнедую пружину, которая плавно собиралась тугим комком мышц, а потом, распрямляясь, улетала вместе со всадником на много метров вперёд... Тот фирменный мах, при виде которого многоопытный Петр Иванович не дыша замирал с секундомером в руке...

...Теперь Сергей ехал четвёртым. Во второй паре. То есть дело покамест было весьма ничего. Полоцку приходилось куда хуже: он оказался в «коробочке». Слева бровка, впереди Алтай с Сургучом, справа Заказ... А позади — ещё десяток рвущихся в бой лошадей...

— Первая четверть пройдена за...

Трибуны неистовствовали. Многие вооружились биноклями. Теперь на дорожке мало что можно было различить. Только нашлемники жокеев да лошадиные головы-шеи виднелись над стрижеными кустами, которыми была обсажена бровка. Яркие пятна ползли вдалеке, ритмично «ныряя» в такт бегу коней, и только в бинокль было видно, с какой сумасшедшей скоростью неслись мимо них макушки кустов. Впереди жёлтый, из-за него периодически выглядывал белый, за ними клетчатый — хозяина Полоцка — и чуть-чуть позади, в каких-то считанных сантиметрах — красно-бело-голубой нашлемник Серёжи...

— Скачку ведет Алтай. Рядом Сургуч, сзади Полоцк и Заказ... На пятом месте Игелик... — Среди всеобщей истерии голос информатора дышал прямо-таки ледяным беспристрастием.

«Ну как ты, дружочек?» — Сергей чуть-чуть качнул повод.

«Отстань! — мотнул головой конь. — Без тебя знаю, что делать...»

Высшее искусство жокея иногда состоит в том, чтобы НЕ МЕШАТЬ. Сергей понял это. Заказ делал все правильно. Сергей замер, рефлекторно слившись с могучим животным в единое целое, безошибочно вписываясь в мощный ритм упругой спины...

Скачка постепенно растягивалась. Лошади послабее начали отставать, отваливаясь назад и занимая места на бровке позади основной компании.

«Вторая четверть... — билось в голове у Серёжи. — Встанет или не встанет?..»

Он чувствовал, что движения лошади, а значит, и её внутреннее состояние оставались без изменений.

«Неужели встанет?.. Так ровно, с запасом идёт... Нет, вроде не должен... Кузьма, милый, давай, малыш! — Сергей боялся дышать. — Родной... Ну...»

— Пройдена вторая четверть. Скачку по-прежнему ведёт Алтай... со второго по пятое места без изменений...

Зрители замерли в ожидании дальнейшего развития событий. И вдруг кто-то, державший у глаз бинокль, отчаянно завопил:

— Смотрите, Игелик... Игелик пошёл!!!

И действительно — белый нашлемник Умерова неожиданно поплыл вперёд, стремительно приблизившись к лидерам.

Серёжа вновь обернулся. Коренастый крепыш Федя Умеров резкими движениями повода бросал Игелика всё ближе и ближе к ним с Заказом. Было видно, как жокей работал локтями, высылая коня. Игелик шёл полем — широко, настильно...

«Что-то рано поехал... — подумал Сергей. — Ладно, вольному воля...»

И вдруг почувствовал — Заказ под ним стал прибавлять! Сам!.. Конь ощутил приближение соперника и запросился вперёд. Сергей отметил это про себя... прикинул оставшееся расстояние... Пыль, взбитая копытами пронёсшихся лошадей, плыла по ветру, не торопясь опускаться. Злополучная вторая четверть осталась позади, а Заказ скакал себе и скакал! Рвался в бой совершенно по-прежнему!..

«Так, Кузя! Так держать!»

Вот теперь настала пора помочь жеребцу, подсказать ему, как перехитрить соперников и приберечь силы для финиша... Едва заметным движением Сергей направил Заказа чуть в сторону — в поле. Конь понял и безропотно повиновался. Вышел из-за спины Сургуча и своим манёвром перекрыл дорогу накрывающему его сзади Игелику.

«Пускай, если хочет, ещё дальше в поле ползёт...»

А кони входили уже в последний вираж! И крылья, нёсшие Заказа вперёд, работали по-прежнему ровно и неутомимо!..

Заказ — никакого сомнения — «ладил»!

— Пройдена третья четверть. Впереди Алтай, за ним Сургуч. На третье место вышел Заказ... — судья-информатор сделал короткую паузу, — за четвёртое место в борьбе Полоцк и Игелик...

— Сёма!.. — Седовласый тотошник Вовка торжественно указывал перстом в пыльную даль, где неслись, замыкая круг, безумные кони. Язык у него слегка заплетался, но глаза сияли восторгом. — Ну что?.. — поучал он приятеля. — Накося, выкуси?.. — Он повторил Сёмин пренебрежительный жест. — Вот что классный жокей значит! Вишь, не плакал мой чирик... — И завопил во все горло: — Заказ! Пошёл!.. Вперёд!.. Путятин!!! Дава-а-а-й!!! Под-наж-ми-и!!!

Его голос почти единственный звучал в поддержку Заказа, и трибуны в ответ заулюлюкали, засвистели... На «колхозника» и неудачника поставили очень немногие.

В последний поворот Сергей вошёл третьим — в полкорпуса сзади Сургуча.

На вираже Сергей почти вплотную прижал жеребца к скакавшему рядом Сургучу — зачем лишние метры по полю наматывать? — а на выходе вновь по плавной дуге повёл его в поле. И вот тут началось!..

С каждым темпом галопа, с каждым движением Заказ увеличивал мощь своего галопа. Опять сам! Безо всякого посыла!.. Пение басовой струны превратилось для Сергея в симфонию.

Трибуны взорвались!.. Вопили все, не в силах сдержать себя, стараясь перекричать друг друга и не сдерживая эмоций. Азарт... Напряжение... Близость выигрыша или крушение надежд... Ну что же они там?!

«Не рано ли?» — вновь мелькнуло в голове у Сергея. Но тут же каждой клеткой тела почувствовал — в самый раз! Уж больно чистым и лёгким был галоп у коня. Толчки мощного зада становились всё сильней и сильней. Конь едва касался дорожки. Словно и не осталось позади всей дистанции, словно всего-то первый поворот за спиной...

Заказ захватил Сургуча. Буквально два темпа они проскакали «в одну линию», и соперник начал быстро отодвигаться назад. Заказ вплотную приблизился к лидеру...

Трибуны ахнули.

Сергей видел, как энергично посылал Алтая жокей. На резко вздымавшиеся бока методично и чётко, в такт порядком измученному галопу, опускался безжалостный хлыст...

Алтай был сильным и опытным ипподромным бойцом, но сегодня жокей тщетно выколачивал из него последние силы. Битвы равных не получалось. Заказ вершил чудеса. Это был его день.

Трибуны снова заревели, завыли. Теперь над ними витала всего одна кличка:

— Ал-та-а-а-й!!!

Сергей чуть тронул коня: «Давай, Кузя...»

И вот тут Заказ действительно полетел. Казалось, больше прибавлять было уже некуда, но он словно сейчас только разошёлся вовсю! Алтай отвалился назад и через мгновение совсем пропал с глаз...

А впереди приближалась, стремительно наплывала черта заветного финиша...

«Ещё чуть-чуть, Кузенька... Ну?!»

Трибуны вздохнули, как один человек. Это был вздох величайшего разочарования. Тысячи проигранных билетов взметнулись к небесам беззвучным салютом. Их подхватило, закружило, понесло по дорожке, а потом через всё широкое ипподромное поле. По воздуху в самом прямом смысле слова летали деньги, выброшенные на ветер.

Фотофиниша не понадобилось — изрядно потрёпанный Алтай уступил победителю целых два корпуса...

— Харитонов, шкура продажная, почём колхознику скачку продал?.. — неслись с трибун абсолютно незаслуженные попрёки. — Ах ты, твою мать!..

Сергей не пытался сдерживать коня, наоборот — отпустил повод, и Заказ, тотчас уловив, как исчезло напряжение всадника, сбросил темп, встав на спокойненький кентер. Окружающий мир легонько покачивался у Сергея перед глазами...

В корпусе за Алтаем пришёл Полоцк. А Игелику не удалось стать даже пятым. Слишком рано поехал...

Серёжа крепко похлопал коня по шее. И, вновь поднявшись на стременах, дотянулся к его уху, чтобы тихо сказать:

— Спасибо, Кузьма...

Конь покосился на всадника, и на сей раз жокей увидел в его взгляде понимание и согласие. Он даже не удивился, когда Заказ совершенно по-человечески кивнул головой. Вполне возможно, впрочем, что Кузька просто пытался отделаться от надоевшего за скачку повода.

А всё продолжалось чуть более полутора минут...


Сергей короткой рысью подъезжал к паддоку.

Навстречу спешила пропасть народу, но он видел среди всех лишь одного. Дядя Петя бежал к нему со светящимися от счастья глазами и, кажется, плакал. Его бриллиант наконец засиял. И теперь это увидели уже все.

Серёжа спрыгнул с Заказа.

— Ну, Серый... — Пётр Иванович не находил слов. — Видел бы ты, как приняли... Я такого старта лет уже десять, наверное... А Алтая как растащил... Ну, Серый...

— Да не я это, — засмущался Сергей. — Это Заказ... сам всё.

— Ты мне-то рассказывай. Всё правильно... всё правильно сделал... вот тебе и показалось, что сам.... Всё-таки и мне на старости лет... Значит, повоюем ещё, пошумим напоследок... напомним кое-кому о себе... Слышь, Кузька? К международным будем готовиться... Вспомнят ещё жокея Гаврилова... — Пётр Иванович свирепо высморкался, отобрал у Сергея повод и сам повёл коня по дорожке: — Дыши, маленький, отдыхай... сейчас на награждение пойдем...

Заказ танцевал, волновался, широко раздувал ноздри. Его шкура потемнела от пота, но жеребец всем своим видом показывал, что был бы очень не прочь побегать ещё.

Знакомые и незнакомые лица окружили Сергея. Его поздравляли, хлопали по спине, жали руки. Сергей, ещё толком не пришедший в себя, кивал головой и неестественно улыбался, с трудом воспринимая происходящее. Конечно, он понимал, что одержал победу. Такую важную и для Петра Ивановича, и для Заказа, и особенно для него самого... Но полного осознания ещё не произошло.

— Сообщаем результат седьмой скачки... Победителем Большого Всероссийского приза для лошадей в возрасте трёх лет стал жеребец Заказ, выращенный в зерносовхозе «Свобода», под седлом мастера-жокея международной категории Сергея Путятина, тренер Гаврилов!.. На втором месте...

— Подстава!!! — ревели и свистели трибуны. — Деньги назад! Харитонова — на мыло!..

Спокойный голос судьи-информатора перекрыл истошные выкрики:

— Жеребец Заказ, тренер и жокей приглашаются к главной трибуне для награждения...

Серёжа снял наконец шлем. Короткие русые волосы намокли от пота и окончательно поднялись дыбом. Пётр Иванович тут же стянул с головы жокейский картуз старинного (теперь таких уже и не делают) покроя и сунул Сергею:

— Надень! Смотреть срам!..

Минута бесконтрольного упоения счастьем, когда старый тренер только не плясал на дорожке рядом с Заказом, благополучно прошла, и дядя Петя вновь стал самим собой. Собранным, сдержанным, строгим. Он решительно повёл к главной трибуне обоих своих воспитанников, всадника и коня. Сергей пошёл за ним, улыбаясь.

И снова грянула торжественная музыка марша.

— Коня по кличке «Заказ» выводит на награждение его тренер Гаврилов Пётр Иванович!

Заказ успел успокоиться и шёл чинно. Лишь изредка вскидывал голову, с презрительным достоинством оглядывая улюлюкающую толпу. Он-то знал, что победил честно!

Из ложи на центральной трибуне, досадливо сплёвывая на ходу, сбежал по лестнице коренастый русоволосый парень. Для него сегодняшние скачки однозначно закончились, и что ещё там дальше произойдёт, его не интересовало... Выйдя с ипподрома, он сунул в рот сигарету, и на солнце коротко блеснули два золотых зуба. Результат неудачного падения с лошади, случившегося ещё в юности, когда он занимался конкуром... Парень зорко огляделся по сторонам — и уверенно зашагал к хозяйственному двору, где дожидались своих пассажиров несколько автомашин-коневозов...

Награждение тем временем шло своим чередом. Напротив главной трибуны красовался покрытый скатертью стол, а на нём — внушительных размеров кубок, свёрнутая призовая попона... и ещё куча всяческих приятных мелочей. Дипломы людям, розетка коню, подарки, цветы... Рядом стояли директор ипподрома и главный спонсор призовой суммы. Этот последний держал в руках два конверта — жокею и тренеру. Вид у спонсора был очень солидный. Надобно думать, солидность распространялась и на содержимое обоих конвертов...

Пётр Иванович подвёл Заказа к столу. Музыка стихла, и директор ипподрома развернул заветную призовую попону. И медленно повернулся кругом, показывая зрителям синее шёлковое полотнище, расшитое серебром. Надпись «Победитель Большого Всероссийского приза» так и заиграла на ярком свету.

Пётр Иванович расстегнул подпруги и снял с Заказа седло.

— Wait a minute! Just one minute, please!..[1] — вполголоса обратился к тренеру человек, увешанный со всех сторон фирменной фототехникой. — Пожалюйста, один снимок голим... без седэл...

Опытный репортёр безошибочно выбрал момент — отказать ему Пётр Иванович просто не мог. Кивка головой оказалось достаточно. Иностранец молниеносно расчистил пространство возле коня и, чуть отступив, вскинул к глазам аппарат.

Тот коротко прожужжал раз пять-шесть кряду, запечатлев всех троих.

Петра Ивановича с седлом.

---

[1] Подождите минутку! Всего одну минутку, пожалуйста!.. *(англ.)*

Настороженного, любопытно косящегося Заказа.

И Серёжу, держащего в одной руке букет, а в другой повод...

— Thank you very much![1] Прекрасний лёшадь! Tack se mycket![2] — И, повернувшись к Сергею, выразительно поднял большой палец: — You're the best indeed! Super class jockey![3] Молодес!!!

Сергей смущённо улыбался, а репортер сделал ещё несколько снимков. Мало ли — вдруг пригодятся...

Наконец Заказа облачили в призовую попону, и под торжественный марш Пётр Иванович повёл его вдоль трибун ипподрома. Страсти уже поулеглись — с трибун коня приветствовали дружными аплодисментами.

Возле паддока Пётр Иванович хотел передать коня Егорычу. Тот чуть ли не бегом спешил им навстречу и был ужасно чем-то доволен.

— Дядя Петя, а можно, я сам его домой отведу?.. — завладел поводом Сергей. И повёл любимца по тенистой аллейке к конюшне. Точно так, как когда-то давно, когда Кузя ещё несмышлёнышем-жеребёнком гулял со своим «мамкой» в родной Михайловской... Серёжа держал повод длинно, и конь, опережая его, изящно изгибал шею, заглядывал парню в глаза, будто спрашивая: «Ну, что ты там отстаёшь? Шагай побыстрей. Смотри, как интересно вокруг!..» Сергей улыбнулся и... неожиданно протянул коню хлыстик. Рукоятью вперёд.

Заказ остановился... Посмотрел на него, ни дать ни взять тоже вспоминая что-то далёкое, порядком забытое... и вдруг потянулся к хлыстику мордой. Осторожно взял в зубы кожаный шарик набалдашника, секунду подержал, плавно покачивая головой... а потом шлёпнул сам себя по груди. И задиристо, словно обидевшись неведомо на кого, топнул передней ногой...

---

[1] Спасибо большое! *(англ.)*
[2] Спасибо большое! *(шведск.)*
[3] Вы действительно лучший! Жокей суперкласса! *(англ.)*

— Вспомнил, шельмец! — рассмеялся Серёжа. Это была их с Заказом старинная игра; годы с тех пор прошли, а памятливый конь, оказывается, не забыл.

Он до самой конюшни нёс хлыстик в зубах, время от времени шлёпая себя по груди, топая и с удивлением поглядывая после этого на Серёжу.

Через две скачки объявили выдачу на Заказа в тотализатор. Ставок на неожиданного победителя сделали мало, так что выдача получилась умопомрачительная. На свой «чирик» Вовка огрёб почти тысячу долларов и от счастья пустился вприсядку. К тому времени он уже порядочно захмелел, ноги заплетались кренделем, но это, конечно же, никакого значения не имело. Выигрыш необходимо было срочно отметить! Для начала Вовка велел Сёме бежать в магазин, и Сёма, привыкший быть с ним за старшего, побежал. Воля миллионера — закон...

# Глава вторая
## ПАНАМА

> Бомбы, драки... Теперь ты получил представление, что такое скачки.
>
> *Дик Фрэнсис*

*Ранние детские воспоминания чаще всего отрывочны и ненадёжны, как предрассветные сны. Но бывает и так, что жизнь беспощадно врезает их в память, оставляя там навсегда.*

*Тошке было четыре года, когда они с мамой и папой поехали летом на юг. Однажды утром они сели в автобус и отправились куда-то вверх по горной дороге. Узкое шоссе местами было врезано в склон, и мимо окна проплывали щербатые, прихотливо наклонённые слои разноцветного камня, серого и желтоватого. Потом серпантин поворачивал, и были видны кипарисы на обочине и чаша моря, медленно отступавшая в беспредельность. «Смотри, смотри, какой вид!» — говорила мама, но Тошку больше занимал сам автобус. Странный и немного смешной. В точности как дома, но только без крыши. Он дребезжал и скрипел и еле-еле втаскивал себя на подъём, сигналя мчащимся навстречу машинам и собратьям-автобусам, а иногда уворачиваясь от них. Куда, собственно, они ехали и что было там, наверху, Тошке запомнилось хуже. А потом они двинулись в обратный путь, и теперь уже их автобус лихо мчался с горы, а встречные ползли медленно и натужно ревели моторами. Тошка устал от впечатлений и новизны и сперва начал клевать носом, затем перестал бороться с сонливостью и задремал.*

*Проснулся он от страшного скрежещущего удара. Судьбе было угодно, чтобы из обрыва, нависавшего над дорогой, неожиданно посыпались камни. Наверное, они* ждали много лет, выбирая именно ту минуту, когда к слепому повороту, не видя друг друга, с двух сторон подъехали две машины: снизу — бежевая «Победа», а сверху — Тошкин автобус. Водитель испуганно выкрутил руль, тормозя и пытаясь уберечься от столкновения, но выбор у него был небогатый. Лоб в лоб с «Победой» — либо в кучу камней, ещё продолжавших катиться. В довершение всех бед, легковушка шарахнулась в ту же сторону, и громоздкий автобус всё-таки налетел левым колесом на крупный обломок. Скорость была приличная... автобус подпрыгнул, как игрушечный, его отбросило и с размаху швырнуло на каменную стену. Правые колёса провалились в кювет, машина тяжело накренилась, и весь борт сплющило о скалу, зубастую от торчащих осколков породы. Рваный металл тотчас же окрасился человеческой кровью...

Тошку спасли родители. Сознательно, рефлекторно или случайно — он этого не узнал никогда. Факт тот, что папино тело прикрыло его, втиснув в мягкий мамин живот... Он не понял, что случилось. Спросонья даже посчитал было всё это игрой, но мама и папа никак не отзывались на его барахтанье, зато кругом слышались отчаянные, страшные крики... Тошка начал уже всерьёз задыхаться, когда его вытащили из-под недвижных родительских тел....

Дальнейшее он помнил хуже, и лишь одно впечаталось в память невероятно ярким стоп-кадром. Его несут на руках прочь от смятого, поваленного набок автобуса с нелепо задранными колёсами. А в автобусе много людей, и они лежат неподвижно и все как один смотрят на него, и глаза у них застывшие, полные неподдельного изумления... Особенно у одного...

Тошку усадили на камушек при обочине и надели на головку огромную чужую панаму...

Он не плакал. Сидел и смотрел, как прибывали и отбывали машины «Скорой», как появился трактор и, зацепив тросами, поставил мёртвый автобус опять на колеса. Потом автомобили начали разъезжаться. И только тогда Тошку снова кто-то заметил и стал громко кричать: «Чей ребёнок? Чей ребёнок?..»

*...В пропахшем лекарствами приёмном покое больницы он тихо сидел на кушетке, пока не пришла тётенька врач. «Охти, тощой-то, ну прям заморыш, — посочувствовала она. Погладила его по головке и сделала вывод: — Из Ленинграда, наверное. — Потом удивилась: — А панама-то, панама...» Где ж было знать, что эта самая панама прилипнет к нему на всю жизнь. Войдёт в фамилию, станет прозвищем, то ироничным, то ласковым — в зависимости от обстоятельств. И даже жена в минуты наивысшей нежности будет называть его именно так. А потом случится ещё много всякого разного, и всё пройдёт, и любовь, и нежность, и жена станет бывшей...*

*Но покамест у четырёхлетнего Тошки вся биография была ещё впереди. Он, конечно, не осознавал, какой крутой поворот эта самая биография только что совершила. Просто сидел и ждал, чтобы за ним пришла мама, но мама всё не приходила и не приходила. Кто-то из уцелевших в автобусе, естественно, рассказал о молодой паре с ребёнком. Документы родителей вроде бы отыскались, но в неразберихе, а может, и по чьей-то халатности их вновь потеряли. В результате Тошка попал в детский дом. Позже он задумывался о том, что у него, по всей вероятности, где-то должны были быть родственники. Дедушка, бабушка, которых он смутно помнил и которые наверняка искали его. Но... в те годы крупных аварий с жертвами у нас «не было». Корабли и подводные лодки умудрялись бесследно исчезать, не то что пассажирские автобусы — и маленькие мальчики, ездившие в них с мамами и папами... Вот так Тошка остался на белом свете один. Имя-отчество свои он знал: «Антоша я... а папу — И-о-ием...» А вот фамилию: «А-я-о-ев...» — так никто расшифровать и не смог. В свои четыре года он говорил ещё не особенно хорошо...*

Следователь Сайской городской прокуратуры Антон Григорьевич Панаморев загасил очередной окурок, строго посмотрел на переполненную пепельницу и решительно встал из-за стола: «Всё. Перерыв!»

Окурки полетели в мусорное ведро, а на тумбочке ворчливо забормотал электрический чайник. Волевым порядком Антон Григорьевич переместил в самый дальний угол огромного стола стопку уголовных дел, отработанных за день. На освободившееся пространство легла расстеленная газета, а сверху — пакет, распространявший запах пряностей и баранины. Сегодня, возвращаясь с очередного места происшествия в прокуратуру, Панаморев заглянул к знакомому калмыку, — тот недавно открыл своё дело и вовсю торговал манты — восточными пельменями, крупными, как пирожки. Состав фарша был коммерческой тайной, но манты оставались необычайно вкусны даже застывшими. Хотя сам калмык — знаток и гурман — в таком виде их есть бы точно не стал...

Антон Григорьевич включил радио.

Запах пряной еды, шум закипающего чайника, тихая музыка и мягкий свет от настольной лампы умудрились на время превратить казённый кабинет в уютную комнату. Преображению не могли помешать даже стены, покрытые самой что ни есть «сортирной» зелёной масляной краской. Ещё в его кабинете имелся старый-престарый диван с очень высокой, в рост человека, местами лопнувшей спинкой. Панаморев беспардонно плюхнулся поперёк и потянулся так, что захрустели суставы. Закрыл глаза и застыл минуты на две. Потом резко вскочил, ринулся к настежь раскрытому зарешёченному окну, схватился обеими руками за прутья (те даже зашатались в гнёздах) и шёпотом закричал в темноту:

— Сво-бо-о-о-ду-у...

Накопившееся напряжение постепенно начало уходить. Закрепляя эффект, Панаморев тряхнул стариной и, подхватив воображаемую партнёршу, сделал по комнате несколько замысловатых танцевальных па. Когда-то он танцевал с удовольствием и очень даже неплохо, но те дни, как и почти всё хорошее в его жизни, давно миновали. Ни на танцы, ни на вечеринки он больше не ходил, и партнёрши всё чаще были, как вот теперь, воображаемыми...

Чайник между тем закипел.

— Вкусный мант — тёплый мант! — зловеще пробормотал следователь. Бесплотная дама осталась без кавалера: Панаморев снял с кипящего чайника крышку, устроил поверх решетку от вентилятора и стал выкладывать на неё свою будущую трапезу — греться над паром. Предприниматель-калмык, наверное, схватился бы за сердце, но что поделаешь, если настоящий манты-каскан далеко, а кушать хочется?.. Пока еда дозревала, Антон Григорьевич вернулся в своё рабочее кресло и взял в руки тоненькую папочку, только сегодня переданную ему операми.

«...В семнадцать часов тридцать восемь минут хозяйкой дома номер 57 по улице Песчаной Сорокиной К. Е. был обнаружен труп пожилого мужчины...»

Почерк оперуполномоченного уголовного розыска сам по себе был криптограммой хоть куда. И, что характерно, исключением не являлся. Антон Григорьевич мрачно подумал о том, что следственные действия по праву начинались уже на стадии расшифровки протоколов и прочих бумаг, написанных здешними операми «от руки».

«...Предположительно наступила от удара тупым тяжелым предметом по голове. При жизни труп, очевидно, находился в стадии сильного алкогольного опьянения — от тела исходит сильный винно-водочный запах. Документов и денег в карманах убитого не обнаружено...»

Манты оттаяли, залоснились от жира. Антон Григорьевич встал, переложил их на обколотую тарелку со старинной надписью «Общепит», заварил себе из того же чайника крепкий чай и вернулся к столу.

Тоненькая папочка легла дожидаться в сторонке, а первый мант наконец отправился туда, где ему давно уже пора было быть.

Панаморев сегодня сам выезжал по этому вызову... Опера, явившиеся оформить бытовую смерть, обнаружили травму черепа и сразу вызвали следователя. Песчаная — это вблизи ипподрома, куда некоторые ненормальные ходят смотреть скачки. Судя по всему, этих ненормальных там вчера было множество. От-звуки спортивных событий вовсю ощущались даже в седьмом часу вечера, когда милицейский «Уазик» до-ставил Панаморева к дому гражданки Сорокиной. Там и сям гомонили компании подвыпивших болельщи-ков, до сих пор что-то не до конца выяснивших по поводу сегодняшних скачек. Одна из таких компаний, шедшая мимо, без проблем (если не считать пробле-мой ужас и горестное изумление при виде мёртвого тела) опознала убитого пенсионера. В нём сразу опре-делили одного из завсегдатаев ипподрома... Говорили, будто сегодня он порядочно выиграл... первый раз за всю его жизнь... вот, стало быть, доигрался...

Антон Григорьевич нахмурился и сосредоточенно отхлебнул горячего чая.

Что жизнь — жестянка, он понял уже давно. С детства объяснили. А во что сразу не въехал — на-шлись добрые люди, растолковали. Доходчиво и по-простому...

Второй, а следом за ним и третий мант быстренько отправились догонять первый. Несколькими глотка-ми Антон Григорьевич допил чай. Свернул газетную скатерть. Закурил новую сигарету.

Папочка снова легла посередине стола.

...В канаве на Песочной, неестественно подогнув ноги, лежал пожилой мужчина. Если бы не эти стран-но подогнутые ноги, Сорокина вряд ли бы что запо-дозрила — мало ли пьяных мужичков на родной ули-це дрыхнут что ни вечер в канавах!.. Однако даже очень пьяный человек, надумав поспать, всё же как-то укладывается, устраивается поудобней, а тут... Да ещё в сочетании с довольно приличной одеждой... Словом, женщина насторожилась и позвонила по телефону. Явилась милиция и обнаружила тут же, в канаве, программку сегодняшних скачек, гордо и не очень понятно именовавшихся «ипподромными испытания-ми». Какие такие испытания?.. Написали бы хоть «со-стязания»... Слово «испытания» чем-то не нравилось Антону Григорьевичу, чем-то неприятно цепляло его. Стоя над канавой, он повертел программку в руках, потом хмуро огляделся, засёк поблизости компанию тотошников — и безжалостно стащил мужичков с небес на грешную землю, заставив знатоков скаковых лошадей подойти и взглянуть на труп. На чём всё их веселье, понятно, сразу же кончилось.

Программка, судя по всему, выпала из кармана убитого, когда грабители обшаривали тело в поисках денег. Панама развернул её под фонарём, присмотрелся... Против кличек некоторых лошадей стояли пометки — всякие замены и перестановки, случившиеся в последний момент. Антон Григорьевич машинально отметил про себя, что почерк у погибшего был аккуратный, а пометки он привносил, явно особых душевных волнений по этому поводу не испытывая.

Только против клички «Заказ» неожиданно иссякшая шариковая ручка вместо аккуратной записи продавила судьбоносное «10 р»...

Голова убитого была беспомощно повёрнута в сторону, а глаза остались открытыми, и в них, остановленное смертью, всё ещё стояло неподдельное удивление...

Точно такое, как в тех, других глазах, что смотрели на маленького Тошку из опрокинутого автобуса...

Сигарета кончилась. Панама встал, заварил себе ещё чаю. Последний мант сиротливо возвышался над чайником, поблескивая вспотевшими от пара боками. Есть Антон Григорьевич его не стал.

«...При осмотре места происшествия установлено следующее: тело обнаружено под забором, в канаве слева от сарая. Труп лежит вертикально, уточняю, горизонтально — параллельно оси симметрии...»

«Во дают опера, — усмехнулся про себя Антон Григорьевич. — Кивинова начитались. „Труп лежал на Зине Портновой головой к Маршалу Казакову“...»

Дело выглядело глухарём. Ни свидетелей, ни очевидцев. Поди найди того, кто в многотысячной толпе ипподрома наметил своей жертвой пенсионера, сорвавшего большой куш и на радостях крепко «принявшего». Безоглядную радость старика видели многие. Может, не тысячи, но уж сотни — это как пить дать. Если даже подошедшие на место происшествия тотошники вспомнили, как он вприсядку плясал...

«...*Коснулось счастье тебя крылом...*» — пришла Панаме в голову строчка из какой-то песни. «...*Предположительно наступила от удара тяжелым тупым предметом по голове...*» Да уж... жизнь бьёт ключом, и всё гаечным, и всё по голове...

Панама посмотрел в темноту за окном и выругался — тихо, но с большим, выстраданным чувством. Ипподром!.. Дивное место, где расцветали махровым цветом самые сокровенные стороны человеческих душ. Народ здесь постоянно тянуло на подвиги, не дававшие остаться без куска хлеба милиции и прокуратуре... Да какой народ!.. В программке, почему-то именовавшей скачки «испытаниями», среди прочего значилась и фамилия главного спонсора, от одного вида которой... Антон Григорьевич мотнул головой, запрещая себе углубляться в воспоминания, разжал в карманах стиснутые кулаки и вздохнул. Испытания, блин!.. Точно надо будет выкроить время, заняться и обязательно разгрести эту помойку. Испытатели...

Хмурясь, он сунул тощую папочку в сейф, затворил окно, подхватил сумку — и вернулся с порога комнаты, чтобы забрать с чайника скользкий, остывший по второму разу мант. Не пропадать же добру...

Городская прокуратура находилась в здании старинной постройки. Толстые стены делали своё дело, и кабинет, точно погреб, круглые сутки хранил какое-то подобие прохлады. По сравнению с которой на улице была атмосфера только что выключенной духовки. Панама шагнул с крыльца в жаркую обволакивающую темноту и привычно подумал о том, что отпущенный ему на этом свете отрезок времени уменьшился ещё на двадцать четыре часа. Не то чтобы его так уж сильно огорчал сам этот факт; тошно было *отбывать* свой срок на земле. За последнее время, правда, он и к этому уже попривык...

Здание прокуратуры выходило на круглую площадь, по которой пролегал маршрут городского троллейбуса. («У нас пятьдесят три *марки* троллейбуса, — шутили сайчане. — Пятьдесят первый, пятьдесят второй и пятьдесят третий...») Соответственно, на газоне в середине площади кольцом стояли высокие металлические столбы, к которым крепились растяжки троллеев. По столбам карабкались густые стебли плюща, превращавшие стальную конструкцию в сплошной ворох зелени. Достигая растяжек, стебли устремлялись по горизонтали, и из-за этого столбы даже днём казались великанами с крестообразно раскинутыми руками. В темноте впечатление усиливалось многократно. Панама никогда не интересовался, что думали на сей счёт другие жители Сайска, виделось ли кому-то ещё то отчётливо страшноватое и трагическое напряжение, которое на этой площади всякий раз заставляло вздрагивать его самого. Он не считал себя впечатлительным человеком, просто переживание казалось слишком интимным, чтобы допускать в него кого-то ещё. И он был, в общем, рад, что окно его кабинета выходило в другую сторону и хоровод распятых чудовищ не попадал в поле зрения при каждом взгляде наружу...

Антон Григорьевич поднял голову, посмотрел в усеянное крупными южными звёздами небо и принял закономерное решение напиться. Чтобы хоть на какое-то время всё провалилось, сгорело синим огнём и заросло лопухами...

Идти домой было недалеко. Жил он здесь же, почти в центре Сайска — всего в пяти кварталах от прокуратуры. На центральном проспекте, бывшем Ленина, а ныне Потёмкинском, светились аккуратные шарики фонарей, курсировал общественный транспорт, сновали машины с явным преобладанием иномарок и даже работали кое-где уличные кафе — белые пластмассовые кресла, музыка, шашлыки... Но стоило свернуть за угол, и сразу вспоминались пресловутые «потёмкинские деревни», а также то, что «Потёмкин» — это, вообще говоря, от слова «потёмки». Ибо сквозь убогий лоск центральных фасадов мощно выпирала небритая физиономия уездного «города Мухосранска», как про себя величал его Панама. Исправные фонари здесь попадались не чаще двух на версту, газоны зарастали могучим чертополохом, а листва высоких пирамидальных тополей от пыли и сухости шуршала, как жестяная. Но веяние реформ добралось и до серых задворок «потёмкинской деревни». Впереди, словно путеводный маяк, светились яркие неоновые буквы: «24 ЧАСА», а чуть ниже — «Магазин-супермаркет». Гордое наименование относилось к малюсенькому магазинчику, устроенному в бывшем подъезде. Хоть киношников привози, пародию снимать про особенности национального капитализма!..

Вечерний маршрут прокуратура — «супермаркет» — квартира был привычен до тошноты. Панама подошёл к магазину и только тут заметил в пятне света из витрины нечто для себя новенькое. А именно человеческий силуэт. На оконной нише полусидела женщина лет сорока с небольшим, одетая, что называется, «бедненько, но опрятно». Руки безвольно лежали на коленях, голова скорбно склонялась к груди. В такой позе можно сидеть бесконечно долго. При наличии определённой тренировки, конечно, — но кто говорит, будто хлеб насущный даётся нищим легко?.. Панама присмотрелся. «Рабочее место» было оборудовано с явным знанием человеческой психологии. Имел место весь джентльменский набор. Тут тебе и симпатичная мисочка, стоящая на складной табуретке, и иконка, и фотография милого детского личика, и жалостная подпись при ней («нуждается в срочной... люди добрые... пожалуйста... хотя бы на хлеб...»). Просить, в общем, прошу, жизнь заставила, но достоинства не теряю.

Однако профессионала не проведёшь, и Панама нищенке не поверил. Лишь мысленно фыркнул: «С высшим образованием небось...»

Само по себе это обстоятельство не вызывало у него ни осуждения, ни насмешки, — Антон Григорьевич знал, на каком свете живёт. Если уж в нынешнюю эпоху зарплата классного специалиста (следователя в том числе, кстати!) есть скорее тема для анекдотов, чем реальное вознаграждение за ум, знания и труды... Однако грош цена была бы Панаме, если бы он не умел отличить профессиональную сборщицу подаяний от человека, действительно попавшего в беду.

«Ты, милая, поди больше меня зарабатываешь...» — усмехнулся он про себя и шагнул мимо нищенки к двери магазина. Было время, когда он занялся бы ею сразу, не отходя, как говорится, от кассы, и не успокоился бы, пока не вывел на чистую воду... Да. Было. И сплыло. Очень от многого уже отучили некогда блестящего важняка, наивно полагавшего, что вор должен сидеть в тюрьме. Чего доброго, отучат и ещё от чего-нибудь...

Он протянул руку к дверной ручке (откроешь, и внутри тренькает колокольчик), но тут дверь неожиданно резко распахнулась навстречу. Из магазина этак по-хозяйски стремительно вышел коренастый, крепкий, русоволосый парень с большим пластиковым пакетом, наполненным разной снедью. Дверь ударила Панаму по руке, но коренастый не то что не извинился — ещё и бесцеремонно отодвинул следователя с дороги плечом.

— Не подаю! Блин, развелось тут... — зло бросил он Антону Григорьевичу. — Шагу не ступить, мать вашу!

И быстро зашагал на ту сторону улицы, где в темноте, под давно скончавшимся фонарём, стоял высокий угловатый фургон.

Опешивший Панама молча проводил парня глазами... Он знал, что не выглядит солидным начальником, но чтобы его с ходу записывали в попрошайки?.. Это было уже что-то новенькое...

Мотор грузовика выдохнул в тёплую южную ночь ядовитое чёрное облако, но потом заурчал неожиданно приятно и ровно, так, как работают дизеля только на импортных автомашинах.

Парень с пакетом быстро залез на пассажирское место и властным тоном распорядился:

— Поехали!

Панама сделал вывод, что угодил под горячую руку работяге, шофёру-дальнобойщику, уходящему в ночной рейс, и обида несколько улеглась. Пожалуй, парень даже в чём-то был прав. Хоть и высказался по-хамски...

«Завтра же участкового подниму, — решил Панама, провожая взглядом неуклюжую махину грузовика. — Пусть-ка выяснит, что за птичка Божия здесь у окошка сидит...»

Машина тронулась мягко и плавно, но из фургона послышался какой-то дробный грохот. А потом — недовольное ржание.

Задний борт машины уже уплывал в темноту. Его украшали яркие флюоресцентные буквы, гласившие на трёх языках:

ОСТОРОЖНО! СПОРТИВНЫЕ ЛОШАДИ!

Панама рефлекторно посмотрел на номер. Тот, как водится, оказался изрядно запылён. Единственное, что он успел разглядеть в темноте, было «...78 RUS».

Индексы госномеров своего региона он знал на память. «Семьдесят восьмой» прибыл явно издалека...

«Откуда бы это гастролёры такие отмороженные? — Следователь почувствовал, что его обошли буквально со всех сторон, и внутренне ощетинился. — Опять ипподром!.. Ну что за карма такая!.. Хоть бы что хорошее для разнообразия, так ведь нет!..»

Воображение, впрочем, тут же нарисовало ему многокилометровый путь по тёмному ночному шоссе, да притом ещё и с капризной живой драгоценностью в кузове, и Панама вновь несколько смягчился.

«Всё-таки психи они, эти лошадники. Тащатся к чёрту на кулички, и, может, всего-то ради одной скачки... И добро хоть выиграть, а этот, по всему, последним пришёл... Ну ладно... Их дело...»

Панама вновь протянул руку к двери. Дверь, опять же по последней моде, была сплошь застеклённая, зато внутри крохотного «супермаркета» не наблюдалось ни единого покупателя. Лишь две молоденькие продавщицы сидели в углу за прилавками, посмеивались и о чём-то загадочно перешёптывались. Не иначе, «гастролёр» своим бандитским очарованием сразил девушек наповал...

Колокольчик тренькнул, и они подняли головы.

— Ага, — сказала одна другой на ухо. — А вот и твой «хамсовый» пришел.

И обе опять прыснули со смеху.

Девушка, «чьим» был назван Панама, сразу поднялась на ноги и с улыбкой склонилась над рыбным прилавком. Улыбка у неё была не заученная, дежурно-вежливая, а самая обычная и приятная.

— А мы уж вас заждались, думали, не придёте... Время-то... Всё приготовили, оттаяли даже... Чуть назад в морозилку не отправили. Триста грамм, как всегда?

Кто такой Антон Григорьевич, девушки не имели никакого понятия. Просто каждый вечер к ним в магазин заходил этот ещё молодой и уже поэтому интересный мужчина и брал всегда одно и то же — триста граммов мороженой хамсы, мелкой и оттого дешёвой рыбёшки. Продолжалось это изо дня в день, и со временем Панама стал постоянным клиентом по прозвищу «хамсовый». Больше ничего Антон Григорьевич в этом магазине не покупал. «24 часа» был из дорогих. Хамса тоже стоила чуть-чуть дороже, чем в других местах, но Панама всегда приобретал её именно здесь, и притом поздно вечером, по дороге домой. Иначе не убережёшься от весьма специфического амбре на работе. Ведь засмеют!..

«А может, — снова мелькнуло у него в голове, — шоферюга-то потому так и разошёлся, что за харчи переплатил?.. Нет... Скорее оттого, что у пакета одно ушко от тяжести оборвалось, то-то он его к груди прижимал, а баночки и коробочки внутри отсвечивали ещё те... Делайте со мной что хотите, но шведскую селёдку и французскую ветчину на последние деньги не покупают...»

К чёрту!!! Мало в своё время по башке надавали, ещё захотел?!.

Панама взял двумя пальцами полиэтиленовый мешочек с хамсой и, вспомнив решение, принятое на площади, неожиданно обратился к продавщице:

— Будьте любезны, ещё полбуханки хлеба и бутылочку... ну... пожалуй... Посоветуйте, а? «Русской», может?..

Милая девушка уставилась на него в полном недоумении. Потом до неё дошло, что и «хамсовый», оказывается, может себе что-то купить, как все прочие люди. Когда её перестало клинить на заранее подсчитанной стоимости трёхсот граммов рыбёшки, девушка доверительно сообщила:

— Вы знаете, «Русская» вроде не очень... Возьмите лучше «Брынцаловку». Она подешевле, да и московская, только что завезли. Наши пробовали — ничего, говорят, забористая...

— Уговорили, давайте вашу забористую. Отведаем, чем нас благодетель обрадует...

«Забористая... — невесело усмехнулся он про себя. — *Тело обнаружено под забором в канаве...* Не её ли ты, друг, перед тем пил? Тут дождёшься, что после этой забористой и меня в канаве найдут...»

— А не отравлюсь? — на всякий случай обратился он к молоденькой продавщице.

Та вновь улыбнулась в ответ:

— Наши все за милую душу употребляют, и ничего, живы пока.

— Ну и ладненько... — Панама расплатился и стал укладывать покупки в сумку. И тут на глаза ему снова попался мант, сиротливо лежавший на дне. Несчастный пельмень был облеплен полиэтиленовым пакетиком, сморщенным от недавнего тепла, и вид имел, прямо скажем, непрезентабельный. Однако — Панама-то знал — при всём том мант оставался съедобен и даже вкусен. Настоящий подарок голодному человеку, просящему Христа ради хотя бы на хлеб.

Антон Григорьевич решил провести следственный эксперимент.

Выйдя на улицу, он подошел к просительнице, скорбно склонившей голову при его приближении, и положил мант в полиэтиленовом мешочке ей в мисочку для подаяний.

— Ах ты, твою мать!..

Антон Григорьевич почувствовал себя отомщённым. Реакция нищенки явилась блистательным подтверждением его выкладок, а любого специалиста-филолога услышанное привело бы в сущий восторг. В спину удалявшемуся Панаме прозвучало и пожелание доброго пути (его послали эпически далеко и надолго), и развёрнутая характеристика некоторых его родственников (по женской линии в основном), и рекомендация по наилучшему использованию предложенного продукта (с красочной характеристикой анатомических отверстий, куда мант следовало засунуть), и прочее, прочее, прочее...

Антон Григорьевич удалился по направлению к дому, не оглянувшись и не произнеся ни слова в ответ. Посмотрим, какое красноречие обнаружится у «девушки с высшим образованием» назавтра, когда здесь появится участковый. А потом, даст Бог, сиротинушка казанская очутится прямо у него, Панамы, в кабинете. Тоже, судьбою обиженная...

Через пару кварталов Антон Григорьевич свернул в проход между двумя пятиэтажками к старенькому особнячку, притаившемуся в глубине двора за крохотным сквером. Тут он и обитал — в коммунальной квартире с двумя пожилыми соседками.

Неожиданно сзади мелькнула тень.

Антон Григорьевич уловил её боковым зрением и остановился.

К нему с трех сторон приближались ночные обитатели двора. Да не короткими пугливыми перебежками, а во всю прыть:

— Мя-а-у!

Антон Григорьевич улыбнулся: «По шагам знают, паршивцы!»

Он перекинул сумку подальше за спину, подхватил горстью пакет с хамсой и часть содержимого высыпал вокруг себя веером. Коты с жадностью бросились к угощению. Серый и рыжий устроились рядышком, голова к голове, а чёрный, самый мордастый, с урчанием схватил зубами первую подвернувшуюся рыбёшку, прижал лапой другую и ещё принялся отталкивать серого, покушаясь на его законную пайку.

— Ешь, дурачок, всем хватит! — вслух засмеялся Панама. — Будешь жадничать, сам голодный останешься!

И действительно, серый кот не стал тратить время на разборки с обидчиком: повернулся к нему задом и приступил, насколько мог видеть Панама, уже к третьей рыбёшке.

Антон Григорьевич почувствовал прикосновение к правой ноге, привычно посмотрел вниз и увидел свою любимицу — небольшую трёхцветную кошку, ласково трущуюся спинкой о его брюки.

— Ах ты, маленькая... — Панама присел на корточки и высыпал остатки рыбёшки из пакетика ей в персональную кучку, прямо возле своей ноги. Кошечка выгнулась, издала некий совершенно особенный звук — нечто среднее между отрывистым мурлыканьем и тявканьем — и аккуратно принялась за еду.

Панама был давно с ней знаком и успел сделать вывод, что бродяжничала она не всегда. Не иначе, успела пожить в доме, в семье. Во всяком случае, вороватой дикости уличных котов у неё не было и в помине. Она никогда не выпрашивала угощения, а ела не спеша, деликатно, время от времени даже отрываясь от трапезы, чтобы вновь потереться спиной или ушком о Панамину ногу.

— Анжела, Анжела... — Антон Григорьевич осторожно гладил любимицу. Может быть, однажды она поймёт, что это её имя, и начнёт откликаться. А пока он каждый вечер испытывал некоторое волнение, ожидая, появится ли, подбежит ли трёхцветная. Кошечка ласковая, доверчивая — в наше время таким непросто живётся...

Он назвал её Анжеликой, маркизой ночных ангелов, в один тёмный мартовский вечер, когда разъярённые соседи швыряли из окон пустые бутылки, пытаясь если не попасть, то хоть распугать горластых тварей, будораживших сиплыми полуночными воплями окрестное человечество. Антон Григорьевич тогда, помнится, первым долгом подумал, что дело вполне может кончиться увечьем для какого-нибудь позднего прохожего, которому достанется бутылкой по голове. Он вышел во двор, несколькими зычными окриками (благо здесь его уже знали) прекратил канонаду — и увидел виновницу переполоха. Коты срочно прервали выяснение отношений и брызнули врассыпную, а она неожиданно подошла и, к полному изумлению сурового следователя... ласково потёрлась о его ногу.

С тех пор ночных «музыкантов» никто больше не обижал — всем было известно, что Антон Григорьевич прочно взял котов под защиту. Гораздо меньше соседей знало о причине, побуждавшей его покупать каждый вечер хамсу, и о том, что он называл трёхцветную кошечку Анжеликой. А сам он временами вспоминал бывших друзей и со страхом осознавал: пропади Анжела, и горевать о ней он будет сильнее, чем о некоторых двуногих. Вот такие дела...

Панама со вздохом выпрямился и побрёл к подъезду. Осталась позади самая приятная часть ещё одного вечера; теперь только чего-нибудь пожевать — и в койку до завтра... а потом опять на работу... Он почувствовал, как накатывает тоска, вспомнил о «Брынцаловке» в сумке и оглянулся на пирующих котов. Те не обратили на его уход никакого внимания: им, как и большинству людей, нужен был не он сам, а в основном то, что он мог дать...

И только Анжела оставила угощение и побежала с ним рядом, гортанно курлыча, напевая ему что-то нежное. Заглядывала ему в глаза. Даже, рискуя попасть под ноги, прямо на ходу пыталась к нему приласкаться. На пороге подъезда Антон Григорьевич взял её на руки, погладил и, прижавшись губами, подул в нежную шелковистую шёрстку на её шее. Анжела тянулась к лицу, мурлыкала, принюхивалась, касалась влажным носом его подбородка и щёк. Он аккуратно поставил её на лапки и шёпотом произнёс:

— Ну... беги к своим ангелам.

Кошка, будто поняв, что ей сказал человек, ещё чуть-чуть постояла с ним рядом, а потом лёгкими бесшумными прыжками растворилась в ночи.

Лестница на третий этаж была изрядно замусорена. Открыв дверь, Панама вошел в квартиру, и навстречу ему сейчас же попалась одна из соседок. Пожилая женщина шествовала по коридору с полотенцем на шее, подталкивая в спину своего внука Кирюшку. Судя по всему, второклассник пребывал в том специфическом состоянии, когда слипаются глаза и ужас как хочется спать, но на вечернее мытьё до того лень тратить энергию, что поход в ванную и, соответственно, сон откладываются до бесконечности.

— Иди, лентяй, топай, — беззлобно ворчала старушка. — Ох и грязнули вы, мужики!.. Ну-ка пошевеливайся, валенок...

Увидев Панаму, соседка заулыбалась:

— Вечер добрый, Антоша, вы борщика горяченького не хотите?.. А то у меня на плите ещё не остыл, так вы наливайте... Да иди же ты, пострел! — вновь подтолкнула она внука. — Чего вылупился?

Кирюша действительно замер посреди коридора, сосредоточенно разглядывая соседа, которого чуть ли не первый раз видел вблизи. Пацанчик жил у бабушки уже неделю — родители, приславшие его, уехали в отпуск. Кирюшка был взрослым самостоятельным человеком и бабулю всерьёз не воспринимал. Она и попугивала внука суровым соседом-милиционером. Антон Григорьевич говорил мало, уходил рано, приходил поздно — мифологический персонаж, как нельзя лучше подходящий для детской страшилки...

Его присутствие благотворно сказалось и на сей раз. Оглядывающийся отрок был-таки отконвоирован в ванную комнату. Там немедленно зашумела вода, а немного погодя слуха Панамы достиг смешной мальчишеский гнев:

— Ну ба-ушка, ну отстань! Я са-а-ам... — Заботливая бабушка, для которой герой галактики был всего лишь несмышлёным внучком, явно пыталась собственноручно намылить ему лицо: так-то верней.

Когда тобой пугают детей, это на самом деле не особенно радует. Но при всём том соседки (интересно, за какие заслуги?..) Панаму любили. Между ними даже существовал этакий сговор — обе старались подкармливать одинокого соседа, да и в целом как могли скрашивали его холостяцкую жизнь. Кто вообще сказал, будто холостяк — это законченный эгоист, который живёт один исключительно оттого, что ни в какую не желает поступаться личным комфортом?.. Может, для кого-то это было и так. Для Шерлока Холмса, например, с его миссис Хадсон...

Доходя в своих размышлениях до этого места, Панама обычно усмехался и говорил себе, что у него таких «миссис Хадсон» было аж целых две. То полотенца его постирают («А мы тут, знаете, заодно...»), то сугубо по ошибке вычистят его чайник, то совершенно нечаянным образом сварят ещё на одну персону борща. И то правда — где ж ему ещё и борщом заниматься, когда он домой в двенадцать ночи только является?.. А вот явится — и тут, как по мановению волшебной палочки, в коридоре возникнет какая-нибудь из соседок (в ночной рубашке, торчащей из-под халата) и доверительно сообщит, что, мол, как раз собиралась поужинать — так не составит ли ей Антоша компанию?..

Панама, надобно признать, редко отказывался. Вот и сегодня с кухни доносились очень славные запахи, но...

— Спасибо, Анна Тимофеевна, что-то я... душа не лежит.

И вот из-за чего, спрашивается? Из-за убийства? А то мало он их на своём веку видел. И ничего, до сих пор несварением не страдал...

Может, что-то сдвинулось в мире? Что-то тяжеловесно готовилось к переменам?..

Панама прошёл в свою комнату, закрыл за собой дверь и вдруг подумал, что никакому участковому по поводу нищенки завтра не позвонит. И дело про убитого пенсионера он то ли раскрутит, то ли нет — какая, собственно, разница?.. Да гори оно всё синим огнём, ему что, больше всех надо?..

Он знал, что «депрессуха» рано или поздно пройдёт и он вернётся в своё нормальное устало-циничное состояние, но от этого было не легче. Панама вытащил из холодильника банку с солёной хамсой (купил как-то впрок для котов, да так и осталась невостребованной, вот и засолил, не пропадать же). Вынул из сумки хлеб и бутылку «подзаборной»... Сделал себе бутерброд и налил три четверти стакана — ровно сто пятьдесят граммов.

— Ну что ж... — вслух обратился он к убиенному пенсионеру. — За упокой души твоей...

*«По показаниям опрошенных свидетелей, тело предположительно принадлежит Соловьёву Владимиру Ивановичу...»*

— Вот так, Владимир Иваныч. Вот так...

Секунду подержал стакан на весу, потом выпил. Водка была на редкость противная. И притом тёплая. Антон Григорьевич критически посмотрел на бутылку и понял, что попытка напиться самым позорным образом провалилась.

Бывший важняк страдальчески сморщился, зажевал пойло бутербродом с хамсой. И лёг спать.

«Московская... Как же... Пробки с этикетками, может, вправду московские, а всё остальное... благодетели местные... — думал, засыпая, Панама. — Господи, до чего надоело...»

# Глава третья
## ЗОЛОТАЯ КРОВЬ

Что касается Сергея Путятина — он провёл остаток этого дня гораздо интересней и веселей, чем Панама. В сегодняшних скачках он больше заявлен не был и, пользуясь свободой, почти сразу после награждения отправился в город. Сердце его ликовало. Заказ, сам того не подозревая, принёс своему жокею не только победу на Дерби, но и ещё кое-что, чего он так долго ждал. Во время скачки Сергей об этом, конечно, не думал, — он, кажется, в те секунды не мыслил вообще, живя непосредственно ощущениями, — но после финиша, разбинтовав Кузькины ноги, вдруг широко улыбнулся и чмокнул жеребца в тёплый шевелящийся нос:

— Ну, спасибо, Кузьма... Теперь точно к Аньке в Питер махну...

Заказ дважды кивнул головой, словно отвечая жокею, потом ткнулся храпом ему в живот и игриво боднул, едва не сбив с ног...

Сергей мог бы позволить себе поймать такси или частника, промышляющего извозом, но выбрал троллейбус, шедший от ипподрома до центра. Основной поток должен был хлынуть ещё через час, когда закончатся соревнования; немногочисленные пока пассажиры косились на худущего парня в дорогих джинсах, фирменной футболке навыпуск и бейсболке с длинным козырьком. Бейсболка тоже была жутко фирменная — во всём Пятигорске второй такой не найдётся, куда уж там Сайску!.. Но куда больше, чем явно недешёвый заграничный «прикид», привлекало внимание выражение Серёжиного лица. Это же видно, когда человек витает в облаках, полностью забыв о грешной земле под ногами. «Везёт же людям. Ну точно — тыщу рублей выиграл. Ишь, как блаженный... — вручая парню билетик, не без зависти решила кондукторша. — Деньги к деньгам...» У неё самой было двое детей и безработный муж-инженер, так что все мысли неизбежно вращались вокруг финансового вопроса.

«Со свидания едет, — подумала молоденькая девушка, вошедшая в переднюю дверь. Присмотрелась и поняла: — Да нет, скорее уж на свидание...»

А старуха в белом платке, всю жизнь прожившая около ипподрома, поставила на колени корзину с варёной кукурузой, которую собиралась продавать на вокзале, и безошибочно угадала: «Жокей небось. Первым поди прискакал...»

Каждый из них был по-своему прав. Сергей незряче смотрел в окошко на проплывавшие мимо сады и белые мазанки, постепенно сменявшиеся городскими пятиэтажками, и даже не пытался согнать улыбку с лица. Близкие и давние воспоминания наползали одно на другое, и все были счастливыми, и каждое было ему дорого. А потом его мысли улетали вперёд, в завтрашний и послезавтрашний день, и хотелось поторопить время, чтобы завтра наступило скорей.

Он вспоминал Заказа на параде представления и в стартовом боксе, неузнаваемо и пугающе замкнутого, почти злобного... а на самом деле — сосредоточенного в предчувствии ДЕЛА, ради которого явился на свет...

А потом — бешеный спурт, когда, казалось, ещё чуть-чуть — и остался бы он, мастер-жокей, висеть в воздухе, не поспев ухватиться за вылетевшего из-под него жеребца...

И первый поворот... ни с чем не сравнимое чувство полёта и мощи...

И последняя четверть, когда Заказ расправил незримые крылья, а копыта перестали касаться дорожки...

А финиш?!..

Вот такие мгновения и остаются на всю жизнь, до глубокой старости будоража кровь...

Только обычная скачка, даже победная, сразу отодвигается куда-то назад, и другие события быстро задёргивают её пыльным занавесом будней: вот он, звёздный час, ушёл уже во вчера... на две недели... на год тому назад, и так жаль, что не повторить его, не вернуть. Сегодня всё было не так. Сегодня всё было по-другому, и не задержать хотелось чудесное мгновение победы, а... закрыть глаза — и открыть их часов этак через тридцать, когда лайнер компании «Пулково» уже пробьёт хмурые питерские облака и устало дрогнет всем корпусом, выпуская шасси...

Серёжа смотрел в троллейбусное окно, и пыльный асфальт то казался ему посадочной полосой, то превращался в летящую перед глазами скаковую дорожку. Только не сегодняшнюю, а совсем другую...

*Над пятигорским ипподромом висел послеполуденный зной. Завершив кентером последние полкруга, Сергей перевёл взмыленного жеребца на рысь, а потом и на шаг. И наконец спрыгнул на землю у конюшни своего отделения.*

*— Витёк, забирай! Вышагай хорошенько.*

*Конюх подхватил повод и принялся обихаживать лошадь, как положено после работы: снял седло и специальным скребком стал соскабливать со взмокшего животного пену.*

*— Погоди, малыш, сейчас мыться будем... — приговаривал парень.*

*Крым спокойно стоял, расслабив усталые мышцы, предвкушая момент, когда прохладная влага коснётся разгорячённого тела...*

*Серёжа привычно подошёл к стене конюшни, вдоль которой грелся на солнце длинный ряд вёдер с водой, развязал на шее косынку и принялся с наслаждением* умываться. Это хоть чуть-чуть, но спасало его от жары. Он даже позавидовал Крыму, которого вымоют с головы до ног. И потом, это лишь со стороны кажется, будто скаковой круг до асфальтовой плотности пропечён солнцем и утрамбован тысячами подков. На галопе из-под копыт тучами вздымается пыль и летят комья земли, и всё это — жокею прямо в лицо. Так что помывка ему была определённо необходима...

Тем временем из полумрака конюшни выплыла на свет Божий дородная женщина. Клавдия Алексеевна — старший конюх и вдобавок жена тренера Серёжиного отделения — хозяйским оком обвела приконюшенный двор и, заметив плещущегося в ведёрке жокея, так всплеснула руками, словно не видела его ну по меньшей мере лет пять.

— Ой! Тю!.. Сярожа приехал! А я и нэ бачила!..

Она была из русской семьи, но выросла на Украине и с тех пор «размовляла» на обоих языках одинаково хорошо. И одинаково кстати.

— Тётя Клава! — обрадовался Сергей. Недолго думая он утёрся косынкой, и на улыбающейся физиономии остались грязные полосы. — А кваску для гарна хлопчика не найдётся?

Клавдия Алексеевна славилась хозяйственностью и всегда держала на конюшне бочонок хлебного кваса. Этот квас и коржи к нему она готовила собственноручно, по ей одной известным рецептам. Квас получался отменным — тёмным, почти чёрным, густым и вкусным необычайно. Такой напиток и жажду утолял, и есть после него не хотелось: то, что надо жокею, дрожащему над каждыми ста граммами веса.

— Как не найдётся, уж для тебя, Серёженька, завсегда... — Тётя Клава заговорщицки понизила голос и сообщила: — Аккурат вчера новый поставила. Сейчас, голубок, как раз и отведаешь. Только троглодитам этим не проболтайся смотри, — кивнула она в сторону Витька, будто он и так не слышал её слов. — Набегут и всё сразу выхлебают. Пусть спиток сначала добьют...

Спиток — светло-жёлтый, матерущий по своей кислоте напиток, который Витёк называл не иначе как «вырви-глаз», — особой популярностью на конюшне не пользовался. Хоть и утолял жажду молниеносно.

Клавдия Алексеевна величественно уплыла в сумрачную прохладу конюшни и вскоре появилась оттуда с полулитровой кружкой:

— На, сынок. Пей на здоровье!

— Ох, тётя Клава, что бы мы без вас... — Сергей жадно присосался к запотелой эмалированной ёмкости. — Вот уж спасибо!

Квас был действительно отменным.

— Серый, а тебе ведь из конторы звонили. Чуть не забыл! — подал голос Витёк. Он успел вымыть коня и вываживал его по двору, чтобы обсох. — Раиса из производственного отдела. Как я понял, тебя дед Цыбуля требовал, велел непременно перезвонить...

Белоснежный телефонный аппарат, чудо дизайна в стиле «ретро», красовавшийся на столе, казался пришельцем из другой цивилизации. Из мира стекла, бетона и космических скоростей. Мира, где столь же чужеродными выглядели бы стремена, сёдла, уздечки... и некоторые молодые люди в потасканных бриджах и с разводами пыли на запавших, чёрных от загара щеках.

Сергей сидел за столом и несчётный раз набирал номер директора «Свободы». Занято! Хозяйка кабинета налила ему чашечку крепкого кофе:

— Серёженька, тебе сахару сколько?

Он даже испугался и поспешно накрыл чашку ладонью:

— Вы что, Раиса Александровна, какой сахар! Нельзя — веса!..

— Да ну, от одной ложечки?..

— Нет, нет! — Искушение было сильным, но Сергей отмёл его категорически. — Здесь одна, там одна — глядь, килограмм набежал, а спускать его... Знаете, как французы говорят? Пять минут на языке, а потом всю жизнь на талии...

— Несчастные вы люди, жокеи, — вздохнула заместительница начальника отдела. И высыпала в свой солидный фарфоровый бокал пятую ложечку.

Серёжа с откровенной завистью посмотрел на её кружку и отхлебнул терпкий, обжигающий нёбо напиток:

— Раиса Александровна, а не сказал Василий Никифорович, что ему от меня...

И тут зазвонил телефон.

— Серёж, возьмёшь? — Дородная женщина как раз доставала из недр тумбочки коробку печенья и сразу разогнуться была просто не в состоянии.

Жокей с немалым облегчением схватился за трубку — лишь бы не видеть!

— Алло! — донесся из телефонных глубин невероятно знакомый голос, заставивший его мигом забыть о недосягаемых гастрономических радостях. — Это производственный отдел? А Серёжу Путятина можно?

— Аня?.. — У Серёжи перехватило дыхание. — Анютка, ты где?..

Ему успело примерещиться характерное пощёлкивание сотовой связи: а что, если... если она к ним... если она прямо сейчас...

— Дома я, Серёжа, — вздохнула девушка. — В Питере...

— А как.. как узнала, что я?..

— Да просто... Чувствую вдруг — соскучилась, сил нет... Дай, думаю, позвоню... Есть у тебя минутка? Я, может, не вовремя?

— Анька, милая... — Сергей заморгал и даже закашлялся. Раиса Александровна украдкой взглянула на парня, тихо выбралась из-за стола и ушла в коридор.

— Анютка, ты когда теперь к нам? Я по тебе... не передать... И кони у нас на ипподроме новые... Я для тебя голов семь присмотрел... Для спорта — суперкласс... Двух к барьерным скачкам готовят...

— Спасибо, Серёженька... — Стены кабинета, стол и кофейная кружка перестали существовать: он плавал в волнах её голоса, тёплых и чуть грустных. — Пока всё никак... Слушай! — вдруг закричала она. — А может, ты сам к нам выберешься? Правда!.. Я серьёзно! У нас тут скоро будут международные проводить, по конкуру... «Серебряная подкова», слыхал? Малая Европа!

После «Кубка Вольво» к нам весь цвет... И Пилл, и Слоотак, и Меллигер... Может, вырвешься как-нибудь? А?..

— Анютик, у меня Дерби через неделю...

— Так «Подкова» как раз через неделю и начинается. Нет, Серёга, ты в самом деле попробуй! Я так тебя видеть хочу...

Когда на пороге появилась Раиса Александровна, Серёжа сидел в глубокой задумчивости, всё ещё прижимая к уху вспотевшую трубку, из которой раздавались короткие гудки, и выражение лица у него было то самое — блаженное.

Эх, молодость...

— Цыбуля слушает!..

В голосе Василия Никифоровича привычно рокотали властные нотки, а уж от того, как он произносил собственную фамилию, в самом деле могли хлынуть слёзы из глаз, словно рядом резали луковицу.

— Василь Никифорыч, Путятин тревожит, — улыбнулся в трубку Сергей. — Вы, говорят, искали меня...

— А, Сергуня, — грозный начальник немедля растаял, становясь тем Дедом Цыбулей, которого Сергей знал с малолетства. — Как вы там? Как кони? — И, не дожидаясь ответа, зарокотал дальше: — Читал я тут, как вы в прошлое воскресенье... Молодцы, что сказать! Слышь, ты на отделении передай — я всем тут премию... Прямо на книжки. Немного, конечно...

Серёжа заулыбался ещё шире. Уж если Цыбуля был чем-то доволен и дело доходило до премии, то Дедово «немного» следовало понимать относительно. Весьма относительно.

— Как там Крым? — Василий Никифорович наконец-то позволил Сергею вставить словечко.

— В полном порядке, Василь Никифорыч! — Крым был лучшим скакуном пятигорского отделения и потенциальным дербистом этого года. — Сегодня галопы на нём делал. Прёт, как паровоз!

Василий Никифорович Цыбуля, потомственный кубанский казак, на лошадях был натурально помешан.

При том что сам был наездником никудышным: вот уж действительно, бодливой корове Бог рог не даёт. Великолепные чистокровные, которых выращивали на им же созданном конном заводе, оставались для него недоступны — так год за годом и ездил на добродушнейшей беспородной Маруське. Она была единственная, кто ни разу не «уронил» его наземь.

— Сергунь, а как шансы у Крыма в Дерби?

— Я в нём, как в себе, — деловито ответил Сергей. — Здоровья — на троих. А по последним контрольным галопам видно, что к Дерби в самом пике формы подойдёт. Так что всё в полном порядке. Если, конечно, ничего не... — Сергей, суеверный, как все лошадники, трижды сплюнул через плечо: — Тьфу-тьфу-тьфу, чтобы не сглазить...

В трубку было слышно, как Дед Цыбуля громко постучал по деревянной столешнице.

— Коли Бог не выдаст... Слушай, Сергунь, а у меня к тебе дело. Как думаешь, справится с Крымом Женька Соколов? Жокей ваш второй? Только как на духу, без дураков и без обид! Серьёзно спрашиваю!..

Пока говорили о Крыме, Сергей успел ярко представить себя на победном финише пятигорского Дерби, и при этих словах Деда первым его чувством было чувство жгучей несправедливости. Мелькнула перед глазами вороная, поседевшая от пыли Крымова грива: почему Женька, почему не он сам пролетит, пригибаясь к этой гриве, мимо финишного столба?.. «Приехали... стараешься, стараешься... И всё коту под хвост...»

— Ну... — протянул он неопределённо... и понял, что просто так Дед Цыбуля подобного вопроса не задал бы. И Сергей ответил решительно: — Женька парень хороший. И ездит грамотно... Должен справиться... Он тут Крыма несколько раз галопировал — мне понравилось!

— Дело вот в чём, — наконец объяснил ему Василий Никифорович. — В Сайске твой крестник стоит... Заказ. Не ладит он у них что-то... Пять раз в этом году стартовал — и всё неудачно. А по моим расчётам — быть ему нынче дербистом! Должен, и всё! Как пить

60

*дать, должен!.. А он не ладит, хоть тресни... Съездил бы ты туда, глянул... Может, пособишь чем?.. Очень уж рассчитывал я на него... Потому и тебе в Пятигорск не отправил — думал, чего ради двум классным лошадям в одном Дерби... Пусть, мол, лучше два сразу нам выиграют. И вот оно как поворачивается... Ну?.. Сергунь?.. Что скажешь? Поедешь?..*

*Во властном, резком голосе Деда вдруг прозвучали такие жалобные, просящие нотки, что молодой жокей понял сразу и окончательно — поедет! Как тут не поехать. Тем паче что в Сайске его ждёт Заказ. Кузька! Сосунок паршивый...*

*И вот тут на Серёжу снизошло внезапное вдохновение:*

*— Василь Никифорыч, а если я на Заказе выиграю, в отпуск за свой счет пустите? — Сказал, сам испугался, не много ли запросил, и начал оправдываться: — Мне... всего недельку-другую. Мне в Ленинград очень надо... в Санкт-Петербург...*

*В трубке повисло тяжёлое молчание. В отпуск? Жокея? В разгар-то скакового сезона?..*

*Но через секунду Серёжа услышал:*

*— Пущу! — И после короткой паузы: — Ты выиграй только...*

*Видно, победа или окончательное поражение Заказа в самом деле были для Деда вопросом жизненной важности.*

*В воскресенье, сразу после окончания очередных скачек, Серёжа выехал в Сайск. К Петру Ивановичу, своему старому тренеру. К Заказу, который для него, жокея, видевшего сотни коней, был всё же особенным...*

Он потерял счёт времени. Не заметил, как рядом с ним села какая-то тётка. Народ постепенно наполнил троллейбус, потом начал тесниться. Все окна были открыты, но жара неотвратимо превращала медлительную машину в передвижной крематорий. Бойкие южные пенсионерки затевали пронзительные перепалки, оспаривая друг у дружки право приклеиваться к коричневому дерматину передних сидений.

С таким же успехом их голоса могли бы доноситься с другой планеты — Сергей их просто не слышал.

Троллейбус между тем миновал круглую площадь, где водили хоровод увитые плющом стальные столбы, одолел, гудя и вздыхая, благословенно-тенистую Потёмкинскую «першпективу» и наконец натруженно замер перед вокзалом. Пассажиры сразу перестали ругаться и устремились на выход, и только тут Сергей, спохватившись, очнулся и одним из последних выпрыгнул в дверь.

Привокзальная площадь жила своей жизнью, суматошной и вечной. Люди с чемоданами, детский плач, запах беляшей, кукурузы, жареных семечек... цыганки в пёстрых юбках, кучкующиеся у ларька с яркой надписью «Coca-Cola»...

Рынок, автовокзал, почта и телеграф — всё находилось здесь же, поблизости. Первым делом Серёжка отправился к междугородным телефонам: надо же порадовать Деда, а заодно уточнить насчёт отпуска. Дозвониться удалось достаточно быстро, только вот Цыбули в конторе не оказалось. Ещё бы — лето, самые директорские труды!..

Правду молвить, Серёжа положил трубку, не особенно опечалившись. Он доложил? Доложил. Деду передадут? Передадут. А он будет явочным порядком считать себя в отпуске...

Не то чтобы он боялся, что Цыбуля может нарушить данное слово, — такого за директором не водилось. Но вот придумать ему ещё какое-нибудь очень важное дело на недельку-другую — это пожалуйста!

Подумав немного, Серёжка отправился на телеграф и для страховки отбил Василию Никифоровичу телеграмму:

«ПОЗДРАВЛЯЮ ПОБЕДОЙ САЙСКОМ ДЕРБИ ТЧК ЗАКАЗ МОЛОДЧИНА ТЧК УЕХАЛ ОТПУСК ДВЕ НЕДЕЛИ САНКТ-ПЕТЕРБУРГ ТЧК ОБЯЗАТЕЛЬНО ПОЗВОНЮ ТЧК ПУТЯТИН»

Потом отправился на вокзал брать билет: до самолёта на Питер ещё надо было доехать по железной дороге. Затем на рынок — как же, в самом деле, в северный город хоть ящичек с настоящими южными фруктами не привезти?.. Он помнил, сколько стоили в Питере любимые Анькины абрикосы, которые сайские бабки насыпали ему в кулёк с полуторным «верхом» — только бери, родненький, не то пропадут!.. А груши? Вовсе не было в Питере таких медовых, румяно-бронзовых груш, только зелёные импортные замухрышки, каждая с фирменной наклейкой, чтобы ненароком не приняли за огурец... А сливы — круглые, чёрно-сизые сливы, тающие во рту!..

— Бабуля, что же вы тут с ними сидите? Ехали бы в Ленинград, обратно на «Жигулях»...

— И-и, милый, на что мне, я уж как-нибудь... потихоньку...

Первоначально запланированный ящичек ненавязчиво разросся до двух, плюс большая, здесь же купленная кошёлка. То есть к Петру Ивановичу Серёжа поехал навьюченным, как ишак. Причём не подлежало сомнению — там ему подсыплют ещё. Анечке из своего садика — как не взять?..

Шёл девятый час, когда Серёжа открыл наконец знакомую калитку и уже в полной темноте вошёл в палисадник. Из летней кухни, в которой хлопотала супруга тренера, разносились такие запахи, что поздний гость невольно сглотнул, а в животе немедленно заурчало. Хозяин дома сидел там же, под виноградником, за ярко освещённым обеденным столом, и задумчиво пощипывал большую горбушку: похоже, проголодался вконец, ожидая Сергея. Вокруг лампы бесшумным роем носились мохнатые южные мотыльки.

— Ну, наконец-то. — При виде Сергея Пётр Иванович поднялся из-за стола, и жокей сразу отметил, что радость, которой лучился тренер на ипподроме, отгорела бесследно. — Хозяйка дичь третий раз подогревает, — ворчливо продолжал Пётр Иванович. — Решили уже, что ты не попрощавшись удрал да и вещички забыл...

— Куру с пылу с жару кушать надо, — подхватила супруга. — А иначе какой вкус?.. Мойся, Серёженька, скорее да и присаживайся...

У жокея разом свело челюсти: он с утра маковой росинки во рту не имел, а уж жареной курочки не пробовал месяца два.

— Айн момент!.. — Фруктовые ящики примяли траву, Сергей кинулся по тропинке, и там, куда он убежал, скоро загремел умывальник.

Пётр Иванович привстал и повернулся к хозяйке:

— Не возражаешь? Заветную...

— Да чего уж, неси.

— Вот... — Пётр Иванович сходил в дом и продемонстрировал Сергею, с полотенцем в руках появившемуся из темноты, бутылку марочного коньяка. — В Нальчике подарили, на гастролях, директор ипподрома тамошнего поднёс... «За самую красивую езду»... Когда последний раз жокеем скакал... Лет уже пятнадцать стоит, всё повода ждал... Думал сегодня праздник отметить... Вот, дескать, и я наконец часа своего дождался... Теперь на международные.... Как же... Ладно... Давай за твою победу, сынок. Заслужил ты...

— Пётр Иваныч, а что не в порядке? — тихо спросил Сергей. И похолодел от внезапной догадки: — С Заказом?!.

Перед глазами успело мелькнуть жуткое видение красавца коня, безжизненно вытянувшегося на опилках... Неужели всё-таки слишком много сил отдал Заказ перед финишем, и он, Сергей, был тому виной?.. Кузька, малыш... К чёрту и эту победу, и купленный на вокзале билет... и ящики с фруктами...

— А то с кем ещё? — фыркнул тренер. — Не со мной же!.. Э, ты что, напугался?... Да ладно тебе, живёхонек конь! — Сергей снова начал дышать, а Пётр Иванович продолжал: — Увезли его, всего-то делов. Цыбуля на завод забрал. Производителем... Всё, отскакался наш Кузя... — Пётр Иванович отвернулся и с ожесточением стал терзать пробку: — Ну-ка, вылазь!.. Приросла?

— Ясно, приросла! Её ж поди лет двадцать тому в бутылку засунули. Смотри, джинн вылетит! — подала голос жена. И забеспокоилась: — Пить-то можно его? Не отравитесь?

— Если бы коньяк нельзя было пить, его бы ели. — Рассерженный хозяин наконец справился с пробкой. — В Армении говорят, коньяк как мужчина: в тридцать лет могуч, в пятьдесят — мудр, а в семьдесят... Не стой, Серёжка, садись! В отпуск, слышно, собрался?.. Ну и лопай от пуза... Потом веса в норму вернешь. Гуляй, пока можно...

Гулянка, однако, получалась что-то не очень весёлая. Сергей взял рюмку, неуверенно понюхал коньяк. Таким — огорченным и злым — он Петра Ивановича, кажется, никогда ещё не видал.

— С Дерби тебя, Серёженька! — поднял тост тренер. И, заметив, что хозяйка, словно чувствуя повисшее напряжение, за стол не торопится, повернулся к ней с рюмкой в руке: — А ты что? У нас с Серёжкой нынче праздник — Дерби выиграли...

Слово «праздник» прозвучало трагически, и Сергей спросил:

— Кто же за Кузькой?.. Наши кто из совхоза приехали?

— Да нет. Парень какой-то... Вроде недавно из Калининградского завода в совхоз приехал работать. Ближе не нашёл... Говорит, у себя там на жеребцовой конюшне помощником бригадира был... Кажись, парень толковый. Умеющий... Сразу видно... Только последняя скачка закончилась, пятит к конюшне коневоз ипподромовский. Из него этот выходит и доверенность протягивает. Дескать, от Василия Никифоровича, за Заказом прислали. Я, конечно, в контору... Там мне — всё чин чинарём, вот она, телеграмма, просим, значит, отправить для племенной работы. Срочно притом... Вот и всё, стало быть... Погрузили, он и поехал... — Тренер вздохнул, помолчал и добавил: — Кузька-то в машину идти не хотел... Ох не хотел... Еле уговорил я его...

— Пётр Иванович, а почему ипподромовский? Заводской наш коневоз где?

— Да я этого тоже спрашиваю, чего, мол, коневоз-то чужой? А он в ответ: нам, мол, только до станции довезти, до вагона...

Серёжа молча почесал затылок и положил руки на стол. Ничего необычного вроде не произошло, но странное, тревожащее ощущение не отпускало. Почему?.. Потом до него дошло, что Цыбуля распорядился забрать Заказа в хозяйство, ещё не зная о его победе на Дерби. Пороть такую горячку было совсем не в характере Деда. *«Очень уж рассчитывал я на него»*, — припомнил жокей. Неужели Василий Никифорович настолько отчаялся увидеть Кузьку дербистом, что решил в любом случае отозвать его с ипподрома?..

— Да, крепко Дед-луковица в Заказа вцепился, — словно подслушал Пётр Иванович Серёжины мысли. — А знаешь, в чём дело? Подожди, сейчас я тебе кое-что покажу...

Тренер поднялся и тяжёлой походкой направился к дому.

— Ты, Серёженька, кушай, — немедленно вмешалась хозяйка. — Ты на моего не смотри. Он-то дома, а тебе ещё ехать Бог знает куда...

В тарелку улёгся шкворчащий кусок жареной курицы. Да не просто кусок — кусище! Хозяйка щедрой рукою добавила разваристой молодой картошки, дымящейся, обильно посыпанной укропом. Оставшееся пространство мигом заполнили помидоры и огурцы, буквально плавающие в сметане. В рыночной, деревенской сметане, имеющей такое же отношение к магазинной, как ключевая вода — к хлорированной водопроводной...

— Ой, тётя Лида! Да куда вы столько... Я же тресну! Отвык...

— А ты не спеши. Оно и уляжется себе потихоньку... А я ещё подложу... Изголодал совсем!

Жена бывшего жокея отлично помнила, как под конец скакового сезона становился похожим на тень её собственный муж. Когда уж очень «веса гонял», случались и голодные обмороки. И этот такой же — чёрный, жилистый, все косточки наружу... Ну как не подкормить паренька?

— Отдохни уж, Серёженька, раз отпуск...

Пётр Иванович вернулся за стол, неся в руках большую самодельную папку.

— Пётр, дай поесть человеку! — решительно воспротивилась жена. — И сам закуси! Выпил ведь...

— И закусим, и ещё выпьем... Дерби не каждый день выигрывают. — Коньяк определённо добавил Петру Ивановичу жизни. — Наливай, Серёжа. Теперь за Заказа... Он заслужил!

Все дружно выпили. Даже хозяйка, обычно не уважавшая крепких напитков, свою рюмочку осушила до дна.

— А хорош коньячок! — улыбнулась она, заедая «Двин» домашним салатом. — До семидесяти ещё не дошёл!

За едой Пётр Иванович постепенно повеселел. Когда супруга понесла со стола посуду, он даже крикнул ей вслед:

— Лидунь, ты нам, может, ещё кофейку к коньячку сделаешь? Пировать так пировать!

— Тоже мне, графья выискались, — долетело в ответ. — Может, вам ещё сигары подать? Сейчас, только в Париж сбегаю...

Пётр Иванович рассмеялся, придвинулся поближе к Сергею и взял наконец в руки папку.

— Смотри...

На стол легли какие-то графики, диаграммы и поверх всего — большущий лист ватмана, весь исчерченный не вполне понятными линиями.

— Это генеалогическое древо Заказа, — стал рассказывать тренер. — Когда он в моё отделение от вас поступил, чувствую — не понимаю чего-то. То уж Цыбуля над ним трясётся, как над хрустальным яйцом, а то вдруг ко мне — на второстепенный ипподром. Не-е, думаю, шалишь, неспроста это! Мало ли что посредственно скачет!.. Стал я тогда на досуге родословную Заказа разрисовывать, и глянь, чего обнаружилось...

Серёжа уставился на огромный лист бумаги, испещрённый прямоугольниками, в каждом из которых стояла кличка какого-нибудь из предков его Кузи. И самым первым, что бросилось ему в глаза, было изобилие англоязычных имён. Некоторые из них гремели несколько лет назад на весь мир. То есть Сергей вообще-то знал — происхождение у Заказа было неслабое. Но чтобы настолько...

— Ты помнишь? — услышал он голос Петра Ивановича. — Был в Америке такой знаменитый скакун Секретариат. Как мы говорим, трижды венчанный. Все самые престижные скачки Америки выиграл. Только на призах более миллиона долларов своим хозяевам привёз... Самого его продали почти за семь миллионов. А рождён он был вот от этих родителей...

Пётр Иванович указал на несколько прямоугольничков, нарисованных в разных местах ватмана.

— Его суперскаковые гены проявились вследствие кросса двух знаменитых американских линий — Неарко, через Назрулу, а потом через Боулд Рулера... и Карусо — через бабку Секретариата, Императрис...

— Мужчины, кофе готов! — подала голос Лидия Николаевна. — Складывайте-ка свои бумажки, не то залью!

Пётр Иванович с Серёжей подняли головы, отсутствующе кивнули и снова уставились в ватман.

— Помнишь, Серёга, купили мы кобылу в Лабинском заводе? От Энтерпрайза?

— Это вы про бабку Заказа? Кумушку?

— Про неё самую. Так вот, Энтерпрайз — тоже внук Назрулы. А Кумушку искусственно осеменили привозной из Англии спермой. Помнишь? Первые опыты после поездки Цыбули в Ливерпуль? Мать того жеребца, чью сперму использовали, — вот она, Виннинг Кэролс, и — видишь? — она тоже несла в себе кровь Назрулы. Даже дважды. В очень дальнем

68

инбридинге. И получилось, что в крови матери Заказа очень много генов Назрулы. Но это ещё не все...

— Ребята, я наливаю. Остывает ведь!

Пётр Иванович не глядя отодвинул ватман чуть в сторону, освобождая место для чашек.

— Теперь смотри сюда... вот отец Заказа. Мало того, что в его крови по материнской линии сплошной Норсерн Дансер... Тоже, кстати сказать, трижды венчанный! Так ещё и его дед по отцу, знаменитый Сир Тейлор, от той же самой Императрис — бабки Секретариата. Понял теперь, что Цыбуля задумал? Второго Секретариата, только нашего, российского, вырастить решил! Вот чего ради за спермой мороженой в Англию мотался... А гнедым Кузька вышел потому, что в рыжем Секретариате мать на экстерьер и масть сильнее влияла, а в Кузьме — Назрула. Его генный акцент сильнее сказался...

Мужики отвалились от ватмана. Глаза раскрасневшегося Петра Ивановича возбуждённо блестели. Сергей скрёб вихрастый затылок:

— То-то Дед над Каринкой так убивался... И жеребёнка спасти просил...

Пётр Иванович отхлебнул кофе, восторг исследователя в его глазах медленно угасал.

— Вот я и ждал... когда же Секретариат в Кузьке проснётся. Ну и... дождался... Если бы ты знал, как я на него надеялся...

— А что ж вы нам никогда?.. Пётр Иваныч, а?

— А не засмеяли бы меня, старого дурака? Щас, мол, прям тебе и Секретариат... в Сайске нашем занюханном... Теперь, как Цыбуля забрал его, всё сразу на место и встало. Прав я был! Цены этому коню нет, Серёженька. Конечно, на заводе ему самое место. Жеребяток новых давать... Только как уж мне поскакать с ним хотелось... Кой-кому доказать, а то и нос утереть... Ведь всю жизнь второй... Не понять тебе...

— Мужички, вы давайте-ка по третьей и последней, — подала голос Лидия Николаевна. Пасмурный вид супруга явно беспокоил её. — За коня вашего!

Пусть ему кобылки одна другой краше... Пусть в жизни ему только гладкая дорожка под ноги стелется! Без камушков и без кочек! Чтоб не спотыкался никогда. Секретариат... Надо же, кличку придумают...

*В один самый обычный февральский день на конюшню влетел хромой Андрей с маточного отделения:*

*— Мужики! Айда! Поможете... У нас Каринка не разродится никак. Третий час мучается... Врач говорит — худо дело!*

*Повторять не понадобилось. Трое конюхов молча подхватили полушубки и ватники и заторопились к выходу из конюшни. Серёга побежал вместе с ними.*

*Каринка лежала, вытянувшись, на полу просторного денника и тихо постанывала. Лошадиное тело казалось совсем плоским и маленьким, и только раздутый беременный живот вздымался горой. У окровавленного хвоста на коленях стоял совхозный ветврач. При виде вошедших он поднял глаза, лицо у него было мрачное и безнадёжное.*

*— Воды поди уж часа два назад как отошли. И потуг нету почти... Уходит кобыла! — констатировал он.*

*Повисла тяжёлая пауза. Мужчины молча стояли кругом, а Серёжа почувствовал пробежавший по спине холодок. Каринка была ласковой и умной кобылой, да и здоровьем всегда отличалась отменным...*

*Вновь послышался тихий голос врача:*

*— Кесарить надо, пожалуй... Иначе и кобылу и жеребёнка... Спиной плод идёт. Пытался развернуть, да где тут... Жеребёнок крупный, по сухому не получается... Что делать будем, мужики?..*

*В это время глухо бухнула наружная дверь, и все обернулись. По проходу в расстёгнутом полушубке летел без шапки директор зерносовхоза Василий Никифорович Цыбуля. Мужики молча расступились перед ним, освободив вход в денник, где погибала кобыла.*

*— Ну? Что тут? — Дед Цыбуля едва переводил дух. — Серьёзно?*

*— Не то слово, Василий Никифорович... — Ветврач встал на ноги и подошёл к директору. — Решать надо... не то обоих потеряем.*

Директор вдруг взорвался:

— Решать? Я, что ли? Ты ветврач, ты и решай!.. — Его лицо передёрнулось, он помолчал и спросил тихо, почти умоляюще: — Неужели Каринку спасти нельзя? Операцию там... Ты говори, лекарства, может, какие... Чего молчишь?

Ветврач понуро смотрел на свои валенки.

— По моим понятиям, дядя Василь, можем только жеребёнка спасти...

Директор хотел что-то сказать, но задохнулся и молча шагнул внутрь денника. Опустился на корточки, нежно погладил ноздри Каринки, и было видно, как дрожат у него руки. Он долго смотрел в мутнеющие глаза лошади... и наконец прошептал:

— Ты прости нас, маленькая... вон как оно получилось... Постарайся ещё чуть-чуть, потерпи... Ради сынка своего будущего или дочери...

Кобыла глубоко и шумно вздохнула... Серёже показалось, что она даже приоткрыла глаза и взгляд их на миг просветлел, вновь стал живым и всё понимающим...

Директор поднялся и тихо вышел из денника.

— Давай! Что ж теперь делать... — решительно сказал он врачу. — Только жеребёночка мне сберегите...

Дед Цыбуля быстро зашагал прочь, и Сергей нечаянно подсмотрел, как сильный, здоровый, крутой мужик украдкой что-то смахивал со щеки...

Доктор хлопотал с инструментами, делая Каринке укол за уколом, а потом высунулся в проход и сказал:

— Ребята, вы там нож поострей приготовьте... Чтоб ей долго не мучиться...

Когда скальпель делал первый надрез, кобыла была под наркозом. Не под полным, под частичным. Наверное, она чувствовала боль, но лежала тихо, не билась, только стонала. Общий наркоз давать было нельзя — на лошадей он действует не всегда предсказуемо, не дай Бог, сердце остановится, пока жеребёнок ещё в плаценте. Тогда и ему тоже конец... Опытный врач действовал быстро, и вот на солому из развороченной материнской утробы вывалился белый блестящий мешок, в котором билась, сучила ножками новая и пока

71

ещё очень слабая жизнь. *Короткий взмах скальпеля —
и люди увидели непропорционально-угловатое, поросшее
слипшейся шёрсткой коричневое существо...*

— Жеребчик, — подал голос ветврач. — Ух ты, но-
гастый...

*Новорожденный не дышал — ему было незачем. Кровь
умирающей матери всё ещё питала его, всё ещё стучала
в пульсирующей пуповине...*

*Доктор прочистил жеребёночку ноздри, резким дви-
жением разорвал пуповину и слегка подтолкнул малыша
под рёбра. И — чудо!.. Настоящее чудо!.. Крошечные
мокрые ноздри вдруг завибрировали, с каждым мгнове-
нием двигаясь всё ритмичнее и ритмичнее, всё увереннее
совершая самые первые вздохи...*

— Ну вот! — невольно улыбнулся доктор. — Хоть
с этим порядок... Забирайте, мужики. На попону — и
потащили в свободный денник. Сейчас мы с ним зай-
мёмся... Вот только с матерью... Да идите живее!..

*Притихшие мужчины вместе с Сергеем аккуратно
переложили жеребёночка на попону и, взявшись за все
четыре угла, аккуратно понесли в самый тёплый и
чистый денник.*

*Каринка лежала неподвижно, беспомощно вытянув
шею...*

*Ветврач скоро появился в деннике, куда унесли но-
ворожденного. Жеребёнка обмыли, насухо вытерли и
укутали потеплее.*

— Серый, там у нас Кукла недавно ожеребилась,
ещё молозиво идёт. Сбегай надои сколько сможешь.
Наш-то есть скоро запросит...

*Доить даже самую смирную кобылу — занятие не
подарок. А уж Кукла была до того капризной и свое-
вольной, что ни у кого и мысли не возникло пристроить
к ней маленького сиротку. Однако Сергея она знала и
доверяла ему, и через полчаса за пазухой у паренька
уже грелась бутылочка с кобыльим молозивом. А ещё
минут через двадцать гнедой жеребёночек встал и неуверенно, на тонких заплетающихся ножках заковылял
по деннику. Тыкался туда и сюда, искал мамку, искал
её тёплое брюхо, её щедрое вымя... искал и не находил...*

Мамка была теперь далеко — на небесных лугах, где всегда светит летнее солнце, где вдоволь сладких трав и родниковой воды... Подумав об этом, Сергей — взрослый, отслуживший в армии парень — почувствовал, как защипало в носу. Он поспешно достал бутылочку и протянул малышу соску. Тот высунул язык, забавно почмокал и, словно распробовав попавшие в рот капли, сначала неуверенно, а потом все смелей начал сосать, смешно подталкивая бутылочку носом: давай, давай, мол, ещё... вкусно! Вот так Сергей и стал «кормящей мамашей».

Жеребёнка назвали Заказом...

Поначалу с ним пришлось повозиться. Не только стервозная Кукла — другие кобылы его тоже не приняли, кормить и воспитывать не захотели. Уж чего только не делали люди!. И в общий денник жеребят ставили, и одной щёткой чистили, чтобы перешёл запах... всё без толку. Так Заказа и выпоили из соски. Занимался этим Сергей, которого малыш сразу и прочно «назначил» на должность кормильца. Молодой жокей и не думал против этого возражать. Каждый день в предутренней темени он мчался на молочную ферму, самолично сдаивал у лучшей коровы литра полтора молока — и опять же за пазухой, чтоб не остыло, тащил на маточную конюшню. Там разводил до нужной кондиции, подслащивал и потом только давал Кузе. Жеребёнок — это ведь вам не телок, ему другое обхождение требуется...

Кузя радовался Серёжке, узнавал по шагам и встречал заливистым ржанием: мамка пришла!.. Серёжа спаивал ему его завтрак и убегал к себе на отделение — работать. Благо и в его отсутствие Заказ без присмотра не оставался. На маточной конюшне трудились заботливые женщины, баловавшие сиротку.

Жеребёнок, как все дети, подрастал незаметно. Особенно потому, что поначалу отставал от своих сверстников — какая еда способна заменить материнское молоко!.. Его даже гулять вместе со всеми не выпускали. Кобылы почему-то дружно лягали его, не подпуская к своим жеребятам, а к вымени — и подавно. С Заказом гулял опять-таки Серёжка. Жеребёнок бегал за ним как привязанный. Прятался за Сергея, когда вдруг появлялась машина или ещё что-нибудь такое же страшное. Они вдвоём часами бродили по ближайшим окрестностям, играли в пугалки и в догонялки, выискивали всё новые и новые забавы...

Однажды Сергей сломал ветку, и любопытный жеребёнок немедля потянулся к ней мордочкой, а потом, решив попробовать на вкус, взял зубами. Тут что-то отвлекло его, и он порскнул сломя голову прочь. Забытый прутик легонько хлестал его по груди. Обратив на это внимание, изумлённый Кузька сперва попытался удрать от назойливого приставохи, потом запрыгал из стороны в сторону, так и не догадавшись просто открыть рот. Наконец он остановился, выгнул дугой шею и стал рассматривать обидчика, соображая, что же с ним делать. Прутик снова упёрся ему в грудь. Жеребёнок, сердясь, решительно топнул ногой и снова пустился вскачь... Сергей к тому времени валялся в траве, надрываясь от смеха. Новая игра понравилась им обоим.

Когда Кузька вырос и попал в тренинг к Серёже на отделение, жокей вместо прутика предложил ему подержать хлыстик, на что конь отреагировал точно как в детстве — потешно стегнул им себя по груди и резко, будто сердясь, топнул копытом...


...Сергей лежал на верхней полке в купейном вагоне и блаженно засыпал под размеренное постукивание колёс, а по ту сторону незашторенного окна уплывали в чернильную августовскую темноту городские огни. Они отодвигались всё дальше и дальше и постепенно сливались с россыпями звёзд. И скакали, скакали над ними к Белой горе дивные крылатые кони...

# Глава четвёртая
## ОЧЕНЬ ВАЖНАЯ ПЕРСОНА

*Странные всё-таки они, эти люди...*

*Старый гнедой конь медленно брёл по вечернему лесу, низко опустив голову и опасливо принюхиваясь.*

*Его звали хорошим ласковым именем — Паффи. Он всю жизнь прожил рядом с людьми и очень хорошо изучил их повадки. Он всегда понимал, чего они хотели, всегда старался исполнить все их желания. Но сегодня... Как неожиданно его обидели, как неожиданно и жестоко. Он остался один, да ещё и пребольно получил уздечкой по крупу. За что? В чём он провинился?..*

*Конь не понимал...*

*Место удара саднило. Было больно и горестно.*

*Впервые за двадцать лет своей жизни он оказался вот так предоставлен самому себе. Люди почему-то бросили его. Выгнали... Так неожиданно...*

*Случившееся никак не укладывалось в голове. За что? Почему?..*

*Быстро темнело. Солнце окончательно спряталось за кроны деревьев. Постепенно смолкли голоса птиц, стало сыро и холодно...*

*Лес готовился ко сну.*

*Конь остановился. Поднял голову и настороженно прислушался...*

*Тишина!*

*Мёртвая, густая, тягучая тишина...*

*Он не привык к такой тишине. Сколько он себя помнил, рядом с ним всегда были собратья-кони. Они*

75

вздыхали и хрустели сеном в своих денниках, ссорились, ржали, переговаривались дружеским фырканьем... А здесь?.. Паффи сделал очередной шаг вперёд... Под ногой хрустнуло. Он вздрогнул от неожиданности. Замер, снова прислушался...

Страх подбирался со всех сторон и гнал его неведомо куда и зачем. Его давно не кормили, но от всего случившегося даже есть не хотелось. Лишь изредка Паффи наклонялся и на ходу щипал скудные жёсткие травинки, пробивавшиеся под соснами сквозь слой слежавшейся хвои. Вот если бы где-нибудь нашлось ещё и ведёрко с водой...

Он прожил всю жизнь в конюшнях и ни одной ночи не ночевал под открытым небом. Ну, может, только в детстве, маленьким жеребёнком... Но тогда он был с матерью. А теперь...

И ведь ещё вчера у него была совсем другая жизнь. Люди любили его, ласкали и холили. И никогда не наказывали... Наказывать Паффи было не за что: он знал и умел всё, что следует знать и уметь скаковому, спортивному, прогулочному коню, а возраст дал ему спокойную мудрость. И люди его за это ценили. Они доверяли ему детей...

Каждый вечер, вдоволь напившись, неторопливо съев порцию овса и вкусного сена, он вытягивался на мягкой и тёплой подстилке. Расправлял шею, поудобнее укладывал голову и безмятежно засыпал, даже не закрывая глаза. И только лёгкое подрагивание ног выдавало глубокий сон и те замечательные сновидения, которые приходили к нему по ночам. Чаще всего ему снилось детство — просторные пастбища и резвые товарищи по играм, с которыми он снова носился взапуски по зелёной траве... А ещё...

...Паффи остановился и опять насторожил уши. Затем, подняв голову, втянул ноздрями дыхание лёгкого вечернего ветерка. Пахло лесом, только лесом, нагретым застоявшейся дневной жарой... Конь ещё раз вобрал напоённый непривычными запахами воздух и неожиданно уловил новый оттенок. Совсем чуточку пахло водой. Озером.

Озеро — это вода! Там можно напиться!.. И конь, обходя бурелом и колючие кусты можжевельника, побрёл навстречу желанному запаху.

...Его долго, нескончаемо долго везли в коневозе. Было жарко и хотелось пить. Очень хотелось. Но они всё ехали и ехали, не останавливаясь... Потом машина свернула на грунтовую дорогу. Пассажиры коневоза — Паффи и огромная рыжая кобыла, спокойно стоявшая рядом, — поняли это по участившимся колебаниям пола. Они заволновались: конец надоевшему путешествию! Раз съехали с асфальта, значит, скоро разгрузка. И вот машина остановилась...

...Листья на деревьях ожили и зашептали, потревоженные резким порывом вечернего ветра. Совсем рядом жутко застонала расколотая молнией ель. Старый конь испугался и шарахнулся было прочь, но тут движение воздуха достигло его ноздрей, и озером запахло сильнее. Паффи немного приободрился и увереннее пошёл на запах.

Спустя время лес начал меняться. Отступили сосны, стало больше берёз и осин, дорогу то и дело преграждали разросшиеся кусты ольхи и орешника.

Продравшись сквозь очередную чащобу, Паффи вышел на небольшую полянку, обильно покрытую густой сочной травой. Он остановился, недоверчиво понюхал свою удивительную находку, осторожно попробовал стебелёк... и с жадностью принялся есть. Ах, как вкусно!.. Чистая и свежая, в лёгком налёте первой росы, с длинными, узкими, нежными листочками трава была до того восхитительно сочной и ароматной, что отступил даже страх. Конь ел и не мог наесться. Может быть, он всё-таки заснул и во сне превратился в маленького жеребёнка, пасущегося на зелёном лугу?.. Как давно ему не было так хорошо...

Он уже не чувствовал себя столь безнадёжно одиноко в чужом лесу, накрываемом теменью. Так и простоял спокойно почти целый час, не сходя с места и не поднимая головы от пушистой зелени. Наконец он утолил первый голод и решил оглядеться...

Оказывается, вокруг стало ещё темнее.

*Паффи в который раз насторожил чуткие уши: а что, если?.. Если прямо сейчас раздастся человеческий голос и его позовут?.. Домой, в знакомый денник, туда, где светло и тепло?..*

*Но нет... Никого... Ни вблизи, ни вдали... Только тишина...*

— Выводимся!.. Выводимся!!. Шаман, пошёл!!!

Сергей взвился на ноги и бросился в дверь, на ходу хватая одежду. Он проспал, он безнадёжно проспал!.. Сейчас старт, а он, стыд и срам, заснул в конюховке... и притом нагишом. Как могло такое случиться?..

Серёжа как следует очнулся почти на пороге комнаты, уже успев просунуть одну ногу в трусы и одновременно путаясь в майке. Только тут сонная одурь начала его покидать, и он со стыдливым облегчением убедился, что куда-то бежать вовсе не обязательно. Ипподром растаял вместе с остатками сна: он был в отпуске. В Санкт-Петербурге.

У Ани...

Сергей улыбнулся, оглядываясь на постель, с которой секунду назад так заполошно взлетел. Плотно задёрнутые шторы («Специальная термоткань, — объясняла ему Аня. — Отражает тепло назад в комнату, а холод — обратно в окно. При нашем-то климате...») почти не пропускали уличный свет, но всё равно было видно, что широкое двуспальное лежбище стояло пустое: Сергей проснулся один. Аня вчера предупредила его, чтобы не волновался, — она, мол, утром убежит по делам.

Ну и что делать? Вставать? Не вставать?.. Приятный вопрос, когда дело зависит только от твоих пожеланий. Серёжа оглядел знакомую комнату и, приняв решение, блаженно рухнул обратно в постель. Ему так давно не удавалось выспаться вволю, что пренебречь подобной возможностью было бы, право, грешно. Тем более заснули они с Аней чёрт-те когда...

Он натянул махровую простыню, ещё хранившую тепло его тела, и закрыл глаза... но как следует заснуть не удалось всё равно.

— Рысью — марш!!! — раздался из недр квартиры тот же пронзительный голос, что сдёрнул его с кровати двумя минутами раньше.

Серёжа, только-только начавший уплывать куда-то по незримым волнам, страдальчески засунул голову под подушку и отчётливо понял, что поспать ему не дадут. Эффект «второго сапога» сработал, как всегда, безотказно. Вместо того чтобы расслабиться и задремать вновь, он начал напряжённо прислушиваться. Вот сейчас снова прозвучит отвратительный вопль... сейчас... вот сейчас...

Долго ждать не пришлось.

— Слезай!!! — заорал Серёжин мучитель. На сей раз — почти у него над ухом.

Молодой жокей перевернулся в постели, свирепо вскидываясь на локтях. Солнце, всё-таки пробившееся в щёлочку штор, светило ему в глаза прямо сквозь трепещущие в воздухе широкие белые крылья. На спинку кровати у Серёжи в ногах важно усаживался большой попугай.

— Твою мать, — с выстраданным чувством сказал ему Сергей. И запустил в попугая попавшей под руку думочкой. Проворная птица взвилась со спинки кровати и закружилась под высоким потолком, безостановочно повторяя:

— Твою мать, твою мать, твою мать...

Выходца из тропиков звали Кошмаром, и определённо не зря. Он, как положено уважающему себя попугаю, нипочём не желал повторять слова, которые люди желали бы слышать в его «исполнении». Зато с лёгкостью необыкновенной подхватывал всё ненароком срывавшееся с языка — иногда к немалому смущению гостей и хозяйки. Сколько раз Сергей здесь бывал, столько же и попадался.

— Ябеда, — мрачно сказал он Кошмару. Окончательно откинул махровую простыню и сел на кровати. Чай, выпитый накануне, напоминал о своём существовании, вынуждая понимать команду «слезай» как конкретное руководство к действию. — Вот поймаю — и съем! С перьями и костями!..

Попугай пронёсся у него над головой и с неразборчивым кудахтаньем вылетел в дверь. Серёжа натянул пушистый Анин халат и, зевая, поплёлся по коридору. А потом, уже умываясь, тщетно пытался припомнить, где же он пил этот самый чай. Кажется, ещё в самолёте, доставившем его в Петербург. Они с Аней вчера не то что поужинать — даже поговорить толком не успели. Он принялся целовать её ещё в Пулкове, как только спрыгнул с движущейся дорожки и увидел темноволосую девушку, махавшую ему из-за чьих-то спин в зале прибытия. Потом они стояли, обнявшись, в уголке под надписью «Выдача багажа» и никак не могли наглядеться друг на дружку, и совсем не сочувствовали Серёжиным соседям по самолёту, ворчавшим, что чёртов багаж больно долго не выдают.

Но вот на резиновом поворотном кругу появились корзины и чемоданы, и они загрузили Серёжину сумку и фруктовые ящики в Анину «Тойоту», и Аня села за руль. В этот час в Сайске уже царила бархатно-чёрная тьма, а здесь ещё вовсю светило низкое солнце, и, когда он смотрел на Аню, оно било прямо в глаза, растворяя профиль девушки в сплошном расплавленном золоте. «Тойота», откровенно немолодая, но по-прежнему юркая и быстроходная, так и летела сквозь это вечернее золото, неся их домой. И вот наконец Аня отперла дверь, и они поставили на линолеум поклажу и повернулись друг к другу, и...

Прикосновение Аниного халата показалось Сергею объятиями любимой. Он даже вздрогнул и, зажмурившись, сунул голову под струи холодной, непривычной на вкус питерской воды. Потом отправился в кухню.

Эту трёхкомнатную квартиру Аня купила примерно год назад, когда удачный поворот в бизнесе принёс ей действительно серьёзные деньги и позволил исполнить многолетнюю мечту — выбраться из коммуналки. Сергей, правда, ворчал, что мечта сбылась бы существенно раньше, согласись она принять его финансовую поддержку или, того лучше, выйди она за него замуж. Так или иначе, квартира была куплена, но неожиданно оказалось, что приобрести жильё было существенно проще, чем толком обжить. Ни о каких наёмных строителях и пресловутом евроремонте Аня не захотела и слышать — взялась всё делать сама. Естественно, урывками и кавалерийскими наскоками, потому что работа забирала почти всё её время. Когда же удавалось выкроить часть дня, она принималась с увлечением красить, штукатурить и приколачивать. Если по уму, всё уже давно должно было бы завершиться, но увы! Ко времени следующей атаки Аня успевала заглянуть ещё в какой-нибудь журнал по дизайну либо сама вдохновлялась новой нетривиальной идеей — и с не меньшим энтузиазмом перекрашивала, переклеивала, отдирала. В результате процесс обустройства квартиры принял перманентный характер, Аня же обрела своеобразное хобби, о котором подруги шутили — Анька, мол, ремонт в квартире чаще делает, чем они себе голову моют...

За этот год Сергей дважды гостил у подруги и оба раза заставал в доме одну и ту же картину — если, конечно, считать, что от перестановки слагаемых сумма не меняется. Аня уходила рано, а возвращалась иногда заполночь, то есть у себя в квартире в основном ела и спала. Стало быть, первоочередной задачей являлось оборудование кухни и спальни. Так оно, в общем, и происходило — вот только спальня успела побывать в каждой из трёх комнат по очереди. Кухню из-за водопровода и газа перемещать было труднее, но Сергей подозревал, что когда-нибудь Аня решит и эту проблему. Во всяком случае, единственной на весь дом ванной с окошком уже обзавелась...

Белый какаду Кошмар степенно чистил клюв, сидя на спинке кухонного стула. При виде Сергея он склонил головку, обращая к нему круглое блестящее око, и встопорщил ярко-жёлтый «ирокез» на макушке.

— Жрать надо меньше, — задумчиво сообщил он жокею.

— Убью!.. — заорал Сергей, подхватывая домашний тапок с ноги и замахиваясь на мучителя. Кошмар с победным кличем вылетел в коридор, а Сергей, в сердцах хлопнув дверью, вернулся к столу.

Там, на деревянной разделочной доске, по-пиратски приколотая длинным ножом, красовалась записка.

*Серёжка! Я на конюшню, вернусь часам к трём. Завтрак в холодильнике. Я уж тебя не будила — ты так сладко спал... Если позвонит Марина, скажи ей, что по поводу ламинита у Капельки я в курсе. Если ещё что срочное, звони мне на трубку.*

*Целую! Аня.*

Сергей включил кофеварку. Потом открыл холодильник... и понял, что фразе насчёт жратвы Кошмара обучили какие-то злопыхатели. Да ещё и добились, чтобы смышлёный попугай произносил её конкретно на кухне. Аня ни в каких диетах не нуждалась категорически — она была обладательницей счастливого организма, способного переваривать любые количества пищи и не приклеивать к талии лишние сантиметры и килограммы. Вероятно, именно по этой причине она обожала кормить всякими вкусностями заглядывавших к ней друзей и подруг. И чего только не было на стеклянных импортных полках!.. Сергей мужественно преодолел искушение, нашёптывавшее ему, что он в отпуске, что ему МОЖНО... достал одно-единственное яйцо и побыстрее закрыл дверцу «пещеры сокровищ».

«Ох... — У него так и стоял перед глазами позавчерашний ужин, истинный праздник желудка. — Ну почему всё хорошее так быстро кончается? Скоро сказка сказывается... а ещё скорее отпуск заканчивается... Недели через полторы снова на ипподром... Надо о ве*сах* думать...»

Решительным движением он вновь открыл холодильник, оторвал от пучка зелени листик кудрявой петрушки, сунул в рот и принялся со вкусом жевать. Так, словно тот был приложением к изрядному куску ветчины.

— Витамины! — продекламировал он вслух, уговаривая непослушное брюхо. — Жизнь дающие. Больше петрушки — больше витаминов. Больше витаминов — больше жизни. Больше жизни... И жира не наживёшь...

Под ковшиком с водой тихонько зашипел газ.

— Галлина Бланка, — пропел он фальшиво, — буль-буль, буль-буль...

Чуда не произошло. От словесного заклинания наваристый бульон в ковшике не образовался. Серёжа тщательно дожевал петрушечный листик, взял кружку с кофе и отправился гулять по квартире.

Как он и ожидал, в двух других комнатах обнаружился полнейший бардак. Зайдя туда, где в его прошлый приезд имела место спальня, он увидел громоздившиеся в беспорядке припасы, заготовленные Аней для следующего «кавалерийского наскока». Пластмассовые ведёрки со шпаклёвкой и краской, запаянные в прозрачный полиэтилен рулончики самоклейки... и поверх всего, россыпью, журналы по конному спорту и коневодству. Сергей отхлебнул кофе из кружки и взял в руки номер «Мустанга-иноходца», лежавший на самом верху. Журнал раскрылся на статье о скачках за рубежом, и половина статьи оказалась посвящена знаменитому жокею Оливье Пелье. Вот он победно воздевает руку, выиграв «Триумфальную арку». Вот, поднявшись на стременах, купается в лучах всеобщей любви и рассылает благодарной публике воздушные поцелуи... На третьем снимке французский Серёжин ровесник был изображён в обществе красавицы жены Мари и любимой дочери Меган.

Сергей положил журнал и отошёл к незашторенному окну. Глядя сквозь стёкла на лесопарк Александрино, попробовал вообразить себя в роли мужа. Отца... Сколько он звал Аню под венец, сколько раз предлагал ей руку и сердце?.. Как сказал бы тот же Оливье Пелье — се ля ви. Сергей с радостью согласился бы переехать, но в Петербурге до сих пор не построили ипподрома, жокею здесь нечего было делать. Анины же клиенты, для которых она готовила спортивных коней, сами за ними в Пятигорск не поедут...

Ковшик на плите закипел, и одинокое яйцо в нём застучало о стенки, прыгая и вертясь в пузырящейся воде. Сергей только-только оглянулся и сделал в ту сторону шаг, когда из прихожей раздалось поскрипывание открываемого замка.

— Ты проснулся? — прямо от двери громко спросила Аня. Не почувствовать запах свежесваренного кофе было нельзя, но вопрос рассмешил Сергея, и он отозвался из коридора:

— Нет, сплю ещё. Брожу тут во сне и холодильник твой очищаю...

— А кофе осталось ещё? — Аня принципиально называла кофе «оно».

— Для вас, сударыня... — Сергей вышел в прихожую и хотел было добавить что-нибудь типа «у нас, как в Греции, всегда всё есть», когда Аня скользнула глазами по своему собственному халату, из-под которого торчали худые жокейские ноги, и буквально согнулась от смеха:

— Ой, мишка плюшевый!... Нет, он тебе правда ничего... К глазам очень подходит... васильки эти... А давай я тебе его подарю? Будешь у себя в Пятигорске по утрам в саду пить кофе по-барски... в тени развесистого инжира...

Он глянул на себя в висящее в прихожей зеркало: видок, надо сказать, был ещё тот. Сергей представил себя в этом халате за кофе в садике своего пятигорского жилища. А над забором — рожицы соседских мальчишек: «Трусы в цветочек, цветы в трусочек...»

— Нет уж, — усмехнулся он, — я лучше по-нашему, по рабоче-крестьянски, в трениках по Пятигорску побегаю...

На кухне Серёжа достал из пенала ещё одну чашечку:

— Салат? Бутерброды?

Аня жадно потёрла руки:

— А слона в тесте нет?

— Мне мама в детстве сказку рассказывала, — оглянулся Серёжа. — Про оленёнка. Охотник поймал его, решил сделать жаркое и для начала обмазал тестом. А оленёнок, не будь дурачок, давай облизываться, и получился не оленёнок в тесте, а тесто в оленёнке. Я к тому, что, может, тесто в слоне, в смысле, яичницу с колбасой? О'кей?..

Они сидели друг против друга. Серёжка ел своё яйцо вкрутую — экономно, крохотными кусочками, как только можно растягивая куцее удовольствие. Аня за обе щеки уписывала булку с маслом и прямо со сковородки поддевала вилкой яичницу, заправленную помидорами. Все знавшие её соглашались, что ела она невероятно «вкусно»: стоит только посмотреть на неё за столом — и даже у сытого человека в животе неминуемо начинает урчать.

— Сегодня лошадок показывала, — похвасталась она с набитым ртом. — Две очень понравились. Все на движениях, на прыжках... до ста тридцати! Чего доброго, купят...

— А что за лошадки?

— Будёновцы. Из Ростова, четырёхлетки.

— Фи, Ростов. Лучше к нам в Пятигорск приезжай. Я же говорю, такой класс тебе присмотрел — зашибись!

— Знаешь... Я тут подумала... А если мне сразу с тобой и поехать после «Подковы»? — И лукаво добавила: — Будёновцев твоих погляжу...

Сергей подпрыгнул на стуле, уронил на клеёнку скорлупу с остатками недоеденного яйца, подскочил к девушке и расцеловал её в обе щёки.

— Пусти, подавлюсь сейчас!.. — пискнула совершенно счастливая Аня. — В больницу попаду вместо Пятигорска...

— Двинемся поездом. Закупим целое купе... — немедля размечтался Сергей. — А в Пятигорске у меня дивная комнатка. Я в этом году прямо у ипподрома снимаю. Эх, заживём!..

Великой совместной жизни в Пятигорске предстояло длиться какую-то пару недель. Потом «се ля ви» снова разведёт их по разным городам, за тысячи километров — до новых звонков, до новых свиданий...

Ипподром разлучал их, но ипподром же и познакомил.

Как-то летом, два года назад, на Серёжкину конюшню в Пятигорске пришла незнакомая девушка. Вроде бы девушка как девушка, не сказать какая королева с конкурса красоты, — но Сергей, подметавший дворик возле конюшни, так и замер на месте. «ВОТ ОНА, — физически ощутимо толкнуло его древнее, как мир, и не знающее ошибок чутьё. — ВОТ ОНА...»

Между тем незнакомка вежливо поздоровалась и представилась: Анна, мол, Смолина. Из Ленинграда, то есть Санкт-Петербурга. Мастер спорта, держит свою конюшенку. Хочет присмотреть в Пятигорске лошадок. А то и купить...

До Сергея далеко не сразу дошёл смысл её слов: наверное, целую минуту он стоял столбом, просто слушая голос. В эти мгновения он не взялся бы описать Анину внешность; он, кажется, просто не замечал таких ничтожных подробностей, как цвет её волос или глаз, — всё смела и сплавила воедино штормовая волна чувств, именуемых любовью с первого взгляда. Потом Сергей словно очнулся, сообразил, как глупо, наверное, выглядит со стороны, и начал неудержимо краснеть.

Девушка, уже начавшая что-то объяснять ему самым деловым тоном, замолчала и, внезапно смутившись, тоже залилась краской. И Серёжа заметил, что кожа у неё не по-южному белая, а волосы — тёмные, вьющиеся, коротко подстриженные, и от этого румянец кажется особенно ярким и нежным. «Сергей... Путятин», — кое-как выдавил он, не решаясь поставить метлу и сделать хоть шаг. «Путятин? Жокей? — удивилась девушка и покраснела ещё больше: — *Тот самый* Путятин?..»

Это был волшебный, невероятный, немыслимый день. Серёжа водил Аню по всем конюшням ипподрома, знакомил с тренерами и жокеями, показывал лошадей и рассказывал, рассказывал...

В большинстве российских городов питерских жителей принимают с какой-то особенной теплотой, и гостеприимный Пятигорск исключением не является. А что касаемо людей, у которых лошади — не работа, а скорее диагноз, то для них это справедливо вдвойне. Вечером прямо на ипподроме соорудили шашлык.

Аня Смолина была из тех женщин, в присутствии которых у мужчин мигом распускаются павлиньи хвосты. И дело тут не в наружности и не в манерах, — всему причиной некое внутреннее свечение, названия которому наука пока ещё не придумала. За гостьей норовили поприударить чуть ли не все мужики из ипподромной компании, но, как выяснилось, штормовая волна, накрывшая Сергея, оказалась взаимной. Аня села рядом с ним у костра и не отстранилась, когда он задел её колено своим. От неё исходил едва заметный запах духов — прозрачный, чуточку пряный. Серёжа чувствовал доверчивое тепло её тела, и оно бесконечно волновало его, затмевая всё выпадавшее на его долю прежде этого дня...

Шашлыки удались. Серёжа отхлебывал крошечными глоточками сладкое, густое красное вино, нёсшее в себе щедрое благословение солнца. Пламя костра, южная ночь, аромат вина, запах Аниных духов, тепло её тела...

Сумерки принесли с собой зябкую прохладу, и Сергей, собравшись с духом, заботливо набросил Ане свою куртку на плечи. Сердце бешено заколотилось, когда он будто случайно задержал свою руку у нее на плече — на миг дольше, чем полагалось бы... И почувствовал, как девушка всем телом подалась к нему, отзываясь и отвечая... Сергей замер, боясь шевельнуться... Первое робкое прикосновение... что может сравниться с ним?..

Веселье у костра текло своим чередом, а Серёжа с Аней так и сидели, прижавшись друг к другу. Смеялись и шутили вместе со всеми. А сами незаметно касались друг друга — и таяли, таяли...

Серёжа что-то тихо нашёптывал ей (что именно, он позже, убей Бог, так и не вспомнил), а потом дотянулся губами и поцеловал её ушко. Анна чуть вздрогнула, чуть отстранилась: прикосновение было тонким и от этого невозможно щекотным. Но ни в коем случае не неприятным. Она снова прижалась к нему, слегка наклонив голову, словно подставляя шею, покрытую северным невесомым загаром...

Вокруг костра давно уже велись бесконечные мужские разговоры: конники беседовали о лошадях и благородно притворялись слепыми. Лишь изредка ловил Серёжа в сгустившейся темноте завистливый блеск чьих-нибудь глаз: эх, парень, мол, и всюду-то ты у нас первый...

А когда пламя погасло совсем, когда даже угли остыли и перестали светиться розовым светом, Анины губы вдруг сами нашли губы Сергея.

Та ночь пролетела для ребят незаметно...

Наутро Серёжа с необычайным вдохновением носился по ипподрому, поочередно меняя коней. Аня следила за ним с трибуны, и каждый раз, когда лошадь бешено вырывалась из-за ближнего поворота, сердце у неё замирало. А Сергей летал как на крыльях... и в эту ночь они опять были вместе.

«Ань, а может, ты у меня насовсем в Пятигорске останешься? — спросил он, провожая её на вокзале. — Навсегда... Переезжай, а?»

«Серёжка, ты... — тихо ответила сразу погрустневшая Аня. — Ну ты сам подумай. Ты же всё понимаешь...»

Он понимал. Оба были спортсменами, оба со своими целями, перспективами и, что греха таить, честолюбием. Вышла бы из Ани такая жокейская жена, какой была для Петра Ивановича тётя Лида?.. Теоретически это красиво, конечно, звучит — «посвятить жизнь любимому человеку». А каково практически ставить крест на собственной спортивной карьере? Хоронить главную цель в жизни? А с конюшней что делать, с Аниными лошадьми?.. Столько сил и надежд вложено, не говоря уже о деньгах! И притом когда только-только начало все получаться... Сергей просто обнял её тогда на перроне:

«Ладно... Вот лет через двадцать повешу седло на крючок...»

«Я до тех пор к тебе ещё много-много раз приеду».

«И я к тебе... обязательно...»


После степного жаркого Сайска петербургское солнце казалось Сергею откровенно холодным: Аня вышла из дому в лёгкой футболке, а он — в плотной спортивной курточке, да и ту лишь мужской гонор не давал ему застегнуть до самого горла. Аня завела верную «Тойоту», быстро миновала проспект Ветеранов и свернула направо.

— Как только люди тут ездят, — откровенно ужаснулся Сергей, поглядев сквозь окошко на скопища машин всех мыслимых марок. Снаружи воняло разогретым асфальтом, резиной и бензиновым выхлопом: — Не страшно тебе?..

Аня пристроилась в хвост за пыльным микроавтобусом и пожала плечами:

— Да что... как-то привыкла...

При подъезде к железнодорожному мосту началось обычное столпотворение. Кто-то из водителей относился к этому философски, другие были страшно возмущены тем, что ЛИЧНО ИМ мешали проехать. Эти хамски сигналили, лезли вперёд чуть не по тротуару и тем создавали ещё большую неразбериху. На глазах у Сергея через двойную разделительную линию ринулся перламутровый «Скорпио». Пролетел, как выстреленный, мимо всех — и полез в их ряд, медленно двигавшийся вперёд. По закону подлости ему потребовалось вклиниться прямо перед «Тойотой».

Аня вежливо придержала свою маленькую машину, но «Скорпио», словно не удовольствовавшись достигнутым, неожиданно резко тормознул и замер на месте. Возможно, он искал неприятностей, но, как говорится, не на такую напал. «Тойота» ответила на лёгкое движение педали и послушно застыла в нескольких сантиметрах от лоснящегося на солнце скорпионова зада.

— Мастер спорта я или нет, — совершенно спокойно прокомментировала девушка. — Вот такой, если он за рулём задница, значит, и по жизни такой же. Иной раз только реакция и выручает. У тебя сигаретки не будет?

Сергей разжал руки, которыми успел ухватиться за сиденье и подлокотник, и проворчал:

— Я, в отличие от некоторых, не курю...

Минут через сорок они миновали Стрелку и встали под светофором на Добролюбова.

— Смотри, коневоз!

Близость Дворца спорта «Юбилейный» сделалась очевидна: со стороны зоопарка, от Петропавловской крепости, в ту сторону двигался запылённый джип. Он тащил за собой внушительных размеров серебристый прицеп с надписью «HORSES».

— Зуб даю, на соревнования! А ну-ка, ну-ка, откуда нас принесло?.. — Анна притормозила, присматриваясь к номерам. — Из Швеции! А я про что тебе? Все флаги! Ну? Убедился?

Иноземный джип между тем не спеша двигался по изрытому, как после бомбёжки, российскому асфальту, — не дай Бог потревожить стоящих в прицепе породистых пассажиров!

— Ты посмотри, как подвеска работает, — восхитился Сергей.

Действительно, две пары маленьких колёс коневоза усердно отрабатывали все ямки и кочки, оставляя сам прицеп практически неподвижным. Кони, должно быть, стояли внутри совершенно спокойно, не уставая от тряски и не пугаясь толчков.

— Здорово, — согласилась Аня и выкрутила руль, объезжая крышку люка, показавшуюся ненадёжной. — На таком действительно куда хочешь... и лошадкам полная благодать...

— Буржуи не дураки, — отозвался Сергей. — Умеют деньги считать. Какую лошадь привезёшь, так и выступишь. Измочалишь по дороге, и приз мимо носа... Ань, а когда первый конкур?

— Завтра. Сегодня «день приезда». Смотри, вон ещё катят!

Навстречу, уже включив сигнал правого поворота, чтобы свернуть к «Юбилейному», двигался огромный автобус-коневоз, сплошь разрисованный силуэтами прыгающих всадников. Он направлялся на специально отведённую стоянку для коневозов, где уже теснились «Вольво», «Мерседесы», фуры и автобусы, фургоны и фирменные прицепы, а чуть поодаль, ни дать ни взять стесняясь своего простецкого вида, сиротливо притулился наш привычный «КамАЗ». С импортными сородичами его роднила лишь традиционная надпись на нескольких языках: «ОСТОРОЖНО! СПОРТИВНЫЕ ЛОШАДИ!».

— Видишь, что делается? Я же не зря тебе — почти малая Европа! Даже без «почти»!..

Аня пристроилась за шведами и повернула было к площадке, однако проехать туда не удалось. Дорогу «Тойоте» преградил рослый молодой человек с рацией в руках и пластиковой карточкой «Оргкомитет» на лацкане пиджака.

— Ваш пропуск?..

— Мы в оргкомитет, — уверенно ответила Аня.

— Тогда, будьте любезны, машину на общую автостоянку, — всё так же вежливо кивнул молодой человек. — Сюда въезд только для коневозов. И в зону проведения соревнований только по спецпропускам...

Аня искренне удивилась:

— А швед где пропуск уже раздобыл?..

— У него коневоз, — улыбнулся представитель оргкомитета. — На коневозе и вас туда пропустили бы. Лошади... они ведь живые, правильно? Они и так в дороге намучились...

— Понял, начальник. Спасибо. — И Аня повернула машину направо, к общей стоянке. — Не из конников, уж я-то питерских почти всех в лицо... — пояснила она Сергею, когда они немного отъехали. — Однако правильный малый. Ладно... Нормальные герои всегда идут в обход... Вот только знакомых что-то никого пока не видать...

Все знакомые оказались внутри. Аня не успевала здороваться и кивать головой налево и направо. На входе их снова остановил охранник. На сей раз не оргкомитетчик в костюме, а здоровенный омоновец в полном вооружении, при камуфляже и бронежилете. На пароль: «Мы в оргкомитет» — он загадочно улыбнулся и предупредил, что сегодня доступ и в оргкомитет, и в судейскую открыт. ПОКА. Завтра — строго по пропускам. А вот в зону конюшен и тренировочного манежа вход даже сегодня только для участников, представителей команд и сотрудников оргкомитета:

— Так что лучше оформляйте все документы сегодня. Завтра мы без пропусков никого...

Аня поблагодарила стража порядка... а в следующий миг пожалела его, стоило только окинуть беглым взглядом десятки, если не сотни знакомых физиономий. Сколько конников в это утро успело использовать ту же волшебную фразу: «Мы в оргкомитет». И каждому ответь, каждому объясни насчёт завтрашнего распорядка... За бандитами по крышам и чердакам небось бегать было полегче!

Под сводами административного блока Дворца спорта стоял сплошной гул человеческих голосов. Стайками носились дети в красочных футболках с эмблемами «Серебряной подковы» — начинающие конники трудились здесь в качестве волонтёров, то бишь добровольных помощников. Потом откуда-то выплыли граждане в театральных костюмах — не иначе, участники культурной программы. За стойкой бара, оборудованного прямо в холле, попивали кофе казак, драгун и кирасир. Они что-то воодушевлённо рассказывали девушке-гусару — та заливисто хохотала. Отколь ни возьмись, мимо Ани с Серёжей провели целую свору борзых... И в качестве завершающего штриха прямо за спиной у ребят, из-за тоненькой двери какого-то помещения, грянул во всю мощь своих медных лёгких прятавшийся там духовой оркестр. Сергей, вздрогнув, вполголоса помянул чёрта...

Скоро произошло неизбежное — Аню утащили от него, и он остался один. Его подругу, похоже, знал весь конный Петербург. С ней здоровались, заводили оживлённый разговор, а за другой локоть уже тянул кто-нибудь из вновь подошедших:

— Сколько лет, сколько зим!.. Как дела?

Сергея тоже кое-кто помнил по его прежним приездам, но таких было раз, два — и обчёлся. Он всё понимал и не хотел мешать Ане. Стоял себе в сторонке, ожидая, когда Аня вспомнит о нём и вернётся... Но оказалось, что дню приезда и для него суждено было стать днём неожиданных встреч.

— Oh, excuse me, sir. Could I trouble you? It seems we have met before? Are you Mr. Putyatin?[1] — Напротив Сергея неожиданно остановился средних лет иностранец в лёгкой спортивной куртке, в дорогих, мягких и удобных светло-серых вельветовых джинсах. Глаза за стёклами очков были острыми и внимательными, на груди покоилась парочка весьма профессиональных камер — «Nicon» и «Pentax», а с плеча свисал объёмистый репортёрский кофр. На пластиковом «бэйдже» крупным шрифтом было написано «ПРЕССА».

— Am I right? You are Mr. Putyatin?[2]

— Да. — Сергей оправился от изумления и, отчаявшись изобразить что-нибудь по-английски, утвердительно кивнул головой. — Это я.

---

[1] Ох, простите, сэр! Извините за беспокойство! Мы, кажется, прежде уже встречались... Вы не мистер Путятин? *(англ.)*

[2] Так я прав? Вы — мистер Путятин? *(англ.)*

Незнакомец в спортивной куртке живо повернулся к какому-то осанистому, полному достоинства сухощавому господину, остановившемуся неподалёку (тот вопросительно смотрел на них обоих), и принялся что-то объяснять на непонятном языке, показавшемся Сергею гибридом английского и немецкого. Единственное, что Сергей безошибочно уловил из его монолога, было несколько раз повторённое слово «Сайск».

— О-о-о, — чему-то протяжно удивился и обрадовался представительный господин. И... решительно направился прямо к Серёже. Вместе с ним подошла стройная молодая леди, ни дать ни взять материализовавшая прямо из кадров рекламного клипа о модных колготках. К некоторому даже разочарованию жокея, «топ-модель» оказалась всего лишь переводчицей. Ростом она была повыше отягощённого камерами иностранца и, слушая его речь, непроизвольно наклоняла головку — так, что сквозь локоны, уложенные «а-ля золотые времена Аль Капоне», посверкивала крохотная серёжка с настоящим бриллиантиком. *Ноблесс оближ!*

— Мистер Ульрикссон говорит, что видел, как вы недавно выиграли в Сайске Дерби, — произносила она грудным бархатным контральто. — Мистер Ульрикссон восхищён вашей манерой езды. Он много путешествует по Европе, собирая материалы для своего скакового журнала, и был откровенно удивлен, увидев жокея такого высокого класса на второстепенном ипподроме в России...

Сергей не сразу придумал ответ: слишком неожиданны были свалившиеся на него комплименты. А «топ-модель» знай себе продолжала:

— Мистер Ульрикссон говорит, что приятно поражён встречей с вами здесь, в этом дворце. Он прекрасно понимает, что вы — фанатичный конник, но никак не ожидал такой широты интересов. Скачки есть скачки, но классические виды конного спорта... Браво, мистер Путятин! Вы всё время работаете на Сайском ипподроме?

— Нет... только в тот раз, — справившись с некоторым обалдением, ответил Сергей. — Там... в общем, сложная лошадь. Попросили помочь...

Иностранцы понимающе закивали.

— Putyatin?.. — обращаясь к репортёру, неожиданно переспросил второй швед. Ульрикссон что-то ответил, и дотоле молчавший осанистый господин разразился достаточно длинным монологом, в котором Серёгина фамилия повторялась неоднократно.

— Господин Шёльдебранд говорит, — синхронно переводила «супермодель», — что знает в Швеции представителей древнего рода князей Путятиных[1], выходцев из России. Не является ли наш друг случайно их родственником?

Вот это вопросик на засыпку!.. Князья? В Швеции?.. Это у них приколы такие или действительно?.. Сергей вконец растерялся...

— Простите, я вам не представила наших гостей, — пришла ему на помощь прекрасная переводчица. — Мистер Свен Ульрикссон, корреспондент журнала «Свенска хэстен», одного из самых значительных периодических изданий Швеции о лошадях и конном спорте... Господин Йон фон Шёльдебранд, гофшталмейстер... или, если я правильно понимаю, главный конюший Его Величества короля Швеции Карла Шестнадцатого Густава...

Сергей только и смог что неопределённо улыбнуться. Впору было ловить жменей отпавшую челюсть и ставить её на место.

Шведы сопроводили своё представление лёгким поклоном, и Свена Ульрикссона Сергей вроде бы даже вспомнил: ну да, точно, тот самый фотограф, снимавший их с Заказом сразу после скачки!.. «Прекрасний лёшадь! Super class jockey...» Репортёр, конечно, заметил, как оживились глаза русского парня, и доброжелательно расхохотался. Серёжа тепло пожал его руку.

_____
[1] Фамилия князей Путятиных действительно существует и использована с устного разрешения её обладателя.

Что же касается господина Шёльдебранда, то Сергей почему-то ожидал, что у шведского аристократа, одетого со спокойным изыском потомственного придворного, рука окажется мягкой и дрябло-изнеженной — конюший там не конюший, знаем мы эти почётные титулы!.. А вот поди ж ты — на Сергеево осторожное пожатие ответила жёсткая мужская ладонь, работяще-шероховатая, с характерными уплотнениями от частого знакомства с поводом или вожжами. Рука профессионала-конника, тут уж не спутаешь!

Сергей поднял глаза и пристально посмотрел Йону Шёльдебранду в лицо. Лицо было, если присмотреться, обветренное и загорелое. И фигура — лёгкая, сильная, цепкая... Мужчины прекрасно поняли друг друга без слов.

— В молодости — выездка и конкур, теперь больше драйвингом увлекаюсь, — просто ответил аристократ. — Нам, коллегам, не к лицу церемонии, так что называйте меня Йон... О'кей?.. Так вот, нет ли у вас, Сергей, родственников в нашей стране? Знаете ли, я очень дружен с семейством князей Путятиных...

«Супермодель» без устали переводила, поглядывая на невзрачного с виду жокея с пробудившимся интересом.

— Нет, нету, — уверенно ответил Сергей, но потом, задумавшись, уверенность свою потерял: — Ну то есть... наверняка не скажу... Моего отца в войну из Ленинграда в эвакуацию увезли... ребёнком ещё... Родственники потом так и не нашлись. Отец о них толком и не рассказывал... Что он там особо помнить мог, малышом-то... — Тут Сергей наконец отбросил смущение и широко улыбнулся: — А что, чем чёрт не шутит! В те времена у нас княжеское происхождение, сами знаете, не шибко приветствовалось... Зато теперь... Надо будет порыться... Спасибо, в общем, что надоумили!

«Князь из станицы Михайловская, — подумал он при этом. Попробовал вообразить себя таковым и пришёл к выводу: — Жуть!»

Шведы, впрочем, шутки не поняли — перевод был ими воспринят абсолютно серьёзно.

— Если вы не против, я сообщу вашим шведским... скажем пока так, однофамильцам, что встретил в России отличного парня и великолепного жокея Путятина. Я думаю, их это порадует. Если они заинтересуются, пусть наведут справки по истории вашей семьи и её корней в Санкт-Петербурге... Вы не оставите мне на всякий случай свою визитную карточку?

Визитные карточки!.. Сколько раз Сергей собирался их заказать, столько же и забывал. А потом ругал себя последними словами за бестолковость. Переводчица вновь выручила его:

— Господин фон Шёльдебранд, я запишу все данные господина Путятина по-шведски и передам вам. Позвольте? — В руках у неё как по волшебству возникли изящная записная книжка и ручка.

...Аня Смолина выбрала именно этот момент, чтобы вспомнить про своего покинутого кавалера. «Топ-модель» вопросительно подняла на неё глаза, их взгляды встретились, и девушки оценивающе, точно героини мексиканского сериала, посмотрели одна на другую. И, опять же как в сериале, крошечный бриллиант в розовом ушке вдруг враждебно сверкнул.

Сергей среагировал моментально.

— Йон, Свен, это Анна, моя подруга, — запросто представил он Аню.

Галантные шведы по очереди раскланялись с Аней и пожали ей руку. Потом попрощались и сразу же исчезли в толпе.

— Кто это? — удивлённо спросила Аня.

Сергей напустил на себя великолепную небрежность:

— Да так, шведы знакомые... Журналист один... и ещё Йон фон Шёльдебранд, главный конюший короля шведского...

— Кто-о-о?

— Конь в пальто. Гоф-штал-мейстер... ты слово-то таких не знаешь, — уже откровенно прикалывался Сергей. — Перевожу для двоечниц: главный шведский конюший. А что, у меня не может быть знакомых в королевстве шведском? Мы с Йоном о родственниках моих тут потолковали маненечко...

— О ком?..

— О родственниках. О князьях Путятиных, его близких друзьях.

Анна совсем растерялась:

— Чьих? Кого?..

— Моих. Ну, то есть живут у них там наши дореволюционные князья, Путятины по фамилии, и они друзья Йона фон Шёльдебранда — гофшталмейстера короля шведского, как его там... Карла-Густава. Вот смотри... — И он протянул Анне визитную карточку, оставленную шведом, — маленький кусочек мелованного картона, покрытый золотыми геральдическими вензелями, не очень понятными, но красивыми до невозможности.

— Sorry[1], — послышалось рядом.

Серёжа и Аня подняли глаза. Рядом снова стоял Свен Ульрикссон.

— I'd like to hand you a little present. It's for you. Suysk. Derby. Do you remember? Little present for memory[2], — протянул он Серёже две фотографии. На одной Сергей финиширует; на другой — его запылённое лицо с характерными отпечатками очков; немного сумасшедшие глаза и ужасно счастливая улыбка. И — крупным планом — изящная голова лошади...

— Спасибо... — пробормотал Сергей, не зная, как ещё поблагодарить шведа и зачарованно разглядывая фотографии.

— You are welcome[3], — просто ответил репортёр. Хлопнул жокея по плечу и мгновенно исчез.

— Ну-ка, дай посмотреть, — потянулась к карточкам Аня. — Ой, какой ты здесь... волосы дыбом... А конечка славный. Как зовут-то хоть?

---

[1] Извините *(англ.)*.

[2] Я хочу вручить вам маленький подарок на память. Это вам! Сайск, Дерби... помните? Маленький подарок на память *(англ.)*.

[3] Всегда пожалуйста *(англ.)*.

— Кузя... Заказ. Помнишь, я тебе про него...

— Аня? Простите, можно вас на минуту?

Занятые снимками Аня и Сергей разом подняли головы: к ним приближался крупный, несколько тучноватый мужчина, облачённый в официальный чёрный костюм. На лацкане пиджака висела пластиковая карточка со скромной, но весомой надписью: «Директор-распорядитель».

— Конечно, Александр Владимирович... — Аня послушно отошла с ним в сторонку.

Они принялись о чем-то шептаться. Серёжа не слышал о чём, да и не пытался расслышать. Лишь заметил, с каким любопытством директор-распорядитель разглядывал фотографии, оставшиеся у Ани в руках. А потом вынул из нагрудного кармана что-то плоское, смутно блеснувшее — и протянул Анне.

— Ой, Александр Владимирович!.. Спасибо большое, — услышал Сергей громкое Анино восклицание. Было заметно, что девушка удивлена, польщена и обрадована.

— А ты у нас, оказывается, очень важный персон, — вернувшись к Сергею, сообщила Аня. И помахала перед его носом маленькой пластиковой карточкой: — Очень Александр Владимирович интересовался, с кем это тут знатный шведский гость так расшаркивается. А уж как узнал, что ты вообще-то не хухер-мухер, а жокей международной категории... и ажно почти князь, так весь прям расчувствовался и велел тебе передать... От щедрот директорских...

На запаянном в крепкий пластик бэйдже красовалась эмблема «Серебряной подковы» и на её фоне — три крупные буквы: «VIP»[1].

— Я-то думала грешным делом, ты мне мозги компостируешь насчёт гофшталмейстера короля шведского...

— И что мы от этого будем иметь? — Серёжа понюхал картонный прямоугольник, потом попробо-

---

[1] Общепринятая аббревиатура от англ. «very important person» — «очень важная персона».

вал его на зуб. — Бесплатный проход в служебный сортир?..

— И в особой ложе сидеть, и в закрытом ресторане харчиться... пока в дверях не застрянешь. На халяву причём. За счёт фирмы...

Сергей отогнал вечно преследующее жокея видение ресторанных деликатесов и поискал глазами директора. Тот стоял в десятке шагов, с кем-то оживленно беседуя. Дождавшись, пока тот посмотрит в его сторону, Серёжа поднял в руке пропуск и слегка поклонился — спасибо, мол. Александр Владимирович с улыбкой ответил ему таким же поклоном — дескать, чем могу...

Довольный Сергей вновь повернулся к Ане:

— Пропуск-то, между прочим, на две персоны. Так что будешь в ресторане за нас двоих отдуваться. Небось проголодалась уже?

Аня решила выдержать характер:

— Давай сначала посмотрим, как тут всё происходит...

Посмотреть в самом деле было на что. Для начала ребята отправились в оргкомитет, потом пошли посмотреть боевое поле, где уже воздвигали препятствия, и наконец отправились в судейскую — раздобывать стартовые протоколы и программу соревнований.

Суровые омоновцы почтительно расступались при виде трёх магических буковок на кармашке Серёжиной куртки. И даже стартовые протоколы выпрашивать не пришлось. Увидев всё те же волшебные письмена, забеганная и замученная труженица судейской коллегии превратилась в саму вежливость — и одарила Сергея целой охапкой красочных буклетов, журналов, справочных таблиц и прочей печатной продукции, заботливо упакованной в пластиковой пакет всё с той же эмблемой «Подковы».

Если честно, по большей части это была сущая макулатура, содержавшая информацию для профанов, — но макулатура красочная и вызывающая любопытство. Сергей начал тут же просматривать её, соображая, что сразу отправить в урну для мусора, что захватить с собой в Пятигорск — показать ребятам на ипподроме, — а что, может быть, предъявить самому деду Цыбуле.

— Ну вот, присосался, — потянула его за руку Аня. — Давай хоть к окошку отойдём. Затопчут же!..

Затоптать не затоптать, но сбить с ног могли запросто. Мимо судейской на боевое поле — главную арену, засыпанную специально отобранным и Бог знает откуда привезённым песком, — носили препятствия: шестиметровые жерди, тумбы, стойки, откосы... Шестеро пацанов тащили якобы кирпичную «стенку». Кирпичи были нарисованными, а сама «стенка» — фанерной, но получить такой по ноге — мало не покажется. Тут же толпились участники завтрашних состязаний. Слышался смех, бодрые возгласы на всех мыслимых языках, кого-то гулко хлопали по спине... старые соперники встречались далеко не впервые и искренне радовались друг другу. Тут же кто-то из оргкомитета отчитывал недостаточно расторопного подчинённого... В общем, всё как всегда: шум, веселье, приправленное нервным ожиданием первого старта...

Аня с Сергеем отошли к сплошной стеклянной стене, отделявшей помещения спортивного комплекса от внутреннего двора, где на время соревнований разместилась конюшня, построенная из складных боксов.

— Ага, а вот и наш швед как раз разгружается...

Серёжа оторвался от очередного буклета. Стеклянная стена располагалась много выше крыш боксов, так что всё происходившее внизу было видно как на ладони. В том числе и серебристый прицеп-коневоз, стоявший с опущенным трапом посередине прохода.

Первой оттуда вывели огромную рыжую лошадь, покрытую лёгкой летней попоной. Ноги, самое ценное её достояние, почти до самого живота были укутаны этакими бахилами — толстыми, мягкими транспортными ногавками, предохраняющими от травм, ушибов и растяжений. И даже хвост был заботливо упакован в специальный кожаный футляр, прикреплённый к попоне. Выйдя из коневоза, лошадь на секунду замерла, с живым интересом оглядываясь по сторонам. Потом шумно фыркнула и заливисто подала голос, отзываясь на запах нескольких десятков незнакомых коней. Высокий, крепко сложенный русоволосый парень похлопал кобылу по шее и повёл её на длинном поводу в заранее приготовленный бокс. Рыжую красавицу явно переполняла энергия. Она бежала рядом с ведущим её человеком коротенькой рысью, опустив голову, изящно изогнув шею и время от времени вскидывая высоко вверх передние ноги, — ни дать ни взять пыталась стряхнуть пыль копытом со своих собственных ушей!

— Ты посмотри, какая машина, — восхитилась Аня. — Тут есть чему прыгать! Под сто восемьдесят росточком будет...

— А тебе буржуи на соревнования, где пятьдесят тыщ баксов выиграть можно, калечь всякую повезут?.. — Информацию о призовом фонде Сергей только что почерпнул в одном из буклетов. — Я думаю, тут у каждого зуб горит... — Он принялся листать красочный каталог участников соревнований: — Так, вот мы где... Бенгт Йоханссон, Швеция. Кобылу зовут Слипонз Фари, рост сто семьдесят восемь, датская теплокровная... второй — гнедой жеребец по кличке «Сирокко»... Сто шестьдесят семь в холке, чистокровный...[1]

— Ну-ка, — присмотрелась Аня, — ну-ка...

Из прицепа появился мужчина лет сорока в блескучих золотых очках и футболке с короткими рукавами, а за ним по трапу как-то вяло сошёл крупный гнедой конь. Ребятам даже показалось, будто его самую малость пошатывало. Он был без попоны и без ногавок. Выйдя из коневоза, он тоже на секунду остановился, вбирая незнакомые запахи. Но ржать не стал, лишь безучастно опустил голову и поплёлся туда, куда тянул его повод...

---

[1] То есть относящийся к породе чистокровная верховая.

102

— «Уши врозь, дугою ноги и как будто стоя спит», — разочарованно прокомментировала Аня. — А тощий-то до чего! Хворый, что ли?

— А чёрт его, — пожал плечами Сергей. — В дороге оно, знаешь, по-разному... Да ты ж их возила, кому я рассказываю. Может, просто укачало беднягу.

— Хорошо, не насмерть, — кивнула Аня. — Я читала, бывает... Редко, конечно...

— Ты знаешь, — вдруг медленно произнёс Сергей, и взгляд его сделался пристальным, — а ведь он, гнеденький этот... ну копия Кузи. Заказа то есть... который на фотках... Хотя чему тут.. порода-то одна...

— Чего-чего? — Аня всё ещё держала в руках фотографии и теперь ткнула их Сергею под нос. — На Заказа? Вот на этого?.. Уж мне-то не вкручивай.

На одной из карточек сайский дербист был снят в момент своего удивительного парящего маха. На другой присутствовала лишь его морда: ушки локатором, в глазах огонь, из ноздрей чуть ли не дым... Ничего общего с то ли замученным, то ли впавшим в спячку животным, медленно удалявшимся по проходу.

— Абсолютно никакого сходства не вижу, — заявила Аня категорично. — Это... — она указала на фотографию летящего над скаковой дорожкой Заказа, — ...Лошадь! С большой буквы!.. А тут... — Аня кивнула в направлении уходящего гнедого, — ...корова какая-то. Которую на рынке старик продавал. Никто за корову цены не давал...

— Да нет. — Серёжка ностальгически покачал головой. — Похож... Очень похож... Я-то знаю...

Еще позавчера он ласкал красивую, породистую голову Заказа. Хлопал его по упругой взмыленной шее. И сейчас, глядя вслед гнедому коню, ощутил в глубине души некую непонятную грусть. Что-то подло заныло под ложечкой — так, словно вместе с этим чужим конём от него навсегда уходило нечто очень родное. «Наверное, — подумал Сергей, — это оттого, что я не умею смотреть со стороны и быть просто зрителем...» Ему в самом деле до смерти хотелось оказаться там, между боксов. Привычно взять в руки повод, вдохнуть волнующий и знакомый аромат предстартовой лихорадки, замешанный на густом запахе конского пота... Как он завидовал сейчас незнакомому шведскому парню и всем, кто в эти минуты был там, внизу, с лошадьми... Только конник, наверное, и способен это понять!

— Извините, пожалуйста... — раздался рядом с ним стесняющийся девчоночий голосок. — Вы... спортсмен?

Сергей оглянулся. Перед ним, теребя нитяные рабочие перчатки, стояла девочка лет двенадцати в футболке юного волонтёра. Полноватая, в очках и с длинной косой. Начинающая лошадница из тех, которым никогда не стать чемпионами... Однако глаза её горели таким счастливым энтузиазмом, что Сергей невольно улыбнулся в ответ:

— Ну... спортсмен.

— А в соревнованиях участвовать будете?

Он успел решить, что её интересует автограф, и развёл руками:

— Да нет. Я тут вроде как гость...

Девочка смотрела на него очень серьёзно:

— А можно вам задать теоретический вопрос?..

— Конечно. Я, правда, не по прыжкам...

В нескольких шагах у неё за спиной Сергей увидел мужчину. Тот стоял у стены, оперев наземь половинку огромной серебристой подковы — будущего препятствия. Мужчина был невысокий, жилистый, с самой что ни есть обычной, незапоминающейся внешностью. Разве вот короткий серебряный ёжик, плохо соответствовавший довольно молодому лицу... Чёрные джинсы, лёгкая клетчатая рубашка. Он оценивающе глядел на жокея, и Сергей понял, что перед ним был взрослый спутник девчушки.

— Скажите, пожалуйста, — продолжала та. — Вот у Филлиса[1] сказано, что лошади всё равно, кто ездит

---

[1] Джеймс Филлис — выдающийся английский наездник, работавший в 1898—1910 гг. в Санкт-Петербурге. Его перу принадлежит классическая книга «Основы выездки и езды».

или ухаживает... она вроде даже людей вообще не особенно узнаёт... А у нас на конюшне у девочки конь, так она как придёт, он и ржёт, и вьётся, и ластится... а на других — зверем! Никого в денник не пускает... Только эту девочку и ещё тренера...

Аня заинтересовалась:

— А ты у кого занимаешься?

— У Рогожина. Романа Романовича...

— Ага, — кивнула Аня. — А конь небось вороной такой, огромный, Меченосцем зовут? Знаем-знаем. Наслышаны...

— Кони, они... разные бывают, — поразмыслив, ответил Сергей. — Есть, которым действительно всё равно. Или жизнь так сложилась, что он из рук в руки... Всадник за всадником, и каждому угоди... А есть однолюбы. И если он найдёт СВОЕГО человека, вот тут-то и пошли чудеса...

— О которых потом в книжках пишут, — усмехнулась Аня.

— Я, — сказал Серёжа, — вообще-то жокей. Обычно мы с конём встретились, проскакали — и до свидания. Хотя исключения, конечно, тоже бывают... Спортсмены, которые здесь будут прыгать, — у них с лошадью совсем другое партнёрство. Про Ханса Винклера слышала?

— Нет...

— Он на Олимпийских играх травму получил и совсем почти не мог лошадью управлять. Только морду ей к препятствию поворачивать, и всё. Так его Халла, кобыла тракенская, сама всё отпрыгала... На золотую медаль! Стала бы она из шкуры лезть, если бы своего всадника не любила? Ну а твоя девочка, видимо, просто себе друга купила. На всю жизнь...

Аня смотрела на юную Серёжину собеседницу и невольно вспоминала себя в её возрасте. О, конечно, она была совсем не такой. Но радостное возбуждение «дня приезда» настраивало на неожиданные поступки, и Аня, желая сделать приятное не столько девчонке, сколько Сергею, предложила:

— Ты своему папе скажи, пусть как-нибудь тебя ко мне на конюшню привозит. Ехать так: сначала по Петергофскому...

Девочка покраснела и обернулась к мужчине:

— Дядя Лёша...

Тот внимательно выслушал Аню и кивнул, ничего не записывая.

— Спасибо большое!.. — Девочка, видимо, рада была бы задать ещё сорок вопросов. Но не тогда же, когда простаивает работа!.. Она повернулась идти...

— Подожди! — окликнул Сергей. — Вот. Возьми-ка!

И протянул будущей наезднице пакет с многокрасочной печатной макулатурой, из которой успел отобрать две-три профессионально интересные книжицы. Девочка опять залилась краской, быстро оглянулась на «дядю Лёшу» и, задохнувшись от счастья, двумя руками прижала к груди пластиковый мешочек с сокровищами:

— Спасибо большое...

Мужчина через её голову посмотрел на Сергея и спокойно кивнул. У него были светлые глаза, неопределённо-серые, как зола. Они с девочкой взяли половинку исполинской подковы и понесли её дальше.

Сергей же снова посмотрел вниз, на боксы и коневозы... и настроение необъяснимо начало портиться. С тяжелым вздохом он взял Аню под руку и повел её в кафе — развеивать горе...


Остаток «дня приезда» пролетел незаметно. Поздно вечером, дома, Анна хлопотала по хозяйству, а Серёжа, как положено главе семьи, засел перед телевизором. Показывали сногсшибательный боевик, но вникнуть в его немудрёный сюжет почему-то упорно не удавалось.

Какое-то время Сергей тупо смотрел на экран «ящика», где крутые мэны палили друг в дружку из всех калибров, били морды и зрелищно подрывали большие американские автомобили... потом, сделав усилие, отвернулся от «Панасоника» и решительно подтащил к себе телефон. Восьмёрка, четырёхзначный код, номер... Занято. Экранный герой тыкал кому-то пистолет в брюхо и грозил проделать дыру в кишках — то есть ежу ясно, что так и не выстрелит. Снова восьмёрка... На шестой попытке в трубке щёлкнуло, и густой мужской голос устало ответил:

— Слушаю! Цыбуля...

— Василь Никифорыч, добрый вечер! — Слышно было плоховато, и Сергей, торопливо приглушив звук телевизора, завопил на всю квартиру, так, что из кухни отозвалось недовольное бормотание Кошмара. — Путятин беспокоит! Вы извините, я вам из Сайска звонил, но вас...

— А сейчас где, обормот?..

— В Питере, Василь Никифорыч, — слегка смутился Сергей. — Ну... помните, договаривались? Если выиграю?.. Вы телеграммку-то мою получили?

— Шалопаем был, шалопаем и остался, — пророкотало из трубки. — Что тебе там, в Питере, мёдом что-то намазано? Сорвался, понимаешь...

— Василь Никифорыч, тут такие соревнования намечаются, — заторопился Сергей. — Ну... Малая Европа! Команд восемнадцать... Одних российских четыре-пять, остальные всё западные... Кони у них, я вам скажу...

— Ладно уж... Уговор дороже денег... Обратно-то когда? — снова построжал голос Деда Цыбули. — Ты учти, длинный отпуск я тебе не обещал. Так, недельку!.. Не застревай там смотри... А за Дерби спасибо. Порадовал старика... Как Заказ-то тебе? В чём там дело у них было? Не ладил почему?

— Заказ молодчина, Василь Никифорыч!.. — И Сергей, заводясь на ходу, стал азартно пересказывать подробности скачки. Судя по довольному покряхтыванию из трубки, его слова проливались бальзамом на Дедову душу.

— Я знал, Сергуня, что это должен быть суперконь, — проговорил наконец Цыбуля. — Поволновался я из-за него, злодея... А тебе, повторю, спасибо. Порадовал, одно слово порадовал... Теперь бы от Крыма дождаться... Да, ты вот ещё что!.. Документики-то

107

проездные в Питер и обратно прибереги. И найди где-нибудь бланочек командировочный; печатку какую в Питере тиснешь — прибыл-убыл. Я эту твою поездку командировкой оформлю — считай, премия. Договорились?

Премия была — то, что надо. Довольный Сергей сказал «спасибо большое» и уже собирался положить трубку, как вдруг вспомнил:

— Василий Никифорович, а как там Заказ? Благополучно доехал?

— Куда доехал? — удивлённо ответила трубка.

— Как куда? К нам в совхоз... Вы ж его в хозяйство забрали...

— Я?.. В какое хозяйство?.. Ты что, Сергуня, выпил там лишку? Как стоял в Сайске, так и стоит!

Нехорошее предчувствие холодом окатило Сергея...

— Ну... как же, — выговорил он запинаясь, — я когда уезжал, мне Пётр Иваныч сам сказал, дескать, отгрузили его... по вашему распоряжению... домой, то есть для племенной работы... Очень печалился по этому поводу, мечтал ещё на нём повыигрывать...

В трубке было так тихо, что Серёжа испуганно закричал:

— Алё!.. Василь Никифорыч? Алё! Вы меня слышите?.. Василь Никифорыч!

— Так, Сергей... — произнес наконец густой и жёсткий голос Деда. Только вместо привычной Серёже ласковой строгости в нём звучала незнакомая надрывная хрипотца. — А теперь спокойненько выкладывай всё по порядку...

*Паффи вздохнул. Вечерний воздух был чист и прохладен...*

*И тут он ощутил, как десятки крошечных иголочек одна за другой начали впиваться в его кожу!.. Короткая, блестящая гладкая шёрстка — признак благородного происхождения — не могла защитить от укусов крошечных лесных вампиров, роившихся и звеневших вокруг. Конь сделал несколько широких шагов по поляне,* словно пытаясь убежать от крылатых преследователей, а затем, найдя себе местечко с наиболее пушистым покровом, на ходу подогнул передние ноги и со стоном величайшего удовольствия растянулся в прохладной влажноватой траве.

Он долго валялся, перекатываясь с боку на бок, — возраст возрастом, а силы у него ещё были. Паффи то блаженно тёрся головой и шеей о мягкую зелень травы, то на мгновение замирал. Какое счастье!.. Потом он приподнял морду и, не торопясь вставать, снова задумался...

Минуло мгновение счастья, и мысли коня опять стали безрадостными. Он ощутил своё одиночество, точно стену, готовую сомкнуться и запереть его наедине со всеми страхами ночи...

Захотелось убежать. Конь прислушался... и резко поднялся на ноги.

Отряхнувшись — стоя на полусогнутых и этак по-собачьи, короткими движениями сбрасывая налипшие обрывки травинок, — конь словно скинул оцепенение и, решительно раздвинув грудью кусты, скоро вышел на чуть заметную тропку, ведущую к берегу озера.

...И тут запах дикого зверя заставил его замереть прямо посреди очередного шага! Сомнений не было — по этой тропинке проходил лось!

Старый конь пугливо осмотрелся в потёмках, напряжённо вбирая воздух и словно обшаривая окружающее пространство нервными движениями ушей. Настороженно понюхал россыпь катышков, оставленную лосём на земле, опять вскинул шею и замер. Затем шумно фыркнул, словно отпугивая невидимого обитателя леса, сделал короткий шажок вперёд... снова застыл...

След был оставлен дня два-три назад, но страх пробирал всё равно...

Паффи стоял и стоял, прислушиваясь. Очень долго он не делал ни единого шага, и лишь нервные подрагивания ушей да неожиданно резкие, короткие повороты головы выдавали внутреннее напряжение...

Нет, все спокойно...

Шёрстку, так славно умытую травой на поляне, снова промочил пот, и на запах быстро слетелись безжалостные кровососы. Их-то укусы в конце концов и побудили старого коня двинуться дальше. Робко, коротенькими шагами, постоянно оглядываясь и принюхиваясь...

Тропинка прямо перед ним исчезала в уплотнившейся темени кустов, а чуть дальше — он это видел — возникала опять, но уже в виде длинного, постепенно гаснущего розоватого блика на тихом зеркале воды. Озеро!..

Медленно и бесшумно ступая, раздвигая мордой ветки ольшаника (как приятно и мягко они скользили затем по его телу!), старый конь двинулся к розовому небу...

Дойти до неба не удалось. Берег озера оборвался ступенькой — старый конь сделал ещё шаг и почти по запястья оказался в воде. В тёплой воде, изрядно нагретой с утра и ласкавшей теперь его усталые ноги...

По зеркалу маленькой заводи, между двумя полумесяцами камышей, побежали круги. Далеко над водой, часто работая крыльями, прямо сквозь солнечный блик пролетели две утки...

Паффи потянулся губами к поверхности озера. Закат растекался по ней слепящим свечением, не давая взгляду проникнуть вглубь, и от этого вода казалась густой, таинственной, плотной. Конь больше почувствовал, чем рассмотрел поднявшуюся со дна муть, и сделал несколько осторожных шагов вперёд — в расширяющийся просвет между зарослями тростника. Вновь побежали круги. Стайка рыбьей мелочи в страхе чиркнула по поверхности озера иголочками спинных плавников и снова исчезла. Конь удивлённо посмотрел вслед рыбёшкам, опустил шею и, смешно вытянув «трубочкой» мягкие губы, жадно принялся пить...

Пил он долго и неторопливо. Приподнимал голову, жевал воду, задержавшуюся во рту, так что она щекотно стекала по морде... и снова медленно пил. Напившись, набрал полные лёгкие воздуха, опустил в воду ноздри и шумно выдохнул. Десяток крохотных окуньков в панике выпрыгнули кверху — и бросились наутёк в камыши.

Старый конь блаженно замер на месте. Он снова был почти счастлив... если бы не одиночество. И не страх, подбиравшийся к нему вместе с ночной темнотой...

Солнце постепенно уходило за чёрные зубцы леса на далёком противоположном берегу. Какое-то время его отражение было широкой блестящей дорогой, пролегавшей через всё озеро. Конь долго смотрел на эту дорогу к солнцу: она начиналась прямо у ног. Он даже сделал по ней шаг, потом другой... Но блестящий золотой покров не выдержал — лопнул под ногами большого животного тёмной, маслянистой ночной водой... Огромное озеро замирало, отходя к ночному покою. Конь стоял между зарослями камышей, без малого по грудь в тёплой воде, и в его глазах густела лиловая тьма, поднимавшаяся в небо с востока.

Огненная дорожка постепенно превратилась в узкую тропку, то и дело терявшуюся в лёгких прядях тумана... а потом и она растворилась, исчезла куда-то, и на смену ей в небе стали отчётливо видны звёзды. И наконец из-за деревьев поднялся огромный бледно-золотой диск луны. Старый конь стоял на границе между двумя небесами: тем, что наверху, и вторым точно таким же, отражённым в замершем озере...

Паффи изумлённо смотрел на два ярких ночных светила, одно из которых, чуть заметно покачиваясь, плавало перед ним по воде. А что, если протянуть к нему губы и выпить?..

— Это был Сколот, мой сын Сколот! —
бормотал Будакен. — Если я мог ошибиться и принять за него похожего рослого
явана, то я никогда не ошибусь в коне!
Ведь он ехал на игреневом жеребце, сыне
Буревестника!..

*Василий Ян*

Дело было лет, наверное, десять назад, точно Андрей
Николаевич уже и не помнил. Он тогда работал ещё
заместителем прокурора края, пограничного с его нынешней областью, и вот в один прекрасный день к ним
в прокуратуру поступил «сигнал»: директор зерносовхоза «Свобода» Василий Никифорович Цыбуля почём зря
ворует казённые денежки. Да ещё и предпочитает их
долларовый эквивалент!

«Используя принадлежащие хозяйству крупные средства, — гласило сплошь утыканное ошибками послание
не пожелавшего подписываться правдолюба, — и скупив
на них большую сумму наличных долларов в обменных
пунктах города Москвы, съездил на эти деньги в Англию, представив потом в бухгалтерию фиктивные от-
чёты о командировке...»

Это сейчас подобные номера откалывают практически не скрываясь, но по меркам ещё не выдохшейся
Перестройки обвинение получалось достаточно серьёзное. В общем, заместитель прокурора края товарищ
Ларионов двинулся в «Свободу» с проверкой.

Служебная «Волга» долго тряслась по ухабам и кол-
добинам краевых магистралей. Только к вечеру наконец
свернули под арку с названием Цыбулиного хозяйства,
и при виде этой арки Андрей Николаевич, что называется, только затылок заскрёб. Даже водителя попросил тормознуть...

Больше всего сооружение напоминало небольшие три-
умфальные ворота. Под которыми только бы шествовать

строителям победившего социализма. В самом что ни есть плакатном его варианте...

Слово «Свобода» было увито, этак на манер государственного герба, снопами колосьев. Пониже красовались в пирамидальной последовательности какие-то рыбки, барашки, хрюшки, коровки, струившиеся из «Свободы», словно из рога изобилия. И, как бы неся всё прочее на себе, в основании композиции гордо выгибали шеи два великолепных коня. Изображённых, кстати говоря, определённо с натуры.

Зампрокурора только успел иронично помянуть незабвенных «Кубанских казаков», когда обнаружилось, что сразу за аркой ухабы исчезли точно по волшебству. «Волга», разом перестав дребезжать, мягко зашуршала по идеально выглаженному асфальту. Дорога прямой линией уходила к горизонту.

«Аме-е-ерика», — недоверчиво усмехнулся про себя Андрей Николаевич. На первых трёх километрах машину не тряхнуло ни единого разу.

— Красота-то какая, — подал голос водитель.

Его замечание относилось не только к дороге. С обеих сторон проплывали ровные прямоугольники полей, со всех сторон огороженные от злых ветров деревьями и кустами. Андрей Николаевич пригляделся и понял, что это были не просто лесополосы, а небольшие фруктовые сады.

«А серьёзный мужик, похоже, этот Цыбуля, — подумал он, чувствуя, как даёт трещину его скепсис. — Вот тебе и „Кубанские казаки“...»

Солнце уже клонилось к закату. Машина словно чуяла финишную прямую и во всю мощь неслась к долгожданному окончанию путешествия.

Но... не говори «гоп»...

Дорога в этом месте делала поворот, устремляясь к вечернему солнцу. И вот, как раз когда яркие косые лучи ударили водителю и пассажиру прямо в глаза, что-то вылетело из кустов на обочине. Большой чёрной кистью мазнуло по лобовому стеклу и тут же исчезло...

Водитель успел только ахнуть, непроизвольно крутанув руль. Этого оказалось достаточно. Скорость была очень приличная, так что всё произошло в долю секунды. «Волга» шарахнулась с асфальтовой полосы, пролетела над мелким гравием обочины и освобождённо взревела, торжественно взмывая в воздух над ирригационной канавой...

Казалось, полёт длился целую вечность.

Водитель что есть мочи давил на педаль тормоза, но уже был бессилен что-либо изменить.

Андрей Николаевич — он сидел сзади — каким-то образом успел схватиться за наддверные ручки...

Приземление, к счастью, получилось мягким. Влажный чернозём рассеял удар и погасил инерцию тяжёлой машины. «Волга» проскользила и замерла, утонув колёсами в грунте, и только пушистую зелень склонов у неё за кормой метров на шесть-семь расчертили два рваных, глубоких, неправильных следа.

Всё произошло так быстро, что Андрей Николаевич даже не успел испугаться.

— Ну вот... приехали, — запоздало выдохнув, только и выговорил он. Голос прозвучал сипло. — Что там было-то?..

— Да фазан, мать его нехорошо, — секунду спустя отозвался водитель. — А тут... солнце ещё... Я уж думал — хана лобовому... Вот ведь перепугал, гад...

Ларионов подумал о том, что хана могла прийти не только лобовому стеклу, и немедленно взмок.

— Хорошо хоть не кувырнулись, — сказал он водителю.

Тот мотнул головой:

— Была б скорость поменьше, точно крышей пришли бы... — и вдруг, словно очнувшись, заёрзал на сиденье: — Андрей Николаевич, вроде на колесах стоим... Надо бы посмотреть, что с машиной. Ой! А вы-то как?..

Зампрокурора потёр ушибленную коленку:

— Пять секунд — полет нормальный...

Водитель попытался открыть дверь. Однако та открываться не пожелала: «Волга» стояла с креном на левую сторону, и борт упирался в наклонную стенку канавы. Пришлось обоим вылезать через правую заднюю дверцу, благо та была покороче передних и открылась легко.

— Да, вот уж влетели... — Водитель торопливо обошёл машину кругом, и Андрей Николаевич заметил, что руки у парня сильно дрожали. «Волга» выглядела неповреждённой. Стояла себе посреди канавы, широченной, точно противотанковый ров, и словно бы спрашивала: «Ну так что, как вылезать будем?..»

— Трактор нужен, да и то... Два колеса там, два тут... — На дне канавы была, между прочим, вода. Водитель схватился за бампер и с сомнением заглянул под машину: — Настил, наверное, строить придётся...

Помощь явилась в обличье гружённого щебёнкой «КамАЗа», вздохнувшего тормозами у места аварии. Шофёр встревоженно выскочил из кабины и подбежал выяснить, что случилось.

— Живы? Слава те, Господи... Как вас угораздило-то? Фазан?.. Ну, этого добра в наших краях хватает...

— Слышь, брат, помоги... Тросом бы зацепиться...

— Э, так я сам рядом с тобой и останусь, и «Кировцем» не выдернешь. Я ж с грузом!

Шоферюга походил вокруг «Волги», что-то прикинул, разведал канаву вперёд и назад и наконец принял решение:

— Ладно, мужики, вы тут позагорайте минут двадцать, а я в Михайловскую за подмогой слетаю. Скоро подъедут... — И «КамАЗ», мощно рявкнув мотором, скрылся из виду.

Прошло двадцать минут. Затем полчаса. За это время на дороге не появилось больше ни единой машины. Ларионов начал внутренне закипать, жалея про себя, что не отправился на «КамАЗе» в станицу. Он бы там помощь быстренько организовал. На прокурорском уровне... На всякий случай Андрей Николаевич достал из машины портфель с документами и поднялся на шоссе. Там по-прежнему не было видно даже плохонького грузовичка, только со стороны станицы к повороту неторопливо приближалась пароконная фура. Перестука копыт почти не было слышно в предвечернем мареве, поднимавшемся над раскалённым асфальтом. Андрей Николаевич даже внимания не обратил на повозку. «Помощь» для него означала трактор либо грузовик помощней.

Фура — громоздкое сооружение на четырёх деревянных колёсах, с решётчатым кузовом, приспособленным под сено, — между тем, поравнявшись с заместителем прокурора, неожиданно круто развернулась и встала напротив терпящей бедствие «Волги». С козел спрыгнули два мужика и направились прямо к машине.

— Петро, гля, — улыбнулся один. — Что-то в этом году «Волги» низенько летают. Наверно, к дождю...

— Беда у людей, а тебе всё бы шутки шутить, — одёрнул его другой. — Сами-то целы?

— Даже машина цела, — отозвался водитель.

— Фазан, слышали, вылетел? — не унимался первый мужик. — Эт мы могём... А вот когда коровы летать начнут...

Тут улыбнулся даже Андрей Николаевич.

— Ладно, Петро, выпрягай. Ща мы быстренько вас... двумя лошадиными силами...

Ларионов с сомнением покосился на лошадей. Два тёмно-рыжих, плотно сбитых, кормлёных дончака, очень похожие один на другого, мирно пощипывали с обочины травку.

— Мужики, — не выдержал он, — вы, вообще-то, серьёзно? Тут «КамАЗ» не решился...

— Там, где пехота не пройдет... — пропел развесёлый мужик, сдёргивая между тем вальки с крюков. — И там, где танк не проползёт... Подумаешь, «Волга»! Эка невидаль. Ласточкой вылетит... Как фазан твой.

Хмурый в это время отстёгивал вожжи:

— Ну, повели, что ли?..

Они взяли под уздцы лошадей и не спеша свели их по склону. Петро перепрыгнул воду на дне, и конь послушно последовал за ним. Легко и просто. Мужики осадили коней задом к самой машине и положили вальки на землю перед её бампером:

— Командир, верёвка есть?

— Извиняйте, мужики, ни верёвки, ни троса. Без надобности всё было... Машина-то новая...

— Ладно... Мил человек, — обратился Петро к Андрею Николаевичу, по-прежнему стоявшему наверху, — будь добр, достань из нашего студебеккера. Там два мотка — кипы подвязываем, когда возим...

Андрей Николаевич поставил портфель наземь, бросил сверху пиджак и полез в кузов фуры. Привычная кабинетная жизнь неожиданно отодвинулась далеко-далеко, и солидный взрослый человек ощутил пробуждение совершенно мальчишеского азарта: и как это, интересно, сейчас нас будут спасать?..

Водитель подвязал верёвку двумя петлями к машине, и мужики прицепили к ним вальки.

— Ну что? С Богом? — подал голос Петро.

— Погодите, вы что её, до посёлка по канаве? Может, я заведусь, мотором хоть как-то поможем...

— Не, ты мотором ещё коням ноги отдавишь. Тут метров через сто выезд на поле, вот там и поможешь, если понадобится... Хотя... Всего-то по пятьсот кило на голову... Это они играючи. Ты за руль садись... Эх, залётные! Па-а-е-хали...

И мужики, одновременно тронув поводья, двинули лошадок вперёд. Постромки натянулись, лошади слегка присели на зада, и колёса, минуту назад недвижимые, сперва медленно провернулись, а потом плавно выкатились на нетронутый дёрн. Тут «Волга» покатилась легче, кони зашагали пошире. Водитель крутил руль, не позволяя машине сползти боком в канаву. Вся процессия медленно, но верно двинулась к выезду на поле.

Андрей Николаевич поймал себя на том, что подсознательно боится отстать от лошадей и спешит по дороге параллельно движению необычной упряжки. Уж больно завораживающим было зрелище — два не очень крупных конька, скорее верховые, нежели упряжные, с тонкими ногами и длинными шеями, тащат за собой по канаве кажущуюся огромной и неуклюжей беспомощную машину...

Вот кони подошли к перемычке, поднатужились, энергичнее присели на задние ноги — и выдернули-таки злополучную «Волгу» на твёрдый грунт.

— Р-р-р-р! — И упряжка остановилась.

— Ну, мужики, с меня причитается... — Водитель благодарно выскочил наружу и начал отвязывать верёвки.

— А то как иначе, — благодушно отозвался весёлый. — В магазинчик — и милости просим к нашему шалашу. Фуражиры мы. С фермы. Пока приедем, глядишь, рабочий день и закончится...

Ларионов подошёл к лошадям, спокойно стоявшим на дороге, и от души похлопал обоих по шеям. Потом заглянул в глаза, отражавшие мудрое смирение, доброту... и некоторую лукавинку.

— В магазине будешь, сахару им купи, — сказал он водителю.

Кони уже тянулись к его рукам, доверчиво ожидая заслуженного лакомства, и Андрей Николаевич вспомнил, что у него в дипломате лежали вкусные бутерброды, приготовленные в дорогу женой.

— Сейчас, милые, сейчас... — И он поспешил к фуре, возле которой оставил на земле дипломат.

Мужики повели коней запрягать. Самой последней тронулась с места благополучно ожившая «Волга».

Кони уже стояли в паре, когда Ларионов, наспех соскоблив пальцами масло, протянул каждому по ломтю городского чёрного хлеба. Кони долго принюхивались (что-что, а масло и колбаса — явно не лошадиная пища!), но из вежливости всё же взяли предложенное и стали жевать.

Мужики сноровисто пристёгивали вожжи... И в этот момент дотоле абсолютно смирные и спокойные кони вдруг заволновались, насторожились и напряглись. Высоко подняли головы и уставились куда-то вдаль, за дорогу.

— Стой! Р-р-р! А ну, не балуй!.. — Мужики разом отбросили всякое балагурство и, сильно одёргивая лошадей удилами, принялись покрикивать на них во весь голос: — Ишь, кровь взыграла! Стоять, кому говорят!..

Но кони стоять не хотели. Разом одичавшие, они так и плясали, и лишь упряжь да крепкие руки людей не позволяли им крутиться на месте.

— Тоже распрыгались, мерины сивые, поди лет по пять как женилки сушиться повесили, а всё туда же... — Петро кивнул головой в сторону поля, и Ларионов сразу понял причину переполоха. Через луг в сторону Михайловской во весь опор мчался табун.

Табун был огромный — голов шестьдесят-семьдесят пузатых кобыл и столько же жеребят. Передние лошади поднимали такое облако пыли, что задних и вовсе не было видно. Рыжие, вороные, гнедые просто возникали из вихрящейся тучи, одна за другой проявляясь в косых столбах света, и казалось — живому потоку ни конца, ни краю не будет...

Несмотря на обширные животы — кормя одно дитя, они уже вынашивали следующее, — кобылы скакали легко, с удивительной грацией, присущей чистокровной породе. Полугодовалые жеребятки выделывались вовсю, видно, воображали себя уже взрослыми скакунами. Они порскали вперёд со всех ног, вытянув длинные шейки и задорно вскидывая метёлки ещё не обросших хвостов. Неслись впереди мамок метров по десять — и тут же, словно забоявшись чего-то, сбавляли ход и спешили юркнуть за надёжные родные бока. Кобылы же скакали спокойно, ровно и мощно, упивались свободой движения и собственной силой. Их ноги, как в замедленном кино, касались земли и снова взлетали. Казалось, они особо и не спешили. Но скорость была такова, что не всякая машина смогла бы догнать их...

На какое-то время Андрей Николаевич забыл решительно обо всём окружающем. Табун предстал перед ним первозданной дикой стихией, точно такой же, как морской прибой или неукротимый пожар. Земля гудела под копытами, и этот звук завораживал, словно гул водопада...

Потом он заметил, что впереди табуна на приземистой некрупной лошадке летел всадник. Это был, наверно, табунщик, но Ларионову для начала пришла мысль о кентавре. Парень скакал во всю ширь отчаянного галопа, и Андрей Николаевич, ровным счётом ничего не смысля ни в посадке, ни в иных достоинствах человека в седле, тем не менее ощутил завистливое *восхищение. Не надо быть тонким ценителем, чтобы распознать истинное искусство... Табунщик сидел на спине бешено мчавшейся лошади, словно так тому и следовало быть, только знай себе оглядывался назад, на своих подопечных, и тогда раздавался громкий улю-люкающий клич, от которого его кобылка и все скакавшие следом ещё больше прибавляли ходов...*

*— Вот это я понимаю...— выдохнул Андрей Нико-лаевич, глядя вслед пронёсшемуся табуну. Что должны были почувствовать упряжные кони, если уж его, человека сугубо городского, до глубины души взволновала эта живая стихия?..— Силища-то какая...*

*А про себя вспомнил вычитанное где-то, что, мол, самое на свете прекрасное — это танцующая женщина, парусный корабль и скачущая лошадь.*

*Мужики с пониманием посмотрели на незнакомого начальника. И только весёлый фуражир, став на время очень серьёзным, коротко подтвердил:*

*— Да! Это уж точно. Силища...*


Отзвучал возле уха сумасшедший голос Сергея... Василий Никифорович положил трубку и задумчиво уставился в окошко. Там, на телеграфном столбе, тускло горела одинокая лампочка. Этот маленький огонёк, словно далёкая звёздочка в плотной южной ночи, частенько, когда он крепко задумывался, помогал ему сосредоточиться. Пальцы выбили на крышке письменного стола замысловатый ритм. Василий Никифорович порывисто встал и отправился на кухню к жене. И не попросил, а скорее отдал распоряжение:

— Марьяна, приготовь-ка чайку.

Супругу свою Марьяну Валерьевну Цыбуля называл по-разному. И Марусей, и Маришкой, и даже по имени-отчеству. Но если он обращался к ней как сегодня — Марьяна,— жена уже знала: что-то произошло.

— Вась, что случилось-то? — невольно оробела она.— Стряслось что?..

Василий Никифорович не ответил. Гневно тряхнул головой, озабоченно прошагал из одного угла кухни в другой, развернулся и молча ушёл назад в кабинет.

Минут через десять, когда Марьяна Валерьевна внесла дымящийся стакан в серебряном подстаканнике, она застала мужа стоящим возле окна. Он смотрел на одиноко горевшую лампочку.

Марьяна Валерьевна тихо поставила подстаканник на стол и заботливо прикрыла вышитым рушником — авось не сразу остынет.

— Спасибо. Иди...

— Вася, может, ещё чего... — тихо произнесла женщина.

— Иди, Марьяна. Иди... Мне... подумать надо...

— Да что случилось-то? Можешь ты сказать наконец? — уже требовательнее подступила женщина к мужу. Последнее дело — держать дурное в себе. Пусть выплеснет, выговорится... накричит, наконец. Только бы не стоял так...

Василий Никифорович кричать не стал. Медленно повернулся, и голос, как и взгляд, был болезненно-тусклым:

— Заказ с ипподрома пропал... Украли Кузьму...

— Ахти-тошненько... — запричитала Марьяна Валерьевна и, хлопнув по-бабьи руками по бёдрам, отправилась в свою крепость, на кухню, продолжая на ходу вполголоса: — Люди добрые, и что же это на белом свете творится? Живую лошадь посередь дня крадут!.. Ироды, уже с ипподромов повадились...

Её ахи и охи сделали своё дело: глухая стена безнадёжности, незримо окружившая Василия Никифоровича, перестала казаться неодолимой. Чем бы ни обернулась внезапно грянувшая беда — следовало действовать, и немедля!.. Может, тревога ещё и окажется ложной... Цыбуля решительно подошёл к столу и принялся ожесточённо накручивать диск телефонного аппарата.

На том конце долго не отвечали. Наконец трубка отозвалась заспанным мужским голосом — в половине десятого вечера директор Сайского ипподрома уже спал. Ничего удивительного: вставал-то он в четыре утра.

— Алло?..

— Владимир Наумович?

— Да, я... Кто это?

— Наумыч, ты куда моего коня дел?

— Какого коня?.. Кто говорит? — Директор ипподрома явно как следует ещё не проснулся.

— Цыбуля.

Последовала короткая пауза. Владимир Наумович Цыбулю знал преотлично. Если Дед поднимает с постели и без предисловий накидывается с вопросами, это ничего радостного не сулит!

— Охренел ты там, что ли? — спросил он раздражённо. — На кой мне твоя лошадь сдалась?.. — Однако наезжать на «Луковицу» не рекомендовалось категорически, и Владимир Наумович сбавил обороты: — Слушай, Василь Никифорыч, ну что ты ахинею несёшь посреди ночи? Такой сон досмотреть не дал... Может, утром на свежую голову поговорим?

— Два дня назад, — мрачно сказал Цыбуля, — с твоего ипподрома увезли мою лошадь.

— Погоди, погоди... Которую? — Сайский директор окончательно понял, что поспать ему не дадут. — Кто увёз? Куда?..

— Вот это я и хочу у тебя выяснить. Что вообще на твоём ипподроме творится?..

Владимир Наумович даже обиделся:

— Что творится? Работаем!

Если бы не железная хватка директора Ковалёва, не его изворотливость и находчивость, — давно бы уже стоять Сайскому ипподрому закрытым. А он жил, и вроде даже неплохо, несмотря на тяжёлые времена. Дорожка, во всяком случае, была одна из лучших в России. Однако достижения собеседника Цыбулю в данный момент волновали меньше всего:

— Я вижу, как вы работаете, мать вашу!.. Где мой Заказ?

— Какой заказ?.. А-а, Заказ... дербист ваш...

В трубке опять повисла пауза. Цыбулино сердце буквально выскакивало из груди: «Ну скажи мне, скажи, что он в деннике у себя сено жуёт...»

Ковалёв не сказал.

— Лошадьми у меня производственный отдел занимается, — услышал Василий Никифорович. — Ещё мне не хватало каждому коню хвост крутить, уж ты извини. Давай-ка лучше я тебе утречком, как на службу приду...

— Хорош ты хозяин, если лошадь из-под боку свели, а ты ушами прохлопал! — рявкнул в трубку Цыбуля. — Ты проверь, жена-то рядом? Может, тоже украли, пока ты без задних ног дрыхнешь?

Владимир Наумович невольно посмотрел на постель. Жены рядом не было. Ах ты, чёрт старый!.. Ещё как услышал в трубке — «Цыбуля», — решил: что бы там ни случилось, он сдержится. Не взорвётся. Да куда!.. Зацепил-таки ядовитый Дед за живое. Где эту дуру-жену черти...

Прислушался.

В гостиной тихо бормотал телевизор. «Успокойся, Рикардо... Исабель беременна наверняка от тебя...»

Владимир Наумович про себя сосчитал до пяти и почти спокойно произнёс в трубку:

— Ты можешь наконец объяснить, что произошло? А то кудахчешь тут, как...

— Не кудахтал бы, если бы сам понимал, что к чему, — повторил Цыбуля устало. — Пока известно одно — два дня назад с твоего ипподрома какой-то сукин кот увёз моего коня. Якобы по моему распоряжению. А куда — до сих пор никто не...

— Погоди. — Сайский директор приподнялся на локте, плотнее устраивая трубку около уха. — Точно, было что-то такое... В производственном ещё удивлялись: конь после скачки толком высохнуть не успел, а ты уже за ним коневоз... Чего, мол, ждать от Цыбули, как есть аферист, загодя представителя снарядил: выиграет Заказ — забрать; проиграет — пускай в Мухосранске нашем живёт, кому такое дерьмо нужно...

123

Колкость была налицо, но Василий Никифорович пропустил её мимо ушей:

— Не посылал никого я, Владимир! Не посылал... Украли коня. Понимаешь? Пойми же ты наконец, о чём толкую! Украли его!.. А коню этому цены нет...

И такое горе прозвучало в голосе Деда Цыбули, что вот тут до директора ипподрома всё дошло сразу и полностью. Он сел на кровати, провёл пятернёй по немедленно взмокшей седоватой шевелюре и заговорил в трубку совсем другим голосом — спокойно, по-деловому:

— Ты, Василь, вот что, ты погоди бушевать. Сейчас всё выясним про твоего... Ты дома будешь? Жди у телефона. Я тут производственный отдел на ноги подниму. Машину за тренером твоим Петром Ивановичем снарядим... Разберёмся, что как, и тебе перезвоним из конторы. Лады? Ну, будь. До связи...


Через полчаса на ипподроме в окошке директорского кабинета загорелся свет. Несколько раз подъезжала и отъезжала машина: поднятый по тревоге шофёр привёз тренера, доставил бухгалтеров, собрал по всему Сайску сотрудников производственного отдела. Началось форменное дознание — по всей строгости, даже со стенограммой. Вытащили все документы: телеграмму за подписью *«В. Н. Цыбуля»*, доверенность со слегка размазанным названием предприятия на печати, но зато с реально читающимся словом «СВОБОДА»...

...И без большого труда выяснилась картина обычного российского пофигизма. Доверенность была отпечатана на компьютере. Все подписи — сугубо неразборчивые. Акт передачи лошади не составлялся, ведь уезжала она вроде бы в родное хозяйство из отделения, этому же хозяйству принадлежавшего. Когда в бухгалтерии выписывали накладную, то воспользовались паспортными данными, указанными в доверенности, а «живьём» паспорт якобы Цыбулиного представителя никто, как выяснилось, в руках не держал. Оно и понятно — все знали Деда Цыбулю,

124

и связываться с ним ради перепроверки желания ни у кого не возникло. По принципу «не буди лихо, пока оно тихо»...

Вот и вышло — хотели, как лучше, а получилось... даже хуже, чем всегда. Существенно хуже...

Через час в домашнем кабинете Василия Никифоровича раздался телефонный звонок. Терпеливо ждавший Цыбуля снял трубку и услышал голос Петра Ивановича. Видно, остальные разговаривать с Дедом откровенно боялись:

— Доброй ночи, Василий Никифорыч...

Какая она была, к чертям, добрая, эта ночь!

— Здорово, Петро. Скажешь-то что?..

— А что тут сказать... Провели нас, как телят мокроносых. Крепко задумано... Просто и безотказно... А время как выбрано — Дерби, главный праздник сезона! Кто тебе тут бумажки будет смотреть!.. Тут до бумажек никому дела... Глянули — печатка стоит, и ладно... Мысли-то в такой день у людей не о том...

Лампочка на столбе за окном мигнула — и перестала гореть.

— А на каком коневозе его увезли? — Цыбуле всерьёз перестало хватать воздуху, но он всё же спросил: — Номер запомнили?

Тренер невесело хмыкнул:

— Да самое забавное, что на ипподромовском. Саня, водитель, вот он тут сидит... Подошёл, говорит, к нему лоб... Это тот, как я понимаю, что у меня потом коня забирал... И предложил подхалтурить — за стольник коня до товарной станции довезти. Всей езды двадцать минут, а стольники на дороге не валяются... Коня я сам загрузил... В контору позвонил предварительно... — Пётр Иванович осёкся, поняв, что невольно начал себя выгораживать, и продолжал: — Саня коня до станции довёз и перед воротами выгрузил. Парень ему стольник в лапу и быстренько Заказа в ворота — вагон, мол, уже под погрузкой стоит. Саня ему ещё помочь предложил... А тот — не надо, там есть кому... Вот и всё, Василий Никифорович... Весь сказ... Парень с Заказом на станцию, а коневоз развернулся и обратно поехал... Куда тот вагон — в товарной конторе справки только завтра с утра навести можно... Сейчас, ночью, больше пока ничего.... Василий Никифорович, что делать-то будем? Пропадёт ведь Заказ...

— А что ты предлагаешь, Петро?

— По мне, в милицию заявлять надо. На них одна надежда. И чем быстрее, тем лучше.

Как рассматриваются дела в милиции, Дед Цыбуля знал прекрасно. Сегодня дежурный примет заявление. Дней через пять какой-нибудь опер вызовет Петра Ивановича на собеседование. Ещё дня через три-четыре заедет на ипподром, переговорит кое с кем... а потом с чувством сделанного дела засунет папочку в сейф. Срок расследования — два месяца. Как говорил Ходжа Насреддин, за это время либо ишак, либо эмир, либо...

— Ладно, поглядим, — ответил он вслух. — Утречком позвони, тогда и решим, а пока документы, что вы там просмотрели, мне все немедленно факсом... Да... Такого коня прошляпили, дармоеды... Знал бы ты, Петро, какая у него кровь. Золотая она...

— Да знаю я, Василий Никифорович. Дошёл, что ты Секре...

— Ни хрена ты не дошёл. Дошёл бы, в деннике бы у него с ружьём ночевал. Ладно, Петро, что нам с тобой теперь... Матюгами делу не поможешь.... Тут думать надо. Бывай... — Василий Никифорович положил трубку и снова уставился в темноту за окном. Лампочка на телеграфном столбе вспыхивала и неуверенно мерцала. Наверное, барахлил контакт. *Вот и всё, Василий Никифорович... Весь сказ...*

Чай на столе так нетронутым и остыл.

*С левой стороны вспыхнула огнистой лентой река, и многострадальная прокурорская «Волга», ехавшая теперь очень медленно и осторожно, покатилась между притопленными водой рисовыми чеками. Казалось, упругие молодые побеги росли прямо из слепящего* предзакатного золота. Поверхность воды не тревожило даже подобие ветерка, и висевшая над чеками вселенская созерцательная тишина некоторым образом воспринималась даже сквозь рокот мотора и шум воздуха, обтекавшего автомобиль. Впечатление было прямо противоположным тому, которое оставил пронёсшийся через поле табун, но порождало такое же ощущение совершенства.

Заместитель краевого прокурора прозаично подумал, сколько во всё это было вложено труда и, естественно, денег... Ничего себе проверяемый!..

Наконец впереди показались кроны могучих деревьев, а за ними и крыши домов.

— Подъезжаем, Андрей Николаевич... Куда сначала? К конторе?

Ларионов посмотрел на часы:

— Да нет... к дому, наверное. Адрес знаешь?

— А как же. Бывали... — И водитель мечтательно добавил: — Рыбалка у них тут...

«Волга» остановилась возле среднего по размерам и внешне довольно скромного дома.

— Это тут, что ли, директор живёт? — искренне удивился Андрей Николаевич. Для человека, который из Англии не вылезает, хоромы выглядели не очень.

— Ну... Может, за полтора года и переехал, — засомневался водитель.

Но тут из калитки, улыбаясь приезжим, словно старым добрым знакомым, вышла солидных лет женщина:

— Здравствуйте, гости дорогие. Небось устали с дороги? Вы в дом проходите. Сейчас молочка, а захотите, пивка холодного, кофейку...

— Нам бы Василия Никифоровича, — несколько смущённо отозвался Андрей Николаевич. Привычная психологическая схема прокурорской проверки дала трещину ещё по дороге, а теперь окончательно распадалась.

— О, так его часов до девяти-десяти не будет. Раньше и не ждём.

— А где он может быть?.. В конторе?

— А мы сейчас узнаем. Пошли в дом, по рации вызовем. — И женщина радушно распахнула калитку. —

127

*А вы, родимые, сами откуда будете, как Василю-то сказать?*

*— Из прокуратуры края. Простите, а как вас по имени-отчеству?..*

*Лицо хозяйки моментально стало серьёзным. Оно и понятно: уж верно, начальник с портфелем из краевой прокуратуры сюда не молочка попить завернул.*

*— С рождения Марьяной Валерьевной кличут... Да проходите же, проходите... Сейчас Василия Никифоровича вытребуем...*

*С рацией она управлялась по-свойски. Щёлкнула тумблерами, поднесла к губам микрофон и отчётливо, точно диктор на железнодорожной станции, произнесла:*

*— Внимание, внимание! Первый, первый, отзовись! — и тут же нетерпеливо, очень по-женски добавила: — Василь, ты меня слышишь?*

*В ответ рация засипела, пару раз хрюкнула, потрещала для порядка электрическими разрядами — и наконец отозвалась низким, немного глуховатым мужским голосом:*

*— Чего тебе, Марьяна Валерьевна?*

*— Василь, ты где?*

*— Да вот, с тренотделений еду... — В динамике, помимо голоса говорящего, был хорошо слышен характерный звук мотора.*

*— Василь, давай срочно домой.*

*«Срочно» прозвучало приказом.*

*— Что случилось-то? — поинтересовался Цыбуля.*

*— Гости приехали, — твёрдо произнесла Марьяна Валерьевна, сделав ударение на слове «гости».*

*— Понял. Сейчас буду... Всё, конец связи. — И рация замолчала.*

*Хозяйка повернулась к мужчинам и несколько напряжённо засуетилась:*

*— Чего ж вы стоите-то? Присаживайтесь...*

*— Не наследим? Чисто у вас в доме, — кашлянул водитель. Марьяна Валерьевна годилась ему в бабушки. — Мы, может, разуемся...*

*— Да вы что, — отмахнулась женщина. — На дворе сухо. А грязь, она на то и грязь, чтобы её подметали.*

Проходите, присаживайтесь... — И спохватилась: — Может, перекусить с дороги?..

Она явно нервничала. Андрей Николаевич не успел ответить, а Марьяна Валерьевна уже застелила стол свежей скатертью и загремела тарелками.

Вскоре рядом с прокурорской «Волгой» остановилась запылённая белая «Нива». Хлопнула калитка, скрипнули доски крылечка... Дверь отворилась, и в комнату вошёл среднего роста коренастый мужчина лет пятидесяти пяти.

Закрыв за собой дверь, он снял с головы простенькую соломенную шляпу, взъерошил короткий седой ёжик и, спохватившись, вытер ладонь, а вслед и тыльную сторону руки о полосатую рубашку с короткими рукавами.

— Ух, жарко... — Он безошибочно угадал в Андрее Николаевиче главного и протянул ему руку — корявую, чёрную от загара, с толстыми крепкими пальцами: — Цыбуля... А с кем, пардон, честь имею?

— Ларионов Андрей Николаевич. Заместитель прокурора края.

— Вы к столу, к столу присаживайтесь, — подала голос Марьяна Валерьевна.

Василий Никифорович грозно посмотрел на супругу, но на столе уже дымилась кастрюля с борщом, и он лишь коротко повернулся к гостям:

— Прошу.

— Василий Никифорович, нам бы поговорить. — Зампрокурора чувствовал, что инициатива окончательно уплывает уз рук.

— Вот как раз и поговорим, — кивнул Цыбуля. — А то мы, мужики, на голодный желудок злые. Присаживайтесь, в ногах правды нет. И борщ стынет...

Водитель скромно отступил было в уголок, к дивану, но Марьяна Валерьевна подхватила парня под локоть и усадила против начальника:

— Путь неблизкий, проголодался поди...

И начала разливать горячий борщ по тарелкам.

— Может, сто грамм? — Хозяйка покосилась на мужа.

*— Марьяна! Люди по делу приехали. — Василий Ни-*
*кифорович сосредоточенно размешивал ложкой смета-*
*ну. Потянулся за куском хлеба и как бы между делом*
*поинтересовался: — А к нам, собственно, по какому*
*вопросу?*

*— Сигнальчик один на вас поступил, Василий Ни-*
*кифорович. С проверкой я...*

Сергей остановившимся взглядом смотрел в экран
телевизора. Там кипели заграничные криминальные
страсти, такие уютные и плюшевые по сравнению с
тем, что происходило в реальности. Киношные проблемы решались с трогательной простотой: появлялся
благородный индеец, он же полисмен Нико, и кре-
дитной карточкой перерезал глотки сразу целой пачке русских мафиози. Р-раз! — и всей банде Шопена.
«Сюда бы его. Десяточек Нико — и о завтрашнем
дне можно не беспокоиться. Ну там, не десяточек,
хоть одного, самого завалященького... Ой, блин...»

Мысли неслись кувырком, ни во что конкретное не оформляясь. Жизнь полосатая, даже с людьми
всякое происходит, а с лошадьми и подавно... Однá-
ко спроси Сергея ещё вчера, что может с Кузькой
случиться самого скверного, он пожал бы плечами:
заболел, захромал... попал в аварию, наконец... Но
чтобы украли?!. Это ему точно в голову не пришло бы...

«О Господи, заболел, захромал... Типун на
язык...» — Серёжа трижды стукнул по деревянному
подлокотнику дивана. Нико вконец опротивел ему,
жокей схватил дистанционник и переключил телевизор на другую программу. Там показывали благородного цыгана Будулая.

«Стоп! Цыгане... — Сергея словно током ударило. — Не дай Бог цыгане Кузьку свели... Это кранты...
уже точно никогда не найти... Тем более целых двое
суток прошло...»

Версия о цыганах казалась вполне правдоподоб-
ной. Он был наслышан о случаях цыганского коно-
крадства; что далеко ходить — даже с их Пятигорского

130

ипподрома два цыганёнка попытались однажды украсть кобылу. Они, правда, орудовали дедовским способом и с коневозом не заморачивались, и, может, поэтому их сразу поймали. А если бы не поймали...

Ходили слухи, что украденных цыганами лошадей иной раз совершенно случайно обнаруживали дня через три чуть не за тысячу километров, причём сотни две-три из них лошадь уж точно проходила сама, своим ходом. Ей бы после такой гонки дух испустить, а она, глядишь, жива и здорова... Знают цыгане лошадей так, что никаким спецам не приснится...

Серёжа представил себе Кузю запряжённым в огромную цыганскую телегу, и ему стало холодно. Такого коня — преемника великого Секретариата — в телегу... и по раскисшей дороге... Жуть!!!

Мурашки побежали у него по спине. Какие там голливудские ужасы!.. Вот усатый черноголовый цыган подходит к Заказу, вот он пытается нацепить на гордую шею дербиста тяжёлый грубый хомут. Послушный, ласковый Кузя хомута ни разу близко не видел, он не понимает, зачем нужна эта незнакомая и страшная вещь, он шарахается, не даётся, и тогда рассвирепевший цыган...

Серёжа вскочил и заметался по комнате.

Дождь, слякоть... Ноги уставшего коня застревают в непролазной грязи. Разъезжаются аккуратные маленькие копыта, привыкшие выстукивать по ипподромной дорожке победную дробь... Из последних сил он пытается выдернуть телегу, застрявшую в глинистой колее. Натруженные плечи сбиты до крови... Кузя падает на колени, и безжалостный кнут обрушивается на его спину... Пытаясь освободиться, конь вздымается на дыбы... Но нет!.. От цыган так просто не отделаешься. Не родилась ещё та лошадь, которую они не сумели бы укротить...

Самого безнадёжного предполагать не хотелось. Но тогда кто?.. И кто может помочь?..

В милицию обратиться? Улита едет... К бандитам местным?.. Те бы хоть быстренько выяснили, кто украл, — местные, заезжие какие или всё-таки цыгане. В Пятигорске Сергей знавал кое-кого из братвы. Но в Сайске... И потом, если цыгане, от бандитов всяко толку не много. С цыганами они связываться не будут — себе дороже. Тронь одного, весь народ тут же поднимется. То-то даже полные отморозки цыган десятой улицей объезжают...

Что делать?..

Экранные похождения Будулая прервались рекламой средства для укладки волос. Пышнокудрая девка гарцевала на гнедом жеребце, чья масть до того идеально гармонировала с её волосами, что оставалось только гадать — кого к кому подбирали. Сергей с внезапным ужасом глянул на телевизор, словно не понимая, откуда и зачем тот здесь появился, и побежал на кухню к Анне.

— Серый, салат из огурчиков с помидорчиками, как? — Аня хлопотала над ужином и пребывала в самом радужном настроении. Она ещё понятия не имела о несчастье, случившемся далеко-далеко.

— Можно, я у тебя сигаретку?.. — Сергей потянулся к пачке «Салема».

— Ты же не куришь, — удивилась Аня и пристально посмотрела на парня.

— Закуришь тут, когда полковое знамя... — Сергей передёрнул плечами, словно прохваченный внезапным ознобом. — Слушай, мне, наверное, срочно назад в Сайск придётся рвануть... Беда у нас там... Коня с отделения украли. Кузю... Заказа. Вот этого самого. — И он ткнул сигаретой туда, где на краешке стола лежали две фотографии, так нежданно подаренные ему сегодня шведом по фамилии Ульрикссон. — Ты уж прости, что у нас с тобой... вот так всё накрылось...

Он глубоко затянулся и, захлебнувшись с непривычки ментоловым дымом, согнулся в отчаянном кашле. Аня похлопала его по спине, потом растерянно опустилась на краешек кухонной табуретки и... тоже молча потянулась к откупоренной пачке. «Вот, значит, и всё... А как же я?.. А... соревнования?..»

Вслух она ничего не сказала. Сама точно так же сорвалась бы посреди «медового месяца» в Пятигорске, если бы из Питера, из её конюшенки, прозвучал тревожный звонок...

Серёжа вытер слёзы, выступившие на глазах, попытался ещё раз сделать затяжку, снова закашлялся и решительно отправил недокуренную сигарету в пепельницу:

— Ань, давай съездим в аэропорт?.. Прямо сейчас, а?.. Посмотрим хоть, что там ближайшее в нашу сторону... Ростов, Краснодар, Волгоград... Может, повезёт, билетик куплю...

Понимать следовало так: случись рейс этой же ночью, он улетит не задумываясь. И это называется — есть справедливость на свете?.. Как долго они не были вместе... Всего одна вчерашняя ночь... Столько планов, так хорошо вроде всё складывалось... И на тебе — снова разлука...

Сергей ждал ответа, и ответ мог быть только один, но выговорить: «Ладно, поехали» — не поворачивался язык. Анна расстроенно взяла со стола фотографии и вновь принялась их разглядывать.

И вот тут её осенило.

— Ты говоришь... похож на Заказа? Тот шведский конь?.. — Логика была ни при чём, Ане просто до смерти не хотелось расставаться с Сергеем, и она сама сперва не очень поверила в то, что говорит. — Слушай, а вдруг это он самый и есть? Ваш Заказ? Чем чёрт не шутит?..

— Да ну тебя, — раздражённо отмахнулся Сергей. — Детский сад!.. Чтобы швед краденого коня так запросто на вашу «Европу»?.. Там же на каждую голову документов целая тонна! Заявку на участие за месяц готовят!.. Ветпаспорт с цветной фотографией! Тоже, майор Пронин... Сказанула... Так едем мы? Или я такси поймаю пойду?..

— Ты не кипятись, а лучше послушай. — Анна разожгла новую сигарету. Она представляла себе конный бизнес лучше Сергея, и невероятная догадка начинала казаться не такой уж и фантастичной. По

133

крайней мере, стоящей хотя бы проверки. — Мы с тобой в стране чудес живём, дорогой. Вот смотри. Конь, сам говоришь, уникальный. Думаешь, такие в Швеции не нужны? Ещё как нужны. Знаешь, как за хорошими лошадьми и «финики» и прочие иностранцы охотятся?.. Я-то с ними потёрлась....

Сергей нехотя кивнул. Аня каждый год отправляла по пять-шесть партий в Прибалтику, Германию и Финляндию и, уж верно, знала, о чём говорила. А девушка продолжала:

— Датчанину, помню, здесь в Питере тракена одного показали, так он аж кипятком писал. Десять тонн баксов с ходу вывалил только за родословную и экстерьер! А за десять штук у нас в России не то что коня украдут — человека запросто грохнут. Лишь бы заказчик нашёлся... — Сергей молчал, но в его глазах мелькнул огонёк сомнения, и Аня воодушевилась: — Хорош, в общем, ты будешь, если улетишь в Сайск... и будешь там бегать по ипподрому, как курица с отрезанной головой, а в это время Заказа твоего спокойненько в Швецию... Убедись хоть для начала, что это не он!

— Да нет, ерунда, — снова отмахнулся Сергей. — Не может быть. Мы же видели, его сам швед и привёз...

— А что конь без попоны и без ногавок был, тоже тебе ерунда? Разве так приличные люди коней своих на соревнования возят? Да притом на серьёзные расстояния... Помнишь, как у них кобыла была упакована? А этот? Можно подумать, в чём был, в том в коневоз к ним и попал. Да ещё и хворый какой-то!

— Ну вот, хворый. Заказ-то как раз здоров был. Здоровее некуда! А этот, кто его знает, может, у него просто по жизни характер такой. Нордический... Среди чистокровных тоже пофигисты бывают, да холериков в конкур не берут, сама знаешь. И попона с ногавками не доказательство. Не всякая лошадь надеть даст...

— Это пофигист-то?

134

— Или он в «упаковке» дорогу только хуже переносит!..

Анна молчала.

Немного подумав, он продолжал:

— Ну... Всё равно нереально. Один шанс из не знаю скольки... И как, интересно, ты проверять собираешься? Кто нас к коню пустит? Я в денник, а ты от омоновцев отбиваться?..

— А это уже не твоя проблема. Сейчас что-нибудь придумаем... — Аня скрылась в комнате, и оттуда вскоре послышалось негромкое треньканье телефонного диска. Сергей снова взял в руки «Салем»... Самым здравым зерном в Аниных рассуждениях ему показалась фраза насчёт курицы с отрезанной головой. В самом деле, ну вот будет он носиться по Сайску, не в силах предпринять ничего действительно дельного... и, пожалуй, мучиться мыслью, что в Питере не присмотрелся попристальнее к коню, в самом деле похожему — подозрительно похожему — на Заказа... Сергей только-только начал разминать пальцами вытащенную из пачки сигарету, когда Аня вихрем ворвалась обратно на кухню:

— Ну, Серый, нам везёт. Давай живенько собирайся! У них там в десять пересменок. Администраторы и ветврачи в ночь заступают. Все — наши, питерские, и одна врачиха — моя подружка Люба. Как раз успела застать... Может, удастся!.. Так что давай-ка, полевым галопом марш!.. Хочешь, чтобы на пересменок человек опоздал?..

При этом она металась по кухне, добывая со шкафа корзину и пересыпая в неё почти половину абрикосов и груш, привезённых Сергеем.

— Галоп!.. Галоп!.. — хлопая крыльями, уже в спину ребятам проорал откуда-то со шкафа неугомонный Кошмар...

Люба поджидала их на перекрёстке у светофора.

— Анька, что хоть стряслось? Ты мне по телефону как из пулемёта, я нич-чегошеньки не поняла, только в ухе до сих пор звенит... — Тоненькая бледная девушка юркнула на заднее сиденье автомобиля, и «Тойота» вновь помчалась вперёд. Благо на вечерних улицах стало поменьше и других машин, и гаишников.

— Любаша, — сказала Аня, — это Сергей. У которого конь пропал.

Сергей обернулся, собираясь сказать: «Очень приятно». Анина подруга невероятно кокетливо поправляла пышно взбитые волосы:

— Любаша. Любо-о-овь...

В другое время Серёжа бы с удовольствием включился в игру и, наверное, от души подразнил довольно-таки ревнивую Аню... Но сейчас он не мог думать ни о чём, кроме гибнущего, может быть, Заказа, и кокетство девушки неприятно резануло его. Он сухо поздоровался и снова стал смотреть на дорогу.

— Любка, я серьёзно. У нас беда случилась. — Аня всё отлично рассмотрела в зеркале заднего вида. — У Сергея с ипподрома украли коня. В Сайске, представляешь? И вдруг этот конь сегодня здесь появляется. У нас на «Подкове». У шведов в команде...

Сергей отметил, что своё смутное (и, честно, до сих пор казавшееся ему бредовым) предположение Анна преподносила как факт. Она утверждала — чтобы не вызвать дополнительных вопросов и, самое главное, возражений.

Подвижное лицо Любаши так и вытянулось от удивления.

— Во дела-а-а, — протянула она. — А вы, пардон, ребята, уверены?..

— Ещё бы! — отчеканила Аня. И после короткой паузы неожиданно добавила уже совсем с другой интонацией: — Любка, если бы мы на все сто, мы бы не к тебе, а сразу в милицию побежали. Выручай... Серёге только в денник к этому коню, а там он с одного взгляда поймёт...

— Ну вы, блин, даёте!.. — вырвалось у Любаши народное выражение. — А я потом доказывай, что не верблюд?..

Анина просьба в самом деле граничила с криминалом. По крайней мере, с точки зрения негласного кодекса конников, объявлявшего посещение чужой лошади в деннике почти уголовным преступлением. Не секрет — бывали случаи, что прямо накануне соревнований коней травили, портили им сухожилия, впрыскивали разную гадость...

— Любаша, я сам жокей, понимаю...— Сергей вновь повернулся к девушке, и она увидела у него на лице искреннее страдание. — Но и вы тоже поймите... Дело-то в чём... У этого коня кровь... Таких генов в России больше ни у кого... Его за границу — это покруче, чем когда немцы «Янтарную комнату» стырили...

Люба долго молчала, потом предложила:

— Давай, может, на «ты»?.. А насчёт того, чтобы официальным путём, вы случайно не думали?..

— Ага, — хмыкнула Аня. — Ящик надо меньше смотреть.

Сергей невольно вспомнил непобедимого Нико. Вот кто на раз-два отволок бы шведа в участок. В наручниках. Или ещё круче: «Лицом к стене! Руки на затылок! Ноги на ширину плеч...» Или вовсе по-нашенски — в морду хресь!.. Но за пределами «ящика» тот же швед любому Нико рученьки-ноженьки пооборывает...

— Ну ты сама посуди, — продолжала Аня. — Он гражданин Швеции. По бумагам конь — его собственность. Факт преступления ещё доказать надо. И даже если докажем, коню мигом... несчастный случай устроят. И его не вернёшь, и швед сухим из воды... Вот мы и решили... Глубокую разведку провести...

— Люба, давай рискнём. Помоги...— без особой надежды подал голос Серёжа.

— Ой, ребята. И что я на метро не поехала?.. Это ж скандал может выйти. Международный. И я с работы, как пробка из...

— Так давай высажу! — Анна затормозила до того резко, что с заднего сиденья чуть не обрушилась заботливо упакованная корзина. «Тойота» вильнула по проезжей части и остановилась у тротуара. Вблизи действительно виднелась станция метро.

Некоторое время Любаша сидела молча, не торопясь, впрочем, вылезать из машины. Потом обидчиво проговорила:

— Ты за своим языком лучше последи, а то знаю я тебя, мигом всем выболтаешь! Чтобы мне никому там ни слова! Понятно?..

«Тойота» взвизгнула покрышками и опять сорвалась с места...

Конюшня уже спала. При подъезде ко Дворцу спорта девчонки нацепили карточки «Оргкомитет» и «Ветслужба» (Аню снабдила запасливая Любаша). Сергей полез было в карман за своим виповским пропуском...

— Ты что!.. Светиться!.. — схватила его за руку Аня. — Ничего себе, «важный персон» по ночам на конюшню таскается!.. Мы вот что... Ты машину водить не разучился ещё?

— Ну... нет вроде...

— Тогда будешь у нас сегодня шофёром. Ты наш знакомый и подвёз нас с Любашей на службу. Понял?

Они поменялись местами. Сергей не впервые управлялся с «Тойотой» и «выслал» её с места так, что Аня даже забеспокоилась:

— Тише ты, сумасшедший! Вещь японская, нежная, цены немалой. Не оторви старушке колёсики...

Вскоре Сергей свернул к «Юбилейному» и лихо затормозил перед шлагбаумом, которого не было в их с Аней первый приезд. И вот тут, надо сказать, у него ёкнуло сердце: у въезда сидело на раскладных стульчиках несколько человек — охрана и дежурный администратор. Этот последний был долговязый и чем-то смахивал на давешнего оргкомитетчика: что, если узнает?.. Собственно, ничего страшного не должно было произойти, ибо замыслы замыслами, но ни к каким противоправным деяниям они приступить ещё не успели. Жокей, однако, успел ощутить себя в центре полномасштабного международного скандала, накарканного Любашей... К его немалому облегчению, сходство оказалось мимолётным. Администратор поднялся на ноги, присматриваясь к сидящим в «Тойоте», — и, естественно, оказался Аниным-Любашиным добрым знакомым.

— А-а, — улыбнулся он, — вторая смена приехала?.. Давайте-давайте, ждём... Кто ещё с вами дежурит?

Люба ответила, и парень пошел поднимать шлагбаум.

— А за рулём кто? — вдруг подал голос омоновец. Он не первый час парился в тяжёлом бронежилете и был сосредоточен и хмур.

Сергею опять показалось, что его криминальные намерения были написаны у него на лбу большими красными буквами, но Аня очень естественно отмахнулась:

— Да так, знакомый один выручить взялся. Я ведь тут у вас, как всегда, заболтаюсь, того гляди на метро не попаду...

Стража законности такой ответ вроде бы удовлетворил, и девушка чувствительно пнула Серёжу коленом — проезжай, мол, пока пропускают!.. Машина юркнула под шлагбаум.

— Что мосты разводятся, помните? — напутствовал Аню дежурный. Потом закрыл шлагбаум и, вернувшись в общество неразговорчивого омоновца, блаженно потянулся: — Ну вот, собираются... Значит, и меня скоро подменят...

Охранник его радости не разделил. Молча закурил и выпустил мощную струю дыма, казавшуюся оранжевой в свете уличных фонарей. Ему-то предстояло здесь припухать всю ночь до утра...

Веткабинет был оборудован со всем шиком, какого можно добиться при вечном российском обыкновении хвататься за обустройство в самый последний момент. Вроде бы евроремонт, вроде бы кожаный диванчик и кресла при нём, офисный стол «под чёрное дерево», современный кнопочный телефон... Всё весьма неплохое, но доставленное и распиханное по углам в такой явной спешке, что «европейский» веткабинет в результате сильно проигрывал уютным обжитым «ветеринаркам» давно работающих конюшен. Очень уж чувствовалось, что предназначен он не для жизни, не для постоянного пользования — так, ночь переночевать...

— Всем привет! — бодро произнесла Любаша. — Заждались?

Две девушки, сидевшие на диване, — ветврачи предыдущей смены — оторвались от телевизора, где с кнутом в руках довершал наведение справедливости благородный цыган Будулай.

— Ой, Любаха? Ты, стало быть, сегодня дежуришь? А с кем?

— С Маринкой. Примчится небось, как всегда, в последний момент... Я вот далеко живу, так я всегда вовремя. Да ещё Анечка, спасибо ей, подвезла...

— Анька, ты, что ли? Приве-е-ет!..

Собравшиеся в кабинете хорошо знали друг друга, лишь Сергей был здесь чужаком. Жизнь выдавала пенки: всего несколько часов назад в этом же спортивном дворце сходная ситуация не доставила ему удовольствия: «позабыт-позаброшен, никто меня не любит»... И, поди ж ты, суток не прошло, а глубокое инкогнито стало весьма даже желательно, и он тихо присутствовал на пороге, не претендуя на Анино общество и не привлекая внимания. Но бутерброду положено падать маслом вниз — девицы дружно уставились на него и потребовали объяснений.

— Это кто? — бесцеремонно разглядывая парня, спросила та, что казалась постарше.

— А, привёз тут меня один, — как бы между делом бросила Анна. — Серёжей зовут. Ну, так как у вас тут? Порядок в танковых войсках?

И Сергей перевёл дух, видя, как улетучивается возникший было интерес к его скромной персоне: подумаешь, очередной ухажёр. Мало ли их за Анькой Смолиной вьётся...

— Пока работка не бей лежачего, — отозвалась девица помладше. И захлопотала: — Чайку, кофейку? Смотрите, как о нас беспокоятся...

На маленьком столике стоял автоматический чайник «Сименс», рядом красовалась большая банка кофе «Голд-Нескафе» и чай «Липтон» в пакетиках. Европа, блин!.. Любаша приподняла белоснежную салфетку, покрывавшую обширное блюдо. Там были разложены сэндвичи, поштучно упакованные в прозрачную плёнку, — с ветчиной, сыром и зеленью. Только сунуть в здесь же стоящую микроволновку, и...

— «Пепси», «Фанта» и минералка в холодильнике, — собирая сумочки, предупредили девицы.

— А пицца где? С анчоусами и грибами?.. Безобразие!.. — расхохоталась Любаша. — Да чтобы я ещё сюда хоть ногой!.. Невозможно работать!..

— Давай я с тобой останусь вместо Марины, — предложила Аня. — Я всем этим гамбургерам применение быстро найду...

Люба живо повернулась к ней и раскинула руки, шутливым движением загораживая накрытый стол от подруги. Девчонки прыснули со смеху, а Сергей вдруг подумал, что каждая из них наверняка провела не одну бессонную ночь, спасая лошадиные жизни. Принимая трудные роды, зашивая поранившихся, выхаживая больных... Да ещё чаще всего в темноте, сырости и тесноте. Конюшни-то у нас порою такие, что конюхи уходят спать в денники к лошадям, поскольку с ними просто теплей. А то водопровод (не говоря уж о канализации) запросто может оказаться в планах на следующее тысячелетие, и воду для лошадей возят за километр. На саночках. В двадцатилитровых бидонах...

То есть возмутившее Любу отсутствие пиццы было, без сомнения, самым худшим несчастьем, которое с российским лошадиным доктором может произойти.

— Ну ладно, «ближе к телу», — стала наконец серьёзной Любаша. — Что у нас в наличии?

В наличии обнаружилось почти пятьдесят лошадей. Списки по командам, план конюшни с кличками, где кто стоит. Журнал приёма и передачи дежурств. И фирменная папочка с единственным разграфленным листом во весь разворот — суточный лист ветеринарного состояния больных лошадей и лечебных назначений. Этот лист был почти чистым.

— Всего две... И то ничего страшного.

— Ну и слава Аллаху, — кивнула Любаша. — А что всё-таки?

— Первая из ЦСКА, засеклась при разгрузке. — «Незначительная рваная рана внутренней стороны венчика правой передней конечности», — гласила врачебная запись. — Ну, у них свой ветврач, сразу всё обработал...

— А ещё кто?

— Второй — жеребец Сирокко из шведской команды.

Сергей мгновенно насторожился. Как ни мало он верил в Анино бредовое предположение, мысль напрашивалась сама собой: «Неспроста!..»

— Диагноз: транспортная колика, — продолжала старшая смены. — Осмотрен, перистальтика в норме. В графе «Распоряжения владельца» — пометка: «В ветеринарной помощи не нуждается, ветеринарное вмешательство только по разрешению владельца». «Показания» — дополнительный контроль, осмотр каждые два часа. Бокс тридцать два...

В этот момент дверь распахнулась, и в комнату влетела высокая полная девушка.

— Фу, я не опоздала? Всем пламенный... Кого лечим? Скальпель, зажим, спирт... огурчик...

Она с ходу рухнула на диван, словно не рядом жила, а бегом бежала через весь город. Вытянула ноги и принялась быстро-быстро обмахиваться ладошкой. Сергей не сразу сообразил, что это и была та самая Марина, вместо которой Аня предлагала подежурить у блюда с казёнными бутербродами.

— Девчонки, короче, мы в журнале все написали... — Час был поздний, и отдежурившим хотелось поскорее добраться домой. — Вы там потом распишитесь. А мы сейчас лошадей по пути вместе глянем — и на хаус!

Толстая Марина всё-таки подхватила лист назначений:

— Ой, а я-то, понимаешь, спешила... Лучше бы котика кастрировала съездила. Копеечку какую на хлебушек заработала... Был бы хлебушек беленький, а икорка уж пускай будет и чёрненькая... А то, можно сказать, с голоду пухну! — Она покосилась на Сергея и с весёлым отчаянием похлопала себя по бёдрам, ну никак не укладывавшимся в субтильные западные стандарты. — Это что, нам? — с любопытством заглянула она под белую накрахмаленную салфетку. — Ну, девки, живём!..

— Ладно, пойдём, в самом деле, лошадей глянем, — собрала документы Любаша. — Мне Аню отпустить надо, её вон молодой человек ждёт...

Сергей буквально на цыпочках последовал за девушками из кабинета. Сейчас он увидит этого самого Сирокко... или, чем чёрт не шутит, всё-таки Заказа?.. Прямо перед входом к боксам он чуть не бросился наутёк: дорогу опять преградил суровый омоновец, и Серёжа успел вообразить, будто всё раскрыто и вот-вот раздастся то самое: «Руки на затылок! Ноги на ширину плеч...» Но страж порядка увидел таблички с синими ветеринарными крестами и не сказал вообще ничего, просто молча отошёл в сторону. На Сергея он даже не посмотрел. В подобной компании чужие не ходят...

У конников принято так: перед соревнованиями, особенно на выездах, с лошадьми обязательно ночуют дежурные конюхи. Мало ли что может случиться? Всегда лучше, если конь под приглядом. И помощь оказать вовремя можно, и тёмные личности с неведомыми намерениями в денник не полезут... Зная этот порядок, заботливые организаторы установили прямо перед боксами трейлер — двухкомнатный вагончик-бытовку со светом, газовой плитой, водой и химическим туалетом. Так что всё необходимое у дежуривших было «под рукой». Когда ветврачи приблизились к боксам, из трейлера высунулось сразу несколько физиономий. Изнутри раздавались звуки гитары, и чей-то приятный голос тихо напевал:

> Ходят кони
> Над рекою...
> Ищут кони водопо-о-оя.
> К речке не идут...
> Больно берег крут...

Песню переводить было не обязательно. И немцы, и финны, не говоря уже о братьях-славянах, собравшихся волею судьбы в эту ночь в маленьком трейлере, смысл песни понимали без перевода. Конники...

Точно так же не нуждались в переводе и галантные русско-финско-немецко-шведско-английские приветствия, зазвучавшие при появлении красивых девушек. Их немедленно пригласили в трейлер — попить чаю, послушать гитару... Понятно, что приглашение было скорее ритуальным — врачи находились на службе и к тому же совершали обход. Аня улыбнулась и промолчала. Марина со смехом ответила, что в смысле чая со вкусностями она, увы, на диете. Сдававшие вахту докторицы и вовсе торопились домой, к жуть каким ревнивым мужьям... И только Любаша в который раз поправила волосы и целую минуту, невыносимую для Сергея, кокетничала с выглядывавшим из трейлера мужским интернационалом. Потом двинулись дальше, и жокей начал дышать, кажется, только шагов через десять...

Он снова вздрогнул и взмок возле бокса номер четырнадцать, когда из большой кучи соломы безо всякого предупреждения возник парень в военной форме и громко окликнул:

— Эй! Чего надо?..

— Вот так, между прочим, люди заиками остаются, — проворчала Марина.

144

— Смену передаём, — ответила парню старшая ветврачиха. — Как конь ваш? С засечкой который?

— А чё с ним станется? — Солдат недовольно отряхивался от соломы. — Всего-то делов — на ранку пописать, оно к завтраму и заросло..

Доктора улыбнулись. Простой и надёжный дедушкин способ знают не только лошадники. Знают — и применяют с успехом, в том числе и за пределами ветеринарии. Особенно в нынешних российских условиях, когда из-за цен на лекарства «зайдёшь в аптеку с простудой, а выйдешь с инфарктом»...

— Так что? — для порядка спросила старшая смены. — Не надо коня смотреть?

— А чё смотреть? На ём цветы не растут. Обработан, перевязан... Завтра будет как новенький...

И вот тут среди компании девушек солдат заметил Сергея. Как ни прятался тот за надёжной спиной толстушки Марины — не помогло. Конюх пристально присмотрелся к нему... и вдруг сорвался с места, распахивая объятия:

— Серый, братан!.. Ты какими судьбами здесь?!

Серёжа опешил. Вот уж встреча так встреча!.. Чего-чего ожидал — но только не этого... Парень в армейском бушлате был тот самый Вовчик, до прошлой осени конюшивший на соседнем отделении Пятигорского ипподрома. И ведь классный был парень — когда той осенью его в армию забрали, провожать вышел весь ипподром. А теперь, стало быть, с лошадьми служит. В ЦСКА. Добился всё-таки. Сергей помнил, сколько писем разослал Вовчик по военкоматам, в кавполк, даже в Министерство обороны, — но вышло ли из этого что-нибудь, доселе не знал.

И вот — здрасте вам пожалуйста!.. Сергей понял, что единственный шанс — это перехватить инициативу и не дать парню начать расспрашивать его о подробностях скакового сезона. «Ох, Вовчик, милый, ну до чего ж ты не вовремя...»

— Вовка, ты, что ли? — произнёс он нарочито громко, хлопая конюха по спине. — Ай, хорош!.. Я бы тебя на улице не узнал, честно. Ну ты и харю наел...

На этот сомнительный комплимент Вовчик слегка даже обиделся. Он ведь всерьёз мечтал о карьере жокея и, не имея пока к тому реальной возможности, пытался хотя бы соответствовать внешне: худел изо всех сил, завёл себе отличный скаковой хлыстик и не расставался с ним. Этот хлыстик даже и теперь висел у него на запястье, на кожаном темлячке.

— А я, понимаешь, — продолжал Сергей, — сюда с девушкой знакомой заехал, лошадок решил посмотреть. Знать бы, что и тебя здесь увижу... Ну как служба-то?

Солдатик принялся оживлённо рассказывать. Что именно — Сергей почти не слыхал. Только следил краем глаза, как на лицах девушек удивление и непонимание постепенно сменялись приязнью: надо же, в таком месте земляки встретились. Они медленно двинулись по проходу между боксами, лишь Аня громко предупредила:

— Серёга, смотри не отставай, а то заблудишься!

— Ладно, — отозвался он, — я сейчас. — И, повернувшись к солдату, заговорил тихо и очень серьёзно: — Слышь, Вовка... я здесь неофициально. Они не знают, что я жокей... Тут... тут такое дело... Я тебе потом всё объясню, а пока смотри не выдай, усёк?.. Завтра здесь будешь?

— И завтра, и послезавтра, и послепослезавтра, — с готовностью кивнул не на шутку заинтригованный Вовка. — Я же коновод у майора нашего, у Гудзюка Василия Ивановича. А случилось-то что?

Сергей почувствовал себя опытным конспиратором.

— Не могу сейчас... Ты только, если я что непонятное отмочу, не удивляйся... В общем, коника одного посмотреть надо, и не дай Бог кто узнает, что я... И ты — никому ни полслова. Понял?!

Вовка очень серьёзно кивнул головой, хотя на самом деле не понял абсолютно ничего.

— Ну, я помчался. — Сергей оглянулся и увидел, что девчонки ушли уже далеко.

— Погоди, я с тобой... — Вовка нырнул в кучу соломы и выудил из нее фонарик и пластиковый пакет со своими пожитками. На ипподроме у него сложилась репутация мелкого Плюшкина: Вовчик был решительно неспособен выкинуть ни единого клочка или обрывка и вечно ходил с полными карманами всякого разного, с его точки зрения, охренительно полезного хлама. Когда над подобным скопидомством начинали посмеиваться, Вовчик ужасно смущался и объяснял его «хохляцкими» генами (папа у него в самом деле был украинец). Сергей невольно улыбнулся, видя, что за год характер приятеля нисколько не переменился. Правда, военная форма — штука строгая, да и какой офицер-конник позволит, чтобы его коновод был похож на филиал магазина «Тысяча мелочей»?.. Однако большевиков, как известно, наскоком не возьмёшь — место набитых карманов занял объёмистый, уже неоднократно чинённый скотчем мешок...

— Хочешь, я тебя с Василием Иванычем познакомлю? — Вовчик явно гордился «своим» майором. — Мужик стёбный! А похож знаешь на кого? Артиста Табакова, который Олег, видел? Ну, Шелленберг из «Семнадцати мгновений»? Начальник Штирлица?.. Так вот, Василий Иваныч на него — как две капли. Только улыбнётся, и направо и налево — все девки его. Прям отбоя нет. Ну, и он их жалует... — хохотнув, подмигнул Вовчик. — В общем, что надо у меня командир. Ни разу не по делу не всыпал. Да и спортсмен — таких поискать! Азартный, как... Дело было...

— Погоди, Вовчик, — взял его за локоть Сергей. За разговором они догнали девушек, стоявших у бокса под номером тридцать два. Дверь в бокс была открыта, и старшая ветврачиха объясняла сменщицам:

— Ну чего? Конь в порядке... Только вялый, ну, это запросто может быть после колик... Может, ещё

147

хозяин ему что-то вколол... Не знаю. На завтра он в любом случае с соревнований снят по состоянию здоровья. А так — перистальтика нормальная, температура тридцать семь и две — тоже нормальная. Так что всё вроде... Смотреть сами будете?

Любаша шагнула в денник:

— А темно-то... Как у негра в желудке в двенадцать ночи после чёрного кофе! Фонарика ни у кого нет?

Уловив шестым чувством, что это говорилось специально ради него, Серёжа выхватил у Вовки так кстати принесённый фонарик — и устремился в денник:

— Давай посвечу!

— Помните анекдот? — немедленно захихикала Люба. — Генерал решил заняться любовью и велит денщику им с девушкой посветить...

У Сергея подпрыгнуло сердце: желтоватый луч фонарика выхватил из темноты изящную лошадиную голову. Она казалась очень знакомой... Но чтобы однозначно, чтобы наверняка... У Заказа ведь не было ни уникальных отметин, ни даже клейма: пожалели когда-то слабенького малыша-недокормыша... на свою и его беду пожалели... Конь стоял отвернувшись в угол и понуро опустив шею. Он не обращал на людей никакого внимания. Ни малейшей реакции даже на свет...

— И вот он так и этак, и всё без толку, — продолжала трещать неугомонная Люба. — «Ну-ка, — говорит денщику, — теперь попробуй ты, а я буду светить...»

Полоска света пробежала по телу коня, по его ногам — и вернулась на голову. Большой глаз вспыхнул на свету и медленно, безразлично моргнул.

— Дай я его на всякий случай послушаю, — сказала Любаша. — Серёж, посвети-ка поближе... Ну так вот, у денщика сразу победа на всех фронтах, девица в восторге, а генерал усы расправил и гордо так говорит: «Вот что значит правильно посветить!..»

Она приложила голову к лошадиному боку и замерла, вслушиваясь в биение сердца и разные прочие звуки, по которым опытный доктор с лёгкостью определяет, что происходит у бессловесного животного в потрохах. Жеребец даже не пошевелился...

— Кузя... — тихо позвал Сергей и коснулся рукой шелковистой шёрстки на крупе. — Кузя...

Никакого ответа, никакого намёка на то, что голос, или запах, или прикосновение показались знакомыми...

— Какой же он Кузя, — засмеялась из-за двери Маринка. — Он уж скорее Сэр или Рокко какой-нибудь, раз его Сирокко зовут. А стоял бы у нас, так его наверняка бы, извините, Серёжей...

— Кузьма, — снова тихо проговорил Сергей...

И вдруг конь словно очнулся от сна. С трудом разогнал мутные облака, окутавшие сознание. Тяжело приподнял голову и посмотрел в темноту, в ту сторону, откуда его звал Серёжин голос...

Серёжа, задохнувшись, машинально почесал ему лоб, потом медленно, осторожно погладил по морде. Конь опустил шею, как будто ему тяжело было держать голову на весу, но морду от Серёжиной руки не убрал. Потрясённый Сергей продолжал гладить его, тихо приговаривая:

— Кузя... Малыш... Кузьма...

— Девчонки, что происходит? — вдруг подала голос Марина. — Какой еще Кузьма?

— Он мне... коня одного напомнил, — с трудом выдавил Сергей. Он говорил тихо, чтобы не напугать ласкающегося жеребца. — Того звали Кузя...

Услышав свою кличку, конь подёрнул ушами, будто соглашаясь, что речь идёт именно о нём. Затем вяло, как в замедленном кино, потянулся губами к Серёжиной руке — должно быть, за лакомством...

И тут Сергея осенило. Вовчик моргнуть не успел, как его хлыстик перекочевал в руку жокея.

— Кузя, держи... — Сергей поднёс рукоять хлыстика к носу коня. Тот как бы нехотя приоткрыл рот и ухватился зубами за набалдашник. Сергей отнял руку, хлыстик повис в воздухе... И вдруг конь что-то вспомнил. Что-то вновь пробилось сквозь липкий дурман, которым его накачали. Он резко приподнял голову и шлёпнул хлыстиком себя по груди. Приподнял переднюю ногу и глухо подтопнул ею по полу... Но больше ни на что сил не хватило. Блеснувшие было глаза снова заволокла сонная пелена безразличия. Знакомый голос, окликавший его, игра, выплывшая из глубины памяти, — всё это был сон, который он уже не мог отличить от реальности. Голова коня вновь отяжелела, он разжал зубы и уронил хлыстик на землю...

Серёжа оглянулся на Аню. Фонарик продолжал гореть, и девушка увидела в глазах Сергея такое яростное отчаяние, такой бешеный порыв немедленно отрывать чьи-то головы и бить во все мыслимые колокола, что её палец мгновенно взлетел к губам в повелительном жесте: «Молчи!!!»

Это подействовало отрезвляюще. Сергей дрожал всем телом, но способность трезво рассуждать начала возвращаться. Он похлопал коня по шее, наклонился поднять хлыстик... и вдруг, словно вспомнив о чем-то, требовательно попросил:

— Дай ножку!

Конь, повинуясь, безвольно расслабил запястье. Серёжа поднял ногу и посмотрел на копыто. Конь был подкован. *Подкован на лёгкие самодельные скаковые подковы...*

Последние сомнения улетучились. Кузьма!!! В деннике под кличкой шведской лошади «Сирокко» стоял Кузьма. Чистокровный жеребец Заказ, победитель сайского Дерби. Его Кузя...

Серёжа опустил ногу и незряче двинулся из денника. Однако, сделав шаг, крутанулся на пятке и, как бы прощаясь, на секунду обхватил ладонями храп лошади. Будто обнял... И уже затем пошёл прочь.

Конь за его спиной опять шевельнулся, запоздало отвечая на прикосновение. С трудом повернул отяжелевшую голову и печально, как показалось видевшей это Ане, посмотрел ему вслед... Дверь за Серёжей закрылась. Щёлкнул запор, и конь снова остался один.

Один в обступившей его густой темноте...

Они вернулись в машину.

— Ну что, Серёжа? Что скажешь? — спросила Любаша.

Серёжа неподвижно сидел на водительском месте, положив руки на руль. Смотрел куда-то себе на колени и молчал. Молчал вот уже несколько минут — с тех пор, как они пришли сюда и он отпер «Тойоту», двигаясь как автомат. Отпер, уселся на водительское сиденье и замер. Точь-в-точь как тот конь, оставшийся в деннике. Только на скулах гуляли нервные желваки...

Наконец он поднял голову и, уставившись куда-то через лобовое стекло ничего не видящим взглядом, сипло выговорил:

— Заказ это...

— Опаньки, — присвистнула Люба. — «Много дней дует знойный сирокко, но он слёзы мои не осушит...»

Аня молча вытащила сигареты и закурила, едва справившись с зажигалкой. Что тут говорить. Одно слово — накаркала. Высказалась «в порядке бреда», а вышло...

Одно хорошо — ни в какой Сайск он теперь не сорвётся. Останется здесь. И уж она вместе с ним в лепёшку расшибётся, чтобы коня вернуть.

Теперь, когда «бесследно пропавший» так неожиданно отыскался, она была готова поверить, что дело в шляпе. Ну там если не совсем, то по крайней мере наполовину...

Спрашивается, кто нормальный стал бы искать в Питере коня, пропавшего в городе Сайске? Искать за тысячу километров — да на крупных международных соревнованиях притом?.. Правильно говорят: где проще всего спрятать дерево? — в лесу. А коня, соответственно, на конюшне. Особенно на такой, которую очень строго охраняют от посторонних. Ещё три дня — и закончатся соревнования. И тогда ищи ветра...

Следовало поблагодарить простую российскую случайность, поломавшую похитителям весь их хитроумный расчёт. Это кто же в здравом рассудке мог предположить, что на те самые соревнования, где они будут прятать украденного коня, явится Серёжа Путятин, только что скакавший на нём и притом знающий Заказа «с пелёнок»?.. Да ещё и подойдёт к стеклянной стене ровно в тот момент, когда так называемого Сирокко будут выгружать из шведского коневоза?..

А вот вам — случилось. Россия, господа. Страна чудес...

Но чем больше Аня раздумывала, тем ясней становилось, что настоящие трудности только начинаются. Судя по застывшей физиономии Сергея, он рассуждал сходным образом. Насколько он вообще был способен сейчас рассуждать. И по-прежнему оставалось в силе всё то, что они говорили Любаше. О «несчастном случае», который Заказу обязательно устроят при первых же признаках повышенного внимания к нему. Вот и думай, как отобрать коня у мошенников — и при этом не погубить... Не воровать же его снова, действительно... Хотя, наверное, чисто технически они с Сергеем сумели бы... С волками — по-волчьи...

Аня даже усмехнулась, представив, какой разгорится скандал, если у шведа в Санкт-Петербурге на таких крупных соревнованиях вдруг выкрадут лошадь. Во шуму было бы — на всю Европу!..

Сигарета обожгла пальцы, она выбросила окурок в окошко и вновь щёлкнула зажигалкой. Руки постепенно переставали дрожать. Первое потрясение отгорело, она уже прикидывала про себя какие-то варианты. Случившееся на Сайском ипподроме, поначалу воспринятое как стихийное бедствие, разразившееся нарочно затем, чтобы похоронить её планы,

152

обрастало конкретными обстоятельствами, за которыми, должно быть, стояли вполне конкретные люди. А раз так — с ними можно бороться! И Аня собиралась бороться. Вместе с Сергеем...

Она не ошиблась. Сергей думал примерно о том же. Нико, Будулаю и прочим благородным мстителям почему-то никогда не приходилось доказывать, что они не крали чужого, а всего лишь возвращали своё. Деятели официального правосудия (являвшиеся, что характерно, к шапочному разбору) лишь вежливо расшаркивались: «Нет-нет, не беспокойтесь, мы всё уже знаем». Ой, мамочки...

— А ты точно уверен, что это ваш конь? — снова подала голос с заднего сиденья Любаша.

— Более чем, — уже много спокойнее отозвался Серёжа. — Я же его с рождения знаю...

— Хоть бы пятнышко где какое-нибудь белое было, — продолжала Люба задумчиво. — Конь чисто гнедой. Ни отметин, ни шрамиков, ни клейма...

— А возраст?! — взорвался Сергей. — Ему ж ещё четырёх нет!.. Трёхлетку на международные по конкуру?!.

Действительно, на престижные соревнования вроде «Серебряной подковы» редко привозят коней моложе десяти лет. Юнцам — и двуногим, и четвероногим — нечего делать там, где состязаются зрелые мастера.

— Что-то я, — скептически нахмурилась Люба, — не видела, чтобы ты ему в зубы смотрел...

— Мало ли чего ты не видела, — огрызнулся Сергей. — А не заметила, как я его перед уходом за морду?.. Это я ему в рот залез. Клыков у него нет, а они, чтобы ты знала, в четыре годика режутся.

Когда есть истина, за которую готов положить голову на плаху, — всякий, кто не спешит разделить твою убеждённость, становится врагом номер один. Любаша, конечно, уловила раздражение Сергея, но всё-таки продолжала:

— А ты не слыхал, что на Западе некоторым спортивным жеребцам специально клыки удаляют, чтобы

153

они управлению не мешали? Мы тут, знаешь ли, иногда американские ветеринарные журналы почитываем. Так, от нечего делать... И, между прочим, если клыки в раннем возрасте ампутировать, то и рубцов никаких может не остаться. Ты остальные зубы не проверял?

Сергей яростно крутанулся к ней на сиденье:

— Сейчас тебе!.. Впотьмах — и над душой целая рота стоит!

— Ладно... Бог с тобой, золотая рыбка... — Люба смотрела мимо Сергея, в зеркальце, в тысячный раз поправляя причёску. — Пойду я, пожалуй. Извини, если что не так...

— Между прочим, — проговорила Аня в пространство, — если бы не Любаша, мы сейчас всё ещё на кофейной гуще гадали бы.

Сергей с трудом перевёл дух. Стыд накатил тяжелой жаркой волной: и почему мы всегда обижаем тех, кому на самом деле всего больше обязаны?.. Он дотянулся через спинку сиденья и взял девушку за руку. Маленькая рука показалась ему слишком тонкой и лёгкой.

— Любаша... — Он так и не сказал «извини», но голос был почти умоляющим. — Ты видела там солдатика... ну, с которым я обнимался? Его Вовкой зовут, он с нашего ипподрома. Ты, если помочь надо будет, ему скажи... Он всё сделает... Только на меня сошлись обязательно и предупреди, чтобы ни звука... Он вообще-то парень надёжный...

— Замётано. — Любашины пальцы несильно сжали его ладонь, и девушка открыла дверцу «Тойоты». — Если получится, попробую до утра со светом ему в зубы залезть... Да не Вовчику твоему, а коню!..

Дверца щёлкнула, закрываясь. Стук каблучков затих в темноте.

— А ты, психованный, — сказала Аня Сергею, — давай-ка вылазь с председательского места. Ещё нам по дороге в кого-нибудь врезаться не хватало!..

Насчёт больницы вместо Пятигорска она не добавила. Во-первых, от лазарета на Руси, как и от сумы и тюрьмы, не застрахован никто. А во-вторых, было уже ясно, что ни в какой Пятигорск они в ближайшем будущем не поедут.

*История с долларами оказалась дутой...*

*Жена бывшего главного агронома — известного в станице пьянчужки — за увольнение супруга была на Цыбулю в жестокой обиде. Столько лет её муж верой и правдой «отдавал силы и здоровье» родному хозяйству... Пока все не отдал. Лежит теперь дома несчастный. Либо пьяный, либо с похмелья. Совсем, короче, больной, — довели хорошего человека! Умеют у нас!..*

*Сама бывшая «агрономша» работала в бухгалтерии и всё ждала удобного повода для «справедливого возмездия». Заглядывала в каждую щёлку, прислушивалась ко всем пересудам... и вдруг однажды прознала, что директор затребовал у главбуха крупную, ОЧЕНЬ КРУПНУЮ (особенно по тем временам) сумму наличными под отчёт. И через пару недель сдал какие-то зелёные, величиной с облигацию трехпроцентного займа бумажки, якобы квитанции, подтверждавшие обмен этой самой суммы на свободно конвертируемую валюту. А ещё через полмесяца... неожиданно отправился в Англию. Ох и разговоров было тогда в бухгалтерии! Вот косточек-то перемыли!.. Криминал, бабоньки, криминал!.. Явный криминал!.. Зарвался директор. Зажрался, нахапался...*

*И полетела в прокуратуру жалоба, аккуратно отпечатанная на машинке, скромно стоявшей там же, в бухгалтерии, в уголке у окна. Вот только отношение к анонимкам в разгар Перестройки было уже очень прохладным. И потому, к немалому огорчению отставной «агрономши», ответ пришёл не «ночью в сапогах», как бывало когда-то, а прикатил в бежевой «Волге» под вечер жаркого и погожего дня...*

Долго в тот вечер сидел с Ларионовым у себя в кабинете Василий Никифорович Цыбуля. Рассказывал, показывал бумаги — сначала финансовые, а потом и не только. За окном одинокой звездой горела та самая лампочка на столбе. Глядя на неё, легко и естественно было открывать душу полузнакомому человеку, к тому же приехавшему... по эту самую душу....

Марьяна Валерьевна полуночничала с водителем в «зале», поила парня чаем с домашним абрикосовым вареньем. По телевизору показывали детектив.

И только в первом часу ночи поехала «Нива» провожать «Волгу» к поселковой гостинице, где гостям были приготовлены апартаменты. Два номера. Каждый — с горячей водой, ванной, телевизором и телефоном. Простенько так, по-деревенски...

Наутро Андрей Николаевич проснулся часов в семь от запаха свежеиспечённых оладий. Это готовила завтрак гостям бабка — смотрительница гостиницы, постоянно при ней проживающая.

Оладьи были отменные — сдобные, пышные, со сметаной...

А в восемь часов к гостинице подкатила бессменная «Нива», и Василий Никифорович увёз заместителя прокурора на экскурсию по родному хозяйству.

Не всякому Василий Никифорович показывал свою особую гордость — породистых племенных жеребцов, отцов и дедов замечательного потомства. Коноводы едва поспевали бегом выскакивать из конюшни — могучие звери вылетали на площадку для выводки лихой размашистой рысью, играли, радовались жизни. А потом, выплеснув избыток энергии, послушно застывали в центре площадки, лишь изгибали крутые холёные шеи и — ушки торчком — тянулись заглянуть через обсаженную шиповником изгородь. Там, за цветущими кустами, далеко в залитых солнцем полях паслись со своими жеребятами красавицы матки...

— Сколько стоит кобыле свидание устроить со знаменитым производителем, имеете представление? — спросил Андрея Николаевича Цыбуля. И сам же ответил: — Пятнадцать тысяч «зелёных», это не считая дороги. А порция замороженной спермы, от которой она точно так же забеременеть может? Пятьдесят. Не тысяч, а просто. Есть разница?.. Поедем после обеда, покажу вам... всю «растрату» свою...

Обедали в совхозной столовой. Суп харчо, густой от свежей баранины. Вареники сортов шести — с мясом, картошкой, творогом, вишнями и так далее. Жареный карп... И консервированный компот из вишни и абрикосов. Всё своего, совхозного производства. Всё — невероятно вкусное и такими порциями, что под конец трапезы Андрей Николаевич натурально отяжелел. Допивая компот, он размягчённо подумал, что Цыбуля развёл у себя в хозяйстве форменный коммунизм — тот самый, с человеческим лицом, который у нас в очередной раз вознамерились строить... К лозунгам Ларионов относился спокойно, но не мог не признать, что в таком коммунизме было откровенно неплохо. Он подумал о «растрате», которую Цыбуля собирался ему демонстрировать, и по логике вещей представил себе доверчивые мордочки и трогательные хвостики недавно родившихся жеребят. Потом вспомнил дикую стихию вчерашнего табуна (наполовину состоявшего из тех самых жеребят), и сердце слегка ёкнуло, но он успокоил себя: уж в председательском вездеходе они как-нибудь...

Однако «Нива» привезла их не в поля, а всего лишь на конный двор. И на площадке для выводки Андрей Николаевич, к своему недоумению и некоторой тревоге, увидел двух осёдланных лошадей.

— Машиной туда никак, только верхом, — коротко пояснил Василий Никифорович.

— Я вообще-то... ни разу... — нервно засмеялся зампрокурора. Было чёткое ощущение, что он сам угодил в проверочку: «А не слабо?..»

— Вы, товарищ начальник, не переживайте, они у нас смирные, — сказал молодой конюх, державший лошадей под уздцы. Только тут Андрей Николаевич разглядел, что лошадки вправду отличались от утрешних жеребцов, как «Запорожцы» от иномарок. На любой выставке, где блистала слава и гордость лошадиного рода, их не подпустили бы даже к воротам: сугубо беспородных, лохматеньких, неказистых... поколениями вывозивших на безропотных хребтах всю будущность человечества...

157

Впрочем, в данный момент Ларионову было не до философий. Он рассматривал строевое седло, поверхность которого была примерно на уровне его плеч, и не знал ни что такое седло называется строевым, ни как в него положено забираться. Когда ухмыляющийся конюх объяснил ему, куда продевать ногу и за что держаться руками, Андрей Николаевич подтянулся и героически повис на седле животом, потом с помощью всё того же парня перекинул через него ногу... ощутил на седалище опасное натяжение брюк и перепугался, как бы они не лопнули в самом неподобающем месте.

Брюки не лопнули. И лошадка, против всех его ожиданий, не взвилась диким мустангом, сбрасывая и затаптывая всадника-неумеху. Лишь вздохнула и переступила на месте, примериваясь к незнакомому весу у себя на спине.

— Ну, поехали, — сказал Цыбуля, уже сидевший на своей саврасой Маруське. Ларионовская лошадка тронулась следом ещё прежде, чем Андрей Николаевич сообразил, где тут повод и как с ним поступать, чтобы кобыла поворачивала направо-налево... Её неспешный шаг показался ему стремительным, опасным движением, он вспотел и ухватился для надёжности за седло, но оказалось, что так ещё неудобней...

Некоторым чудом он не вывалился из седла и вообще был ещё жив, когда наконец они подъехали к табуну. Издали заметив верховых, «дикая стихия» очень обрадовалась и дружно затрусила навстречу: люди! Друзья пришли!.. Сейчас скажут что-нибудь хорошее... приласкают... а то и вкусненьким угостят...

Всадники спешились: Цыбуля — с тяжеловесной грацией малоодарённого, но очень опытного наездника, зампрокурора — со всем изяществом мешка с картошкой. После седла и стремян земля под ногами казалась шаткой и непривычной, но прислушиваться к телесным ощущениям было некогда: «дикая стихия» доверчиво обступила нового человека, со всех сторон уже тянулись любопытные морды и мордочки. Кобылы и жеребята обнюхивали ларионовские карманы, толкали его носами, вежливо пробовали на зуб края его пиджака... Цыбуля уже кормил чем-то с ладони большеглазую кобылку, ничем, на ларионовский взгляд, от прочих не отличавшуюся:

— Каринка, маленькая...

Андрей Николаевич даже не сразу заметил табунщика, поднявшегося из высокой травы, и обратил на него внимание, только когда тот уже ковылял к ним с Цыбулей. Именно ковылял: одна нога парня принципиально не гнулась в колене. Идти было далеко — шагов, наверное, сто. Парень оглянулся, подозвал свою лошадь, осёдланной пасшуюся рядом... мгновенно оказался в седле — и потрясённый Андрей Николаевич увидел перед собой того самого кентавра, чей полёт впереди табуна так заворожил его накануне...

Вторую половину дня зампрокурора провёл в конторе, за бухгалтерским столом. Он сидел и старался как можно незаметнее ёрзать на стуле: конная прогулка оставила после себя, прямо скажем, весьма ощутимые воспоминания...

В бумагах всё оказалось в порядке.

Вечером они с Василием Никифоровичем вновь ужинали вместе. Уже совершенно по-дружески. Марьяна Валерьевна даже поставила на стол запотевшую, из морозилки, бутылку со злющим перчиком, затаившимся возле прозрачного дна:

— На здоровьечко...

Наутро, встретив Ларионова на пороге гостиницы, Василий Никифорович крепко тряс ему на прощание руку.

— Эх и хорошо у тебя здесь, Василь Никифорыч, — искренне вздохнул зампрокурора. И размечтался: — Вот бы в отпуск... Рыбалка здесь, говорят...

Цыбуля отреагировал по-деловому:

— Рыбалка? А что отпуска ждать, сейчас и заедем. Полчаса для тебя, Андрей Николаич, всё равно погоды не сделают...

«Нива» помчалась вперёд, «Волга» — уже привычно — следом за ней. Вскоре показалась рукотворно-правильная линия прямоугольных прудов. *На том берегу, в окружении двух десятков разноцветных пчелиных домиков, стояла сторожка. Из неё навстречу подъезжающим машинам проворно выбежал старичок в белой полотняной рубахе и сандалиях на босу ногу: этакий дед Щукарь местных масштабов.*

*К самой сторожке машины подъезжать не стали, остановились поодаль — пчёлы всё же.*

— Василь Никифорыч, здоровеньки булы! — приветствовал Цыбулю «дед Щукарь». Снял шапку и отвесил забавный полупоклон: — И вы, гости дорогие. Медку свеженького?..

— Погоди, Филиппыч, — *остановил хлебосольного сторожа Цыбуля.* — Удочку какую найдёшь? Да червячков пару?

— А-а, никак гости порыбачить хотят? — *хитренько заулыбался «Щукарь».* — Это мы враз, это у нас завсегда в наличии...

*Дед заспешил к сторожке и скоро вернулся с удочкой.*

— Ну, пошли... — *Он многозначительно посмотрел на Василия Никифоровича и засеменил по берегу вдоль прудов, оглядываясь на шагавшего сзади замирокурора:* — Место клёвое знаю... Раз тут мы ночью сидели... — *начал было он рыбачью байку, но Василий Никифорович грозно прокашлялся:*

— Филиппыч, у людей всего полчаса, так что ты им зубы не заговаривай.

— Ну... — *«Дед Щукарь» что-то прикинул и свернул к ближайшему прудику:* — Тогда нам сюда...

*Заняв позицию на берегу, он быстро размотал снасть, состоявшую из толстой лески, простого гусиного поплавка и довольно внушительного крючка. Достал прямо из кармана какую-то наживку, ловко насадил её на крючок — и протянул снаряжённую удочку Андрею Николаевичу.*

*Тот неуверенно взял в руки снасть, столь мало напоминавшую привычный фирменный спиннинг, и поинтересовался, наполовину ожидая подвоха:*

— Куда бросать, посоветуйте?..

— А куда хошь, милок, туда и бросай. Здесь всюду клюёт...

Водитель прокурорской «Волги», обо всём догадавшийся раньше начальника, завистливо переминался в сторонке. Вот бы ему сейчас эту снасть!..

Андрей Николаевич забросил.

Шлёпнувшийся поплавок не успел даже выпрямиться, как его тут же потащило под воду.

— Подсекай!.. — азартно взвизгнул дедок.

Мог бы и не советовать. Привычные руки всё сделали сами — и на берег плюхнулся красавец карп. Этакий лапоть в роскошной тёмно-золотой чешуе, каждая с пятнадцатикопеечную монету!..

Весу в нём было никак не меньше килограмма. Филиппыч подскочил к рыбине, быстро вынул у неё изо рта крючок и вновь насадил приманку:

— Забрасывай, пока клюёт!..

Рыбачий азарт — страшная штука. Андрей Николаевич забросил не думая. И вновь поплавок нырнул, едва коснувшись воды, и через секунду по берегу заскакал второй карп — точная копия первого. Вот тут Ларионов наконец осознал, что к чему. Шальной восторг мигом рассеялся, он вернул удочку «деду Щукарю» и повернулся к Василию Никифоровичу, не зная, сердиться или смеяться.

— Это что же, — сказал он, — в качестве взятки?..

— Ага, — кивнул Цыбуля невинно. — В особо крупных размерах...

Начальство вернулось к машинам, водитель убрал в багажник «Волги» двух честно пойманных карпов, а Филиппыч, вынув из кармана оставшуюся приманку, швырнул её в воду, откуда моментально высунулось десятка три рыбьих разинутых ртов:

— Плывите, милые, с Богом...

...Марьяна Валерьевна наконец заставила мужа сесть ужинать. Но только того и добилась, что Василий Никифорович нехотя поприсутствовал за столом, ковыряя вилкой в тарелке, а съесть почти ничего так и не съел. Кусок в горло не лез.

— Вася, ты, может, рюмочку?.. — Хозяйка дома озабоченно поглядывала на супруга. — На тебе лица нет, куда ж это годится! Ты погоди, найдётся он ещё, Заказ твой. А не найдётся — так что, в петлю теперь?..

Судя по выражению лица, именно так Цыбуля и намерен был поступить. Марьяне Валерьевне стало бы легче, если бы он грохнул кулаком по столу, накричал на неё... ещё как-то выпустил пар... И она зашла с другой стороны:

— Ну подумаешь, конь!.. Вон их у тебя на конюшнях сколько гуляет. Одним больше, одним меньше...

Василий Никифорович не раскричался. Лишь поднял на неё глаза и, невесело усмехнувшись, продолжал тасовать на тарелке почти нетронутые картофелины. Вот тут Марьяна Валерьевна сама не выдержала, взяла мужа за руку и расплакалась:

— Ты не журись так, Васенька... Всё как-нибудь обойдётся... Ещё жеребятки родятся... Что уж тебе, на Заказе этом свет клином сошёлся?

Цыбуля со вздохом отодвинул опостылевшую тарелку.

— Сошёлся, Марьянушка... Знала б ты, что это за конь... И вот ведь судьба какая... Беспрочее какое-нибудь два века живёт, а другой родиться ещё не успел... Помнишь, кобылу прирезали три года назад? Родами помирала?.. Так вот, это мать его, Каринка... Какая лошадь была... А теперь вот и самого... потеряли...

Марьяна Валерьевна вытерла слёзы и деловито предположила:

— Может, сглаз какой на роду их? Может, за него свечку поставить?.. — И задумалась: — Если только батюшка разрешит...

— Я ему не разрешу казаку за коня свечку поставить!.. — наконец-то обрёл былую властность голос Цыбули. — Марьянушка, если найду... честное слово, в церковь схожу и не свечку, а... ей-Богу!.. И он искренне перекрестился, хотя до сих пор слыл

162

6—2

человеком неверующим. — Заказ, он для меня... цель жизни... двадцать пять лет...

Эти двадцать пять лет Марьяна Валерьевна помнила ничуть не хуже супруга. Им с Василием было чуть-чуть за тридцать, когда они впервые приехали в Михайловскую. И сказать, что новый директор пришёлся в захудалой тогда «Свободе» не ко двору, — значит не сказать почти ничего.

На том самом дворе стоял тогда семьдесят третий год. Прежнее совхозное начальство плодило бумаги, вяло отбиваясь от плана, остальные жили как могли, причём каждый — сам по себе. Разводили кур, поросят. Выращивали сорго на веники, частенько прихватывая для этой цели пустующие совхозные земли. Что такое, кажется, веник? Тьфу. А на деле — на рынке оптом продашь... и, глядь, заработал если не на машину, то уж достаточно, чтобы до следующей весны спать спокойно!.. Кое-кто на дальних участках тайком сажал коноплю, благо на эту «продукцию» покупатели находились всегда. Работа в совхозе подобных прибытков не давала, и «Свобода» агонизировала. Казалось бы, что может содеять с почти уже бывшим хозяйством молодой директор, назначенный со стороны?..

Кого другого из Михайловской выжили бы в момент, но Василий Цыбуля оказался свободолюбивому местному казачеству не по зубам. Нашла коса на камень!.. Чем больше палок ему в колёса вставляли, тем крепче и задиристее становился директор. Бывало, что и кулаком доказывал свою правоту. Слава Богу, крепок был... И годков через пару уже почитай все знали, что это значит — встать у директора на пути. Не то зауважали его, не то забоялись...

Поехал как-то Василий Никифорович в командировку, вернулся через неделю — да не один. Привёз с собою девицу. На вид хрупкую, неказистую. Бабы, ясно, судачить... Оказалось — агроном новый. Сманил её Цыбуля из научного института, где она семенные сорта выводила-испытывала. Старого агронома, всем известного алкоголика, Василий

Никифорович тогда же с треском прогнал. А с девкой взялся ездить вдвоём по полям с утра до ночи.

Много ли для слухов в деревне надо? Наслушалась тогда Марьяна советов... Ты, мол, мужика должна держать в строгости, не то, погоди, настанет пора — и не заметишь, как бобылихой останешься... Зря, думаешь, они это вдвоём от зари до зари по кустам шарятся?..

Что сказать, щемило порой Марьянино сердечко, но виду молодая директорша не подавала. Верила Василию, как себе...

...А весной на давно пустовавших участках полезли из земли всходы. И не третьесортные хиленькие заморыши, к которым привыкли в Михайловской, а форменные гвардейцы!.. Не боявшиеся ни засухи, ни ветров, ни проливных дождей! Элитные семенные посевы. Твёрдых сортов, да таких, что с руками оторвут не только в соседних хозяйствах, но даже за рубежом. И оторвали, притом засыпав заявками уже на будущий урожай... Вот тебе, значит, хрупенькая да неказистая! А агрономша уже примеривалась к заливным полям, собиралась рис посадить. Получилось и это...

Не зря, значит, орал Цыбуля на трактористов, не зря лично сам, с ружьём в кабине, давил колёсами «Кировца» нелегальную коноплю. И без неё появились в «Свободе» денежки. Зарплаты людям пошли, премии. Зачесал затылки народ... Детсад построили, больничку, столовую... Коттеджи затеяли для совхозных рабочих...

Той зимой повесил Василий Никифорович возле клуба объявление. «Вечер встречи старожилов станицы. Приглашаются только самые старшие представители семей. Чай с бубликами гарантирован».

Старики, как положено старикам, сперва разворчались. Чего, мол, мы в клубе этом не видывали? Не стариковское это дело — по танцулькам болтаться. На девок пялиться? Так добро бы на девок, а то — на бабок чужих... Цыбуля сам тогда по хатам ходил, уговаривал. Дескать, посоветоваться надо, поговорить о том о сём. Гармошку предлагал захватить, частушки попеть, как когда-то принято было... Многих уговорил. Принарядились станичные деды, штаны с лампасами надели, из фуражек пыль выколотили. Бабки платки новые, цветастые, из сундуков повынимали. Снедь разную с собой прихватили, гармошки давно забытые... и потрюхали помаленечку в клуб.

Михайловская тем временем сгорала от любопытства. К назначенному часу перед клубом гудела толпа. Молодёжь лезла в двери, но там стоял сам Цыбуля и внутрь категорически не пускал: «Сегодня деды гуляют! Вы себе сами праздник организуйте и гуляйте сколько хотите, а сегодня — их день!»

Эх и разошлись тогда старики... Дым коромыслом! И частушки, и пляски — петушились друг перед дружкой, забывая о болячках и скрипучих костях. А когда немного угомонились и сели за стол, поднял Василий Никифорович стопку и обратился к дедам с просьбой: «Помогите, старики! Вы этой земле жизнь дали, так не дайте ей дальше гибнуть!»

И рассказал наконец о своей заветной мечте. Хочу, дескать, развести в станице коней. Да не каких-нибудь, а чистокровных. Скаковых. Чтобы гремела, как когда-то, слава о казачьих конях: «Давайте, деды, кто чем... Кто советом, кто навыком и умением, а кто и силушкой, коли осталась... Сынов надоумьте... Подсобите!»

Кончил Цыбуля — и чей-то не по-старчески крепкий мужской голос то ли выговорил, то ли пропел:

«А как у сотника во дворе да разгулялся гнедый конь... Правда?»

И весь мир мужскими и женскими голосами дружно рявкнул:

«Брешешь!»

Вот тогда прослезился Василий Никифорович... Понял, что пришлась его мысль дедам по душе.

Они долго ещё пели старинные казачьи песни. И под гармошку, и на голоса, и с запевками... Как когда-то, когда был у станицы свой круг и свой атаман...

А потом перешли от песен к делам, и появилась в Михайловской своя конеферма. Не сразу, но собралось поголовье — по кобылке, по жеребчику... Начали молодняк на соревнования вывозить...

Маститые коллеги-лошадники Цыбулю для начала подняли на смех. В те годы на ипподромах *скакали* питомцы могучих заводов — «Восхода», «Онуфриевского», «Днепропетровского»... Остальные — *присутствовали* на дорожке. Не более. Это с кем же ты, Василь Никифорыч, надумал тягаться?.. Разводил бы дончаков каких, что ли... А то туда же, «с кирзовой рожей»... Им вольно было смеяться — Цыбуля ухом не вёл. Делал своё дело, год за годом, не торопясь. По всей науке подбирал жеребцов и кобыл, способных дать будущих победителей. И... не сразу, но *заскакали* гнедые и рыжие с маленькой конефермы. А сама конеферма стала превращаться в образцовый конный завод, по поводу которого никому уже не приходило в голову снисходительно посмеиваться. Ни в России, ни за её пределами... Сбылась мечта Василия Никифоровича. И что за беда, если к тому времени упрямого молодого директора стали величать уже Дедом?..

Неожиданный телефонный звонок всегда кажется очень тревожным. Особенно если раздаётся он ночью, когда смолкают привычные звуки дневной жизни и воцаряется настороженная тишина. Марьяна Валерьевна первой сорвалась к трубке, а Цыбуля успел определить, что звонок был междугородный. Кто это мог быть, откуда?.. Сегодня Цыбуля и сам звонил бессчётное количество раз — и в Сайск, и в местное отделение милиции, и в разные другие места. И всё без толку. Нет коня — и концы в воду... Может, из Сайска, с ипподрома? Неужели что-нибудь выяснили?.. Он живо схватил трубку из рук у жены:

— Алло?

— Василь Никифорыч, это опять я, Сергей...

— А-а, Сергуня... — Голос и глаза деда Цыбули одинаково потускнели. — У нас тут новостей пока никаких... Ничего не известно...

— Василь Никифорыч... зато у меня новости...

Серёжа прямо задыхался от возбуждения, а говорил — Цыбуля это сразу расслышал — из автомобиля, по Аниному сотовому телефону. Значит, что-то такое, с чем он даже до дому не мог дотерпеть.

— Что случилось, Сергей?

— Дядя Василь, мы Заказа нашли!.. Здесь он! В Ленинграде!.. Я его видел только что. Даже в деннике у него был...

Тишина в трубке...

— Так. Рассказывай... — Цыбуля не верил своим ушам. То есть очень хотел бы поверить, но так не бывает. Не бывает, и всё!

— Заказ здесь, — повторил Серёжа раздельно. — В «Юбилейном»... помните, я про соревнования вам?.. «Серебряная подкова»... Ну так вот, Заказ здесь в конюшне, в команде у шведов. Под кличкой «Сирокко»...

— На соревнованиях по конкуру?.. — Не в силах поверить, Цыбуля пустил в ход уже знакомые Сергею аргументы. — Ты сам-то понимаешь хоть, что говоришь?..

— Да он это! Он!.. — закричал в трубку жокей. — А соревноваться не будет — снят якобы по причине болезни!

— Что с ним? Болен?

— Да здоров... Это так, для отвода... Я ещё при выгрузке, не зная ничего, посмотрел — ну, портрет Кузин... Просто две капли... Только вялый какой-то... А потом вы мне, что его из Сайска украли... Поехали с Аней, проверили... в деннике его посмотрели... Заказ это!

Опять в трубке повисла тишина.

— Ты уверен?

Сергей даже обиделся:

— Что я, Кузю не знаю?..

167

Уж кто-кто, а Путятин Заказа знал. В этом Василий Никифорович не сомневался. А это значило, что «небываемое бывает»...

...Тёмно-синяя, цвета «дипломат», «Ауди» остановилась возле подъезда ведомственного дома. Из зеркальной будки тут же появился постовой милиционер и, вытянувшись по стойке «смирно», отдал честь выходившему из машины.

Уже приоткрыв заднюю дверцу «Ауди», Андрей Николаевич Ларионов отдал последние распоряжения водителю:

— Завтра как обычно — к половине восьмого. Смотри не опаздывай. Мне с утра к губернатору...

Водитель не опаздывал никогда. Однако на реплику Андрея Николаевича не обиделся, а, наоборот, улыбнулся и очень дружелюбно ответил:

— Конечно, Андрей Николаевич.

В солидном шофёре тёмно-синего «членовоза» ещё можно было узнать того молодого парня, что когда-то спикировал в дренажную канаву за рулём бежевой «Волги».

Ларионов прошёл к подъезду, поздоровался с постовым и поднялся по ступенькам лестницы. Открыл дверь в подъезд. Вошёл.

Сидящий за столом охранник-вахтёр тут же поднялся из-за стола:

— Добрый вечер, Андрей Николаевич. Что-то вы сегодня поздненько... Вот ваша почта, прошу...

— Спасибо. — Ларионов взял пухлую стопку писем и газет и вздохнул: — С этой работой разве пораньше домой приедешь?.. Ну, а у вас как? Жена, дети?

Фразы были традиционными, но всё равно приятными.

— Спасибо, Андрей Николаевич, всё в порядке. Детёныш поправился... Жена наконец на работу пошла. И откуда, спрашивается, летом ангина?..

— Да уж, бывает... Привет им передавай. — И Ларионов двинулся к лифту.

— Обязательно, Андрей Николаевич.

Лифт мягко вознёс его на четвертый этаж. Ларионов всё собирался начать ходить пешком по лестнице, чтобы хоть так — ибо трусцой бегать у него времени не было — бороться с гиподинамией, но каждый раз откладывал благое начинание до завтра. Нынешний день не стал исключением. Андрей Николаевич вышел из лифта и дистанционным ключом-пультом отпер дверь в свою квартиру.

Для начала он переобулся, и ногам стало тепло и уютно. Мягкие тапки на толстой войлочной подошве Андрей Николаевич любил больше всего. Приятно обволакивая ступни, они делали шаги по-кошачьи неслышными, лёгкими и пружинистыми. А ещё в них можно было похулиганить — слегка разогнаться и, оттолкнувшись, проскользить метра два по гладкому лакированному паркету... Конечно, пока сын не видит. А то какой пример подрастающему поколению? Отец должен вести себя солидно. А при ларионовской должности и подавно.

Сын сидел на диване в гостиной и, притворяясь, будто ему интересно, смотрел телевизор. Двадцать два мужика, одиннадцать — из местной команды, лениво гоняли давно уставший мячик. Белый кожаный шар, отяжелевший от бесконечных пинков, нехотя летал и катался по полю. Немногочисленным болельщикам было, что называется, лениво болеть за ленивых футболистов. Встать и просто уйти им тоже было лениво... В общем, всё как всегда, и, главное, все при деле.

Андрей Николаевич мельком глянул на сына, мужественно зевавшего перед телевизором, и войлочные тапочки бесшумно унесли его в кабинет. Стеклянный абажур на столе мягко вспыхнул зелёным, погрузив небольшую уютную комнату в ласковую полутьму. Вычурная бронзовая ножка лампы отразилась в пока мертвом мониторе «пентиума». Огромный дубовый стол был сплошь завален папками, скоросшивателями и отдельными бумажками, не говоря уже о справочниках, кодексах и юридических журналах —

в общем, всем, что по логике вещей и должно обитать на столе у видного юридического сановника. Андрей Николаевич со вкусом устроился в удобнейшем старинном кресле с подлокотниками в виде небольших, изрядно отполированных годами львиных голов. Улыбнулся, предвкушая часик-другой за любимым занятием, и включил послушно зашуршавший компьютер...

— Отец, есть хочешь? — послышалось из комнаты. — Мать там оставила в микроволновке...

— А сама где?

— К тёте Зине уехала. Сказала, чтобы без неё ужинали.

— Спасибо, — рассеянно отозвался Ларионов. — Я, пожалуй, попозже... Дела кое-какие сделать надо... У тебя всё в порядке?

— Угу, — изображая занятого игрой, пробурчал сын. И в этот момент диктор в телевизоре во всю мощь лёгких заорал: «Г-о-о-л!!!» Свершилось-таки...

Андрей Николаевич тем временем быстро вызвал необходимые файлы, кое-что дополнил в них, изменил и наконец включил принтер. Оттуда шустро полезли листки, испещренные таблицами цифр, графиками и краткими пояснениями. Губернатор, которому Ларионов собирался нанести завтра визит, был в прошлом военным и уважал чёткость в докладах.

Пока принтер хлопотливо выдавал заказанные экземпляры, Андрей Николаевич достал из портфеля толстый, видавший виды блокнот. Нашёл последнюю запись, перечитал несколько строчек, впопыхах нацарапанных чужим капиллярным карандашом...

Принтер выплюнул последний лист и затих.

Андрей Николаевич строго просмотрел напечатанное, остался доволен и убрал бумаги в портфель. Слегка отодвинулся от дисплея, и на лице у него появилось то выражение, с которым человек приступает к любимому развлечению. Щелчок мыши закрыл файл с докладом. Новая команда вызвала на экран другой документ, бессменно числившийся в «фаворитах». Название текста, набранное красивым, с завитушками, шрифтом, гласило: ТОРТЫ И ПИРОЖНЫЕ.

Просмотрев весьма внушительное оглавление, Андрей Николаевич нашёл подходящий раздел — и не спеша, тщательно, поминутно сверяясь с блокнотом, принялся заносить бесценную информацию в память компьютера. Рецепт этот ему обещали давно.

*«Стакан муки из прожаренного арахиса, два стакана сахарного песка, два яичных желтка, немного коньяка тщательно перемешать...»*

Но закон подлости не был бы законом подлости, если бы именно в это время не зазвонил телефон.

— Слушаю! Ларионов, — вновь привычно становясь очень серьёзным и официальным, сказал в трубку областной прокурор.

— Андрей Николаевич? — долетел издалека голос, сразу показавшийся очень знакомым. — Вечер добрый... Цыбуля беспокоит. Василий Никифорович... Помнишь такого? Ну, махинатор валютный...

— А, Василь Никифорыч... Как же, как же! Помню, конечно! — Андрей Николаевич поудобнее перехватил трубку. — Как жив-здоров? Как лошадки твои?..

Они с Цыбулей вообще-то перезванивались нечасто, в основном по большим праздникам, и уж всяко не по ночам. Андрей Николаевич сразу понял — у директора из Михайловской что-то стряслось.

— Что не слава Богу, Василь Никифорыч? — спросил он напрямик. — Не иначе, опять за старое взялся? Доллары в чулкеховаешь?.. На новую какую-нибудь конягу копишь?..

— Беда у меня, Андрей Николаевич, — глуховато долетело в ответ. — Жеребца украли. С Сайского ипподрома... Можно сказать, дело всей жизни моей... Подсоби, если можешь... Или хоть посоветуй...

*В ближних камышах гулко ударила хвостом крупная щука. От неожиданности конь вздрогнул.*

*Прислушался...*

171

Над дремлющей гладью воды все звуки разносились далеко-далеко. На противоположном берегу негромко разговаривали люди. А казалось, будто они совсем рядом.

Паффи глубоко вздохнул.

И, словно в ответ на его вздох, за камышами стали слышны ритмичные поскрипывания уключин.

Звук был незнакомым, и старый конь снова насторожился, пристально вглядываясь в темноту. Уши обратились в сторону возможной угрозы и застыли в предельнейшем напряжении...

Лодка вынырнула из-за камышей метрах в десяти от коня — то ли запоздавшие рыболовы, то ли ранние охотники, не в сезон выходившие пострелять уток на вечерней заре... Кто их в темноте разберёт?

— Смотри, лось! — долетело из лодки. — Во-он там...

— Точно... Ух и громадина...

— Тише ты... Подплывём?

— Да ну его, ещё связываться... Не лось — лосиха... Видишь, рогов нет...

Конь услышал человеческую речь, поднял голову, напрягся... Может, это его ищут?!..

И он заржал. Изо всех сил, громко, отчаянно...

Эхо моментально разнесло его клич, и озеро ответило десятком его собственных голосов, постепенно слабевших и затихавших вдали.

Лодка шарахнулась в сторону.

— А ты — лось, лось, — послышалось оттуда. — Пить надо меньше. Коня за лося... Интересно, что он здесь в лесу делает?

— А хрен его знает, — философски ответил другой то ли охотник, то ли рыбак.

И лодка, монотонно скрипя уключинами, медленно растворилась в ночи. Уплыла...

Конь снова громко заржал: «Куда же вы?.. Я здесь!..» И снова только эхо прозвучало в ответ. Он вытянул шею, глядя вслед уплывшей надежде. Как жаль...

Вот когда стало по-настоящему грустно и одиноко. Кажется, люди в самом деле прогнали его. Никто не хотел его больше любить...

*Старый конь опустил шею и прикрыл глаза.*

*На другом берегу засветилась яркая точка. Там, где слышались далёкие человеческие голоса. Постепенно светлое пятнышко разрослось: точка превратилась в костёр, отчётливо видимый оттуда, где стоял Паффи.*

*Он с грустью смотрел на далёкий огонь... Костёр притягивал и манил. Конь знал: там были люди. Он видел их в отсветах пламени, слышал их голоса. Люди...*

*Паффи прожил среди них всю свою жизнь. Жизнь, в которой предостаточно было горестей и обид. Сколько раз ему хотелось убежать как можно дальше от вида и запаха человека!.. И что?.. Разразилась неожиданная свобода — и без этих самых людей вдруг стало очень плохо и одиноко. Хуже того — страшно...*

*Старый конь оглянулся на жуткую стену чёрного леса, возвышавшегося на берегу за его спиной. Снова нашёл глазами далёкий, но неосязаемо греющий костёр... и опять заржал — громко, призывно.*

*И вновь озеро ответило ему десятками затихающих ржаний, и он долго смотрел в темноту, слушая, как умирает вдали последнее эхо.*

*Мелкие голодные окуньки, осмелев, начали с разгона долбить его по ногам своими носами. Это было не больно, скорее щекотно, но так неожиданно, что конь вздрогнул. Безобидная забава рыбёшек напугала его. Поднимая фонтаны брызг, он шумно ринулся к берегу...*

*Ольшаник послушно расступился, выпуская его из воды, и он грузно и грустно отправился назад по чуть заметной тропинке, полагаясь в темноте больше на слух и чутьё, чем на глаза. Через некоторое время он снова оказался на пушистой полянке. Дальше конь не пошёл. Куда?.. Кто его там ждёт?..*

*Со всех сторон полянку окружал лес. Чужой, до вершин залитый ночной чернотой... населённый незнакомыми запахами, шорохами и прочими страхами...*

*Конь остановился, тяжело вздохнул и, словно смирившись с судьбой, низко опустил голову. И замер так — на всю ночь...*

*Спать хотелось ужасно.*

*Всем известно, что здоровые, полные сил лошади спят стоя. Старому, уставшему от жизни коню простоять всю ночь на ногах было совсем не просто. Он бы с удовольствием лёг, но разве тут ляжешь? Разве тут поспишь?..*

*...Вот хлопнули чьи-то крылья...*

*Что это?*

*...А этот шорох? ...А там кто — в кустах?.. Безобидный ёж — или..?*

*Никого...*

*Сколько раз за эту ночь Паффи резко вскидывал шею, испуганно оглядывался вокруг и опять замирал. Проходило время, и голова поникала, шея вновь опускалась, глаза прикрывались...*

*И снова конь в ужасе вздрагивал — как тогда, когда над поляной, бросаясь из стороны в сторону, бесформенной тенью пронеслась большая летучая мышь...*

*Веки опускаются, опускаются...*

*...Резкий вскрик ночной птицы!*

*...Хрустнула веточка... Что это?.. Кто?!*

*И так — без конца...*

*Старику уже стало казаться, что эта жуткая ночь не кончится никогда. Но веки вновь тяжелели... Наливались густой озёрной водой...*

*Конь не заметил, как сначала поблекли звёзды, как непроглядно-чёрная чаща стала понемногу делаться серовато-прозрачной...*

*А потом сделалось мучительно холодно.*

*Предрассветный туман прядями и волокнами выползал на полянку. Конь погрузился в него сперва по запястья, потом по грудь... и наконец не стало видно даже верхушек деревьев — всё поглотило сплошное белое молоко.*

*Лес затих. Замер в ожидании утра... Даже злющие комары исчезли куда-то, наверно, отправились отдыхать после ночи трудов...*

*Паффи так и не двинулся с места. Стоял, смутно видимый сквозь клубы плотного утреннего тумана... похожий на кем-то забытое в лесу, но всё ещё прекрасное изваяние...*

Часа через три наконец-то чиркнули по верхушкам деревьев первые лучики солнца. Сначала робко, потом всё уверенней и громче запели, загомонили ранние птицы. И лес сразу ожил, стал наполняться звуками.

Мирными и нестрашными звуками, совсем не такими, как ночью.

А конь все стоял и стоял неподвижно, низко опустив шею...

Через час солнце поднялось уже достаточно высоко, его яркий свет и ещё слабое утреннее тепло наконец достигли полянки. Туман окончательно рассеялся. И насквозь промёрзшему за ночь старику показалось, будто его шёрстку тронули ласковые, знакомые, тёплые руки...

Как хорошо и покойно...

Конь приоткрыл глаза и заново осмотрелся.

Если бы он умел улыбаться, он бы улыбнулся сейчас. Но он лишь вытянул шею, сморщив и раскрыв губы, и легонько принялся гонять воздух туда-сюда ноздрями, пробуя и смакуя запахи летнего утра.

Яркий солнечный свет немножко резал глаза, но отворачиваться от него не хотелось. И лес, такой страшный в ночи, выглядел вполне дружелюбным. Такого — весёлого, согретого утренними лучами — конь его уже не боялся.

Он до того вымотался за ночь, что усталость отогнала даже страх. А может, просто начал привыкать понемногу...

Паффи наклонился, захватил губами изрядный пучок сочной травы, обильно пропитанной утренней росой. Неспешно принялся есть. Затем со вздохом подогнул ноги и грузно, всем телом опустился на мягкий зеленый покров. Ещё несколько раз, уже лежа, он отщипнул травки. Благо она была рядом и было её множество. Вяло начал жевать, но стало так трудно держать голову на весу... Веки окончательно наползли на глаза... И конь глубоко заснул, пригретый набирающим силу утренним солнцем, убаюканный ласковым шорохом листвы.

*Когда ноздри коснулись земли, окружающее для него уже не существовало...*

Следующий звонок, сделанный в эту ночь Василием Никифоровичем, был в Санкт-Петербург. Но не Сергею. Цыбуля звонил генерал-лейтенанту Олегу Павловичу, которого знавал когда-то ещё полковником КГБ. Теперь Олег Павлович сидел в так называемом Большом доме и был много круче, к примеру, заместителя начальника местного УВД. Фамилия генерала была Дегтярёв...

# Глава шестая
# НЕ ВЕРЬ, НЕ БОЙСЯ, НЕ ПРОСИ...

НВОВДО: «Не тронь вора, он всегда даст оборотку (сдачу)».

*Воровская татуировка*

Да здравствуют продуктовые базы! И родственники некоторых сотрудников прокуратуры, на этих базах работающие!.. Подарок для именинника превзошёл все ожидания, а на ту сумму, что собирали, и подавно. Из увесистого пластикового пакета торчала палка твердокопчёной колбасы, притом не какой-нибудь импортной эрзац-салями, а нашей, отечественной, из настоящего мяса с крупинками белоснежного, деликатесного жира, в правильной, из настоящей кишки, оболочке. В углу пакета, навевая самые приятные предвкушения, обрисовывались характерными силуэтами аж три бутылки армянского коньяка. Всё оставшееся пространство занимали банки и баночки, кульки и кулёчки — и просто россыпь мелкой кондитерско-гастрономической роскоши...

Антону исполнялось тридцать пять лет. Пора уже было превращаться в солидного Антона Григорьевича...

Важняки со старшими следаками уединились в кабинете виновника торжества, предусмотрительно заперли изнутри дверь, украшенную табличкой с надписью «Следователь по особо важным делам Панаморев А. Г.», и принялись торжественно доставать из пакета «вещественные доказательства» праздника.

В те времена Панаме в голову не пришло бы купить бутылку и «приговорить» её в одиночестве. А посему благоуханный продукт, на этикетке которого Армения ещё числилась союзной республикой, был торжественно распределён по пластмассовым стаканчикам — и употреблён сообща.

...Позже, когда Панама перебирал в памяти события того вечера, ему неизменно вспоминалось классическое: «Из мёртвой главы гробовая змея, шипя, между тем выползала...» Действительно, ведь в то самое время, пока разливали душистый коньяк, резали ветчину и лимон и желали Антону всего самого доброго, — в это самое время где-то рядом шли своим чередом никак от него не зависевшие события. События, в результате которых...

От него в самом деле мало что зависело. Даже день рождения, который они отмечали, был ненастоящий. В четыре года он понятия не имел ни о каких датах — день подарков и именинного пирога просто наступал, и всё. Так что если бы, к примеру, детдомовские работники поставили в его бумагах другое число...

Но и сам он в своих тогдашних поступках изменил бы немногое. Разве что... Когда они уже начали собираться, Панама от самой двери кабинета вернулся к служебному сейфу и достал тонкую папочку с только что начатым делом: «Три дня выходных, дома и покумекаю не спеша...»

Вот этого делать уж точно не следовало. Благими намерениями, как известно...


На дворе стояла тёплая осенняя ночь. В небе ярко мерцали звёзды. Было удивительно хорошо.

Пластиковый пакет самым несолидным образом висел у него через плечо. Он уже не грозил разорваться под собственным весом, но по-прежнему отрадно тяжелил руку, и твёрдокопчёная выглядывала наружу, словно царский скипетр. И назавтра отсвечивала далеко не лишняя в жизни перспектива выспаться, как говорят, на все деньги...

Антон закурил сигарету, улыбнулся чему-то и не спеша побрёл по ночному городу. Даже принялся от избытка хорошего настроения тихонько насвистывать себе под нос. Докурив сигарету, он щелчком отправил окурок в ближайшую урну. Не попал. Подошёл, поднял окурок и аккуратно определил его в положенное место. «Бывает всё на свете хорошо, в чём дело — сразу не поймёшь...»

Наверно, такое вот состояние вкратце и называется — «навеселе».

Панама пересёк улицу и двинулся вдоль штакетника какого-то детского садика. Скамеечки, качели-карусели и домики-пряники, до утра покинутые ребятнёй, смутно угадывались в темноте. Он, помнится, как раз сунул руку в карман за очередной сигаретой, как вдруг из-за забора раздался истошный девичий крик:

— По-мо-ги-и-ите!!!

Крик оборвался так, как будто кричавшей заткнули рот. Панама услышал возню, доносившуюся из одного домика-пряника. И опять — слабый, тут же оборвавшийся призыв о помощи:

— Пом-м-м-ммм...

Панама не раздумывал: тут же перемахнул забор и бросился к домику. Выпитый коньяк не лишил его ни координации, ни быстроты — Антон был очень крепок на алкоголь. Домик стоял довольно далеко от дорожки, но он пролетел детсадовскую территорию в несколько огромных скачков. Мельком глянул в резное окошко, из которого днём высовывались смеющиеся либо зарёванные детские рожицы... Успел заметить на забавно-игрушечном столике распластанное девичье тело. Юбка была задрана на голову, и обнажённые бёдра представали, так сказать, в негативе: впотьмах отчётливо белел узкий треугольничек трусиков. И на его фоне — сразу две пары рук. Маленькие девичьи, сжатые в судорожной попытке прикрыться. И ещё чьи-то. Уже отдиравшие их, уже разводившие в стороны.

Панама рванулся к двери... Всю ширину проёма перегораживала крепкая мужская спина. Антон сгрёб насильника за пояс уже приспущенных джинсов и с такой силой рванул на себя, что послышался треск поддавшейся ткани. Ублюдок явно не ожидал внезапной атаки. Потеряв равновесие, он буквально сложился пополам и задом наперёд вылетел наружу. При этом его затылок с грохотом врезался в притолоку — дверной проём всё-таки не был рассчитан на взрослых мужчин. Одним противником меньше!.. Панама перескочил обмякшее тело и влетел в домик.

179

Всё произошло до того быстро, что двое, державшие девушку, замерли на месте от неожиданности.

Их жертва первой сообразила, что происходит. Рванулась, высвободила руку — и с отчаянной силой вмазала кому-то по роже. Хватка на её теле тут же ослабла...

— Беги! — рявкнул Панама.

Повторять не понадобилось. Девчонка пулей вылетела в дверь, даже не споткнувшись о голозадого «амурика», валявшегося снаружи.

Почти одновременно с нею «сделал ноги» и один из насильников, решивший не дожидаться дальнейшего развития событий. Он ужом выскользнул в не слишком-то большое окно и удрал в противоположную сторону, и Антон с омерзением убедился, что сбежавший был совсем зелёный пацан. Вчерашний подросток...

Третий тоже оглянулся на спасительное окно. Он был, как все насильники, трусом, но широкие плечи в маленькое окошко не прошли бы ни под каким видом. Антону захотелось подойти и задушить его.

— Вы что ж, суки, делаете!.. — зарычал он в темноте.

Парень решил взять его «на понт»:

— Мужик, ты валил бы лучше. Пока цел...

И сделал движение мимо него — к двери. Панама шагнул в ту же сторону:

— Стоять, падаль! Я из милиции!

Парень вздрогнул и промолчал. Снаружи послышался сдавленный стон.

— Значит, так, — распорядился Антон. — Я выйду первым, а ты за мной. Медленно-медленно. Понял?

Тот кивнул. Но под арест, да ещё по столь неблаговидному поводу, ему не хотелось. Совсем не хотелось. Едва перешагнув порог, он во всю прыть кинулся наутёк. Антон бросился вдогонку, не дав беглецу скрыться в потёмках:

— Стой!

Парень продолжал бежать.

— Стой, стрелять буду! — заорал Панама во всю силу лёгких.

С такими предупреждениями не шутят. Парень остановился как вкопанный, потом медленно повернулся к Панаме.

Сюда уже достигали из-за забора отсветы фонаря, и он сразу увидел, что в руках у преследователя был только безобидный мешочек.

— Ну, падла ментовская... — Его дыхание было хриплым от быстрого бега и пережитого страха. За который он, впрочем, намерен был сполна отыграться. — «Стрелять буду», значит? Это я тебя резать буду. Сейчас...

Темнота скрадывала и черты лица, и движение, но характерный щелчок открываемого кнопаря долетел очень отчётливо. Уж что-что, а этот звук Панама хорошо знал.

— Мент, говоришь... Не знаешь, твою мать, с кем связался...

«Макаров», запертый в сейфе, сейчас пришёлся бы как нельзя более кстати, но Антон вспомнил о нём разве что мельком. На самом деле безоружен лишь тот, кто соглашается считать себя таковым. Антон сделал короткий и быстрый, как выпад, шаг навстречу — и крепко приложил парня по руке, державшей нож, своим пластиковым пакетом. Удар вышел тяжёлый и хлёсткий: противник охнул, схватился за руку и выпустил нож. Улетевшее лезвие только вспороло тонкий полиэтилен, отчего банки и баночки веером разлетелись в разные стороны. Антон быстро наклонился и схватил первое, что попалось под руку. Его пальцы сомкнулись на жирноватой поверхности. А нападавший, добавив, таким образом, к попытке изнасилования ещё и вооружённое сопротивление милиционеру, решил, что терять ему уже нечего:

— Убью, падла!

Драться он определённо был не дурак, да и весил всяко больше Панамы. Антон и не стал с ним шутить, принял со всем уважением. Показал удар в голову, ушёл от вскинутой навстречу руки и шарахнул пониже уха твердокопчёной. Колбаса сработала не хуже резиновой милицейской дубинки, но от удара сломалась. Парень же обмяк и грузно осел наземь, хватаясь за отбитое место:

— Па-ад-ла-а-а...

*Когда лупят тебя самого, это, оказывается, совсем не так интересно, как издеваться над слабыми. Антон не мешкая вмял его мордой в траву и заломил, наступив коленом на позвоночник, правую руку. Парень завыл.*

— Лежать! Дёрнешься — руку сломаю!

*Панама уже вязал ему верхние конечности его же брючным ремнём, когда со стороны домика-пряника вновь раздался жалобный стон, а затем началось какое-то барахтанье. Это наконец очухался «головкой ударенный» подельник задержанного. Спустя некоторое время он даже поднялся, но бежать и не пробовал. Много ли набегаешь, путаясь в сползших по колено штанах!..*

*Подталкивая в спину обоих, Панама с сожалением покосился на свои баночки, поблёскивавшие в траве: «Весь подарок, твари, испортили...»*

*Впрочем, отделение было в двух шагах — Панама рассчитывал обернуться минут за двадцать и всё подобрать. Жаль было сломанную колбасу, но и сломанная — она всё равно харч. А про тонкую папочку, оставшуюся среди обрывков пакета, он даже не вспомнил...*

*Увы! Через полчаса, приехав на место происшествия с передвижной милицейской группой, Антон не нашёл ничего. Ни колбасы, ни ножа, ни продуктов, ни пластикового пакета. Они с ребятами перерыли всю детсадовскую загородку. Облазали все кусты. Даже объехали микрорайон, высматривая случайных свидетелей... Ни души! Кто же всё столь тщательно подобрал?.. Этого Панама так никогда и не узнал...*

*А потом началось самое интересное.*

*Вернувшись в отделение, Панама увидел своих арестантов уже выпущенными из «аквариума». Они сидели за столом и что-то писали под диктовку солидно одетого мужчины. Другой не менее внушительный гражданин молча стоял рядом и, кажется, наблюдал, правильно ли мальчики пишут. Его Антон узнал сразу. Котов Виктор Васильевич. Бывший замдиректора крайпотребсоюза. Фигура яркая. Личность колоритная... Ныне владевшая очень* крупной торгово-закупочной фирмой, чьи ларьки и магазины стояли буквально на каждом углу. Фирма «Котовъ и сыновья» была прямой наследницей покойного крайпотребсоюза, руководство коего, не в пример большинству простых смертных, оказалось далеко не чужим на «празднике приватизации». А бывший зампред, тот и вовсе являл собой выставочный образец нового коммерсанта, работающего на себя...

Навстречу Панаме уже спешил начальник дежурной части. Подойдя, капитан бесцеремонно развернул важняка и повёл его обратно на улицу:

— Антон, ну-ка дыхни...

Панама дыхнул. Он родился далеко не вчера и начал догадываться, что происходит. Догадки — особенно с учётом колорита некоторых личностей — были до крайности нехорошими.

— Слушай, — вконец помрачнел капитан. — Ты... вот что. Иди-ка ты лучше быстро домой. Тут... ну... В общем, требуют, чтобы тебя на экспертизу по поводу алкогольного опьянения...

— На экспертизу?.. — криво усмехнулся Панама. — Я, значит, уже в задержанные перешёл?..

— Нашли что-нибудь в садике? — вопросом на вопрос ответил капитан.

— Нет, — досадливо мотнул головой Антон. — Подобрал уже кто-то... Значит, говоришь, «обратку» затеяли? А Котов, кстати, здесь что делает? Кто его в дежурную часть пустил?

— А он отец их, — угрюмо пояснил капитан, и Антон перехватил его взгляд. Начальник дежурной части смотрел как на смертельно раненного: вроде ещё жив человек, но — уже обречён, уже не жилец. — Только вы уехали, звонок начальника отделения: допустить к незаконно задержанным их отца...

Панама кивнул:

— К незаконно задержанным...

— Ну да. Сидели себе, понимаешь, трое невинных парнишек и совсем никого даже не трогали. Ну там, выпивали слегка... И тут к ним подваливает здоровенный бугай. Размахивает ксивой...

183

Панама был ширококостным и крепким, но на «бугая», да ещё «здоровенного», ни в коем случае не тянул.

— ...И требует, чтобы налили стакан. Недопил, стало быть. Мальчики, естественно, возмущаются. Тогда бугай выхватывает пистолет и...

— Да не было у меня пистолета! В сейфе лежит! — Антон распахнул полы куртки. — Я что, на службу оттуда сбегать успел?!

Его трясло от бешенства, но капитан лишь устало вздохнул.

— А кто «стой, стрелять буду» кричал?

— Ну, кричал...

— Вот и «ну». Поставил ты их, короче, под ствол и обоих измордовал. Хорошо им хоть младшенького грудью защитить удалось. Как старшим братьям положено... — Капитан снова вздохнул. — Видно, этот «младшенький» батьку и проинформировал...

— Ты-то понимаешь хоть, что всё это чушь на постном масле? — заскрипел зубами Панама.

— Я-то всё понимаю... Иди, короче, домой. Мужик ты опытный, не мне учить... Потерпевшую с заявой приведёшь или вещдоки найдутся — дело другое. У них-то «вещдоки» прямо на мордах, а у тебя — «выхлоп» такой, что закусить охота... Коньяк пил, что ли?

И вот тут Антона точно обухом ударило по голове:

— Капитан... у меня там... в садике, в пакете... Уголовное дело пропало! Домой нёс на выходные...

Капитан охнул и загнул в пять этажей:

— Ну ты, Антон, попал...

Он был прав. Попал Антон — круче не бывает.

На следующий день на стол прокурора края легло заявление от «потерпевших» о возбуждении уголовного дела против старшего следователя Панаморева. Ещё через день на второй полосе местной газеты появилась статья под заголовком весьма в духе времени: «РАЗБОЙНИК В ПРОКУРОРСКИХ ПОГОНАХ».

И пошло, и поехало.

Девочка, которую пытались изнасиловать, так и не захотела обращаться в милицию. То есть её, конечно, нашли, потому что опера изо всех сил пытались спасти своего важняка и рыли для этого землю. Когда позвонили в квартирную дверь, на площадку вышла девчонкина мать — и немедля ударилась в крик, клянясь и божась, что Наташенька в тот злосчастный день с девяти вечера из дому ни ногой. И вообще больная с температурой лежит, и тревожить её она ни в коем случае не позволит... Панаму, явившегося для приватной беседы, она при этом старательно обходила глазами...

Антон же, помнится, молча смотрел на женщину, пытавшуюся спрятать за криком свой отчаянный страх. Он думал о «Котове и сыновьях», по-хозяйски привыкших брать в жизни своё — где деньгами, где силой. Подумал о девчонке, о том, чем могло для неё обернуться судебное разбирательство...

И отступился.

Иногда, в чёрные жизненные моменты, он потом об этом жалел.

...Окончательным камнем у него на ногах послужила «утеря следователем по особо важным делам уголовного дела с невосполнимыми материалами следствия»...

Картина маслом — «Приплыли!».

Дела со всех сторон были хреновы до того, что Панама уже начинал потихоньку завидовать тургеневской Муму. Хрестоматийная собачка, оплаканная поколениями школяров, по крайней мере отмучилась за пару минут. Из неё не тянули день за днём жилы, её не клеймили в газетных статьях... От неё опять-таки не отворачивались коллеги и не уходила жена...

Котов, видимо, намерен был стереть ненавистного важняка в лагерную пыль. В самом прямом смысле этого слова. «Дело Панаморева» достигло весьма высоких орбит — расследование было поручено заместителю прокурора края. Андрею Николаевичу Ларионову...

После вчерашней «забористой» в голове стучали отбойные молотки, движения казались неверными, а во рту стоял вкус помойки. Видно, гнали всё-таки из заборов. Вокруг той самой помойки стоявших...

Панаморев остановился возле двери с табличкой «Начальник следственного отдела». Постучал чисто символически — два раза. И просунул голову в дверь:

— Разрешите?

— Антон?.. — Начальник поднял голову от бумаг, бросил на подчиненного испытующий взгляд и без большого энтузиазма кивнул: — Проходи...

Антон Григорьевич прошёл по скучному и унылому командирскому кабинету и опустился на стул. Опустился тяжело, чувствуя на спине и под мышками предательский пот. Чёртова «подзаборная»... И вообще ему в этом кабинете не нравилось никогда. В его собственной казённой берлоге было гораздо уютней. Один диван чего стоил... Антон Григорьевич невольно поёрзал по чёрному клеёнчатому сиденью. Этому стулу с высокой прямой спинкой стоять бы где-нибудь в заводском офисе в Германии тридцатых годов. Где «Кёльна дымные громады»... А чем чёрт не шутит, может, наши их ровно оттуда после войны...

— Как дела? — Начальник отложил наконец бумаги и задал ритуальный вопрос: — План следственных мероприятий составил?

У него были светлые волосы, зачёсанные назад ото лба, и очки в тонкой оправе. Раньше такие лица любили изображать на плакатах про комсомольских вожаков молодой научной интеллигенции. Начальник эти плакаты в сознательном возрасте застал навряд ли, но архетип, похоже, витал...

— План, — скривился Панама. — Валентин Палыч, глухарь это, похоже. Свидетелей нет. Информацию о друзьях-собутыльниках соберём не раньше чем в следующее воскресенье — на ипподроме у них скачки только по выходным...

— Ты мне зубы не заговаривай. — Начальник поднял шариковый карандаш, как учительскую указку. — Глухарь не глухарь, а план вынь да положь. Сам знаешь. Так что давай вдохновляйся, голубь мой сизокрылый, расправляй крылья, а то ты сегодня что-то больше на мокрую курицу под дождём смахиваешь. Ишь, нахохлился...

Антон между тем мысленно примеривал на хозяина кабинета коричневую рубашку и гитлерюгендовский значок — чтобы соответствовал стулу. Вышло подходяще. Так называемый Валентин Павлович, к которому он обращался по имени-отчеству, а тот в ответ ему «тыкал», был моложе Панаморева. Намного причём. Однако такой вот назидательно-покровительственный тон пускал в ход не задумываясь. «Я начальник — ты дурак». Вначале Панама молча бесился, потом привык. Смирился. Как и с тем, что следовательскими талантами его шеф отнюдь не блистал. Зато во всём, что касалось отчётности, — блеск и плеск. Наверно, потому и вышел в начальники.

— Это убийство нам просто так с рук не спустят, — продолжал разъяснительную речь «юнгфюрер». — То есть к обеду чтобы выдал мне план следственных мероприятий. Буду выше докладывать. Понял?.. — Он было вновь отвернулся к бумагам, но заметил, что Панаморев не торопится уходить, и недовольно поправил очки: — Ну, что ещё у тебя?

Антон на секунду задумался: а стоит ли вообще говорить?.. Но всё же сказал:

— Валентин Палыч... Вчера вечером купил я водки бутылку...

— Пьёшь, стало быть? — Шариковый карандаш осуждающе нацелился ему в грудь. — Я ж тебя предупреждал, Панаморев!

Наверное, это было ещё одно (помимо любви к планам и рапортам) свойство, помогающее продвигаться в начальники. Умение моментально отгородиться, откреститься от сотрудника, заподозренного в самомалейшем проступке... Антон Григорьевич молча, хмуро смотрел шефу в стёкла очков. Никто никогда не упрекал его в пьянстве. В их ведомстве, ясное дело, по кабинетам сидят вовсе не ангелы. Так ведь работа не сахар. То есть время от времени произносятся разные общие слова об «усилении дисциплины по поводу отдельных случаев употребления известных напитков на рабочих местах в послерабочее время» — в переводе на русский, «если кто-то кое-где у нас порой»... Но чтобы конкретно и персонально, с упоминанием панаморевской фамилии?..

Начальник что-то вроде бы понял и отвёл взгляд первым.

— Дело не в том, — продолжал Антон через силу, досадуя, что вообще завёл эту речь. — Зашёл я вчера в круглосуточный, ну, что здесь за углом. Купил бутылку «Брынцаловки»... Короче, палёная она. Похоже, местного подпольного производства. Надо бы в разработку взять...

Он никак не ждал, что простое сообщение обернётся для него нагоняем. Но шеф вскинулся так, словно Панама, самое меньшее, готовил эту самую водку за диваном у себя в кабинете:

— Опять за своё? Никак угомониться не можешь? — Антон непонимающе смотрел на него, и он раздражённо отодвинул бумаги: — Столько лет прошло, а тебе всё неймётся! Тоже мне... чёрный мститель испанских морей. Зорро хренов. Скажешь, не знаешь, кому этот круглосуточный принадлежит? Всё ты знаешь!.. Это видал?!

И он сунул Антону под нос бывшую «Сайскую правду», перекрестившуюся с некоторых пор в «Сайский городской вестник»:

— Далась тебе эта палёная водка. Знаем! Всё знаем! Её на каждом углу продают. Пить надо меньше, тогда и не отравишься... Ты вот знаешь хоть, кто у нас в области учредил «Фонд помощи правоохранительным органам»? Не знаешь? Палёную «Брынцаловку» заметил, а тут, конечно, не в курсе. А компьютер тебе в кабинет, обиженный ты наш, не нужен? Телефон с факсом? Видик? Тебе бы, как при Сталине, только всех по тюрьмам сажать...

Но Панама уже не слушал его. На последней странице «Вестника», в спортивном разделе, красовалась фотография, сделанная на ипподроме. Пляшет, вскидывает голову конь, выигравший Дерби... Немолодой крепкий мужчина держит его под уздцы... А рядом с ним и с жокеем... его давний знакомец. Главный спонсор призовой суммы. *Котов Виктор Васильевич. Тот самый. Который «...и сыновья»...*

— Мне идти? — Антон так сжал челюсти, что на скулах выступили бугры, но голос остался спокойным.

— Давай, — кивнул Валентин Павлович. — И не забудь, к часу мне план чтобы на стол. А с пьянством завязывай. Я тебя последний раз предупредил...

«Купи мыльца да помой рыльце...» — посоветовал шефу Антон. Естественно, про себя...

Вернувшись в кабинет, Панама первым делом заварил себе крепкого чаю. Потом улёгся на свой замечательный диван и предался размышлениям о смысле жизни. Обнаружить таковой, как обычно, не удалось. Минут через сорок Антон Григорьевич решительно поднялся, уселся за стол — и, криво улыбаясь, за пятнадцать минут выродил тот самый злосчастный план. Сразу начисто. Так, чтобы его детище радовало начальственный глаз и служило образцом бюрократического творчества. На каком угодно уровне. Хоть на самом высоком... Затем аккуратно разложил на столе документы, вынутые из сейфа. Открыл и перелистал одно из дел. Подпёр кулаком подбородок...

Вместо ясной, сосредоточенной мысли по извилинам нехотя переливалась липкая серая жижа. Такое с ним последнее время повторялось всё чаще, и попытки «взять себя в руки» ни к чему хорошему не приводили.

Некоторое время Панама с тупой ненавистью смотрел на машинописные строчки. Потом вслух застонал — и снова лёг на диван.

Наша служба и опасна и трудна. От неё можно свихнуться...

Он чувствовал себя мухой, увязшей в липком варенье. Да хорошо бы в варенье, а то ведь в дерьме. В самом натуральном дерьме... Думать и копошиться хотелось всё меньше. А то не дай Бог ещё действительно выкопаешь... если не братьев Котовых, так внучатого племянника директора местной мебельной фабрики. Тоже мало не покажется... Антон увидел перед собой убитого пенсионера, так и не успевшего вволю порадоваться своему единственному выигрышу. Тот кротко и беспомощно улыбнулся ему, разводя руками: что ж, мол, тут поделаешь... Панама открыл глаза, увидел над собой потолок и зарычал на него. Сел за стол, порвал к такой-то матери только что созданный бюрократический шедевр и быстро написал настоящий план следствия. Простой, логичный и действенный.

Его надлежало представить в час пополудни. Антон Григорьевич вошел в начальственный кабинет в двенадцать пятьдесят девять и подчёркнуто аккуратно выложил бумагу Валентину Павловичу на стол.

При виде милых его сердцу пунктов с подпунктами шеф выразил полное одобрение:

— Ну вот, молодец. Можешь ведь. Давно бы... Теперь дело пойдёт.

— Мне бы следственную бригаду, — скромно опустил глаза бывший важняк.

Начальство что-то заподозрило, сверкнуло на Антона очками и приступило к подробному изучению.

Нужен рубль — требуй десять! Согласно панаморевским пунктам с подпунктами в бригаду следовало включить в полном составе всю областную прокуратуру, включая экспертов, криминалистов и проводников служебных собак. Валентин Павлович хмыкнул и вновь коротко глянул на Антона Григорьевича. Оба были старшими советниками юстиции: Панаморев в этом звании давно засиделся, а его шеф получил явно не по годам, но факт тот, что формальности соблюдать Антон Григорьевич умел ничуть не хуже начальства. Придраться к представленному им плану было невозможно. А что?.. Летать так летать! Стрелять так стрелять! «Вы хочите песен — их есть у меня!» Причём самое-то смешное, план был очень даже жизнеспособный. Соблюди всё, и преступник в твоих руках. С полным раскладом...

Начальник наконец поднял глаза.

— Ну, Антон, ты даёшь, — проговорил он устало. И бросил бумагу на стол. — «Провести, — процитировал он, — пламенную фотометрию и спектрофотографию алкогольсодержащей жидкости в желудке убитого на предмет её идентификации в целях установления места изготовления и приобретения, для сужения круга подозреваемых в совершении преступления в случае, если потерпевший сам покупал эту алкогольсодержащую жидкость... Провести анализ ДНК...» Да ты рехнулся, Антон. Или сам этой алкогольсодержащей вчера... Ладно, ладно. Ты учти, эти анализы месяца три делать будут. — «Юнгфюрер» был совершенно серьёзен. — Некоторые даже в области не делают. Только в Москве...

— Так а я про что? Следственную группу создавать надо...

Валентин Павлович задумался, полистал календарь — и наконец вынес решение:

— В воскресенье скачки, говоришь?.. Значит, так. Возьмёшь в помощь Олега и во вторник доложишь о результатах следствия. И не дай Бог безрезультатно!

Антон потянулся за планом, всё ещё лежавшим посередине стола. Шеф прижал бумагу ладонью:

— Оставь. Мне начальству докладывать... Всё, иди.

Искомый рубль был получен — вернувшись в кабинет, Антон вызвал к себе Олежку Березина. Молодой опер был точно таким, каким был сам Антон до всех своих дел, и, наверное, поэтому очень нравился бывшему важняку. Они посидели вдвоём, попили чайку, обсудили очень сильно усечённый — но по-прежнему могущий сработать — вариант панаморевского плана мероприятий. Потом Олежка убежал по делам. Кому-кому, а ему с товарищами достаётся всегда по полной программе...

Вечером, как обычно, Панама заглянул в «24 часа», купил рыбки.

Нищенки, которой он накануне так хамски наплевал в душу, на окне не было. Бог весть, куда подевалась.

Пошёл домой... По дороге покормил котов. Мордастый опять пытался устроить потасовку, а ласковая Анжелика тёрлась у ног.

Всё как всегда...

Поднялся в квартиру и решил сварить себе пельменей. Открыл холодильник и увидел, будь она неладна, «Брынцаловку». Травиться так травиться!.. Он отмерил в стакан сто пятьдесят. Как раз для таких случаев у него имелся тост, далеко не христианский, но весьма подходящий:

— Чтоб все они сдохли...

Выпил. Страдальчески сморщился, уткнулся носом в рукав... Выволок из морозилки пакет с «Сайскими особыми» и только собрался на кухню, когда сзади, заставив вздрогнуть, заревел телефон. Именно заревел — аппарат был доисторический, из чёрного угловатого карболита. Он достался Панаме вместе с комнатой, и зуммер у него был тревожный и грозный. С такой прелюдией, да притом в одиннадцать вечера, только о врагах народа и сообщать.

«Блин!» Однако рука уже тянулась к трубке, и вслух он ответил ровное и привычное, как стена кабинета:

— Панаморев слушает.

— Антон Григорьевич, ты?

Голос никаких определённых ассоциаций не вызвал.

— Да. Кто это?

— Ларионов беспокоит. Андрей Николаевич. Помнишь такого? Начальник твой бывший... Узнал?

Панама тихо опустился на табуретку.

Мало того, что звонит ему сам прокурор области, так ещё и не на службу, а прямо домой. В далёкий от областного центра Сайск-Мухосранск. И притом, считай, ночью... Дела!

Хорошо ещё водка, только-только скатившаяся в желудок, не успела подействовать...

— Что случилось, Андрей Николаевич?..

Собственный голос Панама тоже узнавал не вполне.

— Как живёшь-то теперь? Ни слуху ни духу, — слегка пожурил его Ларионов. — Только в сводках твоя фамилия, бывает, мелькает. Как служба идёт?

— Обыкновенно, Андрей Николаевич, — сдержанно отозвался Панама. Между нами, девочками, говоря, если бы не Ларионов, ни в каких сводках его фамилия бы не мелькала. Вернее, может, и мелькала бы, но разве только в отчётности какой-нибудь «ментовской» колонии. — Так, помойку гребём... Правда, бывают делишки... Подкидывают иногда... Как бывшему важняку... А так всё мелочёвка, бытовуха разная... У вас-то дела как? На повышение не собираетесь?

— Ну, в министры я не гожусь, — хохотнул на том конце Ларионов. — Нет, Антон, эта каша не по мне. Ты вот что... — Голос прокурора стал неожиданно серьёзным. — Тут, Антон, дело знаешь какое...

«Вот оно, началось, — подумал Панама. — Долг платежом красен...» И прокурор не обманул его ожиданий, произнеся:

— У вас в городе есть ипподром...

«Царица небесная, опять ипподром», — заскрипел зубами Антон.

— ...Так вот, с него украли коня, принадлежащего зерносовхозу «Свобода»...

«Ещё не легче». Панама обречённо закрыл глаза и опустил голову на руку.

— ...И пикантность ситуации состоит в том, что при очень незначительной балансовой стоимости этот конь, если верить его хозяину, является прямо-таки достоянием республики...

«Ага. Золото партии. Корона Российской Империи...»

— Антон, ты меня слушаешь?

— Слушаю, слушаю, Андрей Николаевич. Очень даже внимательно...

— А хорошо бы ещё и записывал. Дело, похоже, действительно серьёзное. И регионально оно ваше. Я районному уже позвонил... Он возбуждается по сто пятьдесят восьмой и ещё по факту мошенничества. Следователем на это дело моим решением назначаешься ты. Понял, Антон?

— Вот уж спасибочки, Андрей Николаевич...

Прокурор не отреагировал.

— Моим приказом с завтрашнего дня ты облекаешься полномочиями следователя по особо важным делам областной прокуратуры и прикомандировываешься к ней. Временно... Там дальше посмотрим... Подчиняться и докладывать будешь мне лично.

«Выезжайте за ворота и не бойтесь поворота, — присвистнул про себя Панама. — Пусть добрым будет путь...»

— Кроме того, поступил сигнал, что украденный конь находится в Санкт-Петербурге. На соревнованиях, которые там сейчас происходят. И закорюка в том, что заявлен он как якобы принадлежащий гражданину Швеции. То есть появился под другой кличкой и по чужим документам. Ты следишь?

Панама потёр виски:

— Если честно, Андрей Николаевич, — пытаюсь...

— Антон. — Голос Ларионова стал строгим. — Ты что там, в Сайске своём, окончательно мхом оброс? Соображать разучился?

— Да нет вроде пока, — нахмурился Антон. — Просто... очень всё неожиданно...

А про себя помянул «подзаборную», которую его так некстати угораздило выпить. Вот уж воистину — чтоб все они сдохли...

— Короче, — продолжил Ларионов, — завтра ты должен быть в Санкт-Петербурге. Командировку и всё прочее привезут к самолёту... — Он назвал время вылета, и Панама понял, что этой ночью особо спать ему не придётся. — С утра в твоём распоряжении машина, а пока думай, кого тебе в следственную бригаду... Да, самое-то важное!.. Через три дня соревнования у них кончатся, и коня могут увезти в Швецию. Так что... времени, сам понимаешь... Ну, всё. Отзвонишься из Питера. Проверь тщательно, что там происходит. Очень тщательно... И...— Тут Ларионов осёкся и, не сказав того, что собирался сказать, добавил только: — Ну, бывай! — И положил трубку.

Панама сидел на диване и тихо посвистывал. «Бывает всё на свете хорошо, в чём дело — сразу не поймёшь...»

Не верь, не бойся и не проси!.. Эту великую мудрость он усвоил очень прочно и очень давно. К ней следовало только добавить: «...и не бери, когда приходят и сами дают». Ошибся классик. Не бери! Потом либо начнут попрекать, либо окажется, что долг платежом красен.

А как не возьмёшь?.. Ларионов когда-то его спас... И вот теперь вспомнил о своём бывшем подследственном, когда наклюнулось непростое и явно очень деликатное дело. «Моим решением... облекаешься полномочиями...» Предложение, от которого нельзя отказаться... И ещё Панама очень хорошо понимал, что прокурор хотел было сказать, но не сказал ему напоследок. «Ты, Антон, там, в Питере... поосторожней. Смотри не отмочи что-нибудь, как в тот раз. Снова заступиться за тебя я уже не смогу...»

Пельмени сварились быстро. Антон переставил ковшик на кухонный стол и размешал ложкой сметану. Некоторые люди вылавливают пельмени шумовкой, но он, во-первых, предпочитал их как суп, а во-вторых, экономил усилия по мытью посуды и собирался есть прямо из ковшика. Он уже взялся за ложку, когда со стороны окна послышалось деликатное:

— Мя-а-у...

Он повернулся и увидел в проёме открытой форточки кошку.

— Анжелка, маленькая... — «Подзаборная», ещё не прихлопнутая в животе горячей едой, заставила его умилиться чуть не до слёз. — Ах ты!.. И ведь окошко нашла, где живу... Дурёха, свалиться могла... Ну, иди ко мне. — Он взял свою любимицу на руки и почесал доверчиво подставленное горлышко. — Хочешь, пельмень дам?..

Анжела, только что отужинавшая хамсой, от пельменей вежливо отказалась, но палец, обмакнутый в сметану, облизала с видимым удовольствием. Панама опустил её на пол, и она, как всегда, для начала потёрлась о его ноги. Потом отправилась исследовать новое для себя помещение.

— Ой, Антоша, — удивилась вошедшая на кухню соседка. — Ваша никак? Трёхцветная, это к счастью! А звать как будем?

Панама, привыкший к соседкиной сердечности, столь полного одобрения от неё всё же не ожидал.

— Анжелой, — ответил он. И застеснялся: — Да она, собственно, как бы и не моя... Я их тут на улице... Вот, в гости зашла...

— Кис-кис, — поманила Анжелу соседка. И взялась за ручку холодильника. — Сейчас мы тебе молочка...

Но кошка явно не привыкла быть в центре внимания.

— Му-р-р, — внятно выговорила она, обращаясь к Панаме. Повернулась к окну, грациозно и легко вскочила на форточку — и скрылась в темноте за окном. Антон Григорьевич чуть не бросился смотреть, куда она там соскочила. Всё же третий этаж, и этажи были не какая-нибудь «хрущоба», где метёшь волосами по потолку!..

— Надо же, самостоятельная какая, — уважительно прокомментировала соседка. — Рёбрышки наружу, а гордая!..

— Вы знаете, — спохватился Панама. — У меня к вам огромная просьба... Я тут на несколько дней в командировку уеду... Так вот, если Анжела опять вдруг придёт, уж вы её не гоните. Хорошая она... Пусть к нам в гости ходит... Ладно?

Соседка пообещала, и он в тысячу первый раз задался вопросом, что было в нём уж такого хорошего, чтобы две бабки относились к нему, как к родному. Вопрос остался без ответа, зато от пельменей в желудке распространилось благостное тепло, постепенно заглушившее воспоминания о «Брынцаловке», и мысли Антона деятельно устремились в русло подготовки к отъезду.

В коммунальном коридоре навстречу ему попался Кирюшка — как всегда поздно вечером, со слипающимися глазами, но спать ложиться упорно не желающий. Увидев Антона Григорьевича, он раскрыл

рот и испуганно прижался к стене, и Панама сообразил, что застиг мальца на месте преступления, а
именно в момент побега от бабушки. Было слышно,
как та ворчала за дверью, готовя мыло и полотенце
и собираясь препровождать внука в ванную. Вот Кирюшка и вообразил, будто сосед-милиционер, которым его так часто стращали, возник на пути ровно
затем, чтобы немедля изобличить его проступок и...

— Кирилл! — Антон таинственно огляделся по
сторонам и строго-доверительным шёпотом обратился к мальчишке: — Ты, Кирилл, тайны хранить уме-
ешь?..

Тот, ничего подобного не ожидая, часто заморгал
длинными ресницами, а Панама продолжал по-прежнему шёпотом:

— Можно тебе особое задание поручить? Не сдрей-
фишь? Выполнишь?

Настоящее милицейское задание!.. Кто бы там ни
доказывал, будто нынешняя детвора в Кирюшкином
возрасте только смотрит безголовые мультики и не
менее безголовые клипы, — романтика службы, которая «и опасна, и трудна», никуда не денется и не
делась. Было видно: Кирюшка уже в лицах представил, как внедряется разведчиком в какую-нибудь
банду. Не маленький — видел небось и в кино, и
живьём на улице все эти полированные «Мерседесы»... Вот он, таясь за углом, специальным устрой-
ством подслушивает бандитские планы. Вот он спа-
сает оперативника, взятого злодеями в плен. А вот
он ещё и...

— К-конечно, дядя Антон... — Кирюша запинал-
ся от волнения и всё оглядывался на дверь, из-за
которой в любой момент могла появиться погоня. —
А что делать надо?

— Задание совершенно секретное,— начал тихо
объяснять Панаморев. — У нас во дворе кошки живут,
так? Так вот, это не простые какие-нибудь, а боевые милицейские кошки. Экспериментальный отряд.
Я их очень долго готовил для борьбы с серой чу-
мой... — Антон Григорьевич тоже оглянулся на дверь

197

и зашептал ещё тише: — Есть, видишь ли, такая зараза... Её в подпольных лабораториях... Но это совсем уже тайна, а тебе я могу только сказать, что без кошек нам с ней ни за что... Потому и держим их во дворе, а не где-нибудь в питомнике, чтобы мафия не дозналась...

Лицо у Кирюши стало предельно серьёзным. Он смотрел разные фильмы. И подпольные лаборатории очень хорошо себе представлял. Там делают биологическое оружие и наркотики. А потом пытаются провезти куда-нибудь контрабандой. Но вот появляется сыщик, похожий на дядю Антона. Он тайком, с пистолетом в руках, один пробирается на бандитские склады. А оказавшись среди ящиков и мешков, достаёт из-за пазухи маленькую трёхцветную кошку. Он даёт ей команду, и храбрый зверёк...

— Я уезжаю в командировку, — продолжал тем временем дядя Антон, — и может случиться так, что несколько дней за ними некому будет присматривать. Их могут даже обидеть...

Подобное Кирюша тоже видел в кино. Какой-нибудь подлец сбивает машиной благородного полицейского пса, и тот ползёт из последних сил, пытаясь догнать, спасти, обнаружить... А кошка? Её ещё проще ударить, подбить брошенным камнем... поймать мешком и утащить в ту самую подпольную лабораторию. Для экспериментов... Кирюше захотелось немедленно встать на защиту дворовых котов, которые, оказывается, делают такое важное дело под командой загадочного дяди Антона. Вот только интересно бы знать, что такое на самом деле эта «серая чума»? Новая бактерия для войны? Или наркотик, от которого все умирают?.. Может, дядя Антон нарочно темнит, чтобы Кирюша случайно не разболтал опасную тайну? Ведь если бандиты дознаются, что коты...

— Дядя Антон, — серьёзно произнёс второклассник. — Я за ними буду следить и ухаживать. Я не знал... Я бы и раньше...

— Их надо обязательно кормить. — Антон Григорьевич свёл брови на переносице. — Каждый вечер ровно в девять часов. Ну там... в восемь, если бабушка заругается... Но обязательно в одно и то же время. Понимаешь, у них распорядок... Они будут ждать тебя у входа во двор. Это наше место встречи...

— Явка? — с пониманием дела спросил Кирюша.

— Явка. — Панама страшным усилием стёр начавшую расползаться улыбку. — Вечерняя поверка, как в армии. Они же спецы... Да что я тебе объясняю... — И вынул из кармана пятьдесят рублей. — Пока я не вернусь, будешь каждый день покупать им в соседнем магазине по триста грамм мелкой рыбёшки... Только через дорогу не бегай, тут на нашей стороне рыбный есть. И будешь им в девять вечера отдавать. Договорились? Справишься? Тут должно хватить...

И он протянул деньги Кирюше.

Огромность доверенной суммы повергла мальчишку в состояние, близкое к шоку. Он зажал денежку в кулаке и проводил Антона Григорьевича, удалявшегося по коридору, зачарованным взглядом. А потом с удивительной стойкостью воспринял воркотню бабушки, наконец выплывшей из-за двери. Ерунда!.. Спецагенты выдерживали и не такое...

Бутылка с палёной «Брынцаловкой» стояла всё там же — на столике у окна. Гадость, конечно, редкая, но хоть не отрава, и на том, как говорится, спасибо... Антон молча убрал её в холодильник, открыл форточку и некоторое время ждал, не появится ли снова Анжела. Анжела не появилась. Тогда он собрал старый портфель из толстого, как линолеум, кожзаменителя, неизменно сопровождавший его по всем командировкам, завёл будильник, расстелил постель и улёгся.

На сон оставалось всего часа три, и сначала он думал, что вообще не уснёт. Такое с ним бывало: боишься проспать, и в результате — как коленчатый вал...

Но не в этот раз. Очень скоро мысли начали путаться, поплыли безо всякого порядка какие-то лица... Вот Ларионов, вот «юнгфюрер», у которого то-то вытянется рожа, когда он завтра узнает... Нищенка, жадно запихивающая в свою бездонную сумку все самые дорогие товары магазина «24 часа»... а те выскакивают из сумки обратно в виде огромных обожравшихся крыс... Кирюшка, ведущий, как Чапаев, мяукающую армию на борьбу с серым злом... Погибший пенсионер Соловьёв... как хорошо, что он, оказывается, всё-таки жив...

Он идёт по улице навстречу Антону, но внезапно тот видит, что следом за стариком сквозь жуткую пустынную темноту крадётся кто-то в лохматой меховой шапке... Почему в меховой шапке, ведь лето? Панама приглядывается к лицу... Не видно... Ба, да это же господин Котов!.. И в руке у него — призовой конверт для победителя скачек... А может, выигрыш пенсионера... Или деньги для фонда помощи органам?.. И вообще это, кажется, вовсе не Котов... И не конверт у него в руках, а кирпич... занесённый над головой Соловьёва!!! Да кто же это, кто? Панаме так нужно знать!

Меховая Шапка глумливо, мерзко хохочет... Начинает поворачиваться к свету... Ну?!! Мордастый кот!.. Жирный, наглый мордастый кот... И уже не крадётся за пенсионером, а тянет из конюшни за повод прекрасного, упирающегося коня... И тот кричит нечеловеческим... Почему нечеловеческим? Девичьим голосом, сорвавшимся от страха и стыда: «По-мо-ги-и-те-е!!!»

Панама рывком сел на диване и прихлопнул ладонью пронзительно верещавший будильник. Голова была набита опилками. Он вздохнул, яростно потёр ладонями щёки — и принялся одеваться.

За окном стояла непроглядная предутренняя темнота. Очень скоро её вспороли яркие фары автомобиля, въехавшего во двор.

*В небе над ливерпульским ипподромом Эйнтри не было ни единого облачка...*

*«Байки это всё про страну „туманного Альбиона".* — *Василий Никифорович провёл по лбу носовым платком и с неудовольствием отметил, что тот успел изрядно подмокнуть.* — *Если у них тут на Ливерпульщине апрель такой, то какое же лето?..»*

*Он стоял под козырьком гостевой ложи Королевского скакового клуба Великобритании, прижимая к глазам мощный, изрядно потёртый от времени и частого употребления цейсовский бинокль. Жара донимала не только гостей. Вон местная дама под белой вуалеткой осторожно, чтобы не размазать косметику, промакивает лицо... Солнце небось с аристократическим происхождением считаться не будет!*

*Василий Никифорович ещё раз покосился на великосветскую даму, и червячок беспокойства, проснувшийся было в душе, благополучно исчез.*

*Вчера в гостинице деятель из консульства, крупный, видно, знаток местного этикета, с сомнением оглядел загорелые, обветренные рожи представителей конной элиты нашей страны — и устроил им лекцию часа на два. О том, что можно и чего нельзя в обществе. Ещё бы! Завтра в Эйнтри на скачках «Гранд Нэшнл»[1] ожидалось присутствие самой королевы Елизаветы. Так*

---

[1] Престижные состязания по стипль-чезу, проводимые ежегодно в апреле.

что инструктаж был соответствующий! Даже обычно немногословный и одиноко скучающий «дядя Петя»[1] разразился недюжинным красноречием...

Так можно или нет по этому самому этикету лоб платком вытирать?.. Наверное, вчера говорили, но Василий Никифорович забыл. Да ладно его: вытер и вытер... Подумаешь — баре какие!

Между тем в гостевой ложе действительно находились очень высокопоставленные особы. Дамы и господа плавно обтекали членов советской делегации, табунившихся кучкой. Обе королевы — ныне правящая Елизавета Вторая и королева-мать — держали скаковых и стипль-чезных лошадей и были страстными любительницами конного спорта. Обе не считали зазорным зайти в паддок или в конюшню. Пожать руку груму или жокею. А то вовсе, к неимоверным хлопотам службы охраны, отправиться смотреть заезд не из королевской ложи, а с общей трибуны...

Цыбуля толкотни не любил. И потому стоял чуть поодаль от сгрудившихся соотечественников, разглядывая в бинокль происходящее на дорожке и в паддоке. В прохладе бетонных недр ложи были установлены покрытые белыми скатертями столы. Чай, шампанское, иные напитки...

Нашим подходить к тем столам не велели категорически!

Правду сказать, Василий Никифорович попал в состав делегации с огромным трудом. Конеферма в Михайловской ещё только набирала силёнки, а традиции в советском конном мире сложились уже давние. Особенно в скаковом. И новичков с неумеренными претензиями здесь ох не любили... Пришлось Василию Никифоровичу побегать, похлопотать... Но Цыбуля не был бы Цыбулей, если бы своего не добился. И за рубеж в итоге поехал. Не для того, конечно, чтобы стипль-чезы смотреть. Дельце одно было...

---

[1] «Дядя Петя», «Дядя Стёпа» и т. п. — шуточно-пародийное прозвище представителя КГБ, в прежние годы обязательно сопровождавшего любую спортивную делегацию.

Когда стало известно, что на ипподроме их поведут в гостевую ложу Королевского скакового клуба, куда теоретически может заглянуть и сама Высочайшая Особа, носильные вещи делегатов были подвергнуты грандиозному шмону. И выяснилось страшное: у доброй трети народа вообще не оказалось приличествующей случаю одежонки. Фабрики «Пролетарское знамя» и питерская «Большевичка» продукцию свою для «саммитов» как-то не предназначали... Компетентные товарищи, отвечавшие за лицо страны, с проблемой разделались просто. До «Гранд Нэшнл», сказали они, ещё целых два дня. Раздобудешь одёжку — поедешь на ипподром. Не раздобудешь — по телеку будешь смотреть... Вот тут Цыбуля задёргался. Мало ли что стипль-чез в Эйнтри не был его основной целью. А надумали пронести мимо носа — стало обидно! Отправился он к тому самому «дяде Пете»:

— Олег Палыч, ты мужик опытный, жизнь посмотрел, мир повидал... надоумь! Сам понимаешь: валюты кот наплакал — суточные да загашник долларов несколько... Чё на них купишь?

Олег Павлович Дегтярёв, делегационный «конник в штатском», испытующе поглядел тогда на Василия... а потом изрёк таким тоном, будто что-то чрезвычайно секретное сообщал:

— Завтра... — и бросил взгляд на часы: — Часика этак в три... Пойдём с тобой, побродим... Авось придумаем чего...

Русский авось, как водится, не подвёл. Назавтра они баснословно задёшево купили шикарный костюм в магазинчике second hand при ломбарде. «Дядя Петя» недаром был полковником КГБ. Костюм сидел на Василии как родной. Поздно вечером, уже в гостинице, Олег Павлович тщательно разглядывал приобретение. С видом знатока вывернул изделие наизнанку, просмотрел швы... и вдруг охнул:

— Вася, ты только посмотри — это ж от «Джона Сильвера»!

Цыбуля только плечами пожал. «Сильвер», и пускай его «Сильвер»!.. Главное, как сидит!.. Только потом, когда «дядя Петя» пил тёмный «Гиннес», проставленный ему благодарным Цыбулей, Василий узнал, что Джон этот самый — очень популярный мужской кутюрье, чья мастерская практически никогда не выпускает серийные вещи и обшивает чуть ли не исключительно миллионеров... Цыбуля, помнится, сразу покосился в зеркало. И обомлел. Из стеклянных глубин на него с этаким прищуром взирал заморский миллионер, коротающий вечерок в баре. Загорелый седоусый плейбой, собравшийся на спортивные состязания...

Естественно, на ипподром его взяли.

На жаре в гостевой ложе Эйнтри «Сильвер» сделался невыносимым, но Цыбуля к пуговицам не прикоснулся. Чего не вытерпишь ради престижа страны!.. Он снова поднёс бинокль к глазам...

— Excise me, sir, — неожиданно раздалось справа. — Who is the number five there?[1]

Цыбуля неохотно оторвал глаза от бинокля. Рядом стоял невысокий подтянутый сухощавый мужчина. Они с Василием были примерно ровесниками...

НИКАКИХ КОНТАКТОВ! — бескомпромиссно гласил инструктаж. Труженикам незримого фронта везде мерещились вражеские агенты. Ну а что первым долгом содеет советский человек, оказавшийся за границей? Естественно, кинется к тем самым агентам, чтобы «всё рассказать». Если, конечно, не следить за ним в оба...

Ну так и что теперь делать — притвориться, будто не расслышал вопроса?..

Нет, не получится. Иностранный господин смотрел прямо на Василия и с вежливой улыбкой дожидался ответа. Цыбуля опустил бинокль. Как-никак в школе и в институте у него по английскому стояла крепкая тройка... Пауза некорректно затягивалась, и Василий принял решение. А-а, была не была!.. Он криво усмехнулся и выдал:

— Jockey or horse?[2]

Ах, стыдобища наша вечная — не выученный в школе английский!.. Василию бы вежливо поинтересоваться,

---

[1] Простите, сэр! Кто там под номером пятым? *(англ.)*

[2] Жокей или лошадь? *(англ.)*

кто конкретно привлёк внимание собеседника: конь или наездник. Но по-английски...

— Меня Красный Ром интересует, — с трудом разобрал Цыбуля новый вопрос, причём кличку «Red Rum» воспринял сначала самым традиционным образом и точно опростоволосился бы, если б вовремя не вспомнил программку. Между прочим, у его собеседника программки в руках не было. «Тоже, на скачки пришёл, самым основным не запасся...»

Красный Ром, в ту пору ещё не увенчанный оглушительной славой, значился в списке участников Большого Национального под номером восемь. Василий преодолел языковой барьер очень просто. Развернул свою программку, прижал пальцем соответствующую строчку... и выговорил по-русски:

— Вот.

Иностранец так и расцвёл:

— Oh! Thank you. So, I see, you are guest too? May I ask, what is your country? Poland? — Заметил характерный южный загар Василия и поправился: — No, let me guess... Greece? Turkey? Jugoslavia?[1]

— Россия.

— You are Russian? Really?![2] — оживился разговорчивый господин.

— О чём беседуем, джентльмены?.. — вкрадчиво послышалось из-за спины. Цыбуля обернулся. Позади стоял второй секретарь посольства. Как обычно, при голливудской улыбке, намертво приставшей к лицу. — Позвольте помочь с переводом...

Секретарь своё дело знал: тут же поманил рукой кого-то из группы. Мигом подошёл переводчик, а с ним и «дядя Петя». Весьма озабоченный.

— Да вот... за коней гутарим. — Василий с усмешкой продемонстрировал программку. — Думаем, кто скачку выиграет. Мистер вот считает, что Красный Ром.

---

[1] О, спасибо, сэр! А вы, я вижу, тоже гость здесь? Можно узнать, из какой вы страны? Польша?.. Нет, дайте я угадаю... Греция? Турция? Югославия?.. *(англ.)*

[2] Так вы — русский? В самом деле?! *(англ.)*

— *Yes, I'm pretty sure,* — подтвердил незнакомец. — *Red Rum*[1].

— *Какой-какой ром?..* — встрял «дядя Петя». — *А-а, лошадка... Я-то решил, на троих соображаете, присоединиться хотел. Помните?.. «Четвёртым будешь?» — «Буду! Погодь, а почему четвёртым? Вас же двое всего?» — «А троих мы уже послали...»*

*Василий слушал этот бред с облегчением и благодарностью. Похоже было, Олег Павлович его спас. Не от «иностранного агента», конечно.*

*Представление участников скачки — а их было более тридцати — тем временем подходило к концу, зрители занимали места у перил, волновались, вытаскивали бинокли. Зашевелились и наши. Посол, привлечённый поведением обычно незаметного «дяди Пети», тоже двинулся к Цыбуле, стоявшему у самых перил, и вот тут-то двери, ведущие в ложу, широко распахнулись. По балкону стремительно прошагали два молодых человека — настороженные, с пронзительными глазами... а следом неспешно выплыли две дамы. Обе невысокого роста. Одна — пожилая. Другая — чуть постарше Цыбули. В неярком голубом костюме а-ля конноспортивный редингот и такого же цвета шляпке с узкими кругленькими полями... Эту даму держал под руку рослый, очень худощавый, лысоватый джентльмен. Следом шествовал офицер-гвардеец в форме вроде средневековой. Он держал на руках маленькую собачку; пёсик сидел свесив передние лапки, словно так тому и следовало быть. Дамы о чём-то оживлённо беседовали...*

*Посол прошептал углом рта, но так, что услышали все окружающие:*

— *Внимание, товарищи! Королева!..*

*Мог бы и не предупреждать. Перед Высочайшими Персонами в ложе немедленно образовался живой коридор, и охрана тут была ни при чём. Королевы приветствовали знакомых учтивыми наклонами шляпок. Возле некоторых приостанавливались: слегка пожимали руки, обменивались несколькими фразами. Никто не*

---

[1] Да, я уверен. Красный Ром *(англ.)*.

падал перед ними ниц, но кланялся каждый. Естественно и привычно...

Членов советской делегации кланяться не обучили. И, дабы дело не кончилось международным конфликтом, весь «табунок» тихо отступил в глубину ложи. Вот только послу, Василию и «дяде Пете» отступать было некуда. Они как стояли у перил, так там и остались. Не удирать же, проталкиваясь, словно в трамвае, на другую сторону импровизированного коридора...

Королевы не спеша двигались мимо.

Василий всё же попытался убраться за солидную спину посла — человека бывалого, понимающего в этикете: уж он-то небось знает, что делать... Не успел. Елизавета Вторая узнала посла, остановилась напротив, и Василию пришлось замереть.

А она протянула руку в перчатке:

— Оказывается, русские дипломаты тоже интересуются скачками? Вы поставили на кого-нибудь? За кого вы болеете?

Посол нашёлся мгновенно. Галантно раскланялся, пожал кончиками пальцев ей ручку и вежливо произнёс:

— Я, к сожалению, не специалист в вашем национальном спорте, Ваше Величество. Я лишь сопровождаю делегацию наших ведущих коннозаводчиков... — Тут он обернулся, как бы ища поддержку у себя за спиной, но, кроме Василия Цыбули и «дяди Пети» — полковника госбезопасности, никого не обнаружил. Однако снова не растерялся: — Позвольте представить вам, Ваше Величество, одного из перспективнейших коннозаводчиков нашей страны...

И осёкся. Фамилии и имени Василия он не знал. Что ж! Он подтолкнул Цыбулю вперёд и, продолжая улыбаться королеве, коротко приказал:

— Представься!

— Василий Цыбуля, директор государственного зерносовхоза «Свобода»! — отрапортовал Василий по-русски. Переводчик немедленно перевёл.

— Вот как? — Голубая шляпка чуть наклонилась. — И каких лошадей вы разводите?

— Чистокровных верховых... Английских скаковых!

Мало ли, вдруг переводчик запутается в названии породы!

— Надеюсь вскоре увидеть ваших питомцев на скачках, — ответила королева. — Я, знаете ли, тоже держу лошадей. И чистокровные — мои давние любимцы... А вы? — повернулась она к недавнему собеседнику Василия, тому, что спрашивал про Красного Рома. Стояли они по-прежнему рядом, и Её Величество посчитала его за советского делегата. — Вы тоже разводите лошадей?

Иностранному джентльмену переводчик не понадобился. Он вытянулся в струнку, щёлкнул по-военному каблуками и представился:

— Полковник Генерального штаба Вооружённых сил Швеции Йон фон Шёльдебранд, мадам!

Суровый, чёткий поклон не оставлял никакого сомнения — перед королевой был военный и аристократ.

— Oh ту!..[1] — рассмеялась монархиня. — Так вот, значит, кто выиграл у нас на последних соревнованиях!..

Её спутник улыбнулся фон Шёльдебранду как старому знакомому. Супруг королевы помимо титула принца носил титул чемпиона мира по драйвингу. Знать, даже чемпионы выигрывают не всегда.

— Извините, господа. — Елизавета Вторая одарила гостей прощальной улыбкой. — Сейчас начнётся скачка, ради которой мы все здесь собрались. Пойдёмте, Филипп...

И они чинно удалились в другую ложу.

Посол проводил Высочайших Особ взглядом... И, повернувшись к Цыбуле и фон Шёльдебранду, торжественно произнёс:

— Поздравляю, господа. Вы представлены королеве!

Сзади их немедленно обхватил за плечи Олег Павлович.

— Это надо отметить. Что вы там, джентльмены, намекали по поводу красного рома?..

---

[1] С ума сойти! (англ.)

И легонько щёлкнул себя пальцем по горлу. Жест был международный, так что «конник в штатском» обошёлся скорее намёком. Всё же высшее общество...

Цыбуля и Йон переглянулись и, одновременно рассмеявшись, пожали друг другу руки. Как такое дело да не обмыть?


Вечером они засели в ресторанчике недалеко от гостиницы, где проживали Дегтярёв и Цыбуля. Не зря гласит гениальное русское правило: «Пить пей, а как до дому добираться — помни!» Вдвоём они растолковали это изречение Йону, и Йон согласился. Отведав не один сорт разного пития, остались каждый при своём. Русский полковник предпочитал водку. Шведский полковник — старый выдержанный коньяк, маслянистый, цвета очень крепкого чая. Василий Никифорович ушёл в оппозицию, уверяя, что лучше «Горилки з перцем» на свете нет ничего. Единство наблюдалось только по одному пункту: пресловутый красный ром никому не понравился — горяч больно. Прямо как тот конь на ипподроме. Выигравший нынче, к слову сказать, первую из трёх «Гранд Нэшнл», которые ему сулила судьба...

Коньяки, всякие дорогие сорта бренди и водки в ресторанчике водились в изобилии. Но вот «Горилки з перцем» не оказалось. И тогда, чтобы не быть голословным, подзахмелевший Василий поднялся и чуть неверным языком провозгласил:

— Мужики, айда в номер ко мне! У меня з-загашничек им-меется... А то так сегодня горилки и не отведаем...

Йон, до сих пор ни слова не понимавший по-русски, неожиданно кивнул в знак согласия: языковой барьер пал окончательно и бесповоротно.

— П-палыч, ну что? Идём? Видишь, и Йон не против...

Фон Шёльдебранд, услышав своё имя, снова кивнул.

— Ну вот... видишь?

«Дядя Петя» поднялся.

— П-пошли...

*Русское правило сработало — минут через десять они поднялись в номер, не заблудившись в пути. Гостеприимный и запасливый Цыбуля извлёк из холодильника квадратную бутылку с красочной этикеткой. Она тотчас запотела, пряча термоядерный перчик, плававший около дна. Какое печеньице, какие орешки!.. Василий выволок замороженный шмат копчёного сала, ловко порезал, разложил на тарелке. Следом выплыла баночка домашних огурчиков...*

*При виде сосуда с желтоватой жидкостью и стручком-злодеем на дне Йон только и смог вымолвить долгое:*

*— О-о-о!*

*Но отведать не отказался. Видно, честь шведского офицера обязывала.*

*Закуску оценили по достоинству и одобрили единогласно. И вскоре на дне бутылки лишь сиротливо лежал одинокий перчик. При ближайшем рассмотрении размеров он оказался внушительных. По крайней мере, в горлышко не пролезал. Олег Павлович пристально вглядывался сквозь бутылочное стекло:*

*— Как же это хохлы его туда всунули?..*

*Василий сидел рядом с Йоном, дружески обняв шведа и терпеливо втолковывая:*

*— Йон — это по-русски Иван... Ты, стало быть, Ваня. Понимаешь?*

*Шёльдебранд кивал головой, тыкал пальцем в грудь Цыбуле и отвечал:*

*— Василий... Базиль!*

*Жаль только, на другой день головы разболелись. А так — здорово посидели...*

Лошади не рождаются с готовым умением прыгать через препятствия, да ещё со всадником на спине. Их надо учить. А поскольку лошади, как и люди, все разные, это значит — пробовать так и этак, экспериментировать, пока не нащупаешь тот единственный вариант...

Нарядный белоногий будёновец подскакал — «подошёл» к барьеру, как выражаются конники, — словно подкрался, до последнего мгновения сомневаясь, что препятствие всё же придётся одолевать. Однако Анины руки и шенкеля особого выбора ему не оставили. Пришлось мощно отталкиваться и прыгать. В полёте конь завис, задел задними ногами дальнюю жердь, отчего та с грохотом упала, — и приземлился тяжело, безо всякого изящества. Прыжок получился неправильным, силовым, неуклюжим. Форменная «табуретка».

— Зайди ещё раз! — крикнул Серёжа и поправил козырек бейсболки, чтобы солнце не слепило глаза. — Попробуй не напрягать, пускай сам думает!..

Мастер спорта и жокей-международник — две большие разницы, и нельзя сказать, что один во всех отношениях круче другого. Но там, где простой зритель увидит лишь неудачу спортсмена, сведущий человек укажет на конкретную ошибку. А специалист высокого уровня ещё и вскроет первопричину — и посоветует, как её устранить.

Девушка молча подняла коня в галоп, сделала небольшой вольт и направила четвероногого «ученика» на параллельные брусья. На сей раз они всё сделали правильно. Золотисто-рыжий красавец энергично нарастил темп, постиг наконец тонкое дело расчёта дистанции — и легко взлетел над барьером. Приземлился и зафыркал, явно удивлённый и довольный собственными успехами.

— Ну вот, другое дело, — похвалил обоих Сергей. — А то будто к дяде Ване за вишнями лезть собираешься. Препятствие широтное, коню инерцию набрать надо... А расчёт, если не мешать, сам поймает. У него ведь тоже голова не для мебели... И характер, как у тебя, — бойцовский. Что ему эти сто тридцать? Подумаешь...

Конь все ещё скакал широким галопом, постепенно успокаиваясь и переживая свою маленькую победу. Анна приподнялась на стременах, перехватила одной рукой повод и от души похлопала белоногого по шее, благодаря за усердие. Ещё десяток метров рысью — и мягко натянутый повод остановил будёновца возле Серёжи. Маленькие сапоги покинули стремена. Энергичный мах ногами назад... Аня взлетела над седлом и соскочила на землю. Почувствовав свободу, конь вытянул шею и краем большого агатового глаза вопросительно посмотрел на хозяйку.

— Молодчина! — Аня, разгорячённая и очень довольная тренировкой, вознаградила его ещё несколькими крепкими хлопками по шее. Отпустила подпругу, чтобы дать коню подышать, и повернулась к Серёже: — Ну, как тебе мой красавец?

Тот взглянул на неё искоса, лукаво, в точности как и сам конь:

— Ну... ничего, конечно... Только я тебе уже говорил — у нас в Пятигорске и получше парочка-тройка найдётся...

— Посмотрим-посмотрим. На ваших тощих дербистов... Таких, как мой рыжуня, у вас нет. Валечка у нас самый лучший... Да, Валечка?

Аня ласково провела рукой по морде коня, погладила лоб, растрепала пышную чёлку. Валечка — огромный, строгий и гордый будённовский жеребец Вальс — принял ласку, как маленький жеребёнок, с трогательной доверчивостью. Поджал губы, забавно развесил уши — и всем телом подался к Анне, как бы прося: «Ну, почеши ещё немножко, ты же знаешь, как мне это нравится...» Аня запустила пальцы и поскребла ими под гривой. Расстегнула капсюль, «собрала» стремена — и, оставив повод на шее коня, отпустила его, а сама пошла прочь по манежу. Вальс побежал за ней, словно собака. Догнал и попробовал на ходу залезть в карман куртки, где, как он отлично знал, для него всегда была припасена вкусная морковка или сухарик.

Серёжа шагал рядом.

— Ну и какой на сегодня творческий план? — спросил он у Ани. — Со всеми закончила?

День был удивительным, совсем не по-питерски жарким и к тому же безветренным. Хорошо, что они не завалялись в постели и приехали на конюшню пораньше, чтобы успеть отработать коней по утреннему холодку. К обеду наверняка разразится африканское пекло — Сергей, природный южанин, успел уже понять, что в питерской сырости жара переносится не в пример хуже, чем в Сайских степях.

— Планы... — Анна пожала плечами. — Слушай, а рванули на залив купаться? Денёк-то, а? У нас таких два-три за всё лето. Я, между прочим, и купалась в этом году всего раза три. И загар сам понимаешь какой: руки да лицо. В приличном месте срам показаться... Ой! Только у меня купальника с собой нет...

— Напугала ежа, — самодовольно отозвался Сергей. — У меня тоже, кстати...

— Тоже чего?..

— Купальника. Устроим стриптиз...

— А оттуда прямо в «Юбилейный».

— Голяками, — расхохотался Серёжа и на ходу обнял Аню за плечи. Вальс, почти добравшийся до морковки, отдёрнул голову и негодующе хрюкнул. Странные всё же повадки у этих людей...

Юркая «Тойота» с трудом протискивалась в сплошном потоке машин. Через открытые окна в салон вместо кислорода врывалась раскалённая смесь асфальтовых испарений и выхлопных газов. Ехали через весь город: Аня, по её словам, знала на северном берегу некое особое место. Что-то вроде неорганизованного нудистского пляжа.

Они благополучно пробились сквозь пробки, но на Московском проспекте «газовая атака» извне показалась Ане недостаточной. Она зашарила в поисках «Салема», но пачка оказалась почти пустой, и у парка Победы она притормозила, решив пополнить запас.

— Я сейчас... до ларька, — и выпорхнула из машины.

Серёжа остался один и от нечего делать стал крутить головой, всматриваясь в непривычно бурную жизнь большого и почти незнакомого города. Как всегда в чужом месте, даже люди казались особенными, другой породы, чем дома... И всё же его взгляд скоро зацепил кое-что родное. Сергей приподнялся на сиденье, вытянул шею... Народ у выхода из метро расступился опять, и стало видно, что посреди асфальтовой площадки стоял симпатичный, но очень тощий пони цвета жёлтого персика. Он стоял неподвижно, понуро опустив голову, и на спине у него громоздилось обшарпанное седло, казавшееся на маленькой лошадке несуразно большим. Рядом торчала не менее обшарпанная девчонка-подросток. Держа в одной руке конец повода, она курила и оживлённо болтала с другой девицей не менее бомжистого вида.

«С личным транспортом кого-то встречают?» — невольно улыбнулся Сергей. И тут заметил картонку, висевшую на шее у пони. Любопытство взяло верх: он запер машину и пошёл посмотреть.

*«Люди добрые! Помогите голодному Абрикосу на клочок сена. Скоро зима, а у меня нет тёплой попоны»,* — гласила надпись на картонке, когда-то почти каллиграфически выведенная фломастером, но с тех пор изрядно затёртая и полинявшая. Ниже корявым детским почерком была сделана приписка:

*«Могу прокатить. Ц. 5р.»*

Кататься желающих не было. Родители детишек, в восторге кричавших: «Мама, мама, лошадка!» — старались побыстрее оттащить своих чад подальше от грязного, нечёсаного и несчастного пони...

Сергей лишь горестно покачал головой. Хотелось что-то немедленно предпринять, но что?.. В нашем государстве лошадь по закону считают *имуществом*. С которым, как со всяким имуществом, хозяин творит что ему только заблагорассудится...

Сзади ему на плечо тихо легла знакомая рука.

— Пойдём. — Аня потянула его обратно к машине. — Это у них бизнес такой. Слёзы одни... Держат лошадей якобы из сострадания... А то ещё приюты устраивают для кошечек и собачек... так называемые. Ты бы видел, как зимой эти «сердобольные» вытаскивают на мороз щенков и котят, и те мёрзнут часами... асфальт-то льдом весь... лежат, дрожат... а жалостливые граждане в баночку деньги суют... Хозяину на выпивку... На Невском пьянчуга один, нос аж фиолетовый... в морозы за двадцать... И при нём дог огромный-преогромный... Безропотно на голом асфальте... трясется, как в судорогах... Люди мимо проходят, каждый деньги... сволочи этой. Я бы стреляла, честное слово... его, гада, самого бы голой жопой да на этот асфальт! Часика на три-четыре! Может, протрезвел бы...

Сергей вполне разделял её чувства.

— Слушай, — поинтересовался он мрачно. — А куда ваш веткомитет смотрит? Федерация... милиция, блин?..

Ответ на столь наивный вопрос отыскался мгновенно:

— А вон куда. Посмотри...

Из метро, из милицейской дежурки за стеклянными створками, вышел сержант и самым спокойным образом закурил. Он равнодушно покосился на пони, мимолётно взглянул на девиц... Зато с явно коммерческим интересом присмотрелся к мелким торговкам, густо расположившимся перед входом на станцию: вдруг да мелькнёт новая, незнакомая физиономия?.. Так называемые лошадницы тоже мельком глянули на сержанта — и остались стоять как ни в чём не бывало...

— Ну? Понял?..

Сергей лишь хмуро кивнул. Ему было лет десять, когда он притащил в дом полуживого котёнка, отбитого у соседских мальчишек. Оказалось, помочь котёнку было уже нельзя. Они с мамой похоронили его в палисаднике под кустом, и маленький Серёжка горько расплакался: «Как же они могли его так?..» Мама работала учительницей и преподавала младшим школьникам почти все предметы, в том числе историю. «Ты знаешь, — ответила она, поразмыслив, — сто лет назад для людей было совершенно не очевидно, что рабство — это плохо и его не должно быть. Может, пройдёт ещё сто лет, и про наше время будут с ужасом говорить: они убивали животных...» — «Ай, оборматы, — посочувствовала заглянувшая с каким-то

215

делом соседка. — Сегодня котёнка, а завтра они человека...» Что-то в её словах показалось Серёжке смутно неправильным и очень обидным, и он ещё безутешнее разревелся от невозможности высказать своё чувство, и лишь годы спустя сумел сформулировать: значит, только из-за того, что завтра они — человека? А сам беззащитный «брат меньший», котёнок или этот вот пони, — его муки и гибель ничего, стало быть, не значат?!.

— Поехали! — Сергей протянул Ане ключи от машины.

«Тойота» вписалась в плотный поток на Московском и быстро покатила дальше. Сенная, канал Грибоедова, Невский проспект... Серёжа сидел молча, не глядя по сторонам. *«Могу прокатить. Ц. 5 р.»...*

— Сейчас на Дворцовой ещё не то тебе покажу. — Аня словно подслушала его невесёлые мысли. — Вон они там, направо. Смотри...

Машина двигалась через площадь в самом правом ряду. Аня притормозила, и сзади тотчас принялись возмущённо сигналить.

— Торопишься — обгоняй, — буркнула Аня. — Ну вот... Гаишников только нам ещё...

Инспектор, жарившийся на солнце у своих «Жигулей», вскинул жезл, словно грозя им Аниной иномарке, а потом коротким жестом приказал ей остановиться. Аня послушно свернула за линию, ограничивавшую проезжую часть, но выскакивать из машины не стала, лишь опустила стекло. Гаишник подошёл, представился и попросил документы.

Сергей смотрел на площадь через лобовое стекло. Народу было немного, лишь у Александрийского столпа играл в догонялки и верещал на разные голоса целый класс ребятишек, привезённых откуда-то на экскурсию. Два автобуса, замершие у Зимнего дворца, против садика. Спешащие и просто гуляющие прохожие. Фотографы под зонтами и без зонтов, высматривающие иностранцев лоточники с матрёшками, значками советских времён и воинскими фуражками. Холодильная тележка с мороженым...

И... опять лошади. Дохлые, тощие, страшные. Такие, что даже опытный глаз не мог определить их породу... Они стояли парами и поодиночке. Стояли, понуро опустив головы, безразличные ко всему. Некоторые клячи были запряжены в жалкое подобие экипажей — карет, пролёток и фаэтонов. Другие, точно беспризорники, медленно бродили по площади. Из-под ветхих сёдел торчали какие-то драные одеяла, грязные, дырявые, давно потерявшие цвет... Сопровождали лошадей девочки и мальчики. Сплошь несовершеннолетние, и одежда их выглядела подобранной на той же помойке, что и снаряжение лошадей. К тому же некоторые, как показалось Сергею, были изрядно навеселе...

Ему, жокею-международнику, доводилось бывать «на гастролях» в Вене и Мюнхене. Холёные кони в сверкающей упряжи, запряжённые в ослепительные по изяществу дорожные экипажи, казались неотъемлемой чёрточкой древней красоты городов, частицей никуда не ушедшей истории. А Гданьск, Варшава? Да то же Пардубице[1], где он не мог оторвать глаз от ухоженных, сытых коней тамошних извозчиков... И на тебе — главная площадь едва ли не прекраснейшего города мира. С замученными одрами среди архитектурных шедевров...

На сей раз Сергей не стал выходить из машины. Он и так знал, что увидит: сбитые холки, выпирающие моклаки, раздолбанные, потрескавшиеся копыта... Только представить себе Заказа доведённым до подобного состояния... Безразличным имуществом, покорно ждущим конца... И чтобы какой-нибудь негодяй...

Да кто, черти б их драли, вообще сказал, что жизнь вот такого сукиного сына по определению ценнее жизни прекрасного, доброго, благородного существа?! Только потому, что он, видите ли, человек?.. Великая, мать вашу, жизненная заслуга!..

---

[1] Город в Чехии, столица всемирно знаменитых соревнований по стипль-чезу.

— Ну всё. Поехали! — Аня завела мотор, и машина вновь тронулась с места.

— Чего хотел-то хоть? Денег слупить? — пасмурно поинтересовался Серёжа.

— Документы проверил, — фыркнула Аня. — Думал, я «чайник», а ты меня ездить учишь без знака «учебный». Спросил, что случилось, почему так тихо еду... даже помощь предложил. Оч-чень, кстати, милый старший сержант. Симпатичный такой. Аж прям жалко, что у меня всё в поря...

Сергей отреагировал моментально:

— Это кто симпатичный? А ну, тормозни, я ему покажу сейчас, как при исполнении служебных обязанностей мою девушку охмурять...

— Сиди уж. Тоже мне, Отелло-рассвирепелло...

Серёжа оттянул ремень безопасности и попытался обнять её, чувствуя, как уходит, растворяется горький и беспомощный осадок в душе.

— Серёга! — Аня взвизгнула и рассмеялась. — Отстань! А то оба вместо Пятигорска в больницу!.. Я ж машину веду!..

«Тойота» в самом деле вильнула, но выровнялась и, набирая скорость, устремилась на мост. Симпатичный сержант проводил машину глазами и, улыбнувшись, сокрушённо покачал вслед головой. Влюблённая парочка за рулём — тут чего хочешь можно дождаться...

На мосту в машине стало чуточку свежее — в окна ворвался и задышал невский ветерок. И почти одновременно раздалась трель мобильного телефона.

— Да? — Аня нажала маленькую зелёную кнопку, включая громкую связь. — Я слушаю!

— Анютка, привет, — раздался в салоне слегка искажённый голос Любаши. Разговоры по сотовому — дело дорогостоящее, и девушка заспешила: — Ты Сергею своему знаешь что передай...

— Я тут, тоже слушаю, — отозвался Сергей. — Здравствуй, Любаша.

— Ой, привет... А у меня, знаете, новости не самые... Сегодня с утра, ещё и семи не было, пошла я в обход. Думаю, сейчас я в зубки ему... а у денника уже швед крутится. Белобрысый такой дядька лет сорока, в очках... Я ему: как, мол, конь? А он на мой аусвайс ветеринарный косится, как на змею, и чуть ли не коня собой загораживает... «Ньет проблем, ньет проблем», — передразнила Любаша вредного шведа. — Ну и пришлось... не солоно хлебамши. Может, другой раз повезёт...

Сергей, если судить по лицу, готов был живьём проглотить Любу за неудачу. Но ответил спокойно:

— Ладно, и на том спасибо. Ну что... бывай.

И нажал кнопку отбоя. Телефон замолчал. «Тойота» старательно объезжала рытвины на улице Куйбышева. Когда машина вкатилась на Сампсониевский мост и по правому борту в тусклом от жары, покрытом нефтяной плёнкой водном зеркале отразилась «Аврора», Сергей задумчиво произнёс:

— Надо бы мне ещё раз в денник к нему...

Аня только вздохнула:

— Как? Любы там сегодня не будет. А других в это дело... Сам понимаешь...

Сергей хмуро кивнул. Аня свернула на набережную и, отняв руку от руля, легонько тронула его за колено:

— Слушай... ты только, пожалуйста, не зацикливайся. Что-нибудь подвернётся... или сами придумаем...

— Ага, — буркнул Сергей. — По принципу «утро вечера мудреней». — И усмехнулся: — У нас с тобой оно весьма-а...

— И вообще, одна голова хорошо...

— ...А полторы лучше. И комар кобылу свалит, если медведь подсобит...

— А это ты к чему?

— Да так. — Сергей не выдержал, хмыкнул. — Будем ехать обратно, напомни менту твоему симпатичному морду набить...

Наконец машина вырвалась из городской круговерти на Выборгское шоссе. Здесь не было мутной дымки городских испарений, и Финский залив, открывшийся по левую руку, сверкнул слепяще и ясно. «Тойота» без помех проехала лахтинское КПП. Кому нужен пыльный старенький автомобиль, когда вокруг полно лоснящихся навороченных иномарок и грузовиков, набитых всяким аппетитным товаром!.. Трасса за контрольно-пропускным пунктом была, не в пример городским улицам, гладкая, обсаженная зеленью. Машина и та, казалось, вздохнула свободней — и плавно зашуршала колёсами по ухоженной трассе.

— Ну и где твой дикий пляж? — поинтересовался Сергей.

— Тут недалеко... сразу за Ольгино. Сегодня будня... или, как его, будень... в общем, народу быть не должно.

— Я думал, у вас все без работы сидят. Газету как откроешь — волосы дыбом! А что ещё безработному в такую погоду...

— Ну... — задумалась Аня. — Можно на яхте поплавать... в гольф поиграть... «Нету хлеба — пускай едят булочки...»

— А у нас коммунизм, — расправил плечи Сергей. — С лицом Деда Цыбули.

Чтобы свернуть к «нудистскому пляжу», требовалось найти разрыв в широкой разделительной полосе. Сколько Аня здесь ездила — не сосчитать, но, поскольку нужное место не было отмечено никаким указателем, его всякий раз приходилось отыскивать заново.

— Веди нас, Сусанин... — пропел Серёжа, от которого не укрылась её нерешительность. — Веди нас, старик!

— От старика слышу! — И «Тойота» вильнула налево так резко, что Сергея мотнуло к дверце: Аня, как всегда, заметила искомый разрыв в самый последний момент. Пропустила несколько встречных машин — и резво покатила в противоположную сторону.

— Неужели домой? — изумился Сергей. — За купальниками никак?

— Кто тут Сусанин, я или ты? Я всё-таки?.. Ну так сиди и помалкивай. Жди, куда тебя заведут.

— Ты взойдёшь, мо-оя заря-а-а-а... — затянул он неожиданным басом. — Последня-а-а-а-я заря-а-а-а...

Метров через триста с правой стороны показалась широкая просека. Аня свернула с асфальта и направила машину по грунтовой, стихийно накатанной дороге. Низкосидящая «Тойота» ползла медленно и осторожно, время от времени цепляя неровности грунта и заставляя хозяйку досадливо морщиться. Впереди была отчётливо видна даль залива, казавшаяся безграничной — до самого горизонта. Оттуда катились на берег еле заметные, медленные, ленивые волны. Ветра практически не было, но воздух дышал, и кое-где на блестящей поверхности пятнами лежала мелкая рябь.

Море нежилось и вбирало лучи тёплого солнца, неподвижно замершего на небе. Но что-то, неощутимым холодком веявшее из-за горизонта — быть может, та самая таинственная бескрайность, — напоминало: перед тобой стихия. Дремлющая, ленивая, ласковая... стихия. Серёжа, щурясь из-под козырька, глядел вдаль, туда, где на тающей линии между морем и небом парил, невесомо балансировал силуэт корабля. Море неизменно завораживало его, хотя в приморских городах он бывал весьма от случая к случаю, да и то в основном у себя на югах. Он попробовал мысленно примерить к Финскому заливу роскошную полуденную синеву Чёрного моря... Не-ет, здешние места Создатель рисовал акварелью, оставив густые яркие краски и сосредоточившись на полутонах и оттенках. Может, оттого это море, перламутрово-голубое под безветренным небом, казалось намного спокойнее и добрее... «А что, — размечтался Серёжа, — в самом-то деле... Лет через двадцать, когда сапоги на гвоздик повешу... По этому бы пляжу, да между сосенками, да лёгким галопчиком...»

Просека кончилась, и колея растворилась в песке. «Тойота», машина сугубо «асфальтовая», для форсирования подобных препятствий предназначена не была. Аня остановила её на травянистой полянке и заглушила мотор.

— Вода как, тёплая? — вылезая наружу, деловито поинтересовался Сергей.

— Ну... то есть, конечно, не Крым... — Аня мучительно решала проблему: поднимать или не поднимать стёкла в машине. Поднимешь, и через час внутри крематорий. А не поднимешь... — У нас тут, — пояснила она, — лет уже десять, по-моему, критерий другой. Главное, чтобы чистая... А то, как дамбу построили, она до Лисьего Носа только и делает, что цветёт...

В конце концов Аня решила не рисковать целостью приёмника и иного автомобильного оборудования и оставила приоткрытым только стеклянный люк в потолке. Сергей сразу скинул футболку, оставшись голым по пояс:

— Благолепие-то какое... Нет, нельзя всё-таки людям в большом городе жить...

И дышалось здесь тоже совершенно не так, как на берегу Чёрного моря с его мощным, редко утихающим бризом. Серёжа принюхался и даже закрыл глаза: запахи водорослей, сухих камышей и разогретой смолы мигом пробудили в душе нечто мальчишеское, нечто такое, что у людей, читавших в детстве Майн Рида и Жюля Верна, никогда накрепко не засыпает. Моря, парусные корабли, дальние неведомые страны...

— Налево мотель, — вернул его к реальности голос подруги. — Там всегда много народа. А направо... ага!

Направо от просеки вела узкая тропинка, терявшаяся в могучих, выше человеческого роста, зарослях тростника. Анна вытащила из багажника «Тойоты» перевязанный верёвкой пакет и побежала догонять Сергея, уже скрывавшегося в «неизведанной сельве».

Метров через триста Сергей был вынужден согласиться, что насчёт «будни» Аня оказалась-таки права:

народу действительно не было ни души. Зато обнаружился очень симпатичный песчаный мысок, закрытый по бокам разросшимися кустами и высокой травой. Уединённый, не загаженный, с красивым и чистым выходом к заливу. Анна решительно сбросила босоножки и, с непривычки осторожно ступая босиком по песку и мелким камешкам, отправилась исследовать воду.

— Тёплая! — обрадованно доложила она секунду спустя.

— Я раз на кладбище памятник видел утонувшему мужику, — невинно сообщил ей Сергей. — Спереди смотришь — как бы наклоняется морская волна, а из неё, из-под гребня, его плечи и голова. Всё так здорово-здорово сделано и красками разными раскрашено... Волна — голубая, сам мужик — золотом... Смотрел, смотрел я на него спереди... а потом взял да с тылу зашёл...

Он с трудом сдерживал рвущийся наружу смех. Аня поневоле начала улыбаться:

— Ну и?..

Сергей наклонился, выставив тощий зад:

— А там... честное слово, не вру... из волны вот это торчит... И тоже золотом...

У неё от хохота выпал из рук пакет с «жившим» на всякий случай в машине старым одеялом. Аня подобрала его и расстелила на песке:

— Ну что? Стриптизом блеснём?..

Сергея уговаривать не потребовалось. Тут же начал стягивать джинсы, едва дав себе труд отвернуться. Аню же внезапно сковала мысль о том, что на облюбованный ими пляжик теоретически мог заглянуть кто-нибудь посторонний. И притом — знаем, знаем, какие случаи происходят! — совсем не обязательно случайный прохожий, который при виде обнажённого тела смутится ещё больше неё. Она быстренько выпуталась из джинсов и уселась на одеяло, оставшись в трусиках и футболке.

Сергей голяком вытянулся рядом с ней и стал смотреть так, что Аня сперва залилась краской, а потом резкими, решительными движениями довершила избавление от одежды.

— Ты что, никогда голых женщин не видел?..

Её слегка сердил и его взгляд, полный неподдельного восхищения, и собственная стыдливость. Она перевернулась и быстро улеглась на живот.

— Ну... — задумался Сергей. — Может, пару десятков...

Она яростно фыркнула.

Серёжа улыбнулся и медленно, осторожно приподнялся на руках. Склонился над Аней и очень нежно, чуть касаясь, стал целовать её незагорелую спину, узкие плечи, шею в завитках тёмных волос... Он почувствовал, как рассеивается её напускной гнев, как ей становится смешно и щекотно. Вот она дёрнула плечиком:

— Отстань, я же вся потная... Только с лошади слезла... — но не стала уворачиваться от ласки, а, наоборот, сама обняла Сергея, и они вместе перекатились с одеяла в песок.

— Лю-би-мый...

Каждому слогу соответствовал поцелуй.

И всё же события, ожидавшиеся буквально через два часа, на долгую лирику не настраивали. Аня ужом выскользнула из рук Сергея и со всех ног бросилась в воду. И бежала по тёплому мелководью, пока вода не дошла до колен. Сергей тоже вскочил и помчался ловить.

Они опрокидывали друг друга в ленивые волны и хохотали, поднимая фонтаны брызг. Затем взялись за руки и медленно пошли к горизонту, осязая босыми ступнями то камни и скользкую тину, то плотные полоски песка. Несколько раз они погружались в воду по грудь и пытались плыть, но тут же начиналась новая отмель. Через полчаса такого «хождения аки посуху» Аня, притомившись, подобралась к Серёже, обняла его, стоящего по горло в воде, и они вновь целовались — долго-долго и нежно. Волны приходили из-за горизонта, мягко подхватывали обоих, отрывая от песка Серёжины ноги, и убегали к далёкому берегу. Туда, где отливали позолоченной медью старые сосны и можно было разом видеть пляжик на мысу — и просеку с маленькой красной «Тойотой».

Куда-то убрались и растаяли все нынешние и будущие тревоги. Один из тех дней, когда вроде бы ничего яркого и особенного не происходит, но которые вспоминаешь потом до смертного часа. День, когда всё было хорошо. Когда только синее небо да солнце над головой...

Потом они снова лежали на одеяле, обсыхая и разговаривая ни о чём.

Загар у обоих действительно был хоть куда. Серёже ещё удавалось иной раз посидеть на ипподроме без футболки — мышцы на груди и спине по-южному золотились, и лишь ноги, постоянно упрятанные в бриджи и сапоги, были ослепительно белыми. Аня же почти вся была, как выражаются в Одессе, «брынзовой». Лёгкий загар покрывал только руки, лицо и ноги до икр, ибо мини-юбок Аня не признавала.

— Сколько времени? — лениво поинтересовалась она.

Сергей посмотрел на часы — японские, непромокаемые, которые он не снимал даже в воде:

— Скоро два. Без четверти.

— Там в четыре начало... Может, собираться начнём? А то я скоро на бифштекс буду похожа. Кажется, и так уже пережарилась с непривычки...

Её спина в самом деле покрывалась подлым красноватым румянцем.

— Ань, давай ещё разочек макнёмся. По-быстрому, — запросился в воду Сергей. — А потом... У тебя телефон как, к междугородному подключён? Мне бы в завод позвонить. Кратенько... Я тут вдруг подумал — у нас время от вашего на два часа... Дед небось как раз дома обедает. Вдруг застану... Может, новости какие-нибудь...

Это он договаривал уже по щиколотку в воде.

Вновь оказавшись на суше, Аня сразу натянула футболку (ещё не хватало действительно обгореть!) и вытащила свой сотовый, который, как и ключи от машины, за это время никто не украл:

— Говори номер.

Серёжа сказал. Девушка быстро набрала цифры, послушала попискивание и гудки и передала телефон Сергею.

Директор «Свободы» отозвался практически сразу. Не иначе, ждал звонка или сам собирался куда-то звонить.

— Василь Никифорыч?.. — Слышимость была такая, будто Дед Цыбуля прятался за ближайшим кустом. — Это опять я, Сергей... Да... Да... Хорошо... Нет, точно Заказ! Да, уверен! Голову на отсече... Да, все приметы... Нет, ну мои, личные... Я понимаю... А подковы?.. Это же не... Я сам в руках... Нет, зубы не удалось... Темно было... И охрана серьёзная... Хорошо... Хорошо... Правда? Ой, здорово как! А когда он? Ага... А фамилия... Как-как? Пономарёв?.. Панамарев? На «о»?.. Да уж... Ладно, лишь бы... Ну, до связи. Обязательно ему передам. Мой? Записывайте...

Серёжа продиктовал сначала номер телефона Аниной квартиры. Потом толкнул девушку локтем и вопросительно указал пальцем на трубку. Аня, поняв, кивнула, и он назвал Цыбуле номер мобильного.

— Да. Меня или Аню... Она в курсе, это она ведь и... — Что-то опять послушал, улыбнулся... и вдруг до того хитро и лихо подмигнул девушке, что она тоже заулыбалась неизвестно чему. — Все понял, Василь Никифорыч, непременно... До свидания!

Нажал отбой и протянул Ане трубку:

— Привет тебе от Деда Цыбули. Говорит — тащи «дывчину» под венец, на свадьбе шафером буду...

— Да ну тебя. — Аня отвела глаза, пряча телефон в сумку, и Сергей вдохновлённо отметил про себя, что на разговоры о свадьбе впервые не последовало прямого отказа.

— Ну, Дед разошёлся. Такую деятельность развил, — продолжал он, всовывая ноги в горячие и жёсткие джинсы. — Верёвочек у него много, и если подёргать... В общем, следователь сюда едет из

Сайска. Говорит, головастый, аж жуть! И фамилия... без пол-литры не выговоришь. Панаморев. Антоном Григорьевичем зовут... Короче, живём!..

— А про твою самодеятельность? — поинтересовалась Аня невинно. — Что-то мне не показалось, чтобы он тебя слишком хвалил...

— Ну... — Сергей виновато вздохнул. — Велено самим на амбразуру не лезть. Только сидеть, пардон, на жопе ровно и наблюдать, что происходит... Иначе, мол, всё испортим. Ну, а я что, маленький, не понимаю... — Сергей задумался и добавил: — Только мне всё равно к Заказу в денник ещё попасть надо бы. Если этому «Сирокко» три года...

— А если швед догадается? Дотумкает, что его конём не случайно всякие разные интересуются? Как бы не сделал с ним чего с перепугу...

— Например?

— А всё, что хочешь. Самое простое — возьмет и увезёт раньше времени. Больной, скажет, лечение нужно. И что ты с ним поделаешь? Ничего. Хозяин — барин.

Серёжа воинственно взъерошил вихры, и без того стоявшие после купания «ирокезом»:

— А мы аккуратненько...

Аня лишь безнадёжно махнула на него рукой — все вы, мужики, авантюристы! — и вытряхнула из босоножек песок.

Та же тропинка в зарослях тростника вывела их к машине. Уже подходя к просеке, Аня с Сергеем заметили ещё одну пару, двигавшуюся навстречу. Мужчина и женщина — оба под пятьдесят — шагали не спеша, в обнимку и явно направлялись на только что покинутый ими пляж. На узкой тропинке было не разойтись, и новоприбывшие помедлили на просеке, пропуская ребят. Когда Сергей и Анна уже удалились на приличное расстояние и не могли слышать, мужчина понимающе оглянулся им вслед:

— Влюблённые...

Спутница подняла на него глаза и, лукаво улыбнувшись, вздохнула с притворной печалью:

— Такое только в молодости бывает.

Мужчина крепче притянул её к себе и зарылся носом в тёплые волосы, блестевшие нитями седины.

— Ага, — пробормотал он. — Исключительно в молодости...

В салоне «Тойоты» был действительно крематорий.

— Передвижная мечта жокея, — прокомментировал Серёжа. Раскалённое сиденье жгло его снизу сквозь джинсы, добавляя коже, и так зудевшей после солнечной ванны, новые ощущения. — Сауна на колёсах. Едешь куда-нибудь, а сам веса гоняешь!

Они опустили все стёкла и пошире открыли люк, добиваясь желанного сквозняка.

— Как и не купались! — Серёжа обмахивался каким-то журналом, вытащенным из бардачка, и с тоской оглядывался на море, уплывавшее за корму. — Давай сюда ещё завтра приедем?

В автомобиле стало попрохладней только на трассе, когда скорость превратила наружный воздух в упругий ровный поток.

Машин было много. Чуть меньше, чем идущих из города, но всё равно много. Вот впереди в их ряду замаячила громада рейсового автобуса. Дряхлый «Икарус» чем-то напоминал замордованных жизнью коней, топтавшихся по брусчатке Дворцовой. Тоже плёлся из последних сил, транспортируя из Кронштадта в Питер непомерное количество пассажиров. Сквозь заднее стекло на ребят, ехавших в относительном комфорте «Тойоты», смотрели потные раздражённые лица. Надсаженный дизель дымил ядовитыми чёрными клочьями, и Аня включила сигнал поворота, идя на обгон. Шоссе приближалось к Ольгино и Лахте — впереди везде шестьдесят, так не ползти же за чуть живой кочегаркой?.. Взгляд в боковое зеркало подтвердил — сзади чисто. Перестроившись, Аня спокойно поравнялась с автобусом... И тут — откуда взялся-то, Господи?.. — кто-то сзади принялся нервно сигналить и, чуть не упираясь носом в бампер «Тойоты», замигал дальним светом.

— Ну и шустрила, — удивилась Аня. — Только что никого не было!..

Её маленькая машина тоже ещё была способна «летать», но скоростной рисковой ездой Аня не увлекалась. Даже специально для таких случаев приклеила на багажник нашлёпку: улитка высовывается из домика, огрызаясь: «Еду как могу!» Однако ехавший сзади читать, видимо, не умел — знай сигналил и не переставая мигал.

— А иди-ка ты! — сказала Аня. — На вертолёте летай!

Не дёргаясь завершила обгон и уступила ему полосу. Нечто приземистое, стелющееся, цвета мокрый асфальт, рявкнуло на «Тойоту» двигателем и улетело, как от стоячей. «Линчевать» других водителей, которых чёрт дёрнул ехать в левом ряду.

— Да чтоб ты колесо проколол! — не по-христиански проводил нахала Сергей. — Гаишников на него нет. Только лохов вроде нас с тобой останавливают...

— Ты знаешь, — сказала Аня, помолчав, — была я как-то свидетелем одной замечательной сценки. Везла на «чердаке» доски... Ну, и придержали меня посмотреть, не выступают ли за габариты. Стоим, документы заодно проверяем... И тут — вж-ж-ж-ж! — «Блейзер», да не какой-нибудь подержанный, а с иголочки и весь из-под себя навороченный. У ментов челюсти отвисли — на радаре сто двадцать семь! Они ему палочкой отмахнули... Подруливает, стекло опускает... Спокойный такой, лощёный дядечка, сразу видно, что дешёвую колбаску в ларьках не выискивает. Инспектор ему вежливо: «Вы превысили скорость. Ваша машина двигалась со скоростью сто двадцать семь километров в час...» А дядечка в ответ не менее вежливо: «Хорошо. Сколько стоит проезд со скоростью сто двадцать семь километров в час *на вашем участке?*» Достаёт «лопатник» поперёк себя толще, молча расплачивается, принципиально квитанцию не берёт... и на глазах у изумленных гаишников уносится дальше. Примерно с такой же скоростью... Они даже про меня забыли. Просто документы вернули — и: «Счастливой дороги». Вот так, Серёженька. Вот такое, блин, времечко...

Рассуждая, она тем не менее заметила, что позади иномарки, метеором нёсшейся в левом ряду, образовался своеобразный вакуум, и не преминула занять «жизненное пространство».

— Анекдот есть, — отозвался Сергей. — Грузина кто-то обидел, он ругается, грозит: «Да я его, хачапури![1] Да я ему, хачапури...» Его спрашивают: чего это ты всё хачапури упоминаешь? А он в ответ: «Вы, русские, „блин" через слово, а я чем хуже?..»

Дорога плавно повернула налево, вновь открывая взгляду казённое строение лахтинского КПП. И вот тут ребята увидели «пейзаж, достойный кисти Айвазовского»: всё в том же левом ряду скособочился на дороге «Мерседес-280» цвета мокрый асфальт и в трёх шагах — отброшенная ударом отечественная «девятка». Она казалась неестественно сгорбленной. Кто в кого въехал, на беглый взгляд определить было трудно. Хотя, учитывая предыдущие подвиги «Мерседеса»...

Самое же занятное, что оба автомобиля оказались почти одинаковой масти. Смятый бок «девятки» тоже отливал тёмно-серым. Подле машины, придерживаясь рукой, стоял водитель. Рослый пожилой дядька, отчётливо смахивающий на мудрого академика Лихачёва. Свободной рукой он всё вытирал рот и поглядывал на тыльную сторону кисти — течёт кровь или нет. Прямо против него замер около «Мерседеса» здоровенный амбал с блестящей золотой цепью на шее. Было похоже, он начал безотлагательно «предъявлять» оппоненту, и только вмешательство водителей, выскочивших из проезжавших мимо машин, вынудило его прервать выяснение отношений.

Кто-то из автомобилистов уже спешил к деду, чтобы заботливо поддержать его под руку:

— Как вы?..

---

[1] Грузинский слоёный пирог с сыром.

«Академик Лихачёв» сплюнул (действительно кровью) и невнятно ответил. Быстрый взгляд, брошенный им на верзилу, на самом деле содержал в себе приговор, но это ещё надо было суметь разглядеть, а таких знатоков поблизости не нашлось. Взгляд — дело тонкое. Это не пудовые кулаки, сжатые для немедленного удара — «а ну, подойди!», не поза, подразумевающая чёрный пояс по каратэ...

— Ну и шкаф, — шёпотом оценил Сергей габариты амбала. Сам он когда-то в детстве довольно наплакался из-за невысокого роста. Потом, правда, выяснилось, что такое телосложение имеет свои преимущества... но некая глубинная зависть всё же осталась.

Аня между тем притормозила и ушла в правый ряд, объезжая участников аварии. Но тут второй пассажир «Мерина», вёрткий, несильного сложения парень, бросился чуть не под колёса «Тойоты», широко распахивая руки: остановитесь, мол, будьте добры!..

Аня молча съехала на обочину.

Парень схватился за стойку двери, и на пальце ярко блеснул перстень с бриллиантовой крошкой. Его владелец бесцеремонно сунул голову в открытое окно «Тойоты», отчего в машине густо запахло терпким дорогим парфюмом:

— Видала, как он под нас?.. — сразу на «ты» начал он и, не дожидаясь ответа, продолжал как о решённом: — Будешь свидетелем. Двести баксов. Мы этого деда... Думает, раз «Мерседес», тут-то он нас на бабки опустит?..

— Не, друг, — серьёзно ответила Аня. — Не буду я свидетелем. Я же не видела ничего.

— Говорю, двести баксов, — в голосе парня появились нотки угрозы. — Зенки-то протри, умная! Пока кто не помог!..

Сергей ёрзнул на сиденье, закипая и намереваясь ответить, но Аня опередила его, проговорив всё так же спокойно:

— Я в другом ряду ехала. За автобусом. Так что ничем помочь не могу. Да у тебя и так полная ментовка свидетелей. — Аня кивнула в сторону КПП и включила передачу. — Извини...

— Ну, коза!..

Парень вытащил голову из окна, неразборчиво добавил нечто матерное и пошёл к «Мерседесу», доставая из кармана «трубу».

— Сам козёл, — прошипела Аня вполголоса.

Парень то ли услышал, то ли догадался: обернулся и зло, исподлобья посмотрел на «Тойоту». Вот так начинаются неприятности. «Срисуют» номера, а потом...

Аня отпустила сцепление, и машина сорвалась с места.

— Жлобьё! Хозяева жизни!.. Двести баксов, да засуньте вы их!.. — Проезжая мимо КПП, она нарочно притормозила, чтобы крикнуть инспектору: — Товарищ старшина, там две машины столкнулись! Пострадавших пока вроде нет, но могут образоваться!..

— Вижу, вижу. — Старшина смотрел вдаль, туда, где просматривался «Мерседес». Должно быть, работал он не первый год, поскольку поинтересовался: — Вас-то не обидели?..


Красный автомобильчик припарковался перед «Юбилейным» в половине четвёртого.

— Пошли перекусим, — предложила Аня. Завтракали они давно, и в животах не на шутку урчало.

— Пошли, — поддержал Серёжа. И загорелся: — А давай виповское заведение проверим? Имеем право?

— Имеем, — не очень уверенно протянула она. — Только как-то мы не очень солидно с тобой... джинсы, футболки... Помнишь — «Так я имею право?» — «Конечно». — «Так я могу?..» — «Ни в коем случае!»

Сергей нацепил свой бэйдж и гордо выпятил грудь:

— Настоящий миллионер, он и в плавках миллионер...

Они оставили машину в тени под деревьями, поближе к служебному входу — чтобы вечером, когда начнётся столпотворение, выехать без проблем. Омоновец, стоявший возле двери, сперва покосился на шедших к нему парня и девушку, но Сергеев пропуск и Анина карточка «Оргкомитет» сработали безотказно. Страж порядка перестал коситься и вежливо распахнул дверь.

Народу во дворце сейчас было, пожалуй, даже поболее, чем накануне. Аня опять здоровалась направо и налево, но никто не утаскивал её от Сергея и не донимал разговорами. Все куда-то бежали, чем-то были заняты и озабочены. Царила деловая предстартовая обстановка.

Ребята подошли к наглухо закрытой двери, на которой висела табличка, вырезанная из ватмана: «Ресторан». Чуть ниже виднелась другая, не такая броская табличка: «VIP». Перед дверью, почти по стойке смирно, стоял затянутый во всё чёрное метрдотель. У него была внешность скорее охранника, нежели распорядителя человеческих удовольствий.

Он и уставился на них точно как давешний омоновец — с подозрением. И так же, как он, заметил на груди у Серёжи заветный четырёхугольничек — и гостеприимно распахнул дверь:

— Прошу вас...

Хотя определённые сомнения у него явно остались.

Комната, куда ребята попали, была очень просторной. Её заливал приятный желтоватый свет, сразу создававший некий уют. Ни одного стула здесь не было, зато всю противоположную — и притом довольно длинную — стену занимал стол, уставленный «а ля фуршет» различными яствами. Тут тебе и красная (а также белая) рыбка, и сыр с колбасой десяти видов, и всевозможные салаты, и подогреваемые контейнеры, где плавают в горячем соусе крохотные сосиски... Рядом — «орудия труда»: тарелки, вилки, ножи. Ничего бумажно-пластмассового, одноразового, всюду сталь и благородный фарфор!.. И целый стол с пизанским нагромождением подносов, а на них — различной формы рюмки, бокалы, фужеры, массивные гранёные стаканы. На любой вкус и для любого напитка! Эти самые напитки виднелись чуть дальше, за рюмочной баррикадой, — ещё один стол, томившийся в ожидании посетителей, чуть не трещал под тяжестью бутылок различной формы и высоты. Цветовая гамма жидкостей свела бы с ума если не Рубенса, то Петрова-Водкина — уж точно...

И по всей комнате, чинно придерживая на весу тарелки, стояли или не спеша прогуливались дамы и господа, одетые в очень строгие официальные наряды. Светские беседы, приятный перезвон хрусталя...

Ребята молча посмотрели друг на друга. «Очень важная персона» со спутницей не то чтобы утратили аппетит или застеснялись своих простецких одёжек, на которых, наверное, ещё можно было найти частицы песка. Это была просто не их весовая категория, не их круг, не их мир. Здесь общались и потребляли калории люди, для которых лошади — судьба, счастье и дело всей жизни Ани с Сергеем — тоже были *делом*, но совсем другого рода. Бизнесом. Выгодным помещением капиталов. Требующим денежного вложения, но зато — в случае удачи — приносящим прибыль *имуществом*...

Решение было принято без переговоров и обсуждений:

— Пошли отсюда, а?..

На выходе их снова ждал предупредительный мэтр.

— Что-то не так? Вам что-нибудь не понравилось?

— Нет, всё в порядке, спасибо, — ответила Аня. — Мы просто попить заходили...

— Прохладительные напитки в холодильнике у левой стены. Кофе и сладости на столе справа. Мороженое...

— Благодарю, — скромно ответил Сергей. — В другой раз учтём... — И, уже заворачивая за угол, добавил вполголоса: — Чегой-то, мне кажется, я нонеча смокинг не того цвета надел...

— Во-во, — поддержала Аня. — А я, господин герцог, забыла бриллиантовые подвески...

— Да? Ну так пошли бутербродами питаться... герцогиня. — Аня посмотрела на него, и он нахально пояснил: — Будущая.

Аня по привычке хотела было возмутиться подобной самоуверенностью... но о чём-то подумала — и ничего не сказала. Лишь маленькое ухо, которое Сергею так нравилось целовать, предательски порозовело.

...Бутерброды в кафе «для всех» показались им намного съедобней любых разносолов из ресторана «для особо важных персон»...

— Серёж, подожди меня здесь, хорошо?. Я на пару минут... — И «будущая герцогиня» весьма несолидно припустила догонять каких-то девиц, стайкой шедших в сторону оргкомитета.

Серёжа сделал было несколько шагов следом, но, поравнявшись с окном, через которое они вчера наблюдали разгрузку, остановился и больше никуда не пошёл. Оттуда, где он находился, хорошо просматривались денники. Верхние створки большинства дверей были открыты, и наружу высовывались любопытные носы их обитателей. Стеклянная стена успешно приглушала все звуки, но отголоски возбуждённого ржания проникали и сквозь стекло. Вирус предстартовой лихорадки не миновал никого. Жеребцы на всякий случай «гнули пальцы» и выпендривались как только могли, бросая вызов соперникам. Скоро для каждого наступит время полного повиновения всаднику, но, пока до этого ещё не дошло, почему не воспользоваться моментом и не заявить о себе?.. Кобылы отзывались на разные голоса, одобряя или, наоборот, не одобряя поведение «кавалеров». Мерины, настроенные более философски, переговаривались через проход. Две или три лошади, уже готовые к выходу на манеж, обнюхивали «своих» спортсменов, заражаясь их неуверенностью или азартом...

Сергей сразу нашёл глазами денник Сирокко-Заказа. Верхняя дверная створка была открыта, но конь не показывался, хотя наверняка был на месте. Жокею захотелось поймать и немедленно задушить неведомых похитителей. Это же чем — и в каких дозах —

надо было накачать непоседливого, полного жизни Кузьму, чтобы он полусонной колодой торчал в углу денника, не интересуясь окружающим миром и не отвечая на призывы собратьев?!.

Потом ему бросилось в глаза, что в проходах между боксами, где, как правило, всегда толпилось много народу, сейчас почти никого не было.

«Все на разминочном поле, — догадался Сергей. — Минут через десять старт первого всадника... — И вдруг шальная мысль пронзила его: — Чёрт побери, а ведь это же шанс! Посетителей море, никто внимания не обратит... Взглянуть в зубы коню — одна секунда. День опять же, светло... И даже в денник лезть не надо. Подошел, позвал, погладил.... Поднял верхнюю губу... И всё ясно!»

Больше Сергей не раздумывал.

Быстрым шагом прошёл мимо разминочного манежа, успев краем глаза приметить там шведа, рысившего на огромной рыжей кобыле. Догадка оказалась верна: народа вокруг в самом деле толпилось великое множество. Слышались громкие возгласы тренеров, дававших последние наставления. С попонами, недоуздками, вёдрами, тряпками и фирменными ящичками для щёток стояли коноводы, готовые по первому знаку прийти на помощь своему всаднику...

«Порядок в танковых войсках, — рассудил про себя Сергей. — Шведов всего трое: спортсмен, тренер и грум. Наверняка все здесь...»

Он беспрепятственно миновал омоновский кордон перед входом к денникам и с некоторым трудом заставил себя преодолеть самую важную часть пути неторопливым прогулочным шагом: «Я тучка, тучка, тучка...» Этакий праздношатающийся любопытный, зашедший полюбоваться великолепными лошадьми...

Получалось плоховато. Артистом Сергей всегда был никудышным. Да ещё и отчаянно волновался. Куда больше, чем перед скачками.

Ему снова мерещился подозрительный взгляд охранника, оставшегося при двери. Мучительно тянуло оглянуться и выяснить, смотрит тот на самом деле или не смотрит. Сергей не оглядывался. Он несколько раз останавливался, делая вид, что читает написанные на дверях клички и разглядывает лошадей (хотя на самом деле потом не взялся бы толком назвать даже породу и масть). Старался держаться как можно непринуждённее, даже погладил чей-то нос, доверчиво тянувшийся из проёма. Вот так он и Кузю погладит. Протянет ему клочок сена, поднятый с асфальта возле двери...

Он всё-таки не выдержал, изобразил внезапный интерес и целеустремлённо направился к деннику так называемого Сирокко. У него становилось сухо во рту, когда он произносил эту кличку. Которую какой-то гадёныш додумался прилепить его Кузе...

Слава Богу, вокруг по-прежнему никого... Денник совсем рядом...

Серёжа взмок окончательно, сердце колотилось о рёбра, как на финише стометровки. Всё было в точности, как он и ожидал: конь стоял, отвернувшись в глубину денника и самым несчастным образом понурившись, так что видна была только холка с чёрными прядями гривы да ещё круп. Сергей тихо позвал его:

— Кузя... Кузьма...

Голова коня медленно поднялась из потёмок. Он шевельнул ушами...

— Кузя, иди ко мне... — И Сергей тихонько поцокал языком, подзывая питомца. — Ну? Узнал, малыш?..

— Va fan gör ni här?..[1] — неожиданно рявкнули из денника.

Сергей шарахнулся так, словно ему ткнули в нос пистолетное дуло.

В проеме открытой створки возникла взъерошенная светловолосая голова, сверкнули золотые очки. «Белобрысый такой дядька в очках, лет сорока...» — всплыло из памяти. И смотрел этот импортный дядька

---

[1] А ты какого рожна здесь делаешь?.. *(швед.)*

на Сергея так, будто хотел его проглотить. Интересно, кстати, за что?.. Если бы Сергей не умел в напряжённые жизненные моменты соображать очень быстро, он не был бы первоклассным жокеем. И он успел смекнуть, что на самом-то деле не совершил ничего криминального ни по отношению к шведу, ни к его коню. Тогда откуда подобная ненависть, явно не исчерпывавшаяся простым раздражением по поводу болезни коня?..

Ситуацию разрядила всё та же карточка «VIP» на груди у Сергея. Стоило шведу заметить её — и выражение его лица переменилось как по волшебству.

— Are you looking for something?[1] — спросил скандинав. Уже по-английски. И совсем другим голосом. Почти вежливо и приветливо.

Сергей призвал на помощь свой довольно скудный английский:

— No, no... Beautiful horse...[2]

Швед окончательно спрятался под маску ничего не выражающей вежливости.

— Can I help you?[3]

— Very good horse. — Серёжа потихоньку отступал в сторону, подальше и от шведа, и от денника. — I am sorry...[4]

Швед пожал плечами:

— That's OK... — И, как бы слегка извиняясь за свою первоначальную грубость, пояснил почти совсем миролюбиво: — This horse is a bit unwell. You'd better not disturb it[5].

Сергей не разобрал и половины, но общий смысл был ясен и так. Если его ещё раз заметят возле этого денника, отговориться случайностью уже не удастся. Твою мать!..

---

[1] Вы что-нибудь ищете? *(англ.)*
[2] Нет, нет... Прекрасная лошадь... *(англ.)*
[3] Могу я вам чем-то помочь? *(англ.)*
[4] Очень хорошая лошадь... Извините... *(англ.)*
[5] Всё в порядке... Эта лошадь неважно себя чувствует, так что вы лучше не беспокойте её *(англ.)*.

— Да-да... Ой... Yes, yes, — поспешно согласился он. — I'm sorry. I didn't know. I'm sorry...[1]

— OK, sir. By-ye![2] — протяжно попрощался швед. И белобрысая голова опять исчезла в глубине денника.

Больше делать здесь было нечего. Сергей повернулся и, ощущая, как струйками течёт по спине пот, зашагал на выход вдоль денников.

Было вполне очевидно, что он свалял колоссального дурака. Влип, как последний мальчишка... Сунулся, не зная броду, — и получил. Да ещё и вёл себя, как... Можно не уточнять. Главное — определённо не так, как ведёт себя настоящий празднношатающийся, случайно сунувший нос несколько не туда...

Сергею казалось — повторись ситуация, и он сделал бы всё по-другому. Он даже знал, как конкретно. Но ведь не повторится...

Он быстро шёл по проходу и не видел, как швед, что-то делавший внутри денника, снова выпрямился у него за спиной. И долго, пристально смотрел вслед невысокому, худому русскому парню...

Между тем Серёжина непруха, как выяснилось, свои возможности исчерпала не до конца. Уже близок был выход, когда из-за поворота навстречу появился... землячок-коновод Вовка. Как положено коноводу — с попоной и недоуздком в руках. Плюс неизменный хлыстик.

— Серёга!.. — завопил он в восторге. — И ты пришёл? За нас поболеть?..

— Да тихо ты!.. — отчаянно зашипел сквозь зубы Сергей. — Я уже и так засветился!.. Сунулся опять в тот денник... А там швед!

Как и следовало ожидать, Вовка сразу посмотрел в сторону денника лже-Сирокко. И сообщил Сергею:

— Серый, он на нас смотрит!.. — Столкнулся со шведом взглядами и подтвердил: — Серёга, точно! На нас с тобой пялится!..

---

[1] Да, да... Извините, я не знал... Извините... *(англ.)*
[2] О'кей, сэр. Всего доброго! *(англ.)*

Сергей только застонал про себя.

— Сам не пялься. А то и на тебя глаз положит, будет следить... Делай вид, как будто нам с тобой и дела до него нет...

— Понял. — Вовка почувствовал себя матёрым шпионом и, демонстративно отвернувшись от шведа, начал рассуждать о шансах майора Гудзюка на успех.

Но Сергею некогда было выслушивать.

— Погоди, Вовчик... Ты сегодня ничего необычного не заметил? Ну, с конём этим? Выводили его? Процедуры, уколы какие-нибудь делали?..

— Да нет вроде... — пожал плечами коновод. — То есть я особо-то не присматривался... На проводку... да, точно выводили. На недоуздке. Квёлый был вусмерть, такой, знаешь, «поднять подняли, а разбудить забыли»... А больше...

— Он подкован был? Не заметил?

Вовчик виновато развёл руками:

— Да я как-то внимания не обратил...

Сергей мысленно выругал его последними словами, хотя умом понимал — у парня своих хлопот полон рот, куда ему ещё чужие проблемы!.. Но слишком велики были ставки, и «международник» решил воспользоваться авторитетом.

— Вовчик, — заговорил он с терпеливой мольбой. — Ты ведь и днём и ночью здесь... Мне бы возраст чётко проверить... Сможешь в зубы ему заглянуть?

Он знал, что несостоявшийся жокей относится к нему как к кумиру и наверняка не откажет. И точно. Юный солдат сразу начал что-то прикидывать:

— Так... После десяти тут практически никого, так что попробую... А ты, значит, правда думаешь, что это?..

Он вспомнил о конспирации и не договорил.

— Уверен, Вовка, уверен, только в суд с моей уверенностью не пойдёшь, — ответил Сергей. — Тут из Сайска сегодня следователь приезжает, ему бы надёжную информацию... уж ты постарайся, лады?

— Ух ты, класс!.. Следователь? — У Вовчика разгорелись глаза, но он спохватился: — Ой, мне бежать пора. Сейчас первый прыгать будет...

И действительно умчался бегом — его служба опозданий и оплошностей не допускала.

Швед же, довершив свои дела в деннике у предполагаемого Сирокко, запер обе створки на замки и как раз успел ещё раз заметить Сергея, уже исчезавшего за дверьми.

— Vad gjorde han här egentligen, — пробормотал он вполголоса, и глаза за стёклами очков вновь блеснули той ненавистью, которую порождает лишь страх. — Han verkade känna hästen!..[1]

И тоже направился к выходу...

*Старый конь проснулся оттого, что совсем рядом, шумно захлопав крыльями, взлетел с травянистой полянки рябчик. Паффи тяжело поднялся: так встают, когда ничего хорошего для себя ждать не приходится и следует лишь принимать неизбежность. Осмотрелся вокруг... И не узнал леса! В солнечном свете сосновый бор предстал перед ним неожиданно весёлым и жизнерадостным. Даже на рассвете здесь всё выглядело не так!..*

*Конь задумчиво отряхнулся, сбрасывая остатки сна, и не спеша побрёл к озеру. Ему снова захотелось пить.*

*Озеро тоже переменилось неузнаваемо. Ветер гладил его против шерсти, гоняя по гребням волн маленькие злые барашки. Вода за ночь остыла, и возле берега в ней плавала всякая муть.*

*Конь выбрал местечко, дотянулся к чистой воде и напился.*

*Вернулся на бережок и, не задержавшись на месте ночёвки, побрёл в неведомую глубину леса.*

*Ну где же вы, люди?..*

*Было по-прежнему тоскливо и одиноко, и «генетическая» память о диких и свободных пращурах отнюдь не пробуждалась в крови. Свобода?.. Она заключалась*

---

[1] Что, интересно, ему было здесь надо в действительности?.. Похоже, он знает коня!.. *(швед.)*

в том, чтобы время от времени без седла и узды бегать, гулять, греться на солнышке в просторной леваде. Чего ещё?.. Он родился и вырос у людей. Его счастьем было верно служить им. Любить их. И быть ими любимым. Чувствовать себя полезным и нужным... В мире людей у него было право выигрывать. Быть первым! Быть лучшим!..

И вдруг, получается, он никому стал не нужен. Совсем никому...

Зачем ему такая свобода?

Гордая голова скакуна невесело опускалась всё ниже... когда очередной порыв ветра вместе с шумом вершин донёс издали едва различимый звук мотора.

Уши Паффи сразу стали торчком. Он вытянул шею, раздул ноздри, ловя малейшие запахи, — и решительно зарысил в том направлении: «Наверняка это меня ищут! Это за мной приехали!.. Наконец-то... Я здесь...»

Звуки постепенно становились отчётливей. Вот хлопнули дверцы автомобиля, потом долетели голоса.

— А я глип нашел. Смотлите, какой класивый — больсой и класный!

Ребёнок смеялся и не выговаривал букву «р».

— Брось сейчас же, — раздался строгий женский голос. — Это мухомор! Им отравиться можно!

— Всё лавно класивый, — резонно возразил сын.

Детский голосок заставил коня помолодеть на глазах. Дети!.. Они тоже были его счастьем. Они всегда приходили к нему, они ласкали его. Эти маленькие ладошки, с которых он всегда так осторожно брал угощение... Бор сменился ольшаником, и конь напролом ринулся сквозь кусты.

Потом впереди показалась жёлтая полоска накатанной песчаной дороги. Старый конь выбрался на неё и затрусил туда, откуда слышались голоса.

За поворотом на обочине стояла легковая машина. Вокруг бегали двое ребятишек и с ними — пёстрая маленькая собачка. Папа и мама весело доставали из багажника сапоги, корзинки и всё остальное, что может понадобиться грибникам. Была там и еда: Паффи уловил запах хлеба....

Собачонка заметила его первой. Залилась визгливым лаем и бросилась ему под копыта, вообразив, будто обороняет хозяев.

— Лекс! — окликнул собаку всё тот же мальчишеский голосок. — Лекс, ко мне! Ой... — И тут он тоже заметил коня, замершего в десятке шагов. — Мама... Мама! А к нам лошадка плишла!..

Женщина охнула, оглянулась и увидела, что пацанёнок бесстрашно топает навстречу коню. Корзинка и непромокаемый плащ тотчас полетели в траву.

— Не смей!.. — закричала женщина на бегу. — Он кусается!..

Она, может, и слыхала когда-то, будто большие серьёзные животные редко обижают детей... но проверять это на собственном ребёнке у неё никакого желания не было. Однако перехватить не в меру отважное чадо женщина не успела. Старый конь, философски не обращая внимания на собачку, захлёбывавшуюся у ног, потянулся губами к протянутой навстречу детской ручонке...

Господи, благослови зверей и детей!.. Ладошка так бережно тронула мягкую, чувствительную кожу между ноздрями... Так тихонько погладила... Подвижная верхняя губа тотчас отозвалась, щекоча мальчику руку, ноздри дохнули теплом...

— Мама, а он губами пихается! — засмеялся малыш. И заметил на лице у бегущей матери ужас.

Он всё-таки был уже слишком взрослым и самостоятельным для того, чтобы ему, точно младенцу, неконтролируемо передался её страх. Он уже понимал, что мамы иногда боятся такого, чего бояться вовсе не следует. Жуков-плавунцов, например, которых так интересно выпускать в лужу. Или добрых-предобрых лошадок с тёплыми и ласковыми носами...

Он всё понимал и, наверное, мог бы даже сказать, но для мамы его мнение, как обычно, не существовало. Она всегда знала лучше. Мальчик принялся быстро-быстро гладить коня, чувствуя, что другого подобного случая ещё долго не будет... Женщина подбежала и сгребла сына в охапку, оторвав от земли. И кинулась

243

прочь, как от огня, своим телом закрывая малыша от неминуемого нападения...

И только у самой машины посмотрела назад и обнаружила, что конь вовсе и не думал гнаться за ней. Он смотрел на людей, не двигаясь с места. «Неужели я чем-то всё-таки провинился?.. Что такого я сделал, если ко мне больше не пускают детей?..»

— Вечно лезешь куда ни попадя!.. — Женщина крепко держала сына за курточку и подкрепила свои слова шлепком по мягкому месту. Мальчишка насупился, но не заплакал. — Руки суёшь незнакомому животному в зубы, — продолжала родительница. — Он же огромный! А зубы? Зубищи какие у него, видел? Все пальцы оттяпает и не заметит!.. — И замахала на незваного гостя свободной рукой: — Пшёл отсюда! Пшёл, кому говорят!..

Паффи опять не двинулся с места, лишь удивлённо моргнул.

— Он доблый, — упрямо подал голос мальчишка. — Он доблый! Мам, пусти...

— Ну чего ты в парня вцепилась, — попробовал заступиться отец. — Конь-то смирный. И ребёнка не съел...

— Ты только и спохватишься, когда действительно съест... Вот!.. Видишь?!

Конь долго терпел визгливые приставания собачонки. Но когда она вовсе обнаглела от безнаказанности и надумала хватать его за задние ноги — заложил уши и резко мотнул головой в сторону назойливого животного. Пёсик мигом поджал хвост и с визгом бросился в сторону.

— Рекс!.. — закричала женщина. — Рекс, маленький, иди скорее сюда...

— Я бы на тебя посмотрел, если бы тебя кто-нибудь за ногу ухватил, — хмыкнул муж. — Этому коню медаль надо за долготерпение дать. Рекс! Фу!.. Ко мне!

Собачонка расценила команду как завершение своего долга по защите семьи. Гордо подняла пистолетом хвостик-сардельку и потрусила к хозяину. На самом деле в душе она была довольна до крайности, что драки с огромным чудовищем удалось избежать. Но весь вид её говорил совершенно другое:

«Ну, как я ему задала? А?»

Мальчишка тем временем выпутался из рук женщины и потащил маму знакомиться с доброй лошадкой:

— Он к нам в гости плишёл. Он, навелное, покатать нас хочет. Мам, давай на нем покатаемся? Ну мам...

Мужчина на всякий случай подошёл следом.

— В самом деле, — удивился он запоздало, — откуда в лесу конь? Тут же километров на десять вокруг никакого жилья... Странно...

Он подошёл вплотную к коню и неумело погладил по шее.

— Смотри ты, красивый какой, — сказал он жене. — Сразу видно, породистый. Не помню, где-то читал, что породу по ногам узнают. У простых лошадей ноги лохматые. А у него тонкие, гладкие...

— Папочка, он заблудился? — спросил малыш.

— Лошадь никогда в лесу не заблудится, — со знанием дела заявила мать. — Он, наверное, гуляет. Непослушный, из дома удрал. Небось ищут его...

— Он шоколадки любит? — поинтересовался сынишка. — А ириски?

Родители во всём были для него непререкаемым авторитетом, и ему в голову не приходило, что взрослые люди тоже чего-то могут не знать. По счастью, мама и папа кое-что помнили то ли из книжек, то ли из собственного детского опыта, когда их возили к дедушкам и бабушкам в деревню, и авторитет ронять не пришлось.

— Нет, малыш. Кони сено любят, травку, овёс...

— Гелкулес?..

— И геркулес... наверное. А ещё они хлеб любят и сахар.

Второй мальчишка столбом стоял возле машины. Он не решился приблизиться к коню даже вместе с родителями. Первого сентября ему предстояло идти в третий класс, он давно вырос из наивного бесстрашия младшего брата. Отец крикнул ему:

— Принеси-ка половинку батона, что мы купили. Там, у заднего стекла...

Он жалел, что не захватил с собой фотоаппарат.

Мальчишка юркнул в салон и вылез обратно, держа отломанную половинку батона. И с опаской стал приближаться к коню, неся угощение в вытянутой руке, словно отгораживаясь им от ужасных зубов.

— Да не бойся ты. Иди смелее, — подбодрил отец. И снова погладил морду коня, задержав руку на удивительно нежном носу.

«Конечно, я добрый, — благодарно моргнул большой переливчатый глаз. — Люди... Как хорошо... Если бы вы знали, до чего долго я вас искал...»

Маленький мальчик первым стал отламывать кусочки булки и угощать ими коня:

— Кушай, кушай... А я тебя нисколечко не боюсь...

Это уже было адресовано старшему брату, который отчаянно закусил губы и, крепко держась за правую руку отца, сам прятал вторую руку за спину.

— А ты чего боишься? Эх ты... зайчишка-трусишка.

Самолюбие одержало временную победу. Мальчик, любивший мультфильмы про смелых черепашек-ниндзя, неохотно вынул руку из-за спины, взял хлеб и робко протянул его лошади. Однако новая ступень познания — разница между киношным бесстрашием и способностью одолевать реальный испуг — оказалась для него пока трудновата.

Мягкие губы осторожно потянулись за угощением, но не успели даже дотронуться. Парнишка уронил хлеб на землю, отдёрнул руку и снова спрятал её за спиной:

— Он кусается!..

Но на сей раз даже мама видела, что никакой опасности нет.

— И не собирался. Смотри... — Внезапно расхрабрившись, она подобрала булку и, положив на раскрытую ладонь, протянула коню. Тот взял бережно, чуть пощекотав руку. — Видишь? На, сам попробуй.

Младший сын радостно скормил коню последний кусочек:

— А он тоже пойдёт глибы собилать?..

— Вот именно, — спохватилась женщина. — Мы сюда зачем вообще-то приехали?

Большое животное, гуляющее само по себе, всё же внушало ей опасения: добрый, добрый, а кто знает, что у него на уме?

— Ну-ка, быстро все хватаем корзинки, — поддержал отец. — Кто подосиновик первым найдёт, тому...

— Я! Я! — наперебой закричали ребята и бросились за корзинками. Мужчина поставил машину на сигнализацию, и вся семья дружно двинулась в лес.

Паффи проводил их глазами, вздохнул... и успокоенно принялся щипать травку возле автомобиля. Он знал, что такое машина. Это такая штука, к которой люди обязательно возвращаются...

И люди вернулись. Часа через два, когда солнце успело заметно переместиться над вершинами леса. Увидев, что конь никуда не ушёл, женщина только всплеснула руками.

— Папочка, папочка! — немедленно закричал младший. — Давай лошадку с собой возьмем! Она нас катать будет...

— Нет, малыш, — покачал головой отец. — У него свой дом есть. Как ты думаешь, вот мы его заберём, а там волноваться будут, искать его...

— И потом, — рассудительно добавила мама, — где же он у нас жить будет? В квартире на восьмом этаже? Да он и в лифт не поместится...

Мальчик пребывал в том возрасте, когда по-прежнему жгуче хочется верить в сказки, но постепенно приходит и понимание несбыточности чудес.

— Я тебе книжку про лошадок куплю, — сказала мама. — Будешь картинки смотреть.

Малыш вздохнул глубоко и грустно, но с пониманием. А потом долго смотрел в заднее стекло на коня, оставшегося стоять посреди дороги. Смотрел и махал ему на прощание....

Машина тронулась, стрельнув рыхлым песком из-под задних колёс. Исчезла за поворотом...

*Конь не побежал за ней. Лишь стоял и смотрел, пока она не скрылась из глаз.*

*А потом стих вдалеке рокот мотора, и он опять остался один... Совсем один...*

«Ну куда он мог запропаститься?..»

Большой спортивный дворец — далеко не дикие джунгли и не бандитская вотчина, но Аня встревожилась не на шутку. Она слишком хорошо знала Сергея. И нутром чувствовала, что его внезапное исчезновение ничего хорошего не сулило.

Денники, видимые сквозь стеклянную стену, навели её на определённые мысли, и девушка собралась уже устремиться докуда пропустят... когда Сергей наконец-то появился в глубине коридора, уводившего, кстати, именно в ту сторону. У Ани отлегло от сердца, хотя вид Сергея подтверждал все её опасения. Взъерошенный, расстроенный, взмокший... Ясно, что не в ресторан за мороженым возвращался.

Она крепко взяла его за руку:

— А я уж решила, что тебя по голове стукнули и там же в деннике закопали....

Сергей криво усмехнулся:

— Почти...

— Сейчас прыгать начнут, — заспешила Аня. — Пошли!

Они с трудом протиснулись мимо всадника на большущей гнедой лошади, мимо людей, толпившихся в узком проходе перед выходом на боевое поле, — и поднялись по лестнице на трибуну.

Над главной спортивной ареной висел гул множества голосов: истомлённые ожиданием болельщики волновались не меньше участников. Тихая музыка ненавязчиво струилась со всех сторон одновременно. Главную арену заливал мягкий свет. Он шёл из-под самого купола и оставлял трибуны в лёгкой тени. На самом поле можно было различить каждую песчинку, каждую частицу опилок, и при всём том свет не мешал, не резал глаза.

— Ух ты! — позавидовала Аня. — Вот это препятствия! — И размечталась: — Я у себя тоже такие построю, чтобы иностранцы с катушек валились. У меня и художники знакомые есть...

— Это не они тебе по квартирному дизайну советы дают?.. — невинно поинтересовался Сергей и тут же получил локтем под рёбра. Настроение понемногу начало возвращаться.

Препятствия действительно были произведениями искусства. Им хотелось аплодировать, как в театре иной раз аплодируют мастерски сработанной декорации. В самом начале маршрута красовалась огромная подкова, поставленная «на попа» и отливавшая матовым серебром: стилизованная эмблема соревнований. Другое препятствие стерегли два крылатых грифона, ни дать ни взять удравшие для такого случая со знаменитого мостика. Третье щетинилось позолоченными копьями решётки Летнего сада...

На трибуны тоже стоило посмотреть. Поделенные на разноцветные сектора — «каждый охотник желает знать...» — они приглушённой радугой обнимали арену, подчёркивая атмосферу красочного, весёлого праздника.

Пять минут подышать этим воздухом, и поймёшь, что будет всё хорошо, что на самом-то деле на свете не так уж и много мерзавцев, да и есть ли им вообще место здесь, в этом царстве благородного азарта, мужества и красоты?..

— Так ты куда подевался? — оглядевшись и успокоившись, Аня решила учинить Сергею подробный допрос. — Сказал подождёшь, а самого след простыл. Я уж чуть было к омоновцам и в оргкомитет не рванула, думаю, хоть по радио объявить...

— Ты знаешь, Анютка... чёрт меня дёрнул... — нехотя начал Сергей. — Я, кажется, по-крупному влип...

— Вот и оставляй вас, мужиков, без присмотра... Так что всё же случилось?

Ответить Сергей не успел. Грозовыми басами раскатились аккорды музыкальной заставки, и раздалось долгожданное:

— Начинаем наши традиционные соревнования по преодолению препятствий на призы «Серебряной подковы». Сегодня в программе...

Голос комментатора тоже звучал более чем торжественно.

У Сергея, только-только воспрянувшего было духом, от всей этой торжественности снова оборвалось сердце. А может, просто накатил «отходняк» после пережитого напряжения. Серёжа ссутулился на ярком пластиковом сиденье, уставившись в пол...

— Может, всё же расскажешь? — Аня заметила его состояние и прижалась губами к самому уху, силясь пробиться сквозь огромный комментаторский голос. — Куда влип-то?

— Да на шведа чёртова напоролся. — Сергей пытался говорить шёпотом, но приходилось почти кричать. — Смотрю, на конюшне нет никого... Сдуру и полез к Заказу в денник — зубы смотреть. А там этот...

Информация из мощных динамиков между тем лилась непрерывным потоком:

— Призовой фонд сегодняшнего состязания — три тысячи долларов. В манеж приглашается первый участник соревнований...

— Ну и дурак, — в сердцах обругала Аня Сергея, и тот только кивнул: критика была заслуженная. — Говорили, говорили об осторожности, а сам, как танк, напролом!.. Ну и что теперь?..

Тем временем на поле под приветственные аплодисменты выехал тот самый всадник на гнедой лошади. Не спеша разобрал повод, тщательно оглядел все препятствия, в последний раз мысленно «прокатывая» маршрут... и решительно поднял гнедого в галоп.

Первому всегда труднее других.

— А что теперь... Приедет этот, как его, Панаморев, вот и посоветуемся с ним... Ладно, давай смотреть...

— На старт приглашается Ханц-Петер Конле, команда Германии, — с прежней торжественностью провозгласил комментатор. — Спортсмен выступает на лошади ганноверской породы восемьдесят шестого года рождения по кличке «Домшлатц»...

Другой голос тут же продублировал сообщение по-английски.

Ханц-Петер Конле остановил лошадь. Снял каску, поклонился судьям и зрителям...

Прозвучал сигнал колокола — можно стартовать!

Всадник вернул жокейку на голову. Тщательно поправил ремешок на подбородке. Разобрал повод... В самый последний раз окинул взглядом всё поле и поднял Домшлатца в галоп. Сделал пару темпов спокойно, потом двинул лошадь вперёд. Ещё несколько темпов... Стоп! Немец неожиданно остановил и осадил лошадь назад — видно, что-то не понравилось в управлении. Снова галоп... Порядок? Порядок! Ханц-Петер бросил взгляд на первое препятствие и направился к линии старта.

Резкий удар колокола — старт дан!

Три темпа, три мощных скачка — и гнедой взмыл над первым препятствием... Чисто! Чуть наклонившись вперёд, собирая коня в повороте перед следующим барьером, всадник слегка придержал, а потом, уже в зоне препятствия, вновь чуть отпустил повод... и Домшлатц элегантно и мощно перелетел на ту сторону! Чисто!..

Трибуны захлопали. Перед стартами комментатор специально просил зрителей воздерживаться от аплодисментов, пока всадник находится на маршруте, но мыслимо ли устоять?..

По счастью, Домшлатц никак не отреагировал на одобрительный шум: полное сосредоточение, в котором он пребывал, не позволяло отвлекаться на посторонние звуки. Человек и лошадь одинаково тщательно готовились преодолевать тройную систему, оформленную в виде трёх знаменитых петербургских мостов. Им предстояли три очень трудных и совершенно разных прыжка, но они справились, словно на одном дыхании пролетев над всеми мостами...

Зал снова зааплодировал. Напор и темперамент этой пары явно импонировали зрителям.

Но до конца маршрута было ещё далеко. Снова поворот, а за ним параллельные брусья. Только приземлишься — и тут же опять поворот и сразу «чухонец»...

Безукоризненно одолев параллельные брусья, Конле на единственный миг зазевался, не удержал могучего Домшлатца... и проскочил поворот. В результате пришлось «темпить» коня — галопировать чуть не на месте, чтобы подойти к препятствию под нужным углом. Места для разгона практически не оставалось, казалось, прыжок сделался невозможен...

Зрители перестали дышать, Аня вцепилась в руку Сергея, её ноги под сиденьем не стояли на месте, «помогая» Ханцу-Петеру и коню...

Но умница Домшлатц, выпущенный всадником буквально в последний момент, одним скачком набрал нужную скорость и взвился из-под самого препятствия, чтобы гибко, как кошка, пролететь над коронованными головами двух чёрных «каменных» сфинксов... Чисто!!!

Гробовая тишина зала обрушилась лавиной оваций. Все заговорили и зашумели разом, обсуждая увиденное.

До следующего препятствия — двойной системы — оставалось ещё метров двадцать, и Конле воспользовался этим, чтобы отдать лошади повод и коротко, по-деловому, поблагодарить её, трижды хлопнув ладонью по шее. Конь принял заслуженное поощрение, мотнув головой и чуть нарастив темп галопа. Спортсмен с лёгкостью ввёл коня в поворот. Почти не сбавляя темпа, направил его на первое в системе препятствие... И прыжок Домшлатца оказался чересчур мощным. Он приземлился далеко за барьером и сам тотчас понял свою ошибку... но погасить собственную инерцию и толком подготовиться к следующему прыжку уже не успел. Гулкий удар... и на землю полетела сбитая жердь!

Трибуны охнули в знак сочувствия и разочарования. Сглазили!..

Сергей досадливо хлопнул себя ладонями по коленям. Он-то думал, ничто уже не в силах отвлечь его от тягостных размышлений о Заказе и о собственной глупости, но конник есть конник: происходившее на поле незаметно захватило его.

— Ну!.. А как азартно ехал! — проговорил он, сочувствуя неудаче немецкого спортсмена. — Я уж думал, весь маршрут чисто пройдёт... И конь классно напрыган. Видела, как он его на «чухонце» выручил? А?

Аня только кивнула. Всё было понятно, в том числе и волнение всадника, приведшее к досадным ошибкам... Шутка ли — первым на таких соревнованиях выступать! И лошадь действительно превыше всяких похвал. Вальса бы до такого класса довести... А что? Чем мы-то хуже?..

Ханц-Петер Конле между тем финишировал. Он не допустил больше ни единой помарки и выехал из манежа под сочувственные и благодарные аплодисменты. Не горюй, мол, всяко бывает. Подумаешь, сегодня не повезло!

Его результат объявила женщина-комментаторша:

— Ханц-Петер Конле закончил маршрут за одну минуту тридцать семь секунд, имея четыре штрафных очка...

Голос у неё был поставлен великолепно. Информацию повторили по-английски и мгновенно высветили на электронном табло. И тут над полем зазвучал голос третьего комментатора. Мелодичный мужской дискант, который в последующие дни зрителям предстояло крепко запомнить, принялся объяснять непосвящённым, что четыре очка — это-де совсем даже немного. Подумаешь, одна-единственная ошибка. Всего-то одна жёрдочка и упала. Ну кто, мол, не имеет права на маленькую оплошность?

Он был кругом прав — но на соревнованиях такого ранга, как «Серебряная подкова», повал хотя бы одной жерди означал для спортсмена не только расставание с мечтой о победе, но скорее всего даже и откат за пределы призовых мест. Зрители оценили шутку и весело загудели: грех, в самом деле, не пожелать симпатичному немцу удачи назавтра...

На манеж выехал следующий всадник и не спеша поскакал, готовясь взять старт.

Сергей воспользовался затишьем:

— Ань, слушай, я вот ещё что... Я Вовчику всё рассказал. Ну, солдатику, помнишь, мы вчера вечером с ним?..

— Что рассказал? — не поняла Аня.

— Да про Заказа.

Она всплеснула руками:

— Нет, с тобой точно не соскучишься!.. Кому Цыбуля велел, чтобы без дурацких инициатив?..

— Ань, он же все ночи там, — не сдавался Сергей. — Ему к деннику подойти и коню в зубы глянуть — плёвое дело. И вообще, пусть за обстановкой понаблюдает. Может, заметит что интересное...

— Ты со своими затеями пока что добился, что тебя самого «заметили», Пинкертона несчастного!.. Тебе ведь сказали, что сюда следователь едет? Сказали?.. Ты вот представь, что вместо тебя на ипподроме «чайник» в седло... Который скачки только по телевизору... Да что с тобой вообще разговаривать!!! Хочешь вроде Заказа своего выручить, а получишь... шкуру с копытами. И сам виноват будешь!.. — Сергей молчал так пришибленно, что Аня смягчилась: — Что касается понаблюдать... Ну, тут, может, у тебя ума всё же хватило... Парень-то надёжный хоть? А то знаю я таких Вовчиков...

— Свой в сосиску, — буркнул Сергей. — Я за Вовчика голову... Наш, скаковой!

Аня устало махнула рукой:

— Скаковой — это, конечно, в таком деле лучшая рекомендация... Ладно, давай всё-таки соревнования посмотрим немножко...

Девятой или десятой на поле выехала московская спортсменка. Удивительно женственную, изящную всадницу в красном, отлично сидящем рединготе встретили шквалом аплодисментов, и даже торжественный голос комментатора прозвучал с особенной теплотой. Молодую женщину и белоногого красавца Рейсфедра в Питере любили и знали.

— Смотри, Серёга, прямо мой Вальс! — приосанилась Аня.

— Похож, — согласился Сергей, любуясь, как переливается на свету огненная шкура коня. — Только этот помассивнее. Мышц побольше...

— Ничего! — заверила Аня. — И мы скоро поднакачаем!

Спортсменка, приветствовав публику, стартовала. Рыжий Рейсфедр, направляемый уверенной и твёрдой рукой, золотой птицей пролетел над всеми препятствиями и принёс всадницу к финишу без единого штрафного очка.

Трибуны неистовствовали. Дай волю, на руках пронесли бы Наташу по кругу почёта. Вместе с Рейсфедром...

Довольная спортсменка щедро охлопала коня по крутой лоснящейся шее и под гром рукоплесканий выехала из манежа.

Объявив результат, комментаторша впервые утратила бесстрастный тон и, не скрывая личной симпатии, провозгласила москвичку лидером соревнований.

— Молодчина! Знай наших! — хлопала в ладоши Аня. — А посадка какая?.. Куда вам, мужикам!.. Вот погоди, мне бы Вальса чуть-чуть ещё подучить...

Приятный дискант уже заливался соловьём, рассказывая о создании лучшей отечественной спортивной породы — буденновской, подарившей Наташе и всему миру Рейсфедра. Комментатор оснащал свой рассказ такими удивительными подробностями, о которых никогда, наверное, не слыхал и сам маршал Семён Михайлович, её основатель, а если бы услыхал... В огороде бузина, а в Киеве дядька! Между прочим выяснилось, что «буцефал» — это *порода* любимой лошади Александра Македонского. А вовсе не кличка. И был сей конь ослепительно *белым*[1], а не

---

[1] «Белой» масти в коневодстве не признаётся. Таких лошадей называют «светло-серыми», подчёркивая тем самым, что белая шерсть — на самом деле седина, вытеснившая волос первоначального окраса. Комментатор, таким образом, с точки зрения конников, выражается совершенно безграмотно.

вороным, как утверждают некоторые невежды. Жаль только, буцефалы давным-давно вымерли и сейчас таких лошадей уже нет... Начал было философствовать на тему дон-кихотовского Росинанта, тоже *белого* и к тому же вроде установившего рекорд лошадиного долголетия...

Народ, пришедший в «Юбилейный», как говорится, не с улицы, сперва отвечал возмущёнными выкриками. Потом начал откровенно прикалываться и ждать новых словесных шедевров. Рассказ, впрочем, на самом интересном месте был прерван следующим всадником, выехавшим на поле.

— Серёга... смотри!

Всадник был крупного телосложения, в чёрном рединготе и чёрной жокейке, в высоких, начищенных до ослепительного блеска чёрных сапогах, на фоне которых так и сияли белые бриджи. И лошадь была ему под стать — огромнейшая рыжая кобыла, легко и энергично ступавшая по манежу. В уголке белоснежного вальтрапа красовался на голубом поле жёлтый крест шведского флага.

— Это же... — ахнула Аня.

— Здорово смотрится! — оценил Сергей мощь потомка викингов и его четвероногой партнёрши. — И кобыла правильная...

Швед корректными поклонами приветствовал публику. Чуть заметная скованность выдавала, как сильно он волновался. Это не укрылось от Ани, и девушка проворчала:

— На воре шапка горит!..

Как ни ругала она «несчастного Пинкертона», а обидчиков Заказа — и, не приведи Бог, Сергея — живьём готова была проглотить.

— ...На старт приглашается Бенгт Йоханссон на лошади по кличке «Слипонз Фари» датской теплокровной породы. Команда Швеции...

Серёжка замер, глядя во все глаза. Под ложечкой гадко щемило.

Швед медленно, шагом выехал в центр манежа. Снял жокейку, поклонился судьям...

Открытое, простое лицо. Короткие светло-русые волосы. Горящие, пронзительные глаза. И волевые, отточенные движения.

Сергей тщетно внушал себе, что перед ним собственной персоной похититель Заказа. Как минимум, соучастник. Его следовало ненавидеть, но Сергей ничего с собой поделать не мог. Швед ему нравился.

Некое чувство, глубинное, неошибающееся и непонятное, властно утверждало: этот парень подлецом быть не мог. Не мог — и всё! Вот он подбирает повод, вот начинает непринуждённым галопом кружить по манежу, *разговаривая* со Слипонз Фари, настраивая любимицу на успешное выступление... И этот человек — вор?!! Что-либо сформулировать рационально Сергей, впрочем, и не пытался. Просто смотрел и смотрел, всем существом впитывая каждое движение шведа... и всё настойчивее ощущая в нём нечто прямое, решительное... честное. Предположить, чтобы он мог совершить зло? Пойти на преступление, украсть?.. Да ещё... Кузю?.. Нет. Не мог!!!

Сергей даже заёрзал на стуле:

— Хватит тянуть, прыгай давай...

И тут же ударил колокол — можно стартовать.

Развернув лошадь, Бенгт подчёркнуто хладнокровно водрузил жокейку на голову, разобрал повод — и уверенным коротким галопом двинулся к первому препятствию...

Старт!

Швед точно подвёл кобылу к барьеру, Слипонз Фари вычертила в воздухе красивую, правильную траекторию, мягко приземлилась... И, уже встав после препятствия на все четыре ноги, вдруг шаловливо отбила в воздухе задом!

Трибуны заинтересованно загудели.

Йоханссон слегка тронул свою питомицу шпорой, и она, оставив игрушки, по-деловому двинулась дальше — к следующему барьеру.

— Смотри, какие мы темпераментные, — отозвалась на выходку лошади Аня. — Я-то думала, у них у обоих характеры нордические... выдержанные...

— Выезжена хорошо. А так, похоже, у неё ещё то шило в заднице...

Швед ехал расчётливо и очень технично. Не спешил, с ювелирной точностью обрабатывал препятствие за препятствием и знать не знал, что одна отдельно взятая девушка в зале видит в нём только преступника. Который должен сидеть не на лошади, а в тюрьме.

— Серый, — спросила она, — а этот... Панаморев когда должен приехать?

— Подожди... Не отвлекай...

Аня изумилась до глубины души:

— Ты что?.. За него болеешь?

Сергей не ответил.

До финиша Бенгту осталась сущая ерунда. Ехал швед здорово, да и все самые сложные препятствия остались уже за спиной. Слипонз Фари спокойным галопом несла его к предпоследнему на маршруте барьеру... Но... «из мёртвой главы гробовая змея»... Кобыла двигалась легко и пластично: само послушание и гармония. Бенгт плотнее опустился в седло, заранее готовя поворот и примериваясь к барьеру. Ещё чуть-чуть и...

Слипонз Фари выбрала именно этот момент и вновь ударила задом. Задние ноги хлёстко взметнулись... И — резкий стук! Копыто попало по стойке уже пройденного препятствия!.. Стойка — старинный фонарь с завитушками — покачнулась... и жердь, висевшая на ней, полетела на землю...

Трибуны ахнули. Вот так, между прочим, люди жизнь себе укорачивают.

— Ох, дьявол!.. — не выдержал и Сергей. — А ведь нулём мог проехать!..

— Серый, что-то я не... Это же швед! Который Заказа!.. Ты что, действительно за него..?

— Во-первых, он... — Сергей хотел попытаться что-то объяснить, но раздумал. Как выразить то, что сам, извините, только печёнками?.. И Сергей просто сказал: — Ехал-то всё равно классно. Всадник что надо!

— И кобыла правильная, — фыркнула Аня.

Швед финишировал.

— Спортсмен закончил маршрут за одну минуту сорок девять секунд, имея четыре штрафных очка, — вынесла приговор комментаторша. — На старт приглашается...

Следующий всадник свалил на поле почти половину препятствий.

— Фашист пролетел, — оценила его выступление Аня.

Судьи долго подсчитывали штрафные очки («Калькулятора не хватило», — ядовито предположил Сергей), а служители восстанавливали маршрут, ибо знаменитые питерские шедевры действительно лежали в развалинах, как после налёта гитлеровской авиации. Вот тут-то знаток «породы „буцефал“» воспользовался вынужденным перерывом и вволю отыгрался на зрителях. Правду сказать, народ на трибунах уже понял, чего от него ждать, и раздавшийся дискант встретили улыбками и аплодисментами: «Ну, друг, не подкачай, выдай перл...»

И перл действительно состоялся.

Комментатор начал вещать о великих конных традициях нашего города, восходящих (а что у нас не восходит?) к эпохе Петра Великого. Который, естественно, сам фанатически любил лошадей...

На это Аня кивнула:

— Шла бы речь о компьютерах, он бы у них и компьютеры полюбил...

— ...Особенно арабских скакунов, — развивал свою мысль комментатор. — Не случайно Фальконе позировали для Медного всадника именно арабские лошади...

Судя по хохоту в зале, публика дружно представила себе двухметрового Петра верхом на крохотном арабе.

— Эй, ты сам-то арабов видел когда-нибудь? — заорал мужской голос совсем рядом с ребятами. — Может, на Аничковом мосту?

Но комментатор, слыша только себя, с прежним энтузиазмом поведал, будто чучело рыжей Лизетты —

якобы петровской любимицы, носившей царя в Полтавскую баталию, а ныне упокоенной «на вечной стоянке» в Зоологическом музее, — вовсе даже являет собой не кобылу, а жеребца. Вот вам!

— Кличка «Лизетта», — продолжал комментатор, — скорее всего есть русская интерпретация слова «Лизетто», или, вероятнее, даже «Лизотто», — лошади то ли неаполитанской, то ли испанской породы, подаренной Петру соответствующим двором...

Откуда он почерпнул эту информацию, осталось навсегда его тайной.

— Нигде не почерпнул. Прямо сейчас сам и выдумал, — поделилась Аня с Сергеем. Дилетант, отливавший подобные пули на соревнованиях европейского класса, начинал её раздражать.

— ...И был этот чудо-жеребец, несмотря на совсем неказистый рост, премного любим нашим славным царём за его удивительную выносливость. А выносливость Лизотто, уважаемые зрители, объяснялась исключительно большим процентом арабской крови в жилах обеих названных мною пород. За это-то арабское происхождение так горячо и любил его Пётр...

— А тебе — Нобелевскую премию, — сказала Аня. — За выдающееся историческое открытие.

Комментатор казался неисчерпаемым:

— Впрочем, некоторые утверждают, что Лизетта попал к Петру случайно. Принадлежал он тогда казачьему есаулу или уряднику — вестовому, бывшему под Полтавой рядом с царём. В порыве боевого азарта Пётр якобы схватил ближайшую лошадь и устремился на ней в самую гущу событий... Молва также гласит, что и кличку свою благозвучную наш герой получил уже в царской конюшне, ибо ранее звался кличкою, для царских ушей неприличной. Целыми днями маленькая рыженькая лошадка достойно носила царя, весившего, прямо скажем, немало, и ни разу не споткнулась под ним. И потому в старости по указу Петра жила в почёте, достатке и холе до самой своей смерти...

— Всё, что ли? — хмуро поинтересовался Сергей.

— Существует и третья версия, — осчастливил публику комментатор. — Лизетта — жеребец персидской породы, семейный баловень, всюду сопровождавший Петра. Когда Лизетта скучал, он сбегал из конюшни и носился по царским покоям, разыскивая хозяина. Представляете — конь, бегающий по Грановитой палате... Утверждают, что даже к царским застольям сей жеребец допущен бывал. Одно утешает — в сенат не водили... Хотя... Цари — они ребята, понимаешь, с причудами...

Сергей поймал себя на том, что готов лично отправиться в Зоологический музей и подробнее присмотреться к древнему чучелу. На предмет породы и пола.

— Ань, — спросил он, — ты случайно не в курсе, лошадка эта... Лизетта... она там в попоне стоит?

Аня совершенно правильно истолковала вопрос.

— Ты знаешь, — сказала она, — когда делают чучело, они у него всё отре...

Возможно, у «массовика-затейника» имелись насчёт петровского коня ещё штук пять версий, но его ораторский изыск был остановлен появлением следующего участника состязаний.

Поле было готово, маршрут — в полном порядке...

На красивейшем вороном жеребце в манеж выехал всадник в военной форме, с майорскими погонами на плечах.

— А это кто? — поинтересовался Серёжа.

— Вася Гудзюк, ЦСКА. Опытнейший мужик... — Аня со жгучим интересом следила за всадником. — Техника — зашибись...

Рысью, изящно привставая на стременах, Василий Гудзюк описал круг по манежу и замер в центре поля. Только розовые пятна на побледневшем лице выдавали внутреннее напряжение...

Присутствующие приготовились услышать традиционное: «На старт приглашается...», но вместо этого вновь зазвучал голос радиобалагура:

— Внимание! Уважаемые дамы и господа, меня попросили передать кратенькое сообщение: «Гостя наших соревнований господина Путятина убедительно просим срочно пройти в оргкомитет соревнований». Повторяю...

Всадник на манеже, для которого это было равносильно толчку под руку в самый ответственный момент, вскинул голову и посмотрел на судейскую ложу.

Сергей повернулся к Ане.

— Это что, твоё объявление подоспело? Когда ты меня потеряла?..

— Да я никакого объявления не давала, хотела только. — Аня удивлённо пожала плечами.

— Всё ясно. — Сергей уже поднимался с сиденья. — Вот выйдем сейчас, а на нас десять человек с монтировками... А что, может, правда швед бучу поднял? Ну, из-за моего визита...

— Я в детстве когда-то месяц каратэ занималась, глядишь, вспомню чего, — подытожила Аня. — Ну, пошли! Сразу и выясним...

# Глава восьмая
## ДЕНЬ ПЕРВЫЙ (ПРОДОЛЖЕНИЕ)

В оргкомитете почти никого не было, только девушка-секретарь сидела за столом, разговаривая с кем-то из представителей команд. Все остальные занимались делами — кто в зале, кто в судейской коллегии.

Однако вызов, переданный по трансляции, оказался самым что ни есть настоящим. Навстречу Ане с Сергеем поднялся незнакомый мужчина. Где-то под сорок, худощавый, широкоплечий, повыше среднего роста. В руках он держал вместительный старомодный портфель.

«Панаморев! — догадался Сергей. — Следователь! Приехал-таки!.. Антон, как там дальше... — И запаниковал: — Георгиевич? Геннадиевич?..»

«А дядька со вкусом, — отметила про себя Аня. — Рубашка пёстрая, клетчатая, а костюм серый — нормально. Умный, наверное...»

Лицо под короткой стрижкой было самое обыкновенное. Загорелое, но не сильно — даже на юге не больно-то загоришь, просиживая в кабинете. Небольшие залысины, резкие скулы, прямой острый нос... Выражение — непроницаемое. Профессионал. А вот глаза...

В «зеркале души», как сразу определила Аня, скрывалось застарелое невеселье. Или, может, просто усталость? Нет. Карие глаза были определённо печальными. Одинокими. И вообще, если присмотреться внимательней, была в «дядьке со вкусом» какая-то... неухоженность, что ли. Неустроенность. Есть, оказывается, разница, кто тебя собирает в дорогу — ты сам или другой человек, притом тебя любящий. От мужского взгляда это можно скрыть. От женского...

Аня невольно потупилась. Нехорошо, в самом деле, вот так рассматривать человека.

— Простите, — произнёс незнакомец. — Вы Путятин? Сергей?

— Да, — внутренне собираясь в комок, ответил Серёжа.

— Разрешите представиться — Панаморев. Антон Григорьевич. Следователь Сайской городской прокуратуры. — Мужчина пожал руку Сергею. — Вот моё удостоверение...

Ладонь у Антона Григорьевича была широкой на удивление — кисть маленького жокея в ней попросту утонула. Панаморев спрятал удостоверение обратно в карман и решил смягчить несколько напряжённую обстановку. Было ясно, что девушка, вошедшая вместе с Путятиным, доводится парню далеко не случайной подружкой, и он вежливо поклонился:

— Можно просто — Антон...

— Аня... — Ладошка у неё оказалась крепкая, твёрдая и мозолистая. — Знаете, а мы вас так ждали!..

— Пойдёмте куда-нибудь, где можно спокойно поговорить, — предложил Антон. Комната оргкомитета, в которой, кроме них, находилось всего двое, чем-то не удовлетворяла его.

Аня сразу предложила:

— Может, в кафе? Там сейчас, наверно, вообще ни души, все на трибунах сидят. Да и вы небось проголодались с дороги, хоть по кофе с плюшкой употребим...

— Питерское гостеприимство, — улыбнулся Антон. — Ведите, ребята.

В «заведении для всех» действительно было почти совсем пусто. Лишь за одним столиком кофейничали несколько работников «Юбилейного»: благополучно начавшиеся соревнования для них означали временное затишье в работе. Лошадники — Анины знакомые, способные вольно или невольно помешать разговору, — отсутствовали начисто.

Антон сразу облюбовал столик в углу, самый дальний от входа, и они заказали кофе на всех. Панаморев и Аня взяли ещё бутербродов. Сергей отказался.

— Веса гоняю, — пояснил он с некоторым смущением.

— Веса?.. А-а, вес... понятно. Диета. Вы ведь жокей, — кивнул Антон. Помешал ложечкой густой, раскалённый напиток, попробовал его, одобрил и кивнул:

— Ну, рассказывайте.

— Я скакал в Сайске Дерби... — обстоятельно начал Сергей. — На Заказе. Он в этом сезоне не ладил, хотя по всему должен был. Вот меня и...

— Что значит «не ладил»?.. — спросил следователь. Сергей непонимающе смотрел на него, а Панаморев добавил: — И насчёт Дерби поясните, пожалуйста, поконкретнее. Что это такое?

Сергей принялся объяснять, хотя сердце у него порядком упало. И это — сыщик, на которого они так надеялись?.. Да может ли он что-нибудь про Заказа понять, если азов конного дела не смыслит?.. Если ему один хрен — то ли английская чистокровная, то ли владимирский тяжеловоз, то ли последняя беспородная кляча с Дворцовой?.. Пять минут назад, на трибуне, Сергей сам себя выпороть был готов за мальчишество. Туда же, мол, голливудских боевиков насмотрелся! Поперёд батьки в пекло полез! Потерпеть не мог, профессионала дождаться!.. Вот — дождались. Приехали...

Панама был бы плохим следователем, если бы не заметил досаду и разочарование молодого жокея. Но реагировать на эмоции не стал. Он молча слушал, не торопясь жевал бутерброды — и безжалостно останавливал Серёжу, если находил нужным что-нибудь уточнить или потребовать разъяснений.

Пока очевидно было одно. За своего Кузю, то бишь Заказа, молодой жокей полезет на какой угодно рожон. Если не прямиком в петлю.

Панама решил дать парню время собраться с мыслями и остыть:

— Может, ещё по чашечке? Кофе у вас тут действительно мировой, давно такого не пил. У нас в Мухо... в Сайске... Да что я говорю, сами знаете.

Серёжа с некоторым трудом вернулся к реальности:

— Ой, да... Конечно... — и вскочил со стула.

— Ты лучше рассказывай. — Аня придержала его за руку и встала сама. — Я принесу. Антон... — она запнулась, — Григорьевич, вам ещё бутербродик?

— Спасибо, Анечка, хватит мне. — Антон улыбнулся и подумал, что с подругой жокею определённо повезло. — Только чашечку кофе. И мы ведь договорились — просто Антон.

Серёжа тем временем слегка перевёл дух, вспомнил кое-какие подробности и снова начал рассказывать. Об отсутствии у Заказа клейма, о хлыстике с кожаной шишечкой на рукояти, о лёгких скаковых подковах, самодельных, а стало быть, уникальных...

Аня вернулась к их столику с тремя чашечками кофе.

— Так, — услышала она голос Панамы. — Теперь давай подведём результат. Что мы имеем?.. Ты абсолютно уверен, что это — ваш конь?

— Голову на...

— Твою голову в протокол не запишешь. — Антон положил руки на стол, как припечатал. — Скажем так — серьёзное подозрение?

— Как в газетах пишут, «человек, похожий на...», — хмыкнул Сергей, вспомнив «банные» разоблачения, недавно отгремевшие в прессе. Он понимал, о чём говорит следователь. — «Конь, похожий на Заказа»... ну, процентов на восемьдесят пять...

— Очень хорошо. Но надо, — Панама вздохнул, — все сто, и притом железно доказанные. Что мы, грубо говоря, в суде предъявлять будем?.. У тебя, извини, в основном эмоции, а у шведа — документы с печатями...

— Липовыми, — заявил Сергей мрачно. Ему снова вспомнился благородный индеец Нико, именно в таких случаях и вступавший на тропу войны: ну вот же он, вот он, злодей, и всем вроде всё про него ясно... а хвост стервецу прищемить нечем. Окромя железного кулака...

— Хлыстик в зубах — доказательство косвенное. — Панама объяснял юридические азы, пожалуй, терпеливее, чем Сергей — конные. — А возраст, из-за которого ты тут так бился, вообще, кстати, не доказательство. Да, привёз трёхлетнего коня... Что, права не имеет?

— Ни в коем случае! — убеждённо мотнул головой Сергей. — На эти соревнования — не имеет. Тут только старшего возраста...

— А кто тебе сказал, что он его привёз именно для участия в соревнованиях? Если он не совсем дурак, именно так он и будет утверждать. Соревнования — повод, а цель может быть совершенно другая. Коммерческая, например. Продажа, обмен, мало ли ещё что...

— Но ведь это точно Заказ! — повторил Сергей с отчаянием. — Я *знаю*!..

Панама откинулся в пластмассовом кресле:

— Меня-то ты что за Советскую власть агитируешь?.. Я тебе верю... Но, если мы хотим, чтобы он остался в России, это надо доказывать. Причем очень жёстко, с вещественными доказательствами. Иначе нас не поймут... А вещдок у нас, как я понял, пока один — скаковые подковы. Для прыжков такие точно не употребляются?..

— Никогда...

— Уже хорошо. Зато всё остальное, пардон, — в пользу бедных. Похож, говоришь?.. Как две капли воды?.. И свидетели подтвердить могут?.. А тебе ответят — зрительный обман. Да и правильно сделают. Видел я разок, на всю жизнь запомнил... Купил я давно когда-то фотообои с берёзовой рощей...

Аня, давно уже мысленно примерявшая к своей квартире то один, то другой фотопейзаж, заинтересованно слушала.

— Дурное дело нехитрое: принёс и наклеил, — продолжал следователь. — Рядом столик поставил на берёзовых ножках, табуретки такие же... Идиллию развёл, аж противно. И дверь в комнату закрыл — от кошки, а то, не дай Бог, мокрые окарябает... День да ночь — высохли. Прихожу домой... а кошка моя мне мячик всегда приносила, чтобы сразу играть. Я его у неё забираю, дверь настежь — и без всякой задней мысли бросаю мячик об стену. Кошка за ним... И вдруг слышу грохот! Мячик-то отскочил, а кошка нет — дальше в лес побежала... Это я к тому, чтобы и нам с тобой, Серёжа, шишек случаем не набить...

Сергей расстроенно смотрел в стену. Его очень тянуло спросить Антона Григорьевича: «Ну что? Можно смеяться?..»

— Кстати, о фотообоях! — Аня вновь переключилась на «вещдоки» и «косвенные доказательства». — Между прочим, у нас фотографии Заказа есть. Как раз в день Дерби прямо на ипподроме снимали! Правда, на одной он там скачет, а на другой — только голова и рядом Серёжка...

— Уже кое-что! — Панама сам был не слишком в этом уверен, но не желал упускать ни малейшего пустяка. — А такой нет, чтобы конь во весь рост? Просто стоял, как в программках?

И он кивнул на объёмистую пачку печатной продукции, которой его не преминули снабдить в оргкомитете.

— Такой... — задумалась Аня. — Такой нет.

— Погоди, — неожиданно воспрянул духом Сергей. — Он ведь нас всяко-разно снимал... И без седла — точно помню! И наверняка во весь рост, зря, что ли, всё пятился, подальше отходил... А мне подарил только те, где я есть. — Сергей вдруг умолк и озадаченно посмотрел на Антона. — Правда, он тоже швед...

— Всюду шведы, — насторожился Панама. — У них что, заговор?.. И «он», кстати, — это вообще кто?..

— Фотокорреспондент, — улыбнулся Сергей. Из конного журнала. Как его... Ульрикссон. Мужик первый сорт! С королевским конюшим меня познакомил... Тут, на этих соревнованиях. Надо у него поинтересоваться, может, фотку какую надо найдёт...

— А соотечественнику не заложит? — недоверчиво спросил Панаморев. — Вдруг они с ним знакомы...

— Конный мир тесный вообще-то, — нахмурился Серёжа.

— И шведов всего миллионов, кажется, восемь, — добавила Аня. — Небось все знают друг друга!

— Значит, решено. — Антон отхлебнул кофе из чашечки. — Ты, Серёжа, попробуешь раздобыть у фотографа снимок, причем хорошо бы не акцентировать наш повышенный интерес. Мол, на память... Так классно снимаете, на доску почёта повесим... Да что я тебе объясняю, сам лучше придумаешь. Ну, чтобы правдоподобно звучало, по-вашему, по-конному...

— А то! — Получив конкретное задание, Сергей опять рвался в бой. — Я прямо сегодня... Он наверняка тут, где-нибудь в зале...

— Вот и славненько. Времени-то у нас с гулькин нос: на всё про всё день да ещё чуть-чуть. Спешить надо... — Панама помешал ложечкой в чашке. — Только, прямо вам скажу, пока шансов не густо. Я, конечно, всё следствие запущу с космической скоростью... Завтра с утра должны подогнать материалы из Сайска и Михайловской. Там тоже работают... — Он снова подумал о ночном звонке прокурора, бросившем его из Сайска в Санкт-Петербург, о громадной следственной машине, как по мановению волшебной палочки раскрутившей свои тяжёлые маховики... О погибшем пенсионере, ради которого не предпринималось и половины подобных усилий... И проговорил с очень нехарактерной для себя откровенностью: — Надо же, целый сыр-бор из-за какой-то лошади... Пусть хорошей, но всё-таки... На пол-страны страсти-мордасти устроили...

— Что значит — из-за какой-то? — неожиданно взвился Сергей. — Да вы знаете хоть, что это за конь?!! Ни черта вы не знаете!..

Панаме показалось, что парень готов был наброситься на него с кулаками. И в какое-то мгновение он был недалёк от истины. Но мгновение миновало. Сергей покрылся жаркими пятнами и сказал только:

— Мы-то надеялись... Аня, пошли!

Взгляд девушки был не таким откровенно враждебным, но по выражению её лица Антон понял, что сморозил страшную ересь. Он перегнулся через стол и крепко взял Сергея за руку:

— Сядь! Остынь!.. На эмоциях далеко не уедешь!.. — Жокей руку выдернул, но всё-таки подчинился, и следователь продолжал: — Ты подумай лучше о том, что дело получается международное. Они там эмоций не понимают, им всё обоснуй... Вот ты сам как, например, думаешь? Почему швед именно к вашему коню прицепился? Что, других мало? Их ведь за рубеж пачками продают, я же справки навёл. Прямо здесь, в Питере, покупают. А его — почти через всю Россию тащили... Что он, бриллиантовый?.. Из чистого золота?..

— Из чистого!.. — Серёжа в лицо Панаме старательно не смотрел, но тон оставался ершистым. — У него кровь золотая!

И, неожиданно вскинув глаза, принялся зло и азартно пересказывать Панамореву то, что сам недавно услышал от тренера Петра Ивановича. Рассказывал горячо, сбивчиво, путано. Приводил множество кличек, которых Панама, естественно, не запомнил — только то, что все как одна были замысловаты и благозвучны.

Антон слушал молча. Потом вылил в рот изрядно остывший кофе и задумчиво произнёс:

— Секретариат, говоришь?.. Семь миллионов долларов?.. «Лошадь столетия»? Поня-атно... А ведь это, пожалуй, версия... И очень может быть, что реальная. Слушай, Сергей, а можно как-нибудь у лошади происхождение подтвердить? Ну не знаю... По крови там?.. По генам?

Серёжа задумался:

— Можно-то оно можно... Есть в Москве лаборатория иммуногенетики. Там должны этим заниматься... Но, как я слышал, им нужна кровь отца, матери... Только у Заказа матери нет — при родах погибла. А папенька — в Англии...

— Всё равно кровь «Сирокко» получить необходимо. Причём самым что ни есть официальным путём. С протоколом забора, со свидетелями... Чтобы если уж аргумент, так весомый! По Заказу у вас в заводе небось все данные есть? Так вот, коли они совпадут... Даже если коня, не дай Бог, уже увезут...

— То есть как увезут?..

До сих пор Сергей этой возможности даже и в мыслях не допускал. Как угодно, каким угодно способом, — но Заказ должен был остаться в России. Даже если для этого...

— А вот так, Серёжа, и увезут. — Панама был откровенно безжалостен, словно врач, не боящийся огорошить пациента страшным диагнозом: сопли в сторону, брат, будем вместе бороться! — Времени у нас, повторяю, кот наплакал. А доказательств... Ладно. «Ближе к телу»! Сейчас мы найдем директора соревнований и обговорим забор крови. Где он может быть?

— Если в оргкомитете нет, — включилась в разговор Аня, — значит, на трибуне сидит.

— Что ж, сперва в комитет, потом на трибуну...


В оргкомитете директора не оказалось.

Расспросив у секретаря, где конкретно его можно найти, все трое направились в зал. Они как раз поднимались на трибуну рядом с судейской ложей, где по логике вещей следовало находиться Александру Владимировичу, когда новое объявление комментатора буквально пригвоздило их к месту:

— На старт приглашается Бенгт Йоханссон на Сирокко. Лошадь чистокровной верховой породы, девяностого года рождения. Команда Швеции...

«Интересно», — подумал Панама. Аня закусила губы... А Сергей, теряя дар речи, так и впился взглядом в ведущий на арену проход.

Шведа не было видно.

«Неужели я так ошибся...— билось в голове у Сергея. — Девяностого года... Господи, неужели... Но тогда где же Заказ?!!»

Время шло. Бенгт Йоханссон не появлялся...

— С момента вызова до момента явки на старт всаднику даётся минута, — шёпотом пояснила Аня Панаме. — Если в течение этого времени он не явится, его исключают из соревнований...

— Понятно,— кивнул Антон Григорьевич... и, сделав для себя совершенно правильный вывод, произнёс очень спокойно: — Ну что ж... подождём...

Сергей не думал уже вообще ни о чём — он просто смотрел. Вот сейчас в проходе покажется гнедая голова... Распахнутся створки ворот, и высокая гнедая лошадь, вышедшая на манеж, «нулём» отпрыгает весь маршрут. И ускачет под аплодисменты... как положено опытному турнирному бойцу, да ещё в умелых руках... Швед-то прыгать мастер, это мы уже видели... Вот тебе и двести процентов! И голова на отсечение!.. И главное — тогда где же Заказ? Всё-таки у цыган?..

В проходе, перед самым выходом на манеж, *действительно возникла голова гнедого коня...*

Сергей вздрогнул и окаменел.

— Спортсмен исключается из соревнований из-за неявки на старт! — прогремел усиленный электроникой голос. — На старт приглашается...

Сергей понял, как чувствуют себя помилованные на эшафоте.

В манеж выехал всадник на гнедой лошади. Но — не швед.

— Вот вам и ещё одно доказательство, — тихо проговорил Панаморев. — Тоже, правда, косвенное...

— А я было подумал — совсем крыша поехала... — Голос у Сергея дрожал. — Неужели, думаю, всё ж таки обознался? Ан нет... Нет, не мог...

— Пока всё за нас. — Панама положил Серёжке на плечо руку. — Ну, двинули. Дела делать надо.

Они подошли к судейской. Охранник, стоявший у входа, решительно преградил им дорогу. Антон вытащил удостоверение. Бдительный страж изучил

272

панаморевскую «ксиву» внимательно и с уважением, но внутрь всё равно не пустил. Лишь обернулся и окликнул мужчину, с рацией в руках стоявшего у одного из столов:

— Александр Владимирович! Вас тут спрашивают!

Директор встрепенулся, вопросительно глянул на незнакомца и, заметив рядом с ним Аню, приветливо улыбнулся, шагнув к выходу из судейской:

— Аннушка? Что-нибудь случилось? Проблемы?.. — Панама представился, и лицо директора стало сразу серьёзным: — Чем могу?..

Антон Григорьевич немедля взял быка за рога.

— У нас чрезвычайно серьёзное дело, так что прошу уделить нам несколько минут. Желательно не здесь...

— Какого рода дело? — Директор напрягся, как усталый лис, вновь заслышавший вдали рога псовой охоты. Ему и так следовало быть в пяти местах одновременно, а тут ещё...

— Касающееся одной из лошадей. И действительно серьёзное, — подчеркнул Панама.

— Друзья мои!.. — Теперь на лице Александра Владимировича было форменное страдание. — Через одного всадника у нас перепрыжка. Всего шесть человек. А потом я целиком и полностью в вашем распоряжении... Понимаете? Пе-ре-прыжка...

Панама вопросительно покосился на Аню, и Аня кивнула. Смысл слова «перепрыжка» оставался покрыт мраком неизвестности, но Антон Григорьевич понял — для конников это было нечто столь же важное, как для него самого — вещественные доказательства.

— Хорошо, — уступил он. — А где мы потом вас найдём?

— Приходите в оргкомитет. Я предупрежу секретаршу, она сразу вас в кабинет ко мне... Договорились?

Панама предполагал дожидаться директора либо в том же кафе, либо ещё где-нибудь, где можно будет продолжить разговор с Серёжей и Аней, а то и заново пересмотреть лежавшие в портфеле бумаги... Но не судьба. Свихнутые конники немедленно нашли рядом с судейской ложей свободные места на трибуне — и, видимо продолжая «знаменитое питерское гостеприимство», задались целью объяснить дремучему невежде суть таинственной перепрыжки.

Неохотно устроившись на трибуне, Антон Григорьевич впервые как следует присмотрелся к конкурному полю... и ощутил где-то глубоко внутри тот особенный трепет, который испытываешь, встретившись с *настоящим*. Будь то картина Рубенса, или песни Высоцкого, или... вот эти устрашающие, по полтора метра, заборы — и люди верхом на великолепных, одно другого краше, животных. Люди, сумевшие превратить достаточно странное, с точки зрения современного технократа, занятие в искусство самого высокого толка...

Вот выехал на золотистом коне седовласый спортсмен. Судя по тому, как публика его принимала, — всадник высочайшего класса и вероятный претендент на победу. И в самом деле, первые несколько препятствий он взял совершенно играючи. Но Аня опытным глазом отследила нечто, для Панамы совершенно невидимое, и предрекла:

— Ой, рискует-то как... не упал бы... У него Малинник недавно болел, только-только восстановился...

Лучше бы она этого не говорила! Конь на манеже ни дать ни взять услышал её и немедленно вспомнил о своём нездоровье. Очередной прыжок... и в момент приземления ноги у Малинника подломились. Невесомый клубок рыжих мышц, вдруг ставший беспомощным и очень тяжёлым, в полном смысле слова грянулся оземь. Человек в алом рединготе перелетел через голову лошади...

Антон сжался, словно от удара. Так, будто сам пролетел кувырком и распластался в желтовато-буром песке... Он испытал величайшее облегчение, когда всадник и конь благополучно поднялись на ноги и стали отряхиваться.

Аня же отозвалась на падение именитого спортсмена загадочной фразой:

— Ох ты!.. Ну, Наташе теперь за двоих...

Панама хотел спросить, что она имела в виду, но сразу забыл. Золотого Малинника сменил на поле иссиня-вороной жеребец под седлом спортсмена-армейца...

Позже Антон Григорьевич сформулировал свои тогдашние чувства точно и коротко: зов предков. Его предки были казаками, не мыслившими себе жизни без стремени и седла. И вот теперь он, далёкий потомок, ни разу не прикасавшийся к живому коню, сидел на трибуне в большом северном городе. И, забыв обо всём, пытался решить, который конь ему нравится больше всего. Вороной? Серый в яблоках? Белоногий рыжий Рейсфедр?..

То есть под конец перепрыжки Аня и Сергей казались Панаме гораздо менее свихнутыми, чем поначалу. Или, может, их сумасшествие оказалось заразным?..


В оргкомитете секретарша без промедления отвела их в маленькую комнатку — временный офис директора-распорядителя. Александр Владимирович был уже на месте и разговаривал с кем-то по телефону. Прикрыв трубку рукой, он кивнул на стулья возле стены:

— Присаживайтесь. Я сейчас... — И оперативно, в несколько фраз, свернул разговор. — Слушаю.

— Александр Владимирович, в Сайской городской прокуратуре возбуждено уголовное дело по факту кражи лошади с ипподрома... — начал официальным тоном Панаморев.

— А я тут при чём? — поднял брови директор. Нападение есть лучшая защита; матёрого администратора этому не требовалось учить.

— Дело в том, что, по свидетельству очевидцев, в том числе и его непосредственного жокея... — Антон кивнул на Серёжу. — Вы, между прочим, знакомы?

Александр Владимирович нейтрально-вежливо улыбнулся:

— Весьма косвенно.

— Сергей Путятин, мастер-жокей международной категории.

— О-о, премного наслышан!.. — Улыбка директора стала искренней, он явно был рад, что не ошибся и вручил VIP-карточку тому, кому надо. — Очень рад официальному знакомству!

— Так вот, — неумолимо продолжал Панаморев, — по утверждению очевидцев, этот конь находится сейчас здесь. У вас во дворце. В команде шведов под кличкой «Сирокко»...

Судя по лицу Александра Владимировича, поверить в это ему было не легче, чем в сообщение о внезапном захвате «Юбилейного» марсианами. Сергей приготовился яростно отстаивать свою правоту... и вспомнил, как сам точно так же не верил меньше суток назад, когда Аня брякнула очевидную, с его точки зрения, дикость. Директор даже аргументы привёл те же самые, что и он в том разговоре:

— Исключено! — Александр Владимирович поднял перед собой обе ладони, словно отгораживаясь от Панамы. — Вы, как мне кажется, не вполне понимаете, о чём говорите. Лошади, которых привозят сюда, имеют международные ветпаспорта. С цветными фотографиями. Плюс разные сертификаты, ветеринарные документы! Наконец, сразу после мандатной комиссии они проходят выводку, где всё сверяется... Нет, нет! — Директор даже рассмеялся. — Полный абсурд!

— И тем не менее, — голос Антона Григорьевича остался спокойным и скучноватым, и Аня поняла, чтo он имел в виду, говоря об эмоциях, на которых далеко не уедешь, — тем не менее, — продолжал Панама, — есть факты, позволяющие предположить, что дело обстоит именно так.

Люди, облечённые полномочиями следователей-важняков, редко отправляются в дальние командировки просто затем, чтобы отмочить дурацкую шуточку и уехать обратно. Директор перестал смеяться и заподозрил, что по крыше «Юбилейного» действительно разгуливали марсиане. Он положил руки на стол:

— Какие факты?

— Простите за избитую фразу, но я не имею права их разглашать. Тайна следствия. Просто подумайте, послали бы меня за тыщу верст киселя хлебать без веских причин?

— Ну, не знаю... — Директор потёр рукой лоб. — В наше время всяко бывает...

Панама был всё так же бесстрастен:

— Если возникают какие-либо сомнения относительно моих полномочий, свяжитесь с областной прокуратурой. Там вам подтвердят, что я не самозванец. А в горпрокуратуре Санкт-Петербурга лежит факс, где написано, что я — начальник следственной бригады, следователь по особо важным делам. Позвоните прямо сейчас, чтобы легче было разговаривать. Прошу. Телефон перед вами...

Александр Владимирович закачался на стуле.

— Ну... зачем уж так... Я вас понимаю. Но и вы поймите меня... Я за эти соревнования отвечаю. Вы представляете, какой разразится скандал?.. Это крупные международные!.. Петербург только-только рейтинг начинает набирать как европейская конноспортивная... Устроим скандал — и кто к нам после этого поедет? Да никаким калачом...

— Понимаю. Очень хорошо понимаю. — Панаморев пристально смотрел на директора. — Мне тут, — он впервые позволил себе слегка улыбнуться, — господа конники уже кое-что объяснили. Так что давайте без конфронтаций. Лучше вместе подумаем, как бы и соревнованиям вашим репутацию не испортить, и следственные мероприятия должным образом произвести...

Директор-распорядитель ответил важняку столь же пристальным взглядом. «Остановить следствие я не имею права, — вот что на самом деле сказал ему

Панаморев. — И вам, милейший Александр Владимирович, не позволю...»

— Хорошо. Чего вы хотите?

— Нужно подтвердить или опровергнуть факт наличия у шведов чужой лошади. Для этого — первое: никто не должен знать о наших подозрениях. Повторяю — никто! Второе: необходима кровь лошади по кличке «Сирокко». Для генетической экспертизы.

— Так он же сегодня не выступал, — удивился директор.

— Вот именно. А как вы думаете, почему?

Александр Владимирович забарабанил пальцами по пачке «Мальборо», лежавшей перед ним на столе.

— Понятно...

— Имейте в виду, эта кровь нам нужна совершенно официально. Взятие должно быть произведено с согласия владельца. И оформлено протоколом за подписями самого шведа и свидетелей... Надеюсь, Александр Владимирович, вам вполне по силам это организовать. Чтобы без международных скандалов...

— Да... — Директор потянулся за сигаретой. — Задали вы мне задачку... Курите, прошу...

Пододвинул гостям пачку и пепельницу и крепко задумался...

*Конь шёл и шёл...*

*Середина лесной дороги заросла тонкой реденькой травкой, но в колеях лежал плотно сбитый песок, и копыта оставляли на нём чёткую вереницу следов. Ночью будет дождь. Он смоет следы.*

*Паффи плёлся вперёд, вяло перебирая ногами и низко опустив сухую, точёную голову, словно уставшую держаться на некогда гордой шее.*

*Куда он шёл? А Бог знает... Ему было всё равно. Люди его не искали. Люди не хотели любить его, не хотели помочь. Но дорога оставалась местом, где их присутствие всё-таки ощущалось. И к тому же по ней было легче идти... Неизвестно куда...*

*Ну почему?.. Почему люди в машине не взяли его с собой?.. Неужели так испугались? Конечно, лошадь,* одиноко бродящая посреди леса, выглядит тревожно и странно. Паффи понимал это. Ему был понятен и страх матери, испугавшейся за детей. Но... он ведь так примерно себя вёл... Не подходил близко, не лез... Всячески старался не напугать... И всё равно... чем-то им не понравился...

Конь шагал и шагал. Дорога вела его.

Сегодня дул сильный ветер, и в лесу было нежарко. Над головой шумели деревья, заглушая все прочие звуки, которые конь, возможно, хотел бы услышать. Иногда ему начинало казаться, будто вблизи рокочет мотором вернувшаяся машина... Но каждый раз выяснялось, что он ошибался.

Возможно ли, чтобы люди так испугались его?..

Там, где конь последнее время жил, его не боялся никто. Ни дети, ни взрослые. На хутор приезжали красивые разноцветные автомобили, и навстречу родителям с ребятишками выходил старый финн — содержатель приюта для престарелых коней.

— Херра Сиптусталми, — говорили приезжие, и карманы у них оттопыривались от сахара и морковки, — вы знаете, мы всю неделю мечтали покататься на Паффи. Поверите ли, маленький Райво просто ночей не спал...

Старик улыбался в бороду и неторопливо шёл в стойло к коню. Хлопал по шее, смахивал щёткой пыль и опилки и, ласково приговаривая, седлал стареньким, хорошо обмятым ковбойским седлом: из такого не выпадешь, сзади и спереди у него высокие луки, даже в самом крайнем случае есть за что ухватиться. А как удобно оно лежало на спине у Паффи!.. Старый конь любил, когда его седлали этим крошечным сёдлышком. Он выгибал шею и важно расхаживал, либо не спеша бегал туда-сюда по леваде, а на его высокой и сильной спине весело смеялся ребёнок...

Его не всегда звали вот так — просто Паффи, «Пыхтун». Раньше, когда он был молодым, стремительным и могучим, его величали «Файерпафф Дрэгон»[1]. Ах,

---

[1] Огнедышащий дракон (англ.).

годы, годы... Мало-помалу они погасили бешеное пламя в крови, и строгий, темпераментный, норовистый Огнедышащий Дракон превратился в кроткого Паффи. Любимца детей и своего последнего хозяина, заботливого старого финна. Когда его выпускали в леваду, бывший Змей Горыныч уже не носился, выделывая замысловатые крендели, а всё больше любил постоять, просто греясь на солнышке. Прикрыв глаза, он спокойно дремал или, глядя куда-то в поля, вспоминал свои светлые и чёрные дни... и грустил, как, наверное, все старики, о незаметно промелькнувших годах. Промелькнувших, словно один миг... Не успел обернуться — а всё уже позади... вся жизнь. И ничего не вернёшь...

А ведь были деньки, когда он летал над скаковой дорожкой, словно гнедой снаряд, запущенный невидимой катапультой. Ревели трибуны, кто-то плакал, смеялся и целовал его морду, а круп холодили расшитые призовые попоны... Потом его в самый первый раз продали. У того, кто купил, была своя прихоть. И Файерпаффа навсегда увезли с ипподрома. Его погрузили на пароход, и тот долго и плавно качал жеребца на морских волнах. Чтобы наконец выгрузить в новой, незнакомой стране.

Здесь всё было совсем по-другому.

Его стали учить прыгать через препятствия. И... безуспешно. Не то чтобы Файерпафф не любил прыгать, он просто слишком горячился при виде барьеров. Нервничал, суетился, рвался вперёд — и сбивал жерди, получая шишки и синяки, отчего нервничал ещё больше. У лошадей синяков не бывает, вернее, сквозь шерсть их просто не видно... Зато синяки появлялись у новых хозяев, так и не сумевших ничему его научить. Люди редко признают свою неудачу: гораздо чаще в ней обвиняют коня. Файерпаффа продали снова.

Сколько раз он переходил из рук в руки? Он уже и сам не знал. У него, как у всех лошадей, была отменная память, просто кони не умеют считать. Да и вспоминать некоторых людей, с которыми его сводила жизнь, Паффи не хотел.

Чаще всего в памяти всплывала его жизнь у предпоследней хозяйки...

Паффи купили, когда ей было тринадцать, а ему десять. Это случилось на ярмарке. Ярмарка — такое место, где собирается вместе много лошадей и людей, и отдельно разложены уздечки и сёдла, и случается так, что приводят туда лошадей одни люди, а уводят — совершенно другие. Поэтому все очень волнуются и разговаривают громкими голосами, и спорят, и уходят, ругаясь, и возвращаются, и бьют по рукам. А лошади принюхиваются друг к дружке и к людям, и ржут, и тоже очень волнуются, и стараются других посмотреть и себя показать... Длинноногая худенькая девочка подошла к коновязи, где стоял Файерпафф, и долго смотрела на огромного гнедого коня. Файерпафф тоже посмотрел на неё, а потом потянулся навстречу, сколько позволила привязь...

Их взгляды встретились. Девочка пристально, чуть исподлобья, редко-редко моргая и не отводя взгляда, всматривалась в его глаза — недоверчивые, таящие в агатовой глубине настороженный холодок. Смотрела долго... И неожиданно глаза коня потеплели. Будто душа оттаяла... Файерпафф сразу застеснялся чего-то, отвёл взгляд. А девочка повернулась к отцу, стоявшему неподалёку с бутылочкой пива:

— Папа, иди сюда... Посмотри...

Это неважно, что лошадиные годы считаются один к трём человеческим. Паффи, уже умудрённый к тому времени жизненным опытом, рядом с юной хозяйкой снова почувствовал себя резвым двухлеткой. По людским меркам — подростком.

Как ему тогда было хорошо! Как его любили!..

Девочка ездила очень прилично. Не дёргала, не рвала ему рот, за что Паффи был ей чрезвычайно признателен. И не требовала от него дурацких рекордов — просто ездила в своё удовольствие по полям и пустынным лесным дорогам.

Паффи возил её аккуратно... Всегда чувствовал её настроение и заботливо удерживал маленькую всадницу на своей по-прежнему могучей спине.

Даже когда ему страшно хотелось порезвиться и он «подыгрывал» — взбрыкивал, выгибал дугой спину в замысловатых прыжках, — делалось это так, чтобы все «козлы» были плавными, мягкими и ни в коем случае не опасными. Паффи взмывал и нырял... и совсем не по-лошадиному взвизгивал от восторга. А девочка, понимая, что её любимец вовсе не желает учинить ей обиду, от души хохотала и притворялась отважным ковбоем, укротителем диких коней. Давай, Паффи, давай, свирепый мустанг!..

Такие вот у них были игрушки.

Потом «дикий конь» снова превращался в домашнего, и девочка хлопала его ладошкой по шее. Сильно и ужасно приятно! Как он любил эту чуть грубоватую ласку!..

Жили они на хуторе. Девочка с утра уезжала в школу, а вернувшись, седлала Паффи, и они вместе странствовали по лесам и полям. Как им было хорошо! Сколько они всего повидали! Какие игры придумывали!

Эх, до чего быстро пролетели те семь лет... До чего быстро девочка выросла и уехала учиться в большой и далёкий город...

Паффи скучал без неё. Его почти совсем не седлали. Теперь к нему заходили только для того, чтобы напоить, накормить... иногда — выпустить погулять... И всё!

Паффи бегал по загону и заливисто ржал.

«Смотрите, какой я красивый! Я могу так... и вот так... и ещё так... НУ ПОСМОТРИТЕ ЖЕ! Видите, как я быстро бегу-у-у...» — и изо всех сил мчался из угла в угол большого загона. А потом останавливался и долго не мог отдышаться.

Люди смотрели на него... и видели совсем не то, что он им хотел показать.

— Надо же, совсем одряхлел...

— Да нет, он ещё молодцом. Подумаешь, семнадцать лет. Не возраст.

— И что нам с ним делать? Ещё пару лет, и он...

— Может, на бойню сдадим? Всё равно нашей девочке на нём больше не ездить. Закончит учёбу, в городе *будет работать. Потом замуж выйдет... Куда ей лошадь, да ещё старую? И нам обуза одна...*

*— Эхе-хе... Надо думать... На бойню?.. Какие-никакие, а деньги... Нет... Сколько он у нас прожил?*

*— Скоро восемь...*

*— Родным стал. И никогда ничего, только радость... Ну как можно под нож?*

*Паффи чувствовал, что говорили о нём. Он подходил в угол загона и пристально всматривался в человеческое жильё, в то окошко, где, глядя на него сквозь стекло, разговаривали мужчина и женщина. Всматривался... и снова ржал, словно улавливая флюиды их мыслей.*

*Мужчина выходил из дома, брал Паффи за недоуздок и уводил в большой, просторный хлев. Там по соседству с конём жили пять угрюмых, вечно что-то жевавших коров, несколько лохматых овечек и толстые свиньи, бродившие в загородках из простых неотёсанных жердей. Ещё в хлеву целый день напролёт кудахтали неугомонные куры. Как же они Паффи надоедали...*

*— Пошли, старик, — говорил мужчина. Заводил его в стойло, подкидывал охапку вкусного сена и, уходя, хлопал ладонью по крупу: — Отдыхай, парень.*

*Отдыхать — от чего? Разве он так сильно устал?.. А впрочем, Паффи действительно устал. Он устал ждать. Ждать, когда приедет маленькая длинноногая девочка. Он мечтал о том, как они опять будут вместе. Снова зазвучит её смех. Они вновь отправятся на прогулку... по их любимым... ТОЛЬКО ИМ принадлежавшим местам. Навестят самые укромные, ИМ ОДНИМ известные уголки. А потом промчатся галопом по отлогим холмам, что волнами спускаются к озеру. И будут долго-предолго шагать по знакомой дороге домой, и над ними с криками закружится чибис...*

*Что ж, девочка иногда приезжала. Но каждый раз так ненадолго, что конь уже не был уверен, на самом деле она к нему приходила — или приснилась во сне.*

*Постепенно Паффи привык ждать. Можно, оказывается, привыкнуть и к этому. Он прикрывал глаза, и в ушах снова раздавался её смех:*

*— Ну-ка, Паффи! Давай!.. — И песчаная лента дороги летела назад из-под ног, и раздувались ноздри, и копыта мелькали стремительно и чётко, отбивая безукоризненный ритм... И слышался её голос...*

*Её голос!!! Он прозвучал наяву!..*

*С Паффи мгновенно слетела дремота. Голос раздавался всё ближе... совсем взрослый, энергичный и женственный. Но всё равно это был ЕЁ ГОЛОС!!!*

*Паффи вскинул голову, повернул её к двери и заржал. Призывно и как только мог громко — во всю силу лёгких, на пределе дыхания. Его тело трепетало в отчаянном возбуждении, тонкая кожа сейчас же покрылась рельефными жилками, которые так любят изображать на скульптурах. Паффи был чистокровным, а чистокровные лошади если уж на что-нибудь реагируют, то до последней клеточки тела!*

*Он сразу понял, что его крик услышали. Голос за дверью прозвучал громче, приблизился... Новая волна возбуждения прокатилось по телу. Конь заплясал, вскинул шею... набрал полные лёгкие воздуха, резко фыркнул и снова заржал. Он звал ЕЁ, и ОНА шла к нему, ОНА должна была вот-вот войти!..*

*И вот дверь распахнулась... На пороге стояла взрослая молодая женщина в светлом платье с короткими рукавами, и солнце, совсем как когда-то, играло у неё в волосах. Она пристально, чуть исподлобья глянула в горящие огнём глаза старого коня... и неожиданно тихо спросила:*

*— Паффи, малыш, ты меня узнаёшь?*

*Что конь мог ответить?*

*О-о, он ответил. Ещё как ответил!.. Он фыркал и перебирал тонкими ногами, силясь развернуться в узеньком стойле. Как бы он бросился к ней, если бы не держал недоуздок...*

*Она подошла вплотную и робко, словно извиняясь за что-то, стала гладить его ладонью по храпу, между ноздрей, по лбу между глаз... за ушами, под чёлкой...*

А потом обхватила его морду руками, прижалась лицом и стала целовать.

— Паффи...

Конь боялся пошевелиться, хотя всё его тело мелко подрагивало. Наконец дрожь прекратилась, и он медленно опустил голову ей на руки...

Это было счастье, равного которому он никогда раньше не знал...

Счастье продолжалось месяц. Целый месяц все было как прежде. Но однажды девушка пришла к нему не в бриджах и сапогах, как обычно, а опять в платье. Конь встретил её коротким, радостным ржанием... И сразу что-то почувствовал — погрустнел, потускнел и притих. Этот месяц, что они провели вместе, он был молодым. А сейчас опять стало видно, сколько ему на самом деле лет.

Паффи понял — ОНА пришла попрощаться перед новой разлукой. Что ж... Годы научили коня смирению. Он подождёт... Только вот раньше она с ним никогда не прощалась так, как теперь. Девушка гладила его по морде, по шее... Угощала какими-то лакомствами... Но старый Паффи не чувствовал их вкуса, а ласки казались лишними и пустыми... Девушка обняла коня за шею и вдруг заплакала...

Паффи окончательно понял — больше он её никогда не увидит.

Он на неё не сердился... Он всё понимал... Но вместо прежней тоски, ожидания и надежды внутри разверзалась сосущая пустота. Что-то умерло. Девушка вышла, тихонько прикрыв за собой дверь... Паффи даже не обернулся ей вслед. Зачем?

Через два дня пришёл коневоз. Старый немногословный финн молча оглядел коня, кивнул головой — и так же молча завёл его в кузов машины. Дверь захлопнулась, коневоз тронулся... Поплыл назад двор знакомого дома, скрылись за поворотом озеро и холмы...

Приют для старых лошадей не очень-то процветал. Господин Сиптусталми работал не покладая рук, чтобы его подопечные не голодали. Если не хватало денег, сам косил и возил на конюшню траву, сам заготавливал на зиму сено. И никогда не отказывал посетителям, которые приезжали на чистеньких красивых машинах и привозили детей. Потому что родители маленьких Райво, Олави, Матти жертвовали для детских любимцев кто сколько мог. С того и кормились...

Кроме Паффи, в конюшне обитало ещё семь ветеранов. Вместе им было не скучно. Они гуляли в загоне, катали детей, в положенные часы шли к кормушке, изредка неторопливо играли... В общем, тихо-мирно доживали свой век.

Прошёл год. И однажды всё опять изменилось.

У ворот хутора остановился большой чёрный джип. Паффи, гулявший в леваде, с любопытством посмотрел на приехавшего: новый человек! Не иначе, покататься решил?

Из машины вышел плотный мужчина в очках и заговорил о чём-то с хозяином. Тот лишь молча кивал. А затем повернулся... и указал на Паффи рукой. Мужчина тоже кивнул и быстрым шагом направился к ограде левады. Подошёл — и украдкой, таясь от неторопливого хозяина, вытащил из бумажника какую-то фотографию. Бегло сравнил...

«Я понравился ему! Я ему нужен!..» — приосанился Паффи и на радостях даже стал рыть землю копытом, чего, правду молвить, не делал уже давным-давно.

Старый финн и мужчина в очках пожали друг другу руки, о чём-то договорившись... И через неделю на хутор вновь прикатил тот самый джип, но уже с двухместным прицепом. Паффи вывели... трап уже был откинут, и он увидел внутри крупную рыжую кобылу, укрытую лёгкой попоной. В самом коневозе пахло дорогим снаряжением.

«Соревнования... неужели снова на ипподром?» — размечтался бывший скакун. Что-что, а запах хорошего снаряжения он помнил прекрасно...

Действительно, его завели вовнутрь, привязали — и прицеп тронулся... Кобыла косилась на незнакомого коня. Паффи с доброжелательным любопытством поглядывал на могучую соседку...

*Путешествие было долгим. Очень долгим. А потом коневоз свернул с асфальта на тряскую просёлочную дорогу...*

Первый день соревнований благополучно подошёл к финишу. В боксах и проходах временной конюшни шла обычная вечерняя суета. Кормили лошадей. Кто-то возился с четвероногими героями сегодняшних состязаний. Одним массировали мышцы и сухожилия, растирали согревающей жидкостью. Другим, наоборот, из шлангов лили на ноги воду...

К деннику Сирокко направлялась целая делегация. Впереди поблёскивал очками херр Нильхеден, спортивный агент Бенгта Йоханссона и его официальный представитель на «Серебряной подкове». За ним со стерилизатором в руках — толстая Марина в крахмальном белом халате. Рядом с нею — мужчина в официальном костюме, при карточке, гласившей: *«Главный ветеринарный врач соревнований»*. Завершал процессию Панама с неизменным своим портфелем в руках.

Полчаса назад все они собрались в кабинете директора-распорядителя. Не мудрствуя лукаво, Александр Владимирович представил их друг другу, причём Панаму, находившегося, понятное дело, на этом импровизированном совещании не из праздного любопытства, назвал представителем ветеринарного комитета мэрии, отвечающим за эпидемиологическую безопасность города. Далее директор участливо посетовал на плохое самочувствие шведской лошади после длительной транспортировки — и убедительно попросил шведа разрешить ветврачам выполнить свои непосредственные обязанности в вопросах контроля. То бишь как можно скорее взять у Сирокко кровь для исследования.

Херру Нильхедену следовало понять справедливость требований ветврачей и оказать им содействие. А то не дай Бог произойдут осложнения с администрацией города. Или с представителями других команд. Здесь у всех ценные, очень ценные лошади.

Кто же допустит, чтобы рядом с его спортивной надеждой стоял больной жеребец?.. Херр Нильхеден и сам наверняка понимает, что необходимо срочно устранить возможный источник конфликтов. То есть, конечно, никто и не сомневается в отсутствии у Сирокко каких-либо инфекционных заболеваний, но лучше, если это будет официально подтверждено. Квалифицированные доктора готовы произвести забор крови хоть прямо сейчас. А представитель ветеринарного комитета (тут директор указал на Панаму) обеспечит наискорейшую постановку необходимых реакций в центральной лаборатории...

Швед согласился. Весьма неохотно. Сквозь зубы... Но всё-таки согласился:

— Что ж, господа... если это так нужно...

И вот делегация двигалась к боксам.

Гуннар Нильхеден сам распахнул перед докторами дверь денника:

— Please do whatever you think is necessary[1]. Хотя, смею заверить, животное абсолютно здорово. Просто небольшие колики по дороге. Потеря, увы, спортивной формы... вот мы и решили не выставлять его сегодня на старты. Если он завтра будет чувствовать себя лучше, возможно, в последний день вы, господа, всё-таки увидите его на манеже.

Директорская красавица секретарша синхронно переводила. Панаму насторожило обещание шведа, и он переспросил:

— Господин Нильхеден уверен?

Девушка тут же перевела вопрос. Швед расцвёл голливудской улыбкой.

— Сэр, — прозвучало в ответ, — разве в этой жизни можно быть до конца в чём-нибудь уверенным? Особенно когда дело касается лошадей... Я хотел сказать — мы с Бенгтом очень надеемся! Очень хотим надеяться... Но только время покажет...

Марина раскрыла стерилизатор. В электрическом свете блеснули три пробирки, закрытые ватными

_____
[1] Пожалуйста, делайте всё, что считаете нужным *(англ.)*.

катышками. Главный ветврач взял стерилизатор и протянул Марине тампон. В воздухе резко запахло спиртом.

Панама поморщился.

— Конь спокойный или нужно фиксировать? — осведомилась Марина.

Красавица тут же переспросила у шведа. Тот закивал:

— Yes, yes! Лошадь очень серьёзная! Я бы обязательно наложил закрутку. Хотя сейчас Сирокко несколько угнетён... Честно говоря... я даже не знаю...

Марина оглянулась на главврача:

— Я так попробую?

— Конечно, чего зря коня мучить. Не даст — тогда и закрутим губу. Приступай! — И он снова протянул ей закрытый стерилизатор. — Мистер... — и, забыв шведскую фамилию, обратился к переводчице: — Скажите ему, пусть подержит за недоуздок. В конце концов, его конь...

Швед выслушал и с некоторым нежеланием шагнул внутрь денника.

Рослый гнедой жеребец, стоявший в дальнем углу, выглядел ко всему безучастным. Он вяло повернул голову навстречу вошедшим — и больше не шевелился.

— Странный какой-то, — задумчиво произнесла Марина. — Может, мне его всё-таки осмотреть? Сердечко послушать?..

Швед и без переводчицы понял, о чем идёт речь, и забеспокоился:

— No, no! Конь абсолютно здоров! No problems, мы просто ему успокаивающие даём...

— А помнит ли господин... владелец про допинг-контроль? — поинтересовался главный ветврач. — Позволю себе напомнить, что допингом признаются не только возбуждающие, но и некоторые тормозящие препараты... Надеюсь, ваш препарат в «чёрный список» не входит? Иначе, если вы решите выставить коня, а при этом окажется...

— Нет, нет! Препарат полностью безобиден. Мы всё понимаем. Огромное спасибо за предупреждение, сэр, но насчёт допинга с нашей стороны вы можете не волноваться...

— Странно, — готовя иглу, проворчала себе под нос Марина. — Зачем его транквилизаторами пичкать?.. И так, бедняга, совсем никакой...

Конь стоял по-прежнему неподвижно и безучастно.

Марина распечатала гигантскую разовую иглу («Вот что значит — лошадиная доза», — с содроганием подумал Антон), подошла к коню и энергично протёрла тампоном участок на шее — место будущего укола.

— Целых три пробирки? — вдруг усомнился швед. — Простите, но для чего так много крови?

Марина не ожидала вопроса и невольно оглянулась на Панаму.

Антон Григорьевич не растерялся ни на секунду.

— Первые две — для проведения необходимых реакций, — ответил он очень солидно. — А третья — для повторного исследования в случае сомнительности первоначального результата. Сами понимаете — зачем животное лишний раз беспокоить. Да и вас тоже... сэр.

Красавица перевела.

Швед пожал плечами — крыть было нечем.

Марина пережала пальцами ярёмную вену на шее коня, чуть-чуть похлопала по ней пальцами, проверяя наполнение... и мягким, но уверенным движением вдвинула иглу в вену. Наружу тотчас брызнула толстая струя крови.

«Очень серьёзный жеребец» даже не шелохнулся...

Марина вытянула зубами ватную пробку из первой пробирки и быстро подставила её под иглу. Густая красная жидкость потекла по стеклу, быстро заполняя маленький сосуд. Марина тут же подставила следующую пробирку...

«Да, — философски подумал Панама. — Кровь — она и есть кровь. Простая ли, золотая... У всех одинаковая. Красная...»

Ему опять вспомнился убитый пенсионер.

«Эх, Заказ... одна кровь из-за тебя точно уже пролилась, а ты и не знаешь... Теперь вот твоя...

Дай Бог, чтобы эта, в пробирке, последней была... Дай Бог...»

Марина выдернула иглу, вновь потёрла тампоном — и пошла к выходу из денника. Дело сделано!..

Заказ медленно повернул голову, посмотрел ей вслед. Потом на стоявших в проходе... Его глаза — тусклые, тоскливые — встретились с глазами Панамы.

«Люди, люди... За что?..»

*В лесу снова становилось сумрачно. Яркие краски дня постепенно поблёкли. Ветер стих. Кое-где громко раздавался стрёкот ранних сверчков.*

*Старый конь незаметно для себя добрался до лесной опушки. Деревья стали редеть. Появилось больше просветов. Паффи остановился в кустарнике у дороги, где росла густая трава, и стал её рвать. Есть-то всё-таки надо...*

*Когда издали послышался звук мотора, он вскинул было голову: «Это они! Это они вернулись! За мной!..»*

*Вскоре из-за отлогого холма в самом деле появилась машина. Но люди, ехавшие в ней, не заметили Паффи. Большой белый джип свернул на пересекающую дорогу, тянувшуюся вдоль опушки, и с бесшабашной скоростью улетел куда-то налево.*

*Конь знал: машины иногда останавливаются там, где можно найти других лошадей и людей. Что, если ему наконец повезёт?.. Паффи без сожаления оставил траву: не больно-то и хотелось! Там, куда он придёт, ему уж верно дадут что-нибудь повкуснее!.. Приободрившийся конь трусцой пересёк луг, вышел на дорогу и решительно отправился вслед за машиной. Дорога была хорошая, наезженная. Быть может, если бежать по ней достаточно долго, он снова окажется в знакомых местах?.. Потом справа открылось большое поле, засеянное рожью. Ветер гонял по нему тяжёлые мягкие волны. А слева по-прежнему высились и шумели могучие сосны, и над ними, чуть только не цепляя вершины, навстречу коню быстро плыли низкие облака. Последние лучи солнца окрашивали их снизу в холодный малиновый* цвет. За полем, за полосой густого кустарника, снова блеснула вода — то же озеро, что накануне, только с другой стороны.

Ветер, нёсший облака, первым сообщил Паффи, что он наконец-то шёл куда надо. Дорога сделала очередной поворот, и чуть изменившееся течение воздуха одарило коня целой радугой запахов. Пахло жильём!.. Человеческим жильём!.. И...

Обоняния Паффи коснулся знакомый, желанный, родной запах конюшни.

Конечно, это была совсем другая конюшня, не та, где он прожил последний год. Уж её-то он ни с чем бы не спутал. Но тем не менее... Какая удача!

Конь поднял голову и призывно заржал.

Ему никто не ответил. Собратья были ещё далеко.

То рысцой, то широким шагом конь заторопился туда, куда звал его запах. И скоро увидел то, что искал. Дорога пересекла журчащий ручей, поднялась в гору... Там, где лес немного отступал в глубину, распахиваясь большой зелёной поляной, от дороги отделялся недавно устроенный съезд. Он вёл к двухэтажному особнячку, окружённому сплошным высоким забором.

Конский дух исходил оттуда, из-за ограды. Запахи бензина, какой-то смолы и свежей строительной химии, приправленные ароматом дорогого парфюма, почти заглушали его. Но ошибиться было нельзя!..

Паффи повернул к воротам не сразу. Стоя на перекрёстке, он долго вбирал воздух расширенными, трепещущими ноздрями...

Всё правильно! Здесь живут люди! И вместе с ними — лошади! Он к ним всё же добрался. Больше не будет бесцельных блужданий по незнакомому лесу и промозглых ночёвок, когда от страха и одиночества невозможно уснуть! Сейчас его приласкают, поставят в денник, накормят овсом... Разве могут люди, у которых живут лошади, прогнать его от ворот?..

Конь подошёл к плотно сомкнутым створкам. Над ними была установлена видеокамера, но она даже не шевельнулась. Электронный глаз казался ослепшим.

*Старый конь стоял и ждал, принюхиваясь и при-
слушиваясь.*

*Тишина...*

*Он поднял голову и снова позвал.*

*В ответ раздалось короткое ржание. И всё! Опять
тишина!..*

*Люди в доме были — для Паффи это не подлежало
сомнению. В воздухе ещё витал запах только что про-
ехавшего автомобиля. Но круглый глаз над воротами
по-прежнему оставался слепым, и никто не спешил
открывать тяжёлые створки, чтобы дать усталому
коню покой и приют...*

*Только собратья из-за забора ещё раз окликнули
его ржанием — приглушённым, поглощённым толстыми
бревенчатыми стенами конюшни.*

*Паффи не ответил. Он сделал несколько шагов вдоль
ограды, потом вернулся к воротам. Видеокамера не
шелохнулась. И тут...*

*Где-то внутри громко хлопнула дверь!*

*Конь так и напрягся, насторожив уши: «Это за
мной!»*

*Но это шли не за ним. Человеческие голоса звучали
возбуждённо, хрипло и зло. Дело у них подвигалось явно
не к примирению.*

*Люди о чём-то ожесточённо спорили, перебивая друг
друга и без конца срываясь на крик. Конь знал: от людей
с такими голосами добра ждать не приходится. Как
от жеребцов, когда, заложив уши, они скалят зубы и
яростно показывают белки глаз. Паффи замер возле
ворот, не решаясь уйти и боясь угодить кому-нибудь
под горячую руку, как вдруг...*

*Словно щелчок бича разорвал воздух!..*

*Конь от неожиданности шарахнулся и присел на
задние ноги...*

*Невидимый бич продолжал хлестать воздух — ЕЩЁ!..
ЕЩЁ!!!*

*Паффи сорвался с места и, не помня себя от страха,
галопом кинулся к лесу. Позади басовито загрохотала
очередь. Разбитые стёкла откликнулись жалобным зво-
ном... И вновь длинно, громко, зловеще говорил автомат,*

и лесное эхо множило его грохот. *Звуки выстрелов метались между деревьями, заглушив чей-то стон, раздавшийся из-за забора...*

*Конь был уже на опушке, когда стрельба наконец стихла. Он замедлил бег, потом остановился.*

*Тишина... Стихли абсолютно все звуки... Даже сосны перестали шуметь...*

*Паффи оглянулся, опасливо вслушиваясь... Тишина... И вдруг снова сухой щелчок! Лес тут же подхватил его и понес по кронам деревьев. Конь вздрогнул и беспокойно закрутил головой. Ему неоткуда было знать, что такое «контрольный выстрел» и зачем его делают. Он и так понимал — возвращаться к воротам определённо не стоило...*

*Взревел мощный мотор, белый джип выкатился наружу, промчался, завихрив облако пыли, по дороге и исчез где-то за полем...*

*Паффи проводил его взглядом... И ПОЧУВСТВОВАЛ В ВОЗДУХЕ ЗАПАХ ГАРИ! Из-за ограды рос в небо столб багрово-чёрного дыма!*

*Конь в панике бросился на дорогу и помчался по ней не разбирая куда — лишь бы подальше, подальше от этого ужасного места! Он не видел, как над крышей особняка появились языки пламени, как в ревущем огне начала с треском лопаться новенькая черепица... Он скакал и не слышал, как в бревенчатой конюшенке ржали и бились в своих денниках две лошади. Непосредственная опасность им не грозила, но ядовитый запах дыма, заползавшего в щели под дверью, пугал до безумия. Паффи мчался по песчаной дороге, как в свои лучшие ипподромные дни. Знаменитый мах, которым славилась его порода, уносил чистокровного скакуна всё дальше и дальше...*

*Ему казалось — он нёсся галопом целую вечность. На самом деле возраст очень скоро дал о себе знать. Когда огненные отсветы перестали гулять по древесным стволам, Паффи зарысил, а потом вовсе пошёл шагом, тяжело нося боками и отдуваясь. Остановиться он просто не мог: страх подгонял лучше хлыста. Так и брёл он один пустынной дорогой, через посеревшее в сумерках поле...*

*Ветер усиливался. Его порывы возвещали близость ещё не пролившегося дождя. Паффи долго и жадно дышал сырой свежестью и даже не сразу сообразил, что ветер опять принёс запах человеческого жилья.*

*Он устало остановился...*

*Теперь пахло совсем по-другому. Почти как когда-то на хуторе — коровами, силосом... Попахивало и дымком, но это был совсем другой дым. Его, тёплого, домашнего, безопасного, не следовало пугаться. Паффи и не испугался. Но и не обрадовался. Просто стоял, настороженно нюхая воздух...*

— Женился ковбой, — рассказывала Любаша. — И прожил с супругой шестьдесят лет, не поссорившись ни единого разу. Журналисты, конечно, разнюхали, примчались интервью брать...

Аня и Сергей сидели в веткабинете, дожидаясь, успешно ли кончится «операция „Кровь"». Аня сохраняла видимость спокойствия, только пятки кроссовок отбивали по «мраморному» линолеуму мелкую дробь. На коленях у неё лежал портфель Панаморева. Сергей грыз ногти. Такой привычки у него не было даже в детстве.

— ...И жена ковбоя им говорит: «Когда мы с Джо обвенчались, мы поехали к нему на ранчо на его пегой кобыле, и на середине дороги лошадь упала. „Ну-ка, вставай! — сказал Джо. — Считаю до трёх! Раз! Два!.. Три!.." Вытащил револьвер и застрелил лошадь. „Джо, — спросила я, — зачем ты застрелил бедное животное?" — „Раз!.." — сказал мой молодой муж. С тех пор прошло шестьдесят лет...»

Двое ветврачей, парень и девушка, только что сдавшие дежурство и оставшиеся подождать Марину, переглянулись и дружно расхохотались, причём парень направил в потолок воображаемый кольт и сказал «Бах!», а девушка покраснела и ткнула его в бок кулачком. У них лежало заявление в загс, и до свадьбы, на которую Аня с Любашей, естественно, были приглашены, оставалась неделя.

Аня выдавила смешок. Сергей смотрел на рассказчицу с плохо скрываемым раздражением. Для него ничего не было хуже, чем вот так сидеть в неизвестности. И ждать, понятия не имея, скоро ли всё завершится. Когда ждёшь, постепенно начинает казаться: лучше уж какой угодно исход, только бы это кончилось. Правда, бывает и так, что потом с тоской вспоминаешь: ведь вот сидел — и НЕ ЗНАЛ, и ещё оставалась надежда, что будет всё хорошо...

Он только собрался попросить у Ани сигарету, когда в коридоре прозвучали стремительные шаги и дверь кабинета распахнулась настежь, стукнув о стену. Марина, по обыкновению, ворвалась с неотвратимостью и напором торнадо.

— Ни те жить, ни те помереть не дадут спокойно!.. — пожаловалась она громогласно. — Вот что значит — рядом живу!.. Всё, блин, достали! Переезжаю!!! Мало того, что из дому не в смену высвистали, — коня им, понимаешь, особенного только я смогу уколоть... — Она приподняла салфетку, скомканную на блюде для бутербродов, и разочарованно протянула: — ...Так ещё и пожрать, ироды, не оставили...

При появлении девушки Сергей вскочил на ноги, благополучно забыв о конспирации, о том, что Марина была не в курсе происходившего и посвящать её они не собирались. Он бы, наверное, не сдержался и задал ей кучу совершенно лишних вопросов, но, к счастью, Марина ответила на самый главный из них ещё прежде, чем он успел даже открыть рот. Серёжа опомнился и почти рухнул обратно в кожаные объятия дивана, чувствуя, что расплывается в идиотски-блаженной улыбке. Господи, как хорошо!.. Через считанные часы кровь Заказа уже будет в Москве, в лаборатории иммуногенетики. Туда же — хвала компьютерной связи! — вовремя придут, если ещё не пришли, нужные данные из завода. И, наверное, не далее как завтра к обеду...

Сергей настолько живо представил себе двухметровых омоновцев, занимающих под водительством Антона Григорьевича позиции кругом Кузиного денника... и очкастого шведа, удирающего по проходу... вот Нильхедена догоняют, безжалостно сбивают с ног и распластывают, точно в криминальной хронике, по полу... он пытается отбиваться, что-то кричит... Но омоновцы неумолимы и неподкупны, и на запястьях вора защёлкиваются наручники, а сам Сергей уже внутри денника, уже обнимает и гладит медленно оживающего коня: «Всё в порядке, малыш... Теперь поедем домой...»

Панаморев вошёл в веткабинет, отстав от Марины на два шага. Он сразу посмотрел на Аню с Сергеем и едва заметно кивнул, и Сергей мысленно взвыл от восторга, столь же мысленно пробив головой потолок. И спохватился: «Тьфу, тьфу, тьфу, чтобы не сглазить...»

Аня вернула портфель:

— Пожалуйста, Антон Гри... Антон. Все пломбы в целости...

— Спасибо, — улыбнулся Панама.

— Как там... — Сергей чуть не выговорил «Заказ», но вовремя прикусил язык.

Панама понял его и тихо ответил:

— В порядке. Тебе привет просил передать...

У Сергея внезапно перехватило дыхание, но расчувствоваться он попросту не успел.

— А теперь, — снимая халат, по-прежнему напористо и громогласно распорядилась Марина, — на раз-два все дружно встаём и валим ко мне. Надо же, в самом деле, отметить! Аня, тебя с твоим парнем тоже касается...

Аню и особенно Сергея уговаривать не потребовалось. Аня только спросила:

— А что, если не секрет, отмечаем?

— «Но чтоб кочан с ушами был, вовек не видел я!..» — возмутилась Марина. — Это у тебя девичья память или уже маразм? Гуталину ж нонеча ровно три годика!..

Аня только хлопнула себя по лбу: действительно, у бездетной и незамужней Марины день рождения любимого кота был чуть не главным событием в календаре. Между тем за спиной рослой хирургини возникла маленькая Любаша и, приподнявшись на цыпочки, что-то шепнула в ухо подруге. Марина отреагировала немедленно:

— А вы, господин мэрский представитель, не желаете разделить с нами наше скромное?..

Панама, никак не ждавший приглашения и уже занятый какими-то вполне отвлечёнными мыслями, собрался было отрицательно покачать головой, но в последний миг решил: а почему, собственно, нет?.. В гостинице «Россия» его ждал обещанный номер, но казённые апартаменты — сколько же он их повидал! — были наверняка ещё неуютней холостяцкой комнаты в Сайске. Здесь его не ждал уже вовсе никто. Ни соседки, ни кошка Анжелка...

И Антон услышал собственный голос, благодарно ответивший:

— Спасибо. С удовольствием присоединюсь...


До Марининого дома в самом деле было пять минут хода сквозь лабиринты переулков и дворов, которыми так богата Петроградская сторона. «Нормальные» магазины ввиду позднего часа успели закрыться, круглосуточного, где можно было бы купить всё необходимое для вечеринки, на пути следования не наблюдалось, но возле метро всё ещё работали ларьки.

— И какой же тут у вас самый интересный и вкусный?.. — тотчас атаковала Марина девушку-продавщицу, торговавшую тортами. — «Белая ночь»? И к ней ещё «Чёрного принца», пожалуйста...

У Сергея в руках уже позвякивала авоська с «Алазанской долиной» и «Монастырской избой». Любаша в соседнем ларьке выбирала яблоки и лимоны.

Отоваривишись, все дружно двинулись выбирать подарок для Гуталина — благо без «Зоотоваров» в наши дни не обходится ни одна уважающая себя торговая точка.

Соответствующая витринка была сплошь заставлена яркими коробками, консервными банками и пакетами, и на всех этикетках облизывались разношёрстные коты — один другого счастливей.

— Ваша киска купила бы «Вискас», — робко высказался Сергей. И был дружно подвергнут ветврачами остракизму: «Специальные добавки, чтобы потом только этот и требовала... Мочекаменная болезнь... вот случай был... катетер... сорок шесть уколов... еле выходили...»

Сергей пристыженно промолчал. У него дома имелся полудикий разбойник, который гулял в основном сам по себе, а уж если удостаивал номинальных хозяев своим посещением, то лопал что давали. Щи так щи, кашу так кашу...

— Может, котиного туалета мешочек?.. — неожиданно подал голос Панама. Марина ответила с законной гордостью:

— Мой в унитаз ходит!

После долгих споров остановились на пупырчатой рукавице для чесания. Плюс коробочка витаминов. Компания уже двинулась дальше, когда Антон Григорьевич вернулся к ларьку и купил ещё упаковку таких же. Анжелке...


Марина занимала комнату в большой старой коммунальной квартире с ветвистым и извилистым коридором, заблудиться в котором, как скоро убедился Панама, было проще пареной репы. Марина утверждала, что до революции её предки были хозяевами всей этой квартиры («Князь Путятин...» — немедленно вспомнил Сергей). Теперь от былых владений осталась комната рядом с прихожей, напротив ванной и туалета. «Ну и что, что все мимо меня, зато мне близко!» — жизнерадостно заявила Марина.

Из комнаты раздавалось приглушённое мяуканье: кот Гуталин явно соскучился. Марина отперла дверь, и он выскочил тереться в ногах — большой, состоящий, кажется, из всех мыслимых оттенков серого цвета и пушистый до такой степени, что лапки казались непропорционально короткими. Родился он угольно-чёрным; позже, линяя, изменил масть, так не переименовывать же?.. Нашествие малознакомых гостей ничуть не смущало его. Марина подхватила любимца, чмокнула его в мордочку и устремилась внутрь комнаты, командуя на ходу:

— Мужики, столы раздвигать не отвыкли? Штопор в буфете, чашки тоже, рюмки где-то вверху... Любаша, найдёшь? Аня, на тебе чайник...

Панама сгрузил со стола на подоконник большую пачку ветеринарных журналов и с любопытством оглядел комнату. Пятиметровый — хоть антресоли устраивай — потолок, красивая и щедрая лепка на стыке со стенами... Эти последние, кстати, были оклеены «моющимися обоями» советских времён — картами всяческих стран на полиэтиленовой плёнке. Дёшево, познавательно и сердито. В одном из углов красовался большой, выложенный изразцами камин. Теперь его дымоход, надо думать, был наглухо замурован, но раньше камин действовал: старинные паркетины хранили следы знакомства с огнём. «Ничего, — подумал Панама. — Вот закупит квартиру какой-нибудь новый русский... И, если не совсем дурак, вместо евроремонта всё восстановит... Будет сидеть, полешки подкидывать...»

В целом комната производила впечатление, далёкое от будуарного. Диван, письменный стол, полки с книгами... фотографии на стенах. На одной из них, к некоторому удивлению Антона, сама Марина мчалась галопом на мощном, ей под стать, гнедом пышнохвостом коне. Всё вместе напоминало Медного всадника, удравшего с постамента на площади Декабристов. Другие фотографии Антон рассмотреть не успел. На тумбочке в углу зафыркал электрический самовар, и Марина занесла над «Чёрным принцем» громадный зубчатый нож:

— Народы!.. За стол!..

За столом Па́нама самым естественным образом оказался между двумя дамами — Мариной и Любой. Он подкладывал девушкам торт, подливал вина, слушал шутки и смех и... казалось, вспоминал нечто давно и прочно забытое. С тех пор как проруха-судьба занесла его в Сайск, он ни разу не ходил в гости.

И к себе не приглашал никого. И вообще старался особо не сближаться с людьми — чтобы меньше боли было потом, когда их придётся так или иначе терять... И вот вам пожалуйста! Антон Григорьевич, ты ли это? Пьёшь «Монастырскую избу», травишь анекдоты и ухаживаешь за девушками. В далёком чужом городе, в абсолютно незнакомой квартире, с людьми, которых впервые увидел несколько часов назад...

Антон усмехнулся собственным мыслям. Был ли это тот же самый психологический эффект, который заставляет людей откровенничать в поездах, рассказывая случайным попутчикам всё тщательно утаиваемое от близких?.. Или что-то другое?..

Потом начались танцы. Две влюблённые пары, конечно, тотчас заключили друг друга в объятия, и Панаме снова пришлось быть галантным кавалером сразу двух дам. Кто бы возражал!.. Он отдал дань уважения хозяйке застолья — и был премного польщён, когда шумная и решительная Марина, плывя с ним под звуки популярной мелодии, вдруг на глазах стала превращаться в застенчивую вчерашнюю гимназистку на первом в жизни балу. Не зря, стало быть, внушали Панаме, что мужчина по-настоящему хорошо танцует тогда, когда женщина с ним чувствует себя прекрасной принцессой!.. Он с поклоном усадил Марину и повернулся к Любаше, и та доверчиво положила руку ему на плечо. Её ладонь показалась Панамореву невесомой.

С Любашей довершить танец не удалось: девушка смущённо пожаловалась на усталость, и Антон проводил её до дивана. Когда из приёмника полилась третья мелодия — нечто ужасно лирическое и задумчивое, кажется, из фильма «Твин Пикс», — он набрался храбрости и, опередив отвлёкшегося Сергея, пригласил танцевать Аню.

Этот танец ему суждено было помнить до конца его дней.

Когда Аня приняла его руку... приняла совсем не так, как во дворце, для пожатия при знакомстве...

ему показалось, будто была готова исполниться какая-то давняя и невысказанная мечта. Слишком несбыточная и заветная, чтобы признаться в ней даже себе самому... Антон Григорьевич взял девушку за талию, ощутил пробежавший по телу электрический разряд... и повёл, закружил Аню, с ужасом чувствуя, как деваются неизвестно куда непринуждённость и лёгкость, как становятся угловатыми движения, а ладони начинают мерзко потеть. «"Изба"-то вроде некрепкая, — пронеслось в голове. — И выпил всего рюмки три...»

Хотя на самом деле он уже понимал, что вино тут ни при чём.

Песня из «Твин Пикс», всегда до сих пор казавшаяся ему нечеловечески длинной, в этот раз кончилась, едва зазвучав. Панама отвёл Аню за стол, отвесил ей деревянный поклон — и почувствовал, что умрёт, если немедленно не закурит.

— Где тут у вас можно?.. — спросил он Марину, изобразив пальцами характерное движение курильщика.

— На кухне, — ответила Марина и вручила ему в качестве пепельницы пустую консервную баночку. — Направо по коридору и до конца.

Сама она — что шло отчасти вразрез с прочими её ухватками — не курила.

Панама взял баночку и вышел за дверь. Мельком отметил про себя, что в ванной горел свет, и отправился разыскивать кухню.

Коридор, на всём многометровом протяжении которого не горело ни единой лампочки, был, что называется, «ещё тот». Антон Григорьевич дважды сворачивал не туда, натыкался на коляски и детские велосипеды и в конце концов оказывался в тупике. Почти отчаявшись, он запеленговал кухню по лунному лучу, проникавшему сквозь окно.

Он не стал зажигать свет. Столики, шкафчики и газовые плиты, длинной шеренгой затаившиеся в потёмках, казались вместилищами таинственных смыслов. Луна за окном то снопами лила яркое серебро, то совсем пряталась за летящими облаками, то просвечивала сквозь них, чертя в небесах иероглифы непонятных пророчеств. Антон закурил, сделал две затяжки, положил сигарету на край баночки — и благополучно забыл её там. Он смотрел на свои ладони и пробовал вспомнить, как обнимали они гибкое и сильное Анино тело, как осязали тепло... Ему захотелось одновременно заплакать и засмеяться. Где-то на другом континенте на реках лопался лёд и течение вырывалось наружу, к небу и солнцу. Антон подхватился с табуретки, на которую было присел, и закружился по кухне под отголоски музыки, едва слышно доносившиеся из тёмного коридора. Аня незримо танцевала с ним вместе.

Это, конечно, была глупость и форменное мальчишество, которому серьёзные люди если и поддаются, то всего на мгновение. Антон Григорьевич остановился, потёр руками лицо и сказал вслух:

— Старый козёл.

Однако улыбаться не перестал.

Дорогу назад он нашёл частично ощупью, частично по памяти. Когда впереди показались прихожая и Маринина дверь, Панама увидел, что свет в ванной всё ещё горел. И вот тут нелёгкая толкнула его — он решил исправить чью-то забывчивость, но прежде, чем щёлкнуть выключателем на стене, заглянул в приоткрытую дверь.

Любаша сидела на облезлом от сырости стуле, облокотившись на раковину и устало опустив голову на руку. Из крана тонкой струйкой бежала вода. Любаша обмакивала пальцы и проводила ими по лбу и щекам... В первую секунду Антон не узнал девушку. *Потому что пышная Любашина причёска, которую она так обожала кокетливо поправлять, висела на вешалке поверх Марининого полотенца.*

А на её «штатном» месте — на Любашиной голове — вместо волос виднелся бесцветный, болезненный, реденький пух...

— Ох, простите, пожалуйста!.. — выдавил Панама и подался назад в коридор.

— Да ладно, — отмахнулась Любаша. — Входите, я не заразная. Вы умыться хотели?

Казалось, неожиданное вторжение нисколько не побеспокоило и не испугало её. Она потянулась за париком, собираясь уйти. Антон торопливо остановил девушку:

— Вы сидите, сидите... Я просто... думал, свет кто-то забыл...

— Ага, — кивнула Любаша. — Зашли, а тут такое явление.

Антон понял, что ей не хотелось снова оставаться одной. Он осторожно присел на край ванны:

— Я, честно говоря... как-то вас из поля зрения упустил. Вы вроде устали...

Любаша снова кивнула и улыбнулась:

— А я в самом деле часто теперь устаю. — И пожала худенькими плечами: — Что тут поделаешь... и где я эту лейкемию подхватила, сама не пойму. Врачи полгода дают, в лучшем случае годик...

«Блин», — только и подумал Панама. И ничего не сказал, потому что говорить в таких случаях поистине нечего. Какие-то дежурные утешения?.. Господи помилуй. Да и что вообще может до неприличия сильный и здоровый мужчина сказать девушке, которую судьба в двадцать с небольшим лет ведёт к последней черте, ничего не дав толком в жизни увидеть?!.

— Знаете что? — произнёс он наконец. — Вам с докторами, конечно, видней... и вообще, не моё дело... но, честное слово, вам бы надо на солнышко... на фрукты выбраться... Настоящие, южные, а не то, что здесь в ларьках продают.

— Мне и так Аня с Серёжкой целую корзинку вчера, — застеснялась Любаша. — Он из Сайска привёз... Абрикосы... я таких никогда и не ела...

— Значит, понимаете, о чём я толкую. Вы, в общем, долго не размышляйте, а берите-ка билет до Ростова или до Краснодара. Я вас там встречу... — Сказал бы кто Панаме ещё нынешним утром, что он выдаст подобное приглашение незнакомой, в

304

сущности, женщине, — он послал бы шарлатана-
предсказателя далеко и надолго. Однако свершилось,
и он продолжал с ощущением железной правильнос-
ти содеянного: — ...Устрою и всё покажу. На ипподром сходим к Серёже. Я ведь тоже в Сайске живу...

— Да? — неожиданно заинтересовалась Любаша. — А правду Серый говорил, что оттуда горы видны? Вы знаете, я ни разу ещё в горах не была...

Когда они вместе вернулись в Маринину комнату,
там царил византийский разврат и полное падение
нравов. Радио гремело бессмертным «Хоп! Хей-хоп!»,
которое во дни школьной молодости Панамы под-
ростки тайком от комсомольской организации пере-
писывали с магнитофона на магнитофон. Теперь тай-
ное стало явным и даже классическим. Жених и
невеста, впрочем, на ритмы музыки не обращали
внимания — так и топтались в обнимку на одном
месте, что-то нашёптывая друг другу. Марина заан-
гажировала Сергея, и тот, далеко не мастер танцевать,
брал темпераментом: вёл монументальную партнёршу
со всей лихостью истинного гусара. Аня же, остав-
шаяся без кавалера, выплясывала с... котом. Держала
«под микитки» серого Гуталина — и знай крутилась-
вертелась. Гуталин трепыхался для порядка, но не
выпуская когтей, лишь стараясь достать задними лап-
ками Анины руки...

Антон Григорьевич вспомнил, что красное вино
вроде бы помогает восстановлению крови, и налил
себе и Любаше «Алазанской долины»:

— Потанцуем?..

*Было далеко за полночь, когда наконец конь вышел
к посёлку. Ферма, откуда пахло коровами, оказалась в
его противоположном конце. Заходить на улицы Паффи
не стал, предпочтя пуститься в обход — прямо через
поля. За одного битого двух небитых дают... Он брёл,
останавливался, щипал травку, делал ещё шаг-другой,
опять останавливался... Как он устал! Неужели придётся снова бежать?.. Ничего скверного, однако, не
происходило, и постепенно он успокоился. Так и не*

дойдя до фермы, остановился совсем. И долго стоял, низко опустив шею. В густых потёмках он больше походил на обычную деревенскую лошадь, выпущенную в ночное, чем на породистого ипподромного скакуна. Было тихо. Никто не кричал страшными голосами, не бросал спичек в бензин, не грохотал над ухом из пистолетов и автоматов... Только близкий лес шумел на ветру. Этот шум странным образом убаюкивал. Паффи перестал сопротивляться неподъёмному грузу усталости — и лёг. Чтобы почти сразу спокойно заснуть.

Под утро начался дождь...

# Глава девятая
## ДЕНЬ ВТОРОЙ

Из широких дверей в самом центре фасада длиннющей конюшни вышел невысокий мужичок — конюх маточного отделения. Он вёл в поводу карликовую лошадку.

— Да пускай бегает. Кому помешает... — бросил он невидимому собеседнику в темноту за спиной. — Может, ещё хоть чуток подрастёт на свободе-то...

Маленькая кобылка светло-песочной масти старательно поспешала за мужичком. Росту она была, ну дай Бог, сантиметров сто сорок, хотя была уже практически взрослой. Ей шёл четвёртый годок.

Так уж случается иногда в природе. Один какой-то непутёвый ген позабыл своё место в загадочной спирали ДНК... и на тебе — от великолепных чистокровных мамы и папы вместо такой же статной красавицы лошади родилась кроха. Карлица. Хотя... «карлица» — теперь так не говорят. Людей со сходной генной проблемой вежливо именуют «маленькими». Вот и про эту лошадку лучше сказать: «За конюхом поспешала, стараясь от него не отстать, маленькая, но очень изящная лошадка»...

И правда, при всей дефектности роста она была удивительно красива и пропорциональна. И к тому же привязчива и добра. Если ещё добавить яркую, очень светлую песочную масть... Удивительно ли, что серьёзные люди, занятые важным делом — выращиванием скаковых лошадей, — смышлёную малышку баловали и любили.

В два года она прошла заездку вместе с прочим молодняком. И даже заводской тренинг. Правда, ездить на ней мог только один пацан — одиннадцатилетний сорвиголова, горе школьных учителей, на совхозной конюшне времени проводивший значительно больше, чем в классе. Парнишка был несомненно талантлив: на лошадях сидел цепко, как клещ. Редкая могла высадить его из седла. Вот он-то малявку и заезжал, а потом тренировал. Но не потому, что брыкливая. Просто — кому ещё на такой крохе?

Ипподромных качеств кобылка не показала. Не ей состязаться с рослыми, могучими, длинноногими скакунами. Стала просто жить на маточной конюшне как местная достопримечательность. Добрая, ласковая, маленькая, необычайно красивая...

Здесь прямо у дверей начинались левады. Они тянулись во всю длину конюшни и были разделены лишь проездом, ведущим к выводной площадке кончасти и с обеих сторон в цветущем шиповнике. Мужик подвёл кобылу к распахнутой калитке и выдернул из кольца недоуздка тонкий шнурок, служивший чёмбуром. Кобылка мотнула головой, взвизгнула и помчалась по леваде галопом, от избытка энергии часто-часто перебирая ножками на ходу. Потом резко толкнулась передом, взвилась в воздух и сильно бросила задом...

— Вот шалава, — беззлобно бросил вслед конюх. Сдёрнул пониже на глаза козырёк застиранной и полинялой кепчонки, закурил и ещё несколько минут с улыбкой смотрел, как скачет и носится по леваде песочно-жёлтая пигалица: «Ну, шило в заду...»

А чего вы хотите? Чистокровная как-никак...

Остальные кобылы с самого раннего утра уже были в табуне. Рыженькую оставили дома: скоро должен был явиться тот самый тренер-сорвиголова. Весь тренмолодняк ещё весной развезли по ипподромам, и не на ком ему было бы ездить, если бы не кроха. А так и ей, и ему — всё в пользу...

Мужичок докурил. Последний раз хмыкнул, глядючи на полную сил маленькую веселушку. Очередной раз мотнул головой, развернулся и заспешил обратно к конюшне, вслух бросив:

— Красива же, чертяка...

Кобылка словно услышала его реплику и звонко заржала вслед человеку.

На пороге конюшни, приложив к глазам руку, стояла полнотелая женщина.

— Ну вот кто просил Фасолину выводить!.. — с неодобрением сказала она конюху. — Её ж через час под седло! Кто ловить и заводить будет? Вишь, каких чертей вытворяет?..

Она была определённо чем-то взволнована и готова придираться к любой мелочи.

— Да сам и поймает. — Мужик имел в виду одиннадцатилетнего двоечника. — Ручная она...

— Василь Никифорыч через полчаса будет, — продолжала ворчать женщина. — Работы невпроворот — всё вычистить, вылизать! С козявкой возишься, ровно других дел нет, а у самого ещё и конь не валялся. Пошли давай!..

И они торопливо скрылись в полумраке конюшни.

Фасолька по-прежнему резвилась в леваде, выдумывая себе всё новые и новые лошадиные игрушки.

На самом деле её звали Нота. Вполне подходящая кличка для солидной нормальной лошади. Она и родилась, как все жеребята, совершенно нормальной. Стандартного веса и роста. Только мастью и выделялась... А клички лошадям присваивал сам Цыбуля. У него имелась специальная тетрадка, в которую он с удовольствием вписывал предполагаемые клички будущих жеребят, надеясь, что даёт имена будущим знаменитостям. И потому к делу относился необычайно серьёзно. Напротив клички каждой заводской кобылы стояли у него в тетрадке два имени. Чтобы не оплошать, кого бы ни родила!

Здесь надо сказать, что кличка для скаковой лошади — дело далеко не простое. Особенно когда у тебя каждый год по шестьдесят с гаком жеребят прибывает. Поди придумай на всех! А сколько разного надо учесть: и как звучать будет, и чтобы заглавные буквы имён отца с матерью в слово попали... и ещё многое, одним лошадникам ведомое. Кличка, между прочим, как бы и визитная карточка хозяйства, где лошадь росла...

Был в конном мире один чудак. Шутник большой. Назло всем, наперекор правилам и традициям называл лошадей с этаким юморком. Были у него жеребцы Слепень, Лодырь, Дундук. А кобыл он, видно, за что-то совсем не любил. Куча, Заноза, Жила, Слякоть, Орва... Кони, надо сказать, неплохие, но почему-то никто из наездников их к себе брать на ипподром в тренотделение не хотел... Назвал он как-то одного жеребца английским словом «Реасе»[1]. Наверное, решил за мир побороться. Так и в племсвидетельстве записал латинскими буквами. Купили жеребца в спорт... Спустя несколько лет выезжает он на старт, а судья-информатор и оповещает публику: «На старт приглашается мастер спорта такой-то... на Писе!» Трибуны, говорят, чуть не развалились от хохота. Судья сам в микрофон поперхнулся, когда понял, что выговорил. Вот ведь как бывает. А петербургские конники помнят почти крылатое: «На старт приглашается Жук на Воле...»

В общем, серьёзное дело — кличка!

Подойдя к деннику только что родившей кобылы, Василий Никифорович Цыбуля внимательно заглянул сквозь решётку. Тёмно-жёлтый комочек порывисто бил ноздрями, лёжа в пушистой соломе. Жеребёнок был ещё мокрый, со слипшейся от утробной сырости шёрсткой...

«Кобылка, Василий Никифорович! — радостно провозгласил ветврач, возившийся на корточках возле матери. — Вполне здоровенькая. Нормальная!»

Цыбуля довольно закряхтел и полез в портфель за заветной тетрадкой. На всякий случай глянул на табличку с кличкой кобылы, будто бы не помнил на память, и торжественно провозгласил:

«Нотой звать будем!»

Бригадир маточной конюшни тут же достал из кармана заранее приготовленный мелок и крупными пе-

___

[1] Мир (англ.).

чатными буквами написал на двери рядом с кличкой матери: *НОТА*. Чуть подумал... и поставил между ними жирный знак «плюс».

«Нота... А ничего... — подал голос хромой парень, тоже стоявший у денника. Летом он работал табунщиком — гонял на пастбище маточный табун, — а зимой, когда наступала горячая пора выжеребки, помогал на конюшне. — Славненько даже. Коротко и солидно. Нотка... До, ре, ми, фа, соль, ля...»

«Как-как? Фасоля? — включилась в общее весёлое балагурство рослая полнотелая женщина, негласная хозяйка маточной конюшни. — И точно, фасолина! Высохнет, совсем светлая будет. Ну как есть зрелая фасолина. Хорошую кличку ты, Василь Никифорыч, сочинил...»

Она приникла к решётке денника и с умилением посмотрела на новорождённую:

«Слышь, Фасолька, вставай! Пора уже!»

Кобылка оказалась понятливой. Высоко подняла угловатую мордочку, покачала ею вправо-влево, привыкая к простору и неведомому прежде пространству... напрягла шею, выпростала из-под тела сначала одну, а через некоторое время и другую переднюю ногу... Полежала так. Потом сосредоточилась и приподнялась. Чуть посидела по-собачьи. Собралась с силами, бодро вскочила на ноги... и едва не упала. Ветврач её поддержал.

«Ну вот! Молодцом! — заулыбался Цыбуля. — Ишь, шустренькая... Фасолька...»

Он снова приник к решётке. Там, в глубине денника, пошатывалась на неуверенных, непропорционально длинных ножках будущая ипподромная надежда. Которой, как потом выяснилось, никогда не суждено было сбыться...

Нота так и осталась для всех в «Свободе» маленькой жёлтой Фасолинкой.

На втором году она вдруг перестала расти. Перестала, и всё. Не помогли ни прикормки, ни всякие принудительные витаминизации. Стало понятно — кобылка больше не вырастет. Заводской брак.

Судьба её решалась тяжело... Зоотехники настаивали на выбраковке. В племя нельзя — а вдруг ген малого роста начнёт по наследству передаваться?.. Тренерам на ипподромах такие тоже без надобности... На горизонте явственно замаячил призрак мясокомбината, и вот тут грудью встали рабочие маточной конюшни — уж больно милой, ласковой и красивой была малышка! Целой делегацией пришли в директорский кабинет — оставь! Василий Никифорович подумал и решил: «Одна голова не объест, хозяйство не разорит. Пусть живёт людям на радость. Может, ещё и сложится всё в её жизни как надо...»

И вот Фасолька резвилась и прыгала в леваде, понятия не имея, что в «Свободе» ожидали приезда гостей. Ожидание сопровождали неизбежные хлопоты, но без панической суеты, как когда-то. Последнее время в Цыбулино хозяйство (одно из немногих, ещё не умерших и не развалившихся) различные важные персоны наезжали частенько. Кто за чем! Начальство различных уровней и коллеги — посмотреть, поучиться, позавидовать. Местные политики — доказывать, что «так жить нельзя», и настаивать на срочном переименовании хозяйства. Приватизаторы — пропагандировать новые экономические идеи... У вас, мол, хорошо, но вот дайте нам похозяйствовать — мы вам ужо такое устроим! Однажды бандиты явились «крышу» предлагать, а следом зональный казачий атаман — сулить от бандитской «крыши» защиту. Было похоже, что так друг за другом и ездят, а бухгалтерию ведут общую... Василий Никифорович всех встречал с неизменным уважением. С почётом провожал... Но «молодые реформаторы» и охотники до чужих барышей почему-то больше в хозяйстве не появлялись...

Нынешние гости были желанными. Василий Никифорович ещё вечером раздал каждому указания, а сегодня с утра самолично объехал все места посещений. Надо же убедиться, всё ли в порядке!

В столовой шеф-повариха Роза Матвеевна — необычайной изобретательности кулинарка — совершала всякие таинства над продуктами, грозя через несколько часов превратить их в знатный обед. Шли приготовления и в самом главном месте гостевой программы — на кончасти. Впрочем, там лишь чуть пригладили веерными граблями дорожки из толчёного кирпича да песчаную площадку на выводном кругу. Остальное шло как обычно — зачем лишний раз суету разводить, если в доме порядок?..

К одиннадцати часам на дороге, ведущей в Михайловскую, появилась колонна. Разного класса легковушки, возглавляемые джипом охраны вице-губернатора, и за ними — фирменный автобус с гостями. Впереди колонны следовал скромный милицейский «Жигуль». С включёнными мигалками, но без сирены.

Василий Никифорович на своей «Ниве» двинулся навстречу.

Центральную площадь станицы украшала огромная клумба, брызгавшая, как фонтан, во все стороны яркими красками буйных южных цветов. Посередине — памятник вождю мирового пролетариата, который в Михайловской не удосужились снять. Здесь колонна остановилась. Цыбуля вылез из «Нивы». Дверцы автобуса распахнулись, из него начали выходить люди...

Василий Никифорович, руководствуясь обычным своим принципом, гласившим, что сено к лошади не ходит, остался спокойно стоять. И вдруг глаза его широко раскрылись, засветившись нескрываемой радостью. Руки сами распахнулись, готовя дружеские объятия:

«Ба-а-а!!!»

Из автобуса тем временем появился невысокий и сухощавый, но весьма властного вида мужчина. В светлом летнем костюме, с непокрытой седой головой. Повернувшись к двери автобуса, он подал кому-то руку, и наружу выпорхнула девчушка лет семи. Розовый лёгкий спортивный костюмчик, голубая с непомерно длинным козырьком бейсболка на светлых, почти песочных, коротких волосиках... Дед и внучка, немного пугливо держащаяся за его крепкую руку!

«Йон!» — окликнул Цыбуля.

«Vasia!!!» — обернулся иностранный господин... и решительно шагнул в распахнутые объятия Василия

Никифоровича. Белокурая девчушка, застывшая в двух шагах, недоумённо глядела, как её строгий и чопорный дедушка с хохотом тискает и гулко хлопает по спине коренастого, загорелого точно негр русского дядьку. Конечно, дедушка Йон ещё дома ей говорил, что в России они, наверное, встретят одного необыкновенного человека. Правда, маленькая Ингеборг по его рассказам представляла себе нечто совершенно иное. Вот он, значит, на самом деле какой?..

А Фасолька знай себе гуляла в леваде. Она вдосталь набегалась и теперь не спеша бродила вдоль ограды, выискивая и срывая губами одиноко растущие травинки. Вся зелёная поросль вокруг была давно подъедена кобылами, которых выпускали гулять.

Когда недалеко от выводного круга остановился большой яркий автобус, лошадка навострила уши и пристально посмотрела в сторону выходящих из него людей. Она бы и вплотную к ним подошла, чтобы познакомиться с каждым, да не пускала ограда. Нотка не боялась людей. Люди — это друзья...

Приехавшие двинулись в сторону выводного круга. Тут-то на конюшнях, особенно на жеребцовой, началась беготня! Люди мчались в амуничник за выводными уздечками, торопливо надевали их на вычищенных до блеска коней, влажными суконками смахивали невидимые пылинки, первый и последний раз в году приглаживали гребнями хвосты...[1] Готовились и совхозные спортсмены. Им сегодня выводить лошадей на выводку: тренера и жокеи на ипподромах с лучшими скакунами, дома остались жеребцы-производители да кобылы с жеребятами. Кобылы пасутся в табуне, поэтому показывать гостям будут в первую очередь жеребцов. А они ребята строгие, норовистые... На свечку взвиться, в галоп с места сорваться, волоча ведущего на

---

[1] Особенность волос лошадиной гривы и хвоста такова, что от частого расчёсывания они «секутся» и обрываются, так что хвосты и гривы становятся короткими и редкими. Поэтому их разбирают руками, расчёсывают же только в исключительных случаях.

чёмбуре, — раз плюнуть! Сил-то немерено!.. Так что выводить зверей будут по двое. На двух чёмбурах — справа и слева! И самим безопаснее, и смотрится торжественнее. На ребятах красные рединготы и ослепительно белые бриджи. На каждом жокейка. Всё по форме, всё чин-чинарём... всё как у людей...

Фасолинка издали смотрела на них. Про неё просто забыли.

...Гости старались расположиться поближе к хозяину. Плотно окружили его и внимательно слушали. Василий Никифорович о каждом своём питомце рассказывал, как стихи читал. И когда на площадке появлялся очередной жеребец, гости встречали его аплодисментами. Вполне заслуженными.

Йон фон Шёльдебранд стоял рядом с Василием Никифоровичем и довольно щурился при виде каждого нового животного. Если честно, подобного он не ожидал. Швед был весьма искушён в конном деле и лошадях, но Цыбулины воспитанники поразили даже его!

— ...А плохих в производители не берут, — отшучивался Цыбуля. — Их на колбасу сдают. Правда, колбасы той мы не едали давненько, потому как не бывает у нас плохих лошадей. Только класс! Вот без колбасы и сидим...

Гости смеялись. Они уже побывали в столовой.

Выводка подходила к концу, когда Цыбуля услышал вскрик Йона:

— Ingeborg!.. Has anybody seen my granddaughter?..[1]

Девочки в розовом спортивном костюмчике в самом деле нигде не было видно. В радиусе нескольких вёрст ребёнку не могла угрожать никакая мыслимая опасность, но Йон почему-то страшно разволновался:

— Василий, она панически боится лошадей!.. Когда-то неподалёку от нас проходили соревнования по троеборью... Мой сын с женой и дочерью поехали посмотреть... И прямо у них на глазах на препятствии насмерть разбился всадник... юная девушка... А лошадь вскочила после падения, бросилась прочь и сшибла

---

[1] Ингеборг!.. Кто-нибудь видел мою внучку?.. (англ.)

Ингеборг с ног... Ты понимаешь, маленький ребёнок... и огромная рыжая лошадь с пустым седлом... Чуть не затоптала её... Мы даже боялись, что... Ингеборг! Ингеборг!..

Йон нервно озирался — не появится ли внучка. Внучка не появлялась.

— Может, спряталась где-нибудь?.. — в отчаянии спрашивал дед.

Василий Никифорович пробовал успокоить его:

— Да куда ж она тут денется, Йон? Играет себе небось... Найдем сейчас. Пошли...

Другие гости приняли случившееся близко к сердцу: такого да не понять! Праздничного настроения как не бывало, все поспешили к автобусу, где, как предполагал Цыбуля, девочка могла укрыться от зрелища «страшных» коней... Случайный взгляд, брошенный в сторону маточной конюшни, стоящей поодаль, положил конец поискам:

— Йон! Смотри!

И швед снова понял русского без перевода.

У левады, где гуляла Фасолинка, стояла маленькая девочка в розовом костюмчике и голубой бейсболке с непомерно длинным козырьком... Из-за ограды, просунув голову между жердей, к ней тянулась рыженькая лошадка. Девочка бережно гладила мягкие, ласковые, бархатные ноздри. В первый раз ей было не страшно...

Мужчины подошли осторожно, чтобы не испугать. Фасолина, радуясь ласке, забавно дёргала верхней губой и тем смешила новую подружку ещё больше. И тут Ингеборг заметила деда. Беззаботно показала пальчиком на лошадку и быстро залопотала по-шведски. Генерал для начала опустился на корточки и крепко обнял внучку: он вправду переволновался изрядно. А потом сам протянул к Фасольке руку и погладил её по морде, по шелковистой коже между ноздрей. Кобылка ещё сильней задрала верхнюю губу: как говорят конники, засмеялась. Ингеборг захлопала в ладоши.

Йон поднял глаза на Василия и тихо проговорил:

— Я ведь думал, никогда уже к лошади не подойдёт... Слава Богу, я ошибался...

*Цыбуля всегда принимал решения быстро. Он поло-*
*жил руку девочке на плечо и спросил:*
*— Нравится? Лошадка нравится, говорю?*
*Переводчик перевёл с русского на английский, дедуш-*
*ка Йон — с английского на шведский. Девчушка захло-*
*пала глазами и очень серьёзно проговорила:*
*— Да...*
*— И ты будешь её любить?*
*— Да...*
*— Ну тогда она твоя. Забирай.*
*Девочка сперва ничего не ответила. Обхватила деда*
*за шею и спросила на ухо:*
*— Можно?..*
*Йон вскинул голову. Цыбуля медленно, торжествен-*
*но кивнул...*
*...А вечером они сидели за столом, накрытым хле-*
*босольной Марьяной Валерьевной, и снова пили «Горилку*
*з перцем»...*

Когда питерские синоптики обещают дождь, прогноз всего чаще сбывается.

Аня с Сергеем привезли Антона Григорьевича
в гостиницу «Россия» в половине второго ночи, и
в тот момент уже вполне конкретно накрапывало.
Утром, когда он вылез из-под одеяла (зевая так, что
челюсть впору было вправлять) и стал бриться, резкий ветер хлестал по стеклу полновесными струями. Панама посмотрел со своего этажа на мокрые,
безостановочно работающие дворниками автомобили, на парк за проспектом — нахохлившийся, сразу
ставший почти осенним, — и содрогнулся. Как всё-
таки жесток и несправедлив мир! То ли дело было
вчера!..

Ко всему прочему, зонта у него не имелось. Два
дня назад Панама сдал его в ремонт (что-то произошло с механизмом: откроешь, потом не закрыть) и,
соответственно, с собой в поездку не взял.

Похоже, предстояло героически намокать...

К счастью, кое-какие остатки совести у злой судьбы всё же сохранились. Пока Антон Григорьевич

одевался и с помощью кипятильника варил себе кофе, за окном по крайней мере перестало хлестать. Так что следователь-важняк вышел на улицу уже не в ливень, а в самую обыкновенную петербургскую морось. Которая не всякого коренного аборигена заставит раскрыть взятый из дому зонт.

Гостю-южанину мозглая сырость тут же влезла и за воротник, и в рукава, заставив зябко поддёрнуть молнию куртки. Уже вторую ночь он капитально не высыпался; в результате организм положительно отказывался вырабатывать тепло и отчаянно мёрз. А потому чувствовал себя несчастным вдвойне.

«Над „Россиею" небо синее... — вздохнул Панаморев и посмотрел вверх. — Держи карман шире...»

Там не было ни малейшего поползновения на просвет. С юго-запада, с моря, ползли угрюмые клочковатые облака. До того низкие, что мгла порой заволакивала даже огромные буквы, венчавшие не Бог весть какое высотное здание.

«Хоть бы „день грядущий" ничего хуже нам не приготовил...» — Антон Григорьевич мужественно отказался поднять воротник и быстрым шагом устремился к проспекту.

Его путь лежал в Городскую прокуратуру. Там обещали помочь.

«Так... Сначала до Невского на метро, потом на Исаакиевскую площадь...» Ему говорили, что в нужном направлении вроде ходит троллейбус, но ходит так, что пешком зачастую надёжней. *Пешком,* Господи!.. Или ждать на остановке, где дует сразу из всех углов, а сверху капает за шиворот... первый раз в незнакомом городе... Да зарасти оно всё лебедой! Живём-то однажды. А то вот так приехал-уехал — и города не видал...

Панама сориентировался по сторонам света, перешёл Московский проспект и поднял руку.

Тут же у поребрика остановился видавший виды «Жигуль».

— Браток, — нагнулся Антон, — до Исаакиевской подкинешь?..

— А сколько платим? — последовал вопрос из машины.

— А сколько хочешь?

За рулём сидел мужчина его возраста в чёрном костюме и белой рубашке с галстуком. На растленном Западе в официальных костюмах и при галстуках ходят безработные — в отличие от миллионеров, щеголяющих драными джинсами. У нас пока сохраняется более традиционный расклад. Водитель «Жигулей» на миллионера не тянул, а вот на клерка какой-нибудь солидной фирмы, типа «Дельта-телеком», — запросто.

— Нет, ну всё-таки? — снисходительно поинтересовался «клерк». — На что рассчитываешь-то?

Антон Григорьевич назвал сумму, как ему показалось, ни в коем случае не могущую унизить достоинство водителя. «Клерк» её тут же удвоил. И, держа ногу на педали сцепления, вопросительно поглядел на Панаму.

Решимость следователя отчасти поколебалась. В конце концов, у него была карта, да и вымок он уже достаточно, чтобы наплевать на дальнейшие «водные процедуры»... но тут с волос за воротник стекла самая настоящая струйка, и Панама решил сделать последний заход. Стряхнул с бровей капли влаги и назвал среднее арифметическое от двух сумм — своей и «клерка».

— О'кей! — раздалось из машины. — Поехали.

Антон обрадованно юркнул в тёплое нутро «Жигулей». На лобовом стекле красовался свеженький квиток техосмотра, но, учитывая ржавые диски и подозрительные пятна на кузове, способ, которым сей документ был получен, составлял тайну, покрытую мраком. Изнутри, как и снаружи, автомобиль был сущим папеласом[1]. Однако сорвался с места необычайно шустро для своих лет. «Европа плю-у-ус...», — пропел из динамиков приятный женский голос, и личный барометр Антона

---

[1] Вымышленный, явно не способный летать, но тем не менее предназначенный для этого аппарат из кинофильма «Кин-дза-дза».

Григорьевича резко пошёл вверх. Даже угрюмый питерский дождь способен, оказывается, радовать. Когда смотришь на него через стекло.

— Куда конкретно на Исаакиевской? — поинтересовался водитель. — К депутатам? В «Асторию»? Или в собор? Сам-то приезжий небось?..

— Мне бы дом девять... Прокуратуру.

Водитель покосился на Панаму с прорезавшимся уважением:

— Вызывают никак?

— Ну... я по делам...

— У них, у прокуроров, там точно дела, а у нас, у грешных, делишки, — расхохотался водитель.

Антон Григорьевич разговора не поддержал. Они уже свернули с проспекта на набережную («Нева? Нет, не Нева», — понял Панама), затем куда-то ещё, и за окошком мелькнул плющ, карабкавшийся по стене старинного здания. Антон успел заметить металлическую оградку, предохранявшую основания узловатых стеблей. Оказывается, плющ рос и здесь, хотя, конечно, не так роскошно и буйно, как в Сайске. Никаких тебе железных столбов, обращённых в зелёные призраки с раскинутыми руками...

До Исаакиевской доехали быстро. Владелец «папеласа» оказался отменным водителем, а может быть, сказывалась ещё и погода: известно же — чем она хуже, тем меньше на улицах иномарок. Машина совершила по площади виртуозный манёвр и остановилась возле нужного здания.

Панама полез в бумажник и достал сотенную.

— А мельче ничего не найдётся? — поморщился «клерк». — Где же я тебе с утра сдачу найду?

Панама поискал было глазами ларёк — пойти разменять. И тут вспомнил, что в нагрудном кармашке, в служебном удостоверении, лежит сокровенный полтинник — заначка на чёрный день. Антон Григорьевич сунул руку за пазуху...

При виде грозной «ксивы» водителя как подменили.

— Чего же сразу-то... — забормотал он, переходя на «вы». — Откуда я знал... Жизнь-то нынче... Нет,

нет, никаких денег... помощь сотруднику правоохранительных органов при исполнении... Очень рад был помочь...

— Да бери ты... раз дают, — поморщился Панама. — Подвёз, и спасибо. За труды и бензин.

Протянуть руку за деньгами водитель не решился, и Панама положил полтинник в коробочку на центральном тоннеле:

— Двадцатник найдёшь? Я вообще-то спешу...

Сдача отыскалась мгновенно.

— Ничего, если монетами?..

— Ничего. Спасибо, браток. — И Антон Григорьевич выбрался наружу, в холодные объятия питерской непогоды. Пока ехали, он успел отогреться, и дождь с резким ветром, налетавшим с Невы, заставил его внутренне взвыть.

Дверца позади хлопнула — «Жигулёнок» как сдуло.

Панама проводил его взглядом и автоматически мельком взглянул на номер — «...78 RUS». Цифра кольнула. Что-то было с ней связано, причём очень недавнее...

Антон Григорьевич открыл тяжёлую дверь и вошёл в здание. Предъявил постовому документы, поинтересовался, где сидит начальник следственного отдела, и поднялся по лестнице.

Встретили Панаму радушно. Следаки — они и в Африке следаки. Коротко поинтересовавшись, что привело Панаму в Северную Пальмиру, начальник вызвал в кабинет симпатичного парня.

— Смирнов Борис Николаевич, старший следователь, — представил он его Антону. — Будут проблемы — по всем вопросам к нему. Он всё знает и чем сможет поможет.

— Антон, — Панама протянул парню руку.

— Борис, — ответил тот просто.

В кабинете у Смирнова Панаму перво-наперво напоили горячим чаем с печеньем. Глядя, как он держит кружку в руках, явно согревая ладони, Борис обозвал его южной мимозой и предложил чего покрепче — чисто для профилактики. Случай был вполне подходящий, но Антон решительно отказался:

— Мужики, дел невпроворот...

И выложил историю, забросившую его в Питер.

— Да-а, — покачал головой Борис Николаевич. Над его столом, прямо на потолке, красовалась замечательная наклейка: УЕХАЛ НА ТРУП. — Интересненькое кино получается... Мысли ценные есть?

— Мне бы позвонить, если можно. В Сайск. Там уже опера покопаться должны были, глядишь, вдруг чего наработали. Тут и мысли дельные заведутся... Откуда у вас тут?..

— А прямо отсюда. — Смирнов пододвинул Панаме аппарат. И посмотрел на его пальцы, хранившие следы никотина: — Кури, если охота, пепельница на столе. А то, понимаешь, сидит, как в гостях...

Олег Березин снял трубку после первого же гудка:

— Антон Григорьевич, день добрый! Я как чуял, что вы сейчас позвоните...

— Хорош подхалимничать. Рассказывай давай, время деньги, — улыбнулся Панама. Голос у Олега был жизнерадостный. Антон знал из опыта: как говаривал Винни-Пух, «это „ж-ж-ж“ — неспроста...».

— В общем, так: я по Сайску прошёлся, а Колька в Михайловскую сгонял, в «Свободу»...

Коля Осокин — второй опер в бригаде Панаморева — славился серьёзностью и неторопливой дотошностью. Если уж он во что-нибудь влезал, то подбирал каждую крупинку информации, как золотоискатель.

— Ну и?..

— С чего начинать-то? С моего или Колькиного?

— Что ты как кота за хвост, выкладывай давай... — Панама поудобнее устроился на стуле, готовясь внимательно слушать.

— Ну тогда начну с Колькиной. В общем, так, — там никто ничего не знает...

Панама опешил.

— Колька, — продолжал Олег, — порасспрашивал, пощупал... Ничего! Только выплыл вот какой фактик:

по весне, когда все кони были ещё в хозяйстве, приезжал туда парень. Вроде из Питера, хотя точно вспомнить не могут. Теперь к ним тьма народа ездит коней смотреть на покупку... Про этого малого и вспомнили-то, только когда Колька спросил, не фотографировал ли кто, мол, вашего Заказа. Как ведь догадался спросить? И ему один парень, хромой такой угрюм-бурчеев... сейчас я фамилию... — В трубке зашуршало. — Ага! Шелепин Андрей, табунщик. Он и вспомнил, что питерский этот уж очень упрашивал позволить ему Заказа сфотографировать. Больно, дескать, понравился. Конь на продажу не выставлялся, его не показывали, но питерец всё же конюхов уговорил. Те вывели... Парень аппаратом пощёлкал — и пива им по паре бутылочек. Табунщик потому и припомнил, что вечером вместе с ними это пиво пил... Короче, с его слов Колька словесный портрет соорудил. Я его вам факсом пришлю... Факс-то есть? Или электронная почта? А то нам тьму всего вам надо бы...

— Найдём, Олежек. Я из следственного отдела Горпрокуратуры звоню. Чуть позже номер продиктую... Ты пока дальше давай. А что, кроме Шелепина никто ничего больше не вспомнил?

— Так остальные конюха, кто ему лошадей выводил, сейчас все по ипподромам... Сезон-то скаковой в разгаре, они при конях. А тот, что непосредственно Заказа выводил, вообще в больнице лежит — копытом досталось...

— Значит, этот питерский одного коня фотографировал?

— Не-е, многих. Почти всех продажных... ну, кого продавать собираются. На карточки снимал и на видео. Теперь почти все так, кто лошадей покупает... В «Свободе» привыкли уже, никто и внимания не обратил...

— А на чём приезжал? Тоже не обратили?

— На легковой.

— А модель машины? Цвет? Номер?

— Народ говорит, какая-то серенькая иномарка. Но какая — а Бог её... Только то, что сам за руль не садился. Может, потому, что машина не его была, а может, после пива... Это Шелепин точно помнит. Мужики за пивом к багажнику подходили — за рулём другой сидел.

— Ладно... — Панама сунул в пепельницу окурок и вынул новую сигарету. — А ты чем порадуешь?

— Ну, я-то... Я поехал на ипподром. Встретился с Гавриловым Петром Ивановичем, тренером совхозным. Первым делом расспросил его, кто коня забирал... опять же, ясное дело, словесный портрет...

— Ну и?.. — У Панамы вспотела ладонь, державшая трубку.

— И ничего общего. Совершенно другой человек. Тот, что в «Свободе», — плотный такой, коренастый, русоголовый. А этот — чернявый и худее в два раза...

На самом деле Панама чего-то в этом духе и ожидал.

— Решил я, — продолжал рассказывать Олег, — выспросить у обслуживающего персонала, не знаком ли им человек с Колькиного портрета. Так, на всякий...

Антон снова напрягся, нутром чувствуя — сейчас парень ему преподнесёт кое-что интересненькое.

— Ну? — не вытерпел он. — Рожай поскорее!

— По ходу дела добрался до ихнего жокея, Анисимова... и вдруг вижу — менжуется[1] парень... Ага, думаю! Ну и взял его в оборот. Завёл в конюховку, достаю протокол допроса свидетеля, предупреждаю о даче ложных показаний... короче, поднажал. И вот что натряс: дескать, он вообще-то не очень уверен, этот или не этот, но в самом начале сезона приезжал мужик похожий на ипподром. Водкой его пытался поить, в ресторан приглашал... Анисимов отказался, и тогда тот достаёт две сотенные баксов и говорит: очень, мол, хочу Заказа купить, а Цыбуля, мать его разэтак, не продаёт. Прошлый сезон конь неважно скакал, так, значит, как бы устроить, чтобы и в этом году он не лучше?.. Тогда-то Цыбуля уж точно его

---

[1] Боится, трусит *(уголовный жаргон).*

на продажу... И если Анисимов, стало быть, окажет содействие, то ещё триста баксов получит. В качестве комиссионных с покупки... Долго Анисимова уламывал. И уломал. Жокей двести взял и... Антон Григорьевич, — тут голос опера стал доверчиво-просительным, — я ему обещал, что не буду карать, если он сам мне всё...

Антон Григорьевич сделал вид, что не слышал.

— Взял, значит, — и дальше что? В скачках коня тормозил? Это, чтобы ты знал, должностное преступление. На Анисимова твоего дело заводить надо.

— Ой, Антон Григорьевич, там очень всё сложно... Конники эти... Я как попробовал разобраться, так крыша чуть не поехала... — С этим Панама спорить не стал: успел на собственном опыте убедиться. — Если вкратце, то можно ничего криминального не делать, а конь не поскачет. И придерживать не понадобится...

Панама нахмурился:

— Например?

— Пожалуйста. Напоить или накормить перед скачкой — и куда ему с полным-то пузом? И других мулек немерено... Одно скажу я вам, Антон Григорьевич, — тёмное это дело, скачки...

— Ну так что? — добивался Панама. — Анисимов его поил перед заездами?

— Сам — нет. Там и других хватает...

— Но знал, что с конём делают?

— Может, и знал. Попробуй, докажи...

— Но инициатива — его?

— Говорит — нет...

— Ну Господь с ним, с Анисимовым твоим, потом с ним разберёмся. Ещё что?

— Был я, Антон Григорьевич, на железнодорожной станции. Никакого коня там в те дни вагоном не отправляли. Всё очень просто. До гениальности... В одни ворота ввели, в другие вывели. Погрузили в коневоз — и адью! И никто эту машину, что характерно, не видел и не слышал. А скорее, просто внимания не обратили. Их там вокруг...

«...78 RUS», — снова вспомнил Панама. Но всё же спросил:

— А охрана? А пропуска?

— На погрузку въездной пропуск не нужен. А на выгрузке... там охрана привыкла, что коней на ипподром часто привозят. И своим ходом со станции, благо недалеко. Они с ипподромовских и не спрашивают...

— Я-а-асненько, — протянул Панаморев. — То есть история у нас, Олежек, наклёвывается прелюбопытнейшая. Всё понятно, что ничего не понятно. А деятель этот, ну, что жокею двести баксов всучил, больше на ипподроме не появлялся?

— Нет, Антон Григорьевич. Ни разу. Я всех опрашивал: и администрацию, и на других отделениях... Никто больше не видел...

Панама ненадолго задумался...

— Ладно... Олежек, а что у нас по убийству? По пенсионеру-тотошнику?

Молодой опер снова зашуршал бумагами, принялся говорить...


*Дождь почти прекратился. Тяжёлые капли, нещадно лупившие по спине и бокам, рассеялись мелкой водяной пылью, плававшей в воздухе. Над травянистой низиной, где люди выстроили посёлок, повис туман. Ближе к лесу он становился плотнее, а непосредственно возле домов обретал прозрачность — тепло разгоняло его.*

*Пока длилась ночь, Паффи всё ближе и ближе подходил к человеческому жилью... Утро застало его возле небольшого, аккуратно сложенного стожка в двадцати шагах от одного из домов на окраине. Дождь промочил старого коня до костей, сделав его из гнедого караковым. Вода стекала по морде, капала с ресниц. Грива и хвост слиплись. Лишь кое-где в пахах и под мышками шерсть оставалась сухой...*

*Паффи продрог, как никогда в жизни.*

*Привыкший к тёплой конюшне, он тяжело перенёс сегодняшнюю ночь... По телу волнами пробегала дрожь, и сейчас он, наверное, не шарахнулся бы ни от каких выстрелов. Он стоял неподвижно, низко опустив голову, как это делают под дождём почти все деревенские лошади: если не шевелиться, под вымокшей шерстью сохранялись хоть какие-то остатки тепла...*

*Со стороны казалось — он спал. Но глаза его были открыты.*

*Подул утренний ветерок... лёгкий, еле заметный... Он показался Паффи зимним бураном. Холод жалил тысячами ледяных игл... и по-прежнему никто не спешил завести старого коня в уютный денник, накормить, закутать попоной...*

*Спасаясь от холодного воздуха, Паффи медленно обошёл стожок с другой стороны и плотно прижался к нему. Сено, тронутое дождём, сперва холодило, потом боку стало тепло. Конь опять опустил голову и застыл...*

*Дверь в доме скрипнула и открылась.*

*На веранде появился крупный мужчина лет сорока пяти. Он глянул на небо и рассердился:*

*— Гляди ты! Такой чудный вечер, а с утра... Вот уж запогодило, так запогодило... Хляби небесные... — И двинулся к сарайчику, в котором ночевала корова.*

*Оттуда с подойником в руках появилась жена:*

*— Коля, ты её поближе к кустам привяжи. Там не кошено, травка получше... И мне с подойником недалеко...*

*— Угу, — согласился мужчина. Топать Бог знает куда по мокрой траве ему и самому не хотелось. — Слышь, Галь? Как запогодило-то, а?.. Хорошо хоть, вчера с сеном управились... Ты как чуяла!*

*— Ну вот. А ты всё — в выходные да в выходные. Баб слушать надо! Сиди теперь в доме, чай пей да на стожок свой любуйся. И дело сделано, и сердцу спокойно...*

*И оба как по команде поглядели на творение рук своих — небольшой, аккуратно смётанный стожок, высившийся почти сразу за заборчиком огорода...*

*— А это ещё что за..? Вот чёрт! — ругнулся мужчина. — Галь, смотри, конь сено наше жрёт!.. А ну, пошёл!!!*

И, как был, без сапог, просто в сандалиях на босу ногу, побежал, размахивая руками, по густой, пропитанной дождём траве к изгороди. Брюки тотчас же промокли до самых колен.

Конь приподнял голову и безнадёжно посмотрел на мужчину. Кажется, его опять прогоняли...

— Пошёл!!! Кому говорят!..

Мужчина запоздало остановился, посмотрел на липнущие к ногам брюки и сокрушённо хлопнул себя ладонями по коленям:

— Ну вот, только треники снял!.. Галя!.. Мне в контору сейчас, а я вона покуда промок...

Мужчина стоял посреди огорода: возвращаться домой — мокро; до нахальной чужой лошади у коровкиного стожка — не добежал... а сверху, как назло, опять начинал моросить дождик...

При том что конь, похоже, от стожка отходить и не собирался.

— Галь, ну что за напасть такая?

Лезть через изгородь в парадных, пускай даже вымокших брюках мужчине ужас как не хотелось, но и возвращаться ни с чем... раз уж побежал...

— А чего ты рванул, как тебе солью в зад стрельнули? — резонно поинтересовалась жена. — Чай, не мальчишка... а солидности... Иди в дом, горе луковое... тоже мне, директор. Другие штаны дам... Да сапоги надень наконец!

Мужчина снова посмотрел на виновника всех своих бед.

— Ты что же это, изверг, делаешь? — спросил он с тихим отчаянием. — Я для тебя его складывал? Вали отсюда, говорю, пока лесину об тебя не переломал!

Но вместо того, чтобы послушаться грозного окрика и отойти от стожка, конь выдернул из него пучок свежего сена и... вопреки всякой человеческой логике медленно направился к изгороди...

— Ах ты, шельмец! — окончательно рассвирепел мужчина. — Тебе чего, летом травы мало? — И вдруг сделал открытие: — Эй, Галь! А конь-то не наш!.. Не совхозный...

Бывший молочный совхоз давно превратился в акционерное общество, но память по приказу не вытравишь:

как Санкт-Петербург до сих пор для многих был Ле-
нинградом, так и здешние жители во главе с директором (а это был именно он) своё «АО» именовали по
привычке совхозом.

Директор Николай Николаевич между тем перестал
гнать коня и принялся с любопытством рассматривать
необычного гостя. И вынужден был признать, что таких
статей в лошади он никогда ещё не видал. Сухая, прекрасно очерченная голова; длинная, красиво изогнутая
шея; тонкие, точёные ноги... Да. Конь был не только
не совхозный, но и вообще определённо не деревенский.
На таких у нас только по телевизору и полюбуешься...

— Ты посмотри... красивый какой, — снова обратился Николай Николаевич к супруге, терпеливо дожидав-
шейся на крыльце. — Наверняка породистый! Шёрстка-
то, шёрстка... все жилочки насквозь видно. Галь, ты
только поди сюда... ты только глянь...

Галина Ильинична приподняла двумя пальцами подол
фланелевого халата и уверенно ступила на мокрую траву босыми ногами.

— А ведь и вправду не наш, — согласилась она. И
обратилась к Паффи: — Ты откуда пришёл? — Приблизившись к изгороди, женщина протянула руку к морде коня: — Промок весь, бедненький... Коль, а он не
больной? Гляди, вялый какой... да и трясёт всего...

Её рука уловила сотрясавшую Паффи жестокую
дрожь. Директор позабыл про намоченные штаны:

— Вот что значит благородные крови — чуть под
дождик, и всё, хана... Тебе бы, герой, чайку сейчас, да
с малинкой...

— Это тебе скоро надо будет чайку с малинкой.
Иди-ка переодевайся да ветврачу позвони! Пусть посмотрит — не дай Бог, зараза какая... Да и определит
его куда... Конь-то, сразу видно, домашний... Не привычный под открытым небом...

Она гладила коня по голове, по шее... Паффи тянулся
к её рукам, пахнувшим парным молоком. С каждым
прикосновением ему становилось теплей и покойней.
Неужели... наконец-то... А может, ему вообще всё это
приснилось... Теперь он ни в чём не был уверен...

Директор поддёрнул штаны и гусиной походкой направился к дому. За ним ушла и Галина Ильинична: надо же, в самом деле, выдать мужу штаны, а то ведь сам не найдёт. Паффи посмотрел им вслед и призывно заржал.

Оба сразу остановились. Добрая женщина вдруг улыбнулась и, чуть-чуть склонив голову набок, душевно проговорила:

— Ишь, общительный какой... Да не расстраивайся ты, не прогоним! Обожди маленько...

Стоило им скрыться за дверью, как на другом конце дома растворилось окно, и наружу выпрыгнул сын-школьник. В руках у него был большой кусок чёрного хлеба. Пятнадцатилетнему пацану не было дела до выстраданного прагматизма старших, гласившего: если уж конь как-то дотянул до утра, ещё полчаса вряд ли что-то изменят. Хуже, если действительно болезнь какую в хозяйство...

Куда там!.. Парнишка, оглядываясь, пробежал через двор, быстро отпер калитку и поманил коня хлебом:

— На! На!..

Паффи медленно подошёл. Холод проникал в самую глубину его существа, делая некогда гибкие суставы по-старчески скрипучими и малоподвижными... Но вот запах лакомства коснулся ноздрей, Паффи дотянулся губами и стал медленно, с наслаждением жевать, стараясь не обронить ни кусочка. Мальчишеская рука схватила его за ухо:

— Пошли, ну! Пошли!..

Старый конь балансировал на той зыбкой грани, где смыкаются отчаяние и блаженство. Он не противясь пошёл за директорским сыном... и скоро уже стоял под навесом около хлева, где было сухо и почти тепло, потому что не поддувал ветер. На мгновение куда-то исчезнув, мальчик вернулся с большим старым мешком — и принялся что было сил растирать шею, плечи, спину коня. Он умел ездить верхом, умел запрячь лошадь в телегу, да и вообще знал, каково это, когда целую ночь льёт холодный дождь, а спрятаться негде. Жёсткая мешковина сушила и ерошила шерсть, разгоняла под кожей кровь и вместе с нею — тепло. Паффи

330

всё пытался отблагодарить: перебрать губами волосы, пройтись носом по лицу и одежде... Директорский сын только отмахивался:

— Ладно тебе... Сейчас предки увидят...

И старый конь, всё понимая, выгибал шею и подставлял бока, чтобы мальчику удобней было тереть...

Через полчаса к дому подкатил «Уазик». Из-за руля выскочил энергичный моложавый ветврач. С другой стороны не спеша вылез пухленький, круглолицый старичок в ватнике. На носу у него висели толстые очки, обмотанные по переносице изолентой. В руках он держал сыромятную деревенскую уздечку.

Навстречу вышел директор — уже в других брюках, и брюки были предусмотрительно заправлены в резиновые сапоги.

— Ну, где ваш найдёныш? — Ветврач подошёл к директору и пожал ему руку. — Доброе утро, Николай Николаич. Вы не в курсе, откуда пришёл?

— Не говорит. И как звать — тоже, — отозвался директор. — Здорово, мужики! Дядя Коля, — обратился он к своему тёзке, местному конюху, — вон он, там, под навесом. Я его во двор не хотел — мало ли, так архаровец мой без всякого спросу...

Старик пошёл было к коню, но на полдороге остановился. Пока ехали сюда, он ожидал всякого. Но чтобы в самом деле породистый, холёный красавец...

— Да ты не бойся его, — неверно понял дяди-Колину заминку директор. — Он смирный. Сам в руки идёт... Видно, намаялся в лесу-то один. Не бьёт, не кусает...

Конюх оглянулся и поправил спадающие очки.

— Бояться его, ещё не хватало, — проговорил он с достоинством. — Я к тому, Николаич, что я каких только не видывал... Ты бы знал, что за рысаков у нас здесь раньше держали... Я тогда связистом работал, провода телефонные ремонтировал. Ну там, если обрыв где... или столб упадёт... Мне по службе конь полагался, вот и выдали Рыжего. Рысака-полукровку. Ох горяч был — кипяток! Так что спокоен будь — с любым справлюсь!

*Снова поправил очки и, шаркая по мокрой траве литыми тяжёлыми сапогами, направился под навес.*

*Паффи смиренно ждал, глядя на старичка. Мальчик стоял рядом, гладя нежную, начавшую подсыхать шёрстку.*

*— Р-р-р! Не балуй! — загодя предупредил дядя Коля.*

*Паффи хулиганить и не собирался. От человека в очках пахло почти как от старого финна, содержавшего лошадиный «дом престарелых». Дядя Коля подошёл вплотную, расправил в руках уздечку и подставил её под голову коня. Рослый Паффи нагнулся пониже — он знал, что собирался делать человек, и всячески старался, чтобы тому было удобней. Дед не стал совать ему в рот удила. Оставил их висеть, натянул уздечку на уши коню и застегнул подбородный ремень.*

*— Ну вот и молодец. — Пухлая шершавая ладонь уверенно потрепала по шее, и Паффи понял, что наконец-таки вернулся домой.*

*Он не стал дожидаться, пока его потянут за повод: отгадал мысли человека и пошёл за ним, как собака. Конюх держал повод длинно и всё оглядывался, будто ждал от коня какой-нибудь гадости. Он не зря хвастался, обещая справиться с каким угодно буяном, но незнакомый есть незнакомый — почём знать, что у него на уме... Паффи чувствовал и это — и старательно семенил, приспосабливаясь к шагу пожилого невысокого человека и изо всех сил пытаясь ничем не обидеть, не испугать... Его усилия не пропали впустую.*

*— Ишь, вежливый, — похвалил дед. — Одно слово, порода!*

*Паффи понял это так, что его окончательно раздумали прогонять. Он чуть-чуть осмелел и, догнав старика, на ходу прижался щекой к его локтю в заскорузлом потрёпанном ватнике. «Не бросай меня, человек. Пожалуйста. Не бросай...»*

Дождик опять припустил и взялся равномерно долбить по жестяному карнизу. За спиной деловито гудел факс. Панаморев стоял у окна и смотрел сквозь залитое влагой стекло на величественную, просторную площадь. Кто только придумал делать все эти снимки для видовых альбомов исключительно в яркие погожие дни?.. Великие зодчие, строившие Петербург, знали, сколько здесь в году солнечных дней, а сколько — дождливых. И сумели добиться, чтобы созданные ими шедевры под низкими влажными облаками не только не теряли вида и красоты, но, напротив, обретали особое очарование...

Антон Григорьевич шмыгал носом и всерьёз опасался простуды, а вот жители города сырости не боялись нисколько: жизнь на площади так и бурлила. Туда-сюда сновали потоки машин, и вода, не успевшая стечь в отверстия люков, прозрачными полотнищами разлеталась из-под колёс.

Антон Григорьевич вздохнул.

Если прижаться к самому стеклу, то справа виден был постамент и на нём — царственный всадник, паривший над площадью на великолепном бронзовом скакуне.

Включённый приёмник приглушённо пропел:

«*На заре... Ранним утром на заре... красный конь бро-о-дит...*»

«Эх, лошадки, лошадушки...» — снова вздохнул Панама.

Факс выдал последние строки и смолк, ожидая нового сообщения. Антон Григорьевич подошёл к аппарату и оторвал длинную, волнами ниспадавшую на пол бумажную ленту. Аккуратно перемотал и стал бегло просматривать...

> — Как-то вечером мой милый
> Обмакнул свой хрен в чернила! —

неожиданно громыхнул из-за двери жизнерадостный бас.

> Днём редактору был сдан
> Эротический роман!..[1]

Дверь отворилась. На пороге возник Боря Смирнов. За его спиной громоздился обладатель могучего

---

[1] Частушка А. А. Шевченко.

голоса, рыжий гигант в закапанной дождём джинсовой рубашке, не сходившейся на волосатой груди. Росту в нём было никак не меньше двух метров. На фоне такого великолепия слегка даже терялся второй незнакомец — совсем не мелкий мужчина в плаще и интеллигентных очках. Он улыбался и был до невозможности похож на покойного Листьева.

— Это Антон Григорьевич Панаморев, о котором так долго говорили большевики, — представил Панаму Смирнов.

— Плещеев, — пожал ему руку интеллигент.

— Сергей Петрович Плещеев, начальник охранного агентства «Эгида-плюс», — пояснил Боря.

— Семён Фаульгабер, — протянул лапищу великан.

Тут Смирнов увидел в руках у Антона три метра белой бумаги и смешливо прокомментировал:

— Это в качестве носового платка?..

— Ребята, вы уж извините... Я, наверное, всю ленту у вас в аппарате извёл, — тоже улыбнулся Панама.

— Ни за что не простим, — серьёзно последовало в ответ.

Антон поднял глаза и стал ждать продолжения. Смирнов хитро ухмыльнулся в усы:

— У нас такса: метр — литр. Особенно с разных там командировочных, которые по приезде проставиться не хотят. Кстати, можно и пивом... в том же объёме. Так что ты бумагу мотай, мотай, нам не жалко...

> — Милый пьёт одеколон.
> Говорит, что вкусный он.
> Что мужик, как ни смотри,
> Должен пахнуть изнутри...[1] —

поддержал Фаульгабер.

На смирновском столе красовалась пепельница: бронзовая свинья устроилась отдыхать посреди «мир-

---

[1] Частушка А. А. Шевченко.

городской» лужи. Лукавый скульптор, создавший шедевр, был несомненный талант. Свинья определённо залегла в лужу не просто так, а предварительно выхлебав упомянутый литр...

С самого начала нынешней своей поездки Панама по делу и без дела вспоминал невысказанное предупреждение Ларионова: «второй раз заступиться за тебя я уже не смогу...» Лезла в голову даже дурацкая придирка непосредственного начальства, изволившего озаботиться из-за бутылки «Брынцаловки». Сколько он себе ни внушал, что будет здесь, в Питере, вкалывать как обычно, а всё лишнее пропустит мимо ушей, — да, видно, не смог... И уже понимал, что вчерашняя вечеринка с ребятами была этакой фрондой. Фигой в кармане, от которой вроде бы никому ни жарко ни холодно, а случись что — ведь и это лыко в строку пойдёт...

— Боря, — сказал он. — Ты ж понимаешь — я на работе...

— А мы что? Дурака тут валяем? Тоже мне, благородный следователь Шарапов. Мы здесь, между прочим, тоже хулиганов изредка ловим. И немножко даже бандитов. Слышал анекдот? Специально для тебя. Двенадцать часов ночи, звонок в отделение: «Это м-милиция?» — «Да, это милиция». — «Т-тут н-на у-улице л-лежит д-дохлая л-лошадь и в-в-воняет. Уб-берите, п-пожалуйста...»

Борис заикался очень правдоподобно. Видимо, сказывалась практика.

— Да, слышал... — утрачивая настороженность, рассмеялся Антон. — Хорошо, пиво с меня. Только, не обессудьте, ребята, попозже. Сам видишь...

— Понятно. Проблемы?

— Да нет... все пока о'кей. Информацию перевариваю...

— Смотри, запора не наживи. А про литр-метр забудь. Шутка, — отмахнулся Борис. Его гости отступили в коридор, видимо, куда-то спешили. — Всё, что в этом кабинете, эксплуатируй как своё собственное. Я на часок улетел. Если вопросы возникнут — не

335

стесняйся, в любую дверь стукнись — помогут. Или к начальнику... Ну, бывай...

— А я про пиво серьёзно! — крикнул уже ему вдогонку Антон.

> — Целовал меня милёнок
> Восемь раз в затылочек, —

донеслось из коридора.

> Ничего не может больше
> После трёх бутылочек!..[1]

Быстрые шаги удалились по гулкому коридору.

Панама снова уткнулся в бумажную ленту. Дочитал, пробурчал что-то себе под нос и, усевшись за стол, снял телефонную трубку.

— Аня? Ань, доброе утро. Это Антон. Да, благополучно... Слушай, Анечка, я тебе сейчас прочитаю два описания... Ага, из Сайска прислали... Ты же небось всех ваших лошадников знаешь? Может, уловишь с кем сходство?..

И Антон начал медленно, внятно читать принятые по факсу описания двух подозрительных личностей, могущих иметь отношение к пропаже коня. Анна внимательно слушала, сидя на кухне в репатриированном махровом халатике с васильками. Серёжа глядел через стол в её сосредоточенное лицо и нервно покусывал губы. Аня всё собиралась купить второй аппарат, да так и не собралась...

В это же время пропитанный влагой эфир над Санкт-Петербургом стал свидетелем совсем другого телефонного разговора. Сидя за рулём вздымающей брызги «девятки», русоволосый коренастый парень приложил к уху плоскую трубку «Нокии»:

— Херр Нильхеден? Гуннар?

Услышав ответ, поплотнее прижал трубку к уху. Тут ему пришлось перехватить руль, он притиснул телефончик плечом, и во рту стали видны золотые

---

[1] Частушка А. А. Шевченко.

передние зубы. Еще пару секунд он молча слушал, затем бросил в микрофон короткое:

— О'кей! — и выключил аппарат.

Машина развернулась на ближайшем перекрёстке (очень по-хамски, едва не попав на рога гружёной «Ниве» с прицепом: с дороги, чёрная кость! барин едет!..) и помчалась в сторону Васильевского острова. Пронеслась по набережной мимо Кунсткамеры, затем по Большому к Наличной...

Она остановилась возле скромного небольшого кафе у гостиницы «Прибалтийская». Херр Нильхеден сидел за столом и хмуро ковырял вилкой яичницу с ветчиной. Коренастый, появившись в дверях, приветствовал его кивком головы. Швед молча указал ему на стул напротив. И пододвинул русскому остывающую чашечку кофе.

Разговор между ними шёл по-английски:

— Не нравится мне это, Андрей! Зря мы всё же его сюда, на эти соревнования... Да, я тоже думал, что это замечательная идея, но теперь мне начинает казаться, что она слишком опасна. Я очень рискую...

— Вот уж не согласен. Ты сам-то подумай: что, *я* ворованного коня должен был у себя на конюшне держать? — Владелец «девятки» энергично подчеркнул голосом «я», ткнув себя при этом в грудь пальцем. — Меня ж в городе знают! Стоило бы ему у меня появиться, народ тут же пронюхал бы. Люди кругом завистливые, а лошадники ещё и любопытны, как черти... Тут же примчались бы «кóнечку посмотреть»... Нет, у тебя он как у Христа за пазухой! Частная собственность иностранца — руками не трогать! А лучше и близко не подходить!.. Зря, в общем, психуешь.

— Всё так... Но больно уж много вокруг него суеты...

— Что ты имеешь в виду?

— Расковываю вчера его... Специально время поспокойнее выбрал — у боксов почти никого, все перед стартами на разминочное поле ушли... И тут, откуда ни возьмись, к нашему коню в денник лезет парень! Загорелый такой, ростом мне вот посюда, — крупный швед коснулся ключицы. — На груди — «VIP»...

— Ну и что? — не понял его тревоги Андрей. — Забрёл какой-нибудь... Сам знаешь, кому виповские пропуска у нас раздают. Наверняка сынок чей-то... лоботряс великовозрастный. Надоело на трибунах зевать, он и шляется. Не нервничай, говорю!

Лицо Гуннара Нильхедена выглядело обманчиво-инфантильным из-за гладкой кожи, мелких черт и мальчишеского румянца. Его выражение по-прежнему соответствовало погоде на улице.

— Я бы не нервничал, если бы не видел, как он гладил других лошадей! Я уверен — он конник. Его знают! С ним разговаривал грум военного шоу-джампера[1] из российской команды! Они встретились как друзья, чуть ли не целовались!..

— Да? — Русский забарабанил пальцами по столу. Потом отхлебнул чуть тёплого кофе: — Я думаю, это всё же случайность. Мало ли кто у нас кого знает...

Однако прежней уверенности в его голосе не было. Глаза шведа за стёклами очков стали колючими:

— А что вечером у коня брали кровь — тебе тоже случайность?

Настал черёд Андрея не на шутку встревожиться:

— Кто брал? Почему?.. И какого беса ты разрешил?

— А что я мог сделать?.. — Сдержанный швед отложил вилку и только передёрнул плечами, но вид у него был — задушить бы кого-нибудь! — Мне предъявили жёсткое требование администрации соревнований и ветеринарного комитета мэрии. Лошадь привезли, так почему она не выступает? И выглядит, как варёная?.. Врачи боятся инфекции...

Андрей выдохнул, успокаиваясь:

— Это похоже на правду. У нас с этим действительно строго... — И поскрёб ложечкой кофейную гущу, словно собираясь гадать: — Нет, Гуннар, ты

---

[1] Конкурист, от англ. show jumping — конкур.

всё же зря паникуешь. Осталось-то всего ничего! Завтра последний день... Как у нас в России говорят, ночь простоять да день продержаться... — Он довольно неуклюже перевёл народное выражение на английский и продолжал: — А парня, что в денник лез, ты на всякий случай мне покажи. Я близко подходить не буду, сам понимаешь, нам вместе светиться совершенно не обязательно, но около боксов покручусь. Ты мне знак какой-нибудь подай, если заметишь его. Ну там, за ухом почеши... и на него глазами. Лады? Если он... мои кому хочешь мозги вправят... И ещё... я тут придумал кое-чего...

Их разговор, и в целом-то не предназначенный для посторонних ушей, сделался совершенно секретным. Андрей наклонился через стол и долго шептал шведу на ухо. Тот вначале сморщился, как от внезапной мигрени. Однако потом напряжение отпустило, он закивал головой и с облегчением улыбнулся:

— Прекрасно, Андрей. Мне кажется, это вполне реально... Я выясню всё, что нужно...

— Ну, тогда bye![1] — Россиянин встал и пошёл к выходу, беспечно засунув руки в карманы. Удачливый, преуспевающий молодой коммерсант. Храните, господа, деньги в сберегательных баксах. Это надёжно!

Остывшая яичница сразу сделалась вкусной. Херр Нильхеден быстро и с удовольствием расправился с ней, большими глотками допил кофе и тоже поднялся из-за стола.

Панама, влетевший в уютное кафе «Юбилейного» прямым ходом с улицы, отряхивал с волос капли воды. Кожаная куртка (по мнению Ани, очень ему шедшая) от сырости приобрела матовый блеск. Промокнуть она не промокла, но и от насморка не спасла: пришлось-таки по дороге сюда завернуть в магазин за носовыми платками. Не шмыгать же.

— Ну у вас, — сказал он, — и погодка...

_____
[1] Пока! *(англ.)*

Серёжка крепко встряхнул его руку:

— Я-то тоже думал, и чего это они среди лета соревнования под крышей устроили... Добрый день, Антон Григорьевич. Кофейку?

— Спасибо. Сейчас сам возьму. — Панама поставил портфель на стул и направился к стойке бара, чтобы вскоре вернуться с тарелкой пирожных и тремя чашками кофе.

— Напиток богов! — Он отхлебнул крохотный глоток и блаженно зажмурился. — Ради одного этого в Питер стоило ехать. Анечка, что у нас насчёт описаний?

Аня вертела в руках кофейную ложечку, не торопясь отвечать.

— Я вот всё думаю, — тихо проговорила она наконец. — Про одного, другого, третьего... И всё хорошие люди... что же это я — наговаривать буду?.. Не представляю... Темноволосый — так вообще... Их столько... да вот, например...

В кафе вошёл высокий темноголовый парень. Осмотрелся и, заметив сидящую за столиком Аню, приветливо помахал ей рукой. Девушка выдавила улыбку и ответила тем же.

— Это кто? — поинтересовался Панама.

— Владелец лошади. Частник, как мы говорим. У меня на конюшне свою зверюшку держит... Отличный парень! — И пристально посмотрела Антону в глаза: — Это не он, честное слово! Он все эти дни, ну, когда Заказа... на моей конюшне бывал. И вообще почти каждый день...

— Аннушка, — рассмеялся Панама, — чрезмерная подозрительность — это детская болезнь начинающих следователей. Я уже ею переболел. И поправился...

Аня, никак не ждавшая подобной реакции, даже моргнула. Антон был совсем не таким, как вчера в кабинете Александра Владимировича, когда и вид его, и манера говорить, и осанка полностью соответствовали имиджу следователя-важняка. А теперь он выглядел точно как у Марины на вечеринке — весёлый, симпатичный мужчина, которого не заподозришь в обладании столь грозными полномочиями. Какой же был настоящим?.. Она читала в книжках о хитроумных следователях, ловко входивших в доверие к людям. Может быть, те, к кому они входили в доверие, тоже что-то читали... Аня посмотрела Антону в глаза и попробовала улыбнуться.

— Что касается коренастых и русоголовых... Их тоже несколько, и я ни о ком не хочу... Денис Грачёв, например. Андрей Поляков... ну ещё кое-кто, если подумать... Все держат своих лошадей. Все ими торгуют. У всех за границей партнёры. Любой из них мог в «Свободу» за лошадьми съездить... не говоря уж про Сайск. Все стараются где получше и подешевле найти. Вот и колесят...

— В данный момент мне русый менее интересен. Не он коня уводил... — И Панама оглянулся на Аниного знакомого, сидевшего за соседним столом. — Ребята, а мог, ну, скажем, лошадь присмотреть один, а вывезти кто-то другой?

— Да сколько угодно, — пожал плечами Сергей. — Каждый ведь информацией, впечатлениями делится. Я, например, очень даже хорошо знаю, где какой молодняк растёт! Земля, она слухами полнится... Так что запросто: хозяин отобрал, а наездник, который у него работает, с коневозом приехал... Коня погрузить — много умения не надо... Да и наши помогали...

— А это мысль, — поддержала Аня. — У каждого владельца опытные конники работают. Вот фотографию бы...

— Сейчас в Сайске фоторобот как раз делают. Завтра, наверное, получу.

— Антон, завтра поздно будет! — Сергей возбуждённо заёрзал на стуле. — Завтра Заказа в Швецию увезут! Надо сегодня что-то делать!.. Не знаю, может, в карантин коня объявить... Задержать... ну, время чтоб выиграть...

— В карантин?.. — Аня повернулась к нему, забыв про облюбованное пирожное. — Легче нас с тобой в карантин закатать. По документам швед ввёз сюда совершенно здоровую лошадь. Он по ним запросто может её и вывезти. Они ещё действительны. Если его спугнуть, в одночасье отгрузится... А что с кровью, Антон?

Антон вытащил из кармана платок и страдальчески высморкался.

— Извините... А что с ней... В городскую лабораторию отправили... В Москву с моей сопроводиловкой... — Панама посмотрел на часы: — В шесть утра должна была долететь. Я справлялся — насчёт ответа велели завтра звонить...

— Опять завтра! — Сергей крутанулся на стуле, словно тот его жёг. — А сегодня-то что?!.

— А сегодня соревнования будем смотреть, — спокойно ответил Панама. — Мне вчера понравилось. Честно скажу, не ожидал, что это так захватывает. Красиво...

Сергей вскочил и, не говоря ни слова, зашагал к выходу из кафе. Его чашечка так и осталась нетронутой. Не говоря уже о пирожных...

Ноги сами принесли его к боксам. Не глядя ни вправо, ни влево, он миновал посты бдительного ОМОНа и наконец очутился в привычной конюшенной суете. Поблизости от Заказа, которому он по-прежнему ничем не мог помочь, но всё-таки... Слева и справа из денников торчали любопытные, доброжелательные носы, и Сергей тотчас ощутил, как отпускает беспросветная обречённость, стиснувшая было сердце. Он почти пожалел, что ушёл из кафе. Хоть извиняйся теперь.

У денников цээсковцев он разглядел Вовчика, хлопотавшего у открытого бокса, и не раздумывая направился прямо к нему. Увидев его, Вовчик расцвёл:

— Привет, земеля! Как отпуск?

— Зашибись, — не кривя душой, ответил Сергей.

Вовчик его интонаций не понял и продолжал по-прежнему беззаботно:

— Отпуск, это всегда дело хорошее... Как у нас говорят: «Пузо греть, не дрова тюк-тюк». Завидую я тебе, Серёга... Ничего, Василий Иваныч и меня скоро в отпуск... Обещал!.. Махну вот на пару неделек домой... в Пятигорск... Эх, гульнём!.. Поскакать-то дашь?

— А на службе не наскакался?

— Щас! Я всё больше с метлой и тачкой скачу... Знал бы ты, как по ипподрому соскучился... По ночам дорожка снится...

Как снится дорожка, Сергей сам превосходно знал. Но сейчас его грызло совершенно другое, и он спросил:

— Как этот... Сирокко? Ничего не видал?

— Ну... — Вовчик оставил ведро и совок и разогнулся, чтобы доложить тет-а-тет: — Утром выводили его. Сонный был... Как в воду опущенный... Очкарик-швед выводил. Ну, я и посмотрел. Без подков конь был...

— Точно? — Сергей ощутил новый приступ отчаяния, поняв, что из рук безвозвратно уплыл так необходимый Панаме «вещдок».

— Точно тебе говорю. Я совсем рядом прошёл. Специально смотрел — подков не было! Ни на передах, ни на задах. У него и копыта-то по полу совсем иначе стучали... Я ошибиться не мог... А насчёт возраста, так к нему в денник теперь не попасть — обе створки на замках, вот. И верхняя, и нижняя... А у кого ключи — не знаю. Да если бы даже и знал... Тут многие своих лошадей на ночь запирают. Сам понимаешь...

Сергей понимал. Он не слышал высказывания Цыбули насчёт ночёвки с ружьём в деннике у Заказа, но если бы услышал, то согласился бы полностью.

— Ну ладно, спасибо тебе... — Он уже хотел уходить, но вовремя спохватился: — Вовчик, а этот швед ни с кем из наших, русских, случаем не базарил? Может, видел чего?

Тот задумался, и Сергей уже начал на что-то надеяться... но потом Вовчик отрицательно покачал головой.

— Нет... Тут, у боксов — ни с кем. По крайней мере чтобы я замечал... Может, где ещё... — И развёл руками: — Я ведь в основном на конюшне...

— Пойду я. — Серёжа хлопнул Вовчика по плечу. — Меня девушка ждёт.

И, повернувшись в сторону шведских денников, с чувством всеохватывающего бессилия посмотрел на закрытые — это среди бела дня! — створки дверей. Кузя, Кузя, малыш, как ты там?..

И вот тут он заметил господина Нильхедена. Того самого шведа, что рявкнул на него накануне. Владельца так называемого Сирокко. Теперь Сергей знал, как его звать. Нильхеден шёл к крану, торчавшему между денниками. И так теребил себя за ухо, словно хотел оторвать.

Сергей поборол искушение подойти к нему и невинно спросить: «Well, how's your horse?..»[1] Нет уж. Не допускать ничего, что может быть истолковано как выходящее за рамки праздного любопытства... И, соответственно, может повредить Заказу...

Швед сделал вид, будто не заметил Сергея. Жокей ответил ему тем же. И как мог неторопливее, останавливаясь у открытых денников, направился к выходу...

— Счастливый! — догнал его Вовкин голос. — Ещё и девушка ждёт...

Русоголовый, плотного сложения парень, стоявший за ограждениями, выматерился про себя и, дёрнув из кармана трубку мобильного телефона, на ходу стал набирать какой-то номер...

*Стрелка термометра сауны перевалила за отметку «сто двадцать». Покряхтывая от наслаждения, Гуннар слез с верхней полки. В чём мама родила быстро проскочил через баньку — и с разбегу бросился в озеро. Гладь воды так и взорвалась фонтанами брызг. Гуннар был не из маленьких — по озеру побежала волна. Сделав пять-шесть гребков, пловец замер, расслабленно*

---

[1] Ну, как ваша лошадка? *(англ.)*

покачиваясь на постепенно успокаивающейся поверхности. Чёрт побери! Благодать!..

Вода была, мягко выражаясь, прохладной. Озеро выточил в граните ледник, в незапамятные времена отступивший на север; Гуннар, впрочем, полагал, что часть льда с тех пор так и осталась на дне. В любом случае здешняя вода не предназначалась для неженок. И даже настоящий мужчина после раскалённой сауны мог в ней высидеть лишь считанные минуты. Гуннар нырнул, проплыл под водой десяток метров и вынырнул почти у самого берега. Поднялся и, почёсывая обильную растительность на груди, направился обратно в сауну — не спеша, давая воде стечь с раскрасневшегося, распаренного тела.

Повод для интенсивного наслаждения жизнью у него определённо имелся. Последняя партия лошадей, которую подготовил ему Андрей, распродалась буквально с колёс. Да как! Если учесть все расходы — непосредственные и накладные — и приплюсовать к ним налоги (а Гуннар Нильхеден всегда был примерным налогоплательщиком), то чистая прибыль всё равно составила почти двести процентов!..

Русский партнер Гуннара, Андрей Поляков, сотрудничество с которым продолжалось полных три года, тоже не переставал радовать. С каждой ставкой лошади становились лучше, а суммы, которые запрашивал за них Андрей, почти не менялись. Официально же объявляемая стоимость контрактов была настолько смешной (о, эта Россия!..), что бизнес господина Нильхедена процветал. И в ближайшем будущем обещал расцвести ещё краше.

В настоящий момент Андрей был у Гуннара в гостях и ждал в бане.

Шагая в облаке пара через порог, хозяин дома услышал его радостный возглас:

— Гуннар, чин!..

Изрядно захмелевший Поляков встретил шведа, держа в руках два стакана. Норвежский виски «Аппер тэн» с тяжеловесным достоинством покачивался в обрамлении хрусталя.

*Нильхеден не стал отказываться от спиртного. Взяв свой стакан, он изрядно разбавил виски содовой, добавил пару кубиков льда, чокнулся с Андреем и, слегка коверкая русское застольное пожелание, произнёс:*

*— На здра-ви-е!*

*Больше он на языке партнёра не знал почти ничего. Сделав маленький глоток, Гуннар поставил стакан на стол.*

*— Будем!.. — Андрей, на чьей родине разбавлять выпивку считалось дурным тоном, отправил содержимое стакана себе в рот и одним глотком проглотил. Поддерживая полотенце, норовящее упасть с ответственного места, зацепил с блюда нежно-розовый рыбный кусочек. Накрыл долькой лимона...*

*Господин Нильхеден закусил оливкой с анчоусом.*

*О да!.. Повод у них сегодня имелся. И выпивка была такой же «интернациональной», как и всё остальное. Бутылка роскошного армянского коньяка (настоящего!!! не поддельного!!!) первой завершила свой естественный путь. Теперь солнечный коньяк догонял виски, прибывший из холодной Норвегии.*

*Повод требовал, но Гуннар Нильхеден старался пить так, чтобы не утрачивать ясности мыслей. В отличие от Андрея, откровенно «расслаблявшегося» на лоне природы. Судя по мимике и нечётким движениям, ему это удавалось вполне.*

*Вот он тяжело поднялся и, уронив-таки полотенце, решительно распахнул дверь наружу. Через минуту послышался всплеск и пронзительно-пьяный мужской визг. «Не утонул бы», — мелькнуло у Гуннара. Но Андрей вовсе не собирался тонуть. Бултыхаясь в холодной воде шведского озера, он стонал, охал и взвизгивал так, что эхо откликалось по берегам. Потом вылез по деревянным ступенькам и, выколачивая из ушей воду, прямиком устремился в парилку.*

*Гуннару Андрей нравился. Деловой парень. Слово держит. И пожелания партнёра рассматривает как закон. Естественно, пока тот долларами шуршит. Что ж — денег хватало. Тем более что запрашивал парень, по мнению цивилизованного шведа, немного. Поначалу*

Нильхедена это настораживало и отчасти даже пугало. Однако потом он стал чаще ездить в Россию и присмотрелся к тамошней жизни. О, эта Россия...

Гуннар никогда не забывал основной закон бизнеса — золото всегда валяется под ногами, надо только уметь разглядеть его, а потом не ленясь наклониться и подобрать. В нынешней России, с ее удивительными порядками, вернее, их почти полным отсутствием, возможно абсолютно всё... Можно запросто найти бриллиант в куче дерьма. Именно такой кучей Гуннару представлялась большая безалаберная страна, куда его светловолосые предки когда-то отправлялись не только торговать, но и грабить...

Он отхлебнул изрядный глоток виски-содовой и поднял глаза к потолку.

— Не отвернись, Боже! — прошептал он и приподнял хрустальный стакан, приветствуя и призывая Всевышнего.

Сверху ответа не последовало.

Гуннар, правду сказать, чудес особо и не ждал. Он привык сам ковать своё счастье. Хотя для того, что он задумал теперь, небольшая поддержка свыше была бы определённо не лишней...

...Выражение «работать, как швед» возникло не зря. Они действительно любят работать. Причём так, чтобы со лба текло и на спине было мокро. Работать — и притом ЗАРАБАТЫВАТЬ. Гуннар Нильхеден исключением не являлся.

Конным бизнесом он занимался уже давно. По наследству от отца ему досталась вполне приличная ферма, которую Гуннару удалось превратить в уютное конюшенное хозяйство. Там он и передерживал лошадей, которые последнее время поступали в основном из России. Там выращивал и своих собственных жеребят. Кобыл у него пока было не так много, как хотелось бы, но сколько радости доставляли Гуннару они сами и их малыши!.. Глядя на играющих жеребят, он видел залитые светом конкурные поля и слышал комментаторский голос: «На старт приглашается спортсмен такой-то на лошади такой-то... породы нильхеден...»

347

Он уже знал, какой она будет, эта порода. Мощной и лёгкой, годной в упряжку и под седло. И чисто гнедой, безо всяких отметин. Чтобы настал день, когда ему позвонят из королевских конюшен: «Херр Нильхеден, гофшталмейстер Его Величества желал бы с вами переговорить...»

Будущий коннозаводчик вновь поднёс к губам хрустальный стакан и сделал глоток.

Матки у него были замечательные, элитных кровей. Благодаря тому же Андрею. Они уже дали отличных спортивных и охотничьих лошадей. Ту же Слипонз Фари, например. А когда он приобретёт классного жеребца... Чудо-производителя, который сделает его по-настоящему знаменитым заводчиком... Увы, денег такие лошади стоят баснословных. Кто-кто, а он это знал преотлично. И пока себе позволить не мог. Хотя мысль такую вынашивал уже давно...

Нильхеден встал и подбросил в камин несколько небольших поленьев. Огонь тут же разгорелся, и в холле баньки стало ещё уютней.

Из парилки вывалился похожий на варёную свёклу Андрей. Влез под душ, окатился прохладной водой. Сцапал со стола бутылочку «Хайнекена». Сдёрнул пробку и тут же, стоя, большими глотками утолил жажду. Плюхнувшись на скамейку, покрытую медвежьей шкурой (естественно, покупной: охоту Гуннар не любил и ни одной зверюшки жизни отродясь не лишил), он раскинул руки по спинке сиденья и блаженно выдохнул:

— Go-o-od, Гуннар! Если бы ты знал, какой это good![1]

Гуннар, прямо скажем, догадывался. Он потянулся к бутылке виски и вопросительно посмотрел на Андрея:

— Some more?[2]

— No, по... И так «ёрш» будь здоров. Коньяк, виски, пиво... Смесь номер три — удар копытом. Съел и поррядок...

---

[1] Хорошо *(англ.)*.

[2] Может, еще? *(англ.)*

Гуннар повернулся к столу, где среди бутылок и разной снеди лежал пакет, привезённый Андреем. Взял его в руки и достал пачку фотографий. Это были снимки, сделанные на перспективу. Портрет каждого коня сопровождали цифры: год рождения, высота в холке, обхват пясти. Рядом — условным сокращением — порода. Пониже клички, в скобочках, родители лошади. Всё аккуратно, разборчиво. Последним пунктом — цена. В долларах, конечно. Нулей там было немного.

— Молодец, Андрей, — вслух сказал Гуннар. Цветные, на кодаковской бумаге, снимки были великолепны. Нильхеден и Поляков не первый год работали вместе. Андрей хорошо знал, что было нужно партнёру, и старался на совесть.

Фотографии было приятно даже просто перебирать. Ещё приятнее было делать это, сознавая, что любой конь при желании может оказаться твоим. Гуннар тщательно рассматривал снимки, потом внимательно изучал пометки Андрея на обороте, снова вглядывался в портреты красавцев коней... и наконец отправлял в одну из двух пачек: слева — лошади, представляющие для него интерес; справа — так себе, пусть пока хранятся в архиве.

Где-то ближе к концу ему на глаза попался снимок, сразу приковавший внимание. На глянцевой карточке был запечатлён рослый гнедой жеребец. Гуннар перевернул фотографию... Рост — сто шестьдесят семь, и это в три годика! Отец же «акселерата» оказался таким известным производителем, что у Гуннара дух захватило. Как будущий заводчик, таких знаменитостей Нильхеден обязан был знать. Он и знал: жеребец находится в Англии. Как же мог у него оказаться отпрыск в России?.. Стало совсем интересно. Так, а с ценой у нас что?..

Цена на фотографии указана не была.

Гуннар долго вглядывался в этот снимок, а затем отложил в сторону, не причислив ни к одной из двух пачек. Помедлил, задумался... снова взял снимок в руки... Отстранил, поворачивая, чтобы не мешали блики...

поднёс к самым глазам... и вдруг залпом осушил недопитый стакан.

Остальные фотографии он перетасовал безо всякого интереса. Не потому, что там были изображены бесперспективные и неподходящие лошади. Слишком уж завладел его мыслями тот единственный снимок. Гуннар умел отличить золото, когда оно попадалось ему на глаза. Под ложечкой засвербело. Этот признак он хорошо знал.

Вот он, родоначальник... «На старт приглашается спортсмен такой-то на лошади такой-то... породы нильхеден...»

«ZAKAZ», — прочитал он кличку коня, написанную латинскими буквами. Захотелось немедленно действовать. Гуннар подошёл к камину, постоял, глядя на огонь, затем накинул свежую простыню. Покосился на спокойно дремлющего Андрея... Знает ли этот русский, что за самородок попал ему в объектив?..

Он сходил в дом и вскоре вернулся, неся под мышкой несколько толстых томов. Это были племенные книги, которые Андрей привёз ему из России ещё в свой позапрошлый приезд. Кириллица для Гуннара была не вполне китайскими иероглифами, однако отчасти к ним приближалась, и поэтому он считал эти книги приятным, но бесполезным подарком. Они и пылились на полке здесь, в загородном доме... что при желании можно было рассматривать как вмешательство Провидения. Мог ли знать Гуннар, что однажды станет торопливо листать их, сгорая от напряжения и любопытства!.. Упорство всё-таки помогло ему выяснить происхождение матери коня, носившего такую непривычную для шведского уха кличку — «ZAKAZ». Кобылу звали не менее странно: «KARINKA».

«Проще было бы, напиши Андрей все клички по-русски. Надо будет ему об этом сказать...»

Он попытался прочитать вслух кличку отца Каринки, написанную кириллицей. И когда до него дошёл смысл прозвучавшего из его собственных уст...

Он вглядывался в книжную запись и всё повторял и повторял то, что сам прочитал. Это казалось невероятным.

*Под ложечкой уже не свербело, а сверлило.*

*«Вот как... А ведь мать этой загадочной KARINKA тоже родилась в России. Что же у неё, интересно, в крови? Новый сюрприз?»*

*Опять лихорадочно зашуршали страницы толстого тома... Гуннар вроде был подготовлен всем предыдущим, но когда, неуверенно произнося русские буквы, прочитал кличку Заказова деда по матери: «Э-эн-те-р...пр-а-йз», — то схватился за сердце. Бегом побежал в дом, добавил к российским ещё и свои каталоги и справочники...*

*Всё сошлось! И происхождение, и номера лошадей!..[1] Ошибки быть не могло! Гуннар снова вооружился ручкой и стал что-то чертить на бумаге, периодически заглядывая то в одну книжку, то в другую. Внимательно посмотрел на свои выкладки... задумался — и тихо присвистнул...*

*Андрей сладко сопел.*

*Гуннар принялся трясти его с решимостью одержимого:*

*— Wake up! Wake up!..[2]*

*Голова гостя сперва безвольно болталась. Потом он открыл глаза.*

*— Андрей, сколько стоит эта лошадь?*

*Гуннар держал перед его лицом фотографию. Андрей кое-как сфокусировал на ней взгляд... И ради этого его разбудили?.. Он вновь закрыл глаза:*

*— Not for sale...[3]*

*— Почему нет? Я могу заплатить тебе очень хорошие деньги!*

*Андрей буркнул сквозь парализующую дремоту:*

*— Not for sale, — и по-русски добавил: — Твою мать.*

---

[1] При записи лошадей в племенные книги или каталоги им присваивается порядковый номер самой записи, который впоследствии всегда фигурирует в официальных документах вместе с кличкой. Например, «Каринка 635». Эти номера не следует путать с цифрами, входящими в кличку лошади (например, «Браслет-2»).

[2] Проснись! Проснись! *(англ.)*

[3] Не продаётся *(англ.)*.

*А хрен его, действительно, знает, этого жеребца, почему он не продаётся. Голова снова начала клониться к груди, но Нильхеден безжалостно встряхнул Полякова:*

*— Ты что? Не можешь купить лошадь, которая мне понравилась? Я-то думал, что ты...*

*Это уже попахивало оскорблением. «На слабо, падла, берёшь?..» Мутноватые глаза Полякова воинственно раскрылись и уставились на шведа. Купеческое ухарство требовало рвануть ворот, но ворота, как и рубашки, в наличии не имелось, и он просто стукнул себя кулаком в грудь:*

*— Я не м-могу? Да я... люб-бую...*

*— Андрей, слушай меня внимательно! Я тебе предлагаю хорошие... очень хорошие деньги за этого коня. Сколько ты хочешь?*

*«Ах, так?»*

*— Двадцать тыщ! — Андрей стряхнул с себя назойливые руки и свернулся калачиком на скамье. Медвежья шкура была такой пушистой и тёплой...*

*Оставив партнёра в покое, Гуннар плеснул себе в стакан виски и выпил залпом, не разбавляя. Потом ещё раз... и ещё! Как воду — настолько велико было возбуждение. Его только бросило в жар. Он скинул простынку и снова отправился в озеро. Плавал он долго...*

*Наутро, когда проснувшийся Андрей — русский гость так и заночевал в сауне, — невнятно матерясь и держась за голову, шарил в холодильнике и под столом в поисках завалященькой бутылочки «Хайнекена», дверь отворилась и на пороге возник господин Гуннар Нильхеден. Одетый, свежий и бодрый, благоухающий лосьоном после бритья. Он держал в одной руке две запечатанные пачки стодолларовых купюр, а в другой — фотографию.*

*— Андрей, ты вчера мне пообещал эту лошадь. — Фотография легла на стол перед Поляковым. — И запросил за неё двадцать тысяч. Вот, пожалуйста! Считай. Я купил её.*

*Поляков ошалело уставился на деньги и снимок, с трудом что-то припоминая. Ой, мама...*

*— Я?.. — выдавил он наконец.*

*Нильхеден положил деньги на стол:*

*— Ты, Андрей. Ты сказал мне, что любую лошадь можешь достать.*

*Теперь Поляков вспомнил всё. Двадцать тысяч... Кажется, его ловили на слове. Ему заказывали преступление, ибо Уголовный кодекс, согласно которому кража лошади является преступлением, никто вроде покуда не отменил... Но что такое лошадь в стране, где боевые крейсера продают за границу на металлолом?.. Что такое двадцать тысяч в стране, где доллары выносят из правительственных зданий коробками и всё сходит с рук?..*

*— Сказал, значит, достану, — небрежно бросил Андрей. — У тебя пивка не найдётся?..*

На трибунах царило привычное возбуждение. Как и вчера, на арену один за другим выезжали всадники, а кони, сосредоточенно наставив уши, несли их через препятствия: МЫ прыгаем!.. МЫ выступаем!.. МЫ — команда!..

Усиленный динамиками, звенел колокол, отмечавший начало и конец каждого выступления. Вспыхивали на табло очки и секунды. Тихо играла музыка. Торжественный голос называл клички и имена, а словоохотливый информатор балагурил, веселя публику. Всё как всегда. Всё как надо на состязаниях подобного ранга...

Сергей нашёл Аню и Антона на той же трибуне, где они сидели вчера. Панама издали увидел жокея и стал звать его жестами, и на сердце у того, надобно сказать, полегчало. Когда Сергей подошёл, Антон снял свой портфель с предусмотрительно «забитого» свободного кресла. Народу сегодня в «Юбилейном» было предостаточно. Не побеспокоишься заранее — и придётся стоять!

Устроившись, Сергей мельком оглядел зал, и его взгляд привлекло движение на противоположной трибуне. Ему несмело, стесняясь, махала рукой девочка-подросток в очках. У неё на коленях лежали подаренные Сергеем буклеты. Он невольно улыбнулся и помахал в ответ. Мужчина в чёрном с жёлтой полосой свитере, сидевший рядом с девчушкой, кивнул ему, как знакомому.

— Это кто? — немедленно насторожился Панаморев.

— Да так... папа с дочкой какие-то, — пожал плечами Сергей. — В день приезда разговорились... Девчонка на лошади учится, вопросов тьма, ну, подошла вот...

— А-а, — успокоился Антон. И вновь стал смотреть на манеж.

Высоту барьеров со вчерашнего дня подняли, но, несмотря на это, результаты хуже не стали. Даже улучшились. Видимо, лошади попривыкли к новой обстановке и более не отвлекались, да и «выросшие» препятствия требовали к себе уважения — кони определённо прыгали аккуратней.

Бенгту Йоханссону, стартовавшему в первой десятке, нынче снова не повезло. Он опять «начал за здравие, а кончил за упокой»: Слипонз Фари неудачно перетемпилась, как будто споткнувшись перед одним из барьеров, и сбила в параллельных брусьях заднюю жердь. Четыре штрафных очка. Всё! Шансы на победу канули в Лету...[1]

Серёжка, как и вчера, активно болел за шведского всадника. Антон, отметив это про себя, уважительно взглянул на жокея.

— Обидно за парня, — пожал плечами Сергей. — Ну прямо «что такое „не везёт" и как с этим бороться». Ведь у обоих потенциал есть! И лошадь классная, и парень грамотный... Спортсмену что нужно? Мастерство и чуть-чуть везения. Мастерство-то есть, а...

— Бог шельму метит, — бросила реплику Аня.

— Не верю я! — Сергей было ощетинился, но решил обратить всё в шутку: — На себя посмотри!

---

[1] В греческой мифологии — Богиня Забвения. Её именем названа река в царстве мёртвых, испив из которой отлетевшие души забывают свою земную жизнь.

Пинкертониха подозрительная. Ты его уже во всех смертных грехах, а он, может, вообще не в курсе!

Панама напряжённо раздумывал. Потом, высморкавшись в очередной раз, проговорил:

— Знаешь, Ань... А что, если Серёжа прав? Вот бы с этим Йоханссоном перемолвиться парой словечек... Ненавязчиво так... чтобы не спугнуть, если они таки с Нильхеденом в сговоре...

— Да в сговоре они! Зуб даю! — Аня сидела между мужчинами, но по-прежнему не обращалась ни к тому, ни к другому. — Стал бы он иначе этого Сирокко на соревнования заявлять как свою лошадь?..

Тут у Панамы выкристаллизовалась идея, и он повернулся к девушке:

— Ань, а ты по-английски говоришь?

— Я английскую школу... — Она чуть замешкалась, не ожидая вопроса. — В гиды, может, и не гожусь, но, по крайней мере, со своими покупателями без переводчика... Ничего, понимают.

— А с мужчинами кокетничать не разучилась? — не отставал от неё Панама.

— Чего-о? — Серёжа свирепо наклонился вперёд.

— Чисто в интересах дела... — улыбнулся Панама. — Спусти пар, Ромео!

Аня уже поняла, в чём будет заключаться боевое задание.

— Ну и где я, по-твоему, должна его «подцепить»?

— Ну... вам, девушкам, виднее, где вы нас, беззащитных...

— Сейчас, — принялась рассуждать Аня, — он на конюшне. Пока коня разберёт, пока сам переоденется... А потом — наверняка на трибуну!

— Грош ему цена в базарный день, если перепрыжку не придёт посмотреть, — поддержал Сергей. И принялся наставлять: — Вот рядом где-нибудь и окажись. Мы, конники, мужшыны темпераментные... Только ты, рашн гёрл, не перестарайся смотри. А то не выдержу, быстро ему ручонки пообломаю...

Антон живо представил себе, как невысокий и худенький — килограммов пятьдесят — жокей что-то там ломает здоровому, кровь с молоком, шведскому парню... А что, между прочим? Разойдётся — так может и обломать...

— Твою бы Любашу сюда, — мрачно буркнул Сергей. — Вот уж специалистка... одним местом крутить...

Аня и Антон ничего не ответили.

— Кстати, — Аня скромно опустила глаза, — мы, девушки-лошадницы, тоже прям жуть какие горячие... А если и мне он понравится? Рискуешь, Сергуня...

— Ты у меня смотри... — захлебнулся «темпераментный мушшына». — Я те дам понравится... Я...

— Риск — благородное дело, — напомнил Панама.

— Ну, мальчики, я пошла. — Аня заглянула в сумочку и решительно поднялась.

— Доброй охоты... — не сговариваясь, хором напутствовали мужчины. На манеж выезжал очередной всадник, пытавшийся попасть в перепрыжку.

Панама между тем убедился, что вчерашний эффект, произведённый на него соревнованиями, был не случаен. Стоило посмотреть на боевое поле с препятствиями — и забывалось всё, даже основная цель его приезда сюда. Вот так и поверишь в известный исторический анекдот о римском патриции, не одобрявшем гладиаторских игр. Но когда однажды друзья привели его в цирк и силой вынудили смотреть — больше не мог отвести глаз и под конец представления кричал громче всех, требуя крови... Здесь, слава Богу, не было ни крови, ни смерти. Однако ведь открываются в душе некие шлюзы, а ты и понятия не имел, что они там есть...

Зато Сергею в кои веки раз было не до происходившего на манеже. Он пристально вглядывался в проход на трибуны, из которого, по его мнению, должен был появиться швед. И вскоре тот появился. Он оживленно болтал с Аней и даже галантно поддержал её под локоток, когда она оступилась на лестнице. Это Анька-то!.. Да чтоб оступилась!.. Ну, бабы...

— Антон! Швед на горизонте! — пихнул он локтем Панаму. — И... с ней!..

Но сыщик лишь мельком глянул туда, куда он указывал, и, не обнаружив ничего требующего безотлагательных действий, вновь впился глазами в арену. Претендент на награду подбирался к тройной системе...

— Ну... — У Антона так и ходили колени: он «помогал» всаднику направлять коня на препятствие. — Ну!

— Антон, ты слышишь, что я говорю? Они уже на трибуне...

— Да вижу я... Ну!.. Ну... Ну, во-о-от...

Всадник благополучно уронил жердь.

— А так ехал...

Серёжка пристально посмотрел на него. Не зря, видимо, говорят, будто итальянские «тиффози», болельщики, во время матчей полностью отключаются от реальности, пылко сопереживая кумирам. Казалось бы, вот когда раздолье ворам!.. Но... карманники — они тоже ведь люди...

— Серёженька, родной, я всё вижу, — не отрывая глаз от манежа, неожиданно проговорил следователь. — Мой тебе совет — и ты не пялься туда. Поверь моему опыту: некоторые люди взгляд за сто метров чувствуют. Так что сиди и смотри, как тут прыгают... Интересно ведь...

На поле выехал последний участник основных соревнований.

Сергей тупо уставился на него.

Спортсмен снял жокейку, поприветствовал судей и поехал.

Серёжа не выдержал, бросил короткий взгляд на трибуну...

Аня склонилась к мужественному плечу белокурого скандинава. Они что-то рассматривали в программе соревнований, и Аня, как положено женщине, намеренной сокрушить сердце мужчины, внимала собеседнику с изумлением и восторгом. Ура, мы ломим, гнутся шведы! — павлиний хвост Бенгта уже играл всеми красками радуги, он охотно пояснял то и другое, водя пальцем по странице в буклете и время от времени заглядывая Ане в глаза. Девушка интересовала его существенно больше, чем события на манеже.

А последний участник, между прочим, заканчивал маршрут и пока ехал «нулём». Аня, а за нею и швед перестали болтать и стали смотреть.

Финский спортсмен ещё на первой лошади обратил на себя внимание своеобразной манерой езды. Сейчас под ним была вторая, и стало ясно, что его стиль не был приспособлением к одной конкретной лошадиной индивидуальности. Он и со вторым своим «напарником» пускал в ход те же приёмы, и пока всё получалось великолепно. Езда была, прямо сказать, необычной...

Зрители, которым успели чуть-чуть примелькаться вариации на стандартную тему, затихли, глядя во все глаза. Даже Сергей на какое-то время оторвался от созерцания трибуны, где его любимая девушка вовсю очаровывала другого. Панама же, откровенно не смысливший куда там тонкостей — даже азов, просто переживал за прыгающего финна. Тем временем тот преодолел последний барьер и, благодарно хлопая по шее скачущего галопом коня, под грохот аплодисментов был назван седьмым и последним участником перепрыжки.

Трибуны вздохнули и загомонили: предстоял перерыв. Кое-кто уже встал со своих мест, но даже самые нетерпеливые и голодные не спешили устремляться наружу, не выслушав объявление информатора. Перед перепрыжкой большого перерыва не делают. Надо же, действительно, уточнить...

И объявление прозвучало. Только совсем не такое, которого ждали.

Раздался переливчатый гонг, и вкрадчивый дискант информатора-балагура осчастливил собравшихся следующим сообщением:

— Вот, уважаемые зрители, и закончились основные соревнования сегодняшнего дня. Сейчас должен состояться перерыв, а после него — перепрыжка...

— Небось опять про Лизетту завернёт, — поморщился Сергей. Слушать «массовика-затейника» у него никакого настроения не было. — Или про то, что на Аничковом мосту у одного из арабов...

Он хотел сказать — «пах напоминает профиль Наполеона», но не успел.

— К великому сожалению, — продолжал комментатор, — нашему перерыву, видимо, суждено затянуться. Потому что, как стало известно, некоторым недоброжелателям очень не нравится наш праздник, проходивший до этого момента без сучка и задоринки...

По трибунам прокатился ропот недовольства. Люди, ждавшие чёткого объявления о времени перепрыжки или, на худой конец, хохмы, проникновенного обращения не оценили. Кое-где послышались даже свистки...

— ...Так вот, — выпалил информатор, — к нам поступило сообщение... Дворец спорта заминирован!!!

Раздался откровенный взрыв хохота. «Ну, артист! Ну, отмочил!..»

— Господа!.. — Даже мощные динамики не могли перекрыть шума в зале. — Я не шучу!..

Хохот на трибунах только сделался громче, и где-то в недрах оргкомитета запоздало сообразили, что жизненно важное сообщение было доверено, мягко говоря, не тому.

— Администрация, — раздался совсем другой голос, — просит всех без исключения присутствующих, соблюдая порядок, без суеты и без давки покинуть помещение дворца!

Люди недоумённо переглядывались. Кто-то перестал смеяться и встревоженно озирался, заподозрив, что это всё же не шутка. Другие — благо материала на эту тему у нас нынче хоть отбавляй — рассказывали анекдоты о взрывах, киллерах и банкирах:

— ...Бросил он, значит, ему в окно «Мерседеса» гранату — и наутёк, а кольцо-то, как выяснилось, и не дёрнул... А ведь после армии парень. Так учат...

— Встречаются два одноклассника: «Ты кем теперь?» — «Да так, киллером...» — «А я бизнесменом!» — «Правда? Ну, значит, ещё увидимся...»

Веселье в зале резко пошло на убыль только тогда, когда с верхнего яруса Дворца спорта начала спускаться милиция.

— Уважаемые зрители, — повторила женщина-комментатор, — перепрыжка состоится сразу после получения информации о безопасности дальнейшего проведения соревнований. Просим всех присутствующих временно покинуть зал...

Милиция не спеша двигалась вниз по проходам, с безукоризненной вежливостью обращаясь к упрямцам, оставшимся на местах. Люди уходили неохотно, только потому, что с ОМОНом у нас спорить не принято. В то, что где-то в укромном углу впрямь лежит и зловеще тикает бомба, не верил почти никто.

Теперь слышались совсем другие реплики:

— Позор-то, а?.. Как же — малая Европа... держи карман... Только в России у нас такое... Бардак, блин!..

— И кому вообще понадобиться могло? Поймать бы да портки снять...

Там, где на трибуне сидели спортсмены, не попавшие в перепрыжку, поднялся лёгкий переполох. Когда объявление продублировали по-английски, конники дружно подхватились с мест (а кто понимал по-русски, те и дожидаться не стали) — и бегом, прыгая через сиденья, ринулись в сторону боксов с лошадьми. На просвещённом Западе предпочитают не ждать, пока жареный петух в задницу клюнет. Там реагируют по первому же сигналу...

— Я Аньку... — рванулся было Сергей, но Панама перехватил парня за руку. Сыщик был очень серьёзен, но, с другой стороны, видел, что ситуация всё же не напоминала гибель «Титаника». А значит, и беспомощных девушек спасать необходимости не было.

— Пошли, — он повёл жокея к выходу, — мы её в холле у выхода подождём.

Внизу, ограничивая коридоры, по которым двигались зрители, живыми цепями стояла милиция. Перед самым выходом на улицу Панама остановился, и вместе с ним Сергей. Ближайший милиционер корректно потребовал:

— Проходите, пожалуйста, не останавливайтесь, — и добавил более требовательно: — Не загораживайте проход!..

Панама вынул удостоверение:

— Мне надо человека дождаться. Чтобы не было осложнений...

Сержант не дрогнул при виде грозного документа.

— Товарищ, а вы не могли бы на улице подождать?

— Не могу! — отрезал Панама.

Сержант нехотя отступил в сторону и пропустил их с Сергеем себе за спину:

— Тогда прошу здесь... только обратно в зал и не пробуйте — всё равно не пропустим...

Это утверждение Сергей был готов оспорить, если понадобится, делом, но не пришлось. Аня присоединилась к ним буквально через минуту. Она где-то потеряла своего шведского ухажёра, зато, к радости Панамы и большому неудовольствию Сергея, подцепила Любашу.

Та по привычке охорашивала причёску.

— Ну ни хрена ж себе пеночки выдают?.. — первым делом возмутилась она. И, обращаясь больше к Панаме, спросила: — Как думаете, взорвут?

— Да чушь собачья, — отмахнулся Сергей. — У нас тоже чуть что — Чечня, Радуев, Басаев!.. А потом выясняется: оболтус какой-нибудь, чтобы в школу на контрольную не идти...

— А по-моему, — сказала Аня, — всё очень даже серьёзно. Может, даже и к нашему делу относится...

— Думаешь?.. — тотчас насторожился Сергей. — Так нам надо ноги в руки — и на конюшню!..

Будто в подтверждение его слов, на проспект Добролюбова вырулил огромный немецкий коневоз. Расторопные немцы уже погрузили своих лошадей и теперь отвозили их на безопасное расстояние.

— А пожалуй, ты прав! — кивнул Сергею Панама. — Пошли, глянем!..

Лавируя в гудящей толпе, они поспешили к тыловым воротам конюшни, туда, куда в первый день причаливали коневозы.

— Я тут кое-что провентилировала... — вцепившись, чтобы не отстать, в кожаную куртку Антона, на ходу рассказывала Аня. — Бенгт не скрывая говорит, что Сирокко — не его конь... и выступать он на нём даже не собирался... Конь принадлежит его спортивному агенту, Нильхедену... тот, с согласия Бенгта, его в Санкт-Петербург на продажу привёз... Обещал, мол, кому-то... У Бенгта одна Слипонз Фари здесь... помнишь, кобылища рыжая? Ну вот, дома ещё одна есть, но молодая... рановато ей на такие...

— Вот теперь всё понятно... — Панама отреагировал так, словно добытые Аней куцые сведения вправду многое расставили по местам. — Всё правильно...

Мимо пропыхтел несогретым мотором ещё один коневоз. Финский.

Атмосфера вокруг «Юбилейного» царила приподнятая: российского зрителя такой мелочью, как предполагаемая бомба, не прошибёшь. Особенно когда на излёте хмурого дня прекращается кляузный дождь и погода, как говорят в Питере, начинает «шептать». Администрация соревнований тоже оказалась на высоте, не запаниковала и не растерялась: оркестранты в гусарской форме грянули мазурку, и костюмированные пары закружились прямо посреди живописной аллейки, в окружении многочисленной публики. Чуть поодаль загремели почти всамделишными мечами славянские ратоборцы. Ближе к служебному входу стояли нарядно «разодетые» лошади, которые должны были принимать — и, чего доброго, ещё примут! — участие в показательных выступлениях и культурной программе. Возле них — цветастые платки с кистями, синие штаны с лампасами — заливался весёлой, заводной песней казачий хор. Милиция стояла на ступенях дворца, спокойно взирая на импровизированное гуляние.

Возможный взрыв в разговорах почти не упоминался.

Пока Сергей и Антон ждали Аню за спинами оцепления, в служебном проходе возле трибун нос к носу столкнулись два человека — Гуннар Нильхеден и Андрей Поляков. Гуннар спешил на конюшню, Андрей же, наоборот, к выходу.

— Твои постарались?.. — тихо и быстро, ибо времени было в обрез, спросил швед по-английски.

— Нет. Не должно быть. Хотя...

— Вот когда коня надо было сюда привозить! — вырвалось у Нильхедена. — Время для подмены — лучше не придумаешь!.. И всё было бы шито-крыто...

— Знал бы прикуп, жил бы в Сочи,— сказал по-русски Андрей. Перевести эту философскую фразу он не надеялся, а потому просто спросил: — Знаешь, что за парень конём-то интересовался? Ты мне его ещё показал...

— Ну? — Швед уже глядел мимо, ему надо было бежать.

— ЕГО ЖОКЕЙ. Из Сайска!

Нильхеден так и прирос к месту:

— By gosh![1]

— И поэтому я вот что... — Андрей заговорил очень быстро, насколько позволял его английский. — Вам бы под этот шумок вообще отсюда свалить. Назад в Швецию... Уговори своего!.. И повод что надо, и время самое подходящее. От греха-то... Уговоришь?

[1] Чёрт побери *(англ. вульг.)*.

По проходу, вытесняя толпящихся сотрудников дворца, неспешно, но напористо продвигались несколько омоновцев. Сотрудники себя «посторонними» ни в коем случае не считали, но у милиции мнение было иное. И очень весомое. Поляков глянул через плечо на приближающиеся камуфляжные силуэты.

— Ты, Гуннар, главное, не волнуйся. Все будет о'кей!

Швед ему не ответил...

— Проход закрыт! — Дорогу перегородил плечистый омоновец с автоматом в руках. Не помогли ни пропуск «Оргкомитет», ни виповский бэйдж. Омоновец был непреклонен.

Антон отвёл ребят в сторону:

— Аня, Люба, Сергей... вы на всякий случай машину под парами держите. Вдруг шведы выедут... А я пойду гляну, что происходит. Меня благо не знают... Если вдруг в самом деле наши «друзья» всю эту кутерьму — уж я ребятам из ОМОНа кое-что на ушко шепну...

Сергей и две девушки видели, как он подошёл к омоновцу и показал ему удостоверение. Тот долго и очень пристально изучал предъявленный документ, но потом всё же кивнул и увёл Панаму по направлению к боксам.

Там творилась необычная суета. Стояли с опущенными трапами готовые к отбытию коневозы. Люди убегали с уздечками в руках и возвращались, ведя в поводу лошадей. Некоторые кони, привыкшие к путешествиям, грузились спокойно. Другие, наоборот, сопротивлялись — никак не хотели подниматься по трапам, и всеобщее волнение, остро передававшееся животным, плохо помогало процессу.

Увозить, впрочем, собирались далеко не всех. Но почти у каждого бокса стояли люди, и все кони были в уздечках — бережёного Бог бережёт...

Мимо Антона прополз ещё один загруженный коневоз. Не шведский.

— Ишь, переполошились буржуи, — услышал он чью-то реплику. — Всюду Белфаст мерещится. И в России — без разницы, Петербург или Грозный...

— Правильно, — отозвался другой голос. — Телевизор хоть не включай: тут взорвали, там застрелили... Небось в следующий раз к нам и ехать не захотят...

Антон оглянулся: возле приоткрытых боксов стояли и спокойно покуривали два москвича. В денниках нервно поводили ушами взнузданные лошади.

— Да нет, поедут, я думаю. Я вот в Париже был — все урны наглухо заварены... и в каждом магазине на входе-выходе шмон. Тоже кто-то что-то взорвал...

— Допрыгать, сволочи, не дали. Что теперь с перепрыжкой будет?

Навстречу Панаме шёл милицейский майор в камуфляжной форме — командир отряда. Подойдя ближе, он отдал честь:

— Слушаю вас... Что случилось?

Антон взял его под руку и, как обещал, что-то шепнул на ухо.

— Нет проблем, товарищ следователь, — спокойно ответил майор. — Вы можете спокойно находиться на территории боксов. Запрещён вход только на территорию самого комплекса. Честь имею...

Козырнул и исчез: у него и так дел было невпроворот.

Оставшись один, Панама постоял секунду на месте, стараясь сориентироваться в происходящем, а потом направился между боксов туда, где, как ему вычертил на бумажке Сергей, был спрятан Заказ. Выйдя из-за поворота к деннику номер тридцать два, он чуть не наткнулся на шведов: прямо в проходе между боксами стоял с опущенным трапом двухместный серебристый прицеп. Возле него о чём-то ожесточённо спорили Бенгт Йоханссон и Гуннар Нильхеден.

Антон отошёл в тень, достал по примеру москвичей сигареты и стал ждать, чем кончится спор. Он примерно догадывался о его смысле, но тщетно напрягал слух, силясь уловить хоть что-то конкретное.

Покупая у предпринимателя-калмыка вкусные манты, он говорил с ним на его родном языке. Он понимал говор большинства кавказцев, по делу и без дела появлявшихся в Сайске. Но вот что касается шведского...

«Тойота» была предусмотрительно запаркована подальше от скопления прочего транспорта — под деревьями у выезда на проспект. Сквозь путаницу ветвей еле пробивался свет уличных фонарей. Сергей и две девушки быстро шли вперёд, время от времени оступаясь впотьмах. За спиной, возле «Юбилейного», по-прежнему играл оркестр и веселился народ. Многие скрашивали ожидание пивом, а кое-кто — и чем покрепче, но милиция бдела, и эксцессов не возникало.

Когда праздношатающаяся публика окончательно перестала попадаться навстречу, Серёжа воспользовался тем, что Любаша немного отстала, и — спешка, не спешка — обнял Аню за плечи. Её рука тут же проникла под его куртку, и призрак Бенгта Йоханссона побледнел и растаял, отступая в небытие. Серёжа придержал шаг и решительно повернул Аню к себе лицом...

Они не заметили, как в «Мерседесе» цвета мокрый асфальт, притаившемся через два дерева от «Тойоты», зажглись салонные лампочки. Дверцы почти бесшумно открылись и снова закрылись, выпустив двоих человек. Один был два метра ростом и метр в ширину. Другой — вертлявый шкет с играющим алмазной крошкой перстнем на пальце.

— Смотри, Плечо! Коза!.. — громко и наигранно удивился вертлявый. — Это гора с горой не сходятся... а человек человека всегда, если надо, найдёт. Со свиданьицем, милая!

Реакция у жокея-международника всегда была отменная — Сергей мигом заслонил Аню собой.

— Я тебе дружить предлагал, а ты мне в душу плюнула, — продолжал парень. — За «козла» — помнишь, девочка? — по понятиям отвечать надо. А ты думала как? С серьёзными людьми дело имеешь...

Запах его дорогого парфюма был противен Ане до тошноты.

— Мужики... — Сергей понимал, что в схватке с двоими у него шанса не будет. Он уже прикидывал пути поспешного отступления...

Но не успел даже договорить.

Короткий, без замаха, удар могучего каратиста отшвырнул его в сторону и распластал на земле. Он попытался вскочить, но амбал молча ринулся следом, и ботинок сорок седьмого размера с тупым звуком впечатался Сергею под рёбра. Потом ещё и ещё! Уже безо всякого каратэ. Недомерок подоспел на помощь приятелю, и вдвоём они занялись Сергеем совсем основательно...

— Сволочи!!! — не своим голосом закричала Аня, бросаясь вперёд. — Отстаньте от него!!!

И попыталась оттащить здоровяка Плечо за руку прочь.

Он даже не обернулся — просто дёрнул локтем, стряхивая незначительную помеху. Аня была далеко не богатырша, но на конюшне ей случалось разнимать дерущихся жеребцов. Избавиться от неё амбалу не удалось. Она вцепилась в него мёртвой хваткой, да ещё и колотила кулачком по спине. Плечо наконец оставил Сергея и оглянулся, и позже она пришла к выводу, что ничего более страшного, чем этот взгляд зверя, оторванного от добычи, в своей жизни не видела.

— Свали, сука!.. — Раскрытая пятерня со сковородку величиной шарахнула её в лицо, и Аня кувырком полетела прочь. Она приземлилась на асфальт, расшибив локти и так ударившись коленом, что сквозь джинсы выступила кровь.

В это время к полю битвы подоспела Любаша. Быстро оценила обстановку — и сделала единственное, чем могла реально помочь. Набрала полную грудь воздуху, чуть присела... и завизжала на нечеловечески громкой и пронзительной ноте:

— Спаси-и-и-ите!!! Наси-и-илую-у-у- уют!!!

Жуткий этот вопль вполне могли услышать омоновцы; Любаша наполовину рассчитывала, что Серёжины обидчики просто бросят свою жертву и кинутся наутёк. Однако они этого не только не сделали, но и, кажется, вознамерились заткнуть ей рот. Любаша собрала последние силы и завизжала громче прежнего...

— Эй, орлы! — отозвался голос из темноты. — Чего маленьких обижаете? Вас этому в школе учили?

Говорил мужчина, так что бандиты обернулись. И увидели интеллигента с портфелем в руках. Шляпы и очков, правда, не наблюдалось, но воображение их легко дорисовывало. Ой, мама, защитничек!.. Сачками таких только ловить. Да ему кулак покажи...

Тем не менее они отвлеклись, и Аня, хромая, снова побежала к Серёже. Тот, десятки раз падавший под копыта, ещё не потерял сознания, но пребывал в серьёзном нокдауне: стоял на четвереньках и, уже плохо соображая, только прикрывал одной рукой голову.

Как раз когда подскочила Аня, вертлявый с силой ударил Сергея ногой в печень. Аня услышала, как он охнул, и, пригнувшись, с налёту врезалась в бандита всем телом, отпихнув его от Сергея. Не подлежало никакому сомнению, что сейчас она снова полетит на асфальт...

Панама свои возможности оценивал трезво. Громилу, к тому же владеющего единоборствами, ему было не одолеть. Но вот отвлечь на себя, заставить на какие-то секунды забыть про Сергея... А там, глядишь, ещё кто-нибудь подоспеет...

Пудовый кулак вылетел со скоростью безусловного рефлекса, однако не достиг цели. Баул взметнулся навстречу удару, и намозоленные костяшки скользнули по толстому, как линолеум, кожзаменителю.

Панама отскочил, пытаясь увести противника в сторону, и у него получилось. Плечо сделал два шага в его сторону и нехорошо улыбнулся, и следователь понял, что во второй раз обманный манёвр ему навряд ли удастся. Недомерок что-то выдернул из кармана и тоже двинулся на Антона...

Вокруг — а то как же, бесплатное развлечение! — начинал собираться народ. Кто-то возмущался, кто-то комментировал, но в драку вмешиваться никто не спешил. Аня с Любой кое-как привели Сергея в сидячее положение. Аня всё пыталась разглядеть, открыты ли у него глаза:

— Серёжка, Серёженька!!! Ты живой?..

Он ответил не сразу, хотя был не только жив, но даже почти в полном сознании. Тот, кому доставалось по печени, знает, как от этого перехватывает дыхание, как долго и тщетно пытаешься сделать один-единственный вдох... И с какими мучениями и трудом это наконец удаётся...

Панама же, рассмотрев, что девчонки наконец подняли Сергея на ноги, громко закричал им:

— Ребята, бегите!..

Он не успел увернуться, и рослый пребольно — искры из глаз — достал его ногой по бедру. Так, что мышцы одеревенели, отказываясь повиноваться. Сейчас собьют...

— Кого насилуют? Где?..

Голос был предвкушающим и весёлым. Мелькнула, возникнув из темноты, ярко-жёлтая полоса на груди чёрного свитера. «Да так... папа с дочкой какие-то», — пронеслось в голове у Панамы. Антон успел обрадоваться неожиданному соратнику и одновременно испугаться за него. Он-то знал, чем дело порою оборачивается для таких вот отчаянных, сующихся разнимать чужую драку. Слишком хорошо знал...

Между тем седой не тратил времени попусту. При виде нового противника Плечо издал досадливый рык и метнулся навстречу незваному оппоненту: куда, сука, лезешь?.. Ща всё объясним...

369

...И, Господи, до чего медлительным и неуклюжим показался стремительный каратистский удар. Всё познаётся в сравнении! «Дочкин папа» вроде не торопясь совершил изящное па... Какие весовые категории, какая разница в росте? Потерявший равновесие амбал вдруг нечеловечески выгнулся... и с невнятным криком боли улетел куда-то в кусты. Кусты затрещали. Его напарник поспешно отбежал на безопасное расстояние...

— Тоже мне, насильнички выискались, — буркнул седой. — Не умеют ни шиша, а туда же...

Любопытных вокруг всё прибывало. Аня с Любашей тащили Сергея к «Тойоте»: он порывался идти сам, но никак не мог выпрямиться, ноги у него заплетались, а ладонь точно приклеилась к правому боку. Досталось ему здорово.

Мотор завелся сразу. Машина, взревев, улетела со злополучной площадки...

Панама увидел амбала, вылезавшего из кустов, и решил не геройствовать: развернулся и, хромая, со всех ног удрал в темноту. Чёрного свитера тоже нигде не было видно.

К месту, где происходила драка, запоздало спешила милиция...


— Ну вот... привет тебе от Заказа, — угрюмо констатировала Аня. «Тойота» спешила по Невскому проспекту к Фонтанке.

— Что?.. — просипел с заднего сиденья Сергей. Он всё пытался найти такое положение тела, при котором было бы не больно, и в результате заваливался набок. Его мутило, голова шла кругом. Любаша обнимала его, и впервые ему не хотелось избавиться от неё. — Я же... они тебя...

— Да нужна я им, как щуке зонтик! — У Ани что-то щёлкало в колене каждый раз, когда она выжимала сцепление, и она старалась пореже переключать скорости. — Это они тебя, родной мой, вычислили...

— М-м-м...

— Я, пожалуй, даже догадываюсь, чья они крыша... Я-то уж знаю, кто у нас под кем ходит...

— И ты тоже?.. Ходишь, платишь?..

Аня свернула на Фонтанку, и машина запрыгала по ухабам.

— А ты как думал? Естественно... Ба-а-альшому, говорят, человеку... Вору в законе, кличка — Француз...

Сергей зарычал. Аня сильно подозревала, что рычание маскировало стон, и поспешно заверила:

— Да я его и не видела никогда. Приезжают ко мне от него раз в месяц... два ёжика. Рыжий и беленький. Вежливые... С пивком всегда, с мороженым...

Панама благополучно смешался с толпой и, отдышавшись, спокойно закурил и уже с. безопасного расстояния созерцал место сражения. Шкаф, которого так мгновенно унизил седой, сидел «прислонютый» под деревом и осторожно разминал суставы правой руки, проверяя, не переломаны ли. Ему оказывали помощь подоспевшие милиционеры. Вертлявый суетился тут же.

Панама подумал о том, что ему, наверное, следовало подойти, продемонстрировать удостоверение и рассказать, что случилось в действительности. Он даже потянулся было к нагрудному кармашку... но на полдороге рука отяжелела и остановилась. «Блин», — подумал Антон. История повторялась! Не хватало только беленьких трусиков, а так всё было на месте. И не далее как завтра выяснится, что амбал с вертлявым — детки жуть до чего крутого бизнесмена. Или вообще депутата. Невинно пострадавшие от рук «временного важняка» Панаморева. Между прочим, пившего накануне вино... Неприятности подобного рода ни Ане, ни Сергею, ни Любе, конечно, окажутся не нужны. Знаем, учёны, как такое бывает... А там, на засыпку, московский анализ покажет, что шведский Сирокко Заказу — нашему забору троюродный плетень. Каковой плетень немедленно обломают о спину... сами понимаете чью...

Липкое чёрное Нечто, которое он, как ему казалось, вчера лихо сбросил с души, на самом деле, оказывается, и не думало никуда исчезать. По-прежнему сидело верхом и держало в строгой узде...

Урна стояла поблизости, но окурок полетел под ноги. Панама достал блокнот и на всякий случай записал номер бандитского «Мерседеса». Сунул блокнот в карман и пошёл к метро — ехать в гостиницу.

Снова начал накрапывать дождь...

# Глава десятая
## ДЕНЬ ПОСЛЕДНИЙ

> ...поскольку здоровье и жизнь всадника
> всё-таки важнее, чем лошади.
>
> *Р. Скибневский*

Вернувшись в гостиничный номер, Антон тут же позвонил Боре Смирнову.

— Борис, у меня тут вот какое дело... — И он в двух словах рассказал о драке возле Дворца спорта, а потом, продиктовав номер злополучного «Мерсюка», попросил Смирнова по возможности оперативно выяснить все подробности — кто, что, зачем...

Старший следователь Городской прокуратуры долго молчал в трубку.

— Ну ты и вопросики, Антон, в субботу вечером задаёшь, — сказал он затем. — У нас тут, видишь ли, у народа дурные привычки — кто в гостях, кто вовсе на даче...

Антон только вздохнул, глядя в мокрую темноту за окном. Криминальный элемент и прочие стихийные бедствия почему-то меньше всего считались с выходными, которые сыщикам нужны так же, как и всем трудящимся людям.

— Ладно, попробую, — вновь услышал он голос Бориса. — Только, правду тебе скажу, до утра на многое не рассчитывай. Вот завтра... — Смирнов помолчал, видно, что-то прикидывая, а потом быстро свернул разговор: — Бывай пока. Минут через десять-пятнадцать перезвоню...

Нажав отбой, Антон тут же стал набирать номер Ларионова. Сперва «трубочный», чтобы разыскать прокурора области, где бы тот ни был. Мельком посмотрел на часы, запоздало прикинул разницу в часовых поясах, ужаснулся — и рука едва не нажала кнопку отбоя, но соединение уже произошло, и на том конце сразу отозвались. Антон с облегчением вспомнил, что Ларионов всегда ложился поздно, а в субботу — в особенности. Когда же ещё посидеть на свободе за любимым компьютером...

— Андрей Николаевич, не разбудил?..
— Ни в коем случае. Я сейчас дома, перезвони мне на городской...

Панаморев перезвонил, и подробный доклад занял как раз весь запрошенный Борисом тайм-аут. Антон опустил было трубку на рычаги, но она тут же вновь оказалась у него в руке, подброшенная новым звонком.

— Людям футбол смотреть не даёшь, а сам с красивыми девушками болты болтаешь?.. — осведомился Борис.

Оказывается, официальной владелицей «Мерседеса» числилась пятидесятишестилетняя женщина, обитавшая в коммунальной хрущобе на Будапештской. О, Господи!.. Пенсионерка вообще вряд ли догадывалась, какой крутой собственностью располагает. Можно было дать голову на отсечение, что «Мерсюк» эксплуатировался по доверенности. Но вот кем?..

Антон ещё раз со всеми мыслимыми подробностями описал Смирнову бандитов. Назвал кликуху «шкафа» — Плечо. Даже, напрягшись, уверенно сообщил, что вертлявый скорее всего носил контактные линзы — по блеску глаз, по зрачкам... Не помогло. Не те были шишки, чтобы Борис помнил их описания. А база данных...

Распрощавшись со Смирновым, Панама некоторое время смотрел на замерший телефон. Ушибленная в драке нога болела нещадно, он принялся её растирать... И в это время телефон опять зазвонил. Как-то очень вежливо и деликатно...

— Панаморев слушает!
— Антон Григорьевич, здравствуйте ещё раз... — Мягкий баритон в трубке показался смутно знакомым. — Плещеев беспокоит. Помните? «Эгида-плюс»...

— Конечно, помню. Очень приятно...

— Антон Григорьевич, извините за поздний звонок, но нас попросили оказать вам всяческое содействие. У вас, я слышал, кое-какие вопросы возникли...

Антон мысленно спросил себя, что за содействие может ему, работающему с питерской Горпрокуратурой, оказать какая-то охранная фирма. Однако... у иных подобных контор корешки тянутся весьма-а-а глубоко... Настолько глубоко, что плещеевская шарашка вообще могла оказаться совершенно не тем, за что официально себя выдавала.

— Спасибо огромное, Сергей Петрович, — поблагодарил он шефа «Эгиды». И слово в слово пересказал ему то, что несколькими минутами раньше излагал Боре Смирнову.

Было слышно, как на том конце пощёлкивали клавиши компьютера.

— Та-ак, — удовлетворённо протянул затем Плещеев. — Записываете?

Антон ощутил тёплую волну, поднявшуюся внутри.

— Вешаю свои уши на гвоздь внимания... — наклонился он к аппарату.

— Ну вот. Ваши друзья — Виктор Расплечин и Игорь Сморчков, в криминальном мире известные под псевдонимами Плечо и Сморчок. То есть не сказать чтобы очень известные... Так, мелкие сошки. Ранее принадлежали к тихвинской группировке... если вам это что-нибудь говорит... но не так давно были изгнаны тамошним лидером, Андреем Журбой, за... определённый проступок. Журба у нас, скажем так, бандит-джентльмен... Впрочем, это к нашему делу вряд ли относится...

Антон слушал с напряжённым вниманием.

— Вылетев из банды, — продолжал Плещеев, — крутые ребятки — кушать-то хочется! — продолжали по мелочи помогать одному своему старому другу, бизнесмену-лошаднику... Вы, конечно, догадываетесь, что весь конно-торговый бизнес у нас в городе контролируется. Кого менты «крышуют», кого —

тамбовские, кого — воры... Года два назад произошёл некоторый передел влияний... Ну да опять же Бог с ним... Подопечный Плеча и Сморчка, некто Андрей Поляков, в прошлом сам спортсмен-конник...

«Поляков!!! — вздрогнул Антон. — Аня говорила...»

— Можно про него поподробнее? — попросил он Плещеева.

— Пожалуйста. Андрей Валентинович. Шестьдесят девятого года. Уроженец города Ленинграда. Прописан...

Антон торопливо делал пометки. Когда-то давно, ещё в детском доме, довелось ему нечаянно услышать разговор двоих новеньких: «Ты какого года?» — «Сесьдесят тлетьего...» Антон был ненамного, но старше, а пребывали все они как раз в том возрасте, когда разница в год-два имеет качественное значение. Он помнил, каким взрослым и мужественным показался сам себе при этих словах. Детские впечатления — самые сильные. Смешной, ничего не значащий случай, но с тех пор люди шестьдесят какого-то года рождения навсегда сделались для него *мелюзгой*. И даже теперь матёрый, битый жизнью, всякое видевший важняк Панаморев смутно ощутил, как глубоко внутри шевельнулось знакомое мальчишеское удивление: да может ли быть, чтобы *мелкий* шестьдесят девятого года рождения был уже зрелым человеком... с биографией, с поступками... с некоторой даже известностью...

— Поляков, — продолжал Сергей Петрович, — как и вышеозначенные братки, деятель не очень крупного ранга. Пока спортом занимался, не то что мастера — и первого-то разряда не получил... Зато тяга к коммерции — будь здоров. Чем только не спекулировал... Дитя времени! Ну а как финансы позволили — лично для себя пару лошадок завёл. Что ты хочешь — любовь на всю жизнь... Покатался, а выгодный случай подвернулся — продал. С приличным наваром. Понравилось... А тут и бум начался. Попёрли со всех сторон в Питер заграничные покупатели. За конями. Они и сейчас у нас по европейским меркам дешёвые, а тогда вовсе были копеечные. И переросло его хобби в основной бизнес. Последние несколько лет с одним шведом работает. С неким господином Нильхеденом...

Нильхеден! Поляков!.. Швеция... Концы начинали сходиться с концами... Распрощавшись с Плещеевым, Панама отнял трубку от вспотевшего уха... но ненадолго.

— ...Слышь, Антон? — снова дозвонился Боря Смирнов. — Сплетню свежую хочешь?

— Приятно иметь дело с профессионалами, — невольно улыбнулся Панама. — Сидишь себе, покуриваешь, а они вокруг землю роют. Всю бы жизнь так работал...

— Будешь дразниться, не расскажу!

— Молчу, молчу...

— Так вот. Был я сегодня в Областном управлении по делам... Ну и чисто из нездорового любопытства сводку происшествий по области просмотрел... так, понимаешь, просто как всегда делать нечего было... И попался мне на глаза один фактик... Может, и чепуха, но мало ли... Наверно, потому, что тоже про лошадь... Короче, в одно отделение поступил сигнальчик: «Это м-милиция?..»

— «Лежит и ужасно воняет», — ухмыльнулся Антон. Но Боря совершенно серьёзно продолжал:

— Да нет, пока ещё не воняет. На своих ходит... Они там нашли какую-то, как в сводке написано, «породистую лошадь неустановленной породы». Гнедой масти, без отметин. Пол — мерин... Слышь, Антон, ты у нас великий гуру по конному делу... может, просветишь? Мерин — это кто? Конь или лошадь?..

— Ну... — задумался Панаморев. — Раз мерин бывает сивым... значит, он всяко мужеска пола... Ну... не совсем мужского... как бы... почти мужского...

Оба расхохотались.

— Чего в нашей работе только не почерпнёшь, — усмехнулся в трубку Борис. — Теперь хоть буду по всей науке кого надо «сивым мерином» называть...

— Ладно тебе... давай адрес диктуй.

— Пиши: Ленинградская область, Выборгский район...

Антон яростно встряхнул шариковую ручку, в самый ответственный момент вздумавшую иссякнуть.

— Боря, — спросил он, записав адрес. — А машинку бы завтра с утречка? Как у вас с этим? Ну, туда, в хозяйство это смотаться. Сдаётся мне, с мерином этим весь круг и замкнётся... Предчувствие говорит...

— Предчувствие говорит?.. А не говорит оно тебе, что... Ишь размечтался, машинку ему в воскресенье... Ладно! — Борис на несколько секунд замолчал. — Жди, в общем. До связи...

Обещанная связь произошла минут через двадцать, уже за полночь.

— Есть тебе машина! Завтра с утра подруливай к девяти на Исаакиевскую. Такого «Жигуля» тебе достал — не заметишь, как туда-назад долетишь... Водила — класс!..

«Нильхеден... Швеция... — Панама ходил от двери к окну и обратно, поглядывая на кипятильник, засунутый в казённый стакан: не лопнул бы. На часах была половина второго. — Поляков...»

Анюта в кафе неохотно и вскользь упомянула парня, который, по её мнению, подходил под описание: *волосы русые, глаза светлые, стрижка короткая, чёлки почти нет, коренаст, рост сто семьдесят шесть — сто семьдесят восемь; возраст двадцать пять — двадцать восемь*... Аня назвала двоих. Один совершенно точно носил фамилию Поляков...

В полутьме притихшей квартиры надрывался отчаянным плачем маленький жеребёнок... Любаша открыла глаза и с трудом повернула голову. На подушке осталось влажное пятно пота. Телефон продолжал настойчиво верещать, и казалось, что с каждым последующим звонком его жалобный голосок становился всё требовательней и настойчивей.

«Господи, да что ж я его не отключила-то...» — через силу подумала Любаша, и веки снова сползли на глаза.

Приступ начался неожиданно. Вернувшись домой, она уже разделась было в ванной, думая принять душ, как вдруг ощутила знакомую слабость. Та по обыкновению подкралась исподтишка, чтобы внезапно окутать покрывшееся испариной тело. Жуткое состояние, когда ноги и руки становятся безжизненно ватными и перестают тебя слушаться... В ванну Любаша уже не полезла — «а то ведь так и найдут». С трудом добралась до дивана, закрыла глаза и стала мечтать, чтобы подушка и одеяло сами выбрались из тумбочки. Но чудес не бывает. Пришлось уговаривать себя встать... Больше ни на что сил не осталось. Так она и лежала голяком на диване, дрожа от озноба под колючим шерстяным одеялом, а по коже ощутимыми каплями скатывался мучительный пот... Это случилось часа два назад.

Телефон не умолкал.

— Ну, кто ещё там... Кому я понадобилась? — вслух, чтобы мобилизовать подобие силы, выговорила Любаша. Она знала из опыта, что звук собственного голоса порой помогает. Рука, казавшаяся в потёмках особенно бледной, медленно потянулась к аппарату. — Умереть спокойно не дадут...

В каждой шутке есть доля шутки. При Любашиной болезни всякий приступ вроде теперешнего мог оказаться последним. Она много раз наблюдала подобное, когда лежала в больнице во время «плановых» ухудшений. Видела, как люди, ещё несколько часов назад весёлые и жизнерадостные, строившие какие-то планы, — эти самые люди покидают палату на каталке, укрытые с головой простынями. Под чью-нибудь тихую прощальную реплику:

«Ну вот, сердешная, и отмучилась...»

Да что! Любаша сама как-никак была врачом, хотя и ветеринарным. И своё состояние оценивала трезво. Но всякому кажется, что уж с ним-то самим ЭТО не произойдёт, не должно, не имеет права произойти!..

Да и приступы до сих пор были регулярными и предсказуемыми. Случались они сравнительно нечасто — раз в полгода, месяцев в семь... Сегодняшний разразился неожиданно. Что наводило на печальные мысли...

Любаша наконец-то сняла трубку и кое-как засунула её между ухом и подушкой, снова закрывая глаза:

— Да?..

— Люба? — прозвучал незнакомый девичий голос.

— Да...

— Люба, простите, вы меня, конечно, не знаете... Это Лена из конюшни в Екимовском...

— Где?..

— В Еки... ну, в Юкках. Как бы не совсем в Юкках, подальше... Мне ваш телефон Романыч дал... Рогожин то есть. Роман Ро...

— Случилось-то что?.. — перебила Любаша. Вряд ли кто станет звонить ветврачу среди ночи, чтобы передать привет от общего знакомого. Да и выслушивать никому не нужные объяснения у неё, честно говоря, просто не было сил.

— Вы понимаете, — заторопилась девушка, — беда у нас! У коня колики. Уже третьи сутки пошли...

— Врачи были?

— Да были, были, а толку... Последняя часа два назад укатила... Сделала ему большой укол внутривенно, сказала — теперь всё будет в порядке... и укатила. А конь опять закололся... — В далёком телефонном голосе звучали слёзы. — И все, кто до неё приезжал, так же... Укол-другой сделают — и домой... А коню хуже и хуже... Похоже, погибает он...

Любаша стиснула зубы и оторвала свинцовую голову от подушки, приказав себе сесть. Одеяло свалилось ей на колени, и спину тотчас покрыла «гусиная кожа». Любаша сильно сжала челюсти, чтобы на том конце не услышали, как стучат у неё зубы. Голова кружилась. Во рту было до горечи сухо.

— Как к вам добираться? — спросила она.

— Ой, вы правда приедете? — Лена разревелась в открытую, на сей раз — от радости и проснувшейся надежды.

Тон Любаши стал строгим и деловым:

— Что из лекарств у вас на конюшне есть?

— Вы знаете, — опять затараторила Лена, — мы за три дня почти всё извели... Ну анальгина немножко, но-шпы... Баралгина несколько ампул осталось...

— Камфора? Кофеин? Новокаин? Глюкоза?

— Новокаин кончился... Камфоры и кофеина — чуть-чуть... Глюкозы... ой, не помню...

— Ладно... — Любаша поднесла руку к глазам. Сильно надавила пальцами, провела ладошкой по лицу вниз к подбородку, массируя задеревеневшие скулы, а после и шею. — Так... Зонд носоглоточный? Клизма?

— Клизма есть... маленькая... А зонда нет.

— Маленькая не годится... Ехать-то как к вам?

— Можно на метро до «Озерков» или до «Просвещения», а потом... То есть... — Девушка осеклась. — На метро вы, наверно, уже не успеете...

— Ничего. Такси возьму.

Телефонная трубка умолкла. Потом девушка заговорила снова — тихим, извиняющимся голоском:

— Понимаете... мы за эти три дня... На лекарства и врачей столько денег ушло... может, вы нам просто посоветуете, а мы... сами как-нибудь...

Любаша прервала её:

— До «Озерков» я, допустим, доехала, а дальше?

— Мы... да мы на машине вас встретим! Мы за вами и домой можем заехать...

— Машина ваша треснет в два конца за мной добираться. — Любаша, как и Аня Смолина, обитала на Юго-Западе. — Значит, так: по поводу денег и лекарств мы с вами потом разберёмся... Встречайте меня у «Озерков». Через час с чем-нибудь. На Выборгском шоссе, на остановке автобусной... Машина какая у вас?

— Ой, — радостно заверещали из телефона. — Неужели правда приедете?! У нас «пятёрка»... старенькая такая, кирпичного цвета... Валерка!!! — крикнула девушка Лена кому-то по ту сторону телефонного кабеля. — Номер какой у тебя? Быстро!!!

Любаша записала номер машины на клочке бумаге, валявшемся под настольной лампой как раз для таких целей, и положила трубку. Верней, почти уронила.

Несколько минут она сидела не шевелясь, и ничего прекрасного не было в тощенькой нагой статуе, бессильно замершей в темноте. Потом Люба решительно встала... И чуть снова не рухнула на диван. Постояла, обхватив ладонями мокрые виски и плотно зажмурившись... и наконец медленно, придерживаясь за стены и шаркая, точно столетняя бабка, ногами, поплелась в кухню. Один тапок потерялся посреди узкого коридора, но возвращение за ним было подвигом, для Любаши уже непосильным. Добравшись до кухни, она буквально упала на табуретку и ощупью ткнула кнопочку электрочайника. Подперла голову руками — и снова застыла...

Чайник сначала засопел, потом заурчал. Наконец, прорезав тишину залихватским свистом, щёлкнул и недовольно замолк.

Налитая свинцом голова была непомерно тяжёлой. Кое-как оторвав её от стола, Любаша нашарила круглую банку, откупорила её и насыпала в фарфоровый бокал растворимого «Чибо». Налила из чайника кипятку... Из настенного шкафчика, в котором хранилась домашняя аптечка, достала большую ампулу кофеина и, отбив ножом горлышко, вылила содержимое в кофе. Туда же положила семь ложек сахарного песку, наполненных с верхом. Принялась медленно размешивать.

«Должно помочь...» Она с надеждой отхлебнула обжигающий напиток, приторно-сладкий и в то же время отчётливо горький. Первый глоток исчез в застывшем теле бесследно, второй породил некие признаки внутреннего тепла, и только тут Любаша почувствовала, до какой степени замёрзла.

«Ну вот. Отпускает, похоже...»

Опустошив кружку, она ещё минутку посидела, потом тяжело поднялась и пошла в ванную — накинуть что-нибудь, а если сил хватит, то и в порядок себя привести. Наступив в коридоре на тапок, сунула в него ногу.

«Завтра же в больницу к Андрюше Борисычу...»

Её врача-гематолога, мужчину приметно крупного и высокого, солидно звали Андреем Борисовичем Зарницким, но заглазный «Андрюша Борисыч» характеризовал его лучше каких угодно званий и титулов. Доктор обладал лицом доверчивого ребёнка — трогательно оттопыренные уши, голубые глаза, по-детски пухлые губы и щёки. Этакий большой плюшевый мишка... Больные к нему приходили, прямо скажем, не с насморками, но даже у самых тяжёлых при виде доктора появлялись на лицах радостные улыбки. А как менялись глаза Андрюши Борисыча при виде чьих-то страданий!.. Любаша знала: завтра, когда она к нему явится на приём, именно выражение Андрюшиных глаз сразу скажет ей, как обстоят дела и сколько ей ещё отмерено. Хотелось верить, что завтра Андрей Борисович улыбнётся... Как хотелось бы...

...Через полчаса Любаша стояла в прихожей — одетая, умытая и с целым баулом всяких ветеринарных разностей. Только что она вновь открыла шкафчик с домашней аптечкой и, уверенно порывшись в её недрах, извлекла бутылочку тёмного стекла с несколькими таблетками внутри. Свой самый сокровенный «НЗ». В пузырьке лежали четыре таблетки феномина, лекарства, в аптеках категорически не продающегося. Феномин попал к ней по величайшему блату от благодарного пациента, работавшего в каких-то там органах. О её недуге он узнал случайно, а вот благодарность была совсем не случайной: она его охотничьего пса от огромной опухоли избавила. Как мучился, бедный... Так вот, феномином пользуются в экстренных ситуациях. Он нейтрализует усталость и резко повышает тонус организма. Притом действует очень быстро и эффективно. Правда, за искусственное взбадривание неизбежно наступает расплата...

Любаша задумалась, держа таблетку в руке. Каким считать сегодняшний случай? Экстремальным или не экстремальным?.. Она посмотрела на оставшиеся три, всего три штучки... положила маленький белый кружочек на язык и, запив, подхватила тяжёлый баул...

На улице дул ветер и было холодно. Хорошо хоть, пока без дождя... Синенький «Москвич» остановился почти сразу, как только девушка подняла руку.

Водитель, молодой парень, распахнул дверку и, перекрывая звуки весело орущей магнитолы, поинтересовался:

— Куда на ночь глядя, красавица?

— Станция метро «Озерки»... Довезёте?

— Ух ты! — Парень обрадованно присвистнул. — Через весь город! Не меньше стольника будет! — Смерил взглядом весьма скромный «прикид» предполагаемой спутницы и с сомнением поинтересовался: — Поедем? Али где?

Любаша села в машину. Пристегнулась ремнём безопасности и попросила:

— Только мне через аптеку обязательно. Круглосуточную. Я вам адрес скажу...

— Понима-аем... — многозначительно хмыкнул парень. — К любимому, значит? Сделаем. А «аптеку» — это как понимать? Настоящую, где лекарства, или, ха-ха, магазин?..

Любаша назвала адрес и стала смотреть, как мелькают по сторонам ночные витрины. Вначале они сливались для неё в сплошные пёстрые полосы, хотя феномин уже действовал, и, как всегда, безотказно. Любаша лишь попросила парня сделать музыку немного потише...

Машина остановилась возле «стекляшки», над входом в которую ярко светился зелёный крест.

«Раньше, — почему-то подумалось Любаше, — синим и зелёным именно ветеринарную помощь обозначали... Врачи изменились? Или пациенты?.. А может, вовсе как в той присказке: „Лечить будем или пускай живёт?"»

— Надеюсь, вы ненадолго? — поинтересовался водитель. И косо глянул на молчаливую бледноватую девушку. «Чудная какая-то. Так вот и нарваться недолго...»

Сначала он не сомневался, что его пассажирка решилась на что-то для себя необычайно важное и бросилась к возлюбленному — скорее всего, не разделяющему её чувств. Через весь город, одна, да ещё в ночь... Сквозь широкую витрину он хорошо видел, как она подошла к прилавку и что-то стала спрашивать у молоденькой девушки-провизора. Видел, как начала расти перед ней внушительная горка пузырьков, плоских коробок с ампулами — совсем тоненьких и потолще... флаконов и всякого прочего... «Да никак она докторша, — снова присвистнул водитель. — Такая хрупкая... бледненькая... Зарплату не платят небось... И к больному добирайся как хочешь...» Он даже решил про себя, что по приезде на место возьмёт с неё не стольник, а всего пятьдесят. А Любаша вернулась в машину и обратилась к нему ещё с одной просьбой:

— Давайте в гастроном завернём, в «24 часа» какой-нибудь. Мне обязательно растительного масла купить нужно...

— Нет проблем, сделаем, — ответил он коротко и решительно. И сам выключил приёмник с весёлой музыкой. Хотя потом долго ломал голову: «Масло-то ей зачем?..» Его бабушка при помощи лимона и постного масла лечила себе, кажется, печень. Более прозаическое объяснение гласило, что докторша, вернувшись домой, проголодается и будет жарить картошку. Но закупать для этого, причём по дороге «туда», сразу несколько банок?..

...«Пятёрка» была действительно кирпичного цвета и действительно старенькая. Свернув с асфальта, она минут десять месила расплывшуюся грунтовку, чтобы наконец выбраться на симпатичную лесную поляну, окружённую плотной стеной вековых елей. Вершины деревьев тонули в низкой сырой мгле. Лучи фар озарили большой деревянный дом, скользнули по стёклам кабины стоявшего неподалёку трактора «Беларусь»... и остановились на фасаде длинного Г-образного бревенчатого сооружения под шиферной крышей — надо думать, конюшни. Прямо перед входом, под одиноко горевшей на столбе лампочкой, понуро стоял мышастый конёк. Некрупненький, неказистый, с густой длинной гривой и хвостом... Не ганновер, не араб, не тракен. Просто лошадка. Породы «бэпэ» [1]... Подобные экземпляры стоят тысяч по пять-семь. Не долларов, а рублей. Медикаменты, которые Люба только что для него накупила, обошлись почти в тысячу...

Повод лошадки держала невысокая девчушка в затрёпанном спортивном костюмчике, и глаза у девчушки были полны слёз. Свободной рукой она всё гладила своего подопечного, разбирала ему гриву, что-то шептала... Наверное, для ребят, проводящих здесь всё свободное — и не только свободное — время, почти бесплатно работающих и сутками живущих на этой Богом забытой конюшне, страшненький полукровка был дороже любого элитного чемпиона. Чемпион — он где-то там, он чужой... а это — Мишка!.. Его добрая, до последней шерстинки знакомая мордочка со шрамиком над верхней губой... Его ласковые, осторожные губы... И вот дать ему мучиться, а потом умереть?!!

Любаша вылезла из машины и коротко поинтересовалась:

— Где можно расположиться?

— На конюшне, в дежурке... Там у нас светло, чисто, — засуетилась девушка Лена. Та самая, что звонила по телефону, а потом, распираемая стремлением хоть что-нибудь делать, вместе с водителем Валеркой встречала Любашу у «Озерков». — А то можно в дом, я сейчас только...

---

[1] БП — «беспородный».

— Нет, мне чтобы к лошадке поближе. Из окна, если что, понаблюдать за ней.

— Тогда, конечно, в дежурке. Там и розетки есть, плитка, чайник... Вы, наверное, чайку с дороги? Валерка, пока мы вас в «Озерках» ждали, тортик купил. «Шоколадный принц». Колбаски, булочки свежей...

— Вы вещи мои в каптёрку пока. — Любаша извлекла из баула фонендоскоп и направилась к четвероногому страдальцу. Тот приподнял голову и обречённо посмотрел на нового человека. Даже при скудном освещении выглядел бедолага далеко не блестяще...

В дверях конюшни замаячило ещё несколько встревоженных девичьих рожиц. Лена передала им Любашин баул и пластиковый пакет с лекарствами. То и другое было принято благоговейно.

— Идите, — напутствовала она, — чайник доктору поставьте...

— Какой чайник? Ведро пускай греют!.. — Любаша оторвала ухо от бока лошади. — Ну что?.. Хреново тебе, малыш?..

Она провела ладонью по лбу конька, между глаз к челке. Мишка доверчиво подался навстречу ласкающей руке и как бы в знак согласия прикрыл глаза.

— Знаю, малыш, хреново... Ладно, потерпи чуть-чуть. Попробуем... может, полегчает! — И деловито повернулась к Лене, стоявшей рядом: — Плохо дело! Ободочная кишка молчит. Абсолютно! Дай Бог, чтобы заворота не было... Он валялся у вас, ложился? Как вёл себя всё это время?

— Поначалу ложился в деннике, даже валялся... потом, когда заметили, уже не давали. Третьи сутки так с ним «в поводу» и ходим. Девчонки из сил выбились...

В этот момент конь стал резко выгибать поясницу и нервно заскрёб передней ногой по земле.

— Ну вот, опять началось... — застонала Лена. — Господи, бедненький!.. — На её глазах опять закипели слёзы. — За что же тебя так?..

Было видно, как резкая, жестокая боль буквально рвала коня изнутри.

— Води! Не давай ложиться! — властно крикнула Люба. — Палкой лупите, что хотите делайте, а ложиться не позволяйте!..

Если животное в таком состоянии ляжет, тем более станет кататься — тут-то завал, пищевая пробка, закупорившая кишку, и превращается в заворот. При котором в наших условиях мучительная гибель коня, увы, становится неизбежной...

— Всё поняли?.. Где мой баул?

Привезённая дядей Валерой молодая женщина, такая хрупкая, бледная и никак не похожая на серьёзного доктора, кричала и распоряжалась не хуже школьной математички. Девочка, державшая коня, встрепенулась и потащила его за собой:

— Ну, Мишка! Мишук!.. Пошли, маленький! Ну?! Кому говорят!..

В детском неустоявшемся голоске прорезались твёрдые нотки. Но Мишка идти не хотел. Он хотел лечь. Может, если перевернуться на спину и подрыгать ногами, удастся раздавить боль, точно назойливого слепня?.. Девочка подхватила с земли прут и стегнула конька, вынуждая двинуться с места. И привычка слушаться победила. Мишка сделал шаг, затем другой...

Любаша выскочила во двор, держа иглой вверх большой одноразовый шприц. Толстая игла была прикрыта пластиковым колпачком.

— Закрутку надо?

— Да нет, он смирный у нас... А теперь и сил, наверное, нет... — Лена забрала повод из рук девочки, которая с трудом, но таскала за собой еле двигавшегося коня. Перехватила покороче, фиксируя тем самым Мишкину голову... и спросила — как показалось Любаше, тускло, совсем обречённо: — В вену будете?..

Остановленный конь снова начал скрести ногой и даже попробовал подогнуть задние ноги, чтобы наконец-то улечься...

— А ну стой! — страшным голосом заорала Любаша. И тут же совершенно по-другому добавила: — Потерпи, миленький... сейчас полегчает...

Это прозвучало мягко, с искренним состраданием к чужой боли. Конь, будто поняв её, замер... *Господи, как ей самой хотелось бы сейчас растянуться прямо тут, на земле... закрыть глаза и лежать, лежать... не шевеля ни рукой, ни ногой...* Два коротких энергичных движения резко пахнущей ваткой по шее — и игла, предварительно снятая со шприца, вонзилась в пережатую, вяло взбухшую под пальцами вену. Из полого обушка тотчас побежали алые капли.

— Надо же, с первого раза!.. — Лена с новым уважением смотрела на Любашу, медленно и плавно нажимавшую на бегунок шприца. Прозрачная жидкость убегала в кровяное русло, неся облегчение. — Другие никак попасть не могли... говорили, уже вены ослабли...

Из дверей конюшни появилась новая девочка. Она торжественно несла на вытянутых руках ещё три пластиковых шприца — разного объёма, с разноцветными жидкостями внутри. Любаша, едва оборачиваясь, безошибочно хватала их и продолжала колоть несчастного Мишку. Один — опять в вену. Другой в подгрудок — подкожно. Третий в круп — внутримышечно...

— Ну вот... Посмотрим теперь... Вода согрелась? Девочка опрометью бросилась в конюшню.

— Я вам чем-нибудь... — обратилась к докторше Лена. — Любовь... Простите, как вас по отчеству?

— Да просто Люба. — И немедля последовало очередное краткое указание: — Если вода согрелась, поставьте в нее бутылочку масла. Пусть тоже греется...

Через несколько минут коню стало легче. Он успокоился, перестал выгибать поясницу и скрести ногой по земле. Вытянул и опустил шею. Прикрыл глаза и, как показалось Лене, с облегчением вздохнул...

— Ну вот, — Любаша потрепала коня по гриве. — Отдохни чуток, малыш... — И пояснила для Лены: — Я очень сильное обезболивающее ввела, вот сразу и полегчало.

Та заметно оживилась:

— Значит, что? Есть шансы... что всё будет в порядке?

— Сейчас мы его подкормим... — Люба не спешила обнадёживать. — Сил-то небось за трое суток мучений никаких почти нё осталось?

И она скрылась в дежурку, чтобы минут через десять вновь появиться с огромным шприцем в руках.

— Ой, как в «Операции „Ы“»... — прошептала девчонка, державшая повод, но почему-то не захихикала, а лишь сделалась необычайно серьёзной. Ей самой случалось подставлять зад под уколы, когда в школе делали прививки. Этого шприца с запасом хватило бы на весь их класс!..

— Тоже в вену, — пояснила Любаша. — Глюкоза и всякие там питательные растворы.

Конь, казалось, блаженно дремал, отдыхая от боли. Он даже не шелохнулся, когда очередная игла вошла в его тело...

Жидкость медленно убывала в огромном цилиндре шприца системы «Жанэ». Несколько раз её уровень доходил почти до самого дна, и тогда доктор Люба доливала ещё. Но вот всё закончилась, всё ушло в вену несчастного Мишки.

— Теперь послушаем, что у нас внутри деется... — Любаша опять приникла ухом к боку коня. Долго молча слушала... и наконец с чувством произнесла: — Та-а-ак!

— Ну что, тётя Люба? — неуверенно спросила девочка. Тоненькие пальцы, стиснувшие повод, от волнения побелели.

Любушка улыбнулась. Первый, наверное, раз за этот кошмарный вечер.

— Бог есть! — провозгласила она. — Похоже, заворота всё ж таки нет... Чуть появилась перистальтика в ободочной... И тонкий отдел заработал, а это симптом уже неплохой... Видно, завал кишечника очень сильный...

В эту минуту девочка приняла твёрдое жизненное решение учиться на пятёрки и поступить после школы в ветеринарный. Чтобы в далёких конюшнях не мучились, погибая неведомо от чего, подобные Мишки. Она очень серьёзно спросила:

— Что такое завал?

— У меня случай был... — объяснив, припомнила Люба. — На шестьдесят сантиметров кишечник закупорился, представляешь? Ничего, пробила... — Она потёрла лоб рукавом, стирая вновь появившийся пот и гоня мысли о добавочной порции феномина. — Правда, погиб он всё-таки... Колику сняли, а тут-то симптомы столбняка и пошли... Я на вскрытии «свою» часть кишечника внимательно рассмотрела...

Эта синюшно-багровая, со следами растяжек, едва не лопнувшая кишка долго потом снилась ей по ночам.

Девочка пугливо спросила:

— А может, и у нас?.. Тоже... столбняк?!

— Да ну тебя, плюнь! — посоветовала Любаша. — Просто очень сильные колики. Он у вас, случаем, ничего постороннего не наелся?

— Да он!.. Он, мерзавчик, ночью вылез из денника... и почти мешок отрубей сожрал, брюхо несытое!.. Палку ему, а не доктора посреди ночи...

Было видно, что Лена очень хотела бы осерчать на пройдоху-коня. Но на болящего злиться уже не могла.

— Надо вашему коню... — начала было Любаша...

И увидела, что Мишка опять заскрёб ногой по земле.

— Чёрт!!! — закричала она. — Я-то думала, обошлось!.. Перистальтику ему хотела включать, а он... Надо же, опять началось...

Любаша стала очень серьёзной и бегом помчалась в дежурку...

Карусель завертелась. Снова уколы. Потом растирания живота жёсткими сенными жгутами. Тёплое растительное масло в желудок через носоглоточный зонд. Мыльные клизмы одна за другой — с каждым разом на пол-литра больше предыдущего. И наконец — ректальный массаж... Для тех, кто не знает —

это когда доктор, сняв курточку (и практически всё, что под курточкой), по плечо всовывает руку лошадке под хвост. В горячие, тесные, пахучие недра. Извлекает наружу всё, что там накопилось. Запускает внутрь воздух. Движением руки провоцирует движение в кишках...

...Как это страшно, когда кажется, уже все средства испробованы — и без толку... Проходит полчаса, дай Бог сорок минут, — и колики неотвратимо возобновляются... Боль, снова боль... Измученное животное еле стоит на ногах и откровенно покачивается, когда его пытаются на ходу повернуть...

Небо над поляной в лесу, где расположилась конюшня, начало заметно светлеть. Через часик выглянет солнце. Любаша сидела в дежурке на кровати, застланной пёстрым ватным одеялом, и отхлёбывала маленькими глоточками горячий чай. Мысли о добавочной таблетке возвращались снова и снова.

— Что ж делать-то?.. — Лена вкривь и вкось кромсала лежавший на дощечке батон. И наконец решилась: — Может... Славика с ружьём позвать? Он у нас на все руки мастер... что свинью, что корову...

Славиком, как поняла Любаша, звался живший по соседству лесник. Она вообразила дремучего бородатого дядьку: вот он приходит с ружьём и наводит стволы на безропотного, кроткого Мишку... оторвала невидящий взгляд от поверхности тёмной, исходящей паром жидкости в чашке, сжала зубы и хрипло выговорила:

— Подожди! Пулю в ухо всегда успеешь...

— Да что ж он так мучается?.. И мы с ним... Четвёртые сутки пошли...

— Подожди, я сказала! И без истерик мне тут!

Лена всхлипнула и отвернулась к окну, где в предрассветном пепельном свете словно истаивал неподвижный мышастый конёк посередине двора. После очередного обезболивающего укола он заснул и всё ещё спал — до очередного приступа. Рядом, зябко кутаясь в ватник и уронив на колени стриженую головку, сидела на земле девочка. Уже другая. Первая, совершенно выдохшаяся, спала за спиной у Любаши. Силы детские не бесконечны...

— Сопли наши с тобой ему не помогут, — глухо проговорила Любаша. — Думать надо!

Вот с этим и у неё самой были проблемы. Кровь пульсировала в висках, и любая попытка на чём-то сосредоточиться вызывала мучительный спазм. Болезнь плюс усталость... В голове было пусто. Хорошо хоть, в дежурке нашлась чашка раскалённого и густого, как лава, сладкого чая... Любаша потянулась за кусочком булки и решила, что вторую таблетку феномина пока принимать всё же не будет. Это, как и пуля в ухо, успеется...

— Мне вот что непонятно... — пересиливая слабость, принялась она рассуждать вслух. А вдруг снова поможет? — Перистальтика почти полностью восстановилась... По крайней мере, пока действует анальгетик, в животе всё в порядке... Потом неизвестно откуда появляется боль... перистальтика прекращается, но снова возобновляется даже при поверхностном массаже... Однако боль при этом не проходит... А бесконечно накачивать организм анальгетиками нельзя — он и так получил столько, что может не выдержать... Так что больше я ему ничего колоть не буду...

— Значит... всё? — Стул под Леной скрипнул неожиданно резко и громко. Как застонал.

На сей раз Люба на неё не прикрикнула. Сидела, сгорбившись, и молча разглядывала в чашке стынущий чай. Это жуткое ощущение собственного бессилия... Сколько раз она испытывала его... и сколько раз предстоит... И Андрюша Борисыч, когда из палаты выезжает очередная каталка, прикрытая простынёй... Она сделала здесь всё. Всё, что могла! А может, и больше! Чего от неё требуют?!. Ведь заработала же перистальтика... Но проклятая боль? Откуда она? И как её победить? Если даже мощные препараты, которые она привезла...

В это время конь во дворе очнулся и снова стал напрягать поясницу. Это было отчётливо заметно даже из окошка дежурки.

— Опять... — застонала Лена. По щекам покатились слёзы: — Я не могу это больше видеть!.. Всё! Иду за Славиком...

— А ну погоди! — Любаша грохнула чашку на стол, выплеснув половину. — Мысль проверю одну...

Девушки бегом выскочили во двор.

Вся его территория была засыпана мелким гравием, песком и кое-где гарью. Любаша подбежала к коню и выхватила повод у девочки, безуспешно пытавшейся сдвинуть животное с места:

— Ну-ка, дай я... Пошли, Мишук, деточка!.. Ну-ка, переставляй корявки свои!..

Что было сил натянула драный ремень — и поволокла сопротивляющегося коня к выходу со двора.

— Ты куда? — Лена побрела за ними, безвольно опустив руки. Она не понимала, что происходит.

— Сама рассуди! — лихорадочно объясняла Любаша. — Он же трое суток не жрамши! Ему перистальтику поддерживать нечем — пищевых масс в кишечнике нет! Понимаешь? Мы клизмами из него практически всё выкачали! Вот отсюда и боль — привычная колика развилась. Ну, Мишка!.. Пошли, пошли!.. Давай, миленький...

Она тащила его к краю полянки, где раскинули сочные листья давно отцветшие одуванчики. Мишка еле шёл: боль скручивала нутро, дрожащие ноги заплетались. Тем не менее, оказавшись на траве, конёк заинтересованно наклонился. Понюхал... и, ухватив губами, сорвал несколько листиков...

— Вот видишь?! — Любашины глаза светились лихорадкой близкой победы. — Больно, а ест!.. Тянется!... Умница, маленький... сам понимает...

Лена смотрела, как всё энергичнее налегал на траву конь, и боялась поверить собственным глазам. Любаша припала ухом к его боку, на секунду притихла... и вдруг восторженно завопила:

— Бурлит!.. Ленка, бурлит!!! Ты понимаешь, бурлит!.. Больно ещё, но это пройдёт! Мы пробили её! Победили!!! А ну, послушай сама!

Лена послушно прижалась ухом к мышастому боку... Послушала — и, по-детски взвизгнув, бросилась обнимать Любашу. Вот ради таких мгновений и стоит жить, вот их-то ни за какие деньги не купишь...

...Старенькая, кирпичного цвета «пятёрка» тихо катила по шоссе назад в город. Валерка, категорически взявшийся доставить Мишкину спасительницу до места, вёл машину предельно аккуратно, мягко объезжая каждую кочку, каждую выбоину в асфальте. На заднем сиденье, свернувшись калачиком и сунув под голову баул, лежала Любаша. Валера, закалённый мужик, никакого холода не боялся, но по крыше автомобиля барабанил возобновившийся дождь, и «печка» грела вовсю — чтоб доктору было тепло...

Любаша пыталась уснуть, но сон не шёл. Слишком велико было пережитое возбуждение. Девушка просто лежала с закрытыми глазами, а из-за решётки денника на неё смотрел невысокий, мохноногий мышастый конёк. Её пациент. Теперь уже бывший. Он хрустел сеном и буднично обмахивался хвостом. Так, словно и не было этих страшных троих суток. Доев предложенный корм — а позволили ему съесть пока совсем ещё чуть-чуть, — он улёгся. Теперь ему было можно. Теперь он БУДЕТ ЖИТЬ. Будет жить...

Любаша улыбнулась и попробовала вспомнить, когда нынче принимает Андрюша Борисыч, но мысли спутались окончательно. Добрые большие животные окружили её, легонько подталкивая боками. Гнедые, рыжие, серые... Они тянулись к ней, трогали губами и дышали в лицо, делясь чем-то большим, чем просто тепло...

Любаша крепко спала.

...За окошком снова шёл дождь. Он размеренно, как метроном, выстукивал о подоконник... тёк по световым фонарям в крыше над временными конюшнями «Юбилейного»... замывал следы на маленьком пляже, спрятавшемся в зарослях высокого тростника...

Сергей чувствовал себя так, словно по нему, топоча копытами и лягаясь, пробежал табун диких мустангов. На лице, как ни странно, последствий «битвы при „Юбилейном"» заметно не было, зато всё остальное... «Все бока мои изрыты, частоколы в рёбра вбиты...» Рёбра с правой стороны действительно представляли собой один большой синяк — ни охнуть, ни вздохнуть, а уж кашлянуть... Да что говорить. Сергей очень смирно лежал на спине, старался не кашлять и смотрел в потолок.

К врачам обращаться он категорически отказался.

— Подумаешь! И похуже бывало... — фыркнул он на Анины робкие уговоры.

И в самом деле — бывало. Однажды в манеже, при заездке злого и упрямого жеребёнка[1] тот буквально размазал его по доскам забора. Копыта тогда просвистели в сантиметрах от его головы... Все, кто присутствовал, охнули — ведь убил, гад!!! Ан не убил. Доска разлетелась вдребезги... но доска же, не голова. Бог миловал... Тот раз Сергей день отвалялся в постели, а на следующее утро уже скакал по дорожке верхом на коне. Конечно, побаливало, и крепко. Но так ведь на то он и жокей...

Аня хлопотала над ним, как умела. Готовила в холодильнике лёд и прикладывала ему на затылок, где под волосами налилась изрядная шишка. Меняла на боку полотенце, смоченное молоком — на случай, если ушиблена печень. Предлагала всякие импортные таблетки...

Импортные снадобья Сергей в целом глубоко презирал, считая их «лекарствами для богатых и здоровых», а из обезболивающих признавал только отечественный пентальгин. Да и тот, вычитав где-то, будто применение анальгетиков замедляет заживление ран, больше одной таблетки старался не принимать.

---

[1] Заездка лошадей чистокровной верховой породы проходит, как правило, в возрасте полутора лет. Двухлетки уже принимают участие в ипподромных испытаниях. В данном случае «жеребёнок» понятие сленговое. В лексиконе конников «жеребёнком» может быть лошадь в любом возрасте.

— И вообще, нашла умирающего... Подумаешь, пара ушибов! До свадьбы заживёт...

— До свадьбы, до свадьбы... — недовольно прокудахтал откуда-то со шкафа Кошмар. Он очень не любил непогоду. И к тому же полагал, что ночью следует спать, а не бегать туда-сюда, включив по всем комнатам свет.

Аня подозрительно зашмыгала носом:

— Ты давай поправляйся, а там уж...

— А там, — улыбнулся Сергей, — готовься быть настоящей жокейской женой. Мы, знаешь ли, и в больницу время от времени попадаем...

— Да ну тебя с твоей больницей!.. — Шмыгающий нос откровенно захлюпал, Аня повернулась и убежала на кухню. Кошмар снялся со шкафа и, хлопая крыльями, полетел следом за ней. Судя по запаху, вскоре донёсшемуся оттуда, Аня готовила раненому герою куриный бульон. «Или Кешку сварила», — подумал Сергей. Эта мысль насмешила и странным образом умиротворила его. А может, наконец-то подействовали Анины импровизированные примочки... Он расслабленно вытянулся под тёплым пледом — и постепенно заснул.

Аня заглянула в комнату, чтобы предложить ему подкрепиться, но услышала ровное сонное дыхание и вышла на цыпочках, плотно притворив за собой дверь. Это она сделала весьма вовремя, поскольку на кухне заверещал телефон. Аня бросилась к нему опрометью, чтобы истошные звонки не разбудили Сергея.

На часах было полвосьмого утра.

— Анечка? Извини, Бога ради, за беспокойство, — раздался в трубке голос Антона. — Ну как вы там? Как Серёжка?

— Ой... — Будущая жокейская жена еле удержалась, чтобы не всхлипнуть. — Пластом лежит... А врача — ни в какую... Говорит, и так оклемается...

— А два слова с ним можно?

Аня оглянулась на дверь:

— Да он... он уснул только что. А что такое случилось?

— У меня, — похвастался Антон, — кажется, концы с концами стали сходиться. Если вкратце, то надо бы в одно местечко сгонять, коня глянуть. Определить, похож или не похож на Заказа...

— А далеко это?

Панама назвал место и добавил:

— Говорят, где-то под Выборгом...

Аня только охнула в трубку. Она очень хорошо понимала: ради Заказа Сергей в Выборг не то что на автомобиле поедет — пешком побежит. Что в его нынешнем состоянии означало — на четвереньках. Антон правильно истолковал молчание девушки и спросил:

— А если не Сергей, то кто бы со мной мог?..

— Любаша, — ответила Аня, не раздумывая. — Она же была у Заказа в деннике, видела... И специалист, каких мало... Она сейчас либо дома, — Аня продиктовала телефон, — либо уже в «Юбилейном». Там ты её точно найдёшь... — И забеспокоилась: — А нам без тебя что делать?

— Сидеть на... попе ровно, — ответил Антон очень серьёзно. — Если Серёжа сегодня полежит, так и хорошо. А встанет... ну, соревнования досматривайте... Только, ради всего святого, никакой самодеятельности! Хорошо?

Аня растерянно пообещала...

Разговоры о свадьбе подействовали на Сергея вдохновляюще. Часам к одиннадцати он проснулся и без посторонней помощи сел в постели, а потом встал и потребовал, чтобы Аня обмотала его по рёбрам эластичным бинтом. За этим делом она рассказала ему о звонке Панаморева. Сергей сперва страшно возмутился и уже открыл рот, чтобы отчитать Аню за самоуправство... но резкий вздох мигом вернул его на грешную землю, и он скрепя сердце был вынужден признать, что поступила она совершенно правильно. Тем не менее лечь обратно в кровать он отказался категорически. Накинул Анин махровый халат — тот самый, с васильками под цвет его глаз — и начал потихонечку ползать по квартире, придерживаясь за бок правой рукой. Кошмар перелетал с насеста на насест, изумлённо следя за происходящим. Сперва Сергей еле передвигал ноги, согнувшись в три погибели и временами кряхтя. Потом начал мало-помалу разминаться, обретать нормальную человеческую осанку. И наконец поинтересовался:

— А соревнования сегодня во сколько?..

В девять утра Антон был на Исаакиевской. На площадке стояла машина, а внутри... После ночного разговора с Плещеевым Панама уже не особенно удивился, увидев за рулём Семёна Фаульгабера. Правда, в отличие от вчерашнего великан выглядел весьма хмурым. Наверное, из-за того, что пришлось в воскресенье работать. Как такой громила умудрялся втискиваться в маленькие белые «Жигули», составляло тайну, покрытую мраком.

Услышав название посёлка, Семён молча кивнул: видимо, шпаргалка в виде карты ему давно уже не требовалась. Антон оставил его наедине с мировой скорбью, сам же поднялся в пустой кабинет Смирнова и уселся за телефон. В машине на приборном щитке торчал сотовый, но переговоры предстояли слишком масштабные. А время ещё было...

Сначала он позвонил в Сайск — в прокуратуру. Несмотря на воскресное утро, ему ответил бодрый голос Олежки Березина:

— Антон Григорьевич, приветик! А я фоторобот вам выслал...

Андрей покосился на аппарат. Действительно, на факсе лежал небольшой рулончик бумаги. Антон оторвал и развернул его. С плосковатого, сделанного на компьютере портрета смотрел скуластый, в меру длинноволосый парень с большими, чуть навыкате, глазами. Чернявый предъявитель липовой доверенности на перевозку *имущества* по кличке «Заказ»...

— Спасибо, Олежек. Сегодня на ипподром собираетесь?

— А как же... Может, денег выиграю! Совмещу... совмещу полезное с приятным...

— Смотри только, тыщу баксов не выиграй!.. — испугался Панама. — А то грохнут, как того пенсионера...

План похода оперов на ипподром по делу об убийстве был обсуждён и одобрен, и Антон спросил:

— Что-нибудь по нашему делу ещё? О коне?..

— Мы сообщили Цыбуле, что кровь питерского коня отправляется на экспертизу в Москву. Ну, как вы просили... Так теперь в Москве такой дым коромыслом, что аж душа радуется. Цыбуля всех на ноги поднял! Директору Росплемобъединения звонил. Директору института, при котором лаборатория... Самому начальнику лаборатории... То есть люди там и вчера как настёганные бегали, и сегодня. Суббота не суббота, воскресенье не воскресенье...

— Лихо, — удивился Антон. Легенды о Цыбуле оборачивались удивительной правдой.

А Олежек продолжал:

— Василий Никифорович вообще, я вам доложу... Сам, даже без их просьбы, выслал в лабораторию кровь бабки Заказа. И очень даже кстати, как оказалось. Мать-то у Заказа при родах погибла, а мать матери, бабка стало быть, жива... Одна проблема — с отцом. В лаборатории, в банке данных, не то что генетического кода — вообще никаких сведений нет: жеребец-то английский. Так начальник обещал через Интернет с англичанами... В общем, есть надежда. Если английские коллеги наших не подведут, не сегодня завтра...

— Олежек, а ты телефон лаборатории?.. — Олег тут же продиктовал, и Панама продолжал: — У меня тоже новости неплохие. Похоже, клиент нарисовался... — Он услышал, как хмыкнул в трубку Олежек. — Чего доброго, не сегодня, так завтра всё и закончу. Вот бы сегодня ещё результат из Москвы... Олег, а по второму описанию вы фоторобот не делаете?

— Колюня сегодня дискетку подвезёт, ну, из «Свободы». Мы её вечером с анисимовским роботом состыкуем — и к вам... Помните, я рассказывал про двести баксов? Про жокея Анисимова? Мы с ним тут хорошо-о-о поработали...

— Олежек, а хоть принтерной распечатки аниси-мовского варианта?..

— Ну... если минут через двадцать вы ещё будете на месте... Или факс включённый оставьте!

— Добро, высылай... — Антон посмотрел на часы: стрелки бежали с катастрофической быстротой. Кажется, начиналась гонка со временем...

Его следующий звонок был в лабораторию имму-ногенетики. К трубке долго не подходили. Потом ответил недовольный женский голос. Антон попросил начальника. Ему сообщили, что начальник сейчас считывает реакцию (тон подразумевал, что спрашивающий о тонкостях науки не имеет представления) и к аппарату подойти просто не в состоянии. Антон представился. В трубке помолчали, затем послышался вздох:

— Подождите...

Ждать пришлось минут восемь: Антон, топчась на месте от нетерпения, засекал по часам. Наконец возле уха раздался бодрый мужской голос:

— Слушаю вас. Здравствуйте...

Антон ещё раз представился и поинтересовался промежуточными результатами анализов.

— Вообще-то, мы промежуточных не сообщаем... — замялся было начальник. Но, похоже, Цыбуля здорово накрутил всем хвосты — после секундной паузы учёный продолжал как ни в чём не бывало: — ...Но у меня есть чем вас обрадовать. Англичане на мой запрос любезно выслали нам генный код названного Василием Никифоровичем производителя...

Антон отметил, с каким уважением было произнесено имя Цыбули.

— ...Так вот, я только что считал результаты реакции: сходство генных кодов по отцу... Только представьте себе, девяносто два процента! Я почти с уверенностью могу сказать, что жеребец, чью кровь мы исследуем, является сыном указанного производителя...

— А почему только девяносто два? — насторожился Панама. — Почему не сто?

— Ничего себе «только», — засмеялся начальник. — Все сто вам один Всевышний даст. А мы люди смертные... Мы обычно сразу процентов двадцать скидываем на погрешность. На особенности условий постановки реакций, на нестабильность сывороток-реагентов... Хоть и тестируем их постоянно по международным стандартам, но, сами понимаете... Тут на самом деле целая теория, так что вы мне лучше просто поверьте: девяносто два — это высочайший процент...

— Ну спасибо, утешили, — Панама довольно потёр затылок. — А когда можно будет получить окончательное экспертное заключение?

— Как бы мы ни старались, но раньше чем к вечеру... — Московский учёный помедлил. — Давайте договоримся: крайний срок к шестнадцати—семнадцати часам. Вам его факсом выслать?

— Да, будьте добры... — Антон продиктовал номер. — И заказным в Сайскую городскую прокуратуру. А если бы получилось к шестнадцати... вы себе представить не можете, как нас выручите... Но и в любом случае преогромнейшее вам спасибо. И девочкам вашим... Скажите им, пусть уж не сердятся. Такого коня спасаем...

Панама поймал себя на том, что заговорил почти как Сергей.

— Да зачем же сердиться. Не в первый раз... — улыбнулся в трубку начальник. И посетовал: — Жаль, крови маловато... Мы бы повторы провели... чтобы с максимальной достоверностью...

Антон распростился с ним и положил трубку.

Было похоже на то, что дело заканчивалось. В четыре придёт факс результатов экспертизы — и можно к прокурору за ордером. Соревнования раньше четырёх все равно не закончатся... Панама снова посмотрел на часы и пришёл к выводу, что вернётся из визита к «породистому неустановленной породы» никак не позже двух. Если, конечно, «Жигуль» не пропорет колесо и не утонет на раскисшей дороге...

Он позвонил Боре Смирнову, попросил подстраховать с ордером — доложить начальству заранее, — и, быстро заперев дверь, азартно помчался по лестнице вниз. Запрыгнул к Фаульгаберу в белого «Жигуля», внешне ничем, кроме номеров, не отличающегося от собратьев... Взвизгнул стартёр, заработал мотор... машина понеслась по улицам города.

В кабинете из факса поползла бумажная лента. Колючие светлые глаза человека с портрета, удивительно похожего на Андрея Полякова, скользнули невидящим взглядом по стенам пустого помещения, по потолку... Лента свернулась в трубочку, факс пискнул и остановился, и в кабинете воцарилась прежняя тишина...


Фаульгабер только молча пожал плечами, когда Панама попросил его для начала завернуть к «Юбилейному» — надо, мол, подхватить с собой человечка.

Антон попытался разговорить его:

— В машине-то курят?..

— В моей?.. — Семён заложил на перекрёстке крутой поворот, и Антон заметил, что кисти рук с тыльной стороны у него были сплошь в пятнах недавно отболевших ожогов. — А всё делают, — продолжал Фаульгабер. — Даже водку пьют... Только просьба — пепел и хабарики за окошко. Запах этих... потушенных... терпеть ненавижу!

Антону понравилось колоритное выражение, которого он, если по совести, от молчуна-водилы никак не ожидал. Он ещё смаковал его про себя, примеряя к подходящим жизненным ситуациям, когда машина свернула с моста на подъездные дорожки и остановилась возле служебного входа дворца.

— Я быстро... — Панама бросил на сиденье ремень безопасности, никак не желавший убираться в гнездо.

— Валяй, — флегматично донеслось сквозь приспущенное окошко. — Лично я не спешу...

Гигант комфортно откинулся за рулём и сунул лапищи под затылок. Похоже, ему не привыкать было к долгому ожиданию.

«Терпеть ненавижу», — подумал Антон, показал омоновцу пропуск и побежал внутрь. Судя по тому, что Любаши дома не оказалось (телефон, во всяком случае, не отвечал), она была где-то здесь. Но вот где конкретно? В ветеринарке?.. Панама устремился знакомым путём, заранее прикидывая, что делать, если её не будет на месте. Искать Александра Владимировича, давать объявление...

К счастью, отыскивать директора-распорядителя и терять драгоценное время, вдаваясь в объяснения, не пришлось. Дверь веткабинета сама распахнулась навстречу, и на пороге возникла Любаша. Свежая и цветущая. Дома она отмылась и даже часок поспала, а теперь двигалась к «Андрюше Борисычу». Предварительно завернув на минутку к девочкам в «Юбилейный»...

— Антон, какими судьбами? — удивилась она.

Она была в джинсиках и плотном спортивном свитерке, который не очень подходил к пышно взбитой причёске, зато создавал общую иллюзию бодрости и энергии. Антон взглянул в искрящиеся глаза девушки и невольно смутился. Она широко улыбнулась, и он, естественно, не мог ей не ответить. Как же она была сейчас хороша...

— Я-то по делам, — пояснила Любаша. — А тебе что с утра пораньше не спится?

Парик даже с самого близкого расстояния был на ней незаметен.

— А я за тобой. — Панама подхватил её под руку и повлёк в сторону выхода. — Честное пионерское. Едем за город на машине. В дивное местечко под Выборг... Шашлыков, врать не буду, не обещаю, но воздух... воздух...

Это было сказано весьма неуклюже: Любаша сразу вспомнила его рассуждения о солнце, фруктах и воздухе. Она сразу остановилась и рассерженно попробовала выдернуть руку:

— А ну пусти!..

— Любочка, милая, спасай, не то пропаду, — Панама заговорил совершенно серьёзно. — Мне эксперт нужен. Зооветеринарный. А лучше тебя...

Он испытал величайшее облегчение, увидев, как уходит из её взгляда болезненная настороженность.

— Ну вот, все вы такие, — сказала она наконец. — Как уши бедной девушке мылить, так быка жареного сулите, а до дела дойдёт, и шашлычка несчастного не допросишься... Что стряслось-то? Выкладывай уж.

Антон рассказал ей в двух словах о коне-найдёныше и о том, почему «породистого неустановленной породы» жизненно важно было немедленно осмотреть. Любаше не понадобилось ничего объяснять. И уговаривать — тоже:

— Момент, только сумку схвачу...

Когда они вышли к машине, лениво покосившийся Фаульгабер сразу ожил, оторвал руки от затылка и многозначительно приподнял рыжую бровь. Антон напустил на себя великолепно-непроницаемый вид и, в душе хохоча, подчёркнуто галантно захлопнул за девушкой дверцу. Уселся на переднее сиденье и коротко бросил:

— Вот теперь всё. Повихрили...

Машина мигом завелась и... действительно «повихрила» по мокрым питерским улицам. То ли Фаульгабер наконец проникся ответственностью поездки, то ли просто решил блеснуть перед дамой... Он ехал очень корректно, не нарушая без надобности правила, но при этом всё новые и новые машины почему-то оставались далеко позади. Да и эгидовский «Жигулёнок» был весьма шустрый. Внешне неброский, не первой свежести, но с форсированным двигателем и кучей разных полезных хитростей под капотом. Как раз такой, на каком и следует сыщику ездить по очень важным делам...

Соревнования в этот последний день начинались в тринадцать часов.

Серёжа и Аня подъехали к «Юбилейному», когда всадники уже вовсю прыгали. Дома, размявшись и расходившись, Сергей стал чувствовать себя очень даже прилично и категорически настоял на поездке, хотя Аня его отговаривала. Когда они вышли из дома и «Тойоту» тряхнуло на первом из тысячи неизбежных ухабов, он горько раскаялся в своём упрямстве и чуть не запросился обратно. Однако мужской гонор победил, и он промолчал. Теперь он сидел на трибуне и больше делал вид, что смотрит на поле, а сам прижимал к боку локоть и заново учился дышать.

По жеребьёвке сегодня первыми прыгали финны. Случай свёл всех четырёх финских всадников в одной десятке, и, наверное, невыгодная ситуация здорово попортила им нервы — спортсмены волновались, делали ошибки и, соответственно, в перепрыжку никто из них не попал. В одном десятке с ними оказался и Бенгт Йоханссон на своей рыжей кобыле. Когда его вызвали на манеж, Сергей сразу стал ждать, чтобы лошадь снова выкинула какой-нибудь фортель и лишила своего хозяина всех надежд на победу. Сегодня Сергей ожидал этого почти со злорадством. И Слипонз Фари не подвела. То ли ей самой что-то не нравилось, то ли всадник выехал прыгать не с тем настроением и она это почувствовала... Ни о какой гармонии у них с Бенгтом нынче речи не шло. Могучая кобыла мотала головой и откровенно взбрыкивала, всячески выражая человеку своё недовольство... и с неотвратимостью злой судьбы снесла жердь на одном из первых же препятствий. Если не везёт — это надолго!..

Выбравшись на загородную трассу, белый «Жигуль» перестал обращать внимание на знаки ограничения скорости. Инспектора ГАИ вскидывали было жезлы, но, рассмотрев номера, успокаивались. Когда автомобиль взбирался на горки, за кормой в сплошной сетке дождя ещё возникали высотные силуэты города, но по бокам уже мелькали то крохотные домики садоводств, то нарядные кирпичные особнячки. И чем дальше, тем реже становились сады-огороды, а участки дивной лесной красоты — всё продолжительней...

Присутствие Любаши обратило хмурого Фаульгабера в учтивого кавалера. Когда девушка поинтересовалась, далеко ли ехать, он ответил незамедлительно:

— Километров девяносто... Слава Богу, почти до места асфальт, так что часика за полтора долетим. Если старушка, конечно, не закашляет... — Он трижды постучал по рулю. — Вы поспите, если устанете. А то радио можем послушать... — И похвастался: — У меня их ажно два. Одно цивильное, другое наше — милицейское.

Крутанул ручку на панели — и в маленьких динамиках сдавленно засипело, послышались голоса, близкие и далёкие. В это время мимо эгидовского автомобиля как раз проплывала сине-белая патрульная «Вольво», ехавшая ещё быстрей. За рулём сидел подтянутый гаишный майор. Он внимательно заглянул внутрь «Жигулей», и Фаульгабер поднял руку, здороваясь. Майор кивнул ему, мощная «Вольво» легко умчалась вперёд, и через минуту в эфире прозвучало:

— Четырнадцатый, прими белого «Жигуля», «шестёрку». Не тормози — свои едут...

Фаульгабер поднёс к губам маленький микрофон:

— Спасибо, Иван Анатольевич! А то нам туда-обратно почти две сотни мотать...

— Пожалуйста, — отозвался майор. Его «Вольво» уже нигде не было видно.

— Я четырнадцатый, — раздался молодой голос. — Понял! Слышь, браток, только ты поаккуратней... места всё-таки дачные, не задави никого. Лады?

— Лады, ребята. Спасибо!

— Свояк свояка видит издалека?.. — понимающе спросила Любаша.

— А то как же, — впервые за всю дорогу улыбнулся Семён. — Работа такая... Ладно, я вам обычное лучше включу. А то ужастей всяких наслушаетесь... «Эльдорадио» как? Устроит?

В салоне зазвучала негромкая мелодичная музыка: передавали золотые старые песни. Кого-то приглашали зайти в отель «Калифорния», кто-то брал билет до города Одиночество, кто-то искал дом, у которого солнце встаёт...

Машина миновала развилку, где шоссе «Скандинавия» превращалось в настоящий европейский автобан, широченный и гладкий. Даже официально разрешённая скорость была здесь сто десять, а уж неофициально... Фаульгабер разогнал «Жигули» до весёлого посвистывания за окнами, но мокрый асфальт всё равно стлался под колёса мягко и гладко. Умеем же, когда захотим...

Дождь горизонтальными струями устремлялся в лобовое стекло, щётки работали не переставая. «Эльдорадио» передало новости, потом рекламу, потом прогноз погоды... Потом опять пошла музыка. Болотными огоньками во тьме проявлялись и угасали аккорды, сплетаясь в неосязаемую мелодию, и наконец приглушённо и призрачно зазвучал голос певицы... Антон эту песню слышал, естественно, не впервые, и никогда она ему особо не нравилась, но на сей раз он ощутил, как внутри что-то сладко и больно отозвалось, удивился и... вспомнил. Это была та самая песня из фильма «Твин Пикс», под которую на вечеринке он танцевал с Аней.

Картины позавчерашнего вечера тотчас поднялись перед глазами, начисто заслонив тёмно-серую ленту шоссе и мелькающие километровые столбики. Вот он подаёт Ане руку, и она поднимается ему навстречу из-за стола. Вот его ладони осторожно ложатся на её талию... а её руки касаются его плеч... Уже знакомая электрическая волна пробежала по всему телу, от макушки до пят. А ведь каких-то три дня назад он кормил в подворотне котов, умилялся доверчивой ласке Анжелки и понятия не имел, что переживёт нечто подобное!..

Пока длилась мелодия, «Жигули» успели намотать на колёса ещё несколько километров. Но вот песня кончилась, и Панама медленно вернулся к реальности. Взглянул на часы и подумал, что надо бы позвонить Ане, волнуется же небось... Уже протянув руку к мобильному, он покосился в зеркальце на Любашу. Потом повернулся всем телом, насколько позволил ремень.

Девушка дремала, убаюканная тихой музыкой и плавным покачиванием автомобиля. Должно быть, она в самом деле теперь легко уставала... Сон стёр с её лица жизнерадостную весёлость, и Антон рассмотрел бледную до прозрачности кожу, впалые щёки, страдальческую складочку между бровей... *«Полгода, — вспомнилось ему, — в лучшем случае годик...»* Тут она чему-то улыбнулась во сне, чуть подвинулась, устраиваясь удобней... И Панама осознал, что она накинула на себя его кожаную куртку, и та обнимает и греет её, как объятие, и...

Антон с трудом заставил себя отвернуться и невидяще уставился в лобовое стекло. Он сам не понимал, что с ним творилось. В душе неведомо откуда поднялась такая волна нежности и тепла, что стало трудно дышать. Некая часть его существа пребывала сейчас на заднем сиденье и бережно обнимала спящую девушку, следя, чтобы ей было хорошо, тепло и покойно, чтобы ничто не потревожило её сон. *А зачем нужна железная шея, как не затем, чтобы её обняли такие вот слабенькие, хрупкие руки, зачем крепкое плечо под кожаной курткой, как не затем, чтобы Любаша могла прижаться щекой и почувствовать, что он рядом, а значит, будет всё хорошо...*

Фаульгабер мельком взглянул на него. Потом в зеркальце на Любашу. И шепнул:

— Спит?..

— Спит, — тоже шёпотом отозвался Панама.

Минут через пятнадцать Семён высмотрел впереди указатель. Плавно сбросил скорость и свернул на дорогу, ведущую в животноводческое хозяйство, так аккуратно и мягко, словно вёз детскую коляску по садовой тропинке.

Музыка по радио сделала паузу. Смолкли электронные ритмы, остался лишь приглушённый стук дождя по металлической крыше, да ровный гул двигателя, да изредка — плеск воды, ударявшей в днище из-под колёс...

А потом где-то в недрах студии поменяли компакт-диск, и над промокшими соснами, над быстро бегущей машиной началось величавое шествие простой и царственной в своём благородстве мелодии. Музыка рвала облака и впускала в серый мир солнце и молнии, она проникала в самые глубины души, изгоняла из неё всё мелкое и недостойное, рассказывала о несбыточном и высоком, о гибели и надежде, о последнем бое и о бессмертной любви...

Мелодия «Романса» Свиридова.

...Баталия на манеже «Юбилейного» развернулась нешуточная. В последний день разыгрывался самый престижный и значительный приз, а потому кипение страстей достигло предела. Желание выиграть толкало спортсменов на риск — и одним адреналин в крови помогал мобилизоваться и выдать максимум возможного, других заставлял нервничать и совершать всё больше ошибок. Летели наземь жерди и уносили с собой чьи-то шансы на выигрыш. Более удачливые и хладнокровные показывали высочайшее мастерство, до предельной резвости разгоняли коней, «на одной ноге» выполняли казавшиеся невыполнимыми повороты... Лошади выпрыгивали из немыслимых положений — причём всадники некоторым чудом умудрялись не помешать им — и снова мчались вперёд. Раздувались ноздри, блестели внимательные глаза, реяли, как боевые знамёна, пышные ухоженные хвосты...

Трибуны ликовали, приходили в отчаяние, замирали в безмолвном сопереживании — и опять ликовали. Азарт спортсменов заражал зрителей и возвращался обратно усиленным в тысячу крат. Судьи несколько раз призывали гостей дворца к сдержанности, опасаясь, как бы аплодисменты или дружный стон зала не помешали всадникам на маршруте. Всё бесполезно! На энергетической карте города

«Юбилейный» определённо сиял как большая, мерцающего блеска звезда!..

Среди таких протуберанцев страстей лишь последнее бревно осталось бы безучастным. Даже Сергей время от времени забывал, что сегодня был самый что ни есть решающий день, когда всё должно было окончательно проясниться. То есть вечером ему предстояло либо целовать вызволенного Кузьму... либо вешаться, под вопли Кошмара, на Анькиной импортной люстре. Приблизить развязку или повлиять на неё Серёжа не мог (попробовал вот, так чем кончилось! Даже вспоминать больно...), и потому изо всех сил старался не думать ни об уехавшем куда-то Антоне, ни о генах в пробирке, ни о «коренастых и русоволосых» или, наоборот, «темноголовых и рослых»...

Иногда ему это удавалось. Например, когда серебристый жеребец под молодой немкой прямо-таки лебедем проплыл над всеми препятствиями, а после финиша, словно приветствуя зрителей, явно в порыве чувств вскинулся на дыбы и пробежал несколько шагов на задних ногах...

Однако следом яркие краски манежа вдруг меркли у Сергея перед глазами, он заново осознавал, что где-то в недоступных для него сферах решалась — вот прямо сейчас и решалась! — судьба лучшего на всём свете коня... и в животе становилось мерзко и холодно...

Он в который раз посмотрел на часы: «Блин, где же Антон? В лесу заблудился? Мог бы и позвонить...»

Аня, как это у них порою случалось, ответила на его невысказанные мысли:

— Это же деревня, Серёжа. Маленькая деревня в лесу... Два коровника и телефон на центральной усадьбе. А у него и так счёт на минуты...

На самом деле Панамореву многое могло помешать отзвониться Ане на сотовый. В том числе авария на шоссе. Сергей решительно отогнал от себя сперва видение перевёрнутой и сплющенной машины в кювете, потом — этой же машины, безнадёжно застрявшей в глубокой, танку не вылезти, колее...

Рыжий Рейсфедр вынес на манеж элегантную москвичку Наташу, взял два первых препятствия, и стало понятно, кто сегодня главный претендент на победу. Сергей снова подался вперёд, во все глаза наблюдая за всадницей и конём...

Аня же больше смотрела на его локоть, плотно прижатый к правому боку. Мужчины, чёрт бы их взял!.. Будто она не видела, как он вздрагивал, забираясь в «Тойоту»... а потом после каждой рытвины зеленел... Того не может понять, что у неё у самой от его вида правый бок уже начал болеть!

Она ощутила, как к глазам снова подступила никому не нужная влага, и поспешно отвернулась, чтобы Сергей не заметил. А когда вновь посмотрела на него, то увидела, что он осторожно ёрзает в пластиковом кресле, собираясь с духом для усилия, потребного, чтобы подняться.

— Ты куда? — сразу испугалась она. — Тебе плохо?..

— Умирать поползу, — буркнул Сергей. — В тихом уголке... — У Ани запрыгали губы, и он объяснил, почти извиняясь: — В сортир наведаться надо. Кто меня всё утро куриным бульоном накачивал?..


Серёжа отсутствовал долго, гораздо дольше, чем требовалось для похода в туалет и обратно. Он вернулся, когда на манеже сражался с препятствиями рослый поляк на маленьком, но невероятно прыгучем коне. К этому времени Аня на всём серьёзе собиралась отправляться на поиски. Оглядываясь, она наконец-то увидела Сергея в проходе: он махал ей рукой, требуя немедленно подойти. Жесты были совершенно отчаянные, а лицо — перекошенное и белое, как бумага. Аня испуганно вскочила и почти бегом поспешила к нему под раздражённое шипение зрителей, которым она наступала на ноги и мешала смотреть.

— Анька, беда! — встретил её Сергей. — Заказа увезли...

— Как?.. — ахнула девушка.

— А вот так. Прохожу я по коридору, в окно, конечно, смотрю, а двери обоих шведских боксов — нараспашку... Я в конюшню... Там Вовчик с лошадью возится... Я к нему: «Где кони?» Он: «А откуда я знаю... Одно видел — минут сорок назад выехал из ворот шведский коневоз... „Паджеро" с прицепом. А что там и как...»

Сергея натурально трясло, он чуть не плакал. По крайней мере, возле глаз надулись предательские упругие бугры. Челюсти были плотно сжаты, а на обтянутых скулах под кожей перекатывались желваки.

— Ань, что же теперь? Увезли коня... Сволочи... А куда следак, мудозвон хренов, запропастился?!

Он старался говорить шёпотом, но мало что получалось. Зрители, сидевшие у прохода, начали недовольно коситься.

Анна растерянно молчала. Пыталась что-то сообразить, но в голове было пусто. Подобный поворот не входил даже в худший из возможных сценариев, которые она всё это время мысленно прокатывала. Какое расследование, какие вещдоки, какое международное право?! Увезли!.. Вот так просто взяли и увезли...

Чувство полной беспомощности... Унизительное и страшное чувство, когда хоть в стену головой — и то лучше, чем ничего не делать и просто молча кипеть...

В огромный пустой холл дворца они вышли с такими лицами, словно у них на глазах только что кого-то убили. Или сами они запланировали убийство и наконец-то шли исполнять...

Неудивительно, что к ним сразу направился милиционер. Жутко бдительный после вчерашней истории с бомбой.

— Что случилось, молодые люди?

— Что, что!.. — сорвался Сергей. — Такую лошадь прошляпили!

«Чокнутые они, эти конники, — подумал сержант. — Насмотрелись...»

— Может, помочь чем?

Сергей невежливо развернулся и зашагал к выходу: оставаться здесь и тем более возвращаться в зал сделалось физически невыносимо. Аня побежала за ним.

— Жалостливый нашёлся... участливый... — зарычал Сергей, когда они оказались на улице. — Все они такие!.. И этот, и следователь сайский!.. Блевать от них тянет!.. Сострадают, сочувствуют... пока ничего делать не надо... а как делать, так ни хера не могут и не хотят!.. Что им Заказ, им хоть всю страну вывези... Законники... Пофигисты, мать их... Ну где этот Панаморев? Куда провалился?!.

...Телепатия, как это иногда бывает, сработала. «Пи-пи-пи-пи!» — донеслось из чехольчика на Анином поясе. Она поспешно схватила мобильную трубку:

— Да?

— Анечка, как дела?.. — долетело оттуда. Сергей узнал голос и выдернул у девушки телефон. Аня успела припомнить, как он матерился минуту назад, и испугалась — не наговорил бы чего. Но жокей ответил с негаданно вернувшимся самообладанием:

— Дела самые блестящие. Мы сейчас в «Юбилейном» и только что выяснили, что швед коня увёз...

— Так!.. — Чувствовалось, что Панама на том конце напряжённо соображает. — Давно?

— Минут сорок назад. — И Сергей почти сорвался: — Делать-то что будем?

— Я сейчас в машине, — ответил Антон. — Надеюсь скоро нужные данные получить... И из Москвы, и ещё кое-откуда...

— Так до тех пор они!.. — заскрипел зубами Сергей. И тут его осенило: — Из машины звонишь?! А если мы шведа аккуратно догоним? И с тобой связь будем держать?.. Чтобы он опять какой фортель не выкинул?..

Панаморев, наверное, понял, что запрещать бесполезно. Он продиктовал номер фаульгаберовского автомобильного сотового и строго добавил:

— Только без глупостей! Обещаешь?

— Обещаю!!! — воспрянул Сергей. И так помчался к машине, словно у него разом зажили все болячки. Аня бросилась следом, на ходу вытаскивая ключи.

Они выехали со стоянки и помчались по улице, не заметив «Мерседес» цвета мокрый асфальт, тихо выползший из подворотни неподалёку...

— Похож! — констатировала Любаша. — Очень похож!

Паффи стоял в чистом маленьком деннике ветеринарного лазарета и любознательно принюхивался к человеческой руке, гладившей его ноздри. Нашествие незнакомых людей не встревожило и не испугало его. Он сразу распознал в Любаше опытную лошадницу и безропотно дал себя осмотреть, а теперь наслаждался лаской и заслуженным угощением.

— Очень похож, — продолжала девушка. — Только этот старичок, а тот молоденький. Лет пятнадцать разницы. А так — и ростом, и экстерьером... И, главное, оба чисто гнедые, нигде ни белого волоска. И порода та же, по-видимому. Здорово наш найдёныш на чистокровного смахивает. Смотри, какая голова, какие длинные бабки...

Панама добросовестно посмотрел на ноги коня, но ничего особенного не увидел. Ноги как ноги... Он даже был не очень уверен, где эти самые бабки находятся.

Паффи внимательно смотрел на людей. Он не отстранился, когда мужчина нерешительно поднял руку к его морде. Пальцы человека тронули его нос, осторожно почесали бугорок под нижней губой... Конь издал еле слышный звук и легонько потянулся вперёд. Антон невольно улыбнулся. Трогать, гладить большое доверчивое животное оказалось необыкновенно приятно. Он посмотрел Паффи в бездонные переливчатые глаза и подумал о том, что осталось лишь позвонить по телефону. Всего делов: набрать пальцем плещеевский номер и сказать в трубку три слова. Но эти три слова поднимут и пограничников, и местное ФСБ... долетят до шведского консульства, до Генпрокуратуры... Оторопь берёт, как представишь, какие силы придут в движение. А железных прямых доказательств у Антона Григорьевича Панаморева как не было, так и нет, и минимум до четырёх вечера (он взглянул на часы) не будет. А если в московской лаборатории «провернут» кровь кобылы, заботливо присланную Цыбулей... и выяснится, что Сирокко — никакой не Заказ, а всего лишь его родственник по отцу?.. Мало ли какие встречаются совпадения, мало ли кто с кем похож, мало ли кто мог купить замороженную сперму английского жеребца...

«Только смотри не отмочи что-нибудь, как тот раз, — эхом отдался в ушах ларионовский голос. — Снова заступиться за тебя я уже не смогу...»

Рядом с Паффи суетился дядя Коля:

— А я им о чём?.. Как есть чистокровный!.. Не верили, шельмы... Что, мол, ты, деревенский дед, могёшь понимать... Так вы, товарищ следователь, его теперь заберёте? Неужто хозяева отыскались? Мы-то рассудили сперва, он от этих сбежал... ну, у кого усадьбу спалили. Хотя видел я тамошних коней-то... Рыжий мерин и кобыла гнедая. Только не как этот, а много темнее. Почти чёрная...

«Мне бы, дядя, твои заботы», — подумал Панама. Почесал Паффи за ухом и усмехнулся:

— Я бы с его хозяевами и сам был рад познакомиться... Очень у меня вопросов к ним много... — И насторожился: — А вы про каких коней сейчас говорили?

— Да тут у нас одни... Усадьбу отгрохали — как с ВДНХ павильон. Прямо в лесу. Бога-а-атые... Гости на вертолёте к ним прилетали, на водных мотоциклах по озеру шастали... Охранники с автоматами за версту не пускали... А на днях всё равно их спалили. Да не просто пожгли, а ещё и постреляли всех. Во страсти-то!.. Кони бедные от дыма чуть умом не рехнулись... Они-то при чём?

Любаша на всякий случай заново оглядела тщательно ухоженную шерсть Паффи, его гриву и хвост...

Нет, на выскочившего из пожара конь ни в коем случае не был похож!

Панама же про себя удивился: «Почему Борис не сказал?.. Может, сам не знал? Надо будет с местным участковым потолковать, да и в отделение заскочить... Вдруг он вправду всё же оттуда...»

Придя к выводу, что звонить куда надо и ставить всех на уши ещё рано, он испытал некоторое облегчение. А вот с ребятами надо бы связаться. Как они там...

Старый конюх стоял рядом с Паффи и трепал его за гриву.

— Да, девонька, вот ведь как бывает... молодые, богатые, вроде живи себе... — Он вздохнул, призадумался и опять похвалил коня: — До чего ж ласковый... Уважает... Товарищ следователь, а может... если хозяева, конечно, не обнаружатся... вы его у нас насовсем оставите? Я его никому в обиду не дам... Честное слово! — Дядя Коля деловито поправил на переносице очки. — И пацан директорский его как родного... гулять с утра выводил... кормит, поит... Вы подумайте. А?

— Посмотрим. Всё может быть, — пожал плечами Антон. — А пока просьба есть. Вы уж присмотрите тут за ним как следует. Чтоб в лучшем виде... в целости и сохранности...

— Да само собой, — дядя Коля вроде даже обиделся. — Уж прокормим... никого небось не объест. Как у Христа за пазухой свой срок доживёт... Верно, гнеденький?

Паффи не возражал. Ипподромные и прочие страсти для него давно отгорели. Ушла даже исступлённая любовь к юной хозяйке, кончившаяся предательством... Здесь был покой. Тихий тёплый денник, в котором он не чувствовал себя одиноким... Заботливый, казавшийся знакомым старик... И серьёзный мальчик, что сегодня утром вывел его на лужайку и примерил на всё ещё крепкую спину латаное-перелатаное седло... Чего больше желать?

Любаша на прощание обняла голову Паффи, прижалась лицом к его храпу... Что понял о девушке мудрый старый конь, осталось навсегда его тайной, но длинный розовый язык вдруг высунулся наружу и прошёлся по её щеке, как благословение всего лошадиного рода.

— Ах ты... Лизотто! — вытираясь платком, засмеялась она. И в свою очередь чмокнула коня в мягкий нос: — Ну, бывай, вежливый ты наш! Как-нибудь ещё загляну...

У Лахтинского КПП, памятного по безоблачной позавчерашней поездке, Аня притормозила:

— Ну-ка, справочки наведём...

Выскочила из машины и бегом поспешила к сержанту, весьма удивлённому её ничем не спровоцированной остановкой. Сергей видел, как гаишник, выслушав Аню, недоумённо передёрнул плечами. Что-то переспросил у своих — и снова развёл руки: ничем, мол, помочь не могу...

Аня вернулась в машину.

— Слушай, — озадаченно проговорила она. — Сержант вот божится, что здесь никакая похожая машина не проходила... Уж он бы на коневоз обязательно внимание обратил. Штуковина-то приметная... И остальные не видели...

— А куда ж подевался? — облизнул сухие губы Сергей. — Может, в Пулково — и на самолёт погрузились?.. Или какая другая дорога есть?

— Н-ну... — задумалась Аня. И подпрыгнула, осенённая внезапной догадкой: — Ой, блин! Другая дорога!.. Я-то здесь всегда езжу, вот и... А они через Осиновую Рощу небось... Там по городу дольше и фуры одна за другой, зато потом ограничений не...

— Ну так поворачивай!..

Она быстро что-то прикинула и решительно тряхнула головой:

— Поворачивать незачем: больше времени потеряем... — И воткнула передачу, сорвав с места взвизгнувшую «Тойоту». — Трассы впереди сходятся!.. — сквозь рёв двигателя прокричала она. — Никуда не денутся, догоним!..

Сергей не ответил, лишь вцепился в сиденье и подлокотник, уберегаясь от неизбежных толчков. Он ни за что не сознался бы, но временами его начинало мутить.

Сержант невольно обернулся им вслед и даже потянулся было к рации... но потом махнул рукой и поднял жезл, останавливая очередную машину.

От Ольгина до Лисьего Носа «Тойота» долетела на едином дыхании. Но после виадука, взметнувшегося над железной дорогой, Аня вынуждена была опять снизить скорость. Курортный район, сплошные ограничения!.. Серёжа беспокойно заёрзал:

— Анютка, а побыстрее?.. Уедут... потом ветра в поле...

Аня, страдая, мельком глянула на него. Она знала, что впереди до самого Сестрорецка — везде шестьдесят. Дачно-санаторные посёлки смыкаются так, что указатели окончания одного и начала другого висят чуть не на одном и том же столбе. Да притом ещё воскресенье — кто за отпрысками на дачу, кто, наоборот, с дачи... И гаишников с радарами — за каждым кустом. Остановят — греха не оберёшься, уж всяко больше времени потеряешь...

Она начала постепенно наращивать скорость... и в это время между нею и Сергеем на приборной панели запищал телефон. «Антон!» — подумали оба. Аня поспешно ткнула зелёную кнопку:

— Алё!.. Слушаю!..

Индикатор сигнала стоял на вполне приличном делении, но телефон ответил жутким шумом и треском, заставившим вспомнить карту сотового охвата с её «лысыми» пятнами примерно в этих местах. На миг сквозь сплошные помехи вроде бы прорезался голос Антона... и связь прервалась. Аня тоже надавила отбой и стала ждать, чтобы звонок повторился. Однако маленькая «Нокия» хранила молчание. Сергей досадливо заворчал и, не спрашивая разрешения, набрал панаморевский номер. Трубка трижды пискнула — звонок не прошёл.

— Ань, останови на секунду...

Он сказал это так решительно, что Аня просто повиновалась. Мигнув указателем поворота, машина затормозила и остановилась на песчаной обочине. Сергей открыл свою дверцу, вылез наружу и заявил:

— Давай я за руль сяду. Хоть отвлекусь...

— А можно тебя на председательское место пускать? — усомнилась она. — Ты у нас не социально опасный?

Сергей уже сидел слева и, морщась, пристёгивал ремень безопасности.

— А вот сейчас и увидишь... Так сколько, говоришь, стоит у вас проезд на скоростном участке?

— Сергей, ты, вообще-то... — Аня не на шутку занервничала. — Мне ещё жить не надоело! Я в больницу не... Не смей! Кому говорят!..

Поздно: машина уже летела. Сергей одним движением бросил «Тойоту» во второй ряд. Удачно прицепился на хвост какому-то «БМВ», спрятался за ним, как за обширным щитом, и понесся вперёд, не зная помех.

«Тойота» для своих лет оказалась ещё ого-го...

— Сергей, ты что делаешь? — Аня горько жалела, что поддалась на уговоры и доверила ему руль. — Серёжка, ты хоть дистанцию побольше держи. Слышишь?

На спидометр лучше было вообще не смотреть. Какие шестьдесят, предписанные для населённого пункта!.. Стрелка давно перевалила за сотню...

«БМВ» вдруг резко вильнул и занял свободное место в первом ряду. Прямо перед Аней за лобовым стеклом возникла корма «каблучка», тормозившего на разворот...

— Серёжа!!! — закричала она.

Он только сморщился, когда от удара по тормозам ему в рёбра впился ремень. «Тойота» прыгнула вправо, вклинившись между старeньким «Москвичом», не спеша буксирующим прицеп с досками, и «Фордом», битком набитым чьими-то чадами и домочадцами...

14-4

«Каблучок» унёсся назад, оставшись пропускать нескончаемых встречных. Сергей тут же вильнул налево, и педаль газа упёрлась в пол. «Тойота» снова ринулась в бой... Через несколько секунд перед ними опять вальяжно покачивался полированный зад «Бомбы».

— Ну что ты творишь? — чуть не плакала Аня. — Серёжка, милый, я действительно ещё жить хочу...

— Так и живи, никто не мешает, — Сергей, к её изумлению, говорил совершенно спокойно. — Расслабься себе... отдыхай... Скажешь мне, где сворачивать, хорошо?

Вот тут Аня всё поняла. За рулём сидел мастер спорта международного класса. Пусть не гонщик, а жокей, но в чём разница? Та же борьба за каждую долю секунды, та же мгновенная реакция и трезвый расчёт... Сергей сейчас был таким, каким она видела его на дорожке. Собранным, хладнокровным, предельно сосредоточенным. Он очень хорошо знал, что делал. Уж получше неё...

Как ни странно, Аня успокоилась. Уселась поудобнее и стала молча смотреть на дорогу, летевшую под колёса.

Только в самом Сестрорецке Серёжа немного притормозил. Перед новым броском...

Фаульгабер прогуливался возле машины. В ветлазарет он заглянул ненадолго, да и то его внимание привлёк больше не конь, а обитавшая рядом пушистая серая кошка с котятами. «Потомственные крысоловы! — с гордостью пояснил дядя Коля. — На три выводка вперёд люди очередь занимают!» Теперь Семён стоял возле автомобиля и, подняв заляпанный грязью капот, проверял что-то внутри, заодно объясняя автомобильные тайны собравшейся вокруг него ребятне.

Панама сощурился от яркого солнца, неожиданно ударившего сквозь тучи:

— Ничего не сломалось? Поехали...

Двигатель, и не думавший ломаться, послушно завёлся.

— Давай сейчас к участковому, а потом в местное отделение, — распорядился Антон. — Да хорошо бы снова на милицейскую волну... Тут на днях, оказывается, за лесом новых русских спалили... — И Антон кратко пересказал услышанное от конюха.

Фаульгабер только присвистнул.

Машина, переваливаясь, поползла по дороге: в хозяйство вела грунтовка, проложенная ещё чуть ли не при финнах. Каждое лето её подсыпали песком, но дожди и многочисленные колёса исправно возвращали её к состоянию стиральной доски.

В салоне негромко зашуршала включённая рация...

Похоже, на «БМВ» стоял отличный антирадар. «Бомба» издали чуяла гаишные засады и заранее снижала скорость: никто так и не остановил ни её, ни ребят, ехавших на хвосте. Они благополучно миновали замысловатые дорожные развязки за Сестрорецком и выехали к большому путепроводу. Появился первый знак «Разрешено 110». Тут «БМВ» начал постепенно удаляться от старенькой «Тойоты».

— Ещё десять тысяч вёдер, и золотой ключик наш... — Сергей не отозвался на шутку, и Аня не выдержала: — Серый, ты поаккуратней смотри... Здесь тоже с радарами, бывает, стоят...

Сергей мельком взглянул на спидометр. Стрелка дрожала у отметки «140».

Аня поймала себя на том, что успокоилась совершенно. Вот выверты психики!.. Именно теперь, когда они бросились в решающую погоню и любой пустяк мог им очень дорого обойтись, её посетила неведомо откуда взявшаяся уверенность, что всё кончится хорошо. Сергей, что ли, заразил?.. Она достала из пачки сигарету. Закурила. Потом посмотрела в окошко на пролетающий мимо сосновый бор и даже потянулась к приёмнику, но передумала.

Встречные машины начали мигать дальним светом, предупреждая, что где-то впереди на шоссе стоят «консультанты».

Сергей благодарил, как будто честь отдавал.

«Тойота» катилась теперь ровно сто десять. После недавней бешеной гонки скорость не воспринималась: скажи километров шестьдесят—семьдесят — поверишь.

— Серёжа, а давай ментов спросим? Здесь-то коневоз точно должны были видеть...

Скоро впереди показалась сине-белая машина, стоявшая на обочине как раз за крутым поворотом: издали не разглядишь.

Сергей начал мягко притормаживать. «Тойота» проехала чуть-чуть за патрульный автомобиль и остановилась. Аня выскочила наружу.

— Простите, — обратилась она к серьёзному лейтенанту в кожаной куртке и с автоматом на плече. — Вы не видели, не проезжал тут большой чёрный «Паджеро» с прицепом-коневозом, серебристым таким? Номера шведские, а на прицепе сзади надпись: «Осторожно! Спортивные лошади!» по-английски...

Лейтенант пристально посмотрел на девушку и вдруг осведомился:

— А кто за рулём в вашей машине?

— Мой друг...

— Документики, будьте любезны.

— Товарищ лейтенант, мы спешим очень...

— Документики предъявите. — Голос лейтенанта неожиданно стал жёстким и требовательным.

Анино спокойствие улетучилось, как его и не бывало; инспектора захотелось немедленно придушить. Однако плетью обуха не перешибёшь, и потом, у гаишника была своя, очень даже понятная логика. Ответишь вот так на невинный вроде вопрос, а потом в новостях: «Тела двоих иностранных граждан, подвергшихся...»

— Сейчас, — буркнула Аня и со всех ног побежала обратно к машине.

Серёжа, сгорбившись над рулём, растирал пальцами лоб и виски.

— Ну что? — спросил он. — Узнала?

— Права давай. Они тут пока сами про нас всю подноготную не узнают...

Она хотела добавить: «молчать будут как партизаны», но лейтенант подошёл следом, и пришлось промолчать. А он закинул подальше за спину автомат и козырнул сквозь стекло:

— Товарищ водитель, ваши права, пожалуйста.

Серёжа полез в задний карман, где у него лежал бумажник с документами, и, не выдержав, сморщился. Пока сидел более-менее в одной позе, было ещё ничего, но двигаться... Всё-таки он справился:

— Вот, пожалуйста...

Лейтенант долго и придирчиво изучал его документы. Затем протянул их почему-то Ане и, пристально посмотрев ей в глаза, неожиданно спросил:

— А зачем вам шведский автомобиль?

— Понимаете... — Не растерявшись, Аня достала из сумочки бэйдж и протянула лейтенанту: — Я из оргкомитета соревнований. Слышали, может быть, — «Серебряная подкова»?.. Эти участники уехали несколько раньше времени, и мне обязательно надо кое-что им передать... Оргкомитет был бы очень признателен, если бы вы...

Лейтенант покрутил в руке пластиковую визитку, сверил реальную Аню с фотографией на бэйдже... Знаем-знаем, мол, какие «оргкомитеты» бывают... Однако уважительного повода для отказа всё-таки не нашлось, и, возвращая карточку, гаишник очень неохотно ответил:

— Минут двадцать пять — тридцать назад проезжал здесь похожий автомобиль. И скорость держал приличную. Вряд ли вы его догоните. Поэтому не советую и пытаться...

«А засунь ты свои советы, — подумала Аня. — Лучше бы мурыжил поменьше...» Но вслух сказала:

— Спасибо!

И хлопнула дверцей автомобиля.

— Смотрите, не нарушайте, — прищурился лейтенант. — А то ломанётесь сейчас...

Но ребята окончания его поучений не слышали. «Тойота» уже набрала скорость.

Лейтенант не спеша вернулся к своей машине и взял у напарника из рук микрофон бортовой рации. В эфир полетело предупреждение:

— Вниманию всех на трассе. «Тойота Королла», красного цвета, государственный номер...

Когда мимо на сугубо разрешённой скорости проехал «Мерседес-280» цвета мокрый асфальт, лейтенант не обратил на него никакого внимания.

Стрелка на спидометре «Тойоты» быстро переползла отметку «110»...


Кратенько «заглянуть» в местное отделение милиции Антону не удалось: в итоге он проторчал там гораздо дольше, чем предполагал. Появившись наконец из дверей, он обеспокоенно посмотрел на часы:

— Семён, как думаешь? В город к четырём успеваем?

Фаульгабер тоже посмотрел на часы и что-то прикинул.

— К четырём? Вряд ли... К половине пятого, да и то...

«Собираясь делать ремонт, запланированное время и деньги помножай сразу на „пи"...» — вспомнил Антон старую истину, и глубоко внутри нехорошо шевельнулось чувство безнадёжного опоздания. Хотя на самом деле реально они ещё никуда не опаздывали.

— Заводись, — скомандовал он.

Подошла Любаша. Она успела купить пакетик крыжовника у бабок, прятавшихся от дождя под навесом напротив местного универмага, закрытого по случаю воскресенья. И теперь с удовольствием ела крупные краснобокие ягоды. Крыжовник был ещё кисловат, но, если не ел его с прошлого лета, всё равно кажется, будто ничего вкусней не бывает. Антон поневоле вспомнил про «годик», неизвестно когда обещанный ей докторами, и не удержался от мысли, что сегодняшний крыжовник мог оказаться для неё самым последним. Она же забралась в машину и протянула кулёчек мужчинам:

— Ребята, налетайте...

Семён кинул в рот несколько ягод и жизнерадостно скривился:

— Вырви глаз!

Панама смачно хрустнул жёсткой кожицей и пришёл к выводу, что не избалованный солнышком куст взял от короткого здешнего лета что только мог.

— Кла-а-сс! — вполне искренне похвалил он крыжовник.

— Правда, Антон? И мне нравится. Бери ещё...

Машина одолела недлинную «стиральную доску» и, не засев ни в одной луже, вырулила на асфальт. Рация была по-прежнему включена и вполголоса бормотала, выдавая нечто не относившееся к делу: на Выборгской трассе кто-то съехал в кювет, кто-то забыл дома права, кто-то нахально «не заметил» требование остановиться...

— Антон, тебе Аня с Серёжей звонили, — сказала Любаша. — Про Москву спрашивали...

— Так. — Панама стал очень серьёзен и потянулся к трубке. Но руку донести не успел. Тихо шуршавшая рация неожиданно заговорила ясно и внятно:

— Внимание! Нападение на автомашину «Мицубиси Паджеро», принадлежащую гражданину Швеции...

Панаму будто толкнуло:

— Семён, сделай погромче!..

Фаульгабер молча крутанул ручку.

— Нападавшие, мужчина и женщина, преследовавшие гражданина Швеции на автомобиле «Тойота Королла» красного цвета, задержаны. Свидетели нападения — водитель и пассажир автомобиля «Мерседес-Бенц двести восемьдесят», госномер...

Панама ощутил, как материализуется и обретает значение чувство опоздания и безотчётной тревоги, владевшее им последние часа полтора.

— Мамочки, — ахнула на заднем сиденье Любаша.

А рация продолжала:

— Гражданину Швеции принесены извинения. Задержанные отправлены в РУВД. В связи с задержанием и доставкой правонарушителей вынужден временно прекратить патрулирование трассы...

— Сеня, разворачивай! — Антон почти сорвался на крик. — Давай срочно в это РУВД...

— Так Выборг же, — удивился Фаульгабер.

— Значит, в Выборг!

В этот момент рация заговорила совсем другим голосом:

— Семнадцатый, ты чё, с дуба рухнул? Чего ради в РУВД тащить? Час туда, час обратно, да ещё там часа полтора на протоколы и всё прочее... Кто вместо тебя работать будет? Сдай в ближайшее — и делу конец! Понял?

— Понял, седьмой, — коротко ответил семнадцатый. Видимо, седьмой был начальником. — Конец связи...

— Ну вот, — прокомментировал Фаульгабер. — А ты — в Выборг... Никогда не спеши выполнять приказ, не то бросишься — а его тут и отменят... Золотое правило! А чего, кстати, ты-то переполошился? Знакомые, что ли?

— Да я ж по их делу и работаю! — Панама в сердцах стукнул себя кулаком по колену. — Ну, идиоты...

Семён понимающе кивнул.

— Да уж... влипли пельмени...

Машина развернулась и помчалась по трассе.

— Слушай, семнадцатый! — сказал в рацию Фаульгабер. — Будь другом, ты этих задержанных... не очень кантуй. Куда, кстати, везёшь?

В эфире помолчали. Потом на хорошем русском языке посоветовали не лезть не в своё дело и вообще не замусоривать канал. Антон Григорьевич схватил микрофон и назвался. Не подействовало. А с какой стати должно было подействовать? Всякие бандиты

427

будут подсоединяться к милицейской волне, щеголять липовыми званиями и требовать информацию. А ху-ху не хо-хо?..

Фаульгабер забрал у Антона микрофон и щёлкнул маленьким тумблером:

— Иван Анатольич! Извини за беспокойство, не выручишь?..

— Что случилось, Сеня? — почти сразу отозвался далёкий голос майора. — А-а, эти... Сейчас разузнаем...

Панама швырнул в окно только что закуренную сигарету.

— Вот ведь черти, — пробормотал он сквозь зубы. — Ни фига у молодых масла в башке нет. Влепят же дуракам на полную катушку. Хорошо если только шею намылят... Ну, Серёга... Я на месте ментов тамошних такую бы ему яичницу... Рэкетир хренов!..

Сидевшая сзади Любаша ухватилась за спинку его сиденья:

— Так вот почему Анина трубка не отвечала...

— Терпеть ненавижу, — буркнул Фаульгабер. И откинулся за рулём, утвердив на баранке прямые напряжённые руки. Пятна ожогов на кистях из багровых сделались белыми. Если бы у «Жигуля» были крылья, он бы оторвался от асфальта и полетел...


...Злополучный коневоз Сергей увидел издалека. Неожиданно прорвавшийся из-за густых облаков лучик яркого света чиркнул по шоссе, прямому на этом перегоне почти до линии горизонта. Солнечный зайчик от серебристо-блестящей обшивки прицепа ударил в лобовое стекло «Тойоты».

— Ань, вон они!

Машины, ехавшие в правом ряду, ещё стремительнее поплыли назад...

Джип с коневозом шёл со скоростью километров восемьдесят—девяносто. И, конечно, собрал за собой целую колонну машин, которые либо не хотели двигаться быстрее, либо не могли. Вот он, увозящий Заказа прицеп... Он катится быстро, но без суеты, его подвеска работает идеально, практически не беспокоя толчками ценного пассажира...

— Куда несёшься? — Аня с трудом сдерживала снова заколотившую её нервную дрожь. — Догнали же!

Сергей вздохнул, снизил скорость и аккуратно перестроился в правый ряд. Теперь коневоз возглавлял, а «Тойота» замыкала стихийно сложившуюся колонну. Проехав так с полкилометра, Сергей опять стал заводиться:

— И что мы, так и будем до самой Швеции за ним пилить? Пока твой следак ценные доказательства собирает?..

— Серёжка, мы с тобой ему обещали!.. Догнать и на связь выйти, если вдруг что! Так?

— Ну...

— Значит, будем смотреть. Ничего криминального пока не происходит. Времени ещё...

Прошло минут десять. Всего десять. Но на скорости под девяносто — это пятнадцать километров. На пятнадцать километров ближе к границе...

— Сколько тут до границы? — спросил Серёжа.

Анна извернулась на сиденье, ловя взглядом мелькнувший верстовой столбик:

— До Выборга — сорок два... а там за чертой города почти сразу первый погранпост... Дальше нас не пустят. Ни пропусков, ни загранпаспортов...

— То есть, если он свои данные не получит, им проскочить этот пост — и «мама, не горюй»? И куку? И конь, значит, спокойненько уплывает?..

— Ну, — страдая, ответила Аня, — похоже, что так...

Она снова принялась нажимать кнопочки телефона. На сей раз звонок благополучно произошёл, но вместо знакомого панаморевского голоса в «Тойоте» зазвучал густой бас:

— Слушаю! Фаульгабер!..

Аня решила, что набрала не тот номер.

— А... Антона Григорьевича можно? — всё-таки спросила она.

— Анька? Ты?.. — совершенно неожиданно закричала из трубки Любаша. — Его нету, он с милиционерами в отделении разговаривает...

Аня не успела даже удивиться, каким образом её подруга оказалась в машине с Антоном и обладателем грозного баса.

— Любашенька, — вмешался Сергей, — ты случайно не слышала, он важного звонка откуда-нибудь не получал?..

Люба проявила осведомлённость:

— Это из Москвы, что ли? Из лаборатории? Он сам туда недавно звонил. Сказали, окончательное не готово ещё...

Сергей зарычал сквозь зубы и выключил телефон.

В это время впереди показалась машина дорожно-постовой службы, стоявшая на противоположной обочине. Два милых, симпатичных парня, одетых в милицейскую форму, весело болтали с девицами из остановленной ими крошечной иномарки. Парней занимали не водительские документы и не техпаспорт машины: прекрасные собеседницы были куда интересней скучных бумажек. Патрульный «Форд Эскорт», увешанный мигалками и прочей соответствующей атрибутикой, мирно соседствовал с очаровательным дамским автомобильчиком. Столь же полная гармония наблюдалась и между стражами дорожного порядка и его нарушительницами...

— Ань... — осенило Сергея. — Держись!!!

Ответить девушка не успела. Сергей резко выкрутил руль: машина прыгнула из правого ряда в левый, мотор яростно взревел, и «Тойота» бешено понеслась вперёд.

— Серёж, ты что? — ахнула Аня. — Ведь гаишники...

— И хорошо, — проборомотал он, не отрывая глаз от дороги, — и хорошо...

Остановить джип минут хотя бы на двадцать, а повезёт — на полчасика. А там, глядишь, и Антон...

Машина с вызывающим рёвом пронеслась мимо милиционеров. Тем, чтобы выйти из лёгкого остолбенения, понадобились секунды:

— Смотри, это же та самая... «Тойота», красненькая... Которую по рации... «Обратить внимание...»

— Точно. Он что? Сдурел? А ну, поехали!

Пока они обегали свой «Форд», пока заводили, пока, включив мигалки и все бортовые огни, разворачивались в сплошном потоке машин, кавалькада успела уйти достаточно далеко. Тем не менее гаишники видели всё. Трасса была перед ними как на ладони. На глазах у них «Тойота» догнала джип и, круто подрезав, вынудила затормозить. Подставляя свой правый борт, вытеснила «Паджеро» с дороги — и наконец остановилась, замерев поперёк широкой обочины перед его носом...

Патрульные видели, как из «Тойоты» выскочил невысокий парень, как, подбежав к водительской двери джипа, распахнул её и потащил наружу сидевшего за рулём человека...

Когда «Форд» уже развернулся и, сверкая как новогодняя ёлка, под возмущённый вой сирены помчался по трассе, у суетящихся, дерущихся возле джипа людей остановился «Мерседес» цвета мокрый асфальт. Оттуда выскочили двое и бросились разнимать...

— Ну ни фига ж себе, — начисто забыв о девицах, восхитился один из инспекторов. — Во братва даёт! Разборки средь бела дня, и даже на нас ноль внимания...

— Будет им разборка, — сухо бросил другой...

...Когда Серёжа подбежал к джипу, водитель — румяный молодой швед, ни слова не смысливший по-русски, — сам распахнул дверь: «What's wrong? What's happening?..»[1] Серёжа воспользовался открытой дверцей, чтобы заглянуть внутрь джипа и увидеть самое главное — *в машине никого не было!* Только водитель. Один!.. Ни очкарика Нильхедена, ни Бенгта Йоханссона, ни даже девушки-грума...

---

[1] Что не так? Что происходит?.. *(англ.)*

Вот тут Сергей понял всё. Коневоз, весело катившийся за джипом к финской границе, был скорее всего пуст.

— Где конь? — заорал он на шведа. — Куда коня дели, сволочи?..

Ничего не понимающий скандинав только хлопал ресницами:

— I don't understand...[1]

Сергей сгрёб водителя за руку и потащил из машины.

— Открой коневоз!.. Немедленно!.. — И наконец-то вспомнил английский: — Where is the horse?..[2]

Возмущённый швед что-то гортанно ответил, выдернул руку и отпихнул сумасшедшего русского прочь. Серёжа отлетел метра на три, но не упал. Бегом бросился за корму коневоза и схватил защёлку, стараясь открыть трап. Швед устремился на защиту вверенного ему хозяйства. Схватил лёгкого — пятьдесят кило вместе с ботинками — жокея в охапку и просто оторвал от земли.

— Гад, прицеп открой, — отбивался Сергей. — Куда Заказа дели?!. Воры...

Подоспевшая Аня попыталась разнять их, что-то сбивчиво объясняя шведу по-английски и одновременно урезонивая Сергея:

— Что ты делаешь, прекрати...

— Ты не поняла? — кричал Серёжа в отчаянии. — Коневоз пустой!.. Там нет лошадей!.. Нету Заказа!.. Понимаешь? Нету!!!

Двести восьмидесятый «Мерс» подкатил прямо к дерущимся. Амбал Плечо на секунду замешкался за рулём, выдёргивая ключи из замка. Игорёшка-Сморчок первым дёрнулся наружу. На ходу подхватив что-то из коробочки возле рычага скоростей...

...В три шага оказался подле Сергея и что было силы сунул ему кулаком в печень, в правое подреберье. Туда, где зверски болело ещё со вчерашнего вечера...

---

[1] Не понимаю *(англ.)*.
[2] Где лошадь?.. *(англ.)*

Сергей вскрикнул в голос и судорожно дёрнулся. Шведский водитель испуганно выпустил его, и он, не устояв, осел на колени...

И в этот момент за ними остановился патрульный «Форд Эскорт».

— Стоять! Всем стоять!.. — С автоматом наперевес рванул из машины молоденький симпатичный сержант.

Серёжа попытался выпрямиться и не смог. Аня кинулась к нему, обхватила... Если бы не она, он бы, наверное, вовсе скорчился на песке.

— Стоять, я сказал! — громче прежнего рявкнул сержант.

— Вы что, не видите? — закричала Аня в ответ. — Они его...

— Кто дёрнется — стрелять буду! — неумолимо повёл «калашниковым» сержант.

Второй милиционер тоже выскочил из машины и, схватив автомат, звонко передёрнул затвор...

Швед при виде оружия первым дисциплинированно вскинул руки и, вежливо улыбаясь полисменам, тем временем про себя зарекался когда-либо ещё сюда приезжать. Рассказывали ему всякие ужасы про Россию и русских, так ведь не верил. Пока сам не увидел...

Пассажиры «Мерса» стояли чуть в стороне. Стояли спокойно — не в первый раз! — и, широко разведя локти, демонстрировали милиционерам открытые ладони. Мол, смотрите, пожалуйста! А вот и ничегошеньки у нас нет!..

Сергей так и стоял на коленях, прижав руки к правой стороне живота. Какое там подняться — он в кровь кусал губы, силясь хотя бы вздохнуть.

— Встать! — двинулся к нему сержант.

— Не тронь!.. — яростно закричала Аня и заслонила Сергея собой.

— Встать, я сказал!

Аня сдёрнула с пояса телефон, захваченный из машины... Для сержанта это явилось последней каплей, переполнившей чашу терпения. Оборзели, мать их, вконец!.. Мало того, что приказов не слушают, так они ещё по сотовым телефонам будут названивать?!. Носок тяжёлого ботинка ушиб Ане запястье и выбил «Нокию» из руки... Аппаратик упал наземь, и рифлёная подошва расплющила его об утрамбованный гравий:

— Стоять, я сказал!!!

...Антон не вошёл — влетел в отделение. У окошка дежурной части выхватил из кармана служебное удостоверение и командировку и сунул под нос юному младшему лейтенанту:

— Следователь по особо важным делам Панаморев! Через стекло был виден зарешёченный «обезьянник» в дальнем углу. Внутри находился Сергей, и Антон в первый миг его не узнал. С лица жокея необъяснимо пропал густой южный загар, оно было не просто бледным, а натурально бескровным, лишь глаза горели как угли. Анна ёрзала на краешке стула и, поминутно оглядываясь на Сергея, пыталась что-то доказать милиционеру, сидевшему за столом с ручкой в руках...

— Разреши к вам войти, — Панама кивнул в сторону арестантов. — Я по делу этих вот...

Лейтенант тщательно изучил документы.

— Ни фига себе, — сказал он затем. — Только привезли и уже следователь! Это, значит, про вас нам звонили? Мы ещё и протоколов-то... Сейчас бумаги оформим, подождите немножко...

Должно быть, важняки нечасто навещали захолустное отделение, видевшее в основном дорожных нарушителей да посёлковых буянов.

— Это ты подожди, — Антон тщательно скрывал нетерпение. — Что по поводу ребят думаете?

— Пока думаем задержать суток на трое, для выяснения. А там видно будет...

— Так я пройду, — Панама не просил и не спрашивал, он как бы лишь для проформы обращался к лейтенанту за разрешением.

— Ну, если хотите...

Аня наконец различила голос Антона. Обернулась, не поверила собственным глазам и расплакалась:

— Антон! Антон Григорьевич, миленький...

Сергей тоже поднял голову. Антону вдруг померещилось, что парень смотрел на него и не видел. Взгляд у Сергея был каким-то не таким. Лихорадочно блестевшие глаза казались странными. Пустыми и отсутствующими...

Панама вскинул руку — сейчас, ребята, потерпите секунду!.. — и, без дальнейших разговоров распахнув дверь, появился на пороге дежурной части:

— Всем привет!

Сидевшие в комнате милиционеры удивлённо оглянулись навстречу вошедшему. Старшина, сидевший за столом против Ани, приподнялся на стуле и хотел было спросить: «Товарищ, вам что?» — но не спросил. Антон Григорьевич Панаморев был следователем-важняком, и в данный момент это чувствовалось за пять метров.

— Следователь приехал. Говорит, что по делу этих вот «рэкетиров»... — Младший лейтенант ткнул пальцем в сторону Сергея.

— Антон Григорьевич, мы... — Аня не поспевала вытирать отчаянно бегущие слёзы. — Мы...

— «Мы», — передразнил старшина. — Поздно, голубушка, слёзки лить. Москва слезам не верит! Годика на три вы себе, пожалуй, уже намотали. Разбойное нападение на иностранного гражданина... Сопротивление при...

— Стоп, стоп, стоп! — Антон поднял обе ладони, успокаивая страсти, и взглядом приказал открывшей рот Ане: «Молчи!» — Мужики, тут всё не так просто. Давайте не будем горячку пороть...

— А никто и не порет. — Старшина с достоинством кивнул на листок, который перед тем заполнял. — Есть правонарушение, есть протокол... Опять же свидетели... У нас всё чин по чину!

— Кстати, о свидетелях, — усмехнулся Панама. — У «Мерина», пардон, номер какой?

И назвал номер. Старшина покосился в бумаги...

— А хотите, — продолжал Антон, — я вам фамилии этих свидетелей назову? А также кликухи?

В комнате повисло молчание. Даже Аня сделала усилие и перестала всхлипывать, только слышно было, как тяжело и хрипловато дышал за решёткой Сергей. Было похоже, парень временами сдерживал стон. Панаме вновь показалось, будто он куда-то безнадёжно опаздывает, будто из рук уплывает нечто неудержимое и неосязаемое, как само время... Делать нечего — он не мог приказать этим людям, мог только уговорить. Он подхватил за спинку свободный стул, уселся на него верхом и начал рассказывать.

Говорил он долго. Объяснил про Сергея. Кто он, что он и откуда: «Вы хоть представляете, что такое мастер-жокей международного класса? Их на всю страну единицы...» Рассказал о том, как в далёком отсюда Сайске («Это где вообще?» — спросил старшина) украли с ипподрома призового жеребца и увезли в Питер. О том, как благодаря уникальной случайности увидел Заказа приехавший туда же Сергей: «А у этого коня кровь... Таких генов в России больше ни у кого... Его за границу — это покруче, чем когда немцы „Янтарную комнату" уволокли...»

О том, что любой здравомыслящий, не забывший слова «патриотизм» человек Сергея поймёт и что не карать парня надо, а чуть ли не к медали представить. Он ведь не шведа ограбить решил, а ценность государственную пытался спасти. Которую при пособничестве тех самых «свидетелей»...

Пока он говорил, все в дежурной части молчали. Лишь старшина хмыкал в седеющие усы и скептически почёсывал шею. Он столько раз видел, как чёрное выдавалось за белое, что не верил уже ничему. Правда, то, что заезжий важняк не грозил и не размахивал ксивами, а *убеждал*, помимо воли располагало в его пользу. Тем не менее, когда Панама закончил, старшина прокашлялся и первым подал голос:

— Но ведь правонарушение было?

— А я разве говорю — не было? — удивился Антон. — Я вас только прошу с его точки зрения на всё посмотреть. Вот вы, товарищ старшина, ему в батьки годитесь. Представьте: вы спортсмен, темперамент у вас... как у жгучего перца. И тут родного коня... Вы в двадцать лет на рожон не полезли бы?.. Слушайте, мужики, давайте по-людски разберёмся!.. Ему, — Антон указал на сидящего за решёткой Серёжу, — от тех же двоих вчера так досталось... Я лично свидетелем был...

Милиционеры невольно оглянулись на арестанта. Серёжа сидел белее мела. Так белеть с одного удара — пусть даже тренированным кулаком и даже по печени — крепкому малому вроде не полагается.

— Похоже, ещё и сегодня добавили. — Антон вопросительно глянул на девушку. — Так, Аня?..

Она закивала и опять всхлипнула:

— Вы бы видели, как этот его в рёбра двинул... С тех пор разогнуться не может... Ему к врачу надо бы...

— Не надо мне никуда, — первый раз за всё время открыл рот Сергей. — Они... коневоз...

В дежурную часть ни слова не говоря вошёл Фаульгабер. В комнате сразу сделалось тесно.

— А это ещё кто? — неприветливо спросил старшина. Дело всё-таки начало пахнуть неприкрытым вторжением, и это ему не нравилось.

— Конь в пальто, — в тон ему ответил Фаульгабер и вытащил удостоверение. На нём красовалась короткая и серьёзная — серьёзнее не бывает — аббревиатура. — Мужики, кончайте базар! Самим-то не тошно? Нашли, понимаешь, бандитов... Вам человеческим языком объяснили? Объяснили. И хватит кота за яйца тянуть! Малого, может, действительно доктору бы показать... Что, сами не видите?

По ту сторону стекла металась взволнованная Любаша.

— Так протокол ведь... — начал было младший лейтенант.

— А ты, парень, не знаешь, куда с ним сходить? Давай покажу, — Фаульгабер всем корпусом повернулся к юному офицеру и навис, точно глыба, маленькие голубые глаза опасно блеснули. — Дай-ка мне его... вмиг оформлю...

Старшина не выдержал и улыбнулся.

— Слышь, лейтенант, — сказал он, — а у нас, я смотрю, что, всех бумаг — один протокол? Для возбуждения уголовного дела маловато будет. Заявления-то от потерпевшего нет? Уехал подобру-поздорову? Да и свидетели... хитрые больно... В общем, вот что! Как вас, Антон...

— Григорьевич.

— Антон Григорьевич, давай так: мы их на ночку задержим, ну, а там административное нарисуем и делу конец. Лады?

— Какую ночку? — Семён живо пересёк комнату и навис уже над старшиной. — Какое административное?.. Ты чё, брат?.. С ребятишками воевать взялся?..

Он не мигая смотрел милиционеру прямо в глаза, и у того вдруг неудержимо зачесался слева под кителем шрам, полученный пятнадцать лет назад в весьма далёких отсюда горах, вспомнился холод ночных камней и кореш Ваня, тогда ещё не майор, и стало полностью ясно, какой это несусветный идиотизм — мордовать парня и девушку, пытавшихся, пусть неуклюже и неумело, но воевать за то же самое, за что и они с Ваней когда-то...

— Не надо нас на ночку... — дрожащими губами выговорила Аня. И... неконтролируемо разревелась.

— Ну вот. Девочку обидел. — Фаульгабер пригвоздил старшину презрительным взглядом («Был когда-то человек, а теперь... бумажной душонкой стал...») и отвернулся. — Терпеть ненавижу. Кончайте мороку, мужики. А? — Никто ему не ответил, и он зарычал, оправдывая фамилию: — Alle Sheiße ohn Urin!..[1]

---

[1] Всё — дерьмо, кроме мочи!.. *(нем. брань)*

В дежурную часть заглянул сыскарь из уголовного розыска.

— Это опять вы? — кивнул он Панаме. — А я слышу — страсти кипят, дай, думаю, загляну!.. Ну чего? Разобрались с нашим конём?

— С каким ещё нашим? — удивлённо посмотрел на Панаму лейтенант.

— Да конь у нас на днях объявился, — пояснил сыщик. — В хозяйстве у Николая Николаевича.

Директора бывшего совхоза в отделении знали.

— А-а, конь! Это приблудился который? — Старшина оказался в курсе дела.

Лейтенант заинтересовался. Подошёл к сейфу, порылся внутри... Достал папочку, раскрыл и стал внимательно читать.

И тут Антона посетило наитие:

— Серёжка! А ну, скажи приметы коня?

Арестант медленно поднял глаза.

— Какие приметы? Нет у него примет... — Серёжа, для которого голоса по ту сторону решётки всё более сливались в сплошной гул, ничтоже сумняшеся начал говорить про Заказа. — Чисто гнедой, без единого белого пятнышка. Рост сто шестьдесят семь сантиметров... Всё, какие вам ещё... Нет больше...

Младший лейтенант, державший в руках тощую папочку с заявлением о найденной лошади, искренне удивился:

— Значит, вы эту лошадь видели? Где?

— Где, где... — Вопрос показался Сергею до предела дурацким, и остатки боевого духа вспыхнули порохом: — В Караганде!.. В Сайске, естественно...

Глаза изумлённого милиционера совсем округлились:

— А как же она к нам-то сюда?..

Панама перехватил инициативу:

— Так в лесу конь заблудился. Помнишь, как в песне: «он шёл на Одессу, а вышел к Херсону»... За этим вот гнедым пацан на своей «Тойоте» и гнался. И, выходит, догнал...

Сергей зло посмотрел на него, собираясь решительно возражать. Открыл рот... но тут взгляд у него остановился, он начал клониться вперёд и в конце концов завалился с табуретки на пол...

— Серёжка!.. — Аня мгновенно слетела со стула и кинулась трясти решётку. — Серёжка!!!

До ближайшей больницы, расположенной в посёлке Победное, было километров тридцать. Панама сидел впереди — рядом с Семёном. На заднем сиденье мрачно нахохлился Сергей. Из отделения милиции он вышел сам и по-прежнему полагал, что ни к какому врачу ему ехать не следует. Любаша притулилась в уголке, стараясь держаться от него как можно дальше. Он так и не позволил ей осмотреть больной бок, обозвал ветеринаром[1] и заявил, что не собирается «потом» доказывать, что не верблюд — когда она его по забывчивости кастрирует. Любаша, против обыкновения, не обижалась. Она понимала: Сергей винил себя в том, что Заказа всё-таки упустили, и на всём серьёзе готов был сунуть голову в петлю. Пусть уж лучше покричит, поругается... Может, станет полегче...

Он вообще порывался отбыть с Аней на «Тойоте», но Антон Григорьевич, что называется, употребил власть:

— Поедешь со мной. И для начала — к врачу!

Сергей взъерепенился было, но тут его снова согнуло, и Фаульгабер без дальнейших разговоров просто подхватил жокея и бережно, как котёнка, перенёс на широкое заднее сиденье, а Любаша по секрету от пациента сообщила Антону:

— Ой, не нравится он мне... Бледный такой, и пульс, по-моему, скверный... Я, конечно, не человеческий врач, но... либо сердечный приступ, либо очень сильный шок... Возможно, болевой... Или даже внутреннее... — Но, не докончив, сама себя перебила: — Да нет, вряд ли... с чего бы...

---

[1] Это наименование «лошадиные доктора» считают для себя очень обидным, ассоциируя его с «коновалом».

...Впереди показалась издалека заметная стрелка направо: «ПОБЕДНОЕ 18 км». И знак, указывающий на близость больницы.

— Ну вот, потерпите ещё пятнадцать минут! — подал голос Семён.

— Где там конкретно больница-то, знаешь? — забеспокоился Панаморев.

— А то...

Машина свернула и, описав петлю, взлетела на эстакаду, выстроенную над трассой. «Тойота», за рулём которой сидела Анна, метнулась следом за «Жигулём»...

Стоило свернуть с «европейского» автобана, как дорога сразу стала значительно хуже. Колёса забарабанили по неровностям стопроцентно расейского покрытия, и Фаульгабер вынужден был притормозить.

Сергей, не выдержав, застонал сквозь зубы. Потом спросил:

— Куда едем?..

Сознание у него «плавало».

— В больницу, Серёженька, — тихо ответила Люба. — Потерпи, минутка осталась.

Сергей облизнул искусанные губы:

— Не надо в больницу... Сказал же, само пройдёт...

Фаульгабер сосредоточенно объезжал рытвины. Антон оглянулся на Любашу. Она чуть заметно покачала головой и продолжала:

— Надо, Серёжа. Там посмотрят. Рентген сделают... Быстренько отпустят — и поедем домой...

— А с Заказом что?

Вопрос повис в воздухе. Панама молча посмотрел на часы. Шестнадцать тридцать пять. Очень может быть, в кабинете на Исаакиевской деловито стрекочущий факс как раз выдавал окончательный отчёт из лаборатории иммуногенетики, но, не заговори об этом Сергей, Антон вспомнил бы вряд ли. Господи, и он-то считал себя хладнокровным профессионалом, которого никакие эмоции не отвлекут от поставленной цели!..

Панама трезво подумал о том, что, коли шведские денники в «Юбилейном» стояли пустые, а коневоз катился порожним, границу перекрывать почти наверняка было поздно. Похитители Заказа явно подстраховались и увезли коня раньше. С кем?

Аня говорила ему, что финны сегодня отпрыгали и выбыли из соревнований раньше других...

Антон хорошо знал это чувство догадки, которая скорее всего окажется правильной. Он торопливо схватил мобильный телефон и набрал номер прокуратуры.

— Для вас пока ничего нет, — ответил дежурный. — Хорошо, как что будет, сразу перезвоню...

Дорога снова стала ровнее, и Фаульгабер прибавил скорость. Из сплошной завесы дождя выскакивали встречные автомобили. Глянцево вспыхивали в лучах фар — и пропадали в серой пелене за кормой.

Панама покосился на Сергея, перехватил его напряжённый взгляд и решительно набрал номер Плещеева:

— Сергей Петрович? Да, я... Нет, потом всё расскажу... Можно ли срочно выйти на пограничников? Чтобы очень внимательно отсматривали все коневозы... Да, на тот самый предмет... Особенно один финский... Могут сопровождать шведы: Нильхеден, Йоханссон, Даль... нет, номеров, к сожалению, не записал...

— Не клади трубку, — ответил Плещеев.

Антон замолчал и стал ждать, чувствуя, как колотится сердце: «Опоздал... опоздал...» Какого хрена он не позвонил куда надо прямо из денника, где Любаша осматривала гнедого?!. Чего побоялся, чего ждал?.. Господи...

Он снова покосился на Сергея и с некоторым облегчением увидел, что по крайней мере хоть тот вроде стал оживать. Руку от бока парень по-прежнему не отрывал, но чуть-чуть выпрямился. Даже сумел потихонечку развернуться и помахать Ане рукой сквозь заднее стекло...

«Тойота» немедленно ответила ему дальним светом. Сергей улыбнулся, и Антону показалось, что его глаза начали проясняться.

— Ничего, ребята, — выговорил жокей, — похуже бывало...

— Антон? — раздался возле уха Панамы голос Плещеева. — Знаешь, вынужден тебя огорчить. В Торфяном сказали, что финны уже часа два как на своей территории. С ними выехала и вся компания, которую ты перечислил. Плюс кобыла Слипонз Фари и гнедой жеребец Сирокко...

Панама ощутил, как прокатывается по всему телу, от затылка до пяток, очень хорошо знакомая, холодная и жуткая дрожь. Точно такая, как в день, когда он держал в руках газету со статьёй, называвшейся «Разбойник в прокурорских погонах», и было ясно как Божий день, что его уже ничто не спасёт. И вот теперь... Снова...

Хотя нет. Не снова. Тот день длился для него посейчас.

Он вдруг начал соображать очень быстро. *За сколько времени можно пересечь Финляндию на автомобиле? Если очень спешить?..*

— Сергей Петрович, — спокойно ответил он в трубку, — ты вот что скажи погранцам: если эта публика вдруг объявится, пусть делают что угодно, но *в Швецию с конём попасть они не должны...*

— Тебя что там, много ушей слушает? — немедленно сообразил Плещеев.

— Да.

— Если я тебя правильно понял, надо попытаться придержать коня хотя бы в Финляндии? Потому что с финнами соглашение есть?

— Да.

— А ты представляешь себе, какие для этого...

— Да! Под мою ответственность!..

Это Антон Григорьевич почти прокричал.

— Хорошо, — сдался Плещеев. — Звоню в Большой дом...

Панама нажал отбой и подмигнул Сергею:

— Процесс пошёл. Граница на крепком замке...

Правдиво пересказать парню услышанное от Плещеева было почему-то решительно невозможно. Антон сам не понимал почему. Просто невозможно — и всё.

Сергей снова улыбнулся и успокоенно откинулся на спинку сиденья...


Фаульгаберу в самом деле не нужна была карта: машина навылет промчалась через посёлок, застроенный безликими пятиэтажками, свернула налево и метров через двести юркнула в проезд, под высоченные сосны, чтобы наконец-то остановиться против входа в больницу. Следом тормознула «Тойота».

Сергей сам открыл дверцу и выбрался вон. Подбежавшая Аня хотела взять его под руку, но он возмутился:

— Нашли умирающего... дойду!

В небольшом холле больницы пахло сосисками. Девушка-продавщица, торговавшая в аптечном киоске, расстелила на прилавке газетку и с аппетитом подкреплялась. Дверь приёмного покоя оказалась наглухо заперта.

— Подождите, — сказал сидевший в кресле охранник. — Сейчас сестра подойдёт.

Сергей тяжело опустился на стул возле окна. Вид у него был страшно усталый. Сколько он ни храбрился, но всему есть предел. Аня села рядом, обняла за плечи...

— А позвать бы кого? — поинтересовался Панама.

Охранник и продавщица посмотрели на него и ничего не ответили. Подразумевалось, наверное, что вызов врачей в их обязанности не входил. Антон ощутил, что начинает звереть, но в это время подошёл задержавшийся на улице Фаульгабер. Живо оценил ситуацию — и громыхнул в пустоту коридора ужасающим басом:

— Есть кто живой?..

444

Охранник вскочил было и даже открыл рот, но под взглядом Семёна благоразумно закрыл «варежку» и вновь сел. Между тем иерихонская труба оказала должное действие: послышались шаркающие шаги, и из комнатки в дальнем конце коридорчика показалась толстая пожилая тётка в белом халате и такой же косынке. Она шла не спеша, переваливающейся походкой откормленной гусыни, и Панама нетерпеливо шагнул ей навстречу. Тётка, которую и так оторвали то ли от вкусной трапезы, то ли от сериала по «ящику», немедленно расшумелась:

— Куда прёшь? Тут больница, а не танцульки! Стерильно везде, а ты в уличной обуви шландаешь! Чё надо?

Антон решил не поддаваться на провокацию.

— Мы больного привезли, — кивнул он на безразлично горбившегося Серёжу.

— Этого? — брезгливо сощурилась тётка. — Хороша компания! Пьяный небось? Ну и чего с ним? Не закусил?

— Его в драке... — начал было Антон, но толстуха перебила:

— А сами откуда?

— Из города...

— Тогда это не к нам, — решительно заявила она, явно довольная, что легко выпроводит незваных гостей. — Мы городских не принимаем.

— Послушайте, вы...

— И слушать не буду! Не наш это больной! Городскии-и-ие... Нажрутся, понимаешь... Как воскресенье, так драка за дракой! Отдохнули на природе?

Она повернулась уйти, но Антон сгрёб её и развернул к себе лицом. Охранник при виде открытого насилия даже не пикнул: взгляд Фаульгабера кого угодно мог сделать непротивленцем. Панаморев заговорил вроде тихо, но мышцы у рта свело судорогой, а тётка попятилась.

— Немедленно сюда врача. Вы поняли? Я сказал — не-мед-лен-но!

Она всё-таки не уступила без боя:

— А ты кто такой, чтоб здесь...

— Не-мед-лен-но! — повторил Панаморев и още-
рился так, что толстуха схватилась за телефон:

— Алё, алё, Михал Палыч... — затараторила она в
трубку. — Тут побитого привезли... Да. В драке... Нет,
городские... Ну так я им и говорю... А они... Короче,
вас требуют. Что? Да они тут такой скандал устроили.
Шумят, орут...

Антон нащупал в кармане удостоверение и требовательно протянул руку:

— Дайте мне трубку!

Тётка проворно заслонилась от него локтем и ещё
плотнее прижала трубку к уху.

— Хорошо. Хорошо, Михал Палыч... Да нет, сидит вроде... У них тут компания целая. С девицами...

— Трубку мне! — Панама был готов опять при-
менить силу, но толстуха проворно швырнула трубку
на рычажки.

— Щас будет вам доктор!.. — Она смотрела на
Антона так, словно одержала над ним большую победу. — Ждите сидите!

Антон чуть не послал её по всем этажам, которые
знал. Он сдержался и подошёл к ребятам.

— Серёжа, ты как?

Жокей медленно поднял голову, разлепил губы:

— Ничего... терпимо. Антон, ты... всем позвонил?
Ну... чтобы Заказа...

Антон подумал про Полякова и его «крышу», об
участии которой он Плещееву действительно ничего не сказал: было не до того. И вновь повернулся
к усевшейся за стол медсестре:

— Можно от вас позвонить?

— Звонить идите на почту, а у нас телефон служебный, — буркнула та. И вытащила журнал «При-
усадебное хозяйство», собираясь читать.

Панама так шарахнул перед ней на стол своё удостоверение, что хлипкий стол подскочил.

Тётка посмотрела на него, словно только сейчас
впервые увидела. Но священного трепета, который

точно напал бы на неё лет двадцать назад, не испытала.

— Вот, — поджав губы, она двинула к нему аппарат. — Только недолго. У нас тут не пункт переговорный. Нам и по скорой позвонить могут...

— Мне нужно позвонить в город, — сказал Антон ровным голосом. — Как это сделать?

— На почту иди! — снова расшумелась толстуха. — Неча с нашего номера! Потом счёт за межгород придёт...

— Выставите его прокуратуре. Телефон главврача у вас есть?

— Щас тебе! Человек дома уже, отдыхает...

— Значит, давайте домашний!

Из коридора послышались шаги. В приёмном покое появился высокий небритый мужчина в изрядно помятом белом халате.

— Матвевна, что тут у вас?..

— Да вот! — Тётка с готовностью повернулась на стуле. — Врача ему подавай, а теперь в город звонить приспичило. Из прокуратуры, вишь ли. Как водку жрать...

Антон перестал обращать на неё внимание и шагнул навстречу мужчине:

— Вы врач?

— Да.

— У нас тут такое дело. Я, кстати, действительно из прокуратуры... Парня очень крепко поколотили. Сознание терял, бледный, сами видите...

Врача, как и толстуху-сестру, некогда грозным упоминанием об органах оказалось не прошибить. Доктор осведомился вполне в духе времени:

— Прописан он где?

— Прописан далеко, но дело не в том...

— Мы с городской пропиской не принимаем.

— Да я им уже говорила, — опять встряла толстуха.

— А если иногородний, то попрошу страховой полис, — кивнул врач.

И тут встревоженно подала голос Любаша:

— Доктор, у больного пульс нитевидный и слизистые бледнеют!

Врач посмотрел на неё с сомнением:

— А вы ещё кто?

— Я тоже доктор! — Уточнять, что ветеринарный, Любаша в интересах дела не стала.

Врач быстро подошёл к Серёже и обхватил пальцами запястье:

— А ну, покажи язык!

Серёжка вяло приоткрыл рот...

— Матвевна, живо каталку!!! — гаркнул мужчина так, что толстуху буквально сдуло со стула, и она побежала куда-то по коридору, мелко перебирая ногами и причитая: «Ай, Царица Небесная...» Вскоре издали послышался характерный перестук резиновых колёсиков.

Врач поддерживал Серёжу за локоть.

— Поможете ему лечь, — скомандовал он Антону с Фаульгабером.

— Не на... — приподнимаясь, смущённо начал Сергей и... опять потерял сознание.

Семён подхватил его на руки, не дав коснуться линолеума. Каким, однако, тяжёлым становится безжизненное тело...

— Матвевна, звони! — бросил через плечо врач напуганной толстухе. — Пускай готовят операционную... реанимацию... поднимай народ!!!

Схватил каталку за ручки и быстро покатил её в плохо освещённую глубину коридора.

Матвевна яростно накручивала диск аппарата...

— Вы уж простите, — заохала она, когда были сделаны все звонки и маленькая больничка пришла наконец в движение. — Я-то думала... А вы звоните, если надо... в город по коду...

Фаульгабер протянул Антону сотовый, и тот позвонил Плещееву. Рассказал о бандитах. Сунул телефон в карман куртки и подошёл к девушкам.

Аня сидела неестественно выпрямившись и смотрела в коридор, туда, где скрылась каталка с Серёжей. Любаша крепко держала её за руку. Антон сел с другой стороны и обнял Аню, притягивая к себе.

— Тьфу, — с чувством сказал Фаульгабер охраннику. И добавил на языке предков: — Scheiße!..[1]


Прошло время, и в приёмный покой выплыла ещё одна медсестра. Все четверо жадно обернулись ей навстречу, но заспанного вида девица явно не имела никакого отношения к операционной.

— Матвевна, делать-то чего? — озадаченно спросила она.

— А что у вас? — участливо поинтересовалась толстуха.

— Да ты понимаешь, бабка у нас старая на отделении лежит. И уже час целый без остановки блюёт...

— А доктор ваш где?

— Так ведь домой ушёл, ужинать. Часа два назад, так с тех пор и нету. Живёт-то через два дома, может, сбегать за ним?

— Ну, а лекарства ты ей давала какие?

— А чё я ей дам. Всё, что есть, — у доктора. А у нас кроме йода да валерьянки... — И пожаловалась: — Она мне уже все наволочки перепачкала. Четвёртый раз меняем...

Снаружи сгущались ранние сумерки. И дождь всё так же безостановочно колотил по крышам двух машин, остывавших на площадке у входа.

— Ну так за доктором кого из девок пошли, — продолжался неторопливый разговор в приёмном покое. — А сама тазик поставь. Пусть в него блюёт. Вот тебе и весь сказ...

И Матвевна снова углубилась в журнал, изучая таинства подрезки малины.

Панама явственно понял: ещё пять минут — и он сам им тут весь этот «стерильный» пол заблюёт. От чистого отвращения. Он переглянулся с Семёном и понял, что тот вполне с ним солидарен. Они не

---

[1] Дерьмо! *(нем.)*

сговариваясь подхватили девушек и повели их наружу.

Под козырёк входа дождь не проникал — только сырой ветер. Фаульгабер оглядывался на дверь и то глубоко засовывал руки в карманы, то принимался скрести ногтями рубцы. Антон вытащил сигареты и зашарил в поисках зажигалки, и тут, словно дождавшись момента, за пазухой ожил мобильный. Антон поспешно сунул Ане мятую пачку:

— Панаморев слушает!

— Антон Григорьевич. — Голос принадлежал дежурному в прокуратуре. — Пришли данные из Москвы! Прочитать?

— Читай!

Сосны раскачивались и гудели, и он прикрыл трубку ладонью.

— Если коротко, то исследование крови отца, а также бабки жеребца по кличке «Заказ»...

В окнах операционной погас свет.

— ...Позволяет с вероятностью восемьдесят девять и шесть десятых процента утверждать, что присланная для анализа кровь принадлежит жеребцу по кличке «Заказ»...

Аня уронила сигареты на мокрый бетон и первой бросилась назад в вестибюль. Через несколько минут к ним вышел всё тот же врач. Теперь уже в зелёной хирургической робе, колпаке и бахилах. И по его лицу Антон понял, ЧТО он им скажет, ещё прежде, чем врач действительно заговорил. Плохо понимая, что делает, Антон шагнул к Ане, словно пытаясь собой заслонить её от невозможного, чудовищного известия...

— Поздно вы его к нам привезли, — донеслось до него словно с того света. — Колотое ранение через диафрагму в печень... внутреннее кровоизлияние...

Смысл отдельных слов пролетал мимо застывшего разума, а всё вместе значило только одно: СЕРГЕЯ БОЛЬШЕ НЕТ. Залитая мягким светом арена, красочные препятствия и кони, волшебно воспаряющие над ними... Голубоглазый парень азартно «болеет» за участников перепрыжки... ЕГО БОЛЬШЕ НЕТ. Яростный подскок со стула в кафе, жаркие пятна на обтянутом скуластом лице: «Что значит — из-за какого-то? Да вы знаете хоть, что это за конь?!! Ни черта вы не знаете!..» ЕГО БОЛЬШЕ НЕТ. И последнее: «А мы-то надеялись...»

Шумевшие кругом больницы карельские сосны показались Антону увитыми плющом великанами, раскинувшими в распятии зелёные руки.

— Мы просто не смогли... — объяснял врач ничего уже не значившие подробности. — Шок... Прямо на столе сердце остановилось... Простите... Если бы хоть минут на двадцать пораньше...

Эти самые двадцать минут Сергей провёл у них в вестибюле, пока люди, дававшие Гиппократову клятву, интересовались его пропиской и страховым полисом. Но и это никакого значения уже не имело...

*О несбыточном и высоком, о гибели и надежде, о последнем бое и о бессмертной любви...*

*Сергей гладит породистую, благородную голову любимца, заглядывает в ясные, переливчатые глаза, чувствует на лице тёплое, ласковое дыхание. Заказ нетерпеливо перебирает тонкими ногами, изгибает шею, подталкивает его носом: «Ну? Поскакали скорей!»*

*Над степью ещё плывёт предрассветный туман, но пепельный свет, отражённый небесными сферами, уже обрисовывает вдалеке знакомые силуэты горной гряды. И первой проявляется в вышине, рельефно выступает сквозь синеву небосвода священная вершина Белой горы...*

*Сергей тянет руку к холке Заказа, чтобы привычно и легко вскочить ему на спину... и обнаруживает на плечах жеребца могучие крылья. Они чуть слышно шуршат, величаво и гордо разворачиваясь во всю ширь. И вдруг Сергей понимает, что конь, принятый им за Заказа, на самом деле есть всевышнее и вечное Существо, земным проявлением Которого был его товарищ по скачкам.*

Сперва он немного робеет перед посланцем небес, не зная, как с Ним поступать. Но Существо игриво роет землю копытом и кивает головой, словно забавляясь взятым в рот хлыстиком, и Серёжа решается: вспрыгивает на гнедую тёплую спину чуть позади мерно дышащих крыльев. Ни седло, ни уздечка больше им не нужны. Конь берёт с места спокойным галопом...

Словно бы удар колокола бестелесным эхом доносится издалека...

Галоп становится реже, а в толчках мускулистого крупа басовой струной начинает звучать долгожданная свободная мощь. Заказ превращается в крылатую гнедую пружину. Она плавно собирается тугим комком мышц, а потом, распрямляясь, улетает вместе со всадником метров на пятнадцать вперёд...

Как чисто и легко! Какой ветер умывает лицо!

Оба знают, куда лежит их дорога. Сергей не замечает момента, когда копыта Существа перестают касаться земли, и лишь крылья продолжают работать размеренно и могуче. Толчок, толчок. Взлёт. Взмах...

Выше, выше. К сияющей впереди вершине Белой горы. И солнце поднимается из-за гряды, растворяя всадника на крылатом коне в сплошном расплавленном золоте...

# Глава одиннадцатая
## ИНСТАНЦИИ ОФИЦИАЛЬНЫЕ И НЕ ОЧЕНЬ

Г. Санкт-Петербург, Россия.
В следственный отдел прокуратуры города.
В таможенный комитет.

*Таможенный комитет г. Хельсинки извещает вас о задержании, по вашему сигналу, лошади, предположительно вывезенной незаконным путём с территории России, из города Санкт-Петербурга. Лошадь гнедой масти, чистокровной верховой породы, кличка «Сирокко», по документам значится принадлежащей господину Гуннару Анна Нильхедену — гражданину Швеции.*

*Руководствуясь ранее достигнутыми соглашениями и договорами между нашими республиками, наша сторона согласна вернуть ваше имущество, вывезенное незаконным путём, при наличии документов и вещественных доказательств, подтверждающих ваше право собственности на предмет претензии. А также при наличии доказательств, подтверждающих факт совершения преступления — кражи.*

*В настоящий момент указанное выше животное находится в республиканском конноспортивном центре г. Хельсинки, в карантине. Приняты повышенные меры по его сохранности и охране...*

...А обещанную партию лошадей надо было готовить, и с Вальсом возиться, и у Капельки ламинит за эти несколько дней никуда особо не делся... И не оставишь, не отложишь, как недовязанную кофту, до лучших времён: живое!.. Придя первый раз к Вальсу, Аня попросту расплакалась у него в деннике. Вот тут, в двери, стоял совсем недавно Сергей. Стоял, держал в руках её хлыстик и отмахивался от недоверчивого Вальса: «Это кто мне тут „крысу" делает, а?..» Аня провела ладонью по косяку. Ей померещилось тепло, а потом она нашла серо-белую нить: не из его ли футболки?.. *На одежде почти не было крови, лишь маленькое, с виду безобидное пятнышко...* У Ани затряслись руки, а перед глазами качнулись и поплыли куда-то деревянные стены и рыжий бок жеребца. В таком состоянии садиться на горячую, строгую и норовистую лошадь — дело опасное. Однако Вальс соскучился по хозяйке и был весьма не против побегать. Сам схватил трензель — и лишь мотал головой, против обыкновения не пытаясь куснуть, когда она затягивала подпруги...

На манеже стало немного полегче. Работа с лошадью требует полного сосредоточения; начни отвлекаться — в лучшем случае не будет толку, а в худшем — дождёшься чего-нибудь на свою голову. Тот же Вальс на спокойнейшем галопе способен безо всяких предисловий выдать такого «козла», что неделю потом будешь позвонки пересчитывать — не потерялся ли какой. На некоторое время Аня действительно обо всём позабыла. Существовал только огороженный прямоугольник песка — и стиснутый её коленями могучий огненно-золотой зверь, играющий от избытка сил, от простой радости жизни...

Когда Вальс чисто и легко пронёс её над тем самым барьером, взятие которого ей помогал оттачивать Сергей, Аня, наклонившись вперёд, привычно похлопала любимца по шее... и внезапно подумала: «А зачем?..»

И правда — зачем?

Раньше у неё было всё. Бизнес, кони, конюшня. Соревнования, спортивные замыслы и честолюбивые надежды. И ещё был Сергей. Этак ненавязчиво существовал в её жизни: приехал — уехал. Никаких обязанностей, никаких обязательств... Пожертвовать ради него всем остальным, всем, что, как ей думалось, составляло смысл жизни — да вы что?! не смешите!..

А вот не стало Серёжи, и оказалось — не стало вдруг ничего. Не нужны сделались финны-немцы-голландцы, и прах бы побрал будущее первенство города, а заодно и квартиру, в которой — теперь это было ясно как Божий день — ремонт она так никогда и не закончит.

И даже Валечка-Вальс, из которого она думала воспитать второго Рейсфедра... Ну, воспитала бы. Ну, выиграла бы на нём... «Вольво» или «Самсунг» через несколько лет. Дальше-то что?.. Быть первой — а на кой хрен?..

Все последние годы у неё буквально не было свободной минутки — дела, дела! А вот налетела лбом, и остановилась, и в изумлении огляделась — и увидела, что дела эти не стоят выеденного яйца, а единственное, ради чего стоило жить, ушло навсегда. Вот только когда открылись глаза и рванулась душа: что угодно отдам, только верните!.. Но не услышат, не возвратят.

Время, говорят, лечит... Но до этого было очень ещё далеко. Аня Смолина, так и не ставшая Путятиной, кружила по манежу на рыжем будённовском жеребце. *«Что подкрадываешься?..* — звучало в ушах. — *Как к дяде Ване за вишнями лезть собираешься...»* Вальс был сегодня в необыкновенном ударе. Он старательно и чётко брал барьер за барьером и только фыркал, принимая заслуженную похвалу. Ветер бил Ане в лицо и размазывал по щекам солёные капли.

«Продам, — твёрдо и бесповоротно решила она под конец тренировки. — Всё продам к чёртовой матери и уеду, а квартиру Маринке подарю, хватит ей по коммуналкам ютиться. Есть же у них там в „Свободе" спортивное отделение... Может, дальше прыгать получится, а может, ребятишек стану учить... Или вовсе за жеребятами ухаживать пойду, как Серёжка когда-то... Сегодня же вечером Василию Никифоровичу позвоню...»

Но она вернулась домой за полночь, когда для звонков в Михайловскую было уже по определению поздно. И на другой день повторилось то же самое:

она так и не собралась никуда позвонить, зато до седьмого пота, до дрожи в ногах *работала* Вальса и других своих лошадей. А потом поняла одну простую вещь. Для того чтобы некоторым образом быть рядом с Сергеем, вовсе не обязательно ехать в Михайловскую. Чистокровные или нет, будёновцы, латыши, терцы[1] — Сергей незримо возникал подле неё, стоило только ей подумать о лошадях, а эти мысли почти не покидали её. А значит, и Сергей неотлучно был здесь, рядом, и его ладонь скользила рядом с её ладонью, когда она гладила серые, гнедые, вороные бока. Он скакал вместе с ней, когда она посылала четвероногого воспитанника на препятствие. А когда она спрыгивала с седла и конь тянулся к её рукам, ожидая заслуженного угощения, — в бездонных зрачках, она могла бы поклясться, мелькало Серёжино отражение.

И ещё оставался жеребец Заказ, ради которого он не пожалел жизни. И которого теперь пытались вернуть в Россию и Антон Панаморев, и Василий Никифорович Цыбуля, и ещё многие люди, знакомые и незнакомые ей.

Г. Хельсинки. Финляндия.
В Министерство юстиции Финляндии.
В комитет таможенного контроля г. Хельсинки.
В прокуратуру г. Хельсинки.

*Высылаем заключение следствия по уголовному делу № 845833 по факту мошенничества, кражи имущества в особо крупных размерах и умышленному убийству, проводимого совместными усилиями следователей объединённой следственной бригады прокуратур гг. Санкт-Петербурга и Сайска. Высылаем копии иммуногенетической экспертизы, подтверждающей происхождение лошади по кличке «Заказ», рождённой в России, попавшей в вашу страну под кличкой «Сирокко». Высылаем копию племенного свидетельства и имеющиеся в наличии фотографии указанной выше лошади.*

---

[1] Латыши, терцы — здесь: лошади соответственно латвийской и терской пород.

*Убедительно просим обеспечить сохранность лошади и её спортивных качеств, в связи с её особой племенной ценностью, до окончательного принятия решения о возвращении её законному владельцу — Российскому государственному семеноводческому хозяйству «Свобода».*

*Надеемся на скорейшее принятие решения...*


Раньше Анина жизнь была плотно связана с телефоном. То её «требовали к ответу», то она сама кому-то звонила: договаривалась, напоминала, советовалась. Возвращаясь домой, первым делом бежала к автоответчику: нет ли какого срочного сообщения. И не ужасалась суммам, набегавшим каждый месяц за мобильную связь. Эти траты были из тех, которые окупаются.

Сотовый телефон, погибший под сапогами стражей порядка, ей, кстати, восстановили. Новенький аппарат — той же модели и зарегистрированный на тот же номер — Ане привезли два незнакомых хмурых гаишника. Она положила его в кухонный буфет и с тех пор не вытаскивала. У неё городской-то теперь большей частью стоял выдернутый из розетки. Причина была за гранью здравого смысла, но для неё — совершенно реальная. Они с Сергеем, пока тот был жив, общались большей частью по телефону. И теперь казалось: снимешь трубку на внезапный звонок — и голос ОТТУДА бесплотно прошелестит в ухо: «Ну как ты там теперь без меня?..»

Марина с Любашей ненавязчиво взяли над подругой шефство. Буквально поселились у неё в доме и сообща не дали квартире превратиться в трёхкомнатный склеп. Готовили, прибирали, вели все дела...

Вместе с Мариной, естественно, переехал и Гуталин. В сияющем Анином санузле появились лотки с мятой бумагой, а Кошмару пришлось тщательнее выбирать места для ночлега. Крупная, побольше вороны, клювастая и сильная птица была серьёзным

457

противником, не то что разные там чижики с канарейками или заоконные воробьи. Так что до открытых схваток и членовредительства дело не доходило. За исключением таинственных ночных событий, когда в дальней комнате что-то с грохотом рушилось — под не всегда цензурные вопли Кошмара и сиплые завывания Гуталина...

Однажды хозяйке кота понадобилось куда-то позвонить. Но только она воткнула телефонную вилку в розетку, как аппарат, заставив вздрогнуть, заверещал у неё прямо в руках. Марина поспешно сняла трубку:

— Да?..

— Анну Ильиничну Смолину, — сказали из телефона. И добавили по-французски: — S'il vous plait[1].

— Une minute[2], — рефлекторно вырвалось у Марины, на пятёрки учившей французский в школе и в институте. Она зажала горстью микрофон трубки и крикнула в кухню: — Анюта!.. К телефону!.. Дед какой-то тебя...

Аня, вяло колупавшая на кухне приготовленный Любашей салат, уронила вилку и примчалась бегом: «Дед?.. Никак Василий Никифорович?..»

— Слушаю!

— Анечка? — раздался хрипловатый голос, принадлежавший явно не Цыбуле, но тоже определённо человеку в годах. — Милая Анечка, вы меня, конечно, не помните. Ну, Приморское шоссе, машина «девятка»... и оч-чень такие несимпатичные молодые люди на «Мерседесе». Rappelez-vous?[3]

Аня французского, в отличие от Марины, не знала, но он ей и не понадобился.

— Припоминаю... — выдавила она и стиснула трубку в ладони, закрывая глаза. Марина озабоченно пододвинула ей табуретку. — Д-да, да, конечно...

---

[1] Пожалуйста, будьте любезны *(франц.)*.
[2] Минуточку *(франц.)*.
[3] Припоминаете? *(франц.)*

— Ну а я, — бодро продолжал невидимый собеседник, — тот простой российский пенсионер, на которого вы не стали наговаривать в угоду шпане. Имею честь представиться: Пётр Фёдорович Сорокин. Будем знакомы?

Аня решила брать пример с вежливых японцев, которые, даже переживая нешуточное личное горе, с чужим человеком улыбаются и смеются, чтобы не причинять постороннему дискомфорт зрелищем своей боли.

— У вас, я надеюсь, всё благополучно? — спросила она.

— Вашими молитвами, ma chéri,[1] всё вашими молитвами. И машину отремонтировал, и, что главное, перед законом вышел чист аки голубь... Права вот только никак выручить не могу, ибо супостаты мои от визита в госавтоинспекцию решительно уклоняются. Так и езжу пока по филькиной грамоте. Ну да это беда временная, поправимая...

«Ещё бы им не уклоняться», — подумала Аня, и перед глазами мелькнуло ослепительное видение: она на своей маленькой красной «Тойоте» с разгону таранит чёртов «Мерсюк», и тот взрывается с грохотом, превращаясь вместе со своими обитателями в сплошной огненный шар.

— Что ж, — сказала она вслух, — очень рада за вас...

— А уж я-то как рад, — усмехнулся Пётр Фёдорович. — И знаете чему в основном?.. Что не вся у нас молодёжь подалась в эту, знаете ли, «розовую плесень». А то только и слышно — ах, мол, вокруг сплошь бандиты да проститутки, и ребятишки чуть не с детского сада туда же стремятся... Ладно, не стану вас, Анечка, стариковскими нотациями морочить... Знаете что? Как вы смотрите на то, чтобы нам с вами встретиться, посидеть в располагающей обстановке, поговорить немножко «за жизнь»?..

---

[1] Моя дорогая *(франц.)*.

«Ещё не хватало», — подумала Аня. Но вслух снова проговорила совсем другое:

— Давайте... Где вам удобнее?

— Тогда я, если не возражаете, завтра часиков в шесть за вами заеду. И, конечно, молодого человека своего обязательно захватите. Ну, au revoir![1]

Аня задохнулась и медленно опустила трубку, и ей даже в голову не пришло задаться вопросом: а каким, собственно, образом симпатичному дедушке стал известен номер её домашнего телефона? Равно как и адрес, куда он за ней собирался заехать?..

— Осторожно! Чухонец!!![2] — как обычно без предупреждения завопил со шкафа Кошмар. Снялся, мазнул Аню по голове роскошным белым крылом и унёсся в сторону кухни. Следом, не сводя с попугая вожделеющих глаз, зачарованно пробежал Гуталин...

Москва. Санкт-Петербург. Россия.
В Министерство юстиции России.
В прокуратуру г. Санкт-Петербурга.

*Руководствуясь полученными копиями документов по уголовному делу № 845833, а также копиями прочих документов, представленных вашей стороной, на основании распоряжения Министерства юстиции Финляндии, прокуратура г. Хельсинки пришла к выводу о необходимости проведения самостоятельной проверки идентичности лошади по кличке «Заказ», указанной в документах, представленных вашей стороной, и лошади по кличке «Сирокко», находящейся в данный момент на территории республиканского конноспортивного центра в г. Хельсинки. Для этой цели просим выслать кровь родителей указанного вами коня.*

*Сообщаем, что фотографии, представленные в качестве доказательства идентичности лошади, таковыми признаны быть не могут, так как не отражают полной картины*

---

[1] До свидания! *(франц.)*

[2] Возглас всадника на тренировке, когда он находится на манеже не один и предупреждает других занимающихся о том, какое препятствие намеревается брать. «Чухонец» — разновидность препятствия.

*внешних признаков лошади. Просим, по возможности, представить другие фотоснимки, а также негативы, с которых они были отпечатаны...*

Простой российский пенсионер Пётр Фёдорович Сорокин заехал за Аней, как и обещал, на следующий вечер ровно к шести. Телефонный разговор с ним произвёл на неё впечатление чего-то слегка нереального; может быть, из-за этого она наполовину ждала, что «дедуля» так и не появится. Но он появился. Без минуты шесть Аня для очистки совести выглянула в окно... и увидела внизу, в проезде около дома, автомобильную крышу цвета мокрый асфальт. Делать нечего, пришлось срочно одеваться и выбегать.

В коридоре её едва не сшибли с ног. Со стороны кухни, прижав уши и пряча пушистый хвост, во всю прыть мчался Гуталин. А за ним на бреющем полёте, норовя выдрать клок шерсти из пышных серых «штанов», с боевым кличем нёсся Кошмар. В хвосте у него недоставало пера. Аня кое-как продралась сквозь цепкий клубок крыльев и лап, выскочила за дверь и уже с площадки услышала ругань Марины, спешившей к месту событий с полотенцем в руках.

Спускаясь в лифте, она всё пыталась представить себе, как будет проходить «свидание», на которое, кстати, Любаша с Мариной очень не хотели её отпускать. «А вдруг он приставучим окажется? — стращала Марина. — У нас в институте такой замдекана был, старикашка. Очень он девчонок по спинкам гладить любил, видно, от дряхлости больше ни на что уже не годился. Мы его так *гладиатором* и прозвали...» — «Знаешь, как говорят? Старый конь борозды не испортит, — поддержала Любаша. — Но и глубоко не вспашет...»

Аня только отмахнулась: её больше пугал другой вариант. Однажды, лет пять назад, она поехала в Колтуши смотреть какие-то соревнования, а когда всё завершилось, чисто от нечего делать отправилась навестить двоюродную тётку отца, жившую там поблизости. Тётку эту она последний раз видела ещё в дошкольные времена, и, естественно, та её не узнала. Но когда Аня отрекомендовалась — всплеснула руками, захлопотала, усадила пить чай: «Наконец-то мы с тобой, деточка, обо всём потолкуем...»

...И, быстренько выхлебав жидкий чай, принялась нескончаемо повествовать о своих знакомых старушках. Наиподробнейшим образом. Кто чем болел, кто в какой больнице лежал, кому какую сделали операцию. Приятельниц троюродной бабки Аня в глаза никогда не видала и не надеялась увидать, имена-отчества с перечнями хворей и порошков пролетали, не задерживаясь, из одного уха в другое, но побудить дальнюю родственницу к «смене пластинки» она тогда так и не решилась. Нехорошо: старый человек, выговориться охота, а пообщаться не с кем небось... «Ты, деточка, приезжай, — напутствовала её в дверях отцова двоюродная. — Ещё потолкуем...» Аня проявила позорное малодушие и больше с тех пор бабку не навещала.

В общем, «гладиатор» был пугалом не из худших. Аня, впрочем, забыла о нём с первой же минуты общения.

— Здравствуйте, Анечка! — Пётр Фёдорович не стал этак старомодно-галантно целовать ей ручку, просто пожал, и ладонь у него оказалась на удивление сильная и осторожная. И он действительно здорово смахивал на мудрого академика Лихачёва. Правда, неизвестно, была ли у почтенного филолога такая же замысловатая, как у пенсионера Сорокина, татуировка во всю кисть. Подобные татуировки многое повествуют опытному глазу о сложно прожитой жизни своего обладателя, и, правду молвить, масса народу на Анином месте тотчас удалилась бы на цыпочках, но Аня нужными познаниями не обладала и оттого никакого трепета не ощутила. Просто ответила пожатием на пожатие:

— Здравствуйте...

Другой рукой Пётр Фёдорович ловко извлёк из-за спины и вручил Ане цветок. Нет, не одинокую импортную розу в зеркальном целлофане, как сейчас дарят. Яркий махровый цветок неизвестной породы сидел на микрогазончике, устроенном в пластиковой коробочке с питательной смесью: подливай воды — и будет месяцами радовать глаз. Сорокин предупредительно распахнул перед девушкой правую дверцу машины:

— Прошу!

«Девятка» плавно тронулась, и сразу стало понятно, что за рулём сидит очень опытный и умелый водитель. Уж это-то Аня вполне могла оценить. Она, правда, не обратила никакого внимания на большой красный джип, который тихо отчалил от дальнего угла дома и пополз за «девяткой», держа подобающую дистанцию.

На выезде из двора Петру Фёдоровичу пришлось-таки изрядно покрутить руль, объезжая чудовищную, с лунный кратер размером, колдобину, и тут-то Аня присмотрелась к наколкам, густо испещрившим руки пенсионера. Она, конечно, не стала ни о чём спрашивать, но Сорокин заметил её взгляд и небрежно пояснил:

— Это, Анечка, ошибки молодости... Мне, знаете ли, однажды на Севере довелось поработать. Публика там... специфическая была, я вам доложу... Но зато на первую машину скопил! — И, видимо желая переменить тему, вдруг спросил: — А молодой человек ваш что же не пришёл? Не comme il faut[1]. Как это он вас с незнакомым мужчиной одну отпустил?..

И глянул на Аню таким орлом, что только держись, однако задорный намёк пропал впустую. Аня по глупости полагала, что вполне овладела собой, но оказалось — до первого прикосновения: снова неудержимо поднялись к глазам слёзы, захотелось выскочить на ходу из машины и удрать обратно домой... а лучше попросту удавиться. Имидж вежливой японки рассыпался ко всем чертям, она кое-как выговорила прыгающими губами:

---

[1] Не дело, не «комильфо» *(франц.)*.

463

— Он... он... больше никуда не придёт!.. Вы... остановите, пожалуйста, я пойду... извините...

— Вот как, значит. — Пётр Фёдорович и не подумал останавливать машину, резво катившую к выезду из города в ненавязчивом сопровождении джипа. Только лицо у весёлого пенсионера на мгновение сделалось очень жёстким, утратив всякое сходство с патриархом науки. Люди с таким выражением глаз обычно кончают совсем другие университеты... Как бы то ни было, Пётр Фёдорович, без сомнения, являлся в своей области академиком. И тотчас уловил, что речь шла не о банальной размолвке с ухажёром: девушка, жалко съёжившаяся на сиденье, оплакивала трагическую потерю любимого. — Вы знаете, Анечка, по Петергофскому шоссе, как я слышал, через каждые полкилометра очаровательных местечек наставили. Шашлыки там всякие разные, закуски, вино... Отчего же нам с вами там где-нибудь не посидеть, хорошего человека не помянуть...

Г. Санкт-Петербург. Россия.
В прокуратуру г. Санкт-Петербурга.

*Сообщаем, что в результате проведённых исследований Главной экспертной иммунологической лаборатории Племенного отдела Министерства сельского хозяйства Финляндии достоверность идентичности происхождения лошади по кличке «Заказ» и лошади по кличке «Сирокко» составляет 67%, учитывая наличие крови не матери, а бабки тестируемого животного. Процент достоверности признан достаточно высоким.*

*Для принятия окончательного решения об идентичности животного просим предъявить в прокуратуру г. Хельсинки оригиналы документов, копии которых были представлены...*

Для начала снаружи резко стемнело — ни дать ни взять среди бела дня сумерки! Потом задул ветер, стало неожиданно холодно, и тут же ударил первый раскат грома. Цыбуле показалось, будто в кабинете вышибло пробки. С улицы долетел звон стекла:

в некоторых домах по соседству с конторой разбились окошки — так хлопали створки, открытые настежь из-за жары.

А ещё через несколько минут грянул ливень!

Да какой! «Кабы градом не шандарахнуло, — подумал Василий Никифорович встревоженно. — Эка принялось...» Торопливо подошёл к окну, поплотней закрыл шпингалет. «Зерно-то созрело почти, — покачал в сердцах головой. — Того гляди наземь уложит... Это бы полбеды, а как из колосьев повыбивает?..» Такое тоже бывало. Трудишься, трудишься не покладая рук целое лето... И все труды — обратно в землю. Весь год впустую!

Дождик вообще-то был кстати. Люди его ждали: лето стояло засушливое. Но не такой же ливень, да ещё, Господи пронеси, с градом!.. Никакой совести «наверху»...

Последнее время Василий Никифорович сам, как та гроза за окном, метал молнии. Бухгалтерше, по привычке без стука и приглашения сунувшейся в кабинет, бумаги вернул без подписи. Сверкнул на девку глазами, пообещал круто разобраться с её безразличием ко всему, в хозяйстве происходящему. Взгрел за всеобщее разгильдяйство, с её лёгкой руки расплодившееся. Обозвал на прощание курицей-клушей. Хотел было ещё «бюстгальтершей», разъязви её в душу... но вовремя сдержался. И хорошо, что сдержался. Девка была вправду фигуристая, вдруг обиделась бы всерьёз...

Зато под горячую руку наорал на секретаршу. Она, по счастью, была женщина опытная, умная — всё поняла. Смиренно выслушала и тихо пошла из кабинета. Лишь перед дверью, до глаз прикрыв лицо папкой «На подпись», оглянулась на разошедшегося начальника и улыбнулась. Губ не было видно, но выражение глаз Василий Никифорович рассмотрел... Секретарша закрыла за собой дверь, а Цыбуля вдруг понял, что больше ему в конторе делать нечего, а то, не ровен час, камня на камне здесь не оставит.

Схватил портфель, сдёрнул с вешалки неизменную соломенную шляпу... стремительно пронёсся через приёмную, бросил на прощание:

— Я уехал! Если чего — дома!

И только дверь бухнула. Или новый грозовой раскат ударил на улице?..

— Полетел гром на тучу, — прокомментировала отбытие начальника мудрая секретарша. И сняла телефонную трубку: — Марьяна Валерьевна? Твой домой покатил. Страсть не в духе сегодня-а-а...

На улице было так темно, что Василий Никифорович сразу включил у «Нивы» фары. То справа, то слева иссиня-чёрное небо снизу доверху вспарывали сполохи молний — и одновременно взрывался гром. Так, словно над станицей лопалась и трещала самая ткань мироздания!

Цыбуля даже посидел неподвижно в машине, сквозь потоки льющейся по стёклам воды созерцая небывалое величие природы. Которую человек то и дело самонадеянно заявляет, что покорил.... Затем тяжело вздохнул и включил передачу...

После короткого ужина, прошедшего в полном молчании (Марьяна Валерьевна на цыпочках хлопотала вокруг мужа), Цыбуля ушёл к себе в кабинет. Час был не поздний, уличное освещение, несмотря на темень, ещё не включили, и лампочка на столбе — любимая вдохновительница Цыбулиных мыслей — не горела... Василий Никифорович стоял у окна и смотрел в грозовой сумрак, где, постепенно удаляясь в степь от станицы, полыхали в небесах бело-голубые разряды. Они были похожи на тонкие кривые стволы очень рослых деревьев с обнажёнными корнями, тянущимися к земле. Вспышки выхватывали из темноты клубящиеся кроны чёрно-фиолетовых туч...

Гроза уходила, но ливень, которому давно полагалось закончиться, не прекратился. Он перешёл в нудный, холодный дождь, и сильные порывы ветра косо швыряли его в оконные стёкла. Вниз текли вялые ручейки... Такая погода никак не способствовала перемене настроения к лучшему. Накопившееся раздражение отказывалось утихать. Василия Никифоровича холодило, знобило, трясло...

Он не слышал, как приоткрылась дверь за спиной. Вошла Марьяна Валерьевна. Ступая тихо, чтобы не расплескать, она несла стакан крепкого, горячего чая, как всегда обёрнутый полотенцем.

— Василий, чайку?..

Цыбуля от неожиданности вздрогнул:

— Заикой когда-нибудь сделаешь...

Марьяна Валерьевна с облегчением заулыбалась:

— А как иначе вас, мужиков, самих из себя вытащить можно? Только неожиданностью, только с налёту! — Она поставила стакан на стол и подошла к мужу. — Запрётесь вот, замкнётесь и ждёте, когда само отболит... А вдруг не отболит, а отвалится? За вами, мужиками, глаз да глаз нужен. Вы народ слабый...

Василий Никифорович отвернулся к окну и продолжал вглядываться в темноту, привораживавшую далёкими вспышками.

— Бабе чего? — продолжала Марьяна Валерьевна. — Она свою беду слезами выльет — и дальше пошла. А вы? В себе копите, потом на людях срываете. А тебе так не гоже! Ты командир у нас. Голова! Что получается, когда голова больная? Пей давай! Пока не остыл!

Цыбуля слушал жену не перебивая. Такие плавные, задушевные голоса бывают только в сельской России; в других местах не найдёшь. Он ласкал, убаюкивал душу... Первый раз за весь день у Василия Никифоровича что-то помягчело и отпустило внутри. Он подошёл к столу и, взяв закутанный полотенцем стакан, сделал большой глоток. Так другие люди пьют валерьянку или нитроглицерин. Медленный тяжёлый комок покатится внутри, смывая тяжесть и боль... Цыбуля поставил стакан, подошёл к жене, обнял её за плечи и притянул к себе:

— Валерьяновка ты моя...

— А то. — В её голосе пробудилась весёлая лукавинка, которую он так любил. — Знали родители, какое отчество дать...

Они стояли обнявшись на фоне сумрачного окна, в котором уже редкие и неяркие молнии вспыхивали далеко-далеко. Два пожилых человека, всегда готовые прийти на помощь друг другу. Без просьбы подпереть плечом, отдать всё — лишь бы другому стало пусть на секунду, но легче... Зря говорят, будто с возрастом проходит любовь. Она не проходит...

За окном на столбе неожиданно вспыхнула лампочка. Марьяна Валерьевна нашла её взглядом.

— Слышь? Пойдём, Василь, посидим... потолкуем... а?..

По-прежнему в обнимку они прошли через кабинет к большому дивану.

— Худо мне, Марьянушка... — глухо проговорил Василий Никифорович. — Сергуня наш... И Заказ... Всё из рук валится... на народ швыряюсь... как пёс цепной стал. Сам чувствую, что негоже, а не могу... Смириться не могу...

Марьяна Валерьевна молчала. Держала его руку в своей.

Через некоторое время Василий Никифорович заговорил снова:

— По мне, рано у нас смертную казнь хотят отменить... Вот люди рассказывают, как теперь в Туркмении стало: первый раз украл — отрубают подлецу руку. Кисть. Хочешь дальше воровать? Пожалуйста. Ещё другая рука есть. И ноги... и голова... То-то, говорят, красть у них теперь совсем перестали. Машины на улицах на ночь не закрывают. А у нас? — Он тяжело замотал головой, потом снова посмотрел на жену: — Вот Сергуню убили, и никому ничего... А коня хоть нашли, да попробуй верни... Парень за него жизни не пожалел...

Взгляд Цыбули был устремлён на далёкую рукотворную звёздочку, светившую за окном. Марьяна Валерьевна тихо гладила его руку, лежавшую у неё на плече. Родное тепло жены успокаивало, помогало раскрыться озлобленной, готовой себя и весь белый свет проклянуть душе...

— Где правда? Где человеческая справедливость? Марьяна, сил больше нет!.. — Он помолчал, и в голосе зазвучало пронзительное отчаяние: — А может, и Бог-то с ним, с конём этим? Одного родили — и другого когда-нибудь родим?.. Я же не такой старый ещё. Хватит силёнок всё с начала начать?..

Так говорят о безвременно утраченных детях. О самом дорогом... О кровинке своей...

У Марьяны Валерьевны вдруг сильно защемило слева в груди. Женское сердце... Не обманешь его. Чует оно боль близкого человека. И своей болью отвечает...

— Всё обойдётся, Вась. Вот посмотришь. Всё обойдётся...

А что должно было обойтись? Если парня, по-отцовски любимого, загубили?.. Самого ранили насмерть, дело целой жизни отняв?..

Но Марьянина рука гладила и гладила его руку:

— Всё обойдётся... Всё уляжется, милый...

И Василий Никифорович оторвал взгляд от лампочки за окном, посмотрел нежданно помягчевшими глазами, поцеловал жену в лоб:

— Эх, Марьянушка...

И вдруг Марьяна Валерьевна встрепенулась:

— Слышь, Василь! А помнишь, как к нам собутыльник твой приезжал?

— Кто?..

— Ну этот. Из Швеции. Внучка с ним была... Ты кобылку ещё им подарил. Фа... Нотку. Ну, вспомнил теперь? Имя у него ещё чудное такое... Сам говорил, на русский лад всё равно что Ваня...

— Йон, что ли?

— Вот-вот! Йон, точно. Что ж ты ему-то не позвонишь?

Василий Никифорович только вздохнул:

— А чего ему звонить? Он нам не подмога. Он в Швеции живёт, а лошадь в Финляндии...

Если честно, Василий даже не знал, где теперь Йон, чем занимается... да и, так-то говоря, — жив ли вообще. После памятного визита «собутыльник», конечно, сразу ему написал, прислал фотографии устроенной на новом месте Фасольки. Цыбуля ответил... а потом переписка заглохла. Давно уже. А в их с Йоном возрасте несколько лет — срок огромный...

Марьяна Валерьевна тем не менее выбралась из-под мужниной руки и устремилась к серванту, где в нижней тумбочке хранились семейные фотоальбомы и всякая домашняя канцелярия. Вот папка на «молнии», куда она складывала разные полезные документы: паспорта телевизоров, холодильника, оплаченные квитанции, свидетельства о рождении, аттестаты... многих и многого уже на свете-то не было, а бумаги продолжали храниться...

— Вась, слышишь? Нашла! Красивая какая... — Марьяна Валерьевна щёлкнула дверцей серванта и вернулась в кабинет, с торжеством неся маленький, весь в золотых геральдических вензелях, картонный прямоугольник: — Йон... фон... Ишь, важный! Ски... Скьёль... Вась, как он читается?

— Шёльдебранд.

— Я и говорю — важный. Вась, тут его домашний номер и факс! На, позвони! У них, у генералов, связи знаешь какие... Хоть присоветует чего!

Василий Никифорович поднялся: «А ведь права — попытка не пытка...»

Он взял у неё из рук бумажный прямоугольник визитки и долго смотрел на него, задумчиво хмурясь.

— Ты знаешь, Марьяша... а не буду я, пожалуй, ему звонить.... Я лучше съезжу к нему.

— Вот и правильно, — тут же поддержала супруга. — Он тебя, помню, в гости всё зазывал. Съезди, родимый. Развеешься, погостишь... На жизнь ихнюю, шведскую, посмотришь. Оно глядь, и дела порешаешь... По телефону-то как? Трубочку положил и забыл. А в глаза друг дружке глядючи... Мужик он, помню, справный, решительный... Чтобы вы с ним да финнов не одолели? Ещё верхом на Заказе этом домой прискачешь... Езжай, родимый. А я вещи тебе соберу. Когда ехать думаешь?

— А завтра и отправлюсь, — окончательно обрёл решимость Цыбуля. — Дорога не ближняя: пока до

Москвы... Хотя нет! Лучше я через Питер рвану. — Лицо у Василия Никифоровича вдруг вновь стало каменным: — Там Сергуню... Надо всё поподробнее разузнать... Аннушку навестить обязательно... Да и к границе шведской поближе!

— Вась, у тебя визы нет.

— Ну, это мы в конторе завтра решим, — отмахнулся Цыбуля. Перевернул визитку, взглянул на карандашные буквы, вдавленные в картон твёрдым почерком Йона: — Не стёрлись!

Там, на обороте, стоял адрес электронной компьютерной почты: ARNO@IBM.NET. Несколько лет назад это казалось Василию Никифоровичу полной абракадаброй.

— Завтра... Слышь, Марьянушка, времени у нас сколько сейчас?

— Да полдесятого. А что?

— А попробую-ка я прямо сегодня с Йоном связаться... Кто его знает... Вдруг адрес не изменился... и как раз компьютер включён?..

Цыбуля подошёл к телефону. Секретарша, давно вернувшаяся со службы, узнала его голос немедля:

— Что случилось, Василь Никифорыч?..

Она помнила, как бушевал он в конторе, и, прямо скажем, малость струхнула.

— Люсенька, ты не могла бы к конторе сейчас?.. Компьютер включить? Мне кой с кем бы по электронной почте связаться...

— Да чего ж? — сразу успокоилась секретарша. — Через пять минут буду. Вас когда ждать?

— Сейчас буду... — Цыбуля чуть не положил трубку, но вовремя спохватился: — У дочки твоей по английскому какая отметка?

— Пятёрка... А что, Василь Никифорыч?

— Да вишь... послание-то мне по-английски... Захватишь, может, дочурку? Гостинец с меня...

Дочка-девятиклассница не подкачала. Видно, недаром Василий Никифорович когда-то зазвал в Михайловскую хороших учителей... Письмо, составленное по всей премудрости английского языка, улетело во всемирную сеть, и мудрая секретарша отправилась ставить чайник: электронная переписка — дело обычное, но почему-то все волновались... Девочка осталась за монитором. Может быть, за такие заслуги ей после чая разрешат поиграть?.. Но не успела её мать выйти из кабинета, как сзади раздался взволнованный голосок:

— Мам, мам... ответ пришёл!

Цыбуля уже заглядывал ей через плечо. Секретарша вернулась, быстро щёлкнула мышью...

— «Бесконечно рад, — перевела девочка. — Жду! Обязательно сообщи дату приезда. По поводу визы не беспокойся — сегодня же отдам распоряжение в наше консульство в Петербурге. Если надо, продублирую по месту жительства...»

А подпись послание завершала такая, что юная переводчица поперхнулась:

— Гоф-штал-мейстер Его Величества короля Швеции Карла Шестнадцатого Густава... генерал-майор... барон фон Шёльдебранд!!!.. Дядя Вася, гофшталмейстер — он кто?..

Обратно домой Василий Никифорович влетел радостный.

— Всё в порядке, Марьянушка. Еду!!!

— Ну и слава те, Господи, — с облегчением перекрестилась жена. — Пойду чемодан собирать. Тебе рубашек сколько? А штанов?.. Брюк, спрашиваю, сколько положить? Не холодно там? Может, свитер, что я связала? Не покупной небось, не замёрзнешь... А костюм, Вась? Вдруг тебя королю ихнему представить захотят? Как тогда королеве английской...

Знаменитому костюму перевалило за двадцать. Тому самому, от «Джона Сильвера». Двадцать лет назад Василий Никифорович впервые надел его — и с тех пор вынимал из полиэтиленового пакета раза четыре. Последний — когда в Верховный Совет вызывали, вручали правительственную награду... Хоть и висело у него в гардеробе немало других костюмов, для торжественных случаев сберегался именно этот.

— А моль не поела?..

Перед нестареющим «Сильвером», как выяснилось, оказалась бессильна и российская моль, и веяния переменчивой мировой моды. Вот что значит английский консервативный классический стиль!

— Хорош! Прямо Жириновский, — залюбовалась мужем Марьяна.

— Тьфу! — Василий Никифорович Жириновского не одобрял.

— А в дорогу в чём? — Марьяна деловито рылась в шкафу.

— А в джинсах! — решил Василий Никифорович.

Настал Марьянин черёд плюнуть:

— Очумел, старый? Тёртые, драные... Ты ж в приличную страну едешь! Люди скажут, гопник из России явился! Бомж!

— У них там, — усмехнулся Цыбуля, — именно в таких миллионеры и ходят...

— А!.. — безнадёжно махнула рукой Марьяна Валерьевна. Если муж что решил, спорить с ним бесполезно. И на том спасибо, что ожил...

И джинсы отправились в чемодан. Хоть и не признавала их Марьяна, а сложены были как надо — по швам.

«Хорошо, стрелок не нагладила...» — подумал Цыбуля.

То же самое подумала и Марьяна Валерьевна, добавив про себя: «Вот бы где шуму было...»

...Чемодан лежал на заднем сиденье верной директорской «Нивы». Василий Николаевич крепко расцеловал жену и устроился на непривычном для себя пассажирском месте. За рулём сидел молодой парень: надо же будет кому-то пригнать машину назад!

— Давай. — Цыбуля захлопнул дверцу. — Поехали. Не лихачь только. Не люблю...

Последний раз взглянул на жену и целеустремлённо уставился в лобовое стекло. Марьяна Валерьевна стояла на крыльце, прижав к груди руки...

И только когда машина скрылась за поворотом, по-бабьи смахнула слезинку. А как же? В такую даль проводила...

Машина миновала знаменитую «триумфальную» арку, и через полчаса по сторонам потянулись места вовсе малознакомые. Обсаженное пирамидальными тополями шоссе стелилось, сколько хватал глаз, почти без подъёмов, спусков и поворотов. На дороге все следы вчерашнего ливня давно высохли, но листва тополей, вечно сероватая от дорожной пыли и беспощадного солнца, казалось, воспрянула и заблестела тёмно-зелёным. Кое-где сразу за тополями начиналась степь. Она уходила вдаль до самого неба, и волны бежали по высокой траве, по колосьям посевов. Одна за другой, одна за другой — в бесконечность... Травы переливались на ветру, меняли цвет, вздыхали, шептались и нежно обнимались друг с дружкой... Василий Никифорович смотрел на них и насмотреться не мог. Этим зрелищем он мог любоваться часами, сутками. Всю жизнь...

Он сощурился, вглядываясь в горизонт, и ему показалось, будто по самой границе земли и неба крылато проскакал легконогий табун...

На самом деле в мировой паутине «Интернета», связавшей друг с другом сотни тысяч компьютеров, можно найти всё, что угодно. От подсказок по экзаменационным билетам до свежей информации о заговорах инопланетян — куда там «Секретным материалам» со Скалли и Малдором!.. Есть всё, надо только знать, где искать. Вот хочешь, чтобы тебе Библию с любого места хорошо поставленным голосом почитали? Пожалуйста. А хочешь с птичьего полёта взглянуть на панораму вечернего Осло? Щёлкни кнопочкой мыши...

Есть и более серьёзная информация, но её берегут от постороннего глаза, и любители взламывать секретные пароли могут не беспокоиться. Кодирующие ключи там такие, что компьютеры от них сходят с ума, а спецслужбы всех стран вот уже несколько лет рвут на себе волосы — и как только допустили, чтобы подобное было изобретено, да ещё и распространилось!.. Ни тебе в чужую переписку залезть, ни частное письмо прочитать — это куда же годится?!. А главное — прежде, чем расшифровывать, недотрогу-информацию ещё надо запеленговать. Попробуйте отыскать лист в обширной тайге. Песчинку в пустыне Сахара...

«Здравствуйте, дорогой друг!»

«Здравствуйте, Аналитик. Ну и чем сегодня порадуете?»

«Порадую или нет — это вам, конечно же, решать самому. Наш общий знакомый и мой благодетель просит вас поставить точку в одном важном для него деле... Проблема приобрела остроту уже некоторое время назад, когда нашему знакомому была нанесена жестокая и незаслуженная обида, а совсем недавно чашу его терпения переполнила, так сказать, последняя капля. Не согласитесь ли принять к сведению следующую информацию? Уже несколько лет в поле его зрения находится одна девушка, Анна Ильинична Смолина...»

«Очень занятно, Аналитик. С нетерпением ожидаю подробностей...»

«Подробности состоят в том, что она содержит собственную конюшню... которую, как вы наверняка уже догадались, наш общий знакомый за символическую мзду оберегает от всяких напастей и посягательств...»

«Ну и что там у неё? Лошадки разбежались? А я тут при чём? Хватит уже с меня и этого Омара-Шарифа, как бишь его звали...»

«Ту ситуацию, дорогой друг, вы разрешили с присущей вам элегантностью и ко всеобщему удовольствию, за что, кстати, я в тысячный раз готов сказать вам спасибо, но здесь мы имеем случай совершенно из другой оперы. Видите ли, у девушки был жених. Конечно, тоже конник, жокей. Он постоянно жил где-то около Пятигорска — там у нас в России, оказывается, по-прежнему разводят лошадей и есть ипподромы со скачками, — а к своей девушке периодически наезжал в гости. Так вот, буквально две недели назад у нас здесь в Питере парня убили...»

«Вот даже как!»

«Увы, дорогой друг, увы. Притом те же самые личности, от которых ещё раньше пострадал и сам наш знакомый. Оба бывшие тихвинцы, один — Виктор Расплечин, известный более как Плечо, второй — Игорь Сморчков, погоняло[1] Сморчок. Он-то, собственно, и убил...»

«Да, личности колоритные. Заслуживающие самого пристального внимания... Продолжайте, Аналитик, это становится интересно!»

«В таком случае я вынужден начать несколько издалека. После того, как в результате известной вам истории со сгоревшим автобусом Журба выгнал Расплечина и запретил показываться на глаза, тот вдвоём со Сморчком сосредоточился на опеке одного мелкого бизнесмена по фамилии Поляков. Этот бизнесмен промышлял тем, что выгодно перепродавал российских лошадей в Швецию, своему тамошнему компаньону...»

Антон Григорьевич Панаморев сидел рядом с Аней на скамейке маленькой трибуны, устроенной возле манежа. Здесь рассаживались взволнованные родители юных наездников, занимавшихся у Ани, когда строгая тренерша объявляла первые в их жизни соревнования. В иные же дни места занимали российские и импортные покупатели, приезжавшие смотреть лошадей.

— ...И ты представляешь, — рассказывала Аня Панаме, — аккурат вчера у меня был «платёжный день», ну, то есть когда я своей «крыше» плачу. Являются в назначенный час мои «ёжики», как обычно, с «Балтикой» и мороженым... Я им конвертик, а они не берут!.. Тут я прям струсила — это как, значит, прикажете понимать? А вот так и понимай,

---

[1] Прозвище, бандитская кличка.

говорят, «папа» наш велел тебе ни о чём больше не беспокоиться и жить дальше без стрессов. Можно мы тут с краешку посидим, тренировку посмотрим?.. Вдруг понравится, сами в седло захотим... Чудеса...

— Да уж, чудеса, — усмехнулся Панама. — Из области бесплатного сыра...

Он такое мог бы ей поведать из своей собственной практики, что роман напиши — не поверят, но Аня лишь махнула рукой:

— Всё может быть, только знаешь... что-то стало мне на всё наплевать... — И вдруг вскочила: — Вика, а постановление кто делать будет? И руки! Руки у тебя где?..

Девушка, рысившая по манежу на рыжей кобыле, послушно кивнула и поехала дальше. Вика была из старших, продвинутых Аниных учениц, и ей доверялось самой *работать* лошадку.

Аня вновь села на потрескавшуюся скамью. На ней были бриджи и сапоги, она поглядывала на часы и собиралась вскоре вывести Вальса.

— Я, наверное, бытовая сталинистка, — проговорила она, — но всё-таки, честное слово, раньше совсем другой народ был. Светлый, открытый... Я вот тут совершенно случайно с одним дедушкой познакомилась, Петром Фёдоровичем зовут. Поговорили с ним, так аж жить захотелось... Под семьдесят мужику, где-то в Арктике всё здоровье оставил, а оптимизма!.. Мне бы полстолько...

В это время из-за ворот донеслось сдержанное урчание автомобильного двигателя. На территорию малым ходом вкатилась серая «Нива» и остановилась на площадке, устроенной, чтобы не пугать лошадей, в стороне от манежа. Щёлкнула правая дверца — наружу, спеша и волнуясь, выскочила девочка в тренировочных штанишках, заправленных в резиновые сапоги. Она держала в руках мешочек с морковкой. Антону Григорьевичу сразу показалось, будто он где-то уже видел её. Полноватая, чуточку неуклюжая, в очках и с длинной косой... Из машины выбрался взрослый спутник девочки, и Панама понял, что не ошибся.

— Вот уж не ожидал!.. — Он приподнялся со скамьи, протягивая руку невысокому седому мужчине. — Какими судьбами?

Его нечаянный союзник по драке в тёмной аллее улыбнулся и дружески кивнул Ане, тоже вставшей навстречу:

— Да нас Анна Ильинична когда-то ещё приглашала поездить, вот на сегодня и договорились...

Аня забрала вконец оробевшую девочку и повела её в конюшню:

— Ты как, галопом ездишь уже? А жеребцов не боишься?..

Мужчины остались на маленькой трибуне одни:

— Антон.

— Алексей.

Они были примерно одного возраста и перешли на «ты» вполне ненавязчиво. Может быть, ещё потому, что совместное участие в драке психологически неизбежно сближает.

— Рад снова увидеться... Земля-то у нас, оказывается, кругленькая!

— И маленькая. А лихо ты, между прочим, Антон, кулаками орудуешь...

Панама ещё в тот достопамятный вечер оценил свою лихость как весьма относительную, но сейчас его больше занимало не сравнение бойцовских достоинств, а нечто другое, и он с горечью мотнул головой:

— Вот только кончилось всё, к сожалению, не так, как мы с тобой хотели.

— Господи, а что случилось?.. — искренне разволновался Алексей.

Сразу ответить Панама не успел. За их спинами тяжело бухнули деревянные ворота конюшни. Аня вышла наружу, ведя в поводу Вальса. Белоногий будёновец фыркал, топал копытом, беспокойно оглядывался. Следом появилась девочка. За ней с величавой кротостью вышагивал серебристо-серый конь, выглядевший, точно иллюстрация из книжки об арабской породе. Девочка благоговейно держала его под уздцы.

— Тарик у нас мальчик хотя и пожилой, но, учти, с темпераментом, — на ходу давала Аня последние наставления. — Ну что, подпруги подтянула? Садимся!

Она оказалась в седле одним привычным движением. Обернувшийся Алексей проворно вытащил из сумки видеокамеру:

— На старт приглашается Станислава Лопухина, команда России...

Девочка покраснела и, отпустив путлище подлиннее, со второй попытки вскарабкалась на коня. Залезание в седло для неё всё ещё оставалось проблемой. Проезжавшая поблизости Вика насмешливо хмыкнула. Дескать, ходит тут всякий разный *прокат*, только лошадей, достойных гораздо лучшего применения, утомляет...

Алексей самозабвенно глядел в окуляр, запечатлевая на плёнке юную всадницу, совершавшую первый круг по манежу. Потом остановил запись и повернулся к Панаме:

— Да, так ты говорил — вроде что-то стряслось?..

Девочка, которую по малости её лет величали не Станиславой, а в основном Стаськой, между тем уже ощутила разницу между смирными, по большому счёту ко всему безразличными прокатными лошадьми и настоящим спортивным конём. Прокатные лошади — и кто станет их за это винить? — заняты в основном сачкованием. Как бы изловчиться да не выполнить недостаточно энергично и грамотно поданную команду, как бы приберечь силы и поскорей оказаться снова в конюшне, в своём деннике, у кормушки с недоеденным сеном... Серый Альтаир оказался совсем другого поля ягодой. Когда Стаська, до полусмерти запуганная упоминанием о «темпераменте», всё же решилась легонько подтолкнуть его пятками на шагу — конь отозвался немедленно и послушно, не потеряв ритма движения. Он легко и красиво нёс сильную, упругую шею, и девочка, мало-помалу нащупав контакт с его ртом, вдруг осознала, как именно следует держать повод. Она читала, что опытная лошадь есть самый лучший учитель, но только теперь поняла, как это происходит в действительности.

— Повод!.. — скомандовала Аня. — Строевой рысью — марш!..

И Альтаир поднялся в рысь опять-таки без дополнительных понуканий, без «проверок на вшивость», без унизительного подхлёстывания. Стаська принялась старательно привставать и опускаться в седле, и пятки сами отошли от боков, чтобы конь больше не прибавлял темпа. Ей даже удалось сосредоточиться на поводе, и руки впервые стали размеренно сгибаться и разгибаться. Это движение она до сих пор видела только у старших учеников.

— Всадник, вольт налево через манеж! — прокричала ей Аня. — Ма-арш!..

— ...Там вообще-то всё не здорово кончилось, — вполголоса начал Панама. — Этот парень, который у «Юбилейного»...

— Ой, извини. — Алексей в сотый раз схватился за камеру, фиксируя происходившее на манеже. Стаська силилась удержать равновесие, вставая на «полевую» посадку. — Надо же будет ребёнку дома на себя посмотреть, ошибки увидеть...

— Да ладно. — Панама бросил окурок и потянул из пачки новую сигарету. — Это я так... разболтался что-то.

— Погоди. — Алексей опустил камеру на колени. — «Не здорово» — в смысле как?.. Сильно, что ли, побили?..

По правде говоря, слушателем он оказался никудышным. Девочка на манеже постигала премудрость езды учебной рысью («Ну-ка сядь, как ковбои в кино! — командовала Аня. — На копчик, а ногами упрись в стремена! Колено выпрями!..») — и её успехи Алексей явно принимал к сердцу ближе, чем известие о гибели какого-то практически не знакомого человека. Панама успел двадцать раз мысленно плюнуть и пожалеть, что вообще заговорил с ним о случившемся. Но все двадцать раз Алексей спохватывался, опускал камеру и извинялся: «Да-да, так ты говорил..?»

— Вот ведь дела получаются... — протянул он наконец. — Вернулись, значит. И дело доделали...

Антон с силой растёр ногой окурок, смешивая с песком крошки недогоревшего табака:

— Нет. Я потом понял... Им не убить его нужно было, а... выключить где-то на сутки. Чтобы под ногами не путался... А он... встал. Жокеи, они... крепкие...

Говорить об этом было трудно. Но он говорил.

— И получил, — сказал Алексей. Помолчал и добавил: — Может, если бы мы не вмешались, всё так и было бы, а? Действительно, полежал бы денёк...

А то Панаморев не думал об этом. Ещё как думал!.. Эх, если бы да кабы!.. Если бы не висела над душой идиотская боязнь «наломать дров» — ну вот не наломал, а чем кончилось? Остатки карьеры сберёг? Да пропади они пропадом!!! ...Если бы с помощью Алексея сдал обоих Серёжиных обидчиков в милицию — и плевать, что сам участвовал в драке, свидетелей-то вон сколько было вокруг!.. Если бы не заморачивался с окончательным лабораторным анализом — Заказ?.. не Заказ?.. — а просто вовремя подстраховался и привёл в «Юбилейный» группу захвата, опытных и умных ребят, с наказом — любыми правдами и неправдами, но не дать погрузить и вывезти так называемого Сирокко... Если бы раньше вышел на пограничников и попросил придержать гнедого без отметин коня, чьим бы транспортом ни пытались его вывезти: «Это наше национальное достояние, помогите...» Если бы да кабы...

На Серёжиных поминках он выпил рюмку «Синопской». И после этого не брал в рот даже пива. Не было никакого желания.

— Вот тут ты не прав, — сказал он Алексею. — Надо было вмешаться... только не так, как мы это сделали. Влез в драку, так уж иди до конца!

— Святые слова, — пробормотал Алексей...

— ...Анна Ильинична!.. — долетел с манежа тонкий голосок Стаськи. — У него, по-моему, потник сбился!..

Аня тут же подскакала на Вальсе, глянула и кивнула:

— Выезжай на середину, переседлаешь.

Стаська остановила Альтаира и спрыгнула на песок, и почти тут же рядом осадила свою кобылу разъярённая Вика:

— Другого места не нашла, корова прокатная?!.

Оказывается, она пыталась добиться от лошади прибавленной рыси, и по какой-то причине дело у неё не заладилось, а тут ещё и девочка помешала — расположилась аккурат на дороге. Стаська испуганно смотрела снизу вверх, не очень понимая, что произошло, только то, что определённо стряслось нечто ужасное и она была тому причиной, — но Аня уже направила к ним Вальса.

— В чём дело? — мгновенно отреагировала она. — В манеже двум лошадям не разъехаться?.. И что ты на человека орёшь? Забыла, как сама начинала?..

Устыдилась Вика или нет, осталось неведомо никому, но покраснеть покраснела. Развернула лошадь и уехала на другой конец манежа, к слову сказать, довольно обширного. Альтаир изогнул шею и принялся тереться головой о Стаськину спину: должно быть, кожа под уздечкой чесалась. Девочка поправила съехавший потник, быстренько сунула коню в рот кусочек морковки и снова забралась в седло.

— Повод! — снова подъехала Аня. — Хлыстик во внешнюю руку! Постановление сделай! Манежным галопом — марш!..

Серый Альтаир спокойно поскакал по манежу. Ему успела понравиться незнакомая всадница, пусть неумелая, но постигшая самое главное: *уважение* к живому существу, будь у него две ноги или четыре. Благородный конь в полной мере оценил это и теперь с бесконечным терпением подсказывал маленькой ученице, как именно следует сидеть в седле на галопе. Глаза у Стаськи были счастливые.

Алексей на трибуне снова вскинул видеокамеру... Насколько Панама разбирался в людях — а он в них ещё как разбирался, — не далее как к вечеру этот человек и думать забудет о случайном знакомом по имени Сергей, мелькнувшем и исчезнувшем с его горизонта. Небось на видеоплёнке не будет ни Аниных наплаканных глаз, ни кучки окурков, усеявших песок под трибуной. Сколько убийств совершается в пятимиллионном Питере каждые сутки? Одним больше... Вот так всё оно и проходит... и порастает быльём...

«Здравствуйте, Аналитик. Можете передать нашему общему знакомому: ответ положительный. Хотелось бы уточнить следующие технические детали...»

# Глава двенадцатая
## УХОДЯЩИЕ СКВОЗЬ ЗВЁЗДНУЮ СТЕНУ

От Санкт-Петербурга до Стокгольма расстояние как до Москвы. Те же семьсот вёрст, только в другую сторону. Не на юго-восток, а точно на запад. И лёту примерно столько же: один час. И благодаря разнице во времени самолёт приземляется в аэропорту Арланда по местному времени *раньше,* чем отбыл из Пулкова. Вот такие чудеса.

Хмурому седовласому джентльмену в дорогом строгом костюме, сидевшему в одном из кресел «Ту-154», было не до чудес. Что такое для современного лайнера неполная тысяча километров?.. Полное тьфу. Едва набрал высоту — и через двадцать минут приступай к снижению на посадку. Вот это, по мнению джентльмена, было самое скверное. Он вообще страшно не любил летать. Конечно, куда ж денешься — терпел, когда приходилось. Но посадка... когда при каждом движении воздушной машины недавно съеденные аэрофлотовские разносолы начинают шевелиться внутри и кажется, что внутренности покидают свои привычные места и вот-вот соберутся в спутанный комок около горла...

Пожилой джентльмен изо всех сил делал вид, будто спокойно подрёмывает в кресле, уже приведённом, согласно инструкции, в вертикальное положение. Только руки, стиснутые на массивной пряжке пристяжного ремня, выдавали напряжение. Он вслушивался в переменчивую мелодию самолётных турбин и лишь изредка приоткрывал глаза, чтобы недовольно посмотреть сперва на часы — долго ли осталось страдать? — а потом сугубо мельком в иллюминатор. Шхеры Стокгольмского архипелага проявлялись впереди куда медленнее, чем ему бы хотелось. У седоусого джентльмена был вид человека, спешащего на безотлагательную встречу и заранее раздражённого возможной задержкой. Он снова закрыл глаза и отрешённо откинулся на спинку кресла...

...Громкий дружный смех, неожиданно прорезавший напряжённый гул двигателей самолёта, заставил очнуться. Василий Никифорович сердито открыл глаза и посмотрел за проход, туда, где обосновалась компания иностранцев. Прямо против Цыбули сидел молодой скандинав, светловолосый, усатый, с открытым мужественным лицом. Выставочный экземпляр потомка викингов, ни убавить, ни прибавить! Парень что-то весело рассказывал обернувшимся в креслах друзьям. Василий Никифорович не понимал языка, но даже без знания шведского всё стало ясно в секунды. Жесты и мимика не оставляли сомнений. «Викинг» переносил самолёт ничуть не лучше Цыбули, а может, даже и хуже. До тошноты, до унизительного общения с гигиеническим пакетом. Что, понятно, порождало проблемы, ведь перелёты, в том числе международные, на Западе — такая же привычная норма жизни, как у нас электрички. И мучился парень, пока случайно не открыл самое простое и надёжное средство: от души похохотать над собственной слабостью...

Зато вот теперь сидел с баночкой холодного пива в руке и вовсю травил анекдоты, изредка поглядывая в иллюминатор и указывая пальцем на возникавшие внизу знакомые контуры островов, и гнусная дурнота не смела к нему подступиться.

«А я чего? — с внезапной ревностью подумал Василий Никифорович. — Я-то какого героя-панфиловца изображаю?.. И в Питер пока летел из Ростова, и теперь вот... Перед ними выпендриваюсь?..»

Он ехал за рубеж не впервые. И давно понял, в чём разница между российским руководителем и западным бизнесменом. Россиянин застёгнут на все пуговицы, он внешне неприступен и несокрушим, но таит в кармане нитроглицерин, потому что десять лет не был в отпуске — а как же, ведь без него производство немедленно встанет, а то и вовсе развалится... Европеец ходит в мятых джинсах и тенниске, поскольку знает толк и в работе, и в отдыхе, и инфаркт ему не грозит, ибо хорошо отлаженная фирма даже в отсутствие шефа тикает как часы...

«Викинг» заметил взгляд Цыбули, дружески улыбнулся ему и сделал жест пивной баночкой, как будто предлагал тост. Василий Никифорович неожиданно для себя самого ответил традиционным жестом русского выпивохи: средние пальцы согнуты, а большой и мизинец делают вид, будто поддерживают стакан.

— Скооль!..[1] — засмеялся швед. Цыбуля торжественно кивнул ему и отвернулся к окошку. Нитроглицерина в кармане он пока не носил, а джинсы покоились внутри сданного в багаж чемодана. Вот только вряд ли они ему пригодятся. Василий Никифорович летел в Стокгольм вовсе не ради неофициального дружеского общения...

«Ту-154» пробил последний слой реденьких облачков, нацелился на полосу и выпустил шасси, и панорама за иллюминатором как-то вдруг утратила глубину и объём: взгляд с небес стал взглядом с балкона обычного здания. Облака снова сделались высокими и недостижимыми, мелькнули внизу деревья, кусты, стала различимой трава... Самолёт коснулся и побежал по бетону, и турбины страшно загрохотали на реверсе, осаживая мчащуюся машину. Молодые скандинавы дружно зааплодировали, благодаря экипаж за безукоризненную посадку. Цыбуля оглянулся в иллюминатор и увидел, что крыло самолёта встопорщилось блестящими перьями, упиравшимися в густой

_____
[1] Скандинавский аналог нашего «Будем!».

плотный воздух... Директор «Свободы» вновь ощутил подступившую дурноту, но тут необузданный бег лайнера перешёл в стадию спокойного качения по бетонке, чудовищный рёв двигателей сменился неторопливым гудением, а подкрылки с закрылками попрятались обратно в недра крыла: и не догадаешься, сколько всего только что оттуда торчало. «Ту-154», снова не оправдавший свою репутацию самого аварийного, с достоинством проследовал по рулёжной дорожке. Мимо британских, немецких, французских собратьев. И замер против висевшей в воздухе «гармошки» раздвижного пассажирского коридора. Приехали!..

Международные аэропорты, сколько видел их Василий Цыбуля, все похожи один на другой. Ты уже не на небе, но ещё вроде как не совсем на земле (или наоборот). Ты определённо уже не в России, но ещё не вышел на все четыре стороны в Швецию (либо опять-таки наоборот). Отбывающие подсознательно мандражируют перед полётом, даже если на маршруте не ожидается ни Бермудского треугольника, ни террористов; прибывшие — таково свойство путешествий по воздуху — чувствуют себя слегка ударенными пыльным мешком... и этим вовсю пользуется чуткая к человеческой психике торговля. Василию Никифоровичу показалось, будто он вышел из самолёта прямо посреди столичного универмага в разгар предпраздничной распродажи. Налево — «Tax free», прямо — «Currency exchange», направо — «Ирландский паб»... у полукруглой стойки которого, кстати, не наблюдалось ни единого свободного места. Все боролись за свободу Ирландии. «Они что тут, с шести утра не жрамши самолёт ждут? — неодобрительно подумал Цыбуля. — Или живыми добраться не чаяли — скорей отмечать?..» Никаких указателей насчёт того, как пройти на паспортный контроль, за багажом и на таможню, Василий Никифорович не заметил и решил руководствоваться «муравьиной дорожкой» — двинулся следом за всеми. Этакий седоусый плейбой, загорелый до черноты миллионер, налегке завернувший в сентябрьскую Швецию отдохнуть от надоевшей жары тропических пляжей...

Йон фон Шёльдебранд, гофшталмейстер Его Величества короля Швеции Карла XVI Густава, не очень-то изменился со времени их последней встречи. Он показался Василию Никифоровичу таким же подтянутым, как и три года назад, и седины у него не прибавилось. Единственная деталь — правая рука Йона висела на груди, заключённая в специальную матерчатую повязку. А рядом с королевским конюшим стояла тоненькая изящная девушка с абсолютно русским лицом. «Господин Цыбуля В. Н.» — гласили чёткие кириллические буквы на плакатике, который она держала перед собой. Плакатик оказался излишним — двое мужчин и так сразу узнали друг друга.

Правая рука у фон Шёльдебранда не действовала, и Цыбуля после секундного замешательства подал ему левую.

— Вывихнул неделю назад, — рассмеялся Йон, и девушка синхронно перевела. «Русская» внешность не обманула: говорила она без сколько-нибудь заметного акцента. — Брэк[1] в повороте перевернулся... молодые лошади... Раньше на другой день уже был бы в форме, а теперь... годы, годы! Доктор вот велел поберечь... Ну, здравствуй, Василий! Наконец-то удалось в гости к нам тебя заманить!..

— Здравствуй, Йон. Очень рад. — Цыбуля неловко сжал ладонь шведского аристократа и внезапно почувствовал, что не лукавит: он *действительно* радовался этой встрече. При всём том, что поводом для неё послужили очень горестные события и, возможно, в итоге от нынешней теплоты останутся одни воспоминания. — Очень рад, — искренне повторил он, глядя Йону в глаза.

---

[1] Экипаж, используемый на соревнованиях и тренировках по драйвингу.

— А это, — гофшталмейстер указал на смутившуюся девушку, — позволь тебе представить Ольгу Михайловну, княжну Путятину. Младшую дочь моих старинных друзей, российских дворян...

При слове «Путятина» у Василия Никифоровича болезненно напряглось что-то внутри. Оставалось надеяться, что Йон с Ольгой ничего не заметили.

— ...У которых принято в семейном кругу говорить только по-русски. Ольга любезно согласилась сопровождать нас с тобой. Она рада случаю попрактиковаться в родном языке и, кроме того, отменно водит машину... Я, как ты видишь, временно инвалид!..

Йон заразительно рассмеялся, похлопал здоровой рукой Василия Никифоровича по плечу. Цыбуля зашагал рядом с ним, катя за собой складную тележку с собранным Марьяной Валерьевной чемоданом. Стеклянная дверь, управляемая телекамерой, приветливо распахнулась и выпустила их под тёплое осеннее солнце. Ольга вытащила из кармашка ключи, и голубая «Вольво», припаркованная неподалёку, приветливо мигнула подфарниками. Добро пожаловать в Швецию!..

Когда-то давно, когда по телевизору ещё не показывали мыльных опер, российский народ запоем читал исторические романы. Старые и только что вышедшие. Люди записывались в очередь и с торжеством несли домой Балашова, Пикуля и Скляренко, выпрошенных до завтра. А потом обсуждали на службе и в толчее магазинов. Не обошла эта напасть и Михайловскую — тем более что молодой тогда директор «Свободы» о снабжении книгами пёкся весьма даже ревностно. Сам Цыбуля, правда, беллетристикой не увлекался, было некогда. Однако в случае чего и он не ударил бы лицом в грязь — всё, конечно, благодаря Марьяне Валерьевне. Однажды за завтраком она почти со слезами пересказала мужу трогательный эпизод из главы, прочитанной накануне в часы, оторванные от сна. Славянскую княжну выдали замуж за предводителя викингов, персонажа в соцреализме глубоко отрицательного. Так вот, по возвращении домой, едва ступив на берег с корабля, молодая женщина бросается обнимать первую же берёзку. Ибо в сумрачной Скандинавии берёзки, воплощение всего русского, расти, натурально, не могут...

Через неделю Михайловская охотилась уже за новым романом, и Василий Никифорович быстро забыл пересказанное женой. Быстро и, казалось бы, прочно. А вот теперь ни к селу ни к городу всплыло, и автора захотелось немедленно придушить: за стёклами комфортабельной «Вольво», выдававшей сто десять по нечеловечески гладкому — яичко во все стороны катай — автобану, стоял в осенней солнечной позолоте весёлый берёзовый лес!.. Зажмурься, отвернись от ухоженного шоссе и нарядных красно-бордовых домиков на той стороне — Россия Россией!.. Растут, стало быть, белоствольные! Да ещё как растут!.. Небось под каждой по подберёзовику. И сосны, и ёлки, и вообще всё то же самое, что в окрестностях Питера (насмотрелся, пока ездил с Антоном под Выборг смотреть гнедого Заказова двойника)...

А вот небо в Швеции — другое.

Цыбуле, привыкшему безо всяких синоптиков угадывать погоду на завтра, это бросилось в глаза сразу.

Здешние облака ещё не забыли об океанских просторах, над которыми только что гнал их атлантический бриз. Они ещё видят под собой море, ещё толком не поняли, что бесповоротно вплывают на материк... Что им маленькая Скандинавия?.. Пересечь, не заметив...

И если приглядеться — где-нибудь в углу небосвода непременно висит длинное волокнистое облачко, каких не бывает над сушей, и ветер, дыхание близкого Гольфстрима[1], гладит и расчёсывает его, словно страусовое перо...

— А ведь когда-то считали, будто наше здание портит весь вид, — рассказывал Йон. — И мрачное-то

---

[1] Тёплое течение в Атлантическом океане, благодаря которому в северо-западных районах Евразии климат гораздо мягче, чем на тех же широтах восточнее.

оно, и уродливое, и то ли на тюрьму смахивает, то ли на скотобойню... Дождаться не могли, пока набережную пошире намоют и ещё ряд зданий выстроят, упрячут наконец безобразие...

Главный королевский конюший улыбался и любовно оглядывал внутренний двор. Рослые деревья, почти не заметившие наступления осени, журчащий фонтан, всё лето окружённый цветами... белую, недавно обновлённую изгородь «бочки»[1]... И надо всем — пронзительно ясное небо в квадратном обрамлении столетних стен. Старинный красный кирпич так и горел на ярком свету, заставляя Цыбулю хмуро вспоминать собственные мытарства со строительством конного завода. То, что получилось в итоге, работало очень исправно, но памятником архитектуры свободненские конюшни вряд ли когданибудь назовут...

Хозяин и гость неторопливо беседовали, шагая по мелкому гравию, а юная Серёжина однофамилица (или, чем чёрт не шутит, всё-таки родственница?..) переводила. Владела она обоими языками одинаково свободно. Вначале Цыбуля чопорно величал княжну «Ольгой Михайловной», но скоро сбился на «Оленьку».

— Простите, — тотчас поправился он. Девушка, годившаяся ему во внучки, лишь рассмеялась:

— Да что вы, Василий Никифорович. Так и зовите...

Фон Шёльдебранд, кстати, был для неё «дядей Йоном». Цыбуля вдруг задумался, КАК станет рассказывать им о делах, учинённых их соплеменником. О том, что из-за жадности паскуды Нильхедена оказался чёрт знает где выращенный в России — и для России — наследник великого Секретариата... И, что гораздо хуже, погиб человек, ему самому, Цыбуле, доводившийся то ли внуком, то ли племянником, то ли вовсе любимым младшим сыном...

---

[1] Небольшой круглый загон, куда лошадь выпускают на прогулку или для работы на корде.

Серёжа Путятин незримо шёл рядом с Василием Никифоровичем по залитому солнцем двору. Он тоже любовался кладкой каретного сарая и фигурными окошками большого манежа, но время от времени вопросительно поглядывал на Деда, не давая запамятовать о главном. «Ну? — отчётливо слышал Цыбуля его голос. — Когда Заказа выручать будем?» Речь Василий Никифорович сочинил ещё дома. Потом отшлифовал её в Питере и десять раз повторил, пока летел в самолёте. Он скажет Йону... Тот возразит... А он ему... А в ответ... Отчего же теперь Цыбуля чувствовал себя так, словно заглянул к соседу по очень невесёлому поводу — и, шагнув на порог, нежданно-негаданно оказался за праздничным столом, и вот надо решительно встать, и поставить на скатерть радушно поднесённую рюмку, и выговорить: «А ваш сын, знаете ли, изрядный мерзавец...» Почему так? Потому, что Швеция — маленькая страна и ты это нутром чувствуешь на каждом шагу, и Стокгольм, в общем-то, крохотный, и оттого приехавшему из огромной России мерещится, будто все шведы — друг другу чуть ли не родственники?..

Берейторы в форменных тёмно-синих шинелях, встречавшиеся во дворе, отдавали своему начальнику честь.

— На самом деле мы штатские, — заметив взгляд гостя, пояснил фон Шёльдебранд. Он был генерал-майором в отставке; Цыбуля не удержался и подумал о том, как, наверное, хорошо быть отставным генералом в сугубо нейтральной, не лезущей ни в какие конфликты сытой стране. А Йон продолжал: — У нас до шестьдесят девятого года всех офицеров обязательно учили ездить верхом. Я сам и ещё кое-кто из наших служащих это застали, а вот нынешняя армейская молодёжь... Командование, конечно, имело причины, но моё личное мнение...

— «Жираф большой, ему видней», — усмехнулся Цыбуля. Личное мнение Йона он разделял полностью. — Наверное, командование сочло конный спорт слишком опасным для молодых офицеров?

Оленька перевела, Йон расхохотался, а Василий Никифорович поймал себя на том, что оттягивает и откладывает момент решительного разговора. В самом деле, ну не сейчас же, не с бухты-барахты... Осознав это, он в который раз мысленно помянул чёрта: «Стар, наверное, становлюсь...»

Хоромы у королевских коней, как и следовало ожидать, оказались не бедные. То есть ананасы на золотых блюдах им не подавали, но добротный пол, высоченный — много воздуха — потолок, просторные денники и вдоволь солнечного света из окон — чем не дворец для коня?.. Тёмно-гнедые, каждый под синей с жёлтым попоной, холёные красавцы любопытно оборачивались к вошедшим, тёрлись о решётку носами, фыркали, привлекая внимание.

— Наши шведские полукровные кони стали очень популярны для драйвинга. — Йон ловко, одной левой рукой, открыл защёлку, и наружу тотчас же высунулась лошадиная голова. Добрые глаза и доверчивые губы животного, в жизни своей не знавшего не то что жестокости — даже и грубого окрика. Высоко на стене красовалась его кличка: Кардинал. — Причём особенно ценятся гнедые, как у нас, в королевском выезде. И в результате, ты только представь, конюшня Его Величества получает лошадей, так сказать, второго разбора. Тех, которые не привлекли внимания спортсменов...

Цыбуля хмыкнул и погладил усы. Он попробовал представить себе сходную ситуацию в России, если бы глава государства решил учредить для себя, скажем, выезд в карете с орловскими рысаками.

— А что, мы не в обиде. Нам «тигры», которые рвут с места в карьер, и не нужны! Мы своих берём годика в четыре, в пять, в основном из южной Швеции, и не с каких-нибудь любительских ферм. Обязательное условие — чтобы коня растили профессионально и очень хорошо с ним обращались. Попав к нам, он для начала несколько месяцев ходит под седлом по самым напряжённым городским улицам, привыкает не бояться движения. Ходит не один, а в паре с каким-нибудь пожилым опытным конём. Таким вот, как Кардинал. Ему уже двадцать. Старые у нас учат молодых, и мы за это очень их ценим...

Кардинал ластился, и Йон почесал мерину за ухом:

— Видишь, у него на морде проточина и задние ноги в половину бабки бел*ы*? Раньше этого не допускалось. Все кони должны были быть чисто гнедыми, безо всяких отметин...

*Гнедые без отметин,* — резануло Цыбулю.

— ...Так что, если белая звёздочка была единственным недостатком коня, ещё двадцать лет назад её замазывали. Догадайся, чем? Кремом для обуви! — Фон Шёльдебранд отстранил голову Кардинала, прижал плечом дверь, и Оленька, поспешившая помочь «дяде Йону», закрыла задвижку. — Но чисто гнедых лошадей всегда было трудно найти, а в наши дни и подавно. Так что белые отметины, не очень большие, конечно, стали допускать...

Он миновал несколько денников и остановился перед двумя крайними. Кони в них стояли под зелёными вместо сине-жёлтых попон. При приближении людей они обернулись, и один, очень рослый, попытался высунуть голову поверх решётки.

— Это, — пояснил Йон, — единственные лошади не-шведского происхождения, содержащиеся на конюшне. Они куплены в Англии и принадлежат принцессе Мадлен...

*Куплены в Англии...*

— Принцесса — увлечённая конкуристка и, смею тебя заверить, наделена немалым талантом. Её старшая сестра, кронпринцесса Виктория, тоже прекрасно ездит верхом, но, к сожалению, при её многочисленных обязанностях престолонаследницы... Ты знаешь, — Цыбуля почувствовал, что Йон увлёкся по-настоящему, — в начале века у нас уже была королева Виктория, лошадница, каких поискать. Ещё до вступления на престол они с мужем держали конюшню, соперничавшую с королевской, и там у неё, помимо прочих, стояли четыре прекрасных липицца-

494

на. Так вот, когда родилась нынешняя хертигинна Вестеръёталандская[1], коннозаводчики, разводящие липиццанов — а у нас в Швеции их очень любят, — решили: вот тут-то мы и отметимся! И подарили новорождённой двух маленьких жеребят... Так вместе и выросли. Я учил юную хертигинну держаться в седле, а лошадок воспитывал и выезжал... Правда, вначале кронпринцесса ездила на готландском пони, ведь липиццаны — мало подходящие лошади для детей, но и до них черёд, конечно, дошёл. Каприоль и Крупад много лет здесь стояли. Теперь они живут на Эланде, в королевской усадьбе. На пенсии...

Фон Щёльдебранд отвернулся от конкурных коней и перешёл к двери, из-за которой уже дважды раздавалось нетерпеливое ржание. За решёткой виднелась породистая рыжая голова и изящная лебединая шея.

— А это — мой Веспер! — Йон клацнул защёлкой, и конь с силой толкнул носом дверь, распахнув её на всю ширину. Своевольно шагнул в проход и принялся ревниво обнюхивать Йона: почему так долго не приходил?.. Может, другого коня ему, Весперу, предпочёл?..

— На нём, — Йон ласкал коня, оберегая от его слишком пристального внимания свою правую руку, — во время торжественных мероприятий я еду рядом с каретой, сопровождая Его Величество. Я тебе потом фотографии покажу. Веспер у нас в гвардии раньше служил, я его, беднягу, там и нашёл. Ну сам посуди, дело ли ему здоровенных гвардейцев таскать? Ребята все на подбор, а ездить — учатся только...

Веспер перебирал тонкими ножками, ловил хозяина за рукав и всем своим видом показывал: конечно, не дело, и очень, мол, хорошо, что ты меня оттуда забрал!.. Цыбуля подумал о том, до чего здорово, наверное, смотрелся на рыжем Веспере Йон — лёгкий, сухощавый, в красивом голубом, старинного кроя мундире...

---

[1] Т. е. герцогиня Вестеръёталандская. Титул шведской кронпринцессы Виктории.

А гофшталмейстер короля Шведского вдруг посмотрел на часы, улыбнулся, точно хитрый мальчишка, и заявил:

— А теперь — сюрприз!

Скормил Весперу припасённую в кармане морковку и решительно повёл Цыбулю во двор.

Сюрприз действительно имел место. В большом старинном манеже, где когда-то выезжали величественных липиццанов, где по сей день учат ответственности коней для королевских парадов, — скакала галопом по кругу маленькая, весьма упитанная лошадка ярко-песочной масти. Ухоженные копытца выстукивали по песку размеренный ритм. В седле сидела девочка в нарядной голубой безрукавке. Из-под защитного шлема (без которого в Швеции никакие конные занятия в принципе не допускаются) выбивались растрёпанные белокурые волосы, вспыхивавшие на свету, что лился из стеклянного потолочного фонаря. Юная всадница заметила дедушку Йона, остановила кобылку и, натянув повод, смело дала шенкеля. Лошадка спокойно поднялась на «свечку», на миг замерла — и вновь опустилась на все четыре ноги.

— Фасолина! — строго сказал ей Цыбуля. Он всегда делался ужасно серьёзным и строгим, если чувствовал, что глаза вот-вот затуманит неверная сырость.

Лошадка ответила знакомому голосу тонким, совершенно девчоночьим ржанием. Ингеборг отпустила повод, и Нотка рысцой устремилась через манеж, чтобы ткнуться носом в подставленную ладонь. Цыбуля, растроганный до невозможности, ещё круче сдвинул брови: «Помнит, паршивка!..» Йон передал гостю несколько кусочков сахара, тут же подобранные ищущими губами лошадки. Цыбуля придирчиво оглядел былую любимицу свободненского завода и понял, что правильно распорядился её судьбой. Он предполагал, что снова увидит её здесь, в Швеции, но почему-то ждал, что, крепко угодив в работу и

496                                          ¹/₂16*

тренинг, Нотка постройнеет, «перепадёт». Ничего подобного! Похоже, на новом месте умненькую малышку любили и баловали не меньше, чем дома... Нотка стала ещё круглей, чем была, светло-рыжая шёрстка золотилась россыпью муаровых «яблок».

— Добро пожаловать, Василий Никифорович!.. — по-русски старательно выговорила Ингеборг. И быстро покосилась на Оленьку Путятину: всё ли правильно произнесла. Юная княжна незаметно кивнула, девочка смутилась и слегка покраснела, гордясь похвалой старшей подруги, а до Цыбули вдруг дошло, как они все здесь ждали его, как готовились его встречать — с того самого часа, как он, Цыбуля, связался по компьютерной сети с Йоном и сообщил, что хотел бы приехать... Неведомо откуда пришло мгновенное озарение, и Василий Никифорович увидел всю ситуацию словно бы их глазами, совершенно в ином свете, чем она до сих пор представлялась ему самому. Он был не просителем из вечно разорённой, разворованной и голодной страны, приехавшим в европейскую столицу «за правдой». Он прибыл в маленькую Швецию из всё ещё огромной, великой и непостижимой России, из той самой России, на которую бронзовый Карл XII на стокгольмской площади до сих пор указывает рукой: «Я там побывал — и запомните, шведы: если охота жить, русских лучше не трогайте...»

— Ну? — по-прежнему строго обратился Василий Никифорович к девочке. — Показывай, чему научилась!

Маленькая Ингеборг, конечно, не поняла. Все её познания в русском исчерпывались только что произнесённым. Оленька Путятина тут же выручила, перевела. Внучка Йона очень серьёзно кивнула — знать, ждала подобного экзамена, готовилась к нему — и стала показывать. Нотка, попавшая из одних хороших рук в другие, не худшие, повиновалась весело и охотно. Меняла аллюры, выделывала вольты, восьмёрки и змейки, а под конец даже лихо взяла полуметровое препятствие, установленное посередине. Чему только не научит дедушка внучку, пока мама не смотрит!..

— Молодец, — похвалил Йон.

Цыбуля смотрел на сияющую от гордости маленькую наездницу, на её *молодого* в шестьдесят пять лет деда и понимал, что начать горестный разговор становится всё невозможней.


Мы неверно произносим название шведской столицы. На самом деле надо «СтокХольм», только вот букву «х» раньше почему-то у нас не любили и всюду, где можно и нельзя, в иностранных словах заменяли на «г». Таким образом скандинавское имя Харальд надолго превратилось в «Гаральда», великий поэт Хайнрих Хайне стал для нас (видимо, уже навеки) неведомым немцам «Генрихом Гейне», и так далее. Теперь, правда, исторический маятник качнулся, и ныне у нас, согласно рекламе, что ни день — то новое слово на букву «х»... Ну да Бог с ним.

Город Стокгольм получил такое название благодаря обстоятельствам своей закладки. Когда древние новгородцы с карелами устроили набег и дочиста разрушили прежнюю столицу, Сигтуну, даже врата утащив из местного храма к себе за море, — опечаленные шведы решили перенести королевский город в новое, более счастливое место. Куда именно? Ответ подсказал старинный обычай: по волнам озера Мелар пустили плыть строевую лесину. Где прибьёт её к берегу, там городу, значит, и быть. А озеро Мелар, как и наша Ладога, неудержимо вытекает в Балтийское море, только с другой стороны, а вместо Невы здесь — забитый островами пролив. Течение и затащило лесину в пороги, где она в конце концов застряла на острове. Потому-то и дали новой столице имя Стокгольм: «Остров Бревна»...

Питер и Стокгольм вообще очень похожи. Взять Санкт-Петербург, вымыть с мылом и щёткой да вместо диких помоечных котов, поколениями дерущихся за кусок, населить деловыми домашними мышеловами, добрыми, доверчивыми и пушистыми, — и будет то самое.

Стокгольмские острова соединяются мостами. Под одними скачут с волны на волну сумасшедшие байдарочники в ярких маленьких лодках. С других закидывают удочки и ловят форель, снующую в прозрачной зелёной стремнине. Говорят даже, неплохо клюёт, — за чистотой воды, как и за рыбным поголовьем в озере, шведы строго следят.

Островов не меньше, чем в Питере, и у всех красивые и гордые имена: Старый Город, Рыцарский, Королевский. А один с давних пор называется Юргорден, что по-русски значит просто «Зоопарк». Парк — и ещё какой — по-прежнему на месте. А вот «зоо» представлено в основном лошадьми, на которых ездят стройные красивые девушки. Дорожки для верховых прогулок отмечены специальными знаками, и никто — можете не верить, но это действительно так — не устраивает на этих дорожках стоянку для «Мерседесов»...

Юргорден расположен почти в центре Стокгольма, и в погожие уик-энды сюда выбирается половина горожан. Поваляться на травке, поиграть (и очень азартно) в местную разновидность лапты, пообедать в одном из множества маленьких ресторанов...

Заведение, где расположились Йон с внучкой, Оленька и Цыбуля, угнездилось на довольно крутом склоне холма, над узким, меньше иной дренажной канавы, проливчиком, тем не менее отделявшим одну от другой две части Юргордена.

— Видишь дубы? — Пока ждали заказ, фон Шёльдебранд кивнул на огромные старые деревья, живописно раскиданные по широкой лужайке за проливом. — Триста лет назад Швеция была великой державой, и для поддержания могущества решили укреплять флот. Ну, а флот тогда был какой? Деревянный. На корабли шло много дуба, и королевским повелением приказали их насаждать. Насадили... Только не учли, что дубы — не картошка, за лето не вырастут. Время шло, появились стальные пароходы, потом современные крейсера и подводные лодки... А указа-то высочайшего никто так и не отменил! И вот совсем недавно специально выделенный для этого чиновник докладывает королю: «Ваше Величество, дубы для флота созрели...»

Осеннее солнце пригревало мягко и ласково, лёгкий ветерок ещё хранил дыхание уходящего лета. Василий Никифорович заметил на столе лишний прибор и хотел было спросить, кого ещё ждут, но его внимание отвлекла девушка, ехавшая через мостик на красивом серебристо-сером коне. Один из автомобилей, стоявших поблизости, как раз в это время завёлся. Конь насторожил уши и хотел было шарахнуться, но хозяйка успокоила питомца еле заметным, уверенным движением повода. Конь сразу понял, что ничего особо страшного не происходит, раздумал пугаться и спокойно зарысил дальше. Василий Никифорович мысленно одобрил мастерство девушки... и она вдруг так остро напомнила ему оставшуюся в Питере Аню, что снова ёкнуло сердце. Цыбуля не захотел показывать радушным хозяевам своё состояние — отвернулся, сделал вид, будто провожает взглядом удаляющуюся наездницу. И сам не заметил острого, пристального взгляда Йона, устремлённого на русского гостя: «Непростое что-то у тебя на уме... Что ж, расскажешь, когда сам пожелаешь!»

В это время на месте отъехавшего автомобиля притормозил юркий бирюзовый «Фольксваген». Из него выбралась крепкая, энергичная дама лет сорока пяти. Пискнула сигнализация — и дама решительно устремилась через открытую площадку ресторана прямо туда, где под большим растянутым тентом устроились Йон и его гости. Одновременно с нею, только с другой стороны, появился официант с большим подносом в руках.

— Хей! — стремительно подойдя, приветствовала сразу всех энергичная дама. Села за стол и немедленно принялась темпераментно что-то рассказывать, перескакивая со шведского на английский. Пока Оленька Путятина открывала и закрывала рот, силясь вставить хоть слово, Йон тронул девушку за руку, и она перевела для Цыбули:

— Это моя сестра Кристина. Помнишь, я тебе про неё говорил? Она живёт в Сигтуне. Кристина — очень известный политик...

Извержение вулкана временно прекратилось. Кристина замолчала на полуслове, потом заразительно расхохоталась и пояснила:

— О да!.. Я прямо с заседания — никак всё не отойду...

Василий Никифорович смутно припомнил, что вроде бы Йон действительно упоминал о сестре — ещё по дороге из аэропорта, — но Цыбуля, несколько чумовой после перелёта, как говорят, «не въехал», что она будет с ними обедать. Йон ещё, помнится, охарактеризовал её, назвав *экстравертной*. О йес!.. Скоро выяснилось, что это было ещё мягко сказано. Цыбуля решил быть вежливым и спросил:

— А где заседали — в риксдаге[1]?

Невинный вроде бы вопрос вызвал новый всплеск лавы.

— Где-где? — снова расхохоталась Кристина. — Что вы! Это только у вас, в России, каждый маломальски заметный политик сразу метит в Государственную Думу и переезжает в Москву. Вот потому-то Россия в банкротстве...

Должно быть, она полагала, что пошутила, и притом достаточно остроумно. Цыбуля почувствовал, что тяжело наливается кровью, но промолчал. Йон тоже промолчал, лишь улыбнулся: наверное, он очень хорошо знал сестру и как бы хотел сказать, что за подобные мелочи на неё не стоит сердиться. Молодой официант между тем ловко расставил заказанную еду. Перед Василием Никифоровичем оказалась большая тарелка, где на листьях красного и зелёного салата в обществе четвертушки лимона возлежали — именно возлежали — полусантиметровые ломти малосольного норвежского лосося, невероятно нежные и вкусные даже на вид. Посередине стола поставили одну на всех объёмистую миску с горячей варёной

---

[1] Шведский парламент.

картошкой, обильно сдобренной укропом и чем-то средним между густыми сливками и майонезом.

— Должна предупредить, — продолжала неугомонная Кристина, и Оленька была вынуждена перевести, — что у нас в Швеции за последние годы сложилось о вас, русских, определённое мнение. Из вашей страны сюда приехало столько людей! И каких!!! Крупные русские воры скупают недвижимость в центре Стокгольма!.. А мелкие воришки обосновались в Карлслунде — это такое место, где у нас селят беженцев из «третьего мира», — и крадут что ни попадя в столичных универмагах. Причём крадут так неуклюже!.. Полиция уже замучилась арестовывать...

Кристина вновь засмеялась. У неё были хорошо подстриженные каштановые волосы (наверное, закрашивала седину) и ровные белые зубы, и некоторым образом чувствовалось, что эта женщина никогда не рожала детей. Цыбуле захотелось отодвинуть нетронутую тарелку, встать и уйти. Он этого, конечно, не сделал.

Отставной генерал фон Шёльдебранд поднял бокал:

— Давайте выпьем за твой приезд, дорогой Василий. За то, что ты наконец-то к нам выбрался, и пусть эта поездка оставит у тебя только приятные воспоминания...

Выпили. Мужчины — лёгкое светлое пиво, Кристина — сок, Ингеборг — молоко, а Оленька — тоник. Она тоже была за рулём.

— Так вот, вы себе только представьте!.. — со вкусом жуя, принялась рассказывать неугомонная дама-политик. — Я им ещё в мае доказывала — скоро, мол, начнётся сезон, наедут туристы, а общественных туалетов в городе — раз, два и обчёлся! Я этим бюрократам уже и фирму нашла, которая хоть на каждом углу передвижные сортиры может расставить, и фотографии принесла, как в приличных местах у людей сделано, а эти бумажные крысы...

Княжна Путятина переводила, насколько удавалось поспеть. Варёная картошка стыла перед ней на тарелке.

Насколько Василий Никифорович вообще сумел рассмотреть местный народ, Швеция была страной очень стройных, следящих за своими фигурами женщин — и полноватых, с явно наметившимися брюшками (у кого — от пива, у кого — от кока-колы) мужчин. Так вот, если это было правило, то Йон с сестрой являли собой исключение, которое его подтверждало. Йон был жилистый, лёгкий и цепкий — истинный конник. Кристина же — не сказать толстая, но — налитая, плотно сбитая, никак не вписывающаяся в имидж тощей западной женщины.

— ...И я начала разбираться, почему же, если им всё так понравилось, они голосовали против? Оказывается, эта стерва Гудрун Линдбом, которая вечно у нас всем вставляет палки в колёса, откуда-то притащила документацию на давно устаревшую модель, с которой, конечно, современный дизайн и рядом не ночевал...

— Ты ешь, Оленька, — вполголоса сказал Цыбуля княжне.

— Василий Никифорович, вы только не обижайтесь на тётю Кристину, что она так про Россию, — тоже вполголоса ответила Оля Путятина. — Она очень добрая на самом-то деле. Только они тут не всё про нас понимают...

*Про нас*, — отметил Цыбуля, и ему захотелось обнять правнучку старинного эмигранта, всё ещё полагавшую себя русской, всё ещё нёсшую в себе нечто непостижимое для самого продвинутого *ихнего* специалиста по России. Не говоря уже об *экстравертной* Кристине...

Между тем выяснилась причина, подвигнувшая Йона пригласить в ресторан свою сестрицу-политика. Причина была веская: сегодня семейство фон Шёльдебрандов собиралось для торжественного посещения кладбища. Согласно вековому обычаю шведы поминают усопших родственников два раза в год. В день рождения — и ещё в День всех святых, первого ноября. Так вот, Цыбуля, как обнаружилось, дату своего приезда подгадал со снайперской точностью: именно сегодня покойной госпоже Шёштин фон Шёльде-бранд, бабушке Йона и Кристины, сравнялось бы сто семь годков. Вообще-то подобным возрастом в нынешней Швеции никого особо не удивишь, запросто могла бы здравствовать и поныне, — но, увы, бабушка в долгожительницы не вышла. Умерла совсем молодой, в год, который Василий Никифорович по нашей национальной привычке определил для себя как «дореволюционный».

В идеале посещать кладбище следовало всем вместе, но что тут поделаешь! Когда в странах западной цивилизации обычай входит в противоречие с бизнесом, побеждает, как правило, бизнес. И поэтому фон Шёльдебранды посещали могилу бабушки Шёштин в течение дня кто как мог — одни с утра, другие в обеденный перерыв, а третьи вечером.

— Не хочешь с нами поехать? — предложил Цыбуле королевский конюший, одновременно делая знак официанту, чтобы принёс счёт. — Это очень старое кладбище, там красиво. А впрочем, если сильно устал, смотри... Оленька тебя отвезёт.

На самом деле Василий Никифорович сейчас с величайшим удовольствием *рухнул* бы на диван, а через полчасика, слегка отлежавшись и восстановив силы, принял душ — и завалился бы в постель уже капитально. Он к питерскому-то времени привыкнуть как следует не успел, а здесь, в Швеции, ещё на два часа... да плюс перелёт, от которого до сих пор не улёгся звон в голове... «Стар становлюсь», — в который раз подумал Цыбуля. Раньше эти слова он произносил про себя с этаким весёлым отчаянием. После гибели Сергея он вдруг понял, что начинает воспринимать их всерьёз.

Посланец великой страны принципиально выложил на столик кредитную карточку VISA и кивнул:

— Ну что ты, Йон, какие наши годы. Конечно, съезжу с тобой. Как же вашей бабушке не поклониться...

Шведское кладбище мало напоминает российский погост. Приличное старое кладбище в Швеции — это нечто среднее между знаменитым Арлингтонским в

504

Америке и теми, что показывали когда-то туристам в «нашей» Прибалтике. Ни тебе каких серебрёных оградок, пластмассовых венков, подписных — чтоб не спёрли — скамеечек и микросадоводств на могилах. Нет даже собственно могил, если считать таковыми отмеченные прямоугольники, показывающие, где конкретно под землёй находится гроб. Просто — плита в головах, или крест, или памятник. И два-три растения: кустик туи, пятнышко декоративного мха...

Перед памятником бабушке Шёштин пестрела узенькая, в ладонь шириной, грядочка анютиных глазок.

— Ага!.. — сказал отставной генерал, явно довольный. — Бьёрн с Биргиттой и моим внуком Йоном здесь уже побывали!

Ингеборг застенчиво, вполголоса добавила что-то по-шведски, и Оленька Путятина перевела:

— Прапрабабушка Шёштин очень любила анютины глазки. Именно такие, тёмно-фиолетовые, с маленькой золотой серединкой...

Не подлежало сомнению, что за могилой будут ухаживать ещё много-много лет, а потом состарившаяся Ингеборг передаст её уже своим внукам. Как, собственно, тому и следует быть.

Сам же памятник оказался таков, что, присмотревшись к нему, трудно было отвести взгляд. Среди короткой и густой, как коврик, зелёной травы стояла чёрная плита метра два высотой. Обрамляющий рельеф создавал впечатление распахнутой двери. В рамке «двери» диабазовая поверхность была обработана таким образом, что казалась прозрачной границей между мирами. По ту сторону смутно угадывался некий пейзаж; мастерство резчика, а может, и время, пролетевшее с «дореволюционного» года, лишили его чёткости очертаний, сделав таинственным и неразличимым — ибо не дело смертному человеку всуе пялиться на *тот свет*. Туда, куда уходила — неостановимо уходила сквозь хрустальную грань — молодая босоногая женщина в греческой накидке из тонкого лёгкого шёлка. Она, собственно, была уже *там*, но одна ножка ещё касалась почвы этого мира, и женщина ещё оглядывалась, ещё смотрела на замерших в отчаянии близких с печальной и виноватой улыбкой на тонком лице: «Не сердитесь, я не хотела вас покидать. Просто... так получилось...»

А в верхнем углу плиты мерцали нестареющей позолотой несколько звёзд. Наверное, такие тёплые и близкие звёзды светят в раю: и правда, следует ли печалиться?.. «Но всё же, всё же, всё же...»

Даты жизни, выбитые внизу, говорили о многом. 1891 — 1916. Двадцать пять лет. Ровно столько же, сколько судьба — а вернее, человеческая жестокость пополам с жадностью — отпустила Сергею... Цыбуля нахмурился и вздохнул.

— Бабушка познакомилась с дедушкой на конной прогулке, — неожиданно вполголоса начала рассказывать гостю Кристина. Она, кстати, доводилась без малого тёзкой покойнице: имя усопшей, произносимое по-шведски «Шёштин», писалось латиницей «KERSTIN». — Лошадь, на которой ехала бабушка, испугалась раскрытого зонтика и понесла, но наш будущий дедушка, как истинный рыцарь, вовремя подоспел спасти прекрасную даму...

Василий Никифорович с изумлением обнаружил, что Кристина, оказывается, способна была говорить без обычной для себя резкости, без напора, призванного, должно быть, подавлять политических оппонентов. Кристина улыбалась, и улыбка делала её почти красивой. Почти похожей на давно умершую бабушку... *Аня Смолина рассказывала Цыбуле, как надеялась, что произойдёт чудо и она ещё окажется беременной от Сергея. Ещё родит ребёнка, который будет похож на него. Но чуда не произошло.*

— Бабушка, правда, потом утверждала, что лошадь вовсе даже не понесла, — продолжала Кристина. — Просто она, бабушка, увидела в парке симпатичного кавалера и сразу придумала способ с ним познакомиться. Они друг друга очень любили...

Дерево, склонившееся над памятником, уронило напоённый золотом лист, и тот, косо пронизанный солнцем, спланировал, кружась, на траву. *Сергуне бы что-нибудь такое поставить в Михайловской. С карельскими соснами, которые возле той больницы шумели... И чтобы шёл он ТУДА при всех жокейских регалиях, а ТАМ чтобы ждала его Каринка с маленьким у бока... Нет! Не так!.. Не уходить будет Сергей, а к нам ОТТУДА лететь... К нам — в жизнь — лететь верхом на Заказе...*

— Не должны мы, старики, своих детей провожать, — вырвалось у него вслух. Ему захотелось заплакать и простить Кристину (то-то она бы удивилась, наверное), а Йону немедленно рассказать о Сергее и вообще обо всём. Но было не время и не место, и Василий Никифорович, неизвестно за что сердясь на себя, промолчал.


Озеро Мелар, то, что выливается в Балтику из-под стокгольмских мостов, на самом деле очень большое. По карте это не сразу поймёшь, потому что у него весьма изрезанные берега: всё озеро представляет собой сплошь длинные и извилистые заливы-проливы-протоки, здесь не доищешься открытых пространств от горизонта до горизонта, как у нас на Ладоге или Онеге. Зато практически любая вода, которую можно увидеть за окошком машины в пределах километров этак ста к северо-западу от Стокгольма, скорее всего окажется не просто озером, живущим само по себе, а непременно ответвлением Мелара.

В одном из бесчисленных заливов-проливов у семейства фон Шёльдебрандов был свой собственный остров.

Не очень большой остров, примерно километр на полкилометра. До ближайшего берега — добрая сотня саженей воды. Попасть на остров можно только по узенькой — двум автомобилям не разъехаться — дамбе. А зачем им здесь разъезжаться, зачем куда-то спешить?.. Ближе к острову, возле густых камышей, плавает пара красавцев-лебедей с уже взрослым, уже готовым лететь выводком. У материковой части дамбы что-то ищут в воде серо-пёстрые канадские гуси.

Никто здесь не покушается на них, не порывается голову отвернуть — с голодухи ли, либо попросту от бескультурья...

Островок назывался Арнё и был пожалован предкам Йона ещё в шестнадцатом веке. Тогдашние короли не слишком уверенно чувствовали себя на престоле и приобретали верных сторонников всеми доступными способами. Давая, например, во владение землю на довольно хитрых условиях. Арнё, как и другие подобные имения, формально оставался собственностью короля, и теоретически монарх мог в любое время явиться туда и жить, как у себя дома. На практике же фон Шёльдебранды свободно распоряжались островком из поколения в поколение, да первое время ещё и не платили налогов — кто же будет облагать налогами собственность короля?..

Хорошее, правда, всегда кончается быстро. Наступили новые времена, и Арнё подпал-таки под государственные поборы. А после Второй мировой местные социал-демократы (как-никак двоюродные родственники коммунистов, надо же марку держать) подняли плату и вовсе за облака: по их логике, аристократов следовало сжить если не вовсе со свету, так по крайней мере с земли. Однако не удалось. Фон Шёльдебранды выстояли и по-прежнему жили там, где их предки четыреста лет назад, и древний каменный особняк, отгороженный от дамбы холмиком с вековыми соснами, стоял всё так же несокрушимо.

Правда, теперь здесь был музей, и специальные гиды водили по нему группы туристов, своих и зарубежных, — музей был хотя небольшой, но занятный, и в еженедельных туристических справочниках по стокгольмским окрестностям фигурировал неизменно.

Экспозиция была делом всей жизни жены Йона, Маргареты.

— Вот так сервировали воскресный обед горожане, когда этот особняк был только-только построен, — поведала она Цыбуле, с удовольствием ведя его из комнаты в комнату. — А этот стол накрыт для

Рождества. Видите свиную голову на блюде?.. В некоторых странах жарят индеек, но мы предпочитаем свинину. А у вас, в России, как празднуют Рождество? Мы, конечно, бываем у наших друзей, у Путятиных, но они живут в Швеции уже так давно...

Маргарета фон Шёльдебранд казалась чем-то похожей на Йона. Как оно и бывает обычно между супругами, сорок лет прожившими душа в душу. Она была невысокая, подтянутая, седовласая и... молодая.

«Водку хлещем», — едва не ляпнул Цыбуля. Доброжелательное любопытство Маргареты неуловимо напоминало бесцеремонную *экстравертность* Кристины. Какое там Рождество, какие традиции, если у нас Новый год-то с ёлками отмечать разрешили только в тридцать каком-то?.. Перед Василием Никифоровичем были люди, чьи предки четыре столетия прожили в одной и той же усадьбе, не зная ни революций, ни коллективизаций, ни каких следует войн. Что они — даже если честно попробуют — могут понимать о России?.. Он вспомнил свою Марьяну Валерьевну и мысленно поставил её рядом со шведской ровесницей. У одной — лёгкая походка и на точёной руке — неброское бриллиантовое кольцо. У другой — застарелый радикулит и распухшие суставы, от которых он, Цыбуля, каких ей только притирок из-за границы не привозил. У Маргареты — родовая усыпальница предков до Бог знает какого колена, прекрасное образование, счёт в «Хандельсбанкене», на котором, как утверждают, держится шведская экономика... и в возрасте, когда, по мнению среднего россиянина, на похороны надо копить, — путешествия, велосипед, лыжи, седло... плюс все ухищрения косметики и правильного питания, чтобы быть молодой. А у Марьяны? Расстрел отца, оккупация (факт, наличие которого в биографии потом пришлось ещё и скрывать), работа на износ — год за годом, без праздников и выходных... улетевшие в трубу сбережения... и полная неизвестность в том случае, если он, Цыбуля, возьмёт вдруг помрёт и в «Свободу» придёт новый руководитель. Вот так.

Вроде бы на одной планете живём. А друг друга понять — что с марсианами объясняться...

— Супруга обычно пирог с капустой печёт, — сказал он Маргарете. — А мать раньше окорок запекала. Они обычно поросёнка держали...

Княжна Оленька перевела, и Маргарета, не ведая, какую бурю чувств вызвал простой вопрос, обрадовалась сходству традиций. Потом повела Цыбулю в следующую комнату:

— А вот это — свадебный стол конца прошлого века. Здесь выставлен тот самый сервиз, которым пользовались на свадьбе дедушки и бабушки Йона.

Василий Никифорович бывал во многих музеях — поездил, слава Богу, по белому свету и с делегациями, и один, как вот теперь. И давно уяснил, чем отличается, к примеру, Виндзорский замок в Англии от нашего Эрмитажа. Эрмитаж стал *бывшей* царской резиденцией уже так давно, что всякий жилой дух из него начисто испарился. А в Виндзорском замке — *живут*. И это чувствуется. Каким органом — неведомо, но чувствуется безошибочно и мгновенно.

Точно такое же ощущение было у Цыбули и здесь. Дом был ЖИВОЙ. Да ещё учесть явный талант Маргареты: она не просто расстелила скатерти и выставила посуду, наполнив её хорошо сделанными муляжами еды. Казалось, от каждого из столов только что отошли люди — подышать свежим воздухом, потанцевать, поболтать, — и вот-вот вернутся, чтобы продолжить прерванный пир, войдут в двери одетые в старинные платья, ещё не успевшие стать ветхими историческими реликвиями. Впорхнёт под руку с мужественным женихом юная и прекрасная наездница — бабушка Шёштин...

«Когда Заказа-то выручать будем?..» — прозвучало над ухом у Цыбули так отчётливо, что Василий Никифорович вздрогнул.

— Этот сервиз, — продолжала Маргарета, — извлекали и на нашу с Йоном свадьбу, а когда женился наш сын Бьёрн, мы брали его уже отсюда, из музея. В следующий раз, надо думать, он понадобится нашим внукам. У вас есть внуки, Василий?.. Правда, как ужасно быстро они вырастают?.. Кажется, только что был малышом, не успеешь оглянуться, а он уже взрослый... Вы же знаете, какая сейчас молодёжь? Никто не женится, не хотят ответственности. Но мы своих, кажется, правильно воспитали...

Назавтра вновь был тёплый и тихий, прогретый осенним солнышком день — истинное бабье лето, — и Василий Никифорович, плюнув на официоз, наконец-то вытащил из чемодана джинсы. Те самые, местами вытертые добела, против которых так энергично возражала заботливая Марьяна Валерьевна.

Когда фон Шёльдебранды устроили в старом доме музей, семья перебралась в уютное жильё, возведённое к тому времени на другом конце острова, за крутым гранитным холмом. Гранит в этой части Швеции вообще прёт из-под тонкого слоя почвы повсюду, в какую сторону ни посмотри; стокгольмское метро почти полностью вырублено в скале, да и улицы с пригородными шоссе местами вспарывают каменные лбы, встреченные на пути. Фон Шёльдебранды предпочли не кромсать, а найти с природой гармонию. В результате бордово-красный дом, увенчанный неизбежной спутниковой тарелкой, идеально уместился на неровном склоне холма. С подъездной дорожки дом казался одноэтажным. При ближайшем рассмотрении обнаруживалось, что уровней в нём аж целых четыре. Это не считая подвала и чердака.

Василия Никифоровича, как принято у шведов, поместили в гостевом домике. Домик размером с контейнер для морских перевозок выглядел игрушечным, но внутри был оснащён всем необходимым для жизни: регулируемое отопление, крохотный удобный санузел, микроволновка, холодильник с продуктами... Не говоря уж про спальное место из двух больших и сугубо отдельных, но легко сдвигаемых вместе кроватей.

В одну из этих кроватей Цыбуля накануне, как и мечтал, *рухнул* — и уснул чуть ли не прежде, чем голова коснулась подушки. Хотя был уверен, что за всякими тягостными размышлениями проваляется без сна до утра.

На сегодня ничего особенного не планировалось, и Василия Никифоровича не беспокоили. Дома ему редко удавалось выспаться всласть; вот и теперь «внутренний таймер» заставил Цыбулю проснуться, когда дома, в Михайловской, едва минуло шесть утра. Увы! До стокгольмского времени таймеру не было ни малейшего дела. Посмотрев на часы, Василий Никифорович мысленно ахнул и стал было лихорадочно одеваться, но потом махнул рукой и отставил всякую спешку. «А ну их, в самом-то деле. Когда проснулся, тогда и проснулся, и подите вы все...»

Он ополоснулся под душем, натянул вытертые «миллионерские» джинсы, добавил клетчатую шерстяную рубашку — и со стаканом апельсинового сока в руках вышел на маленькое крыльцо.

Возле дома была устроена конюшня, несколько ограждённых белыми заборчиками левад, манеж с невысокими — для ребятишек — препятствиями и даже учебный скаковой круг. Солнце ярко светило сквозь неподвижные сосновые ветви, и Цыбуля заслонил рукой глаза. Читал он в очках, но вдаль был ещё зорок. Перед конюшней стояла на привязи лошадка исландской породы, коренастая, крепенькая, с мохнатой гривой и длинным пышным хвостом. Внучка Йона, Ингеборг, облачённая в оранжевый непромокаемый комбинезон и большие резиновые сапоги, усердно мыла лошадку, поливая из шланга. Мыльная пена стекала по крутым серым бокам. Лошадка стояла спокойно, только иногда потряхивала головой. Никому не пришло бы в голову в сентябре месяце намывать прямо на улице чистокровного верхового коня, но, видно, правду говорят — исландскую лошадь, «лошадь Богов», никакими погодными условиями не прошибёшь...

Сам королевский конюший стоял облокотясь на оградку левады и посматривал то на внучку, то на трёх других «исландцев», гулявших в леваде среди кустов и камней.

Цыбуля не торопясь подошёл к нему, на ходу допивая свой сок. Йон улыбнулся и сказал что-то по-шведски. Оленьки Путятиной рядом не было, и Василий Никифорович, пожав плечами, изобразил на пальцах разницу во времени.

— Time difference,[1] — мобилизовал он не выученный когда-то английский. Йон понял и серьёзно кивнул.

Отсюда просматривалась часть дамбы, примыкавшая к материку, и Цыбуля заметил яркое пятнышко, быстро двигавшееся по насыпи. Отставной генерал фон Шёльдебранд перехватил взгляд гостя и вытянул руку.

— Little Jörn, — сказал он. — My grandson[2].

Накануне за ужином Цыбуля успел познакомиться с серьёзным белоголовым пареньком и даже узнал, что маленький Йон мечтал стать жокеем. А посему, в отличие от сверстников, напропалую гонявших на мопедах, катался по холмистым окрестным дорожкам исключительно на велосипеде. Для укрепления ног.

Дед, несомненно, всячески поддерживал устремления внука; было понятно, ради кого перед домом был устроен почти настоящий скаковой круг, а в конюшне, должно быть, стоял верховой пони[3] — или даже мудрый старый ипподромный боец, отслуживший своё, но ещё отлично помнящий всё, чему следует научить будущего жокея...

Пока Василий Никифорович следил за юным велосипедистом, мчавшимся по дамбе явно быстрее, чем позволял ограничительный знак, — из дому появилась Оля Путятина. Здесь, у «дяди Йона», она тоже отбросила вчерашний официальный деловой стиль. Сегодня она была в ярком спортивном костюмчике, который необыкновенно ей шёл.

— Здравствуйте, Василий Никифорович!.. — И тут же принялась переводить: — Дядя Йон спрашивает —

---

[1] Разница во времени *(англ.)*.

[2] Маленький Йон. Мой внук *(англ.)*.

[3] Порода пони, по своему экстерьеру напоминающая чистокровную верховую (английскую скаковую) лошадь в миниатюре.

а вы знаете, что исландские лошади, будучи однажды вывезены с родины, уже не могут вернуться? В Исландии со времён викингов запрещён ввоз лошадей — и для того, чтобы породу сохранить в чистоте, и во избежание заразных болезней...

*Уже не могут вернуться,* — мысленным эхом отдалось в голове у Цыбули. — *Уходят... сквозь хрустальную стену...*

— Йон, — сказал он вдруг, и королевский конюший повернулся к нему, облокотившись на белёную планку ограды. — Йон, я тебе всё хочу рассказать про... одного маленького мальчика, которого я знал. Когда ему было столько лет, сколько сейчас твоему внуку, он однажды с другой пацанвой полез в чужой сад за яблоками. Хозяин услышал и погнался за ними, и мальчик, удирая в темноте, перелез какой-то забор, нащупал в стене маленькое окошко и протиснулся в него. Внутри было тепло и пахло навозом, а рядом топало ногой и фыркало большое животное. Это был жеребец Гром, к которому конюхи-то боялись в денник заходить... А мальца вот не тронул! Тот проспал до утра в опилках у жеребца под ногами, а наутро и уходить с конюшни не захотел. И ты знаешь, Оленька? Фамилия у сорванца была как у тебя... Путятин...

## Глава тринадцатая
# МУХА, ПРИХЛОПНУТАЯ ГАЗЕТОЙ

Ах, как хочется спать, особенно на новом месте! Но...

Дзынь... Дзынь!.. ДЗЫНЬ!!!

Душераздирающая трель гостиничного аппарата выдернула Антона Григорьевича из недр очень сладкого сна. В этом сне прекрасная пышноволосая девушка прыгала через препятствия верхом на золотисто-рыжем коне, и дело происходило вроде бы в манеже при Аниной конюшне, но потом неожиданно и естественно, как всегда бывает во сне, оказалось, что скачет она по залитому мягком сиянием конкурному полю во дворце «Юбилейный», и зрители в разноцветных костюмах рукоплещут, восторгаясь, подбадривая, уговаривая не сдаваться. Антон узнал девушку и испугался, как бы на быстром галопе с неё не сдуло парик, но вовремя сообразил — пока рядом конь, с Любашей ничего не случится...

В это-то мгновение и зазвонил телефон.

Антону не привыкать было к звонкам в самые что ни есть глухие часы. Ещё лучились прожектора «Юбилейного», ещё взбивали опилки несущиеся копыта и хотелось досмотреть, удачен ли будет прыжок, — а тело уже вскинулось на локте, и пальцы без промаха сграбастали трубку:

— Панаморев слушает!..

— Антон Григорьевич? Извините, я вас, наверное, разбудил...

Панама узнал приятный баритон шефа «Эгиды», и досадливое желание скорее упасть на подушку, обратно в недосмотренный сон, мигом рассеялось:

— Доброе утро, Сергей Петрович. Неужели чемто обрадуете?

— Ну... — хмыкнул Плещеев, и Панама ощутил, что тот был чем-то очень доволен. — Мы тут просто собираемся на маленькую загородную прогулку... Навестить хотим, так сказать, некоторых общих знакомых. Не желаете присоединиться?

Антон, прижав трубку плечом, уже тянул со стула одежду:

— Ещё как желаю, Сергей Петрович. Где и когда?..

...Поймать бы того борзописца, кто первым придумал называть севернорусский пейзаж «неярким», «неброским» и иными словами, начинающимися с ублюдочного *не*»!.. Поймать бы — да привезти в леса Карельского перешейка ранней осенью, когда на песчаных холмах пылает и пирует сентябрьское безумие красок. Привезти — и, если не слепой, пусть-ка смотрит, как в неистово синем небе пенятся облака, ещё летние, белые, ещё не успевшие набухнуть серым войлоком грядущего снега. Облака невесомо громоздятся над малахитовыми вершинами елей, над голубоватой зеленью сосен, вознесённой бронзовыми колоннами стволов... А у ног лесных исполинов, между заросшими лишайником валунами — медь и золото любой мыслимой пробы, вихри и костры алого, малинового, пурпурного пламени. И по влажному мху — ягодные кустики, затканные таким зелёным багрянцем, что немалого таланта художник расплачется, уронив бессильную кисть. И даже лишайник, примостившийся на вечном граните — семидесяти семи цветов, от серебристо-седого до жёлтого пополам с чёрным. И сам гранит, умытый недавним дождём, искрится тысячей зёрен, и каждое — хоть сейчас в оправу да на выставку

516

драгоценных камней, чтобы зарыдали наследники великого Фаберже...

И это — «неброское», «неяркое», второй сорт? Какие Мальдивы, какие Канарские острова!.. Ну правильно, нету у нас здесь тёплого океана и вулканы за облака не цепляются, так это мало ли где чего нет. А есть на Мальдивах с Канарами хрустальные речки, где на перекатах вспыхивает радужными боками форель?.. Есть у них там бархатно-шоколадные, с блюдце размером, боровики прямо посреди дороги в лесу?.. Так какого рожна?..

Это всё равно, что оскорблять дурацким «не» величавую красоту русских женщин — оттого, что не испанки они с оливковой кожей, не раскосые японки и не голые папуаски... Вот так!

Если проехать километров восемьдесят по Приозерскому шоссе, ведущему от бывшего Ленинграда на север, а потом свернуть влево и отмахать ещё почти тридцать по второстепенной, но асфальтированной и вполне хорошей дороге, то на берегу одного из бесчисленных ответвлений Вуоксы можно увидеть дачный посёлок. Когда-то, много лет назад, здесь давали участки работникам мощного в те времена предприятия с оборонным уклоном. Место было чудесное, рабочие и инженеры с энтузиазмом принялись строиться... но вскоре выяснилось: насмотревшись друг на друга в течение рабочей недели, лицезреть любимого начальника ещё и поверх дачного забора в выходные — это уж слишком. То есть несколько свежепостроенных домиков скоро поменяли владельцев. Дальше — больше. Кого-то сманила под Лугу, на южный край области, энергичная тёща — подвижница огородничества и садоводства. Кто-то из пожилых отправился в мир иной, не внушив молодёжи любви к грибам и рыбалке. Кому-то, наконец, самым примитивным образом срочно понадобились деньги... Одним словом, в посёлке Румянцево-Верхнее, неофициально ещё прозываемом по старинке «дачами Турбинного завода», жил теперь самый разнообразный народ. Участки же, всё ещё числившиеся за своими изначальными владельцами либо их детьми, можно было по пальцам пересчитать.

Среди немногих «долгожителей» Румянцева-Верхнего была семья Поляковых. Папа, мама и сын. Правда, последние два-три года родители бывали на даче всё больше эпизодически. Соседи видели в основном их сына Андрея, выросшего у многих из них буквально перед глазами. Теперь он мало напоминал белоголового мальчика, гонявшего мимо заборов на трёхколёсном велосипедике. Крепкий молодой мужчина подкатывал на «девятке», и она часами стояла перед гаражом незапертая, а сквозь открытые окна на всю округу благовестило «Радио-рокс». Появлялся Андрей, как правило, не один, и наблюдательные соседи обратили внимание, что номера сногсшибательных иномарок его гостей часто были далеко не российские. В такие дни на участке Поляковых жарили шашлыки, пили водку «Смирнофф» и громко разговаривали по-английски. Потом кавалькады во главе с «девяткой» отчаливали, и всё опять затихало — до следующего набега.

От родителей Андрея соседи узнали, что Поляков-младший, подростком занимавшийся в секции конного спорта, стал теперь бизнесменом и продаёт лошадей. А иностранные гости — это партнёры, с которыми у него сделки. Ни одобрения, ни неодобрения Поляковы-старшие не высказывали, и соседи постепенно утратили любопытство. В наше время всякий устраивается, как может. Иные вон — в газете писали — притоны с девицами у себя на дачах устраивают. На этом фоне Андрей и его гости были просто образец добродетели. Ни драк, ни пьяных скандалов...

В эту осень на участке Поляковых царила необычная тишина. Битых два месяца не заглядывала ни одна «иностранная делегация», недели три уже не появлялся Андрей. Зато в доме обосновались жильцы, два хмурых коротко стриженых парня, а в гараже —

кто-то видел, как его туда вкатывали, — поселился приземистый «Мерседес». Поляковские постояльцы сидели в основном дома, на озеро и в лес не ходили, только время от времени — к колодцу за водой, и с соседями категорически не здоровались. Иногда они ссорились между собой и орали, удручая прохожих обрывками малоизобретательных матерных фраз, но тут же, словно спохватываясь, замолкали. Бизнес есть бизнес, рассудили соседи. Не маленькие, наслышаны, какие пенки деловым людям судьба порой выдаёт. Узнать бы, что там и как, да не у этих же спрашивать... Кто-то — владелец стационарной, специально для дачников, сотовой «Дельты» — попробовал позвонить Андрею домой. Но к телефону никто так и не подошёл...

Панаморев успел уже понять: в «Эгиде» многое было не как у нормальных людей. В частности, командиром группы захвата здесь была молодая женщина. По имени Катя. У неё была самая обычная внешность и совсем не «воинственная» фамилия: Лоскуткова. Она носила на пальце новенькое кольцо, временами с непривычки мешавшее, а сослуживцы то и дело сбивались на другую фамилию — Дегтярёва. Из чего Панама заключил, что семейное положение она сменила совсем недавно. Его поневоле разобрало праздное любопытство: на мужа бы её посмотреть. Интересно, какие мужья бывают у женщин, работающих командирами группы захвата?.. Антона здорово подмывало при удобном случае поинтересоваться личностью Катиного супруга, но что-то удерживало. Так он и не спросил. А фамилии Катины — что мужняя, что отцовская — ничего ему не говорили.

Ещё Панама заранее радовался, полагая, что сегодня непременно свидится с Фаульгабером. В ту злосчастную ночь они вдвоём разыскали-таки место на шоссе, где «Тойота» подрезала коневоз. Они внимательно выслушали врача и примерно знали, что там найдут. И ползали на карачках под усилившимся дождём, пока в луче фонарика не блеснуло орудие убийства, *сброшенное* бандитом. Позже эксперты обнаружат на нём и следы крови, и фрагменты вполне чётких «пальчиков», но это потом, а тогда им предстояло ещё вернуться в Победное и забрать оттуда девчонок, и только к утру завершился такой долгий путь назад в Питер, и всё это время в морге больницы постепенно остывало тело Сергея...

В общем, Антон очень ждал встречи с Семёном, но тут ему суждено было разочарование. Крутая команда, одетая и — для постороннего глаза — снаряжённая так, как положено для легкомысленного выезда на природу, — грузилась в обшарпанный микроавтобус «Фольксваген». Бритоголовому парню с внешностью законченного бандюги что-то говорила белокурая красавица секретарша. Командир Катя вышла из эгидовской двери в обществе двух больших псов, и те с неторопливым достоинством запрыгнули в автомобиль — оба без намордников и поводков... И только рыжего гиганта нигде не было видно. Антон закурил и, внезапно забеспокоившись, повернулся к Плещееву:

— А... Семён где же? Часом, не приболел?..

Ему самому питерский климат был явно противопоказан. Чуть потерял бдительность, и насморк опять тут как тут.

Сергей Петрович посмотрел на его сигарету с жадной тоской недавно бросившего курить.

— Нет, что вы, — ответил он рассеянно. — Просто у него сегодня другое задание. Всякие текущие дела... рутина, знаете ли... Надо же кому-то, извините за выражение, и работу работать...


«Мерседес» цвета мокрый асфальт, снабжённый новенькими номерами, не теми, что «давно и неправда» на Выборгской трассе, миновал ворота участка и почти бесшумно покатил по утоптанному песку безлюдной в этот час улицы. Виктор Расплечин — бывший тихвинец Плечо — двигал на железнодорожную станцию, в круглосуточный магазин за выпивкой и харчами. Уже в третий раз. Жратву им вообще-то должен был доставлять Поляков, но пидор-Андрюха как свинтил в город, так больше и не показывался, ну и не лечебным же голоданием без него заниматься?.. Вылазку в магазин они со Сморчком предпринимали еженедельно, разыгрывая в карты, кому ехать. Все три раза выигрывал Плечо. Это было хорошо. Сморчку он не доверял.

Лучше всего было бы мотаться за жоревом вместе, но не получалось. Румянцево-Верхнее стояло на горке (оттого так и называлось), а железная дорога проходила в низине. Ближайший ретранслятор сотовой сети был, видно, не близко, и «труба», кое-как фурычившая в посёлке, на станции не брала уже ни под каким видом. Поэтому один из двоих волей-неволей должен был торчать «дома» и ждать новостей.

«Мерседес» был, как положено, с кондиционером, но после Сморчковых духов Виктору всё чудился неприятный запах в салоне, и он приспустил оконное стекло. Внутрь немедленно залетела крупная и вполне чумовая осенняя муха. После того, как она в пятнадцатый раз с противным гудением пронеслась у Виктора перед носом, он оставил попытки выгнать тварь обратно в окно, схватил с правого сиденья кстати подвернувшуюся газету и с первой попытки хлопнул настырную летунью о лобовое стекло. Муха упала перед ним на торпедо и осталась лежать. Притормозив, Плечо с отвращением подцепил её всё той же газетой, чтобы выбросить вон. Не получилось: муха скатилась прямо ему на брюки и затерялась под ногами на коврике. Виктор длинно выругался, с тоской вспомнив двухкомнатную на Энергетиков, где откроешь кран — и льётся вода, и в туалет на другой конец участка впотьмах не надо бежать, и электричество по выходным не вырубают, как здесь... Он всю жизнь прожил в городе и так называемую природу уважал лишь как место, куда ездят на шашлыки. Дачный быт с сортиром на улице, неработающей баней и такими вот мухами сидел у него, прямо скажем, в печёнках...

Как, собственно, и Игорёшка-Сморчок.

Когда проторчишь с кем-нибудь в четырёх стенах почти месяц, этот кто-то даже из лучшего друга способен превратиться во врага. А если он и другом-то особым никогда не был?.. Плечо время от времени ощущал жуткий позыв своротить Сморчку рожу на сторону, скрутить его в три узла, заставить вылизать давно не мытый пол языком. Самое смешное, что осуществить желаемое Виктор мог в полсекунды. Даже безо всякого каратэ. Но! Подобного Сморчка если уж бить, так надо убивать насовсем и закапывать в погребе, поскольку иначе можно среди ночи дождаться гвоздя в ухо или ещё чего похуже. Такой уж гадёныш.

Между прочим, зависали они на этой хреновой даче именно из-за Сморчка. После идиотского столкновения с «Жигулём» того деда на Приморском шоссе (и, главное, весьма дорогостоящей починки — а денег нонеча было очень не густо!) он Игорёшку за руль почти не пускал, водил машину в основном сам. Только знать бы, где упадёшь, — соломки бы подстелил. Плечо столько раз прокручивал в памяти те несколько минут на дороге возле порожнего коневоза, что сам перестал как следует понимать, где всамделишные воспоминания, а где — дорисованное услужливым воображением. Вот он тормозит послушный «Мерсюк», и сукин кот Игорёшка выскакивает из ещё движущейся машины, чуть не падает, но выпрямляется — и со всех ног чешет туда, где швед-водила оттаскивает от запертого прицепа явно ополоумевшего жокея. Сморчок подскакивает к ним... и с налёту, со всего маху бьёт мелкого сучонка в живот кулаком. После чего тот...

Стоп! Плечо знал, что Сморчок редко куда ходит без самодельной чертилки. Тихвинская братва держала спортзал, где и тренировалась, по всем правилам молотя друг дружку и безропотные макивары, но Сморчку боевые искусства оказались до фонаря. Вот скорчиться под ногами — ай, больно, прости, дяденька, больше не буду!.. — а когда победитель отвернётся, побрезговав, или, ещё лучше, протянет руку помочь побитому встать, тут-то Сморчок ему сыпанёт песочку в глаза и заедет в пах ногой. А то и перо вставит под рёбра. Сзади, исподтишка...

Так вот — спрашивается в задачнике: когда Сморчок выскакивал из «Мерседеса», не было ли у него чего-нибудь в приготовленной для удара руке? Например, остро отточенной спицы с кольцом на конце?.. Игорёшка, естественно, клялся, что нет, но Плечо не верил ему. Он, кажется, даже припоминал короткий взблеск металла, тут же упрятанного в ладонь... Вправду припоминал — или «кажется»? Может, фантазия помогала?..

Плечо напрягал память, стараясь как можно отчётливее воссоздать зрительную картину, но чем больше усилий прикладывал, тем меньше был в чём-либо уверен. А ведь от этого так много зависело. Может, ему всё-таки померещилось, и, значит, зря они со Сморчком «лежали на тюфяке»?.. Может, на самом деле ничего не случилось?

...Ну а если случилось? Если чертилка в кулаке имела всё-таки место, а значит, была пущена в ход?..

Ой, давить надо таких Сморчков. В детстве причём. Чтобы «ай!» — и сразу на небеса, в ангелочки. А ещё лучше — посредством аборта...

Тем не менее Виктору убивать Сморчка не хотелось. И не то чтобы его на старости лет (через месяц Плечу должен был сравняться тридцатник) одолело излишнее уважение к чужой жизни. Просто... «Не убивай — и тебя не убьют. Забыл?!.» — сказал ему на прощание тихвинский лидер Андрей Журба, и Плечо навсегда запомнил его чужое лицо. Дело было после того, как на улице Типанова сгорел автобус и в нём — пятеро малолеток, называвших Виктора сэнсэем. И завывающая «Скорая» увезла эгидовского мента, Лоскуткова, ко всем чертям в ожоговый центр, и каков красавец он вышел оттуда, если вообще вышел, вот что интересно бы знать. И хотя прямым виновником той, теперь уже давней, истории Плечо вроде бы не являлся... Всё понятно, такие запутки с «Эгидой» были Журбе ни к чему...

Вот и Виктору совсем ни к чему была бы история с жокеем, если, конечно, предположить, что ему не привиделось и Сморчок не просто ударил — пырнул. И подавно не нужен был труп Сморчка, зарытый в подвале. Ох, не убивай — и тебя не убьют... Плечо чувствовал, что и так балансирует на краю. А он хотел жить. Долго. Счастливо. По возможности денежно...

Виктор недовольно покосился на ветровое стекло, на котором покойная муха оставила кровянистый мазок, и неожиданная мысль посетила его. Когда-то по телевизору показывали полудокументальный фильм о том, как воспринимают окружающий мир всякие там насекомые-кошки-собаки. Ему запомнился эпизод, где было про мух. Для них, оказывается, время течёт совсем иначе, чем для человека. Вот муха ползает по столу, среди кофейных чашек и сладостей, и на неё замахиваются газетой. Человеку собственное движение представляется почти мгновенным, но с точки зрения мухи проходит целая вечность. Газета опускается медленно-медленно и совсем не опасно, и есть прорва времени, чтобы очень даже не спеша взлететь со стола — и полюбоваться с безопасного расстояния, как переворачивается задетая чашка, как тягучей неторопливой волной выплёскивается из неё жидкость...

Он тогда посмеялся: ну надо же, блин, во дела, как всё интересно устроено. А теперь вдруг подумал: а если газета опустится вовремя, и муха не успеет взлететь? Может, то, что нам кажется эталоном мгновенной и безболезненной смерти — даром, что ли, говорят: *хлоп, и готово!* — для мухи на самом деле страшные мучения, растянувшиеся на целую вечность?..

«Мерседес» выбрался наконец на асфальт и резво *повихрил* к станции. Впереди было десять вёрст по холмам, среди сплошного соснового бора. Стояло раннее утро, солнечное и приветливое. Плечо врубил

«Радио-Максимум», которое, как и сигналы сотовой связи, с грехом пополам бралось на горушках, а между ними совсем пропадало в помехах. Сквозь шорох и треск пробивалась группа «Европа»: кудлатые шведы наяривали про последний отсчёт. Постепенно Виктор повеселел, перестал думать про мух и Сморчка и начал гадать, будет ли нынче в круглосуточном магазинчике нравившееся ему выборгское пиво.

Он не мог знать, что дорога, по которой легко мчался его «Мерседес», со стороны станции была перегорожена гаишниками. Поперёк шоссе стояли две машины с мигалками, ещё одна, бело-синяя «Вольво», тихонько урчала в отдалении. Невозмутимый офицер обходил довольно длинную очередь автомобилей, скопившуюся у переезда, и терпеливо повторял:

— Впереди серьёзная авария, подождите, пока ликвидируют последствия.

— А долго ждать, товарищ майор? — спрашивали его. — Мы, может, в объезд?..

И он отвечал, поглядывая на часы:

— Да нет. Ещё где-то с полчасика.


Примерно на полдороге до станции было очень красивое место. Деревья с одной стороны неожиданно расступались, и довольно крутой спуск вёл в низинку, где некогда плескалось ледниковое озеро, но озеро давным-давно заросло, и теперь там лежало кочковатое моховое болото. Если ехать вечером, с болота на шоссе выползали плотные струи тумана. Эти струи обтекали несколько больших валунов, то ли оставленных ледником, то ли вывернутых из земли при прокладке дороги, и в свете фар шевелились тени доисторических чудищ... Но это вечером, а сейчас вовсю светило утреннее солнце, и никакого тумана не было и в помине.

Километра за полтора до болотца перед «Мерседесом» цвета мокрый асфальт замаячила грязно-зелёная туша гигантского — полтора нормальных

«Урала» — военного грузовика. Плечо сбросил газ и некоторое время катил за кормой чадящего монстра, ругаясь сквозь зубы и нетерпеливо постукивая пальцами по рулю. Он вообще-то никуда не спешил, но спидометр показывал пятьдесят пять километров; Виктор ничего не имел против этой цифры, только не в час, а в полчаса. Он бы и обогнал хренов «сарай» как стоячего, почти не заметив... К его сугубому раздражению, неторопливо пыхтевший грузовик ещё и полз прямо посередине дороги, не замечая, не то не желая замечать появившуюся сзади машину, а встречных — видимо, по причине раннего часа — от самого Румянцева не попалось ни одного...

Очень скоро терпение у Виктора лопнуло, и он резко, требовательно засигналил: «Дай проехать, мудак!..»

Никакого эффекта.

Плечо заподозрил, что над ним издеваются. Ну нет!.. Тащиться до самой станции за какой-то облезлой развалиной он был ни в коем случае не согласен. Ещё через сто метров шоссе начало отлого изгибаться к болотцу, правая обочина перед поворотом сделалась шире, и Плечо решил прошмыгнуть по ней мимо грузовика: так он делал не раз, если дорогу запруживали на своих именно что *тачках* всякие дачники-огородники, а обогнать слева не давал плотный встречный поток...

Под колёсами «Мерседеса» уже хрустел гравий, когда многоколёсное страшилище... тоже приняло вправо, тяжеловесно и неуклюже колыхнувшись прямо на иномарку. Плечо затормозил в самый последний момент, на чём свет матеря идиота-водилу, до которого, похоже, только сейчас сквозь каску дошло, что сзади кто-то сигналит.

Зато теперь ничто не мешало объехать его нормальным порядком! Педаль газа уперлась в пол, взвизгнули, раскручиваясь, колёса — мощный и вёрткий автомобиль стремительно взял влево, чёртом выскакивая из-за кормы грузовика...

...И Плечо опасно близко перед собой увидел встречную машину, которой, надобно думать, тихоходная «полевая кухня» и уступала дорогу. Прямо на «Мерседес» серебристым снарядом летел с включёнными фарами «БМВ»...

Виктор не испугался. В такие ситуации он попадал не однажды, да что там — почти в каждой поездке. Мощный «Мерин» всегда выручал его, успевая довершить обгон — на последних метрах до столкновения, беспардонно подрезая обгоняемого, но успевал. В этом даже был определённый кайф, и Плечо ещё наддал газу — вот сейчас мелькнёт в зеркальце «морда» надсадно дымящего грузовика, и...

...Вот уж чего бывший тихвинец никак не мог ожидать, так это что у замызганного армейского тяжеловоза приём окажется не хуже, чем у чистокровного «Мерседеса»! Неповоротливый на вид грузовик внезапно перестал коптить, взревел и титанически рванулся вперёд — колесо в колесо со скоростной иномаркой. Единственным спасением для Виктора было бы что есть мочи затормозить и попробовать вновь спрятаться у него за кормой (если бы тот его, конечно, пустил), но Плечо этого не сделал, ибо в экстремальных обстоятельствах человек делает только то, что у него отработано, то, на что указывают рефлексы. Плечо потратил ещё несколько драгоценных мгновений, силясь обогнать проклятый «сарай», успел удивиться тому, что «БМВ» даже не пытался сбросить скорость или отвернуть — пёр, сволочь, прямо в лобовую атаку...

В сознании ещё вихрилось возмущение пополам с зародившимся страхом, серое вещество ещё что-то соображало, делало выводы... а руки уже быстро-быстро выкручивали руль влево — через встречную полосу на обочину, чтобы по крайней мере не в лоб, но там обочины почти не было, зато был обрыв, разверзшийся под колёсами, и когда «Мерседес» с разгона взвился над пустотой и начал пикировать вниз, мысль осталась только одна:

«МАМА...»

527

Да и ту как следует додумать Плечо не успел. «Мерседес» тяжело боднул носом земной шар. Сила инерции поставила его вертикально и опрокинула через капот. Падая навзничь, он въехал крышей в гранитное ребро валуна, хищно выставленное навстречу. Доисторический камень не поколебался в своём гнезде. Соударение вспороло металл, втиснув крышу в сиденья. Впрочем, «Мерседесы» не зря считаются безопасными — машина не загорелась...

Военный грузовик остановился и запыхтел на низкой ноте, сдавая назад. Открылась дверца, и наружу из высокой кабины выпрыгнул рыжеволосый гигант. «БМВ», развернувшись, неторопливо подъехал и тоже заглушил двигатель. Из него выбрался рослый, красивый мужчина. У него были седые виски, а в глазах постепенно таяло выражение, какое бывает у снайпера, только что поразившего цель.

Авария, о которой загодя предупреждал на шоссе майор Кузнецов, состоялась...

Было тихо, только шипел пар из раздавленного радиатора «Мерседеса». Двое профессиональных убийц обменялись рукопожатием:

— Здравствуй, Андреич.

— Здравствуй, Сеня.

Внутри искалеченной машины не происходило никакого движения. Да и чему бы там шевелиться — удар, сплющивший безвинный автомобиль, не оставил в нём живым ничего крупнее микроба. «За Лоскута», — мог бы сказать тот, кого называли Андреичем. А Фаульгабер, согласившись, мог бы поскрести следы отболевших ожогов и добавить: «За парнишку... Сергея». Но они не сказали. В их мире это были бы сантименты, мешающие в деле и потому не приветствуемые.

Ещё несколько минут они стояли у края шоссе, перебрасываясь ничего не значащими фразами — о количестве рябины на ветках, о том, какой зимы следовало ждать. Потом Андреич поддёрнул молнию куртки и усмехнулся:

— Ну что... ГАИ вызовем?

Фаульгабер кивнул и вытащил из нагрудного кармана маленькую чёрную рацию. Нажал кнопочку:

— Иван Анатольевич? Подъезжай...

На дежурстве в «Эгиде» Катя не признавала иных одеяний, кроме видавшего виды, мягкого от многократной стирки камуфляжа. Когда группа захвата приступала к делу — одевалась так, как дело того требовало. Она подошла к калитке поляковского участка торопливой семенящей походкой. Свитер, куцая курточка, белые джинсы и туфли на вновь вошедших в моду «платформах», делающих ноги похожими на этакие копытца. Классический имидж городской барышни, на полдня выбравшейся за город «пообщаться с природой» через посредство пива и шашлыков. Картину дополняли яркий грим и парик, превратившие заурядную Катину внешность в нечто столь же броское, сколь и фальшивое.

Идя к калитке, она пару раз очень натурально споткнулась и, ещё не начав говорить, загодя жестикулировала баночкой пива — следовало полагать, что общение с природой уже началось.

— Ва-а-адик!.. — завопила она, ловя перекладину калитки свободной рукой. — Вадька, ты дома?..

Изнутри не последовало никакого ответа, и барышня озадаченно нахмурилась. Как устраивают калитки в дачных домах? Люди состоятельные, у которых загородное жильё — такой же бункер, как и городское, натягивают на трубчатые рамы прочную сетку и навешивают замок. Просто так, мимоходом, на территорию уже не заскочишь. Публика безденежная, но обладающая воображением, творит нечто оригинальное: съёмную на рогульках или самозахлопывающуюся, с противовесом из кирпича. Третьи, и таких большинство, — без денег и без особого изыска, — просто накидывают проволочное колечко. Андрей Поляков мечтал о настоящем коттедже, но пока только мечтал, и дача его родителей относилась к категории большинства.

Кольцо-запирка, свитое из толстого белого провода, было на месте. Барышня сняла его и под терпеливый скрип немазаных петель вошла на участок.

— Ва-адик! — позвала она обиженно. — Приглашал, приглашал, а сам и мангал ещё не поставил!.. Выходи, Леопольд, выходи, подлый трус...

Обитатели дома продолжали её игнорировать. Подгулявшая мадемуазель прошла по тропинке и поднялась на крыльцо.

Здесь находилось первое зримое свидетельство того, что хозяин интересуется лошадьми. Чтобы гости не дубасили в дверь кулаками, на ней висел настоящий дверной молоточек. Бронзовый, в виде подковы. «WELCOME»[1], — гласила рельефная надпись. Наверное, его отвинчивали на зиму, чтобы не украли бомжи.

Стук молоточка был отчётливо слышен по всему дому (это специально уточняли у сидевшего в «Крестах» Полякова), но никакой реакции опять не последовало. Катя пожала плечами и отперла дверь конфискованным у хозяев ключом. Проделала она это настолько тихо и быстро, что (а мало ли вдруг!) могла бы на голубом глазу заявить запоздало выскочившим обитателям: «А у вас тут было не заперто...»

В случае, если бы поляковские постояльцы словесными аргументами не ограничились, им оставалось бы только пенять на себя. Чёрные пояса таких, как Плечо, для Кати не существовали.

Однако изнутри по-прежнему не доносилось ни звука. Девушка ещё раз призвала никому не известного Вадика, поставила недопитую баночку на перила и вошла. Движение, которым она скользнула в прихожую, знающему глазу говорило о многом.

Сравнялся час «икс», и Антон Панаморев, которому в этой операции досталась роль наблюдателя (кое-что он, конечно же, мог, но по сравнению

---

[1] Добро пожаловать (англ.).

с настоящими мастерами...) обратился, безо всякого преувеличения, в слух. Вот сейчас внутри начнётся возня, а может быть, и стрельба, и двое мужчин, «случайно» встретившиеся у забора — один держал на поводке большую собаку, — из лениво беседующих мужичков-дачников превратятся в стремительных профессионалов, и вылетающим наружу Серёжиным убийцам преградят путь либо они, либо невидимый за домом третий, либо сам Антон с Сергеем Петровичем...

У него нехорошо ёкнуло сердце, когда нескончаемую минуту спустя Катя как ни в чём не бывало вышла из темноты дверного проёма. Одна.

— Блин, — сказала она и досадливо стащила парик. Взяла с перил свою баночку и залпом допила безалкогольную «Баварию». Не пропадать же добру.

«Неужели?.. — мысленно ахнул Антон. — Неужели ушли?..»

Всё прояснилось ещё буквально через двадцать секунд. Нет, не ушли. Вернее — не ушёл. Один из двоих бандитов находился-таки внутри. *Очень* мёртвый, как пишут в американских романах. Только в американских романах предпочитают палить из тридцать восьмого калибра, а не провоцировать безвременную кончину, аккуратно роняя бандитов на их же собственные «чертилки»... Зрачки, расширенные контактными линзами, подчёркивали выражение беспредельного изумления, застывшее на лице у Сморчка. Недоумённый вопрос, обращённый в пустоту: «Э, а ты ещё кто?..»

Умер он не более получаса назад. Кружка кофе, стоявшая поблизости на столе, хранила остатки тепла. Никаких посторонних следов беглый (а в дальнейшем — и очень подробный) осмотр не выявил; только одно из окон, плотно закрытое, оказалось не заперто на шпингалет. Вполне могло быть, что так его оставили сами обитатели дома. Увы — никаких уточнений по этому поводу сделать они уже не могли...

Плещеев при виде бандитского трупа сморщился, как от надоедливой зубной боли, выдавшей очередной приступ.

— Жалеете, что живого не взяли? — хмуро поинтересовался Панама. Сам он жалел только о том, что рядом со Сморчком не валялся второй, Плечо.

— Да нет, — отмахнулся Сергей Петрович. — Так просто... вспомнил кое-что не очень приятное... — Тут у него в кармане куртки забеспокоился телефон, и эгидовский шеф, выслушав, с усмешкой продолжил: — А вот, Антон Григорьевич, и второй наш нарисовался. Погиб, оказывается, в автокатастрофе. Вы можете себе вообразить?.. Здесь, поблизости... Обгонял кого-то на повороте... И тоже, представьте, минут тридцать назад...


В Румянцево-Верхнее можно попасть с разных сторон. Можно по шоссе, где угробился на «Мерседесе» Плечо. А можно — грунтовыми дорогами, которые сплетаются-расплетаются в сосновом лесу. На этих дорогах такие выбоины и ухабы, что на первых же метрах засядет не то что «Мерседес» (который, кстати, сюда и не сунется), но и вообще почти всякий автомобиль, кроме хорошего вездехода.

Через ручей, вспухший после ночного дождя, аккуратно перебиралась серая «Нива». Человек, сидевший внутри, был обут в болотные сапоги, а на заднем сиденье стояла корзина грибов.

— Ну, полосатенькая... — глядя на бегущую перед радиатором волну, приговаривал мужчина. — Давай, серая в яблоках... вывози...

Выхлоп за кормой громко булькал из-под слоя воды. Передние колёса раздавили на дне что-то гнилое, «Нива» вздрогнула и окунулась до фар, но не заглохла и, деловито урча, продолжала ползти. Наконец зубастая резина вцепилась в плотный песок, и машина, радостно взревев, выкатилась на сушу. Хозяин благодарно похлопал её по рулю:

— «И только „Нивы" полосаты пробираются одне»... Умница, маленькая. Ну, вперёд!.. Я в тебя верю!

Движение черепашьими темпами, с периодическим вылезанием наружу и обследованием особо подозрительных рытвин, продолжалось ещё несколько километров. Если бы в лесу было выставлено оцепление, кое у кого появились бы к раннему грибнику вполне обоснованные вопросы. Но никаким оцеплением не пахло, и, соответственно, не последовало вопросов. А потом «Нива» выбралась на асфальт, и ухоженный двигатель запел весело и легко, унося её по направлению к Выборгскому шоссе.

Перед самым выездом на трассу она догнала большой карьерный самосвал, важно следовавший куда-то с полным кузовом гравия. Водитель «Нивы» присмотрелся сквозь лобовое стекло, и то, что он увидел, заставило его улыбнуться. На огромных, как занавески, брызговиках самосвала были вручную сделаны надписи — некогда белые, с тех пор изрядно заросшие грязью, но всё ещё вполне различимые. ПАПА, МЫ ТЕБЯ ЖДЁМ, — гласили буквы на левом. ПОМНИ, ТЕБЯ ЖДУТ ДОМА! — предупреждал правый.

Метров пятьсот «Нива» семенила следом за громадной машиной, потом заморгала левым поворотником, выехала на Выборгскую трассу и резво покатила в сторону Санкт-Петербурга. Осенний день обещал быть тихим и солнечным...

В Стокгольме тоже стояла благолепная и прозрачная солнечная погода. С деревьев тихо сыпались листья и, несмотря на все усилия уборщиков улиц, покрывали старинным золотом серую современность асфальта.

На маленькую парковку за музыкальным музеем, у въезда на территорию королевских конюшен, аккуратно втянулся полугрузовичок «Ниссан». Гуннар Нильхеден заглушил двигатель и посмотрел на часы. До назначенного срока оставалось ещё десять минут, и он не стал вылезать из «Ниссана» (снаружи было, прямо скажем, холодновато), лишь взял с сиденья и положил себе на колени толстую, солидного вида кожаную папку. Не удержавшись, открыл. Там были фотографии. Много фотографий, каждая с подробным сопроводительным листком. На просторных глянцевых снимках скакали, замирали в горделивых стойках, нянчили своих жеребят красавицы кобылицы — праматери будущей «породы нильхеден». Отдельно лежала видеокассета, где лошади были запечатлены в движении, на аллюрах. Гуннар перелистнул несколько снимков, и ему отчётливо показалось, что кокетливые «барышни» сгорали от нетерпения скорее свести знакомство с российским Секретариатом. Что ж, долго ожидать им не придётся. Русские ещё шумят, ещё вовсю бомбардируют через границу разными запросами и отношениями, и Андрей — явно на всякий случай — затаился и по телефону не отвечает, но всё это явление временное. Надо лишь чуточку погодить. Финны — публика надёжная, выдержанная, и уж что-что, а тянуть резину умеют. Отношения с цивилизованным западным соседом им как-то дороже. А там у русских разразится либо очередной долларовый кризис, либо смена правительства, либо новая внутренняя война... и станет не до какого-то жеребца. Все, кто интересуется Россией, знают, как это у них там происходит. Видели неоднократно. На гораздо более серьёзных примерах...

...Осторожный стук согнутого пальца в стекло прервал его размышления. Спохватившись, Гуннар посмотрел сперва на часы (уф-ф! из десяти минут прошло всего три), потом в окошко — и, к своему немалому удивлению, увидел там Бенгта Йоханссона. За спиной спортсмена виднелся ярко-жёлтый джип, на котором тот прибыл. Нильхеден и не слышал, как он подкатил.

Гуннар распахнул дверцу.

— Ты что тут делаешь?.. — хором спросили они. Потом так же хором расхохотались. Настроение у обоих было отличнейшее.

— Меня, — сказал затем Бенгт, — королевский конюший зачем-то пригласил. На сегодня, на два часа. — И недоумённо почесал светловолосый затылок: — Я понимаю, если бы я из Санкт-Петербурга медаль какую привёз...

— И меня пригласили, — пожал плечами Нильхеден. Секретарь гофшталмейстера по телефону сказал ему, что, мол, господин фон Шёльдебранд всё объяснит ему лично. Про себя Гуннар был убеждён, что дело касалось растущей известности его конефермы, рыжие и гнедые питомцы которой — ещё не порода, но лошадки уже оч-чень приличные — начали привлекать к себе самое пристальное внимание. Потому-то Гуннар захватил с собой и альбом, и кассету. Он только никак не ожидал увидеть здесь Бенгта, но и его появление было логически объяснимо. Должен же гофшталмейстер поинтересоваться мнением спортсмена, ездящего на нильхеденовских лошадях?.. Как поворачивается судьба! Тогда, в Петербурге, Гуннар меньше всего думал об очках и медалях, его интересовало другое. А теперь было действительно жалко, что Бенгт вернулся из России без наград...

Они вместе подошли к глухой калитке конюшен. Очень старая надпись на медной дощечке уведомляла всякого умеющего читать, что возле этой двери запрещено просить подаяние. А также заниматься мелкой торговлей.

Ровно в назначенный час внутри щёлкнул замок, и на пороге возникла девушка в форменной тёмно-синей шинели. На руках у неё были потрёпанные, знакомые с вожжами кожаные перчатки, а к синему сукну кое-где прилипли опилки. Из-под фуражки выбивались непокорные рыжеватые волосы. Девушка широко улыбалась, ни дать ни взять собираясь сказать нечто невероятно смешное.

— Добрый день! — словно старых друзей, приветствовала она визитёров. — Проходите, господин фон Шёльдебранд вас ждёт!..

Они прошли через залитый солнцем двор, мимо запертых дверей каретного сарая, мимо длинного, опять же тёмно-синего коневоза с надписью «Djurtransport[1]»... И вместе шагнули в глубокую тень под аркой, где начиналась лестница, ведущая в офисы.

Главный конюший Его Величества в самом деле их ждал. Он стоял посередине обширного кабинета, где по светло-зелёным стенам висели портреты великих скакунов и фото юной кронпринцессы Виктории, взмывающей над препятствием на послушном готландском пони. За спиной гофшталмейстера было ярко освещённое окно, и выражение лица генерала вошедшие разобрали не сразу.

— Господа, я пригласил вас по одному весьма неприятному поводу, — начал он, не здороваясь и не предлагая им сесть, и тон его голоса вмиг объяснил будущему коннозаводчику, насколько лишней была его папка с фотографиями и кассетой. Его заметили, верно. Но так, что лучше бы и не замечали. Его уже не удивило, когда сухой кулак фон Шёльдебранда опустился на стопку бумаг, лежавшую на столе: — Здесь у меня, господин Нильхеден, собраны документы, проливающие полный свет на ваши деловые отношения с русским коммерсантом Поляковым, находящимся в данный момент в своей стране под арестом по очень тяжкому обвинению...

Гуннар подумал о том, что гофшталмейстер на самом деле над ним был никоим образом не начальник. Не имел права ни приказывать ему, Гуннару Нильхедену, ни даже так вот отчитывать его в своём кабинете. Правду сказать, для того, чтобы вспомнить об этом, потребовалось усилие. Йон фон Шёльдебранд не зря был генералом; аура власти от него исходила такая, что поневоле хотелось встать навытяжку (что, как Гуннар заметил краешком глаза, и сделал рослый, отважный, самостоятельный Бенгт). Нильхеден выдавил вежливую улыбку:

— Взаимоотношения господина Полякова с российским законом меня никогда не интересовали. Это его личное дело.

[1] Перевозка животных *(швед.)*.

— Значит, поинтересуетесь прямо сейчас!

В голосе королевского конюшего звенел ледяной металл. Очки Гуннара начали необъяснимо запотевать, он вдруг вспомнил, что фон Шёльдебранд был сопредседателем международной ассоциации драйвинга, президентом клуба любителей конного поло... и спортивных титулов имел не перечесть — то есть если такой человек СКАЖЕТ, его очень даже УСЛЫШАТ. По всему конному миру...

— Несколько месяцев тому назад, — продолжал гофшталмейстер, — вы просматривали фотографии лошадей, привезённые Поляковым, и ваше внимание привлёк снимок жеребца по кличке «Заказ». И вы предложили русскому довольно крупную сумму за то, чтобы он любым способом добыл его вам, хотя пометка на фотографии ясно говорила, что лошадь *не продаётся*. Нелегальный провоз коня через границу вы пообещали взять на себя...

Ах, лесное озеро, таившее в своей глубине осколок древнего ледника!.. И почему Поляков спьяну не утонул в нём, вывалившись из бани? В несчастном случае с иностранцем тоже, конечно, хорошего мало, но его пережить было бы легче. Бенгт не то чтобы обернулся к Гуннару, просто скосил глаза, но во взгляде спортсмена было неподдельное изумление.

— У меня, — облизнул губы Нильхеден, — есть в наличии бумаги, свидетельствующие, что я возил в Санкт-Петербург принадлежащего лично мне коня по кличке «Сирокко»... для которого мой русский партнёр нашёл покупателя... К сожалению, при транспортировке у животного случились колики, и сделка не состоялась. Да, мы с Бенгтом немного слукавили, заявив Сирокко как спортивную лошадь. Но ветпаспорт и прочие документы...

— Коня по кличке «Сирокко», — перебил гофшталмейстер, — в природе не существует. Финско-российскую границу пересёк чистокровный Файерпафф Дрэгон. Его вам в Финляндии отдал якобы для вашей также несуществующей дочери господин Сиптусталми, владелец приюта, где раньше жил этот конь. После пересечения границы вы прогнали старое животное в лес, заменив его жеребцом Заказом, которого привёз в условленное место Поляков...

Он сделал паузу, ожидая возмущения и возражений, но Гуннар молчал, только над губой проступили капельки пота. Уши Бенгта наливались малиновой краской. Он был слишком занят подготовкой к соревнованиям и никаким посторонним «Сирокко» не поинтересовался. А в Петербург хотел-таки поехать с коневозом, чтобы неотлучно быть при питомице, Слипонз Фари, да Нильхеден отговорил — лети, мол, на самолёте, тебе для выступлений силы беречь...

Голос бывшего генерала заставил вздрогнуть обоих:

— А когда в Санкт-Петербурге коня случайно опознал его жокей, Поляков с вашего ведома нанял двоих костоломов, чтобы вправили парню мозги. В итоге гориллы перестарались, и дело завершилось убийством. А теперь вы ещё и...

— Я не знал, — кое-как выговорил Гуннар. — Это ложь. Я ничего не знал о бандитах...

— Не лгите, Нильхеден. Русские детективы побывали в кафе, где вы несколько раз встречались с партнёром, и оказалось, что официантка, краем уха слышавшая ваш разговор, понимает английский. Вы действительно не подстрекали к убийству, но то, что Поляков не остановится перед насилием и жокея постараются изувечить, знали наверняка! А теперь ещё и прилагаете все силы к тому, чтобы не возвратить русским коня, задержанного в Финляндии! Между тем у нас есть данные генетической экспертизы и фотографии очень известного журналиста, снимавшего жеребца Заказа после скачек в России. По моей просьбе он съездил в Финляндию и заснял там вашего якобы Сирокко. Компьютерный анализ показал, что на снимках изображено одно и то же животное!

Это был финиш. Нильхеден с неожиданной трезвой чёткостью подумал, что арест ему, видимо, всё-таки не грозит; в ином случае не королевский конюший говорил бы с ним у себя в кабинете, а полицейские в участке. Но тем не менее это был финиш. После которого о лошадях «породы нильхеден» в королевском выезде и под седлом у ведущих спортсменов остаётся забыть. Как и о том, что многие из этих самых спортсменов с ним здоровались за руку. Разве вот только сменить имя и начать всё полностью заново. Где-нибудь не ближе Австралии...

— Русские, по счастью, не требуют вашей головы, им нужен лишь конь, — вновь услышал он резкий голос генерала фон Шёльдебранда. — И вы его отдадите, Нильхеден. Иначе... Нет, я вам не собираюсь грозить, но шведский конный спорт завоевал в мире определённый авторитет, и никто не станет говорить про нас, будто мы не брезгуем иметь дело с подонками. И вот ещё что. Я бы на вашем месте сегодня же помчался в Финляндию, поставил палатку в леваде, где гуляет Заказ, и сидел там с ружьём. На тот случай, чтобы немедленно застрелиться, если конь вдруг простудится, или сломает ногу, или, Боже сохрани, умрёт от каких-нибудь непонятных причин. Вам всё ясно?.. — Нильхеден механически кивнул. — Честь имею!..

Двое мужчин молча повернулись, как на плацу, и вышли из кабинета. Когда за ними закрылась бесшумная дверь, фон Шёльдебранд отвернулся к окошку и, постояв немного с закрытыми глазами, потёр ладонью лицо. Он был уже немолодым человеком, и этот разговор дался ему нелегко. В правом плече проснулась застарелая боль, и голова продолжала гудеть, несмотря на массаж. Гофшталмейстер включил на полную мощность кондиционер и тоже вышел из кабинета. По ту сторону коридора была комната, где сидел его секретарь. И секретарь, и весёлая рыжеволосая Сара при появлении шефа почтительно поднялись.

— Кофе мне сварите, пожалуйста, — попросил Йон.

Секретарь был, как и его начальник, немолод. И притом хромоног. Юная Сара бросилась к кофеварке так, словно безобидный прибор был внезапно взбунтовавшейся лошадью. Йон устало опустился на подоконник и стал смотреть во двор.

Бизнесмен есть бизнесмен — они с Бенгтом ещё спускались по лестнице, а Гуннар Нильхеден уже обсчитывал дальнейшие варианты. Итак, точки над «i» были расставлены. Русского партнёра придётся заменить новым, но это-то не проблема, хуже то, что сделка, на которую он возлагал такие надежды, не состоялась, и двадцать тысяч долларов ему навряд ли вернут. Но если подумать, это тоже дело поправимое. Он ещё сорок гонцов зашлёт на конный завод, где будет находиться ZAKAZ. На предмет его замороженной спермы... Конечно, не от своего имени... А фон Шёльдебранд не вечно будет сидеть в гофшталмейстерском кабинете. И как знать! Может, настанет ещё день, когда...

Да, но вот с Бенгтом как быть?.. Ему-то рот не зашьёшь...

Йон видел, как Йоханссон и Нильхеден вышли из-под арки на солнечный свет. Их никто не провожал — изнутри калитка отпиралась нажатием кнопки. Спортсмен, так и не произнёсший ни слова у конюшего в кабинете, шагал упрямо набычившись и глубоко засунув в карманы сжатые кулаки. Нильхеден что-то объяснял ему, страстно размахивая руками и забегая вперёд, чтобы видеть лицо. Возле угла, за которым уже были ворота, Бенгту всё это наконец надоело. Он внезапно остановился и, развернувшись к Нильхедену... по-прежнему молча въехал ему по физиономии кулаком. Его с детства занимали лишь лошади, никакому боксу и прочему членовредительству он в жизни не обучался, но парень был крепкий — удар вышел что надо. Очки Гуннара сверкнули золотой оправой и, упав на размолотый гравий, засияли, как два поддельных бриллианта. Рядом шлёпнулась папка с никому не нужными фотографиями. Нильхеден сидел на земле и пытался до неё дотянуться, зажимая другой рукой хлюпающий кровью нос. Бенгт ушёл за угол, не оглянувшись. Щёлкнула, открываясь и закрываясь, калитка...

По оконному стеклу лениво ползала муха. Должно быть, залетела с конюшенного двора. Йон поднял свёрнутый «Ridsport»[1] и щелчком пришиб насекомое, брезгливо смахнув его с подоконника в мусорную корзину. Сара протянула начальнику маленькую белую чашечку и при ней — блюдце печенья. Они с секретарём хорошо знали, какое ему нравилось. Йон принял чашечку, отпробовал и кивнул, довольно улыбаясь:

— Замечательный кофе. Спасибо...

---

[1] «Конный спорт» *(швед.).*

# Глава четырнадцатая
## ПАМЯТЬ...

Светило холодное ноябрьское солнце... На площадке таможенного терминала в пограничном пункте Торфяное собралась весьма представительная компания. Полтора десятка мужчин, почти все в немалых чинах. Поодаль виднелся небольшой коневоз с финскими номерами. При нём, как на дежурстве, стоял крепкий сутуловатый старик.

Василий Никифорович Цыбуля, зябко поёживаясь, поправлял на шее пушистый мохеровый шарф. Тренера Петра Ивановича трудно было узнать в тяжёлом драповом пальто и шляпе...

Напротив стояли финны и несколько шведов. С нашей стороны — заместитель начальника Леноблгосплемобъединения, таможенники, пограничники. От Городской прокуратуры приехал Боря Смирнов... Из тёплой легковушки выбралась Любаша. Поправила вязаную шапочку с забавным помпоном и подошла:

— Ну что? Всё нету?

— Да видишь, задерживаются...

От группы иностранцев отделился солидный мужчина в мягкой куртке-дублёнке. Подойдя, через переводчика обратился к Василию Никифоровичу:

— Господа! Предлагаю начать пока протокольную часть... — Сделал маленькую паузу, озирая присутствующих — все ли согласны? — и продолжал: — Если нет возражений, давайте приступим, господа. Наша сторона к процедуре готова полностью!

Боря Смирнов обернулся к легковушке и кивнул головой. Из машины, поддёрнув шубку, выскочила девушка-переводчица. Мужчины расстегнули портфели и достали бумаги:

— Итак...

Из-за спин послышался сдержанный рокот мотора. Со стороны Выборга показался автомобиль с двухместным прицепом-коневозом.

Цыбуля облегчённо вздохнул: «Наконец-то...»

Любаша обрадованно замахала руками и побежала навстречу машине. Мужчины встали тесной кучкой, из папок одна за другой появлялись бумаги. Их крепко держали, чтобы не унёс ветер. Предъявляя и передавая бумаги, представители обстоятельно поясняли противоположной стороне значение каждого документа. Расписывались где надо. Русские и шведы были сосредоточенны. Финны — придирчивы.

Из вишнёвой «Нивы», притащившей коневоз, выбрались Аня и Панаморев.

— Ой, влетит нам, Антон... — поёжилась девушка. И оглянулась на коневоз: — Так куда ж тут быстрей...

Из прицепа послышался шумный вздох.

— Некуда, — усмехнулся Панама. — Не трясти же его, старенького. Рассыпется ещё, не приведи Бог...

Аня с Любашей заглянули в коневоз, проверили, всё ли в порядке. И почти бегом устремились к остальным:

— А и пусть ругают. Не страшно...

На самом деле они подоспели как раз вовремя. Их встретил деловитый голосок переводчицы:

— ...И теперь, как мы видим, обе стороны готовы произвести обмен...

Важный финн вежливым кивком приветствовал новоприбывших.

— Давайте, господа, представим животных... Херра Сиптусталми! Прошу...

Бородатый старик, стоявший у финского коневоза, даже вздрогнул. Немного засуетившись, шаркающей походкой устремился открывать трап. Длинные узловатые руки тискали зачем-то снятую шапку...

Василий Никифорович поправил на голове кепочку, странно кашлянул в кулак и повернулся к Ане:

— Давай, милая, выводи...

Трапы двух коневозов опустились почти одновременно.

Из финского, весело отдробив по гулкому металлу крепкими копытами и дугой изогнув шею, выскочил молодой, полный жизни и эмоций гнедой жеребец. Оказавшись на земле, он замер, насторожив уши. Быстро кинул голову вправо, влево... Какое новое, интересное место! Сколько знакомых и незнакомых людей!.. Снова замер — и затем громко фыркнул: «А вот и я!»

Цыбуля неотрывно глядел на коня... Вдруг щека у него задёргалась, он отвернулся и украдкой смахнул что-то пальцем с лица.

Пётр Иванович уже стоял рядом с конём, деловито вглядываясь в его стати:

— Ну ожирел!.. Ну разъелся!.. На финских-то халявных харчах... Теперь будешь потеть, веса гонять... Ничего, в тренинг войдёшь, быстренько до кондиции доведём...

Глаза Петра Ивановича подозрительно блестели, но губы улыбались. Состояние коня действительно радовало. Тренер оглянулся на Цыбулю и кивнул. Тот кивнул в ответ...

Паффи выходил из коневоза медленно, с несуетным достоинством, присущим зрелому возрасту. Аккуратно переставлял ноги, осторожно осаживая назад по низкому трапу. Когда задние копыта оказались на земле, он развернулся... и сразу увидел другого коня. Паффи невольно насторожился. Перед ним стоял жеребец, которого он уже видел однажды! Тогда, в лесу, его точно так же вывели из машины... а затем вдруг пребольно и, главное, непонятно за что огрели уздечкой! Паффи нервно затанцевал и застыл. У лошадей память отличная. Они помнят всё.

Два жеребца внимательно, изучающе смотрели друг на друга. Паффи тянул шею, вбирая воздух ноздрями и силясь что-то понять. И наконец понял. Глядя на этого полного сил, темпераментного молодого красавца, он... видел себя самого. Да, себя. Только совсем юного. Он словно заглянул в зеркальную гладь озера... И вода исказила отражение. Лет на пятнадцать... Паффи тихонько заржал.

Молодость ответила громким заливистым воплем...

У всех, кто наблюдал в этот момент за конями, были очень серьёзные лица. А у старого финна почему-то дрожали руки...

Аня тихонько тронула Паффи за повод:

— Ну? Пошли, что ли...

— Господа! Представленные здесь лошади целиком подходят под взаимные описания, указанные в документах. Доказательства собственности признаются представителями обеих стран... Возражений нет?

Возражений не было.

— Признаёте ли вы в данных лошадях вашу собственность, господа?

Цыбуля посмотрел на Петра Ивановича. Тот ещё раз обошёл коня со всех сторон, тщательно осмотрел, затем ощупал ему ноги. Наконец, звонко хлопнув Заказа по шее, уверенно произнёс:

— Да! Конечно!

— А вы? Херра Сиптусталми?

Старик держал в руках повод Заказа, но не отрываясь смотрел на Паффи.

— Да... Да. Это мой Файерпафф Дрэгон...

— Прекрасно! В таком случае, господа, давайте поставим наши подписи и произведём обмен лошадьми...

И вот наконец все формальности были соблюдены.

Старый финн передал повод Петру Ивановичу, Аня повела Паффи навстречу хозяину. Тот принял коня... Анина рука неожиданно оказалась в его шершавой узловатой ладони, и старик сжал её — легонько, но очень по-мужски. Наклонился и шепнул что-то на своём языке... Аня, конечно, не поняла, но почему-то расчувствовалась — обняла финна за плечи, прижалась к нему... Какие слова, когда разговаривает душа? Старик гладил её по плечу, кивая седой головой... Повернулся и повёл Паффи к машине. Конь сначала шагал сзади, потом догнал его и пошёл рядом. А когда они остановились возле откинутого трапа, подтолкнул человека в плечо носом: «Ну здравствуй, хозяин». Финн обхватил его за морду, погладил по храпу...

Пётр Иванович тоже повел Заказа к коневозу. Но тот неожиданно остановился и, обернувшись к старому коню, громко, призывно заржал. Паффи немедля ответил.

— Слышь, спец конский, — ткнул локтем Панаму Боря Смирнов. — Это они что же? Прощаются?..

Анна подбежала к Петру Ивановичу и потянула у него из рук повод:

— Разрешите?..

— Веди, девонька...

Аня повела Заказа к машине. По дороге подхватила с земли прутик и, остановившись, молча протянула коню. Тот стоял и смотрел на неё. Думал о чём-то...

— На, Кузя. Держи...

Заказ никак не реагировал.

— Ты что? Забыл?

Заказ смотрел на девушку как будто с недоумением.

— Кузя, ты слышишь? На! Держи!

Конь не двигался.

— Кузя... а ведь Серёжки... нет больше...

Уткнулась лицом в его шею — и разрыдалась. Только пальцы в прядях чёрной гривы сжимались и гладили, гладили...

И вдруг Заказ резко повёл головой. Потянулся к прутику. Взял его зубами... и яростно, с какой-то даже злобой, хлестнул себя по груди...

Анна оторвалась от его шеи. По её щекам текли слёзы.

— Кузя... — еле выговорила она.

Сзади тихо подошёл Антон. Обнял её...

Конь постоял как будто в раздумье, потом скосил глаз на Аню и яростно топнул ногой по земле. Прутик он по-прежнему держал во рту.

У лошадей отличная память...


...И опять был август месяц. И над Сайском, как год назад, светило доброе южное солнце...

Голос информатора, усиленный многоваттной аппаратурой, плыл над трибунами и дорожками ипподрома.

— Третья скачка. Приз «Памяти жокея Сергея Путятина». Дистанция тысяча шестьсот метров. Скачка для лошадей четырёх лет. Участники приглашаются на парад представления...

— Ну что, девонька? Давай! — Пётр Иванович наклонился и подхватил Аню под колено. Без усилия подкинул в седло: — Всё знаешь, что делать?

Анна кивнула и начала вставлять ноги в короткие жокейские стремена.

— Ну и славненько. Ты, главное, ему не мешай. Он у нас сеньор самостоятельный... Со старта поаккуратней — приём у него бешеный, помнишь? Ну и во второй четверти не зевай...

Анна привстала над седлом, покрутилась вправо и влево — проверила, всё ли удобно. Присела и подобрала повод.

Пётр Иванович, всё это время державший коня под уздцы, вопросительно посмотрел на неё.

— Пускайте... — подала команду Анна.

Тренер отпустил повод, отходя на пару шагов в сторону.

— Ну, девонька, с Богом! — И слегка мазнул коня ладонью по морде: «Смотри у меня, не дури...»

Анна тронула жеребца и шагом поехала на выход из паддока.

Перед самым выходом на дорожку стояли Антон и Любаша. «Годик», когда-то оптимистично обещанный докторами, давно истёк, но хуже чувствовать себя Люба не стала. Может, солнце южное помогло, фрукты-овощи... а может, что-то другое...

— Анька, ну как ты? — разволновалась Любаша. — Давай! — Она погрозила кому-то кулачком. — Покажи им! И ты, Кузя!.. Тебя тоже касается!

Конь покосился на неё агатовым глазом.

Антон улыбался. Шагнул к Анне, двинулся рядом, положил руку ей на колено.

— Как ты?

— Да вроде в порядке... Волнуюсь только... Соревнования, это совсем другое...

Ворота на дорожку были уже рядом.

— А Пётр Иванович говорит, у вас с Серёжкой манера езды очень похожая. Ну — ни пуха!..

— К чёрту!

Аня ещё подобрала повод и машинально тронула коня хлыстиком. Заказ недоумённо оглянулся на неё — и чуть-чуть прибавил шагу.

— Под номером первым скачет Исток, зерносовхоз «Свобода», жокей первой категории Анисимов, камзол...

На трибунах, как всегда перед скачкой, стоял негромкий гул голосов. Очкастый пенсионер-завсегдатай тоже сидел на скамье и сосредоточенно чиркал в программке. Оторвав взгляд от своих записей, он глянул на дорожку, на проходящих мимо лошадей... пожал плечами, с сомнением покачал головой... затем вдруг махнул рукой и поспешил к кассам.

— Вторым стартует Аметист, конезавод имени Первой конной Армии...

Заказ шёл по дорожке, ни дать ни взять отрешившись от всего окружающего. Шёл, не обращая внимания на других лошадей — «козлящих» и прыгающих, психующих и волнующихся. И уж подавно не смотрел на людей, свистящих и галдящих с трибуны... Ане даже показалось, что и на неё он особого внимания не обращал. Он просто шёл. Деловито, сосредоточенно, погружённый в свои, ему одному ведомые, лошадиные мысли...

«Чужой он какой-то... Замкнутый... В порядке ли?»

Аня наклонилась с седла и бегло осмотрела лошадь. Вроде всё путём... На всякий случай похлопала Заказа по шее.

Конь мотнул головой: «Отстань...»

Анна забеспокоилась.

— Под пятым номером сегодня стартует Алтай, конный завод «Восход», под управлением мастера-жокея Харитонова, камзол и нашлемник — жёлтые...

На трибунах раздались аплодисменты. Алтай скакал в этом году уже четыре раза. И все четыре раза был первым. Харитонов уверенно помахал зрителям. В ответ послышался выкрик:

— Давай, Андрюша! Размажь их всех со старта!

На реплику кричавшего кто-то ответил лихим разбойничьим свистом. Затем послышался возглас:

— Не слушай его! Финишем езжай...

Харитонов улыбался. Бесплатные советы с трибун — дело, конечно, хорошее. Но скакать-то ему, а уж они-то с Алтаем давно решили, как ехать...

— Под номером шестым, — продолжал представление судья, — скачет питомец зерносовхоза «Свобода» жеребец Заказ. В прошлом году под седлом жокея международной категории Сергея Путятина он стал победителем Дерби. Сегодня на нём едет мастер спорта Анна Смолина...

На трибунах кто-то одиноко свистнул. Но свист тут же оборвался — свистевшего одёрнули соседи. На трибунах стало очень тихо. Зрители молча провожали глазами коня и сидящую на нём загорелую девушку...

Аня так и не подняла глаз на трибуну... Заказ почувствовал через повод, что руки у всадницы сделались вдруг какими-то ватными. Конь резко вытянул шею и дёрнул поводья. И тут же, опустив голову, выдал небольшую, мягкую горку. Взлетев вместе с лошадиной спиной вверх где-то на метр, Анна рефлекторно подхватила повод и сразу забыла обо всём внешнем. Вновь не существовало ничего, кроме коня и дорожки... Она легко наклонилась вперёд, похлопала Заказа по шее — и вместо того чтобы рассердиться на него за горку, тихо произнесла:

— Спасибо, Кузьма.

Конь скосил на неё взгляд: «Неча дурака-то валять!» — и, как прежде, зашагал сосредоточенно и уверенно.

Аня всё же скользнула глазами по толпе... Некоторые улыбались ей. Другие смотрели серьёзно. Кто-то махал рукой...

У неё сразу стало очень спокойно на сердце.

Возле самой ограды, отделяющей трибуны от дорожки, стоял пожилой дядька в очках. Он пристально, не отрываясь смотрел на девушку-жокея. Когда она проезжала мимо, мужчина решительно поправил на носу очки, вскинул перед лицом руки, сжатые в знак дружеской солидарности, и негромко сказал:

— А ну, милая, выдай-ка, как Серёга на нём в прошлом году...

Аня не ответила. Только улыбнулась, слегка кивнув головой. Пожилой пенсионер засветился, заволновался, раскрыл на нужной страничке изрядно скомканную программку, в очередной раз поправил очки и суетливо принялся чиркать. Засохшая ручка писать никак не хотела. Он послюнил её, поелозил жёстким шариком по ладони... и наконец нацарапал против клички «Заказ» в третьей скачке плохо прописавшиеся «10 р»...

В стартовый бокс Заказа, как обычно, помогал заводить Пётр Иванович. Он подошёл с бровки навстречу Анне и взял коня за повод.

— Ну как вы с ним? — пристально вглядываясь в девушку, спросил тренер.

— Ой, Пётр Иванович... — жалобно выговорила она. — Волнуюсь — страх...

— Ничего, девонька. Всё в жизни первый раз когда-нибудь происходит... А с Кузей у тебя получится. Я уверен. Ты, главное, ему не мешай... Ну, пошли...

И повёл коня к раскрытым створкам боксов стартовой машины, выползшей на дорожку, словно страшный доисторический динозавр...

...Алтай зашел в бокс спокойно, зато потом чуть не вывалился оттуда обратно, без предупреждения осадив назад от заводившего его конюха. Спасибо помощникам — вовремя подоспели, изо всех сил налегли плечами на задние створки, кое-как затолкали расхулиганившегося жеребца внутрь. Наконец щёлкнул затвор, и Алтай, поплясав ещё немного, смирился. Заказ покосился на соседа и вошел внутрь не сопротивляясь и не безобразничая. Створки бокса захлопнулись позади.

— Ну, с Богом, ребята! — напоследок ещё раз крикнул им тренер. Повернулся и быстро пошел с дорожки...

Анна поправила ремешок шлема и опустила на глаза очки.

Гнедой жеребец под ней застыл как изваяние...

Девушка разобрала повод, взяла его покороче, наклонилась и похлопала коня по шее:

— Просыпайся, Кузя!

Заказ недовольно мотнул головой: «Отстань!»

— Товсь!!! — неожиданно прозвучало откуда-то слева.

Анна замерла, как можно плотнее вжавшись в крошечное седло — сколько ни тренировалась, а толком пока ещё к нему не привыкла. Сердце готово было выскочить из груди. Шёлк камзола моментально прилип к промокшей спине...

Заказ — упругий комок напряжённых мышц — замер, чуть присев на задних ногах. Его лоб почти упирался в створки, готовые вот-вот раскрыться...

Рука стартёра медленно легла на рычаг пуска...

— Кузя, миленький, родненький... только не подведи...

...И тотчас какая-то неведомая сила бросила Аню вперёд! Дорожка стремительно понеслась под ноги лошади! В одно мгновение всё замелькало вокруг, слилось по бокам в неровные линии и исчезло из поля зрения. Перед глазами девушки осталась только голова жеребца, его напряжённо поставленные уши — и стремительно приближающийся поворот.

Анна быстро и плавно встала на стременах, летя вместе с конём... Впереди не было никого.

Она оглянулась...

Слева — в полутора метрах — мощно нёсся Алтай. Чуть дальше, по первой дорожке, с каждым темпом набирая скорость, скакал Аметист...

— Дан старт третьей скачке на приз «Памяти жокея Сергея Путятина», — услышала она краем уха. — Со старта скачку повёл Заказ...

— Ну, малыш... давай... — беззвучно прошептали её губы. Руки покрепче сжали повод и решительно бросили коня на бровку...

**Английская скаковая порода** — см. *Чистокровная верховая.*

**Бинтовка, бинты** — мера предосторожности от повреждения ног лошади (сухожилий и связок) при перенапряжении или травматических ситуациях — например, от удара копытом задней ноги по передней. Также используется при прыжках для защиты ног лошади от ударов о жерди препятствий.

**Бриджи** — специальные обтягивающие брюки для верховой езды. Как правило, не имеют швов на внутренней поверхности ног.

**Бричка** — разновидность гужевой повозки.

**Бровка** — обочина скакового круга.

**Будёновцы, будённовская порода** — порода, созданная в Советском Союзе как улучшенная чистокровной верховой кровью донская, издревле разводимая на Руси. Будённовские лошади отличаются хорошей выносливостью, присущей донской породе, приятным экстерьером, высокой резвостью и хорошими спортивными качествами, в т. ч. хорошей прыгучестью. Порода широко известна в Европе. Будёновцы неоднократно занимали призовые места на самых крупных соревнованиях. Основные масти: рыжая, золотисто-рыжая, гнедая.

**Вальки, крюки** — приспособления, с помощью которых хомут или шорка, одетые на лошадь, прикрепляются к экипажу.

**Вольт** — круг, окружность *(к/с жарг.)*

**Весовая** — особое помещение, в котором жокеи проходят контрольное взвешивание перед скачками.

**Вороной** — чисто чёрный либо чёрный с белыми отметинами на ногах и на морде (масть лошади). Об одном поэте, упомянувшем в своём стихотворении «чёрную» лошадь, Анна Ахматова сказала, что он не знает русского языка.

**«В хлысте»** — посылая, принуждая двигаться активнее с помощью хлыста.

**Галоп** — самый резвый, скачкообразный аллюр лошади.

**Гарнц** — мерка для раздачи сыпучих кормов.

**Гнедой** — масть, при которой, как правило, тело лошади окрашено в коричневый или коричнево-красноватый цвет, а ноги, хвост и грива — чёрные.

**Грум** — профессия, заключающая в себе профессиональный уход за спортивной лошадью. В странах с развитым коневодством и конеиспользованием для получения диплома грума необходимо закончить колледж. Аналог нашего «коновода» (не путать с «коневодом» — специалистом по разведению лошадей).

**Денник** — клетка для содержания лошадей, решётчатая в верхней части.

**Дерби** — условное название главного скакового приза сезона для лошадей трёх лет, названного так в честь его основателя — лорда Дерби, учредившего этот приз в девятнадцатом веке.

**Дончак, донская порода** — старинная порода смешанного направления использования. Широко применялась в сельском хозяйстве как легкогужевая и одновременно славилась как прекрасная военная верховая лошадь. Очень широко использовалась донским казачеством. Отсюда и название. Вынослива, но не слишком резва. Неплохие спортивные качества. Про лошадей говорят: «Упрям, как дончак». Бывают проблемы с выездкой. Основные масти: рыжая, темно-рыжая, саврасая.

**Драйвинг** — соревнования по езде на лошадях в экипажах.

**Жокейка** — защитный головной убор спортсмена-конника. Твёрдый, выполненный из пластика шлем, обтянутый, как правило, тёмным бархатом — чёрным или тёмно-коричневым.

**Закидка** — отказ лошади от прыжка. Остановка перед препятствием или увод в сторону.

**Закрутка** — как правило, ременная петля на очень короткой ручке. При закручивании петли вокруг верхней губы лошади возникает сильная и острая боль, отвлекающая животное от различных манипуляций вокруг него, которых оно боится.

**Запястье** — у лошади — сустав передней ноги, ошибочно называемый в просторечии «коленом».

**Захватить (лидера)** — догнать, двигаться рядом.

**Ипподром** — место испытания лошадей на резвость.

**Калечь** — лошадь, непоправимо испорченная в результате травмы, болезни или неправильного обращения, уже неспособная раскрыть потенциальные возможности, которыми она, может быть, обладала.

**Камзол жокейский** — как правило, просторная куртка из тонкого шёлка или иного материала, сшитая из ярких кусков ткани, чтобы зрителям было легче различать издалека участников скачки.

**Караковый** — *вороной* с более светлыми подпалинами в пахах и на морде (масть лошади).

**Карета** — конный дорожный экипаж.

**Кентер** — сдержанный галоп.

**Кипа** — сено, спрессованное в форме параллелепипеда.

**Кондиция** — понятие, характеризующее степень упитанности лошади. Говорит не только о количестве жира на теле лошади, но и в целом о её состоянии.

**Конь** — обычно мы называем так всякую лошадь, но на профессиональном языке конников это синоним *мерина*.

**Короткий аллюр** — спокойные рысь, шаг, галоп...

**Ламинит** — болезненное воспаление хрящей копыта у лошади.

**Липиццаны** — порода, основанная в 1580 году в Австро-Венгрии, в местечке Липица, в основном на основе испанских и арабских лошадей. С возрастом липиццаны приобретают очень нарядную светло-серую масть. Исключительно добронравны и доброезжи. Считаются лучшими лошадьми для выездки и драйвинга.

**Мерин** — кастрированный жеребец. См. также *Конь*.

**Моклок**, иногда **Маклок** — бугор передне-боковой части крупа лошади, костную основу которого образует утолщённый угол крыла подвздошной кости.

**Маруська** — нарицательное название сугубо беспородной лошади, в спортивном плане ни к чему не пригодной *(жарг.)*.

**Мах** — резвый галоп; степень длины шага лошади на различных аллюрах *(скак. жарг.)*.

**Нашлемник** — яркий шёлковый чехол, надеваемый жокеем поверх защитного шлема.

**Недоуздок** — уздечка без удил. По правилам техники безопасности должен быть надет на лошади постоянно.

**Паддок** — место сбора участников перед скачкой.

**Пейс** — термин, характеризующий чувство лошади жокеем. Говорят: «Чувство пейса» — комплексное чувство состояния, резвости, скорости, темпа и силы толчка лошади *(скак.)*.

**Перепрыжка** — повторные соревнования по укороченному маршруту для определения абсолютного лидера соревнований.

**Першерон, першеронская порода** — французская порода тяжеловозных лошадей, выведенная в начале девятнадцатого века. Считаются одними из самых крупных, массивных и сильных лошадей в мире.

**Подпалины** — просветления основной масти, встречающиеся у лошадей в основном на морде, в пахах и под мышками. Подпалины могут влиять на название основной масти. Например, вороная с подпалинами называется *караковой*.

**Пролётка** — вид легкого пассажирского экипажа.

**Редингот** — конноспортивная форма, специальный пиджак для верховой езды. Общепринятые цвета: красный, синий. Значительно реже — чёрный.

**«Скозлить», «дать козла»** — брыкание лошади.

**Сократить коня** — снизить скорость его поступательного движения.

**Ставка** — партия лошадей.

**Строгий конь** — конь, не терпящий фамильярностей; сложная в работе, упрямая и злая лошадь; лошадь, не прощающая ошибок всадника.

**Тракены, тракененская порода** — немецкая порода спортивных лошадей. Признана как одна из лучших спортивных пород в мире.

**Темп** — один скачок лошади галопом; частота движений лошади.

**Темпить** — сделать несколько укороченных темпов галопа, чтобы «попасть в расчёт» — найти оптимальную точку отталкивания лошади при переходе через препятствие.

**«Трижды венчанный»** — трижды выигравший главные призы.

**Удила, трензель** — металлические детали уздечки, служащие непосредственно для управления ртом лошади.

**Фаэтон** — крытый тип пароконного экипажа.

**Хлыстовище** — жёсткая часть хлыста.

**Чистокровная верховая (английская скаковая) порода** — самая резвая порода верховых лошадей. Выведена в Англии на рубеже семнадцатого—восемнадцатого веков. Племенной учёт ведётся с 1793 г.

**«Чухонец»** — отвесный жердевой забор.

# Оглавление

Литературно-художественное издание

Мария Семёнова
Константин Кульчицкий

ЗАКАЗ

Художественный редактор
*Вадим Пожидаев*

Технический редактор
*Татьяна Раткевич*

Корректоры
*Маргарита Ахметова,*
*Татьяна Андрианова,*
*Елена Омельяненко*

Компьютерная верстка
*Андрея Грибанова*

Подписано к печати с готовых диапозитивов 23.11.99.
Формат 84 x 108 $^1/_{32}$. Усл.печ.л. 29,4.
Тираж 20000 экз. Заказ № 2232.

Налоговая льгота — общероссийский классификатор продукции
ОК-00-93, том 2; 953000 — книги, брошюры

Гигиенический сертификат
№ 77.ЦС.04.952.П.01659.Т.98 от 01.09.98 г.

ООО "Фирма "Издательство АСТ"
ЛР № 066236 от 22.12.98.
366720, РФ, Республика Ингушетия,
г.Назрань, ул.Московская, 13а
Наши электронные адреса: WWW.AST.RU
E-mail: astpub@aha.ru

Издательство «Азбука». ЛР № 071177 от 05.06.95.
196105, Санкт-Петербург, а/я 192.

Отпечатано с готовых диапозитивов в типографии издательства
"Самарский Дом печати".
443086, г. Самара, пр. К. Маркса, 201.
Качество печати соответствует предоставленным диапозитивам.